KB146462

한국근대문학과 사상의 논리

한국근대문학과 사상의 논리

김 흥 식

역락

머리말

'휴강이 명강'이라는 말을 대학가에서 더러 접하던 때가 있었다. 얼핏 당찮게도 들릴 그 언사는 어떻게든 애초의 기대에 못 미치는 강의들에 대한 실망이나 불만과 함께 소위 명강에 대한 열망을 반사적으로 드러내는 것이기도 했다. 공장의 공정관리와 닮은꼴인 요즈음의 대학 운영체제에서는 생뚱맞다고나 할 그 시절의 결코 흔치 않았던 명강이란 어떤 전공 혹은 주제에 관해 단순히 지식 쌓기가 아니라 무엇을 어떻게 할 것인가 하는 길찾기로 이끌어준 강의를 말함이라 한다면, 그러한 수강 경험이 나에게도 있다.

교양과정을 끝내고 전공의 진로를 잡아야 할 새 학년을 맞은 어느 날 학과의 원로교수 한 분께서 맡은 첫 수업 시간이었다. 그 선생님께서는 강의실에 들어오자마자 아무 말씀도 없이 대뜸 판서를 해나가셨다. 당신의 스승들, 동년배, 그리고 후학과 제자들인 국문학 연구자 인명록을 세대별로 열거했고, 그 다음에 그 각각의 연구 업적과 주안점에 대해 간명하게 평가를 덧붙인 것이 그날 배운 내용이었다. 주위에 떠밀려 문학 아닌 것을 하기로는 아니하였으되 막상 속을 캐면 막연하기만 했던 내 문학 공부가 설 자리를 가늠하는 계기로 되었다는 의미에서 그 강의는 명강이라면 명강이었던 것이다.

그날 강의의 큰 줄거리는 국문학 연구의 1세대는 체계화, 2세대는 실증, 3세대는 해석 작업을 맡아서 학문적인 진전을 이루어가야 한다는 걸로 정리되겠는데, 그 틀에 따르면 3세대의 말석쯤이 내 입각점이라 여겼다. 그리하여 해석 능력이 방법에 대한 주로 외국문학의 이론과 지식 섭렵에 비례한다는 식으로 현학주의에 빠지기도 했다. 공부를 계속해가면서 체계화와 실증과 해석이 따로 단락 지워지는 별개의 작업이 아니라 상호 연동하는 가운데 문학연구로서 하나의 총체를 이루는 작업이라는 점을 알게 되었다. 방법 자체보다 방법론의 검토 내지 성찰이 중요하다는 깨우침이기도 한 이 같은 시각에 의거하면 구체적인 연구 작업은 작가와 작품 그리고 그것들을 둘러싼 문학장이 형성하고 있는 긴장관계를 분석해서 추궁하는 일이 되지 않을 수 없다. 이 책에 실은 일련의 논의들에서 내 딴에는 일관되게 밀고나 가고자 한 기본 입장도 바로 그것이다.

그저 늘어놓는 겸사가 아니라 미흡한 점 한두 가지가 아닐 글들을 책으로 출판해 보자고 권해준 방민호 교수, 자기 글보다 오히려 더 꼼꼼하게 원고를 읽고 비문뿐만 아니라 어색한 표현들도 일일이 꼭 집어서 교열해준 홍기돈 교수와 편집 전반에 걸쳐 조언을 해준 류찬열 교수, 교정본을 재검해서 바로잡아준 김주현, 오혜진 교수, 그리고 여러 가지로 내가 감당할 짐을 나누어 져준 강유진 교수, 이 모두에게 여기 몇 마디 말로써는 다 담을 수 없는 고마운 정을 전하고 싶다.

2019. 5.
우면산 아래에서
저자

차례

Ⅰ. 1920년대 문학의 의욕과 좌절

Ⅱ. 조명희 문학의 원점과 도정

Ⅲ. 1930년대 소설의 지향과 굴곡

Ⅳ. 이태준 문학의 논리와 이면

I

1920년대 문학의 의욕과 좌절

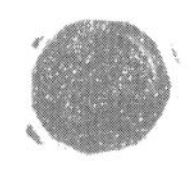

김동인과 염상섭 문학론의 구조

1. 머리말

1920년대 초기의 문학논쟁들 가운데서 특히 김동인과 염상섭의 논쟁이 주목된다. 이 논쟁은 비평의 기능을 쟁점화함으로써, 아직 창작과 비평의 분화가 명확치 않던 당시 문단에 있어 비평 장르의 좌표 제시와 관련하여 일정한 의의를 지닌 것이다.

그런데 이 논쟁은 표면상 비평의 기능이 빌미로 되어 있지만, 그 저변에는 소설의 창작방법을 둘러싼 문학관의 대립이 도사리고 있다. 그러한 문학관의 대립은 논쟁에서 보인 두 사람의 입론을 재구성하는 과정에서는 물론, 그 무렵 쓰인 창작방법의 원칙론이라 할 소론小論들의 상이한 관점과 작품의 대조적 양상을 통해서 보다 구체적으로 확인된다.

김동인과 염상섭은 계급문학의 비판에 있어서도 각각 기법의 무시, 개인의식의 부정에 초점을 맞춤으로써 특유의 문학관을 견지하지만, 결국은 계급문학에의 대항 의식이라는 합치를 보인다.[1)] 따라서 두 사람의 서로 대립

---

1) 김동인, 「문단 30년사」, 『김동인 전집』 6, 삼중당, 1976, 46면.
_____, 「속・문단회고」, 위의 책, 285~286면.

되는 문학관은 계급문학 이전의 문학사의 한 단계에 있어서 근대소설의 가능성을 모색한 두 방향으로서, 각기 고유한 특질뿐만 아니라 공유하는 의미와 한계를 지닌 유형적인 것이라고 추정해 볼 수 있다.

2. 비평의 기능 논쟁

염상섭이 혹평한 김환의 「자연의 자각」은 원래 『창조』 4호에 게재코자 했던 것인데 김동인이 그 작품의 질이 너무 떨어진다고 해서 전영택으로 하여금 동경으로 반송케 했던 것이었다.[2] 이것을 김환은 같은 『창조』 동인인 극웅極熊 최승만이 편집장으로 있던 『현대』(창간호, 1920.1)에 실었고 바로 이어 염상섭의 비판을 받았던 것이다. 그런데 이 「자연의 자각」이란 작품은 김동인에게서도 혹평을 받게 되었는데,[3] 이것은 동인지에 게재를 거부했던 것으로 미루어 의외로 보이지는 않는 일이다. 하지만 이 사실은 김동인과 염상섭의 논쟁이 촉발된 일차적 동기가 감정적인 것, 구체적으로는 '안하에 무인'[4]으로 패기에 차 있던 『창조』파에 대한 도전으로서 염상섭의 평을 받아들인 것에 있었음을 강하게 시사해 준다.

김동인의 술회에 따르면, 그가 염상섭을 공박키로 작정한 것은 동경의 최승만에게서 염상섭의 평문 「「자연의 자각」을 보고서」(『현대』 2호 1920.2)가 사감을 깔고서 쓰인 것이라는 서신을 받고 나서인 것으로 되어 있다.[5] 이 서신은 최승만의 자발적 고지라기보다는 김동인 쪽의 문의에 대한 답신일 가능성이 많다.[6] 1920년 4월경 한성도서에서 『창조』 간행비를 대기로

염상섭, 「문학상의 개인의식과 집단의식」, 『문예공론』 창간호, 1929.5, 3~10면.
2) 김동인, 「문단회고」, 위의 책, 274면.
_____, 「문단 30년사」, 위의 책, 14면.
3) 김동인, 「글동산의 거둠」, 『창조』 5호, 1920.3, 89면.
4) 김동인, 「문단회고」, 앞의 책, 275면.
5) 김동인, 「문단 30년사」, 위의 책, 14면.
6) 김동인에 의하면, 최승만은 염상섭의 평문 원고에서 사감이 드러나는 서두 부분을 임의로

한 건으로 귀국한 김환에게서 염상섭에 관한 언지를 받았으리라 추측되거니와, 그 무렵 동아일보 정치부 기자로서 입경했던 염상섭을 중심으로 『폐허』가 등장하리라는 풍문도 있어 김동인의 호승심을 자극했을 가능성도 배제할 수 없다.

이미 김환의 작품을 타작으로 혹평한 터이기도 하려니와 최승만으로부터 확인한 사실도 있고 해서 김동인은 우선 염상섭의 비평 자세에 대해 시비를 걸었다. 김환의 작품을 평하면서 '자기광고' 운운한 것은 명백히 '인신공격'이라는 것이다.[7] 그 논거는 작품비평이 작가의 인격 비평의 기준이 되어서는 안 된다는 것, 작품비평가의 자격으로서는 작가의 인물비평가가 될 권리가 없다는 것, 작품비평가는 다만 그 작품에만 국한하여야 한다는 것 등이다.[8] 말하자면 작품은 작가의 인격평가의 척도가 되지 않는다는 주장으로서, 작품의 주제와 작가의 세계관 사이의 무연성無緣性을 전제로 하고 있는 것이다. 이와 같이 작가의 의미추구(주제의 형상화)와 무관한 예술작품의 성립 가능성을 김동인은 "개념뿐으로도 훌륭한 예술작품을 제작할 수 있다", "당용일기當用日記도 완전한 예술품이 될 수 있다"는 명제로써 천명한다.[9] 이 경우 예술의 성립조건 또는 비평의 기준은 '소설의 작법'—기법문제에 한정되겠지만, 그것조차도 김동인의 말마따나 '연습'[10]을 통해서 획득될 수 있는 단순한 기계적 형식에 지나지 않는다.

반면 염상섭은 "그 작가의 인격이 작물作物의 배후에 잠복함'은 이론의

삭제한 것으로 되어 있다(김동인, 「문단 30년사」, 위의 책, 14면). 그러나 최승만이 염상섭의 평문을 게재해 준 것은 『창조』 동인이라는 연고를 내세워 '장난감' 같은 작품을 실어 달라고 하는 김환 등의 부류에 대한 불만에서였다고 생각된다(최승만, 「문예에 대한 잡감」, 『창조』 4호(1920.2), 47~51면 참조). 그랬던 그가 김동인의 입을 빌려 가면서까지 염상섭을 새삼스레 공박코자 할 이유는 없었다고 본다.

7) 김동인, 「霽月氏의 評者的 價値」, 위의 책, 161면.

8) 같은 면.

9) 같은 면.

10) 같은 면.

여지가 없다는 확신을 앞세워 작품평가는 '반드시 그 작가의 집필하던 당시의 경우, 성격 · 취미 · 연령 · 사상의 경향……등, 제 방면에 면밀한 고찰이 유有하여야 완전함을 기할 수 있다"고 단언한다.11) 작품비평은 작가의 인격에 대한 해명과 불가분적 관계에 놓인다는 이른바 인격주의 비평론인 것이다.

그런데 염상섭은 그가 쓰는 "이 인격이라는 말은 결코 재래에 도덕을 유일한 표준으로 사정査定하는 바"가 아니며, "오직 진리에 살겠다는 예술가로서의 양심에 비춰서 논평"하는 것임을 단서로 달고 있다.12) 이 관점에 의하면 논쟁의 진원인 「자연의 자각」평은 김환의 사람됨을 폄훼하고자 한 인신공격이 아니라, 어디까지나 그의 작가로서의 예술적 불성실을 추궁한 것이 된다. 그런데 이처럼 작가의 '예술가로서의 양심'이 그의 사인私人으로서의 인격일반과 차질하는 것이라면, 그것은 무엇을 근거로 해서 파악될 수 있을 것인가. 그 근거는 아무래도 작품 자체의 형상화 내용 이외에 있을 수 없을 것이다. 그러니까 염상섭의 「자연의 자각」평은 "제목을 「백악白岳씨의 「자연의 자각」을 보고서」라는 것보다 오히려 「「자연의 자각」을 미루어 백악白岳씨의 인격을 평함」이라고 고치는 편이 낫다"13)는 김동인의 지적도 꽤 설득력을 지닐 소지가 있다고 할 수 있다. 요컨대 염상섭의 인격주의 비평론은 김동인의 경우에서처럼 기법의 숙련이 아니라 작가의 정신적 성숙도가 작품의 예술적 우열을 판별해 준다는 것을 상정하는 것이지만, 실제의 비평작업은 작품내용을 평가기준으로 삼아 작가의식의 비판을 행하는 것으로 된다.

이와 같은 염상섭의 비평적 입장은 작품의 분석 및 평가에 있어 객관

11) 염상섭, 「余의 評者的 價値를 논함에 답함」, 김윤식 편, 『廉想涉』, 문학과지성사, 1981, 170~171면.
12) 염상섭, 위의 책, 172면.
13) 김동인, 「제월씨의 평자적 가치」, 앞의 책, 161면.

성·공정성을 어떻게 보장하는가와 관련하여 문제점이 드러날 수도 있다. 그의 비평 실제를 보더라도 일정한 논거 없이 주관적 인상에 치우친 작품 이해, 구체적 방향 제시 없이 무턱대고 사색과 회의의 심화를 촉구하는 작가비판으로 시종하고 있거니와,[14] 이는 비평가와 작가의 현실인식의 차이 혹은 가치관상의 상이를 포섭해 줄 수 있는 비평의 객관적 방법체계가 뚜렷이 정립되지 못했음을 보여 준다. 이 점을 공격대상으로 삼아 전개되는 입론의 연장선에서 김동인의 비평적 입장은 보다 선명하게 나타난다.

김동인은 모파상의 말을 빌려 비평가가 어떤 작가의 사상에 동조할 수 없다고 해서 그 작가를 배척한다면 그러한 비평가는 비평가 될 자격이 없다고 한 다음, 비평의 본분은 비평가가 "자기의 사상은 내어놓고 작가의 사상에 화합하여 그 작품의 예술적 가치와 소설적 가치만을 엄정히 비판"하는 데서 찾아져야 한다고 못 박았다.[15] 이에 덧붙여 작가의 인격과 사상에 대한 규명은 평전의 영역인 바, 염상섭의 비평적 자세는 평전과 작품비평을 혼동한 것이라고 날카롭게 힐책했다.[16] 이러한 김동인의 논지를 대체로 수긍한다면, '작품의 예술적 가치와 소설적 가치'는 작가의 현실 해석(사상)이나 그것을 형상화한 작품주제보다는 작가의 작품 엮는 솜씨에 매인 것으로 되고 만다. 그리하여 비평의 기능은 "이해력이 없는 일반 독자들에게 이해력을 주는 것"[17] 또는 "감상력이 부족한 민중에게 감상법을 가르치는 것"[18] — 작가의 의도를 독자들이 충분히 납득할 수 있게끔 작품기법의 설명을 위주로 감상을 도와주는 선에 국한될 수밖에 없다. 작품비평을 작품해설로 격하하는 이른 바 김동인의 비평가의 활동사진변사론[19] 혹은 기교주

14) 가령 주요한의 시 「生」에 대한 비평이 그 전형적인 실례이다(염상섭, 「월평」, 『폐허』 2호, 1921.1, 92~93면.)
15) 김동인, 「제월씨에게 대답함」, 앞의 책, 163면.
16) 같은 면.
17) 김동인, 「제월씨에게 대답함」, 위의 책, 162면.
18) 김동인, 「비평에 대하여」, 위의 책, 166면.
19) 김동인, 「제월씨에게 대답함」, 위의 책, 164면 참조.

의 비평론인 것이다.

위에서 살펴온 바대로 비평의 기능 논쟁은 일견 두 당사자의 득의처가 다른 데(작가 대 비평가)서 오는 자연스런 귀결이기도 하겠지만, 보다 근본적으로는 양자의 문학관이 전혀 상충한 데서 비롯된 것으로 생각된다. 실제로 '개념뿐으로도 훌륭한 예술품이 되는가', '당용일기도 예술품이 되는가' 하는 문제를 놓고 두 사람은 정면으로 충돌하는데, 여기서 취한 입장의 차이처럼 각기의 문학관의 성격을 확연하게 보여주는 것은 없다.

김동인이 취한 입장은 <개념뿐으로>되었거나 <당용일기>이거나간에 예술작품으로서는 무방하다는 것이다. 이것은 두 가지 측면으로 해석된다. 그 하나는 문학작품은 아직 개념화되지 않은 창의적 사상이나 당용일기 류에서는 다루기 힘든 비상한 체험내용을 굳이 담을 필요가 없다는 것, 다음 하나는 그러한 문학작품이 예술로 되는 소이가 일반 논술형식이 아닌 방식으로 개념을 전달하는 데서 또는 당용일기와 같은 단순기록이 아닌 방식으로 일상사를 서술하는 데서 구해져야 한다는 것이다. 결국 어떤 내용이든 문학적인 기술방식을 취하기만 하면 예술로서의 하자가 있을 수 없다는 극단적인 기법편중, 소위 기교지상주의 문학관을 표방했다고 할 수 있다.

이러한 김동인의 문학관은 문학작품이 일반논술이나 단순기록물과 그 기술방식에서 차질함에도 불구하고 그 결과적 내용에 있어 아무런 질적 차이를 지니지 않는다는 것으로 이해되기도 한다. 말하자면 문학적 기술방식 또는 기법은 소재의 처리과정(작품의 형상화 과정)에서 일정한 가치증대를 가져오지 못하는 것이며, 따라서 미학적 양식의 차원에 훨씬 못 미치는 것이기도 하다. 그러면 그러한 기법이란 대체 어떤 윤곽을 갖는 것인가. 개념뿐으로나 당용일기로도 예술작품이 된다는 것은 "역사의 연대표도 우수한 예술작품이라는 궤변"[20]이라는 염상섭의 반박에 대해, 김동인은 그것이 역사

20) 염상섭, 앞의 책(김윤식 편), 173면.

와 예술을 구별하지 못하는 데서 비롯된다고 지적하고, 그 구별기준으로서 세 가지를 제시했다. 첫째 역사적 개념과 문예의 개념은 상세한 개념—개인적 체험의 재현—의 유무에 따라 구별된다는 것, 둘째 역사서술은 결과에 직선적으로 도달하는 전개과정을 보이는 것이어서 예술에서처럼 인생이든 생활이든 존재할 여지가 없다는 것, 셋째 역사가는 운필運筆의 자유가 없되 예술가는 그의 주의主意를 관철할 절대의 자유가 있다는 것.[21] 이 셋은 문예(소설)는 1) 개괄적 서술인 역사기록과는 달리 세부적 묘사에 주력한다는 것, 2) 현실(역사) 전개의 객관적 법칙성과 무관한 플롯에 의거하여 인생과 생활의 우여곡절을 그린다는 것, 3) 현실과의 합치 내지 대응관계에 구애받을 필요가 없다는 것 등으로 풀이된다. 결국 김동인에게 있어 기법이란 묘사법, 플롯부여방식 등으로 압축되고, 이는 뒷날의 「소설작법」(『조선문단』 7~10호, 1925.4~7)의 골격으로서 재차 확인된다. 특히 3)은 그러한 기법을 통한 창작행위가 현실에 대한 작가의 윤리의식을 수반하지 않고 이루어지며, 그 결과로서 형상화된 작품내용이 현실과 의미연관을 갖지 않는다는 비반영론적 입장인 바, 바로 이 때문에 김동인의 '기법'은 양식개념에 현저히 미달된다고 할 수 있는 것이다.

한편 '개념뿐으로서는 예술품이 못된다', '당용일기는 예술품이 될 수 없다'는 염상섭의 입장에 설 때 그 예술성의 요건은 무엇인가. 이와 관련해서는 우선 그가 일기 형식의 서술방법이 아니라 서술내용의 당용성當用性을 문제 삼고 있음에 유의해야 한다.[22] 그 당용성이란 김환의 「자연의 자각」이 한 실례가 되겠지만, 신변사의 단편적 나열이거나 막연한 상념의 두서없는 기록에 지나지 않는 상태를 가리킨다고 할 수 있을 것이다. 그러니까 예술작품은 모름지기 그러한 당용성을 뛰어넘는 고도로 긴장된 의식의 산물인 것이다. 염상섭 자신의 말을 빌리면 "예술은 참을 수 없는 횡일橫溢한 예술

21) 김동인, 「제월씨에게 대답함」, 앞의 책, 164면.
22) 염상섭, 앞의 책(김윤식 편), 173면.

적 충동에만 존재하는 것"[23]으로 된다.

그러면 작가의 '예술적 충동'을 구현하는 작품은 어떠한 양상을 띠는가. 염상섭에 의하면 작품창작은 "자기를 말함으로써 인생과 자연과 사회와 진리를 이야기"하며, 또 그러는 중에 "자연히 '자기'를, 전아全我를 발로함이다."[24] 이것은 작가의 자기인식과 현실인식이 작품 속에서 긴밀한 상승관계를 이룬다는 말이다. 작가가 "허위에 채운 자기과장과 자가자찬의 불순한 후기嗅氣"[25]를 비쳐서 안 되듯이 작품의 현실파악도 안이하고 기만적인 것이어서는 안 된다. 이를 뒤집으면 철저한 자기해부와 심층적 현실탐구의 과정이 곧 예술작품의 내용으로 된다는 관점에 귀착된다.

이러한 염상섭의 관점에 따르면 작가의 예술적 충동의 강도는 필경 작품내용의 무게와 깊이에 의해 측정될 수밖에 없다. 내용중심주의 문학관인 것이다. 그렇다고 기법을 경시하는 것은 아니다. 실제로 그는 "감정을 충분히 표현할", "오직 한 말"을 찾고 "세련한 한 마디 한 마디의 말 사이에는 조화가 있어야 한다"[26]고 하여 표현의 적확성을 강조했다. 작품창작에 고도의 표현력이 요구된다는 것은 작가가 소재의 표현에 머물러서는 안 된다는 뜻이다. 다시 말해 최적의 표현을 모색하는 것 자체가 치열한 작가의식의 발현이며, 작품내용에 중량과 심도를 부여하는 과정이기도 한 것이다. 따라서 염상섭에게 있어 기법의 문제는 내용과 주제의 문제와 결부된다고 할 수 있다. 소설작법(기법)을 주제표현과 무관한 기술방식 정도로 보는 김동인을 일러 '은방銀房의 직공職工'[27]이라 한 염상섭의 핀잔도 일리가 있다.

---

23) 위의 책, 172면.
24) 위의 책, 173면.
25) 같은 면.
26) 위의 책, 173~174면.
27) 염상섭, 「월평」, 『폐허』 2호, 1921.1, 98면.

3. '작의作意의 절대성絶對性'과 '인형조종술人形操縱術'

김동인의 문학에 관한 최초의 시론時論은 「소설에 대한 조선사람의 사상을」(『학지광』, 1918.1)이다. 제목이 시사하듯 이것은 당시의 일반적인 문학적 통념을 비판하고 자기 나름으로 새로운 문학(소설)의 성격과 방향을 밝힌 글이다.

그는 재래의 소설이 흥미본위로 현실성 없는 사건을 그리고 '내용의 외부적 미美'를 구하여 "선자필흥善者必興 악자필망惡子必亡", "선자필재자가인善者必才子佳人 악자필우남간녀惡者必愚男奸女"를 보여주기 때문에 "인생사회에 있을 수 없는 로맨스"라고 규정한다.[28] 그러니까 새로운 소설은 인생의 진상을 적나라하게 그리는 것이어야 하는 셈이다. 그것은 구체적으로 "대도회의 생활이나 현대가정 및 혼인관계나 육肉의 향락에 대한 거칠은 추구나 모든 형식의 공명열功名熱과 생존경쟁"[29]을 묘사하는 것이다. 이러한 소설을 두고 도덕적 타락을 조장한다는 당시의 식자층 사이의 비난에 대해, 그것은 소설의 묘사내용에 유혹되어 그대로 모방하려는 사람들 자신의 정신적·도덕적 타락이 이미 선행한 결과이지, 결코 작가가 책임질 일은 아니라는 것이 김동인의 반론이다. 소설이 설사 부도덕한 내용을 그린 것이라 할지라도, 바른 독자라면 그것을 실생활에 '모방'하기보다 오히려 인생에 대한 반성과 통찰의 계기로 삼고 그 배면에 놓인 작가의 사상을 간취, 공감함으로써 '감화'를 받게 된다는 뜻이다.

그러므로 김동인이 상정하는 바 새로운 소설의 특징은 첫째 분명히 독자의 사상적 감화를 지향한다는 것, 둘째 그럼에도 불구하고 작품내용 자체에는 작가의 사상이 직서直叙되지 않는다는 것으로 일단 집약된다. 전자는 이광수 류의 계몽주의 문학관과 상통하는 일면이지만, 사상적 감화의 방식과

---

28) 김동인, 「소설에 대한 조선사람의 사상을」, 앞의 책, 264면.
29) 위의 책, 265면.

관련된 후자는 전혀 김동인 특유의 영역이라고 할 수 있다. 그러면 작품내용과 작가와 사상, 혹은 작품과 작가는 대관절 어떠한 관계에 있는가.

> 소설가 즉 예술가요, 예술은 인생의 정신이요, 사상이요, 자기를 대상으로 한 참사랑이요. 사회개량, 정신합일을 수행할 자이오. 쉽게 말하자면 예술은 개인 전체요, 참예술가는 人靈이오.
>
> 참문학적 작품은 神의 攝이요, 聖書이오.[30]

이 인용대로라면 작품은 그 자체로서 완결된 하나의 소우주다. 작가가 '인영人靈'일진댄 그 통어統御를 받는 육신은 곧 작중인물일 것이다. 또한 작가가 창조자인 신神이라면 작품은 그 절대적인 주재를 받는 피조물일 수밖에 없다. 따라서 작품창작에서는 작가의 의도나 구상이 절대적으로 관철되어야 한다. 그런데 그 결과로서 성립되는 작품이 '사회개량, 정신합일을 수행할 자'라고 한다. 작품내용이 현실비판적 의미를 갖는다는 말이다. 현실비판의 주체는 물론 작가 또는 작가의 사상이며, 그 비판내용이 곧 작품내용으로 된다. 그러나 이러한 현실비판적 의욕과 창작의도의 절대적 관철은 전혀 상치되는 관점이다. 현실자체의 엄연한 구조와 논리와 운동법칙을 작가의 주관적 의도만 앞세워 일방적으로 구축驅逐할 도리란 없기 때문이다. 그러므로 김동인으로서는 그가 '작의作意의 절대성絶對性'을 고집하는 한 작품의 현실비판적 기능의 측면을 의식적으로 무시, 배제하고서 기법의 고도한 세련을 추구하는 방향을 선택하지 않을 수 없는 것이다. 이러한 선택이 실제로 명백하게 언명되기는 「자기의 창조한 세계」(『창조』 7호, 1920.7)에서였다.

> 그러면 톨스토이는 어떠냐? 그는 한 인생을 창조하였다. 하기는 하였지만

---

30) 같은 면.

> 그 인생은 틀린 인생이다. 소규모의 인생이다. 그는 범을 그리노라고 개를 그린 畵工과 마찬가지로, 참인생과는 다른 인생을 창조하였다. 그러고도 그는 그 인생에 만족하였다. 그리고 그 인생을 자유자재로, 人形 놀리는 사람이 인형 놀리듯 자기 손바닥 위에 놓고 놀렸다. 거꾸로도 세워 보고, 바로도 세워 보고 자기 마음대로 그 인생을 조종하였다.
>
> 톨스토이의 위대한 점은 여기 있다. 그의 창조한 인생은 가짜든 진짜든 상관없다. 예술에서는 이런 것의 구별을 허락치 않는다.[31]

작품의 창작방법이 인형조종술과 같다고 한다. 이것은 앞의 「소설에 대한……」에서 이미 피력된 바, 작가(人靈)는 작중인물(육신)에 대해 신격적 주재자라는 것과 동곡이음이다. 그러나 작품이 '틀린 인생', '참인생과는 다른 인생', '가짜'여도 상관없다고 하는 것은 중요한 변화이다. 작품의 현실성을 도외시해도 좋다는 것은 「소설에 관한……」의 계몽적 성향 즉 작품의 현실비판적 측면의 추구가 '작가의 절대성'을 관철하는 데 방해가 된다는 것을 김동인이 자각했다는 것을 의미한다. 따라서 창작방법으로서의 인형조종술은 작품의 주제나 사상을 돌아보지 않는 기교지상주의 문학과는 또 다른 이름이며, 그것에 의해 제작되는 "자기를 위한 자기가 창조한 자기의 세계"[32]는 현실반영과는 아무런 의미연관이 없는 완결형식의 자족체로 되는 것이다.

원래 「소설에 대한……」에 나타나는 계몽적 성향은 김동인의 자득自得이라기보다 당시 일본유학생들의 일반적 의식경향에 연계된 것이었다. 다이쇼大正데모크라시의 문물과 식민지 조선의 실정 사이에 가로놓인 격차, 유학생이라는 특수집단으로서의 자긍심, 선행모범으로서 당당한 지사적 풍모를 보인 이광수 같은 선배들의 존재 등이 김동인 세대의 유학생들로 하여금 시대의 계몽자를 자임케 하는 유인誘因이었다. 그들 신지식집단의 계몽

---

31) 김동인, 「자기의 창조한 세계」, 앞의 책, 269면.
32) 같은 면.

의식은 물론 근대적 자아각성·개성 확보를 바탕으로 하여 봉건적인 구도덕과 인습을 타파한다는 것, 정치적으로는 시민적 자유주의, 세계관상으로는 개인주의로 집약되지만, 두 가지 문제가 지적될 수 있다.

그 하나는 그들이 속한 계층의 현실적 미성숙성·식민지적 예속성에서 빚어진 사고방식의 추상성, 즉 사고의 시발점이 항용 구체적 사실이 아닌 관념에 놓이고 그 관념의 명령이 일방적으로 실제에 하달되는 전개 과정을 취하는 현상이다. 이러한 사고방식상의 특징은 작가가 작중 인물에 대해 신격적 주재자(人靈)라는, 말하자면 관념이 현실을 창조하고 지배한다는 김동인의 관점과 일치한다. 그러므로 김동인의 소위 '작의의 절대성'은 단순히 그의 유아독존적 기질에서 비롯되었다기보다 당시의 신지식집단의 계층적 성격에 의해 이미 규정된 의식의 한 단면을 투영한 것이라고 할 수 있다.

다른 하나는 그들의 의식반경의 범위(즉 사상 실천의 대상범위)에 관한 것으로, 이것은 이광수, 김동인의 세대 차이를 가늠자로 하여 따져볼 수 있다. 이광수 세대는 그 정신적 형성이 애국계몽운동시대에 이루어졌고, 따라서 그들이 표방한 시민적 자유주의, 개인주의는 국권회복과 사회개화에 연계됨으로써 강렬한 정치성을 띠었던 것이다. 이를테면 이광수의 작품은 시민적 자유주의의 표현수단으로서 추구된 개인주의라고 규정될 수 있다. 반면 김동인 세대는 그 계층적 한계 때문에, 그리고 채 철도 들기 전에 이미 식민지로 화한 현실로부터 그 정신적 성장이 이루어진 청년기 초입의 문청文靑들이어서 이광수 세대적인 정치성에 대해 실감을 가질 식견도 체험도 가질 수 없었기 때문에 그 의식반경이 개인 그 자체에 국한되지 않을 수 없었다.

이러한 의식반경의 협애성狹隘性은 김동인의 문학관에 어떻게 투영되는가. 그에 의하면, 예술—정확히는 예술행위는 '자기에 대한 참사랑'이며 '개인 전체'로 되는데, 이것은 이광수가 문학을 여기餘技, 즉 정치사상의 전달수단으로 간주한 것과 큰 대조를 이룬다. 실제로 이광수는 특히 『무정』의 예가 그렇듯 작중인물을 그의 대변자(이형식)로 삼아 거침없이 자신의 사상적 발언을 표출시켰다. 그러므로 김동인이 재래의 소설에 대해 '내용의 외부적 미美를 구한다'고 한 비판은 의식적이든 아니든 그 사정권 안에 이광수의 작풍作風도 포함한다고 할 수 있다. 그렇다면 그 반대명제인 '내용의 내부적 美'-그러니까 김동인이 전망한 새로운 소설의 특질은 이광수처럼 작가의 사상을 직설적(외부적)으로 토로하지 않고 시종일관 작품 내부적 사실을 통해 제시하는 데 그치는 방식에 의해서 달성된다고 할 수 있을 것이다. 그러한 방식에의 추구가 '작의의 절대성'이기도 하다. 작가가 작중인물에 대해 신격적 주재자(人靈)로 된다는 것은 바로 작가와 작중인물과의 심리적 거리를 확고하게 견지하고 냉정한 시선으로 사건을 그림으로써 최초의 구상을 밀고나가는 방식에 다름 아닐 터이기 때문이다. 요컨대 작의의 절대성이란 시민적 자유주의, 개인주의가 문학(소설)의 일개 형식(기법)으로 전화하는 단층에 대응되는 것이며, 바꿔 말하면 창작방법의식으로서의 개인주의라고 할 수 있다.

이와 같이 김동인 나름의 계몽적 성향과 창작방법의식이 병존·혼재하는 '작의의 절대성'을 창작실제에 적용하면 작품은 구조적 파탄에 직면하지 않을 수 없다. 그 두 요소가 위에서 논의된 바대로 각각 사고방식의 추상성, 의식반경의 협애성狹隘性에 바탕을 둔 것이라는 취약점을 내포하고 있기 때문이다.

「약한 자의 슬픔」(『창조』 1,2호, 1919.2~3)과 「마음이 여튼 자여」(『창조』 3~6호, 1919.12~1920.5)가 그 실례를 보여 준다. 두 작품은 모두 당시의 신지식 청년을 모델로 하여 주견 없는 의지박약자인 인물이 허황한 생활을 하다가 상대역 인물의 배신을 계기로 하여 자신의 성격상 결함을 깨닫게 된다는 줄거리로 되어 있다. 자아각성에 이르는 성격의 발전과정을 구도로 하고 있는 셈인데, 실상은 주동인물과 상대역의 성격대립이 설득력 있게 객관적으로 제시되지 못했고, 그렇다고 주동인물의 내적 갈등을 제대로 묘사한 것도 아니며, 그래서 결미부의 자아각성 대목에서는 주동인물이 작가 자신의 대역으로 되어 버려, 성격의 발전과정이 정연하게 입증되지 못하는 구조적 파탄이 드러난다.

김동인은 원래 이 두 작품의 결말처리를 주동인물의 자살로 구상했는데, 실제로 그러지 못하고 자아각성 장면으로 대치하게 되었다고 한다. 소위 '무해결·무이상'의 자연주의적 수법을 보이려는 창작 방법의식과 당시 신지식 청년들의 자아각성의 불철저성에 대해 비판하고자 한 계몽적 성향, 즉 '작의의 절대성'의 두 측면 사이의 상충 때문에 고민했다는 뜻일 것이다. 이러한 고민은 어디서 연유된 것일까.

『창조』는 거의 김동인의 출자에 의해 유지되었고 실제의 문학활동 면에서도 김동인이 발군이었던 것은 사실이지만, 내부적으로는 주요한이 방향타를 쥐었던 것으로 보인다. 가령 주요한의 「장강長江어구에서」(『창조』 4, 5, 6호)는 『창조』 동인들의 자문에 응답하는 회신형식으로서 창조파의 문학활동의 실천방향에 대한 원격조종과 같은 성격을 띠는데, 구체적으로는 이광수 류의 계몽주의 문학을 지침으로 하고 있다. 『창조』는 실적에 비해 훨씬 강한 계몽적·사상적 지향이 내장되어 있었던 것이다.[33] 그러한 지향에 김동인도 적극 부응코자 했음은 그가 「마음이 여튼 자여」의 작품성과에 대한 평가를 주요한에게 요청한 데서 엿볼 수 있다. 주요한의 회답 「성격파산」(『창조』 8호, 1921.1)은 "조선청년의 전형적 성격을 납치하여 그 단처(혹은 장처)를 해부하고 시대정신에 대한 예리한 비평을 하下려는 의식을 가지고" 쓴 작품이지만 "주인공을 산産한 시대와 주위의 배경이 그리 분명치 못한" 점을 근본적 결함으로 가지고 있다는 것이었다.[34] 말하자면, 자아각성의 불철저성에 대한 비판—'작의의 절대성'의 한 측면인 계몽적 성향이 현실적 설득력을 갖지 못했다는 평가였다. 이것으로 미루어 김동인의 고민은 현실

33) 최승만의 「문예에 대한 잡감」(『창조』 4호, 1920.2)도 그 한 방증이 된다.
34) 주요한, 「성격파산」, 『창조』 8호, 1921.1, 2~8면.

비판을 목표로 하면서 그에 합당한 사상충전의 부실함으로 해서 창작의도를 제대로 살릴 수 없었던 데 있었음이 확연하게 드러난다. 염상섭과의 논전에서 그가 보인 어법상의 강경함이나 논리구사의 난맥상도 이러한 사상과 무관하지는 않을 것이다.

이렇게 볼 때 이광수-주요한의 계몽주의 노선에 부응하지 못한다는 강박관념, 그에 이어진 작가로서의 정신적 자립에 대한 위기감을 어떻게 극복하는가에 김동인으로서는 초미의 과제가 놓일 수밖에 없었다고 생각할 수 있다. 김동인이 선택한 길은 이광수-주요한 노선에 대한 정당한 비판이라기보다는 '작의의 절대성'의 반쪽 부면인 계몽적 지향의 방기 즉 작품의 현실성에는 개의치 않겠다는 소위 '인형조종술'로서의 기교지상주의였다. 실제로 「마음이 여튼 자여」 이래의 모든 작품은 근대적 자아각성이라는 사상방면의 문제추구와는 무관한 기법의 실험으로 일관하고 있다.

김동인은 대개 작품에서 사건의 결말을 작중인물의 자살이나 죽음으로 처리하는데, 그 계기는 언제나 불가항력적인 현실의 횡포가 아니면 작중인물의 성격 자체의 비현실적 충동에 의한 것이다. 말하자면 자살이나 죽음은 작중인물의 내적 진실을 표현하거나 현실의 허위를 폭로하는 윤리적 차원을 갖지 못하고 사건의 흥미를 고조시키고 극적 긴장감을 조성키 위한 도입부와 결말부의 한갓된 장치에 지나지 않는다. 그러니까 작중인물을 자살과 죽음으로 몰고 가는 실질적인 주도권은 작가 자신의 자의恣意에 맡겨지는 셈이다. 실제로 「유서」 같은 작품에서 작가는 살인사건의 직접 연출자이고 작중인물들은 그의 손에 놀아나는 얼빠진 존재(手動人形)로 되어 있고, 그 밖의 작품들에서 작가는 방관적 서술자이지만 작중인물은 죄다 자제력이 전무한 둘러씌운 존재(自動人形)로 되어 있다. 요컨대 김동인의 작중인물은 자율적 의식을 가진 살아있는 성격이 아니라 운명의 실에 결박당한 인형이며, 그 성격은 운명의 주재자인 작가 자신의 자의에 의해 주입된 것이어서 현실적 근거를 지니지 못한다.

사실 김동인의 작품에서 그 배경적 현실은 단순한 소도구이거나 가공적 무대일 뿐이고, 사건전개도 흥미본위의 우여곡절을 플롯으로 하고 있어 현실성이 없다. 그가 즐겨 구사하는 액자양식은 그처럼 현실성 없는 사실에 의사(pseudo) 개연성을 불어넣기 위한 편법이며, 소위 일원 묘사법의 서술시점을 채택한 것도 작중인물의 성격을 제한함으로써 현실논리의 개입을 차단하고 처음의 자의로 구상한 궤도로부터 사건의 이탈을 예방하려는 방책일 뿐이다.

이러한 기법 실험의 중간정리로 보이는 「소설작법」(『조선문단』 7~10호, 1925.4~7)에서 김동인이 가장 중시하는 것은 플롯이다. 그에 의하면 플롯은 “사건과 인물과 배경을 결합시켜서 집필 중에 작품 내의 인물로서 반역적 행동을 취하지 않게 하는”, “단순화와 통일과 연락”이며,[35] 그러한 플롯의 일관성을 유지하는 데 가장 효과적인 서술시점이 일원묘사법[36]이다. 즉 플롯과 시점은 인물들이 지닌 성격의 내재적 대립관계나 배경이 되는 현실의 객관적 운동법칙을 반영하기보다는 그것을 봉쇄하는 기계적 형식에 불과하다. ‘작의의 절대성’이 ‘인형조종술’로 치환될 때, 그 기법상의 실체는 플롯 우선, 일원묘사법의 채용으로 귀착되는 것이다.

한편 김동인은 이광수에 대한 비판의 연장선 위에서 자신의 기교지상주의적 입장의 정당화를 꾀하는데, 그 자기합리화의 논리구사방식에서 그의 문학관의 한계가 극명하게 드러난다. 그는 이광수의 작품에 나타나는 설교장면은 구소설의 권선징악과 오십 보 백 보의 차이밖에 없는 또 하나의 권선징악, 심지어 소설의 타락이라고까지 극언한다.[37] 이것은 이광수의 계몽사상이 작품 내부의 현실 속에 용해되지 못한 당위명제로서 생경한 관념상태에 머묾을 지적한 것이라는 의미에서 타당성이 인정된다. 김동인은 그

35) 김동인, 「소설작법」, 앞의 책, 218면.
36) 위의 책, 219~222면 참조.
37) 김동인, 「조선근대소설고」, 앞의 책, 148면.

러한 이광수의 작품이 작가의 "위선적 성격"[38], "의식적 선善 욕구"[39]에서 말미암은 것이라고 풀이하고, 반면에 자신에게는 "천성 위에 생장과 교양으로 더욱 굳세이 박힌" 선량함—"내재적 선善"[40]이 있어 '작의의 절대성'을 관철하려는 선적善的 욕구와 상반됨으로써 「약한 자의 슬픔」이나 「마음이 여튼 자여」에서 작중인물에게 동정심을 가지게 되어 차마 자살 장면을 그릴 수 없었다는 말인데, 이것은 실상 작중인물의 불행(자살)이 근대적 자아각성의 부재에서 비롯됨을 형상화된 작중현실로써 입증할 수 없는 역량미달—무정견을 고백하는 것일 뿐이다. 결국 김동인의 '내재적 선'이란 자신이 이끌리는 이광수적인 '의식적 선 욕구'에 현실적 근거를 제시하지 못하는 사상의 빈곤 내지 의식의 미숙을 가리키는 것에 다름 아니다.

그러므로 김동인은 자신의 '내재적 선'을 깡그리 무시하고 오직 선적 충동에만 자기를 내맡김으로써 '작의의 절대성'을 관철하고자 했고 그것을 "미美에 대한 광폭적 동경"[41]이라고 불렀지만, 이 단계의 미란 실은 그 자신의 무정견성에 대한 회피이자 그것의 위장에 지나지 않는다. 그는 '선과 미의 합치점'을 발견했다고 허풍쳤지만, 그것은 선도 선이 아니고 미도 미가 아닌 몰가치沒價値의 세계일 따름이다. 인간관계의 윤리성에 대한 문제추구를 기도하지 않은 만큼 그의 작품의 최종적 귀결점은 언제나 기성도덕과 통념의 승인에 놓일 수밖에 없었다. 그야말로 '미에 대한 광폭적 동경'을 가진 인물이 등장하는 작품들도 있지만, 그 의미 차원은 미 또는 예술의 본질규명—예술지상주의와는 무관하다. 본격적인 예술가소설(Kunstlererzählung)이 현실구조의 요지부동한 합리성에 대한 절망과 저항에서 내면화된 개인주의로서의 초합리성의 세계를 지향하는 데 비해, 김동인의 작중인물들은

38) 위의 책, 150면.
39) 위의 책, 158면.
40) 같은 면.
41) 같은 면.

예술이 인생과 세계에 대한 반성적 의식형태임을 모르는 단순한 예술가인형으로서 예술을 빙자하여 그저 광기와 편집 같은 기질의 과장된 발산을 일삼을 뿐이다. 김동인에게 있어 예술 혹은 근대 개인주의는 현실성과 합리성을 돌아보지 않는, 그것을 한참 밑도는 유아적唯我的 기질 이외에 아무 것도 아닌 것이다. 몰가치의 예술행위는 하나의 도락밖에 안 된다. 실제로 김동인은 문학이 다만 오락이라는 결론에 도달했다.[42]

4. '허언虛言'의 방법과 내용

염상섭이 작가로 전신하는 분기점에 놓인 「저수하樗樹下에서」(『폐허』 2호, 1921.1)는 김동인과의 논전에서 밝힌 바, 그의 인격주의 비평론에 내재된 문학관의 구체적인 윤곽을 제시한 것이라는 점에서 대단히 중요한 의의를 지닌 글이라고 할 수 있다. 심경토로의 형식을 취한 이 글은 자기 나름으로 당시의 문단실태에 대한 비판을 곁들이면서 작품창작의 새로운 방향을 모색하고 있다.

서두에서 염상섭은 문학활동에서 손을 놓아버리고 싶은 자신의 심경에 대해, "무수한 노력과 시간과 금전을 낭비하여 가며 빨간 거짓말을 박아서 점두店頭에 벌여 놓고 득의만면하여 착각된 군중을 또 일층 현혹케 함은 확실히 죄악"[43]이기 때문이라고 해명하고 있다. 마치 자기질책인 양 하지만, 그 본의는 "허언虛言도 교묘히 할 만한 자격이 없이 중도난방으로 횡설수설하는"[44] 문단실태에 대한 야유라고 할 수 있다. 서두 이하의 서술은 전부 '허언을 할 만한 자격' 또는 예술의 성립조건에 대한 성찰로 채워져 있는 것이다. 그러면 염상섭이 작가로 전신하고자 한 동기는 무엇일가. 그것은

42) 김동인, 「余의 文學道 30년」, 앞의 책, 299~301면.
43) 염상섭, 「樗樹下에서」, 앞의 책(김윤식 편), 176면.
44) 같은 면.

그의 동아일보 기자직 사퇴와 관계되는 것 같다. 그의 말로는 작가생활을 하고자 해서 동아일보를 그만둔 것으로 되어 있으나,[45] 그 사직이 순전히 자의에 의한 것인지는 의문이다. 실직하고 집에서 도식하는 동안 "기절을 할 것"[46] 같은 기분, 급기야 "사死의 예각豫覺"[47]에 사로잡히기까지 했던 것이다. 당시의 신지식집단은 김동인 부류처럼 부호의 자식인 경우라면 호기롭게 룸펜생활을 할 수 있었지만, 그렇지 못한 사정에서는 신문기자직만한 직업도 없었다. 따라서 경위야 어찌됐건 동아일보 사직이라는 좌절과 실망의 보상으로서 작품창작이 거의 강요되다시피 했을 것은 틀림없다고 할 수 있을 것이다. 기자생활에서 발휘해야 할 지식인으로서의 역할 즉 실사實事를 상상적 공간인 작품을 통해서 기도하는 것이 바로 '허언'이라는 추론도 가능하다. 이렇게 볼 때 염상섭에게 있어 문학은 현실의 연장에 놓인 것이며, 그 성취에 대한 평가는 작가=지식인으로서의 현실비판력에 대한 것이 된다. 이것은 그의 인격주의 비평론의 관점이기도 하다.

'허언'이 실사의 상상적 재현으로서 허구虛構와 같은 의미라면, 염상섭은 당시의 신문학 작품들을 어째서 '빨간 거짓말'이라고 죄악시하는가. 즉 가치 있는 '허언'의 조건은 무엇인가.

> ……虛言은 사람이 모든 생물보다 초월할 수 있는 유일한 특권이다. 허언 속에서 眞이 나온다. 나도 거짓말을 하기 때문에 사람이다. 처음에 40번이나 혹은 140번이나 허언을 하지 않고는 단 하나의 진리도 得達할 수 없다. 만일 그것이 자기의 생각에서 우러나오는 허언일 지경이면 존경할 만한 것이다. 자기의 생각으로써 허언을 하는 것은 진리를 다른 샘(他泉)에서 길어오는 것보다 나은 일이다. 전자인 경우에는 너는 아직 사람이다. 그러나 후자인 경우에는 너는 앵무에 불과하다.[48]

45) 위의 책, 181면.
46) 위의 책, 182면.
47) 위의 책, 183면.
48) 위의 책, 176면.

위의 인용에서 방점 친 두 명제에 특히 주목을 요한다. 허언의 일반적 의미기능은 사실의 지시가 아니면 관념의 전달이다. 따라서 '허언'이 진리의 유일한 표현수단이라는 명제는 문학이 사실의 단편이나 현상의 표면을 기록하는 데 그치거나 추상관념의 당위성만을 일방적으로 진술하는 것이어서는 안 된다는 뜻이다. 김동인과의 논전에서 '당용일기나 개념 뿐으로서는 예술품이 못된다'고 확언한 바와 상통한다고 할 수 있다. 그리고 자기의 생각에서 우러나오는 '허언'만이 가치가 있다는 명제는 작품의 내용이 작가 자신의 절실한 체험과 그것의 부단한 반추에 기초한 개성적 통찰력에 의해 뒷받침되지 않는다면 진실성을 확보할 수 없다는 뜻이다. 즉 작품의 진가를 판정하는 기준이 자아각성에 바탕을 둔 작가의 현실비판력의 유무에 있다는 것으로, 소위 인격주의 비평의 입장과 상통된다고 할 수 있다. 요컨대 작품창작 즉 '허언'이란 단편적 사실의 배후에 드리워진 진상을 밝혀내고 표면적 현상의 심층에 잠긴 허위를 파헤치고 추상관념의 외피에 가려진 대응실체를 드러내게 하는 작업이며, 그러한 작업의 원동력은 작가 자신의 개성적 현실비판력에서 나온다는 것으로 된다.

그러므로 염상섭의 '허언'을 통해 득달得達하고자 하는 진리는 현실을 뒤집음으로써 드러나는 역설적 진리이다. 그것은 근본적인 현실변혁의 전망이나 새로운 가치관의 정립은 아닐지라도, 기성현실을 방관하지 않고 또 통념적 의식에 농락당하지 않겠다는 의욕에서 발로된 것인 이상 가치(善과 美)와 생명을 가진다고 할 수 있다.

> 사실에 확실성과 합리성이 있다는 것이 사실을 방관하고 거기에 농락되라는 이유는 못된다. 사람에게는 사람의 길이 있다. 사실을 뒤틀을 만한 힘은 없더라도 뒤집을 만한 힘은 있다. 적어도 사실에 농락되지 않을 만한 지혜가 있다. 담력이 있다. 수단이 있다. 있어야 할 것이다.
>
> (…중략…)
>
> 만일 지혜와 담력과 수완으로 사실을 뒤집거나 현상을 바꾸려다가 실패한

다면 그것은 더 큰 비극을 연출하는 결과에 이를 것이다. 그러나 거기에는 오히려 비장하고 통렬한 맛과 빛이 있을 것이다. 거기에는 사실을 사실대로 방임하거나 또는 농락되는 것보다는 몇곱이나 나은 善이 있고 美가 있다. 거기에는 생명이 있기 때문이다.[49)]

이와 같이 '허언'의 방법적 원칙은 '뒤집기'—현실의 이면폭로에 놓인다. 「저수하에서」는 그 방법적 원칙의 시범을 보인다는 의미에서 소설 직전의 단계에 값한다고 할 수 있다. 구체적으로 그것은 '죽음'의 관념에 관계된 허위의식의 폭로라는 양상을 띤다.

우선 실례로서[50)] 자신의 체험을 든다. 어느 날 누군지 모르지만 어떤 여자의 손에 목이 졸려 죽는 꿈을 꾸는데, 그때 고통보다는 쾌감을 느끼면서도 의식 한 편에서는 죽지 않았으면 하는 요행심도 꿈틀거리더라는 것이다. 꿈을 깨고 나서 맨 처음 찾아온 것은 실제로 죽지 않았다는 안도감이다. 그러다가 문득 젊은 나이로 자살한 당시의 일본문인들, 배우 마쓰이 스마코松井須磨子의 정사情死에 생각이 뻗친다. 다음으로 그 꿈이 자신의 죽음을 예고하는 것은 아닌가 하는 망집에 사로잡힌다. 동시에 '병적 상태에 있을 때 꿈은 이상히 명확한 윤곽을 가지고 실제와 흡사히 발현한다'는 도스또엡스키의 말도 떠올린다. 여기서 염상섭은 자신의 꿈에다 도스또엡스키가 '병적 현몽'은 각별히 선명한 인상을 남긴다고 한 것 이상의 의미를 부여한다. 즉 자신의 꿈이 실제로 그가 죽게 될 징조일지 모른다는 강박을 갖는다. 과거의 꿈-한번의 '병의 예각', 두 번의 '불길한 돌발사고의 예각'이 실제로 적중했던 경험이 있기 때문이다. 그러나 곧 부질없는 꿈 따위에 시달리는 망상상태에서 깨어난다. '나의 생명을 적극적으로 나의 손에 걸어 해결할 때는 있으나, 모든 것에 대한 애착을 남겨두고 묘혈墓穴 횡탄橫呑에 맡기어 두

49) 염상섭, 「同人記」, 『폐허이후』, 1924.2, 135면.
50) 염상섭, 앞의 책(김윤식 편), 182~184면.

고 싶지는 않다'는 것이다. 자기내부의 필요에 입각하여 결단 내려진 것이 아니라 막연하게 예각된 죽음의 관념은 허위의식에 지나지 않으며, 살고자 하는 욕망이야말로 자신의 '내부진실'이라는 것이다.

교살당하면서 병적 쾌감을 느끼고 그 가해자가 여자라는 직감을 받았다는 꿈의 내용은 그 바로 다음에 일본문단의 자살 스캔들이 상기되었다는 대목이 놓인 것으로 미루어, 연애와 죽음을 예찬하던 당시 문단의 유행풍조가 기실 겉멋 들린 '앵무새'같은 수작이 아니냐는 염상섭의 계산된 자기연출이라고 할 수 있다. 그 꿈이 당시 문청文靑들의 작품을 빗댄 것이라면, 그 꿈 때문에 사로잡히게 된 죽음의 예각은 그들의 실생활의 의식 상태에 대응된다고 하겠거니와, 이 경우 염상섭의 암중 의도는 그들의 한심한 자아망실自我忘失의 꼬락서니가 신통한 현몽을 믿는 인습적 통념과 마찬가지라는 신랄한 풍자라고 할 수 있을 것이다.

다음으로 드는 실례[51]는 바로 그러한 당시 신지식집단의 실생활 자체를 규명 대상으로 한다. 즉 화가인 남편을 뒷바라지하느라 작부 일까지 한 어느 신여성이 남편의 미전美展 낙선에 비관해서 '사死는 예술이다 운운'하는 유서를 남기고 자살했다는 신문기사에 관한 것이다. 기사를 읽고 염상섭이 궁금해 하는 것은 자살자의 심리적 동기인데, 그것과 관련하여 그는 '사死라는 사실을 객관화하여 일개의 관념을 작성하고 그 관념 속에서 미美를 멱출覓出하여서 다시 자기주관 내에 예입曳入할 때, 사死는 예술일 수가 있다.'는 기준을 세운다. 자살이 그 당사자의 '내부진실'의 표현인가 아닌가에 따라 예술로서의 성립 여부가 가려진다는 관점이다. 그러면서도 '예술은 표현의 형식을 무시할 수는 없다'는 점에서 염상섭은 표현형식상 정사情死가 자연사自然死보다 정열적이라는 의미로 그 예술적 의의를 인정한다. 그러나 거기에는 '연애의 무의미를 깨닫기 때문에 정사의 미美를 아는 바이다'라는

51) 위의 책, 184~187면.

단서가 붙는다. 겉보기에 열정적이라고 해서 반드시 정사하는 당사자의 주관이 진실된다는 보장은 없으며, 앞의 실례에서도 시사된 바인 당시의 실태로 보아 연애가 '내부진실'의 발로라 하기 힘들진대 정사 또한 별 수 있겠느냐는 뜻이다. 그리하여 신문의 정사 유서를 하나의 '구실적 위안'으로 간주한다. 또한 염상섭은 친구 M의 장난기 어린 권유로 H라는 여성과 팔짱을 끼고 제 멋에 겨워 연애놀음에 젖어드는 H에게서 머리가 빈 '종이紙' 같은 존재를 대하는 듯한 혐오를 금치 못했다고 자신의 일화를 예로 들면서, 대개 그같이 얼빠진 신여성들이 벌이는 정사란 '남자를 희롱'하는 처사밖에 안 된다고 비꼬기도 한다. 요컨대 죽음이니 예술이니 뭐니 하는 유서는 그렇게 함으로써 자신의 행위가 미화되리라고 믿는 허위의식의 소산일 뿐, '내부진실'의 표현은 아니라는 것이다.

위의 두 실례는 의식과 행위의 지향점이 궁극적으로 당사자의 '내부진실'의 자각과 표현, 다시 말해서 자아각성과 그 실천에 놓여야 한다는 신념에 기초한 허위의식의 폭로이다. 즉 위의 두 실례는 '허언'으로 치환되며, '허언'은 개인주의 세계관의 문학적 실천에 다름 아니다. 앞의 실례는 염상섭 자신의 체험(꿈과 망상)에 대한 빈틈없는 의식재현이며 뒤의 실례는 제 3자의 행위(자살과 유서)에 대한 심리분석인데, 이 둘은 방법상 그 당사자의 내부관찰이라는 점에서 등가이며 또한 그 과정에서 드러나는 것이 자기부정의 허위의식(죽음에의 유혹과 예각, 죽음의 예찬)이라는 점에서 내용상으로도 그러하다. 이것은 작가 자신의 '내부진실'과 작품의 '내부진실'이 동일 연장선상에 놓인다는 것을 말해주며, 따라서 김동인의 소위 창작방법의식으로서 개인주의와 대비된다는 의미로 염상섭의 '허언'은 작품내용의식으로서의 개인주의라고 규정할 수 있다.

그런데 '내부진실'이 결여된 대상을 놓고 내부관찰이라는 소극적 방법을 통해 그 허위의식을 폭로한다는 '허언'의 발상법은 작품 속에 구현되어야 할 염상섭의 '내부진실' 자체가 그 외연적 실체를 갖지 못하는 추상적 내용에 머문 것임을 시사해 준다. 내용의 추상성은 염상섭의 개인주의 세계관 자체가 관념만 일방적으로 선행하는 사고방식에 의한 것이며, 방법의 소극성은 그것의 현실적 토대 내지 실천대상범위가 극히 제한된 것임을 반증한다. 말하자면 그 둘은 김동인의 경우에 있어서와 마찬가지로 신지식집단의 계층적 한계에서 비롯되는 이른바 사고방식의 추상성, 의식반경의 협애성에 각각 대응된다. 실제로 염상섭은 '사람은 최후의 순간에 임해서도 허식이라는 무장을 해제할 줄 모르는 종자'이며 '자기의 욕망을 끊어 버릴 때 악의는 스러지고 인류애는 샘솟으리라고' 한 톨스토이의 말이 자기부정의 허위의식에 불과하다고 규정하면서, 인간적 진실은 "무조건으로 더 살려는 본능"이며 그 바람직한 표상은 "어린아이와 같이 순박무사한 마음씨"라고 단언한다.[52] '내부진실'이란 실상 무조건의 본능이라는 당위적 추상관념이며, 그 현실적 외연은 어린아이와 같은 자기재생산의 불모상태인 것이다.

이와 같이 염상섭의 개인주의 세계관은 자아와 세계를 상호 포섭해 주는 매개체—사상체계의 부재 즉 자아와 세계의 무매개적 이원성으로 특징지어진다. 이 매개체의 부재로 해서 작품창작은 때로는 자아과잉 때로는 자아퇴행의 양상을 빚어내게 되고, 소설적 자아의 가치추구 과정이 내면화되지도 행동화되지도 못하는 한계에 봉착할 수밖에 없다.

염상섭의 초기 3부작 「표본실의 청개구리」(『개벽』 14~16호, 1921.8~10(1921. 5作)), 「암야闇夜」(『개벽』 19호, 1922. 1(1919. 10. 26作)), 「제야除夜」(『개벽』 20~24호, 1922. 2~6)는 모두 1인칭 고백체 서술로서 수필류 · 논설류를 방불케 할 만큼 서술자 주동인물의 일방적인 주관적 심경토로, 추상관념의 직서直敍가 압도적이다. '광인 · 김창억'의 삽화(「표본실……」), '절름발이의 연날리기'(「암야」)와 '비눗방울 장난'(「제야」)의 비유, '적나라한 자기(및 세태의) 폭로'의 유서 형식 등을 통해 당시 신지식 집단의 허위의식을

52) 위의 책, 188~190면.

희화화함으로써 소설적 개연성은 어느 정도 획득되지만, 소위 '내부진실' 자체는 소설적 자아의 성격 속에 적극적으로 형상화되지 못한다. 즉 '내부진실'이란 것이 현실과 대결하는 작중인물의 객관적 행동으로 표현되지 못할뿐더러 내면화—내면세계의 탐구라는 형태로 구현되지도 못한다. 염상섭은 당시 문청들의 의식에서 "취할 점"은 "속중俗衆과는 동화치 않는다는 것" 뿐이라고 하지만[53] 그 자신도 의욕이야 어쨌거나 근본적으로는 그 범주에서 벗어나지 못하는, 속중과 진실 혹은 사회와 개인 사이에 놓인 중간적 존재에 지나지 않는 것이다. 그러한 중간적 존재는 도스또옙스키의 작중인물들처럼 인간성의 철학적 형이상학적 의미를 포착하는 극적 순간을 모른다. 도스또옙스키의 경우, 작중인물들의 병적 상태(현몽, 치매상태, 섬망증, 종교적 황홀경 등)는 그러한 극적 순간을 형상화하는 양식적 단위이며, 그것은 러시아 정교正教라는 매개체를 가졌기 때문에 가능했다.

「만세전」(原題 「묘지」, 『신생활』 창간호, 1923.7~8)에서는 초기 3부작의 자아과잉이 제법 완화된다. 1인칭 관찰자 서술 시점 탓이기도 하겠지만, 좀더 근본적인 원인은 중간적 존재로서의 작가 자신 또는 주동인물 '이인화'의 위치가 일본과 조선, 동경東京과 서울, '시즈코靜子'와 '을라乙羅'·'처妻' 사이에 놓임으로써 형태화되어 있고, 자아과잉의 측면은 '시즈코'에게 보낸 결미부의 서신내용이 증좌하듯 일본·동경·'시즈코' 쪽에 현저히 기울어져 있기 때문이다. '이인화'는 주로 그의 부형세대父兄世代와 자기 동세대同世代의 위선에 대해 냉소적 관찰자로 설정되어 있다. 그런데 그는 동경과 서울 사이에 걸쳐 있는 관부연락선關釜連絡船과 경부철도京釜鐵道의 제국주의적 성격을 꿰뚫어 보지 못하고, 다만 식민지의 봉건성·낙후성에 난감해 할 뿐이다. 동경의 '시즈코' 쪽이 진보의 방향성이라고 믿는 것이 그 이유일 것이다. 그의 '시즈코'에 대한 불투명한 감정, 그것은 그의 고민과 일녀日女의 고

53) 염상섭, 「闇夜」, 동국대 한국문학연구소 편, 『廉想涉』, 도서출판 연희, 1980, 82면.

민이 식민지 조선의 현실과 산업자본지배하의 일본사회의 계층적 소외라는 각기 상이한 뿌리에 닿아 있는 것이기 때문인데, 그럼에도 불구하고 결미부의 서신 대목에서 두 사람의 관념상의 일치를 강변하는 것도 같은 이유에서라고 생각된다.

「만세전」 이후의 일련의 작품들에서는 만연한 현실묘사가 전국면을 가로지르게 되고, 주동인물의 주관도 그것에 조응하여 전작들에서처럼 일방적으로 분출되지 않는다. 일견 현실인식에 대한 작가적 성숙으로 보일 수도 있겠지만, 이것은 기왕의 1인칭 고백체·관찰자 서술에서 작가 관찰자 서술로의 시점 이행에 관련된다. 이 시점의 이행은 전작들의 자아과잉 즉 소설의 양식적 불안정을 수습하기 위해 단순한 기법상의 전환은 아니다. 시점의 이행과 함께 작품의 비판대상도 초기 3부작의 신지식집단에서 이제는 범부범부凡夫凡婦로 바뀌는 것이다. 여기서 전작들의 자아과잉이 진보의 방향성에 결부된 것임을 상기해 봄직하다. 즉 현실의 진전에 따라 염상섭의 개인주의 세계관 자체가 진보적 의의를 지닐 수 없게 됨으로써 전작들과 같은 내용·형식은 쑥스러워졌지 않나 하는 것이다. 새로운 작품군들에서도 비판의 기준은 개인주의 세계관, 구체적으로는 생활덕목으로서의 개인적 상실성·정직성이다. 이 기준은 회사원(「전화」)·여학생 매춘부(「검사국대합실」)·좌익운동가(「밥」)·인쇄소 직공(「운전기」) 등 그야말로 모든 계층에 한결같이 적용된다. 말하자면 현실구조나 계층의식을 전제치 않는 현실묘사인 것이며, 이것은 동시에 작가가 작중인물로 하여금 행동을 통해 현실과 대결토록 할 매개체를 갖지 못했음을 반증해 주는 것이기도 하다. 그렇다면 이들 작품이 수동적 관찰자에 의한 평판적 현실묘사, 이른바 자아퇴행의 소설적 양상을 띠는 것도 당연한 귀결이라 할 수 있다. 이 경우 소설의 구성력은 작가의 에두르는 문체 내지 문장력에 그 대부분이 놓일 것이다.

염상섭의 개인주의 세계관이 실체를 드러내는 것은 『삼대三代』(『조선일보』,

1931.1.1~9.17)에 와서다. 그것은 「만세전」 이후의 새로운 진보의 방향성 즉 계급사상과 관계된다. 『삼대』에서 계급사상은 부세대父世代(개화기세대의 반봉건성半封建性)의 부정이라는 동기 면에서 개인주의와 등가적인 것이면서, 한편으로 개인과 그 자발성의 부정이라는 실천 면에서 개인주의와 대립적인 것으로 파악된다. 이것은 염상섭의 개인주의가 지향하는 바, '내부진실'은 자아각성의 의욕이지 현실비판의 의욕이 아님을 말해준다. 실제로 주동인물 '덕기'는 '사당祠堂 문지기'가 되지는 않겠다는 관념상의 진보주의와 '금고金庫 문지기'로 살겠다는 현실안주의 보수주의라는 이원적 성격의 인물이며,[54] 바로 중간적 존재인 염상섭(혹은 김동인) 자신의 진면목이기도 하다. 다른 작중인물들도 각기 그러한 성격의 이원성을 바탕으로 서로 얽혀 있는데, 이것은 개인주의 세계관의 전체상 즉 자아와 세계의 무매개적 이원성이 문학적 형상화에 도달한 것이라는 점에서 『삼대』가 근대문학의 기념비적 작품으로 되는 근거이기도 하다. 『삼대』의 위대성은 부세대(허위의식)에 대한 비판이 조부세대祖父世代의 재인식과 결부된 점에 있다. 그것은 허위의식의 물질적 기초의 발견(비판의 무기)이긴 하지만, 그 물질적 기초 자체를 비판할 사상체계(무기의 비판)의 부재라는 근본적 한계를 지녔다. 부정(父世代)에 대한 재부정(자기세대)이 원상태(祖父世代)로 재귀되고 마는 데서 염상섭 부류의 개인주의 문학이 지닌 불모성이 드러나는 것이다.

「저수하에서」가 문학관의 표명과 그에 이어진 일종의 창작시범이 혼효된 것이라면, 그것의 이론적 진술이 「개성과 예술」(『개벽』 22호, 1922.4)이다. 이 논문은 셋으로 분장되어 있는데, 첫 장은 '일반적 상식문제로서 자아각성'을, 둘째 장은 '개성의 발견과 그 의의'를, 셋째 장은 '예술의 창작과 평가에 있어서 개성의 지위와 의의'를 논한 것이다. 말하자면 첫 장은 개인주의 세계관의 일반론이고, 둘째 장은 그 기틀 위에선 예술가론이며, 셋째 장

---

54) 염상섭, 「三代」, 『三代, 표본실의 청개구리 外』, 삼성출판사, 1981, 255면.

은 그러한 예술가와 작품의 관계 해명이라고 할 수 있다.

이 논문의 핵심논지는 인간 일반의 자아각성이 개인에게 있어서는 개성의 인식으로 되고, 그 개성은 "개개인의 품부稟賦한 독이적獨異的 생명生命"[55] 이며, 따라서 예술작품은 "작자의 독이적 생명"[56]의 표현이라는 것이다. 작가의 내부진실 즉 개성이 '독이적 생명'같이 포괄적인 추상개념으로밖에 제시되지 못한 점, 인간일반과 개인(작가) 사이에 뚜렷한 매개항의 존재가 인식되지 못한 점은 앞서 「저수하에서」 및 작품실제의 검토과정에서 지적된 문제와 일치한다. 「저수하에서」가 서두에서 비록 비유적 표현에 의한 것이긴 하나 창작의 방법적 원칙을 시사한 데 비해, 그러한 측면에 대한 고려가 없는 것이 이 논문의 또 다른 문제점이다.

5. 결론

김동인과 염상섭의 논쟁은 표면적으로는 각각 비평이 다만 기법의 설명에 국한되어야 한다는 기교주의 비평과 작품내용 및 작가의 인격・사상에 대한 평가를 비평가의 본분으로 한다는 인격주의 비평을 앞세운 비평의 기능에 관한 시비이지만, 근본적으로는 '당용일기・개념의 예술화 가능 여부'와 관련하여 작품창작에 있어 그 예술적 우열을 판가름하는 것이 기법의 숙련인가, 작가의 정신적 성숙인가 하는 기교지상주의 문학관과 내용중심주의 문학관의 접전이었다.

김동인의 문학관은 작가가 작중인물에 대해 신격적 주재자라는 '작의의 절대성'을 중심개념으로 한다. 그것은 원래 '내용의 외부적 미'를 추구하는 재래소설 및 이광수 소설에 대한 비판 즉 근대적 소설기법(형식)에의 지향과 소설이 '사회개량, 정신합일을 수행할 자'라는 계몽성의 지향을 아울러

55) 염상섭, 「개성과 예술」, 김열규・신동욱 편, 『염상섭 연구』, 새문사, 1982, 45면.
56) 위의 책, 48면.

지닌 것이었다. 계몽성 지향의 내용은 당시 신지식집단의 자아각성의 불철저성에 대한 비판 즉 개인주의 세계관이었고, 기법 지향의 내용은 그것을 사상의 관념적 직서直叙를 배제하고 작중인물의 성격과 행동을 통해 형상화한다는 것이었다. 이런 점에서 김동인의 '작의의 절대성'은 창작방법의식으로서의 개인주의라고 부를 만하지만, 두 지향성 자체의 상호 모순성, 그 근본원인인 사상 측면의 현저한 미숙성으로 인해 작중인물의 성격적 이원성과 같은 구조적 파탄에 당도하지 않을 수 없었다. 이러한 문제점에 대해 창조파의 사상축이라 할 주요한(이광수) 노선의 비판이 가해지면서 김동인은 '작의의 절대성'의 한쪽 부면 즉 계몽성 지향을 포기함으로써 작가로서의 독자성을 확보코자 도모하는데, 그 귀착점이 개인주의의 작가기질화—소위 '인형조종술'로 표방되는 기교지상주의 창작방법의 원칙이었다. 그 결과 작품 자체도 현실비판과는 전혀 무관한 완결형식의 자족체로 전락해버렸다.

한편 염상섭의 문학관은 '허언'이라는 독특한 개념 속에 집약된다. '허언'은 실사의 상상적 재현으로서 허구와도 상통하지만, 일정한 문학사적 방향성을 띤 개념이기도 하다. 그 방향성은 당시 신지식집단 혹은 문청들의 작품이 앵무새처럼 일본문단을 모방한 '빨간 거짓말'이라는 염상섭의 비판과 관계된다. 그 비판의 기준은 의식과 행위의 지향점이 당사자의 '내부진실'의 자각과 표현 즉 자아각성과 그 실천에 놓여야 한다는 개인주의 세계관에 다름 아니다. 따라서 '빨간 거짓말'이 아닌 '허언'은 작가 자신의 '내부진실'의 문학적 형상화이어야 하며, 이 경우 작가와 작품이 동일 연장선을 이룬다는 점에서 김동인과 대비하여 작품내용의식으로서의 개인주의라고 규정할 수 있다. 그런데 '허언'의 방법적 원칙은 현실의 뒤집기—구체적으로는 '내부진실'이 결여된 대상에 대한 내부관찰을 통해 그 허위의식을 폭로한다는 소극적인 것이며, 이러한 방법의 소극성은 염상섭의 '내부진실' 자체가 그 외면적 실체를 갖지 못한다는 것 즉 그 내용의 추상성을 반증한다. 이 내용·방법의 문제점은 자아와 세계를 상호 포섭해 주는 매개체—사상체계의 부재 또는 자아와 세계의 무매개적 이원성이라는 염상섭의 개인주의 세계관의 근본한계에서 비롯된 것이며, 그러한 한계는 그의 작품이 자아과잉(고백형식) 아니면 자아퇴행(관찰형식)으로 경사하고, 소설적 자아의 내면화 행동화가 제약되는 원인이기도 하다. 개인주의 세계관의 전체상(자아와 세계의 이원성)이 문학적 형상화에 도달한 작품이라 할 『삼대』가 전진적 방향성을 갖지 못한 것도 같은 이유에서이다.

김동인과 염상섭은 이광수 세대의 극복이란 과제와 관련하여 분명 근대문학의 진일보를 담당했다. 이광수는 시민적 자유주의의 표현수단으로서 개인주의를 추구했지만, 그 문학적 실천방식에 있어 다분히 봉건적 권위주의의 색채가 농후한 계몽주의라는 결함이 드러난다. 반면 김동인과 염상섭은 비록 시민적 자유주의의 정치성을 수반치 못했지만, 개인주의 세계관 자체를 문학적 실천의 목표로 삼아 각기 기법과 내용에 있어 근대소설의 면모를 일신하는 데 일정하게 기여했다. 물론 두 사람의 문학관 및 작품성과는 전술前述한 대로 심각한 문제를 지녔고, 그것은 그들이 속한 신지식집단의 계층적 한계에 기초된 개인주의 세계관 자체에서 비롯된 결과이다. 두 사람을 대비하면, 개인주의 세계관의 문학적 실천에 있어 김동인은 기법이라는 피상적 차원에 머문 데 반해, 염상섭은 내용의 형상화라는 실질적인 영역으로까지 추궁했다는 차이가 나타난다. 이 차이는 서도西道(주변) 기독교 가계 토착부호와 서울(중앙) 개량적 개화파의 문화적 역량 격차를 말해주는 것일 수도 있다.[57]

57) 이에 관해서는 변법적 개화파의 사상적 이월에 연계되는 근대문학의 성과에 대해 연구가 덧붙여질 때보다 심화된 논의가 전개될 수 있을 것으로 전망한다.

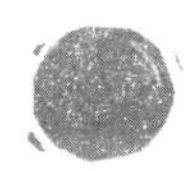

관동대진재 체험과 그 문학적 재현

1. 미해결의 역사 관동대진재

1923년 9월 1일 오전 11시 58분 44초, 동경 139.3도 북위 35.2도 사가미만相模灣 북부를 진원지로 하여 진도 7.9의 대지진이 발생했다. 엄청난 위력의 지진은 1부 8현의 관동 전역을 휩쓸면서 도쿄를 비롯한 수도권 일대를 순식간에 폐허로 만들었고, 마침 점심때라 취사용 가스불이 목조건물 일색인 시가에 옮겨 붙었고, 후폭풍을 따라 사방으로 번지는 대화재가 겹쳐 막대한 피해를 입혔다. 이 지진에 의한 피해는 사망자 9만 9,331명, 부상자 10만 3,733명, 행방불명 4만 3,746명, 가옥 전파 12만 8,266호, 가옥 반파 12만 6,233호, 소실가옥 44만 7,128호, 유실가옥 868호에다 이재민이 약 340만 명이었다고 한다.[1]

9월 2일 도쿄에, 3일에는 도쿄 일원 및 카나가와현神奈川縣에 계엄령이 시행되었다. 1일 저녁부터 "조선인들이 우물에 독약을 집어넣고 방화를 저지르고 있다"는 유언비어가 퍼졌으며, 군대와 경찰 그리고 자경단 · 청년단 등에 의하여 6천 명 이상으로 추정되는 조선인이 학살되었다.[2] 또한 사회주

1) 일본 기상청 자료에 의함.

2) 강덕상, 『학살의 기억, 관동대지진』, 김동수 · 박수철 옮김, 역사비평사, 2005, 408~415면의

의자 가와이 요시토라川合義虎・히라사자와 게이시치平澤計七 등 10명이 살해당한 가메이도 사건龜戶事件(9.4~5), 오스기 사카에大杉榮 부처와 그 생질 등 3명이 살해당한 아마카스 사건甘粕事件(9.16), 그리고 중국인 지도자였던 유학생 왕시티엔王希天을 포함한 중국인 학살사건(9.12) 등이 일어났다. 뒤의 세 사건이 계엄을 집행하는 군경에 의해 직접 저질러진 데 반해, 조선인 학살은 미증유의 재앙 속에서 유언비어로 촉발된 민간의 집단광기가 국가권력의 유도와 비호를 받으면서, 혹은 그 둘의 공조를 통해 이루어진 사건이라는 사실에 문제의 심각성이 있다.

유어비어 발생의 근원에 관한 분석으로는 마쓰오 다카요시松尾尊兊의 '자연발생(민중)설', 강덕상姜德相・사이토 히데오齊藤秀夫 등의 '관헌발생설', 두 설을 통합한 마쓰오松尾・사이토齊藤 등의 민중과 관헌의 '상호발생설' 등이 있다.[3] '자연발생설'에서는 일본인의 배타적 민족성과 조선인에 대한 차별의식, 3・1운동을 목도하면서 일본인의 잠재의식 속에 자리 잡은 죄악감과 맞물린 도착심리로서의 인종차별주의, 바로 이틀 전인 8월 29일이 강제합방기념일이었고 대진재 바로 다음날이 8월부터 공산청년동맹이 집회를 준비해 오던 '국제청년데이'였다는 특수한 정황 등에 주목한다.[4] 이와 달리 '관헌발생설'은 경찰력만으로 혼란한 사태를 진압할 수 없다고 판단했던 내각이 계엄령 선포를 위해 유언비어를 조작하여 유포하였다는 입장이다. 당

별표에 의하면, 사망자 규모는 1) 상해임정의 『독립신문』: 6천411명, 2) 요시노 사쿠조吉野作造: 2천613명, 3) 흑룡회黑龍會: 722명, 4) 사법성: 275명, 5) 각 신문보도 누계: 1천463명으로 되어 있다. 그런데 홍진희, 『관동보고서』, 사람과 숲, 1998, 131~132면에서는 이 다섯 가지 조사결과를 상호 비교하여 산정하면 사망자가 총 7천313명에 이른다고 했다. 이 밖에 1만 명 혹은 수만 명이 될 것이라는 설도 있지만, 당시 조선총독 사이토 마코토齋藤實는 사망자가 단지 2명뿐이라고 발표했다.

3) 이에 대한 개괄적인 정리는 도리우미 야스시鳥海靖・마쓰오 마사히토松尾正人・고카제 히데마사小風秀雄 편, 『일본근대사연구사전日本近現代史研究事典』, 동경東京: 동경당출판東京堂出版, 1999, 215면 참고할 것.

4) 와타나베 카즈타미渡邊一民, 『<他者>としての朝鮮, 文學的 考察』, 동경東京: 암파서점岩波書店, 2003, 13~14면 참조.

시 내각의 면면을 보면, 내무대신 미즈노 렌타로水野連太郎 · 경시총감 아카이케 아츠시赤池濃는 그 직전까지 조선총독부의 정무총감과 경무국장을 맡아 독립운동을 탄압하고 또 역으로 폭탄테러를 당하기도 했던 인물이며, 전임 내무대신이자 신임 외무대신인 고토 신페이後藤新平는 대만 민정장관 시절 1000여 명을 학살한 전력이 있고, 내무성 경보국장은 고토 후미오後藤文夫였다.[5] 그리고 '상호발생설'은 경찰의 관여를 인정하면서도 '조선인 보호검속'을 본 사람들 사이에서 유언비어가 발생했을 가능성을 지적하는 입장이다. '자연발생설'은 비상사태 속에서 어쩔 수 없이 자제력을 잃은 다중의 민심에 원인을 돌려 초점을 흐리게 한다는 점, '관헌발생설'은 특정한 권력자 몇몇의 독단에 모든 과오를 귀착시킴으로써 문제를 일면화한다는 점, 그리고 '상호발생설'은 미필적 고의 내지 부작위범의 가능성을 제기함으로써 책임을 희석하고 회피하는 논리가 될 수 있다는 점에서 일정한 한계를 드러낸다.

지진에 따른 지반 및 건물 붕괴와 제반 시설의 파괴에다 대화재가 휩쓰는 상황에서 전신전화와 교통이 마비 · 두절되고, 신문도 대부분 발매 불능에 빠졌으니[6] 제대로 작동하는 정보 전달망은 9월 2일 발동된 계엄령 아래 놓인 경찰서와 관공서밖에 없었다. 라디오 방송은 그로부터 2년 뒤에 실시하게 된다. 학살 참극의 도화선인 유언비어가 관동 전역에, 나아가 전국에 그토록 신속하게 확대 유포된 과정에서 경찰서와 관공서는 결정적인 역할을 담당했다. '조선인 폭동과 방화 등'을 담은 계엄사의 전문은 각 관할 경

5) 최승만, 「재일 한국인과 동경대진재」, 국사편찬위원회, 『한국사』 21, 1978, 389~393면 참조.

6) 이에 관해서는 "だか、東京十六紙農地、燒失を免かれた「東京日日新聞」が、五日付の夕刊を發行刷るまで、一切の報導活動がストップ市、社會不安を激化させた。「東京朝日」の朝刊が、十二日に再刊されたが各新聞が復刊下のは、ほぼ半月後のことである。しかも二十日付の號外、大杉事件を報導した「讀賣新聞」や「時事新聞」は發賣禁止處分となるような情勢であった。"(하세가와 이즈미長谷川泉 편, 『일본문학신사日本文學新史』 6 <현대現代>, 동경東京 : 지문당至文堂, 1991, 28면)라는 진술로 그 대강의 사정을 알 수 있다.

찰서에 하달되었고, 각지의 경찰들은 자전거로 이동하며 '조선인 습격'을 알리는 한편 곳곳에 삐라를 뿌리거나 붙이며 다녔으니 그야말로 유언비어에 "국가가 신용보증"을 해준 양상이었으며, 이는 해군성 후나바시船橋 무선송신소에서 9월 3일 같은 내용의 전문을 전국 지방 관공서에 유포한 사실로도 뒷받침된다. 이와 병행하여 군경은 자경단 조직을 독려하여 무기를 지급하는 한편 조선인을 처단하는 시범에 나섰고,[7] 자경단이・청년단은 관헌 측으로부터 '조선인 살해 무방함朝鮮人殺害差し支えなし'이라는 '교부서お墨付き'를 받아 학살을 실행했다고 한다.[8] 요컨대 군경합동의 국가권력에 의해 집행되고 조종된 것이 조선인 학살의 실체적 진실이라 할 수 있다.

이렇게 해서 불과 잠깐 사이에 조선인에 대한 대규모 학살이 자행되었다. 그 와중에는 발음[9] 차이로 인해 조선인으로 오해를 받은 중국인, 류큐인琉球人, 아마미 제도奄美諸島・규슈九州・도호쿠東北 출신 일본인들까지 살해당하는 사태까지 벌어졌다. 이에 야마모토山本權兵衛 내각과 계엄당국은 9월 5일 각기 고유문告諭文을 내어 유언비어에 의한 난행을 단속하고자 하였으나 이를테면 여론과 민심을 방화하는 것보다 진화하기는 여의치 않은 일이었다. 그래서 9월 17일부터 자경단 검속이 이뤄졌고, 10월 1일에는 전국적인 일제검거가 실시되었다. 피검자들의 재판에서 관헌 측의 지시와 관여가 드러나고, 이에 대한 신문보도・다부치 도요키치田淵豊吉 나가이 류타로永井柳太郎 등의 중의원 질의・요시노 사쿠조吉田作造 등의 문제제기(『中央公論』,

7) 이상 '유언비어'의 확대유포 경위에 관해서는 요시미 순야吉見俊哉, 「<總說>帝都東京とモダニテイの文化政治」, 고모리 요이치小森陽一 外 5인 편, 『擴大するモダニテイ 1920-30년대』, 암파강좌岩波講座 6 近代日本の文化史, 東京 : 岩波書店, 2002, 38~39면을 참조함.

8) 사이토 히데오齋藤秀夫, 「關東大震災と朝鮮人さわぎ-35周年によせて」, 『歷史評論』 99, 民主主義科學者協會 歷史部會, 1958.

9) 조선옷을 입고 다니면 바로 살해당한다는 것을 알고 신분을 숨기기 위해 일본식 복장을 한 조선인들을 식별해 내기 위해서 조선인에게 어려운 일본어의 어두탁음, 가령 '十五円五十錢(じゅうごえんごじっせん)'이나 '左蒲團(ざぶどん, 방석)'을 시켜보아 발음이 이상하면 바로 살해했다고 한다. 이러한 사실은 츠보이 시게지壺井繁治의 단편 「十五円五十錢」(『전기戰旗』, 1928.9)에 실감 있게 그려지기도 했다.

1923.11)가 줄을 잇게 되자, 당국은 취체와 검열에 철저를 기한[10] 이래로 그 진상에 대해 은폐와 묵살로 일관했다.

일본에서는 1963년 전후 마쓰오 다카요시松尾尊兌와 강덕상의 연구를 계기로 관동대진재의 실상에 대한 인식이 대폭 진전되었고,[11] 또 교과서의 관동대진재 관련 대목에서 조선인 학살의 문제성이 거의 빠짐없이 언급되어 오고 있지만, 그 전모에 대해서는 여러 가지 해석상의 논란과 쟁점이 분분하고 특히 당시 국가권력의 기획과 조정에 관해 규명할 길은 여전히 막혀 있다. 한국에서는 1996년에야 국사 교과서에 관동대진재가 등장했을 정도로 오랫동안 잊혀버린 과거로 남겨져 왔고, 관련연구도 자료 미비 등의 제약으로 하여 답보상태에 빠진 채 산발적으로 이루어지고 있는 실정이다.

2. 검열 장벽과 회고록 증언 방식

관동대진재와 조선인 학살에 관한 정부문서, 증언과 기사, 각계의 논평·논설 등 자료 집성이 사건 자체가 일어난 일본 쪽에서 이루어지는 것은 당연한 일이기는 하겠지만, 또 다른 당사자인 당시의 조선 쪽은 어떤 형태로든 관련 자료가 극히 빈약하다. 물론 금병동琴秉洞 편·해설의『朝鮮人虐殺に關する植民地朝鮮の反應』(關東大震災朝鮮人東虐殺問題關係資料Ⅳ, 東京 : 綠陰書房, 1996)에 상당한 자료들이 수집되어 있으나 총독부의 관계 사료와 관보인『경성일보』의 보도와 논설, 만주에서 발간된『만주일일신문滿洲日日新聞』과『신천지新天地』의 보도와 논설, 그리고 해방 후 재일선인단在日鮮人團의 문건을 제외하고는『동아일보』·『조선일보』두 신문의 보도와 논설이

10) 홍진희,『관동보고서』, 나무와숲, 1998, 204~205면은「내무성 경보국 도서과 비밀자료」에 의거하여, 일본에서 9월 1일부터 11월 9일까지 관동대진재와 관련해서 발행·배포금지 및 압수 처분된 신문은 924건, 그 가운데 불령선인 폭행 혹은 조선인에 관한 기사로 금지된 신문은 554건이 있었다고 밝혀 놓았다.

11) 주 3)과 같음.

당시 조선 쪽 반응을 보여주는 자료의 전부로 되어 있다. 대진재 발발 직후 내무성 경무국장 고토 후미오後藤文夫는 동족 살육의 소식이 조선에 알려지는 것을 차단하기 위해 조선총독부 경무국장 앞으로 「조선인 일본 내항 제한朝鮮人日本來航制限」을 요청하는 긴급전문을 보낸 바 있고, 같은 취지로 조선총독부는 긴급칙령 「유언비어취체령」을 9월 7일 발표 즉시 시행한 바 있다. 이에 따라 그 해 9월, 10월 두 달 사이에 조선인학살사건과 관련된 불온언동에 대해 '훈방 1,156건 1317인', '법규위반 검거 111건 122인'에 이르렀고, 그리고 9월 1일부터 11월 11일까지 『동아일보』와 『조선일보』의 학살사건에 관련된 기사 게재금지 602건, 차압조치 18회가 있었다.[12)]

이러한 감시와 탄압 속에서 합법적으로 발간된 신문의 보도나 논설은 혈육의 생사에 안절부절하던 당시 조선의 민심을 충실하게 반영한 것이라 하기 어렵다. 『동아일보』 특파원의 도쿄 체재 조선인의 「안부조사」에 당국이 비협조적이었던 것도 진상이 알려졌을 때 일어날 항의를 두려워했기 때문이다. 일본에서는 1923년 9월 20일 진재 관련 '신문기사 게재 금지'를 해제하지만, 내무성이 조선총독부 경무국장에게 조선인학살사건에 관해서는 "단순히 관청에서 발표하는 것으로 한정하고, 이외에는 단호히 게재를 금지토록 할 것"[13)]을 요청한 것도 같은 맥락이라 할 것이다.

그럼에도 불구하고 일본을 탈출하여 9월 6일 서울에 도착한 한승인韓昇寅 등 도쿄 유학 중학생 3명의 이야기가 『동아일보』 등에 보도되기도 하는 등[14)] 관동대진재의 참상은 전국으로 퍼져나갔다. 그 해 10월호 『개벽』은 압수 처분을 받아 대진재 관련 논설 다섯 편 중 세 편을 전면 삭제당하고 한 편이 일부 삭제된 채 임시호를 간행했다.[15)] 익명으로 게재된 두 편 가운

---

12) 조선총독부 경무국 「1923년 치안상황」에 의함.
13) 홍진희, 앞의 책, 210~211면의 「조선경무국장 전보」(10월 1일 오전 9시 8분 수신) 참조
14) 『동아일보』, 1923.9.7.
15) "「日本人 諸兄에게」, 「우리의 압헤는 두 갈내의 길이 잇슴니다」, 「震亂의 東京을 脫出하야」 등의 全部와 「震亂中의 日本及日本人」 중의 一部를 削除하고, 臨時號를 刊行합니다."(「사고

데 권두논설격인 「대변지후大變之後-自然의 威力과 사람性」은 천재지변과 사람의 본성을 연관시킨 제목이 당시 일본에 널리 유포되던 소위 '천견론天譴論'과 맥락이 닿는다는 점에서 간접으로나마 민심을 대변하고자 고심한 흔적을 엿볼 수 있지만, 당국을 의식하지 않을 수 없는 만큼 그 취지는 불가항력의 자연재해를 맞아 계급과 민족을 초월한 진정한 인류애로써 극복하는 데에 모두의 힘을 모으자는 것으로 되어 있다.[16] 다른 한 편의 논설 「진란震亂 중中의 일본 및 일본인日本及日本人」도 마찬가지로 천재에는 인간으로서의 연대의식에 입각해 서로 도울 의무가 있다고 전제하고, '사망자 22만여 명', '소위 조선인 문제', '자경단의 난폭', '우박 쏟는 듯하는 긴급칙령', '거국일치의 표본' 등을 거론했다. 그리고 조선인 학살에 관해서는 "절대로 보도할 자유가 없다"고 하면서 사태 수습을 위해 진력 중이라는 당국의 발표문만 전하고, 자경단에 대해서는 일본인 오살誤殺 사례를 세 개 제시해 놓았다. 엄중한 취체를 받는 속에서도 상황의 심각성을 시사하려고 하는 일면이 감지되기도 한다. 그러나 전면 삭제된 세 편 중의 하나인 「진란震亂 중中의 일본日本을 탈출脫出하야」처럼 제목만으로도 짐작되듯 필자가 현장에서 목격한 조선인 학살의 참상과 그 자신이 직면했던 목숨의 위협 등을 다루는 경우에는 가차 없이 단호한 처분이 내려졌다. 이후 『개벽』에 게재된 관동대진재 관련문건은 이듬해 2월 도쿄의 한 '조선인 희생자 추도회'에서 부른 <추도가>를 소개하는 단문기사, 그리고 복자와 생략투성이인 대진재 1주년의 회고문 등 단편적이고 지엽적인 글들이 있을 뿐이며,[17] 다른 잡지들에서는 그나마도 찾아볼 수 없다.

현실적으로 검열을 뚫거나 피하기 어려운 사정이라면 시대가 바뀌길 기

社告」, 『개벽』 40, 1923.10, 256면)

16) 이 논설의 주지는 물론 천도교의 종지인 '인내천人乃天' 사상을 바탕으로 한 것으로도 볼 수 있다.

17) B生, 「東京에서」, 『개벽』 제44호, 1924.2.
HY生, 「1년이 되어온 震災통-일기와 그때의 회상」, 『개벽』 51, 1924.9.

다려서 훗날 진실을 밝히는 것이 일반적인 선택일 터인데, 회고록 증언 방식이 거기에 해당한다. 증언이라 했지만, 엄밀히 말하자면 사건에 대한 기존의 담론들에 맞서는 반대증언이다. 가령 관동대진재에서의 조선인학살사건에 대해서는 1) 상해 『독립신문』, 2) '재일본 관동지방 이재조선동포위문반', 3) 요시노 사쿠조, 4) 사법성, 5) 극우 아시아주의 단체 흑룡회, 6) 신문들의 보도 등에 의해 이루어진 여섯 가지의 '희생자 조사통계'가 있다.[18] 1) 2) 3)은 비판적이긴 하나 통치권력의 은폐와 방해 속에서 작업했다는 점, 4) 5) 6)은 통치권력 또는 그것에 유착, 순응하는 단체나 기구라는 점에서 각기 나름의 한계가 있을 수밖에 없다. 물론 반대증언이 일차적으로 겨냥하는 것은 후자일 터인데, 그럴 경우 전자와 비슷한 수위에 머무를 수도 있고 혹은 그것을 뛰어넘을 수도 있을 것이다. 상당한 시간이 경과하여 그 동안에는 도저히 말할 수 없던 일을 거리낄 것 없이 말할 수 있게 된 마당이라면, 지난날 통제와 감시 속에서 어려움을 무릅쓰고 감행했던 전자마저도 추월함이 마땅한 일이다. 그러나 막상 해방 이후 이제껏 쓰인 관동대진재 또는 조선인학살사건에 관한 회고록은 편수도 적을뿐더러 인식의 깊이와 폭에서도 이전보다 진전된 면이 살펴지지 않는다.

정지용의 「동경대진재여화」(『국제신문』, 1949.9.2)는 사건의 주기에 맞춰 쓰인 것이긴 하나 딱히 회고록이라 하기 어려운 글이다. 그 자신이 사건 당시 교토京都 도지샤 대학同知社大學에 재학하고 있었지만, 여름방학 중에 귀성했었는지 개인적인 경험담이랄 만한 내용은 전혀 비치지 않는다.[19] 첫 장에

---

18) 주 2)와 같음. 다만 야마다 쇼지山田昭次, 『관동대지진 조선인 학살에 대한 일본 국가와 민중의 책임』, 이진희 옮김, 논형, 2008, 190~199면에 따르면, 1)은 『독립신문』 사장 김승학의 연락을 받은 나고야의 한세복이 2)의 활동에 가담하여 조사한 것이고, 3)은 요시노 사쿠조가 2)의 활동에 일원으로 참가한 최승만의 자료를 수용한 것이다.

19) 후술할 김대업의 「불 속에서 구해 주신 주의 종의 고백」, 한승인, 『(동경진재한인대학살)탈출기』, 갈릴리문고, 1983에 의하면, 간사이關西의 교토 지역도 가와카미 하지메 등을 중심으로 사회주의 기운이 높았기에 대진재로 비롯된 반사회주의 여론 때문에 분위기가 엄중했다고 한다.

서는 '조선인 습격' 유언비어가 관헌들에 의한 조작이라는 것, 그러한 조작이 사회주의자들에 대한 예방반혁명적 성격을 띤다는 것, 조선인 희생자의 대부분이 '근로인민층'이라는 것, 피난민 원조를 위해 입항한 미국과 소련 군함을 당국이 거절한 것, 의연금 조성에 나섰던 이상재의 박애주의[20]가 일본에게는 난센스라는 것 등을 언급했다. 둘째 장에서는 학살동포의 시신 처리에 동포를 동원 착취한 상애회 회장 박춘금이 끈질기게 반민족적 준동을 일삼는다는 것, 대진재 다음 해에 있었던 '미에현三重縣 탄광'의 조선인 노동자 학살에 대해 민족주의자들이 미온적이었으나 사회주의자들은 단호했다는 것, 전후 일본 당국이 재일조선인들을 차별하고 탄압한다는 것, 일본의 진정한 민주화는 천황제 타도로써만 실현된다는 것 등을 역설했다. 관동대진재에서 벌어진 문제들을 "현하의 현실사태에 연속"시켜 친일파 응징, '근로인민층'의 주체성과 사회주의의 진보성 등, 그가 해방공간에서 몸담았던 문맹노선이 정당함을 과시하려는 의도가 읽힌다. 말미에 일부가 인용된 설정식의 시 「진혼곡」(『諸神의 憤怒』, 新學社, 1948.11)도 매국노의 발호로 제국주의의 탐학에 희생된 민중의 운명에 바치는 만가인 만큼 본문과 적절히 호응한다고 할 수 있다. 이와 같이 정지용의 진술은 '동경대진재'에 대한 그때까지의 비판적 담론들을 집약하는 한편, 당연한 정치적 과제를 강변하기에 급급한 일종의 팸플릿이어서 사건 자체에 대한 인식이 추상적인 수준에 머물러 버렸다.[21]

---

20) 『동아일보』, 1923. 9. 10일자 기사에 의하면, 박영효 등의 제의로 이상재 윤치호 등 기독교계 인사와 천도교 종무회 인사들이 9월 8일 「일본진재 의연금 모집 조성회」를 결성하고 종로 YMCA 회관에서 강연회를 열었다. 이에 대해 정지용, 「동경대진재여록」, 『산문』, 동지사, 1949, 71면은 "'일본인이 아무리 우리 무고無辜한 동포를 학살하였다 할지라도 우리는 원수를 은혜로 갚아야 한다'고 고故 월남越南 이상재 옹李商在翁과 윤치호 등尹致昊等 기독교도를 중심으로 종로 YMCA회관에서 대연설회를 열고 日本震災民 구제금을 거두어 금액과 물자를 보냈던 것이다."라고 비난했다. 그런데 이상재 등의 의연금 모금운동은 윤치호, 『윤치호일기』, 김상태 편역, 역사비평사, 2001, 269면에 따르면, 소위 '민립대학' 설립의 인가를 얻어내기 위해 어쩔 수 없이 취한 유화책이기도 했다.

21) 정지용의 글은 이석태 편, 『사회과학대사전』, 문우인서관, 1948, 163~164면의 「동경진재

한현상韓晛相[22]의 「관동대진재 회상기」(『한양』 3권 9호, 1964.9)는 우선 필자의 균형감각이 돋보이는데, 전체 여섯 가운데 관동대진재 당시의 공식 기록, 사회기반시설의 마비와 사회혼란, 그리고 조선인 학살 같은 사실 등을 객관적으로 정리하고 들어가는 도입방식도 깔끔할 뿐만 아니라, 첫 대목에서 개인적 경험과 사회적 사실 사이에 분명한 선을 그어놓고 서술해 나가겠다고 미리 밝힌 점이 이지적이다.[23] 필자 자신이 직접 겪은 경험을 기술한 둘째 대목은 건물 붕괴와 화재 등을 피해 여기저기로 옮겨 다니는 도중 유언비어가 흉흉한 가운데 기세등등한 자경단과 맞닥뜨리기도 했으나, 사상운동가·잡지사 주간·동경대 불문과 출신 모씨 등 식견 있는 일본인들의 도움으로 무사할 수 있었다고 했다. 그러한 경우는 정녕 드물게 운이 좋은 쪽에 속하는 것이었다고 하지 않을 수 없다.[24] 나머지 네 대목은 조선인 학살의 주역 미즈노 렌타로水野連太郎라는 존재, 유언비어의 내용과 그 유포에 따른 피해 사례, 미즈노에 대한 심리분석과 사건의 정치적 배경, 일본 군중의 공황심리에 대한 설명과 사태수습의 경과 등의 순서로 되어 있다.

학살사건」 항목 설명과 거의 일치한다는 점이 시사적이다.

22) 야마다 쇼지, 앞의 책, 200면에 따르면, 한현상은 관동대진재 "당시 박열·가네코 후미코 사건에 연루되어 1923년 10월 2일부터 다음해 6월 4일까지 체포·구류되어 있었다."고 한다. 그는 그러니까 아나키즘 단체 '흑도회'(1921), '흑우회'(1922)의 회원이었던 듯하다. 그는 「關東地震を期して」(『民主新聞』, 1960.9.14), 「在日韓國民族運動史」(『民主新聞』, 1961~1962. 연재) 등의 관동대진재 관련문건을 쓰기도 했다.

23) 첫 대목 끝이 "지진과 화재 외에 이재라는 삼중의 사선을 넘어야 할 재일한민족의 悲史의 한 토막 이야기를 쓰기 전에 내가 스스로 겪은 避難回想記 중에서 일부를 여기에 인용하기로 한다."로 되어 있다.

24) 대진재 기간에 지식인 사회조차도 평상시의 사상적, 이념적, 도덕적, 종교적 입장을 그대로 견지하는 형도 있지만, 좀처럼 납득하기 힘들게 전혀 다른 사람처럼 행동하는 형도 많은 것으로 되어 있다. 가령 아쿠다가와 류노스케芥川龍之介나 우치무라 간조內村鑑三가 자경단에 들었다든가, 조선문화의 애호가를 자처했던 다야마 가다이田山花袋가 자경단에도 들고 또 자기 집 마루 밑으로 숨어든 조선인을 끌어내 구타한 일을 자랑했다든가 하는 예도 있는 것이다. 뿐만 아니라 사회주의자들 중에서도 자신과 가족이 표적에서 벗어나기 위해서든 혹은 그저 생각 없이 자경단으로 활동한 경우가 비일비재했고, 반대로 평소 우익적 성향이 강했던 기쿠치 간菊池寬처럼 유언비어가 거짓말임을 단호하게 천명한 경우도 있는 것이다.(琴秉洞 編·解說, 『朝鮮人虐殺に關する知識人の反應』 1·2, 關東大震災朝鮮人虐殺問題關係資料Ⅲ, 東京 : 綠陰書房, 1996의 각 권 「解說」을 참조)

미즈노 렌타로의 유언비어 조작설은 재일교포 사회의 조선인학살사건에 대한 정형화된 인식으로 보인다. 이러한 관점은 자칫하면 모든 사태의 책임을 조선과 악연이 있고 조선인에게 악감정을 가진 특정 일본인-개인 또는 집단에 치부함으로써 문제의 핵심에 대한 구조적 인식을 방해하게 된다. 그 결과 이 회고록은 '재일한민족의 비사悲史'에 대해서 기존의 비판적 담론들을 재확인하는 수준에 그쳐버리고, 그 심층적 이면을 파헤치지 못했다.

최승만의 「일본日本 관동대진재시關東大震災時 우리 동포同胞의 수난受難」(『신동아』 1970. 2~3)은 회고록 형태의 자료집인데, 다시 상당 부분을 보완하여 그의 문집 『극웅필경極熊筆耕』(극웅최승만문집출판동지회, 1970. 8)과 『나의 회고록』(인하대 출판부, 1985)의 「3. 동경 YMCA 봉직할 때」에 재수록했다.[25] 그는 2・8독립운동(1919)의 강경파 중 한 사람이었고, 유학생 기관지 『학지광』 편집위원(1918)과 『창조』(1919)의 동인 그리고 『현대』 주간(1922)을 지낸, 비록 창작에 전념하지는 않았지만, 문인이기도 했다. 그는 관동대진재가 일어났던 1923년 5월부터 1930년 도미하기까지 동경 YMCA 총무를 맡았는데, 이 사실이 그의 증언방식을 결정지어 주었다고 할 만하다. 「일본 관동대진재시 우리 동포의 수난」은 「2. 4주간의 나의 수난」만 직접 경험담에 해당되고, 나머지는 공식문서, 조사단 보고서, 신문・잡지의 기사와 논설, 증언과 저술, 소설 작품 등을 수집 정리한 것이다. 그 직접 경험담도 순수한 개인의 입장보다는 YMCA 총무의 입장이 압도적인 비중이다. 특정한 제도나 기구에 얽매이다 보면 적나라한 현장과는 밀착되기 어려운 데다 YMCA라는 단체의 성격도 대체로 기존체제에 대해 유화적이고 공조적이어서인지,[26] 현상의 이면을 파헤치고 쟁점화하는 적극성을 보이지 못하고 자

25) 일어판 「關東大震災の思い出(상, 중, 하1, 하2)」(『コリア評論』, 1970), 역사서의 일부로 집필된 「재일한국인과 東京大震災」(『한국사』 21, 국사편찬위원회, 1978)도 있다.

26) 최승만, 「日本 關東大震災時 우리 同胞의 受難」, 『極熊筆耕』(극웅최승만문집출판동지회, 1970.8, 46~51면에 의하면, 최승만 일행은 경찰서의 보호를 받는다든지 경시총감을 만나 유언비어로 인한 고충을 듣고, 정계의 막후 실력자인 전 『경성일보』 사장 아베 미츠이에阿

료를 나열하고 해설하는 수준에 머물렀다. 가령 미즈노 주동설 같은 것을 일단 언급은 하지만, 그것을 입증하려 한다거나 그 내막을 세세하게 밝혀내려는 분석적 태도를 보이지 않았다. 조선인 학살 조사활동을 맡은 「재일본관동지방 이재조선동포위문반」은 YMCA가 주축이었기에 그 실태에 광범위하게 접근할 기회를 가질 수 있었지만, 오랜 세월을 거치면서도 사건의 본질규명에 육박하기보다 기존의 비판적 담론들을 답습하는 평면적 자료정리로만 시종하고 말았다.

함석헌의 「내가 겪은 관동대진재」(『씨올의 소리』 26, 1973.9)[27]는 지진과 화재 발생, 혼란과 무질서, 유언비어 유포와 자경단의 위협, 경찰서에서의 보호구금, 담당형사의 배려에 의한 귀가, 주변의 온정과 지원, 잔혹하고 비정한 '조선인 사냥朝鮮人狩り', 유학생 감독부 기숙생 100여 명을 습격하려던 청년단과 재향군인회를 만류해 참극을 막은 일본인 변호사의 인정미담 등 여러 가지 개인적인 경험담을 이야기하지만, 결국 학살의 명령자, 선동자는 일본 정부라는 것을 단호하게 천명한다. 관헌개입 정도가 아니라 완전한 국가범죄라는 확신을 갖고 있어, 가령 오스기 사카에 일가를 살해한 아마카스도 일개 하수인에 지나지 않으니 원칙적으로는 죄가 없다는 식이다. 그러니 권력의 공작에 넘어간 민중의 만행을 탓할 것 없이 권력을 휘두른 국가가 회개해야 한다고 역설했다. 그것을 제대로 하지 않고 군국주의를 밀고나가서 패망에 이르렀는데, 반일 여론에도 불구하고 체결된 한일협정(1965) 이래로 이제 군대 대신에 경제, 침략 대신에 관광을 앞세워 한국에 다시 오는 일본이 과연 과거를 바로 반성했는지 경각심을 가져야겠다는 것이 이 글의 본래 취지다. 그 바탕에 놓인 함석헌의 이른바 '씨올' 사상과 섭리사관은 무교회주의자 우치무라 간조를 사사하면서 정립한 것으로 알려진다. 자경단에 들어갔었던 우치무라는[28] 조선인 학살에 관심을 표시한 적도 없다. 뿐만

部充家의 주선을 통해 학살 실태조사를 위한 '위문반' 조직을 허가 받는다.

27) 노명식, 『함석헌 다시 읽기』, 인간과자연사, 2002.3, 161~120면.

아니라 "인민에게 평안을 주기 위한 군대라고 생각하면 경의를 표하지 않을 수 없고 사랑하지 않을 수 없다"[29]라 하여 군대를 신뢰하고 그 주도 아래 일어난 대참극에는 눈감았다. 그는 관동대진재가 그때까지 저지른 일본의 잘못 때문이라는 소위 '천견론天譴論'을 주장했는데, 또 하나의 엄청난 잘못을 더하는 조선인 학살에 대해 어떻게 침묵할 수 있었는지 궁금하지 않을 수 없다.[30] 이 우치무라의 자가당착은 제국주의의 국가범죄에 대해 섭리사관 즉 '천견론'에 입각해 회개를 요구하는 함석헌의 회고록이 기존의 비판적 담론들 안에서 공전하는 종교적 이상주의의 표명일 따름이라는 것을 반증한다.

한승인[31]의 회고록 「일본 관동대진재 조난기」(『기러기』 9권 6호, 홍사단, 1973)는 단행본 『동경이 불탈 때-관동대진재 조난기』(대성문화사, 1973)로 재간행되기도 했는데, 관동대진재 당시 고학하는 중학생이었던 필자는 친구 이주성, 최학주 등과 함께 일본을 탈출해서 관동대진재와 조선인 학살을 국내에 처음 전달한 『동아일보』(1923.9.7) 기사의 장본인이다. 당국의 강력한 취체와 통제에도 불구하고 이런 예외적인 경우가 있어 사태는 완전히 은폐, 미봉되지 않았다. 이 회고록도 함석헌의 「내가 겪은 관동대진재」와 마찬가지로 대진재 50주년을 기해 간행되었고 또 당시 국내의 반일 여론을 적극 대변하는 기조를 취했다. 그러나 함석헌이 일본인 개개인과는 분리된

---

28) 주 21)과 같음.

29) 우찌무라 간조內村鑑三, 「日記 九月 二十二日」에 의하면, "民に平安を與ふる爲の軍隊であると思へば、敬せざるべからず、愛せさるべからずである"로 되어 있다.(琴秉洞 編・解說, 『朝鮮人虐殺に關する知識人の反應』 1, 關東大震災朝鮮人東虐殺問題關係資料Ⅳ, 東京：綠陰書房, 1996, 313면)

30) 우찌무라와 대조적으로 "진재가 하늘이 인류에 내린 형벌이라고 한다면, 일본의 민중은 조선인 운운 하는 폭행에 대해서 가까운 때에 다시 하늘의 형벌이 내릴 것을 각오하지 않으면 안 된다"(琴秉洞 編・解說, 위의 책, 8면)고 말한 다니자키 세이지谷崎精二야말로 진정 양심적인 인물이라 할 것이다.

31) 한승인(韓昇寅, 1903~1990)：평남 강서군 출신. 기독교 장로. 1926년 인촌 김성수의 도움으로 미국행, 안창호의 홍사단에 가입, 1937년 수양동우회사건으로 투옥, 해방 후 민관에 다양한 경력, 60년대에 도미, 70년대 이래 민주화운동 관여.

일본 국가에 대해 이른바 천견론天譴論을 수긍하는 것과 같은 반성의 가능성을 열어놓은 것과는 달리, 과거사에 기인한 분노감 내지 적대감을 현재까지 연장하는 태도를 견지했다. 그런데 10년 만에 출간한 『(동경진재한인대학살)탈출기』(갈릴리문고, 1983)에서는 입장이 크게 바뀌었다. 이 책의 제2부에는 필자와 귀국길을 동행했던 친구 최학주의 「나의 일본학살현장탈출기」와 최승만의 회고록에도 등장하는 한소제[32]의 「관동진재의 수난」, 그리고 김대업의 「불 속에서 구해 주신 주의 종의 고백」 등 동년배의 글들이 실렸다. 필자를 포함하여 네 명 모두 자신들이 겪은 관동대진재를 비롯한 과거사를 하나의 역사적 사실로 기록하여 후세의 경계로 삼았으면 하며, 한일관계가 선린우호와 상호협력의 길로 나가기를 바란다는 것으로 글을 마무리했다. 화해와 용서가 아름다운 것이긴 하나, 그것을 전제한 회고록의 증언은 결과적으로 사건에 대한 기억의 봉인으로 귀결될 수밖에 없다.

이상에서 살핀 회고록들은 당연하게도 관동대진재와 조선인학살사건에 대해 비판적인 입장을 취하지만, 그 구체적인 인식양상과 대응전망은 필자들 각자의 그때그때 성향에 따라 상당한 차이가 드러난다. 자서전 형식의 하나인 회고록Memoir은 그 자신의 의미 있는 편력을 재정리하거나 재구성하고자 하는 개인사이고, 그 자신을 시간, 역사, 문화적 정형과 변화에 관련시켜 정립한다.[33] 따라서 고백록Confession이나 변명록Apology 등 다른 자서전 형식과 마찬가지로 회고록도 집필시점의 상황과 의도에 의해 영향 받기 마련인 것이다. 회고록은 한편으로 그와 같은 필자의 전유에 의한 담론discourse의 개입 때문에 사건의 실체적 재현recit에서 멀어지게 된다. 다른 한편으로는

32) 한소제(韓少濟, 1899~1997) : 도쿄여자의대(1919~1923) 졸업, 최초의 여의사. YWCA 및 걸스카웃에 헌신.

33) "“Memoir” is personal history that seeks to articulate or repossess the historicity of the self. (…중략…) “memoir”" placess the self relative to time, history, cutural pattern and change."(Francis R. Hart, “Notes for an Anatomy of Autobiography,” Ralph Cohen ed., *New Directions in Literary History*, London : Routledge & Kegan Paul, 1974, 227면.)

회고록을 구성하는 기억과 기록, 보다 정확히 심상기억과 언술기록은 사건의 흔적에 불과하기 때문에 그것에 의거한 체험의 재생 작업도 본질적으로 사건의 실체적 재현에 이르기 불가능하다. 다만 문학의 경우에는 타자의 매개를 통해 필자의 전유가 지양되는 대화체 발화상황을 조성함으로써 편재하는 사건의 흔적들을 소환하여 그것의 실체적 재현으로 나아갈 길이 열릴 수 있다.

3. 식민지 문인의 현장 체험

3·1운동의 여파가 거의 진정된 1920년 초부터 일본유학생이 급증하는 추세가 나타났다. 지진이 일어난 때는 여름방학 중이어서 귀성한 학생들이 많았고, 그래서 유학생으로서 심각한 피해를 입은 사례는 거의 없는 것으로 알려지고 있다. 그런데 당시 연속으로 보도된 『동아일보』의 「진재지방 재류동포의 안부조사」(『동아일보』 동경 특파원 조사 및 조선총독부 출장소 조사)와 『조선일보』의 「동경진재지방 생존동포」(조선총독부 출장소 조사) 등에 실린 명단에는 의외로 학생 신분인 경우가 많이 나타난다.[34] 고학생들은 일단 제쳐두고라도, 가령 졸업을 앞두고 시험 준비 등으로 체류하고 있었던 경우[35]도 적지 않았던 것 같으며, 또한 입학신청을 해 놓고 결과를 기다리느라 귀성하지 않은 경우라든가, 혹은 개학에 대비해 일찍 동경으로 건너온 경우[36]도 적지 않았던 것으로 보인다.

---

34) 이에 대해서 『동아일보』는 "본지의 특파원 조사가 대부분 학생뿐임은 특히 학생만을 조사코자 함이 아니라 로동자는 전부가 수용되어 잇는 중 그네들은 관청에서 조사 중이라고 아리켜 주지 아니하야 조사할 편의를 얻지 못한 것이라 합니다."로 해명하고 있다.(『동아일보』, 1923.9.24)

35) 한소제, 「관동진재의 수난」, 한승인, 『(동경진재한인대학살)탈출기』, 갈릴리문고, 1983, 166면.

36) 최학주, 「나의 일본학살현장탈출기」, 위의 책, 157~165면.
김대업, 「불 속에서 구해 주신 주의 종의 고백」, 위의 책, 171~181면.

관동대진재가 일어난 1923년 무렵에 일본에 유학 중이었던 문인이거나 나중에 문학에 관계하게 되는 인물들은 1) 『동아일보』와 『조선일보』 조사 보도의 명단에 나오는 경우, 2) 가족이나 지인의 언술로 대진재 당시 현지 체류 중이었던 사실이 확인되는 경우, 3) 문인사전 등의 기록에 의해 당시 일본에서 유학 중이었으나 여름방학으로 귀성해 있었던 경우, 4) 3)에서 귀성 여부가 확인되지 않는 경우 등으로 파악해 볼 수 있다. 각각의 경우에 해당하는 문인들은 다음과 같다.[37]

1)의 경우

- 김동환 : 1921년 도요대학東洋大學 영문과 재학, 여름방학 중에 도쿄 체류, 「동경진재지방 생존동포」 조선총독부 출장소 조사 제8보(『조선일보』, 1923.10.4)의 '나라시노(習志野)收容所現住者' 명단에 "金東煥 23 鏡城郡 梧村面 壽星里"로 기재됨.
- 손우성 : 1923년 호세이대학法政大學 불문과 재학, 『해외문학』 참여, 1928년 졸업. 「동경진재지방 생존동포」 조선총독부 출장소 조사 제6보(『조선일보』, 1923.10.2)의 '재동경 각처 학생' 명단에 기재됨.
- 이기영 : 1922 봄 도일, 1923년 세이소쿠영어학교正則英語學校 재학, 여름방학 중에 도쿄 체류. 「진재지방 재류동포의 제1회 안부조사 도착」(『동아일보』, 1923.9.22 : 9.14 발송) 기사의 362인 명단에 기재됨.
- 이상화 : 1922년 가을 무렵 도일하여 메이지학원明治學院 불어과 및 아테네프랑세즈학원에 재학, 여름방학 중에 도쿄 체류. '생존자 명단 보도' 「동경진재지방 생존동포」 조선총독부 출장소 조사 제7보(『조선일보』, 1923.10.3)의 '재동경 각처 학생' 명단에 기재됨.[38]

37) 개별 작가연구 이외에, 여기서 참고하여 검토한 문인사전류의 전기 자료들은 이어령 편, 『한국작가전기연구(상/하)』(동화출판사, 1975/1980)와 문덕수 편, 『세계문예대사전』(성문각, 1985)과 권영민, 『한국근대문인대사전』(아세아문화사, 1990) 등이다.

38) 이상화의 경우는 친구 백기만, 『상화와 고월』, 청구출판사, 1951, 158~159면에서도 도쿄 체류가 확인된다.

2)의 경우

- 김소월(김정식) : 1923년 도쿄상대東京商大 입학. 여름방학 중에 도쿄 체류.[39]

3)의 경우

- 김영랑 : 1920년 아오야마학원青山學院 중학부 입학, 1922년 아오야마학원 영문과 진학.
- 김우진 : 1920년 와세다대학早稻田大學 영문학과 입학, 1924년 와세다대학 졸업.
- 박용철 : 1921년 아오야마학원 중학부 편입, 1923년 도쿄외국어학교 독문과 입학.
- 양주동 : 1921년 와세다대학 예과 입학. 1925년 와세다대학 영문과 진학.
- 채만식 : 1922년 와세다대학 입학, 1923년 와세다대학 영문학과 중퇴.
- 한설야(한병도) : 1919년 함흥고보 졸업 후 도일하여 니혼대학日本大學 재학. 1924년 니혼대학 졸업설.

4)의 경우

- 김기림 : 1922년 보성고보 중퇴 후 릿쿄중학立教中學 편입.
- 김말봉 : 1923년 동경 다카네 여숙高根女塾 졸업.
- 김영진 : 1925년 도요대학 졸업.
- 김진섭 : 1920년 양정고보 졸업, 1927년 호세이대학 문학부 독문학과 졸업.
- 박승희 : 1923년 메이지대학明治大學 재학 중 김복진·김기진 형제와 토월회 조직.
- 손진태 : 1927년 와세다대학 사학과 졸업.
- 오일도(오희병) : 1922년 제일고보 졸업, 1923년 도일, 1929년 릿쿄대학 철학부 졸업.

---

39) 계희영, 『약산의 진달래는 우련 붉어라』, 문학세계사, 1982, 232~233면. 김소월의 숙모 계희영은 당시 신문에 보도된 사망자 명단에 그의 성명이 있는 것을 보고 온가족이 크게 상심했었으나 오보였다고 술회했는데, 그 명단이 실렸다는 신문 지면은 확인하지 못했다.

- 유치환 : 1922년 도야마중학豊山中學 입학, 1926년 동래고보 편입.
- 정지용 : 1923년 4월 교토 도지샤대학同志社大學 영문학과 입학, 1927년까지 체류.
- 진장섭 : 동화동요 작가, 아오야마학원을 거쳐 1926년 도쿄고등사범東京高等師範 졸업.
- 최현배 : 1919년 히로시마고등사범廣島高等師範 문과 졸업. 계속 일본체류, 1925년 귀국.

현장체험을 말 그대로 적용한다면, 1)의 경우와 2)의 경우는 새삼 첨언을 필요로 하지 않겠지만, 나머지 둘, 특히 현장부재가 확인되는 3)의 경우는 검토 범위에서 제외함 직한데도 굳이 거기에 포함시키는 이유는 크게 두 가지로 모아진다. 첫째는 조선인학살사건 자체가 명백한 '홀로코스트holocaust'이며 동시에 '제노사이드genocide'였기에,[40] 국내 귀성자라 하더라도 일본 체류자와의 동일시를 통해 심리적 당사자로서 그것을 절박하게 추체험할 가능성이 크기 때문이다. 다음 장에서 검토되겠지만, 3)의 경우로는 양주동에게서 그리고 4)의 경우로는 정지용에게서 그러한 가능성이 구체적으로 확인된다. 둘째는 관동대진재와 한국문학의 관계가 이제까지 제대로 검토된 적이 없는 까닭에 추후에라도 작품이나 유관한 문건이 조사 발굴될 여지가 있는 대상으로서 우선 유의해서 살필 만한 문인들을 일단 제시해 놓을 필요가 있다고 생각해서이다. 제도교육을 제대로 받지 못했거나 문맹자가 많았던 노동자 신분인 경우와 달라서, 중등 이상의 교육을 받은 문인 또는 그 지망생으로서 그 엄청난 대재앙에 대해 직접 그 현장에 있었거나 없었거나를 떠나서 하다못해 단순한 비망록이나 촌평이라도 남겼을 법하다

40) '홀로코스트(holocaust)'와 '제노사이드(genocide)'는 둘 다 대량학살을 가리키는 말이지만, 전자는 민족적・인종적 적대감과 편견이라는 동기적 측면, 후자는 행위의 계획적・체계적 측면에 초점이 맞추어져 있다. 관동대진재의 조선인학살사건에 대한 자연발생설과 관헌발생설은 각각 전자와 후자에 대응된다. '제노사이드'에 대해서 국제형사재판소는 공소시효를 두고 있지 않다.

고 보는 것이다.

대진재의 현장에 있었음이 확인되는 김동환, 김소월, 손우성, 이기영, 이상화 중에서 그 이래로 단 한 줄이라도 본인이 명시적으로 '관동대진재'를 언급한 글을 남긴 경우는 김동환과 이기영 두 사람뿐이다. 해방 이후에도 이렇다 할 언급을 남기지 않은 손우성은 제쳐두고, 김소월과 이상화의 경우는 요절하거나 병사한 것도 이유의 하나일 것이다.

김동환이 들어가 있던 나라시노習志野 수용소는 계엄군의 직할 아래 주로 조선인들을 집결시켜 보호한다는 명목으로 운영한 대규모 시설이었는데, 9월 4일부터 10월 중에 수용소가 폐쇄되기까지 거기를 피난처로 알고 유치되었던 3,000여 명의 인원들 중 300명 남짓이 행방불명됨으로써 제2학살이 자행된 '죽음의 수용소'로 알려진 곳이다.[41] 그의 정확한 입·출소 시기와 경위, 그리고 거기서 겪은 일들에 대해서는 전혀 파악되는 바가 없으며, 다만 「곡폐허哭廢墟」(『國境의 밤』, 한성도서주식회사, 1925.3)라는 시 한 편만이 남아 있을 뿐이다. 말미에다가 "—大震災나던때—"라고 창작시기를 밝힌 점은 당시의 검열을 감안하면 상당히 과감한 시도였다고 할 만하다.

도쿄에 머물러서 프랑스 유학을 준비하던 이상화는 앞서 밝힌 대로 신문보도의 '생존자 명단'에 올랐지만, 그때의 사정에 대해 자신이 직접 거론한 문건은 전혀 남아 있지 않다. 어린 시절부터의 친구 백기만이 해방 이후에 간행한 책에서 밝혀 놓은 다음의 극적인 일화는 주목할 만하다.

> "동경에서 그는 아테네 프랑스 학원에 적을 두고 불어를 배우며 기회를 엿보았다. 그러나 사정은 동경이라 해서 여의한 것은 아니었다. 이 해 9월에 관동대진재가 일어났을 때 그는 불령선인不逞鮮人으로 청년자위단青年自衛團에게 붙잡혀가게 되었다. 끌려가는 도중에 그는 태연자약한 태도로 『나는 죄업는사람이다. 군들도 죄없는 사람일 것이다. 죄없는 사람이 죄없는 사람

41) 강덕상, 앞의 책, 271~307면 참조.

을 죽인다는 것은 있을 수 없는 일이다.』라고 말했다. 그러자 일인日人들은 죽창竹槍으로 찌를 듯이 덤볐다. 이 때 한 나이든 일인日人이 그가 악인이 아닌 것 같으니 돌려보내라고 하여 상화尙火는 구사일생으로 살아났다."[42]

이처럼 이상화가 처했던 절체절명의 순간은 바로 조선인학살사건의 생생한 현장의 이야기이기에 공개적으로 발설한다든지 지면화할 수가 없었을 것이다. 본인의 직접 언명이 아니고 단지 절친한 지인의 전언일 뿐이지만, 이 일화는 다음 장에서 살필 시 작품 「독백」(『동아일보』, 1923.10.26)의 발화상황에 직결된 것으로 볼 수 있어 새삼 음미할 만하다고 생각한다.

도쿄상대에서 1학기를 마치고 도쿄에 체류하던 중에 대진재를 겪은 김소월도 그 자신이 남긴 그 전후의 경과나 소회에 대해 피력한 문건은 확인되지 않는다. 다만 숙모 계희영과 스승 김억의 술회는 당시의 체험이 그의 삶과 문학에 심각한 전환을 가져오는 계기가 되었을 것임을 시사해 준다. 전자는 대지진 소식이 보도된 신문의 "사망자 명단에 김 정식 이름 석 자가 실려 있었"다는 것, "며칠이 지난 어느 날 일본에서 (그가 보낸 : 인용자) 편지 한통이 날아"오자 그 주소로 귀국을 독촉하는 전보를 보내 10월경에 돌아오게 되었다는 것, 곧 다시 돌아가 학업을 계속할 뜻이 있었으나 조부를 비롯한 집안의 반대로 학업을 중단하게 되었다는 것 등이 유념할 대목이다.[43] 한편 후자는 대진재에 관해서는 일절 언급하지 않은 채 도쿄에서 1년가량 체류하고 돌아온 김소월이 "건질 수 없는 크나큰 '니힐'"에 빠지게 되었다고 했다.[44] 시작의 스승으로서 그리고 『개벽』 문예면의 편집자로서 김소월의 작품을 오래 지켜본 김억의 안목을 참작할 때, 그의 내면상황에 대한 판단은 거의 정확한 것이었을 가능성이 크다. 따라서 그의 후기시는 '니힐'을 바탕으로 한 것이며, 그러한 내면상황은 다름 아닌 관동대진재의 체

---

42) 백기만, 『상화와 고월』, 청구출판사, 1951, 158~159면.
43) 계희영, 『약산의 진달래는 우련 붉어라』, 문학세계사, 1982, 231~237면 참조.
44) 김안서, 「소월의 생애」, 『여성』 39호, 1939.6, 98면.

험에서 비롯된 것으로 볼 수 있다고 생각한다.

이상화나 김소월이 함구할 수밖에 없었던 것이 검열의 서슬 때문임은 분명하지만, 이기영이 대진재의 한복판에서 생사의 갈림길을 오가던 기억을 지나가는 말투로 꺼냈다가 조금 건드리기만 하고 접어두는 방식을 취한 것도 부득이한 일이었다. 대단히 궁색한 방식이지만, 특히 현장을 직접 경험한 문인이 그 긴박했던 실제의 정황을 소략하게나마 거론한 사례는 이것이 처음이다.

> 삼년 전 관동대진재통에 — 낮에는 그런 생각을 할 틈도 없었지마는 — 저 히비야공원日比谷公園 안 제2연못 옆 육모정六茅亭 벤치 위에서 말없이 깜박이는 성진星辰을 바라보며 미구未久에 닥쳐올 것 같은 「죽엄의 공포恐怖」를 자질히 느껴본 일도 있고 또 그 전 어느 여름에 분수分數 밖에 탐승探勝을 간다고 박연폭포朴淵瀑布에 빠져서 '사인死人'될 뻔댁이 되던 되던 일도 있었다마는 그런 것은 여기서 말할 자유도 없고 또한 말하기도 싫으니 이야기꺼리가 못되는 이야기나마 소년시절 생활의 일절이나 적어보자.[45] (강조점 : 인용자)

위의 인용문에서 '그런 것은 여기서 말할 자유도 없고'란 물론 앞에서 말한 「유언비어취체령」(긴급칙령, 1923.9.7 발표 즉시 시행) 이래로의 검열을 가리킨다. 윗글보다 10년 뒤에 나온 수필 「인상 깊은 가을의 몇 가지」(『사해공론』 2-9, 1936.9)는 몇 차례나 개악된 「치안유지법」으로 취체와 검열이 전에 비해 더욱 강화된 때인데도 관동대진재가 일어나고 시간이 많이 경과한 탓인지 삭제나 압수를 당하지 않아 특이하게 생각되기도 한다. 당시 도쿄에 잔류하게 되었던 개인적 사정에서부터 지진 발생, 혼란 속에 방황, 굶주림, 대학살의 와중에서 살아남으려 전전긍긍하던 나날들, 귀국하기까지의 전말에 대해 현장에서 몸소 겪은 사람만이 가능한 필체로 그 핵심을 구체적으로 그려 놓은 이 글에서 압권은 다음과 같다.

45) 이기영, 「출가소년의 최초경난」, 『개벽』 70, 1926.6, 14면.

이튿날 아침에 나는 자동차 안에서 濱濱(횡빈橫濱 : 인용자) 사는 친구의 가족을 노방路傍에 떨어진 권연잔상卷烟殘箱 조각을 주워서 일일이 성명을 열기列記했다. 그는 나까무라中村이었다. 그래서 모母에 누구 형兄은 나까무라 모中村某 兄媒(형매兄妹 : 인용자)는 누구 이렇게 내 가족처럼 안팎으로 열거列擧한 잔편殘片을 널찍하게 해서 막대에 파리채처럼 꿰매서 들어메고 가족을 찾는 피난민 중에 섞여서 나도 그들처럼 돌아다녔다. 나는 필생筆生이라 주머니에 필묵筆墨이 있기 때문에 그런 것을 만들기는 실로 용이容易하였다.

(…중략…)

나와 같이 육모정六茅亭에 있는 사람들은 모두 나와 얼러서 세 가족家族이었다. 하나는 어느 회사원會社員인 순직純直해 보이는 젊은 내외內外요 하나는 무슨 장사치의 모녀母女로서 꽤 유복裕福한 모양이다. 교양敎養이 없어 보였다. 처녀處女는 방년芳年이 십육칠 세十六, 七歲 인물人物은 면추免醜가 되었으나 꽤 까부는 편이었다. 그들은 과자菓子를 많이 가지고 와서 나에게도 권勸하고 내 신상身上을 은근히 물어본다. 나는 병인행세病人行勢를 하고 예例의 성명록姓名錄을 처들어 보였다.

(호도니 오기노독구데스네 나가무라상…………)

【(本当に 尾氣の毒ですね, 中村さん………… : 정말 안됐군요, 나까무라 씨 : 인용자)】

그들은 나의 이야기를 듣고 이렇게 同情의 말을 던졌다.

× ×

나는 거기서 오륙일五, 六日 동안을 지났다.

낮에는 예例의 성명패를 들고 가족을 찾으러 돌아다니고 밤에는 육모정六茅亭으로 돌아다녔다.

× ×

간간히 소나기가 쏟아져서 그렇지 않아도 쓸쓸한 피난민에게 한층 황량한 감感을 주었다.

× ×

비가 쏟아질 때는 지나가는 사람들이 정자亭子 안으로 비를 피하러 들어와서 무시무시한 소문을 전하였다.

× ×

나는 그런 말을 들을 때마다 가슴을 졸이었다. 그리고 밤이 제일 무서웠다.

× ×

……밤에 사람들이 모두 자는데 나는 홀로 창망한 구름 밖으로 반짝반짝 비치는 별을 쳐다보고 얼마나 고향을 그리워 하며 울었던가?……

× ×

그리고 때때로 자살의 충동을 느끼었다.[46]

집요하고 도저한 조선인 사냥의 광기[47] 속에서 벙어리 일본인 행세를 해서 구명도생을 이루어낸 기발한 묘책은 『두만강』 제3부(1961)의 제7장 '동경대진재'에서도 사건 전개의 중심부를 이루거니와, 당시의 살벌한 상황을 이만큼 생생하면서도 함축적으로 그린 예는 달리 없다.

4. 한국문학의 대응 양상

관동대진재에서 자행된 조선인학살사건의 실체와 전모가 한 쪽에 존재하고, 그것에 대한 조사보고와 증언을 감시하고 제어하는 통치권력이 맞은편 한 쪽에서 작동할 때, 그 사건의 현장체험자의 기억은 검열제도를 통과한 제반 기록물들과 끊임없는 길항관계 속에 놓이게 된다. 검열을 거친 기존의 기록과 담론들도 통치권력에 동조 순응하는 것만 있는 것이 아니고 그것과 충돌 대립하는 것도 있기 마련인데, 이를테면 관변 측과 민간 측의 입장 차이라든가 식민지 지배와 피지배라는 조건 차이 등으로 해서 한층 복합적이고 다층적인 양상을 띠는 상호관계를 통해 그 나름으로 공유하는 담론의 장을 형성한다. 그리하여 현장체험자가 그 기억의 언술기록화를 감행하는 경우에는 검열의 장벽뿐만이 아니라 기존의 기록들과도 길항하게 되는 것이다.

검열이 실제로 어느 정도였는지는 앞 장에서 언급한 '대진재 1주년의 회

46) 이기영, 「인상깊은 가을의 몇가지」, 『사해공론』 2-9, 1936.9, 25~26면.
47) 주 9) 참조

고문'의 경우에서 조금 살펴볼 수 있다. 일본인 동료 H, S 등과 함께 도쿄 시청의 사회구호반으로 활동한 필자 자신이 9월 3일 차중에서 번번이 "그 안에 XXX(조센징 : 인용자) 업느냐"는 자경단의 검문을 받았고, 다음날 9월 4일에는 "처참한 광경 눈으로 볼 수 업다"는 속생각을 뇌는가 하면 또 스스로도 "비참한 최후를 각오할 뿐"인 심정이었다고 털어놓았다.[48] 전체적으로 복자와 생략도 많지만, 대살육의 지옥도를 연상시키는 단편적인 서술이 군데군데 있음에도 게재 허가가 났던 것은 구호활동에 종사한 점도 배려했겠고, 다른 한편으로 "당시의 혼돈한 정상과 혼착한 심리상태를 생각하야 엇지 할 수 업는 피차의 불행으로 돌녀둘 수밧게는 업지 아니한가 생각한다"는 둔사까지 늘어놓은 덕분일 것이다.[49] 말하자면 검열을 의식하다 보니 통치권력에 의해 전유된 담론에 부화뇌동하는 둔사까지 늘어놓을 수밖에 없었고, 결국 검열과 기존의 기록으로부터 이중의 통제를 받는 꼴이 된 셈이다. 이상화와 김소월은 직서적·산문적 언술기록이 아니라 은유적·시적 언술기록 방식을 택함으로써 그러한 난관을 돌파했는데, 시인인 두 사람으로서는 극히 자연스러운 일이었다.

다음은 이상화의 관동대진재 현장체험을 실감 있게 재현한 시 작품으로는 거의 유일한 것이라고 할 수 있다. 『백조』 3호(1923.9.6)에 「나의 침실로」 등 3편이 실려 있지만, 이들은 그 해 8월경에 일본에서 송고한 것들로 여겨진다. 말하자면 대진재가 발발한 이래로 다음해에 「허무교도의 찬송가」(『개벽』 54호, 1924.12)가 나오기까지는 이 작품 한 편만 발표되었는데, 그 창작 시점 또한 게재 날짜로 미루어 대진재를 겪는 도중이거나 그 여파가 아직 남았을 어느 때로 보인다.

48) HY生, 앞의 글, 앞의 책, 50면.
49) 같은 글, 48면.

나는살련다 나는살련다
바른맘으로살지못하면 밋처서
도살고말련다
남의입에서 세상의입에서
사람靈魂의목숨까지도 끈흐려는
비웃슴의쌀이
내송장의불상스런그꼴우흐로
소낙비가치 내려 쏘들지라도—
찟퍼불지라도
나는살련다 내뜻대로 살련다
그래도살수업다면—
나는제목숨이앗가운줄모르는
벙어리의 붉은울음속에서라도
살고는말련다.
怨恨이란이름도얼골도모러는
장마진내물의여울속에빠져서나
는살련다
게서팔과다리를허둥거리고
붓그럼업시몸살을처보다
죽으면—죽으면—죽어서라
도살고는말련다

— 이상화, 「독백獨白」, 『동아일보』, 1923. 음9.17(양10.26)

이상화 시의 기본적인 특징이기도 한 이 작품의 격렬한 어조와 역동적인 운율은, 앞 장에서 언급된 바의 일화를 발화상황으로 상정하면, 생명이 위협받는 긴박한 순간의 장면을 환기하는 시행들의 반복적 배치와 어울려져 뛰어난 극적 재현의 효과를 거두고 있다. 가정법에 의거해서 가해자와 피해자를 절묘하게 1인2역 하는 자문자답의 독백 형식으로 대화체 발화법을 구사함으로써 발화자가 거듭해서 되뇌는 "살고 말련다"라는 구절은 반어적 의미를 강렬하게 내뿜는다. 그리하여 청년자위단과 맞닥뜨려 죽을 뻔했던 이상화가 그의 뇌리에 생생하게 박혀 있는 그 악몽을 반추하면서 그 험악한 지경에도 끝끝내 불의에 맞섰던 자신의 결기를 임장성臨場性 있게 재현하는 것으로 읽힌다. 요컨대 죽을 때 죽더라도 기백만은 "살고 말련다"고 하는 것이 바로 하릴없이 피살당할 위기에 직면했던 이상화가 취한 의연한 모습과 당당한 패기를 생생한 육성의 울림으로 되살려주는 이 작품의 주지라고 할 수 있다.

한편 김소월의 경우에 관동대진재와 결부되는 시 작품을 확정하기가 용이하지 않다. 백기만이 전하는 일화가 매우 구체적이고 또 그것이 작품 「독백」과도 선명하게 대응되는 이상화에 비하면, 그의 거취에 대해서는 확실한 단서가 부족하기 때문이다. 신문의 사망자 명단에 그 이름이 올랐던 김소월로부터 편지가 날아왔고, 그쪽 주소로 전보를 쳐서 고향으로 불러들였다는 앞 장에서 언급된 사항을 따져볼 필요가 있다. 『동아일보』의 「진재지방 재류동포의 제1회 안부조사 도착」(1923.9.22 : 9.14 발송)을 기준으로 하면, 김소월이 향제로 편지를 부친 날짜는 9월 22일 이전이 아닐 것이므로 그 편지가 도착한 것도 9월 말이나 10월 초였고 또 그가 다시 전보를 받고 귀성한 시기는 대략 10월 중순경이었다고 볼 수 있다. 그런데 『개벽』 40호(1923.10.1)에는 「삭주구성朔州龜城」, 「가는 길」, 「산山」 등 3편의 시 작품이 실려 있으니, 이 작품들은 일본서 송고한 것으로 보아야 한다. 애잔한 정조와 유장한 호흡이 조화된 망향과 귀소의 염원을 노래한 이 세 작품은 균형감과 안정감이 돋보이는 만큼, 그 창작시점이 대진재 이전이었을 것으로 추측된다. 그러면 앞 장에서 살폈던 바, 김억이 진단한 대로 '니힐'한 내면상황과 밀착된 김소월의 시 작품은 어떤 것들일까. 시집 『진달래꽃』(매문사, 1925.12.26)의 총 16부 127편 가운데서 위의 3편을 포함해서 49편은 대진재를 겪기 전에 썼거나 발표한 것이 확실하고, 나머지 78편 중 1924, 5년 발표작 17편을 제외한 61편은 창작 및 발표 시점이 불명확하다. 이 61편 중에는 습작기 이래의 구고나 시집을 상재한 당년의 미발표 신작도 상당수에

달하겠지만, 대진재의 충격 속에서 혹은 그것을 가라앉히는 얼마 동안에 창작한 것들도 적지 않을 것이다. 총 16부의 각 부는 시기보다는 주제를 기준으로 해서 구성되었는데, 절창 「초혼」을 비롯해서 주조가 '죽음'으로 되어 있는 「고독」, 「귀뚜라미」, 「바리운 몸」 등 세 부는 이른바 '니힐'한 성향의 시편들이 집중 배치되었다. 또한 이 세 부에 편성된 「바라건대는 우리에게 우리의보섭대일짱이잇섯더면」 등 상당 수 시편들에서는 기존의 유려한 애상과 정한에서 벗어나 생활현실에 대한 성찰을 추구하는 김소월 후기작의 특징도 뚜렷이 나타난다. 이러한 시적 관심의 전이는 1924년 봄 귀국한 이상화가 이왕의 감상적 낭만주의에서 탈각하여 경향시의 창작과 비평으로 선회한 것처럼 시대의 추세가 일정하게 반영된 측면으로 이해할 수 있거니와, 그런 맥락에서 다음과 같이 앞날의 진로를 전망하는 시 작품이 쓰인 것도 수긍할 만하다.

> 車타고
> 서울가면
> 금상님 게시드냐
>
> 車타고 배타고
> 東京가서
> 금상님 게신곳에 뵈옵시다
>
> 이제다시 타게되면
> 北으로北으로 露西亞의
> 옷과밥參拜次 가보리라.
>
> — 김소월, 「車와 船」, 『동아일보』, 1924.11.24

나아갈 행로를 서울로, 동경으로, 다시 러시아로 잡아 놓은 것은 관동대진재를 계기로 하여 유학생, 지식인들이 동경에 대해 품었던 환상을 깨고

발길을 '중국혁명' 쪽으로 돌리게 되었다는 한 인물의 증언[50]과도 부합하는 만큼, 그것에 대해 불온사상의 혐의를 씌울 수도 있었을 법하다. 이 시는 일견 어눌한 인상을 주지만, 기실은 능란한 언어유희를 방불하게 각 연의 말미 서술부에 시제법, 존대법, 종결법을 교묘히 처리함으로써 '동경東京'까지 길동무한 동족들끼리 발화자와 수화자로서 주고받는 대화체의 발화상황을 연출하는 가운데 새로운 길라잡이가 '노서아의 옷과 밥'이 보장된 삶, 말하자면 민중혁명이라는 작품의 주지를 함축적으로 환기한 것이다.

이상화와 김소월의 대화체와는 달리 발화자와 수화자가 작품의 내부와 외부에 각기 분립하는 형태를 취하는 경우는 검열을 자극할 가능성이 사실상 크다고 할 수 있는데, 다음의 <추도가>가 그러한 경우에 해당된다.

> 슬프도다우리同胞야
> 半萬里異域에이웬일인가
> 平生의理想은一朝에픠요
> 十年의勤勞는骸骨뿐이라
>
> (후렴)
> 海深山高의(○○)의恨을
> 무슨말로써慰勞하리요
> 우리의理想이實現되는 날
> 荒廢한무덤에꼿이픠리라
>
> 武藏野느진달빗초이는곳
> 그대들의무덤이어대이든가
> 가을밤碧空에흐르는별은
> 그대들의冤魂이彷徨함인가
>
> ― <추도가追悼歌>(感動歌曲調로), 『개벽』 제44호, 1924.2, 38면

50) 님 웨일즈, 『아리랑』, 조우화 옮김, 동녘, 1984, 「Ⅳ. 동경유학시절」 61~70면 참조.

관동대진재와 조선인 학살에 대해 민감했던 시기에 '피살자'의 '원혼'을 달래는 '추도회'에서 불린 <추도가> 가사를 알리니 절절히 공감해 주기 바란다는 기사가 거의 손상 없이 게재된 것은 다소 의외로 보인다.[51] 추도하는 '우리' 발화자와 피살당한 '그대' 수화자를 한데 묶는 '우리' 공동체의 비장감 넘치는 합창 형식을 취한 행사가요를 다른 성원들도 깊이 음미하기 바란다고 호소하는 선동성을 당국이 감지하지 못했을 리 없다. 그러니 민심 수습 차원에서 추도회 개최를 굳이 금지하지 않았고, 그 소식도 차단하기보다는 보도하게 함으로써 민심의 이반을 조금이나마 다독거릴 심산에서 이 <추도가>도 최소의 복자 처리로 게재를 허가한 것이라 생각된다.

김동환의 「곡폐허哭廢墟」는 제목만 보면 '추도가'의 일종으로 오인될 수도 있는 작품인데, 실제로는 발상법 내지 발화법이 전혀 다른 양상을 보여준다.

> 오호, 東京이여,
> 落日에 외싸여 大地에 업대여우는 녯날의都府여,
> 잿속에파뭇친 燦然한殿堂과樓臺에 弔辭를드리는 市民이여,
> 애닯어라 이「문명의몰락」을 바라보는 서러운 그눈이여,
> 이제는 黃金과美人을 직히든 녯날의騎士는
> 槍弓을 내던지고 廢墟의祭壇을向하야 挽歌를 부르노나.
> 아하, 梧桐馬車에 실니워 墓地로向하는「文明의末路」여,
> 美와富와에 袂別치안을수업던가, 오호, 東京이여,
>
> 아하, 녯날의東京이여!
> 大地의우는소리 —— 煙氣, 火焰, 피, 사람의反逆, —— 그래서 屈從—發狂—哄笑—呼泣,

51) B生, 앞의 글, 앞의 책, 38면. 그 경위 소개는 다음과 같다. 즉 "昨年9月2日以降 이짱에서 被殺된同胞의일은 아아무엇으로써말슴을드리릿가. 지난번에이곳에잇는여러단테의쥬최로追悼會를開催하온바 그때의追悼歌를胎呈하오니 그들의冤魂을 대하는듯한늣김으로써닑어주시오."(강조점 : 인용자)

아하, 東京이여! 이러케 悽慘하게 人類의記憶을 불살나버리는 이날을 想像이나 하엿던가.

歷史再造의 偉大한힘압헤 우두두써는 可憐한罹災의 市民을 그러나보왓던가.

아하, 한녯날의榮華에 告別하는城砦여,
大自然의洗禮에 嗚咽하는 市民이여!
울기를 긋치고 웃기도 그만두어라,
힘은 모든 것을 超越하는 무엇이다.

그리하여 힘이다! 지나가녯날을 奪還함에는 오직 크다란힘이 잇을뿐이다,

아, 人類여, 黎明前에 선 저東京의悲壯한우름소리에 고요히 고요히 듯는 귀를 가져라.

— 大震災나던때—

—「곡폐허哭廢墟」, 『국경國境의 밤』, 한성도서주식회사, 1925.3, 18~20면

폐허로 화한 동경 또는 그 '이재의 시민'을 수화자로 삼았지만, 그 기조가 위로나 격려보다 고유告諭나 계도의 성격이 더 농후하다는 점에서 실질적으로는 일방적인 발화법을 취한 셈이다. 김동환이 이른바 죽음의 나라시노 수용소에 있었던 이력을 염두에 두면 자기 생존의 위협이나 동족 살육의 참상에 대해 거의 피력하지 않은 것은 선뜻 받아들이기 어렵다. 한순간 "문명의몰락과 문명文明의말로末路'를 초래하는 '역사재조歷史再造의 위대偉大한 힘'에 겸허히 순응하라는 주지는 소위 '천견론'을 연상시키고, 그에 걸맞게 어조와 시선도 고압적이다. 대규모로 저질러진 살육 난행의 피해자 측이면서도 마치 달관한 각성자인 양 무엇보다도 절실한 자신의 안위문제를 제쳐놓고 보편적 심급에서 대자연과 인류를 운위하는 것이 일종의 허위의식인지 검열을 의식한 도회적 처신인지는 단언하기 어렵다.

일제 강점기의 이른바 '문단 3난'이라고 하는 것은 원고난, 재정난, 검열난을 가리킨다. 출판법과 신문지법 등을 근거로 하는 검열은 압수와 발매금

지, 전면 또는 부분 삭제, 그리고 가장 흔한 복자 처리 등의 처분을 내리지만, 실제로는 앞서 말한 긴급칙령 「유언비어취체령」과 같이 그때그때 정국 운영 상의 긴급한 필요에 따라 입안되는 칙령, 부령도 보태서 매우 가혹하게 집행된 것으로 악명이 높다. 그래서 민족적인 공분이 높았음에도 기성 문인들은 침묵을 지키지 않을 도리가 없었는데, 유독 양주동만은 다음과 같이 강경한 기조의 시 작품을 썼다.

> 오오 피는 끓는다.
> 내가슴에, 내가슴에, 피는 끓는다.
> 반밤에 세 번 가슴을 두다리고
> 이마를 치며 復讎를 맹세할 때
> 내가슴의 怒氣는 끓어올은다.
>
> 지난날 나의 良心을 蹂躪한者,
> 나의 個性을 掠奪한者,
> 내마음의 보배를 도적한者,
> 내길우의 光明을 가로막은者,
> 오오 너의들 咀呪할 무리여!
> 영원히 咀呪받을 너의들의 무리여!
>
> 그러면 주여, 내게 武器를 주소서!
> 復讎의 武器를 快히 빌려 주소서!
> 그리하야 내손으로 저의들을 다뭇질은뒤에
> 오오 주여! 내몸까지 硫黃ㅅ불로 살워주소서.
> (1923.12)
>
> — 양주동, 「惡禱」, 『조선의 맥박』, 문예공론사, 1932.2, 106~107면

양주동은 이 시와 같은 제목인 번역시 「악도惡禱, Le Litanies de Satan」(『개벽』 52, 1924.10)를 발표한 바 있는데, C.P.보들레르의 『악의 꽃 *Fleurs du Mal*』

(1855) 제5부 '반항(Rèvolte)'에 속해 있는 이 작품은 기도문 형식으로 신성의 모독과 사탄에의 탄원을 되풀이함으로써 탈속의 긴장감을 체현하고자 한다. 반역의 열정을 기조로 하고 있는 점에서는 두 작품이 동일하지만, 3행 16연의 번역시 「악도」가 자기구원의 방도로 설정된 것임에 반해, 창작시 「악도」는 제3연만이 기도문 형식이라 시형 자체도 다르지만, 시의 주제도 적대자에 대한 복수의 비원을 토로한 것이라는 점에서 전혀 별개라고 할 수 있다. 당시의 양주동은 프랑스 상징주의 시를 번역 소개하면서 마침 보들레르에 몰두해 있던 터라[52] 그 발상법 내지 발화법을 빌려 동족 학살에 대한 분노를 표출했던 것 같다. 그러나 아직 민심이 앙분되어 있던 때 쓴 이 창작시 「악도」는 공공연히 복수를 맹세하는 과격한 내용이어서 발표되지 못하고 거의 10년 뒤에 간행되는 시집에 실렸던 것이다. 그리고 1925년 재도일해서 와세다대학 영문과에 진학한 양주동은 또다시 관동대진재의 희생자들을 조상하는 시 작품 「무덤」을 썼다.

> 아아 몇사람이 내가슴속에서 죽어갓느뇨,
> 아아 몇사람이 내가슴속엣 재되엿나뇨,
> 오오 가신님이여, 내가슴속에 조그마한 무덤을 만들고
> 길이 길이 잠드신 님이여.
>
> 가슴속의 무덤은 쓸쓸하기도하여라,
> 옛날의 자최를 말하는 한낱 비명도 없는,
> 조상하는이의 술잔을 괴일 한낱 묘석도 없는,
> 이 헐벗은 무덤속에 누은이 과연 그 몇사람이뇨
>
> 오오 바람이 불도다, 비가 오도다,
> 황량한 벌판우에, 가슴속 븨인들우에,

52) 양주동, 「근대불란서시초」 (1)・(2)・(3), 『금성』 1・ 2・3, 1923.11・1924.1・1924.5. (1)과 (2)는 보들레르의 약전과 시 작품 번역, (3)은 베를렌느의 그것으로 되어 있다.

오오 봉분조차 문허진 헤일수없는 무덤이여.

그리하야 해마다 가을이되면, 오오 해마다 가을이되면,
최후의 심판날 아츰과 같이,
망령은 무덤속에 다시 눈을 뜨도다,
망령은 무덤속에 다시 떼울음 울도다.
(1925년 9월 東京서)

— 양주동, 「무덤」, 『조선문단』 13, 1925.11

앞서 살핀 「악도」는 발화자의 독백, 가해자의 호출, 그리고 신격에의 고축告祝 등으로 전개되지만, 시제의 설정이 현재, 과거, 현재로 되어 있으니 가해자는 이를테면 차한此限에 부재한다. 또 신격 역시 일방적으로 설정된 고축의 상대에 지나지 않으니 형식적인 수화자일 뿐이어서, 실질적으로는 주체할 수 없는 적개심을 일방적으로 쏟아내는 독백인 것이다. 그래서 기도문 형식을 문학적 장치 내지 소도구로 사용해서 발화자가 격정적 어조로 복수심을 과장하고 있다는 느낌을 준다. 한편 「무덤」은 억울한 희생자들의 무덤 앞에서 애도의 심정을 단선적으로 토로하는 정형적인 추도가이다. 발화자는 무지향한 현재에 멈춰선 채 감상적 어조로 동정과 연민을 표백하는 영탄어법을 반복해서 구사하지만, 수화자가 완료형으로 정지된 과거 속에 단지 의전적(protocol) 상대로 분립해 있어, 앞서 살핀 1924년 '추도회'의 <추도가>와 같이 양자가 한데 어우러지는 비장감도 조성되지 않는다. 결국 「악도」의 격정이나 「무덤」의 애도나 학살사건의 임장성을 되살리지 못한 나머지 공소한 수사의 나열을 넘어서는 수준으로 나아가지 못한 것이다.

양주동이 당시로서는 드물게 조선인 학살과 관련해서 두 편이나 시작詩作을 시도한 것은 그의 인간적 기질이나 면모를 다시금 돌아보게 하는 측면이 있겠으나, 그 두 편 모두 일정하게 한계 내지 문제점을 드러낸 점은 관동대진재 또는 조선인학살사건의 문학적 형상화와 관련해서 중요한 단서를 던져준다. 그는 재앙의 현장에 있지는 않았어도 거기서 희생당한 유학생과 노동자 등 동포들과 자신을 일련탁생적 존재로 생각했으니 비분강개하는 시를 지었을 것이다. 혹은 그 자신도 우연찮게 현지에 체류했을 경우를 상정한 심리적 당사자로서 끔찍한 소식들에 전율했을 것이다. 그러나 연상체험은 아무리 열정을 끌어올리고 감수성을 발휘해도 직접체험의 실체감에는 미치지 못한다. 「악도」의 가해자에 대한 격정적 복수심이 2년이 경과하면서 「무덤」의 피해자에 대한 감상적 동정과 연민으로 잦아들게 되었던 것도 거기서 파급되지 않았을까. 그렇다면 세대나 시대를 달리하는 미체험 문인이 관동대진재의 조선인학살사건을 다루는 경우에는 양주동에게서 나타난 한계나 문제점을 보다 증폭해서 보여줄 가능성이 크다고 할 것이다.

해방 이후 설정식이 작품의 부제에 밝힌 바이지만, 그는 "동경진재에 학살당한 원혼들에게" 바치는 「진혼곡」을 자신의 제3시집 『제신의 분노』에 실었다. 제목을 '진혼곡'이라 했으니 만가 형식이어야 할 텐데, 실은 교술적 태도가 압도적인 고유체告諭體의 발화법으로 일관된다. 따라서 이 작품의 수화자도 '학살당한 원혼들'이 아니라 시인 또는 발화자가 깨우침을 주려는 동시대의 일반 청중들이다. 이민족에게 동족을 팔아넘겨 이스라엘 민족수난을 초래한 반역자들에 대해 예언자의 목소리를 통해 준열한 심판을 고지하는 이 시집의 표제시 「제신의 분노」와 구조적으로 정확하게 대응하는 이 시의 주지는 다음 대목에서 집약적으로 드러난다.

> 祖國이 좁은 까닭이 아니라
> 祖國 主權을 팔아먹은者가 있어
> 元甫와 順이는
> 隅田川 시궁창에
> 녹쓰른 한가닥 와이야에 매어달려
> 火焰우에 검푸르게 닿은
> 잃어진 祖國 하늘 밑에

迫間農場이 들어선 南田과
不二農場이 마름하는 故鄕 北畓을 생각하였다
— 薛貞植, 「鎭魂曲-東京震災에虐殺當한怨魂들에게」의 제6연,
『諸神의憤怒』(설정식 제3시집), 新學社, 1948.11, 90면)

해방정국에서의 사명감이 고조되어 민족의 시련과 구원을 고창하는 일종의 영웅주의가 시적 발화의 주조를 이루는 이 작품은 제2장에서 살핀 정지용의 「관동대진재여록」(『국제신문』, 1949.9.2)이 그렇듯 해방 이후 친일매국 세력 청산을 강하게 주장함으로써 좌우대립 과정에서 선제적 우위를 점하고자 했던 8월 테제와 그 일환으로서의 문맹노선의 정치적 의도가 과도하게 폭주했다. 그러한 나머지 조선인학살사건의 실제 가해자를 시야에서 지워버리고 그 비극의 원죄를 오직 민족 내부로 귀착시켜 버림으로써, 사건의 실체적 재현에 다가가기보다는 그것과는 전혀 동떨어지게 사실을 변조해 버렸을 뿐만 아니라 엉뚱하게도 일종의 자학사관의 함정에 빠지는 결과를 빚었던 것이다.

사건 발생 50주년이라는 지점에서 직접 경험세대가 아니라면, 심상기억이 전혀 없는 처지로는 주로 언술기록에 의지해서 그 사건에 접근할 수밖에 없다. 그런데 미체험자가 과거의 사건을 되살리고자 하는 경우, 그 내·외부의 동기나 계기가 동시대의 문제의식과 결부되는 것은 자명하고도 당연한 일이다. 정파적 이념의 전유가 지나쳤던 설정식의 경우가 그랬듯. 반세기를 맞아 쓴 70년대 초의 「관동대진재」(『시문학』, 1973.10)는 한편으로는 그때나 이제나 여전한 가해자에 대한 반일감정, 다른 한편으로는 반사적인 자기연민과 자기부정이 병렬·교착된 상태를 그려놓고 있다. 50년 전이나 지금이나 늘 피해자로서 가해자들의 발호를 지켜보며 "다만 억울하다"고 넋두리할 수밖에 없다는 것은 소위 심정적 민족주의에 내재한 자학과 패배의 논리를 드러낸 것이라 할 수 있다.

(…상략…)
하이 하이 하는 놈들
아리가또오 고자이마스
하는 놈들
회상조차 겁난 그 낮의 하오에도
찌른 자들의 후예들은
大漢門과 로열 호텔 근처에서
조선인의 어린 딸들을 끼고
수밀도의 부푼 젖가슴
고것들을 통째로 타고 누를
전천후의 밤을
계산하고 있었다.

억울하다
지나간 날의 모든 치욕과 기록들이
다만 억울하다.

— 권일송權逸松, 「관동대진재」의 3, 4연, 『시문학』, 1973.10

소위 '기생관광' '매춘관광'은 6,70년대의 반일여론에서는 단골로 등장하는 사례였다. 그런데 이 원색적이고 선정적인 제재가 앞에서 살펴본 함석헌의 「내가 겪은 관동대진재」에도 그대로 거론된 바 있다. 거기서 견지한 '섭리사관'과 연계된 천견론은 원론적인 측면에서는 인간과 물질, 침략과 식민지배 등에 대한 문명비판적 전망을 내재한 것이라 할 수 있는데, 유독 풍속산업적인 현상에 과민한 반응을 보인 것은 당시가 과거와 현재를 아우르는 한일관계의 근본문제들에 대한 구조적 인식과 성찰이 새삼 요청되는 시점이었다는 점에서 전망의 협착함으로 비쳐지기도 한다.

이상에 보아 왔듯, 관동대진재와 조선인학살사건에 대한 문학적 형상화 작업은 시 장르에 현저하게 편중되었다. 이는 시 장르 자체의 기동성이 무가내하의 거대폭력에 대해 즉각적으로 반응할 수 있다는 점, 그리고 그 특유의 은유적·환유적 속성이 엄혹한 검열에 효과적으로 대응할 수 있다는 점에서 연유된 것으로 보인다. 소설은 주지하다시피 '삶의 외연적 총체성'을 구현하는 장르이며, 따라서 통치권력의 감시와 통제가 철저한 상태에서는 그 장벽을 넘어설 수 있는 가능성 자체가 원천적으로 봉쇄될 수밖에 없다. 사실 자체가 은폐되고 진상 규명의 길이 차단된 가운데서는 서사의 재생산 기반이 취약할 수밖에 없을 것이 번연하다. 그리하여 우리는 본격적인 수준의 '관동대진재' 소설을 가지고 있지 못하다.

다만 앞에서 살펴본 대로 수필의 형태로 그 자신의 관동대진재 경험담을 세세하게 기술한 바 있는 이기영은 그것을 그의 작품세계에 담으려는 집념을 끈질기게 이어갔다. 1923년 10월 중순경 귀향한 그는 겨우내 장편 '사死의 영影에 비飛하는 백로 군白鷺群'을 써서 『暗黑』으로 제목만 고친 뒤 이듬해 3월 중순 상경하여 먼저 조선일보 편집국장 홍신유洪愼裕, 그 다음으로 동아일보 편집국장 벽초 홍명희洪命熹에게 보였으나 두 번 다 게재를 거절당하고 말았다고 한다.[53] 이 실패한 처녀장편의 윤곽에 대해 이기영은 "선희라는 여주인공을 통하여 동경유학생과의 연애 갈등을 취급하는 일방 신구의 사상 충돌과 내가 체험한 동경과 진재 등의 신화神話를 넣어가며 불행한 주인공의 운명을 그려 보자는 것이었다."[54]고 술회한 바 있다. 애초에 정한 제목에 대해 "'죽음의 그림자'는 암흑을 상징한 것이요, '백로 떼'란 것은 백의동포를 상징한 것"[55]이라는 설명, "'이민열차'라는 제목의 장도 있었다"[56]는 언급을 참작하면, 이 작품은 관동대진재를 정점으로 하여 당시 조선인들의 일대 수난을 그린 내용이었을 것으로 추정된다.

「옵바의 비밀편지」(『개벽』, 1924.7)로 가까스로 등단의 관문을 넘은 이기

53) 이기영, 「실패한 처녀장편」, 『조광』, 1939.12, 234~236면 참조.
54) 위의 글, 위의 책, 235면.
55) 이기영, 「처녀작을 어떻게 썼는가」, 『청년문학』, 1964.12, 29면.
56) 위의 글, 위의 책, 30면.

영의 자전적 작품 「가난한 사람들」(『개벽』, 1925.5)은 문면 상으로 관동대진재에 관해 두세 군데 단편적으로 서술하는 정도에 그쳤지만, 이 작품의 주제가 이른바 아마카스 사건甘粕事件(9.16)으로 희생된 일본 아나키즘운동의 지도자 오스기 사카에의 「征服の事實」(『近代思想』, 1913.6) 등을 저본으로 한다는 점, 그리고 또 다른 평판작 「농부 정도룡」(『개벽』 65~66, 1926.1~2)도 동일한 양상을 보여준다는 점은 깊이 음미될 사항이다.[57] 이기영은 소학교 동창이자 장편 『봄』(『동아일보』, 1940.6.11~8.10, 『인문평론』 12~15, 1940.10~41.2)의 등장인물 '장궁'의 실제 모델이며, 사사로이는 나중에 처남이 되기도 하는 홍진유洪鎭裕를 통해 '흑도회'-'흑우회', 나아가서는 오스기 사카에의 사상에 강력하게 견인되고 있었던 것이다.[58] 요컨대 오스기 사카에는 당시로서는 전면에 재현할 수 없는 관동대진재의 문제성을 암묵적으로 환유하는 존재라는 점에서 이기영의 작가적 고심을 엿볼 수 있다.

해방 후 이기영의 대하장편 『두만강』 제3부(1961)는 제7장 '동경대진재'와 그 앞의 제4, 5, 6장 즉 '그들의 운명', '송월동 사람들', '노동시장'을 한 묶음으로 하면, 이른바 실패한 처녀장편이라는 『사의 영에 비하는 백로 군』과 작품의 시간대가 겹친다는 점, 그리고 제7장의 줄거리 진행이 수필 「인상 깊은 가을의 몇 가지」(『사해공론』, 1936.9)의 내용과 거의 부합한다는 점에서 마침내 작가로서의 오랜 숙원을 이룬 것이라 할 만하다. 그런데 이기영은 유학생 한창복과 연애 갈등을 일으킬 여주인공을 아예 등장시키지 않은 것은 차치하고, 그 한창복을 사상과 생활이 유리되어 '박쥐구실'을 하는 부정적 성격의 인물로 서술해 놓았다. 작가 자신이 직접 경험한 그 이야기의 주역을 비판적 시각에서 그린 것은 집필 당시 북한체제 내부의 동향과 관련된 것으로 보인다. 제1장 '역사적 전환기'로 시작하는 『두만강』 제3부

57) 김홍식, 「이기영의 문학과 아나키즘 체험」, 『한국현대문학연구』 제17집, 2005.6, 141~148면 참조.
58) 위의 글, 125~127면 참조.

가 3 · 1운동 이후 중국 동북의 항일무장투쟁과 기층 민중들이 혁명운동을 주도하는 것으로 그려나갈 예정임을 미리 밝혔던 만큼,59) 소시민적 지식인의 기회주의적 속성과 한계를 폭로하는 쪽에 역점이 놓였던 것이다. 그리하여 관동대진재 자체에 대해서는 풍부한 서술과 묘사가 이루어졌으나, 졸지에 닥친 환란 속에서 '벙어리 행세'로 구명도생했던 실제 이기영의 절절한 위기감이 한창복의 모습에서는 묻어나지 않는다. 그를 카프 최고작가로 되게 만든 추동력인 그 절절한 위기감을 걷어버렸다는 점에서 『두만강』 제3부는 여러 모로 되짚어볼 여지가 적지 않다.

미체험세대인 유주현의 『조선총독부』(『신동아』, 1964.9~1965.12)는 잡지 『신동아』의 부수를 크게 늘려준 화제작이었는데, 전5권의 『조선총독부』(신태양사, 1967.9)로 출간되고, 일본에서도 동명의『조선총독부朝鮮總督府』(講談社, 1969)로 출판되었다. 여기서 작가는 당시 총독 사이토 마코토齋藤實 이하 식민통치기구의 분주한 대응 속에서도 『동아일보』와 『조선일보』가 조선인 학살 소식을 입수하여 완곡한 필치로나마 보도함에 따라 민심이 당국의 의도와는 반대방향으로 악화되어 갔다는 식으로 이야기를 전개했다. 한일회담, 김종필 · 오히라 메모(양해각서), 64년도의 소위 6.3사태, 한일기본조약(한일협정, 1965.6.22) 등에 따라 한 · 일 과거사에 대한 관심이 제고되었던 사회적 분위기, 그리고 4.19 이후의 국내정치나 60년대의 국제정치에서도 민족주의가 새로운 화두로 떠올랐던 시대적 분위기와 맞물린 측면도 있다고 할 것이다. 최인훈의 「총독의 소리」 Ⅰ · Ⅱ(1967), Ⅲ · Ⅳ(1976)가 발표되어 커다란 반향을 얻은 것도 같은 맥락에서 이해할 수 있다.

이밖에 관동대진재를 다룬 작품으로는 김의경의 희곡 『잃어버린 역사를 찾아서』(초연 서울시립극단 : 국립극장, 1985.8.29)가 있다. 5막으로 구성된 이 작품은 강덕상 등의 역사연구에 자극받은 것인데,60) 그 처음과 끝이 각

59) 이기영, 「후기」(1958년 11월 하순), 『두만강』 제2부/하, 풀빛, 1989 참조.
60) 김의경, '작가의 말 : 12년만에 끝낸 작업', 「잃어버린 역사를 찾아서」, 『길 떠나는 가족』,

각 60년 만에 만난 피해자의 가해자에 대한 지난 과오의 인정 요구, 가해자의 참회를 통한 피해자와의 화해로 설정되어 있다. 피해자 측인 조선인 이민노동자 집안의 딸이 가해자 측인 일본인 공장주 집안의 젊은 홀아비의 재취로 되는 상황에서 대진재를 만나 학살당하는 것이 중심사건이다. 그 과정을 둘러싼 중첩된 배경 이야기에 조선인학살사건에 관계된 수십 명의 등장인물이 나오지만, 전제조건 없는 사건의 실체적 재현이 빚어내는 카니발적 구성의 역동성을 보여주지 못하기에 마지막의 화해도 작위적이거나 의례적인 것으로 비친다.

현대미학사, 1998, 213면.

Ⅱ

조명희 문학의 원점과 도정

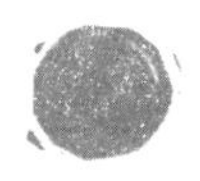

프로작가 조명희의 생애와 문학

1. 머리말

'월북문인 해방 이후 작품 해금' 조치가 1988년 7월 내려짐에 따라 적어도 식민지시대까지의 우리 근대문학에 대한 논의는 분단문학사적 한계에서 일단 벗어날 수 있게 되었다. 현단계에서 가장 시급하게 요망되는 일은 그간의 근대문학 논의에서 사각지대에 방치되다시피 해 온 소위 월북문인들의 삶과 문학의 실상을 엄밀한 자료발굴을 통해 복원하는 작업일 것이다. 이 작업은 해금조치 이래 어느 정도 진척되고 있긴 하나, 정치적 이단으로 낙인찍혀 거론 자체가 금기시되어 온 세월이 길었던 탓으로 난점이 적지 않다.

포석抱石 조명희趙明熙(1894-1942)를 월북문인으로 분류하는 것은 따지자면 극단적 남북대치의 여파로 빚어진 편법적 처리라고 하겠는데, 그는 실상 1928년 7월 소련으로 망명, 해방이 되기 전인 1942년 2월 20일 그곳에서 사망한 것이다. 망명 후의 행적에 관해서는 근자에 와서야 그 편모나마 드러나고 있지만, 의문의 실종과 죽음 등, 정밀한 조사를 요하는 부분이 많다.[1)]

---

1) 이에 관해서는 김성수, 「소련에서의 조명희」, 『창작과비평』(1989. 여름)에서 의욕적인 조명이 이루어진 바 있다.

그 이전까지의 생활과 문학 활동은 그 자신이 남긴 단편적 기록과 장조카 조벽암이나 절친했던 동료 이기영, 한설야 등의 술회, 그리고 그의 작품에서 산견되는 자전적 요소 등을 단서로 하여 대략적인 윤곽에 접근할 수 있으나, 그의 문학에 대한 온당한 해석과 평가에 이르자면 특히 그의 개인사는 좀 더 소상히 밝혀지지 않으면 안 된다.

발표 당시 프로문학의 제2기를 가름하는 작품이다, 아니다 하는 엇갈리는 평가가 나와 커다란 문단적 반향을 불러일으켰던[2] 대표작 「낙동강」을 중심으로 논의가 주로 이루어져 온[3] 포석 조명희의 문학 전반에 대한 본격적인 연구는 소련에서 간행된 『조명희 선집』이 1987년 국내로 유입된 데[4] 힘입어 이강옥, 임헌영, 김형수 등에 의해 시도되었다.[5] 이강옥과 임헌영은 작품의 단계별 특징과 변모과정을 살피는 데 주력했고, 김형수는 전기비평의 방법에 의거하여 그의 작품세계에 내재하는 일관된 '초월적 지향성' 내

2) 「낙동강」이 『조선지광』(1927.7)에 발표되자, 김기진은 「시감 이편」, 『조선지광』(1927.8)에서 무산계급 문학운동 제2기의 선편을 던진 작품이라 격찬한 반면, 조중곤은 「낙동강과 제2기적 작품」, 『조선지광』(1927.10)에서 제2기적 목적의식이 제대로 나타나지 않은 자연생장기적 작품으로 보아야 한다고 했다.

3) 임영화, 「일제시대 한국 농민소설 연구」, 서울대 석사, 1976.
윤홍로, 「한국 근대소설 연구」, 서울대 박사, 1980.
정덕준, 「포석 조명희의 현실인식」, 『어문논집』, 고려대 국문과, 1981.
조남현, 「한국 현대소설에 나타난 지식인상 연구」, 서울대 박사, 1983.
정호웅, 「1920~30년대 한국 신경향파소설의 변모과정 연구」, 서울대 석사, 1983.
김 철, 「1920년대 신경향파소설 연구」, 연세대 박사, 1984.
서경석, 「1920~30년대 한국 경향소설 연구」, 서울대 석사, 1987 등.

4) 조명희문학유산위원회, 『포석 조명희 선집』(소련과학원 동방도서출판사, 1959)은 1987년 국내에 들어왔고, 이를 바탕으로 국내본 『조명희 선집 낙동강』(풀빛, 1988)이 간행되었다. 소련본은 조명희가 망명지에서 쓴 작품들을 가능한 대로 모아 싣고, 황동민의 해설과 이기영 한설야 강태수의 회고도 곁들여져 있으나, 국내본에는 망명기 작품으로 단 한편 「짓밟힌 고려」만 실려 있다. 훨씬 이전이지만, 해방 직후 『조선인민보』(1946.5.22) 2면에 포석의 장조카인 조중흡이 경영하던 건설출판사에서 간행한 '포석 조명희 작 소설집 낙동강'과 정지용 시집의 광고가 실려 있다.

5) 이강옥, 「조명희의 작품 세계와 그 변모 과정」, 김윤식 · 정호웅 편 『한국 근대리얼리즘 작가 연구』, 문학과지성사, 1988).
임헌영, 「조명희론」, 『조명희 선집 낙동강』, 풀빛, 1988.
김형수, 「포석 조명희 문학 연구」, 서울대 석사, 1989.

지 낭만성을 규명하는 데 치중했다. 전자는 감상비평 내지 해설비평에 가까워서 논의가 주관에 흐른 감이 있고, 후자는 작가의 생애 추적을 통해 작품 해석의 근거를 마련하려 했으나 역시 논의가 다분히 추상적이다. 이러한 한계를 극복하기 위해 본고는 그의 세계관의 바탕과 작가의식 및 작품 변모의 내적, 외적 계기들을 종합적으로 규명해 보고자 한다.

2. 세계관의 바탕

조명희는 조선 후기 벌열세족의 하나인 양주 조씨 20세 조병행趙秉行(1825~1998)의 4남 5녀 중 막내로 충북 진천에서 1894년 8월 10일 태어났다. 위로 전실 소생의 40년 연장인 백형 공희公熙(1854~1933), 20년 안팎 연장인 동복의 중형 경희庚熙(1873~1942), 숙형 태희兌熙(1880~1948) 다음의 만득자였다.[6] 그의 가문은 조부가 청주목사를 했고, 부친의 세 형들 중 둘이 이조판서를 지냈을 정도로 당당한데, 당내에 일제 병탄시 농공상부대신이었던 매국관료 조중응은 그의 종질이고, 유명한 친일 매판자본가 조준호는 그의 재종손이라는 점도 아울러 주목할 필요가 있다.[7]

조병행은 산수를 좋아하여 벼슬에 뜻을 두지 않고 지내다가 장자 공희가 나던 1854년 이례적으로 발탁되어 여러 군데 고을살이를 하면서 선정을 펴 청백리로서 상하 간에 칭송이 자자했다고 하는데, 그러던 중 가렴주구에 몰두하던 탐관오리들의 무고를 받아 관직에서 물러나게 되었을 때는 백성들이 들고일어나는 소동이 벌어진 일도 있었다고 한다.[8] 1862년 진주에서부

6) 양주 조씨 종친회, 『양주 조씨 족보』 하권, 회상사, 1980, 181~182면.
조병행의 몰년이 1886년으로 되어 있는데, 이는 착오이다. 장자 공희는 초취 숙인 평산 신씨(1926~1969) 소생이고, 경희(1873~1952), 태희(1880~1948), 명희는 후취 연일 정씨(1849~1929) 소생이다.

7) 위의 책, 176~196면 참조.
조중응(1860~1919)은 조명희의 종형(중부의 장자) 택희의 장자이다. 그리고 조준호(1903~1967)는 역시 종형(백부의 삼자) 용희의 장손이다.

터 불이 붙은 이래 끊이지 않는 삼남지방의 농민폭동을 수습하기 위해, 1863년 집권한 대원군은 1864년 9월부터 지방관아에 대한 일대 숙정을 단행하는데, 이때 조병행은 과거의 치적을 평가받아 인동부사로 파견되어 소임을 성공적으로 완수, 포상을 받기도 했다.[9] 이처럼 명망과 능력, 그리고 강력한 정치적 배경까지 고루 갖춘 그였지만 무슨 이유에선지 벼슬을 내놓고, 1866년 병인양요를 맞이해서는 당시 한양 장흥방을 떠나 충북 진천으로 옮아간다.[10] 이로부터 그는 생애를 마칠 때까지 환로를 영영 멀리하고 안빈낙도의 강호생활에 자족하면서 자식들에게도 "빈천을 부끄러워하지 말라"[11]고 훈도했다고 한다.

병인년의 진천 이주는 피난 소개로 보인다. 아편전쟁에서 중국이 당한 참경을 전해 듣고 서구 열강의 내침에 공포감에 가까운 위기의식을 갖고 있던 당시의 한양에 거주하던 집권양반들은 그 해 6,7월 평양에서의 샤만호 사건에 이어, 8월부터 프랑스 함대의 강화도 침공이 개시되자 다투어 지방으로 내려갔던 것이다. 조정의 요로에 족류가 한둘이 아니었던 만큼 조병행의 출경도 그러한 대외정세 판단의 결과가 아닌가 한다. 그러니까 그 이전에 민란 수습에 기여한 공로로 승차되기까지 하면서도 굳이 퇴관을 감행한 것도 외직을 전전하는 동안 일선에서 직접 목격한 체계의 위기를 그만큼 심각하게 받아들인 대내정세 판단의 결과였을 가능성이 높다. 요컨대 그는 당대를 내우와 외환이 겹친 난세로 인식했고, 그리하여 공명과 영달을 쫓기보다는 퇴관, 칩거하는 명철보신의 길을 택했던 것으로 생각된다.

대내외적 위기의 현실에 직면한 양반계급의 대응방식은 각 성층의 주객

---

8) 조공희, 「세덕편世德篇」, 『괴당시고槐堂詩稿 초초抄』(1929).
9) 위와 같음.
같은 책에 당시 수렴청정을 하던 신정왕후 대왕대비 조시의 유서諭書가 실려 있음.
10) 위와 같음.
「정인표鄭寅杓 서序」(같은 책) 참조.
11) "선고유훈불치빈천先考有訓不恥貧賤"(위와 같음).

관적 조건에 따라 다양한 유형으로의 분화가 나타날 수밖에 없는 것이지만, 병인 연간에는 쇄국양이와 서정쇄신을 통한 체계강화라는 대원군의 노선에 대해 이렇다 하게 가시화된 대항세력이 없었다. 집권층 일각의 개화사상은 아직 배태단계여서 현실적 발언권이 없었고,[12] 재야에서는 정명론적 화이관에 입각하여 강력한 이념적 지지를 보냈다.[13] 집권층의 권력이기주의와 재야의 사상적 근본주의가 강고하게 결속, 독주하던 이 시기에 조병행은 자진해서 재조에서 재야로 내려간 것이다. 재야 사류를 일단 지사형과 처사형으로 나눈다면, 후자에 속한다고 볼 수 있다.

포석의 맏형 괴당槐堂 조공희는 18세에 향시 장원을 했으나 이후 과장에는 나가지 않았고, 1883년 외부의 임용을 받고는 부친의 만류로 응하지 않았던 것 같다. 뒤에 전라도 익산 부근에서 공부의 미관말직을 맡고 있던 중 1894년 사퇴했는데, 이는 갑오농민전쟁의 발발과 관련된 것으로 보인다. 이때 참봉을 얻어 부모를 봉양하며 다시는 사환에 뜻을 두지 않기로 작정했고, 그의 부친이 세상을 떠난 이듬해 1899년 진천에서 다시 익산 쪽으로 내려가 줄곧 그곳에 지내다, 1910년 일제 병탄과 함께 진안의 주줄산에 들어가서 1918년 겨울 진천으로 되돌아올 때까지 은거한 것으로 되어 있다.[14]

이 경력으로 본다면 조공희는 반드시 명리에 초연한 처사생활로 시종했다고 할 수 없다. 일문의 위세를 발판으로 입신을 꾀했으나, 어떤 한계[15]

---

12) 강재언, 『한국의 개화사상』, 정창렬 역, 비봉출판사, 1981, 177~178면.
강재언, 『신편 한국근대사연구』(재판), 한울, 1983, 5~62면.

13) 강재언(1981), 179면.

14) 조공희, 앞의 책.

15) 조병행은 1825년 출생인데, 그렇다면 그 모로 되어 있는 남양 홍씨(1775~1833)가 51세에 낳았다는 것이 된다. 바로 윗형인 조병휘가 1808년생이니까, 17년 터울이 난다. 그리고 조병행의 아래로 1832년생인 조병종이 또 있으니 58세에 다시 출산을 한 것이 되는데, 이런 일을 실로 해괴하다 아니할 수 없다. 결국 조병행 이하는 서출일 가능성이 매우 크다. 그가 일찍이 사환에 뜻을 두지 않았다는 것도 그런 사정에서 비롯되었던 것으로 보인다. 또한 그가 크게 발탁된 것이 대원군이 집정하여 과감하게 서출을 등용하기 시작한 시기와 일치하는 것도 시사적이다. 이러한 출신의 내력은 조공희에게도 심각한 장애로 작용했지 않았을까 한다.

때문에 여의치 못했던 것 같은 흔적도 엿보이는 것이다. 그가 '빈천을 부끄러워 말라'는 부친의 훈도를 진실로 수종케 된 것은 갑오년의 좌절을 겪으면서였다. 실제로 그는 그 후 20년 남짓을 타관 벽지에 묻혀 지냈다. 그것은 부친의 유훈을 받든다는 의미 이외에, 정치적 현달의 실패에 대한 보상으로 도덕적 명분을 추구한다는 의미를 지닌 것으로 생각된다. 그는 피난 또는 낙척의 성격을 띤 병인년의 진천 이주와 갑오년의 사직을 백이숙제의 절의에 비기고,[16] 경술국치를 즈음해 입산하면서는 방외를 자처하며,[17] 그러는 동안 마음을 쏟은 한시 창작에서는 도연명을 수범으로 내세웠다.[18] 자기합리화 내지 자기미화의 요소가 다분하나 그것은 차치하고, 매천 황현(1855~1910)과 같은 우국지사의 경세적 자세와는 확실히 대조되는 은일처사의 둔세적 자세라 할 것이다. 유교는 그 인식방법이 정치적 현실주의인가 형이상적 관념론인가, 실천영역이 사회적 · 역사적인가, 정신적 · 내면적인가에 따라 경세학이 될 수도 있고, 심성학이 될 수도 있다. 이 둘은 외양이 판이하지만, 인격주의를 바탕으로 한다는 점은 동일하다. 식민지로의 병탄과 함께 유교주의 정치이념은 공식적으로 종언을 고하게 되며, 따라서 조공희의 은둔생활 또는 그 연장에 놓인 예도는 이념이 아닌 인격 차원에서 긴장감을 지니는 것이라고 할 수 있다. 이 긴장감은 조공희 자신에게는 차츰 이완되어 1918년 겨울 진천에 다시 돌아올 무렵 형해화된 것으로 보인다.

문제는 아버지뻘인 장형 조공희의 존재가 조명희에게 어떻게 비쳤는가에 있다. 이와 관련해서는 나라가 망한 1910년 당시 그것에 대한 담임선생의 비통한 연설을 집안 식구들에게 옮겨 모두 울었다고 하는 일화[19]가 시사적이다. 이때 그가 다닌 학교는 독립군 양성 무관학교의 모태가 된 서전의숙

16) 조공희, 「상산일기商山日記 소서小書」, 위의 책.
17) 조공희, 「용담일기龍潭日記 소서小書」, 위의 책.
18) 조공의, 「자서自書」, 위의 책.
19) 조명희, 「느껴 본 일 몇가지」, 『개벽』, 1926.6, 141면.
이기영, 「포석 조명희에 대하여」, 조명희문학유산위원회, 앞의 책, 526면.

의 설립과 헤이그 밀사사건으로 유명한 보재溥齋 이상설李商卨의 부친 이행우李行雨의 출연으로 세워졌던 진천의 사립 문명학교였다.[20] 그런 만큼 넉넉히 짐작되는 이 학교의 애국적 분위기에 감화된 조명희에게 매국의 주역인 종질 조중응과는 대극되는 종적도 아득한 산림처사 조공희는 우국충절의 모습으로 그려졌을 것이다. 이로써 품게 된 자긍심은 중앙고보 재학 중 애국적 영웅전기물에 매료된 나머지 북경사관학교에 들어가려고 출분을 결행케 하는[21] 내적 계기로 작용했으리라 생각된다. 결국 조공희의 은둔을 항일애국이라는 의미로 수용함으로써 조명희는 강렬한 경세적 이념지향을 내장한 세계관의 바탕을 형성하게 되었던 것이라고 할 수 있다. 북경행을 위해 도보로 평양까지 갔던 그는 뒤쫓아 온 중형 조경희에게 향제로 붙들려오는 바람에 학업을 중단하게 되고, 동경유학에 오를 때까지 이 중형의 갖가지 절제 때문에 잦은 충돌을 일으켰다고 한다.[22] 조공희의 오랜 부재기간에 실질적인 집안 통솔자였던 조경희는 완고한 현실안주형 인물로, 1919년 분가하여 상경했다가 다시 충남 전의로 내려와 재종손되는 유명한 친일 자본가 조준호의 마름살이를 했다 하며,[23] 또한 구한말 강화 포대에 근무한 바 있는 육군 부관 출신인 숙형 태희는 시세에 영합코자 한 출세주의자였으나, 여의치 못하자 난봉으로 세월을 보내며 가산에 막대한 손실을 준 것으로 전해진다.[24] 앞서 살핀 백형의 대의명분에 대한 경외감에 비추어 그 대척점

20) 문명학교文明學校는 1906년 개교한 것으로 보인다. 1911년 총독부령에 의해 이 학교는 상산공립소학교로 개칭되었고, 현재는 상산초등학교이다. 당시의 학적부는 소학교로 개칭되던 해부터 보존되어 있는데, 거기에 조명희의 이름은 나오지 않으니 그의 졸업은 그 이전이다.

21) 조명희, 「생활기록의 단편」, 『조선지광』 1927.3, 7면.

22) 조벽암, 「향학에 타던 정열」, 『동아일보』, 1937.8.1.

23) 조공희, 「서호일기西湖日記 소서小書」, 앞의 책.
포석의 맏딸 조중숙(1915~)씨의 회고와도 일치됨.

24) 양주 조씨 종친회, 앞의 책, 18면에도 '행육군부관行陸軍副官'으로 되어 있음.
조벽암, 「조선서 문학을 하다 밥 굶어도 좋으냐」, 『동아일보』, 1937.8.2.
조중숙 씨, 그리고 포석의 조카 조중협(1918~) 씨의 회고와도 일치함.

에 놓인 이 두 동복형들의 속물근성에 대해 그가 강한 혐오감을 가졌을 것은 당연하다. 실제로 그들은 뒷날 동경유학에서 돌아온 포석이 군수나 도서기로 출세해 줄 것을 기대했다가, 문학에만 몰두하는 데 분격, 서로 의절하는 지경에 이르렀던 것이다.[25]

이 속물근성에 대한 혐오는 그의 문학작품 도처에 표출될 만큼 기질화된 것인데, 이는 부친과 백형이 수범을 보인 바, 명리를 떠나 도의를 지킨다는 유자적 인격주의가 그의 심성에 깊이 뿌리박고 있었다는 것을 반증해 준다. 이 유자적 인격주의가 앞서 살핀 경세적 이념지향과 표리관계를 이루는 것임은 물론이다.

3. 초기 시와 희곡의 정신적 초상

북경행의 실패 후 소일꺼리로 『홍도화』, 『치악산』, 『귀의성』, 『추월색』, 『구운몽』, 『옥루몽』, 『삼국지』 등을 읽고 지내던 조명희가 문학에 처음 입지하게 된 것은 빅토르 위고의 『레·미제라블』을 접하고 그 인도주의 정신에 커다란 감명을 받으면서부터였다.[26] 북경 등정이라는 외향적 행동으로 분출되었던 그의 세계관의 바탕에 깔린 경세적 이념지향이 이제 문학행위로 내면화되는 단계에 이르렀던 것이다. 이 변화는 위고의 독서 체험뿐만 아니라 조공희의 귀가와 깊이 관련된 것으로 보인다.

1918년 겨울 조공희의 회정은 인격 차원이든 이념 차원이든 그의 은둔에 부여되었던 명분의 소멸을 의미했다. 그것이 몰고 온 허망함은 장본인보다는 젊은 조명희 쪽이 훨씬 컸을 것으로 여겨진다. 정신적 기둥이었던 신성

25) 조벽암, 위의 글.
26) 조명희, 「생활기록의 단편」, 앞의 잡지, 8면.
조명희, 「느껴 본 일 몇가지」, 앞의 잡지, 142면.
구로이와 루이코黑岩淚香가 번안한 작품을 민태원이 번역한 『애사』(『매일신보』, 1918.7.28~1919.2.8)를 읽었다.

한 존재가 그저 가족의 일원으로 현신함에 따라, 이제 조명희는 삶의 지평 앞에 아무런 매개자 없이 홀로 설 수밖에 없는 처지가 되어 버린 것이다. 이런 맥락에서 문학에 입지하고 1919년 겨울 동경유학[27]에 오른 것은 새로운 정신적 기둥을 찾기 위한 방황의 도정에 진입하는 전환점이었다고 할 수 있다.

이러한 내면풍경은 유학 직후에 쓴 「떨어지는 가을」, 「고독자」, 「누구를 찾아」, 「나의 고향이」, 「나그네의 길」, 「고독의 가을」 등의 시편들에서 미지의 이상을 찾아 헤매는 고독한 방랑자의 심정을 직설적으로 토로하는 양상으로 표현되고 있다. 감상성의 노출이 심하지만, 기대에 부푼 유학 초기여서인지 정서의 기조가 그다지 비관적이지 않으며 자기연민에 도취하는 일면도 있다. 이 시기에 쓴 「아침」, 「인연」 같은 작품은 아직 좌절을 모르는 정신의 소박함이 드러나기까지 하는 것이다.

그러나 이러한 상태는 오래가지 못했다. 한동안 학비조달, 어학습득 등의 문제로 곤욕을 심하게 치르고,[28] 1921년 5월에야 동양대학 인도철학윤리학과에 청강생으로나마 적을 두게 되었던 것이다.[29] 당시 유학생들의 평균 연령을 적잖이 넘긴 터에 시골 모퉁이에서 세상 한복판으로 뛰어들어 갖게 되었을 당혹감은 충분히 짐작이 가지만, 거기서 유발된 조급증으로 해서 그의 정신적 편력은 자못 분망한 모습을 띠었다.[30] 그 가운데서 조명희에게 가장 깊은 각인을 남긴 것은 다름 아닌 김우진과의 만남이었다.

1920년 여름 조명희와 수산水山 김우진金祐鎭(1897~1926)의 조우가 이루어졌는데,[31] 비록 3년 연하였으나 수산은 포석의 습작에 대해 조언과 질정

27) 「생활기록의 단편」에 의하면, 유학자금 마련을 위해서 뽕나무 장사, 금광일 등을 했으나 여의치 않았는데, 우연히 어떤 친구의 도움을 얻어 떠나게 되었다고 한다.

28) 위와 같음.

29) 김형수, 앞의 논문(1989), 9~10면.

30) 조명희, 「생활기록의 단편」(앞의 잡지, 9-10면)에 의하면, 하이네, 괴테, 타골을 애독한 것으로 되어 있고, 또 사상 면에서는 러셀에 관심이 컸다고 한다.

31) 조명희, 김수산 군을 회懷함」, 『조선지광』, 1927.9, 65면.

을 해 주는, 말하자면 문학에 관한 한 '접장격 지도자'[32]였다. 수산과의 조우를 통해 포석은 유학생 연극운동에 적극 관여하게 된다. 유학 전 3·1 만세시위에 참가, 체포되었다가 나와서 군내를 순회하며 계몽극을 공연한 적도 있는[33] 그는 수산의 주선으로 극예술협회에 가입, 1921년 여름방학 때의 동우회 하기 순회공연에는 자작극 「김영일의 사」의 한 배역을 직접 맡기도 했다.[34]

두 사람이 문학을 사이에 두고 얼마나 의기투합했던가는 김우진이 그의 득의작 희곡 「산돼지」의 테마 설정, 자료 수집, 표현기법 등 창작과정 전반에 걸쳐 조명희와 상의하고, 심지어 최종 원고 교열을 그에게 일임했을 정도였다는 데서 잘 나타난다.[35] 물론 사고가 사변적이고 감정이 직정적인 조명희에 비해 분석적인 두뇌와 균형 잡힌 감정을 소유한[36] 김우진이 예술에 대한 감각과 안목도 한 단수 위여서, '형식보다 내용이 더 충실하여야'[37] 한다고 생각한 조명희에게 기교와 형식 등 표현력의 신장에 힘쓸 것을 권고할[38] 만큼의 간격은 있었다.

두 사람의 문학적 일치와 상이는 김우진의 「산돼지」(『조선지광』, 1926.11)[39]와 조명희의 희곡 「파사」(『개벽』, 1923.12)를 통해 살필 수 있다. 전자는 반제·반봉건이라는 역사적 과제에 직결된 갑오농민전쟁의 계승을 개인의 무정향한 생명력의 발현 문제로 귀결시키고, 후자는 고대 폭군의 전횡에 대

32) 위의 잡지, 66면.
33) 이기영, 앞의 글, 앞의 책, 526면.
34) 이 공연(1921.7.9~8.18)에 상연된 작품 가운데서 「김영일의 사」가 가장 큰 호응을 받은 것으로 전해진다. (이두현, 「신극의 선구자들」, 한국연극협회 편, 『한국희곡문학대계』 1, 한국연극사, 1976, 535~536면.
35) 김우진, 『김우진전집』Ⅱ, 전예원, 1983, 239~244면.
36) 이는 김우진이 구마모토농업학교熊本農業學校를 다니며(1915~1918), 근대적 경험과학을 공부한 때문이라고 생각된다.
37) 조명희, 『봄잔듸밧위에』(1924)의 서문.
38) 김우진, 앞의 책, 238면.
39) 김종철, 「「산돼지」 연구」, 『인문학보』 제3집(강릉대학 인문과학연구소, 1987)은 표현주의의 수용과 관련시켜 이 작품을 검토했다.

한 민중의 봉기를 '영겁의 초탈운동'의 일환으로 규정함으로써, 두 작품 모두 세계인식 자체가 극히 추상적인 상태에 머무르고, 그러한 세계인식의 추상성에 맞물려서 작중인물의 자아표현이 열정의 과잉상태를 빚는다. 그런데 전자가 서정시의 삽입(포석의 「봄 잔디밭 위에서」) 또는 몽환과 같은 형식적 장치에 의해 작중인물이 도달하는 의식의 포화상태를 객관적으로 형상화하는 데 반해, 후자는 작중인물들이 벌이는 연쇄적 충돌을 소도구화해서 국외자(방백)의 사변을 일방적으로 강요하는 형국으로 되어 있다.

이러한 차이는 물론 예술적 표현 역량의 격차를 말해 주기도 하지만, 보다 근본적으로는 작품의 주제, 나아가서는 삶에 대한 감각의 상이에서 비롯된 것이라 할 수 있다. 즉 전자는 개인의 생명력에, 후자는 세계의 불모성에 관심을 집중하고 있는 것이다. 이러한 자아긍정과 세계부정은 현실에 대한 반감을 공유하면서도 그 타개에 대한 실천적 전망에서는 상반된 의식이다. 실제로 「산돼지」는 진통 속에서도 상승하는 삶을 그리지만, 「파사」는 변혁을 위한 분투를 도로라고 강변하고 역사의 이행 자체를 혼돈으로 묘사하는 것이다.

이러한 대조는 단순한 개인적인 차원이 아니라, 가족사의 차원에서 보다 적절히 설명될 수 있을 것 같다. 즉 서출이지만 개명 개화관료로서 대내외의 공사에 역량을 발휘하다가 대지주로 전환함으로써 현실변화에 보조를 맞추어 온 김성규金星圭(1863~1935)[40]의 아들로서, 김우진이 그 부친의 진취적 의욕을 물려받았다면, 조명희는 체제의 동요와 해체 속에서 모든 기득권과 가능성을 잃고 초야에 국척하게 된 집안 출신으로서 불가피하게 퇴행적 환멸에 사로잡혔던 것이다.

앞에서 언급한 작품 다음으로 유학시절 말기까지 쓴 시편들을 가로지르고 있는 기본적 주제 또한 현실에 대한 극단적인 환멸이다. '세상'을 '연옥'

40) 김성규(1863~1935)에 관해서는 김용섭, 「광무개혁기의 양무감리 김성규의 사회경제론」, 『한국근대농업사연구』(일조각, 1975) 참조.

(「별 밑으로」)과 '영구의 고苦의 환권環圈'(「혈면오음」) 또는 '영원의 모순'(「영원의 애소」)으로, '생'을 '조롱鳥籠'(「한숨」)과 '숙명의 흉한 탈'(「생의 광무」)로, '인간이란 이름' 자체를 '모욕' (「어린 아기」)으로 표현할 만큼 숙명론적 허무주의 내지 염세주의를 드러내고 있는 것이다. 물론 전원이나 농촌의 서경묘사(「닭의 소리」, 「하야곡」)를 통해 그러한 환멸로부터 예외적인 공간을 찾아내기도 하지만, 그 경우도 무상감을 정서의 기조로 한다는 점에서 정도의 차이밖에 없다고 할 수 있다.

환멸의 극복 방안으로 동심의 예찬(「어린 아기」), 선악의 피안을 향한 방랑(「내 영혼의 한쪽 기행」), 죽음(「별 밑으로」, 「혈면오음」, 「분열의 고」), 자학(「스핑크스의 비애」), 환상(「눈」), 신격에의 기도(「루淚의 신이여」, 「매육점에서」) 등이 제시되지만, 그 자체가 허황된 추상이어서 오히려 반대의 결과를 초래할 뿐이다. 때에 따라서는 자연과 우주의 운행을 영원한 생명의 발현인 양 찬미하지만(「생명의 수레」, 「태양이여! 생명이여!」) 시적 자아와 융합되지 못한 대상에다 헛된 수사만 남발한 것에 지나지 않는다.

이 모든 문제는 바로 환멸의 현실적 원인을 천착하려는 노력의 결여에서 비롯된 것이다. 말하자면 환멸 그 자체는 물론이고 그것에서 벗어나려는 열정도 자의적인 것일 뿐이다. 이처럼 아무런 바탕이 없는 상태Weltlosigkeit[41]의 문학은 기호에 지나지 않는다. 그러므로 '백호白狐'가 '백의 보살白衣菩薩'로 변하는 환상(「눈」)이나 '부처의 뼈'와 '데카단의 살'의 영육갈등(「나」)을 통해 환멸과 그 탈피에의 열정을 함께 보이려 하는 것도 기호놀음die Ambivalenz des Zeichens[42]이 되고 마는 것이다.

이러한 환멸과 열정의 순환적 반복이 극단적인 주관성을 띠게 됨은 당연한 귀결이다. 이 극단적인 주관성은 김우진에게 '내부생명'[43] 또는 '자유의

41) 이에 대해서는 R. N. 마이어, 『세계상실의 문학』(장남준 역, 홍성사, 1981) 참조.
42) 위의 책, 223~227면.
43) 김우진, 앞의 책, 244면, 298면 등의 서간, 일기, 그리고 「생명의 고갈」, 같은 책, 223~225

지'[44]의 비타협적 관철로 표방된다. '내부생명' 또는 '자유의지'란 일본자연주의[45]가 추구한 이른바 자아의 각성과 해방에 결부된 개념으로, 이 무렵의 문학 지망생 태반이 공유하던 신조였다. 그런데 그는 이 신조를 실행하는 일환으로서 표현주의와 계급사상이라는 예술적, 정치적 급진주의를 기민하게 적극 수용할[46] 만큼 전향적인 자세를 견지했다.

'내부생명'이니 '자유의지'니 하는 것, 그것의 표현인 근대문학은 개인주의 세계관에 대응되는 개념이다. 근대는 이 개인주의 세계관과 자유주의 정치이념, 자본주의 생산양식이라는 세 기둥으로 성립되지만, 앞의 둘은 셋째 것에 의한 경제력을 물질적 기초로 한다. 그러므로 문학과 정치는 서로 경쟁하거나 통합하거나 할 수 있지만, 둘 다 경제의 규정력을 벗어날 수 없다.

일찍이 대외개항과 내정개혁의 실무를 집행한 경력을 가진 진취적 개명인사인 김성규가 그 격동하는 역사의 현장을 직접 목도하면서 물질력이 모든 것을 결정하는 근대의 본질을 정확하게 통찰했을 것은 너무나 자명하다. 따라서 확신을 갖고 아들을 농업학교[47]에 진학시키고 또 사업가로 입신시키려는 구상을 실행해 간 것은 단순한 속물근성의 발휘라고 매도할 수 없다. 그의 식견 자체가 엄연한 객관적 시대감각이기 때문이다. 결국 김우진은 그의 문학 지망에 대해 질책하는 부친에 항거했지만, 그가 정녕 대결한 것은 봉건적 가부장의 권위가 아니라 근대적 현실의 논리였다. 그러니까 그와 그의 부친은 본질적으로 아무런 차이가 없었다. '내부생명' 또는 '자유의지'가 근대의 실현이 과제로 된 시대의 지체된 현실을 타파하려는 의욕의

면 참조.

44) 「자유의지의 문제」, 위의 책, 223~225면 참조.

45) 일본 자연주의에 대해 가라키 준조唐木順三 같은 사람은 '낭만주의와 외래 자연주의 사조의 내연관계 혹은 혼혈아'로 규정하는데, '내부생명'또는 '자유의지'는 바로 낭만주의에 결부되는 측면이다(三好行雄・竹盛天雄 편, 『近代文學』, 有斐閣双書, 1979, 24면).

46) 표현주의의 수용에 관해서는 김우진, 「창작을 권합네다」, 앞의 책, 계급사상의 수용에 관해서는 김우진, 「아관 「계급문학」과 비평가」, 같은 책 참조.

47) 구마모토농업학교熊本農業學校를 다님(1915~1918).

표현에 다름 아니기 때문이다. 그는 그의 부친과 끝내 맞서 예술적, 정치적 전위주의를 향했지만, 그것은 어디까지나 근대적 현실의 논리를 추월하려는 의욕과잉, 바꿔 말해서 극단적인 주관성을 드러내는 것일 따름이다.

한편 조명희의 내면상황은 사뭇 판이한 역학을 가진 것이었다. 그는 도동하기까지의 한동안을 주로 『와세다분가쿠早稻田文學』 강의록을 애독하며 보냈다.[48] 이 『와세다분가쿠』는 "대담한 자기폭로와 시대의 수준을 훨씬 뛰어넘는 관능묘사"[49]를 위주로 하는 소위 일본 자연주의의 아성으로 군림했던 것인데, 포석도 바로 그런 점에 사로잡혔다고 하나,[50] 그의 작품에서 구체적이고 직접적인 영향은 거의 발견할 수 없다. 다만 일본 자연주의 학습을 지렛대 삼아 작가가 된[51] 염상섭이 '동심'을 진리의 표준으로 삼은 것처럼,[52] 조명희도 작품에 '동심'을 왕왕 진실의 표상으로 내세운다는 일치가 흥미롭다. 그러나 엄밀히 말해, 전자의 '동심'은 가치중립적 인식에,[53] 후자의 그것은 가치지향적 실천에 대응되는 개념이다. 특히 「경이」, 「봄잔디밭위에서」, 「감격의 회상」, 「어린 아기」 같이 귀국한 뒤에 쓴 몇 시편들이 그것을 선명히 보여준다. 즉 이들 작품은 '동심'과 모성 · 우주의 결합을 통해 삶의 자족적 완결상태를 형상화하고 있는 것이다.

이러한 작품양상을 타고르의 영향으로 해석한다면, 일방적 · 피상적이다. 조명희가 인도철학윤리학과에 적을 두었고, 또 스스로 타고르에 심취했었노라고 실토했다[54] 하더라도 마찬가지다. 같은 시기의 다른 작품들 (「무제」, 「불비를 주소서」, 「『어둠의 검』에게 바치는 서곡」)은 '동심'을 작품의 형식단위로 내재화하여 타고르와 비슷한 송가체를 차용하면서도, 막상 토로하

48) 조벽암, 주 22)와 같음.
49) 미요시 유키오三好行雄, 『근대일본문학사近代日本文學史』, 유비쌍서有斐双書, 1981, 41면.
50) 조명희, 「생활기록의 단편」, 앞의 잡지, 8면.
51) 김윤식, 『근대한국문학연구』(3판), 일지사, 1975, 164~190면 참조.
52) 염상섭, 「저수 하에서」, 『폐허』 제2호, 1921.1, 70~71면.
53) 이에 대해서는 김윤식, 『염상섭연구』(서울대출판부, 1987)가 정밀하게 논의하고 있음.
54) 조명희, 「생활기록의 단편」, 앞의 잡지, 10~12면.

는 내용은 존재의 명상이나 피안의 동경이 아니라 격렬한 인간혐오와 자기학대로 되어 있기 때문이다. 그러므로 '동심'과 모성·우주의 결합은 유학시절 이래 더욱 심화된 현실 환멸의 반어적 표현으로 파악하여야 한다. 즉 그것은 모든 대결 자체를 무화, 초월한 타고르적 범아일여의 세계가 아니라 현실에 맞서는 일종의 대항논리이다.

김우진의 대항논리가 '내부생명' 또는 '자유의지'를 일방적으로 관철하는 주관적 관념론의 성격을 지닌 것인 데 반해, 조명희의 그것은 '동심'과 모성·우주의 결합과 같은 일정한 매개항을 설정하는, 말하자면 객관적 관념론이다. 그것은 객관적 관념 자체의 실재성과 규범성을 기본전제로 한다는 점에서 본성과 법도의 일치라는 원칙에 의거하여 사고와 행위를 명분과 도의에 합치시키는 유자적 인격주의와 정확히 등가이다.

이러한 규범 중시의 의식 경향은 그가 무정부주의 사상단체 흑도회(1921. 11)[55]에 대해 '막연한 기분'의 동조밖에 느끼지 못하고 '동지에 대한 환멸'로 해서 탈퇴하며 내린 결론이 "사회개조보다도 인심개조가 더 급하다"는 것이었다는 데서도[56] 엿볼 수 있다. 또한 그 자신이 "위대한 예술가의 심경이 성자의 심경과 공통"[57] 된다고 피력한 바도 있거니와, 「정」·「인간초상찬」 등의 작품이 고압적 어투의 교술시를 연상케 하는 양상을 취하는 것도 같은 맥락에서 이해된다.

김우진의 삶과 문학이 전위적인 성격을 띤다면, 그것은 문학이 경제의 그림자에 불과한 것이라는 그의 부친 김성규의 근대적 현실의 논리로부터 받은 강박관념에서 말미암은 것이다. 즉 그의 문학은 근대적 현실의 논리에

55) 흑도회는 무정부주의적, 생디칼리즘적 경향을 강하게 띤 단체였는데, 그 내부에는 무정부주의자와 공산주의자간의 대립이 도사리고 있었다(스칼라피노·이정식, 『한국공산주의 운동사』 1, 한홍구 역, 돌베개, 1986, 115면 참조). 조명희가 '동지에 대한 환멸'을 갖게 된 것도 그러한 분파적 갈등과 유관하지 않나 생각된다.
56) 조명희, 「생활기록의 단편」, 앞의 잡지, 10면.
57) 조명희, 앞의 시집의 서문.

대한 낭만적 반어이다. 그 논리의 역설적 승인에 출발점이 놓인 이상, 그의 문학은 그만큼 근대적이다.

조명희는 그의 유학을 관료가 되는 예비과정으로 여긴 가족들의 기대를 저버리고 문학의 길을 갔다. 가족들의 기대가 영웅소설의 생애감각이듯, 그것을 배반한 그의 문학 역시 본질적으로 다른 것이 아니었다. 그는 "예술가의 심경이 성자의 심경과 공통"된다고 믿었고, 그러한 믿음은 문학이 경제의 그림자에 불과한 것이라는 근대적 현실의 논리에 대한 부정이기 때문이다. 그러나 그는 근대적 현실 자체를 실천적으로 격파할 이성적 책략List der Vernunft을 확보하지 못함으로써, 방황과 환멸의 미로를 헤매고도 정주처를 찾지 못한 채(「내 못 견디어 하노라」), 세상과 두절된 삶을 고집할 뿐(「온저자 사람이」)이었다. 그것은 성자의 모습이 아니라, 둔세의 처사로서 도연명을 닮으려 한 낙척문사인 그의 아버지뻘 백형의 모습이자 바로 그 자신의 정신적 초상이다.

4. 프로소설의 혁명적 인간학

1923년 초 귀국한 조명희가 맞닥뜨리게 된 생활현실과 그것에 대한 의식반응은 자전적 작품 「땅 속으로」(『개벽』, 1925.2~3)에 꽤 소상하게 묘사되어 있다.

그 무렵 소작농으로 전락한 집안의 피폐한 생활에 찌든 가족들에게 연민을 금치 못하면서도, 번듯한 일자리를 잡아 살림이 다시 펴지길 바라는 그들의 기대에 부담과 반발을 함께 느끼고, 몇 년 만에 재회한 처자를 고의적인 냉담과 무관심으로 대하면서, 또 마음속에서는 그것을 자책하는 대목에서 그의 착잡한 심경을 읽어내기는 어렵지 않다. 그런 당혹과 초조를 떨쳐내기라도 하려는 듯이 곧장 단신 상경한 그는 '20만 인구에 걸식자가 18만'인 서울에서 대책 없이 전전하는 부동의 나날을 보낼 수밖에 없었다. 그가 상경한 직후 그의 처자는 전의의 경희가로 옮아갔으나[58] 안주하지 못한 채 무작정 가장을 찾아 올라왔고, 이로부터 그의 가족은 수없이 셋집을 갈아 돌며 내내 기아선상을 허덕이게 되었다.

지식인의 구직난이 극심한 실정에서 빈주먹 가장노릇을 하려니 갖은 수모와 굴욕을 면할 도리가 없고, 그게 싫어 처자를 이산시켜 버릴 수도 없다 보니 강도질을 하는 악몽을 꾸기까지 한다는 이 작품은 그러한 상태로 몰아넣은 일제에 대한 강렬한 적개심을 드러내고 있기도 하지만, 현상을 타개할 뚜렷한 전망을 갖지 못하고 주로 가난으로 인해 겪는 정신적 고통의 토로에 초점을 맞추고 있다. 그는 "'식, 색, 명예만 아는 개 도야지 같은 이 세상 속중들이야 어찌 되거나 말았거나 나 혼자만 어서 가자, 영혼 향상의 길로"라는 신조를 가졌던 자신이 "현자를 배우려 하고 군자를 강작하려던 무반성하고도 천박한 인도주의자"임을 깨닫는 한편, "외적 생활의 무서운 압박으로 인하여 내적 생활을 돌아볼 여지가 없는 온세계 무산군의 고통"을 이해하고 그러한 "시대고통의 구덩이를 파고 들어가자"는 다짐을 하지만, 정작 그것은 너무도 막연한 구호였다.

그런데 '외적 생활'과 '내적 생활'의 이원적 분리라는 발상법 자체가 민중적 삶과 지식인의 그것 사이의 격차를 상정한다. 다른 글에서 '자연의 홈'을 박탈당한 조선민중은 '영혼의 홈'마저 없다고 개탄한 바도 있거니와,[59] 민중적 삶이 가난한 '외적 생활'에 굴복하여 그 타락한 질서에 타협, 순응하는 도덕적 · 정신적 패배주의에 젖은 것이라면, 지식인은 삶의 규범체계로서 '내적 생활'을 견지하기에 '외적 생활'의 위협에도 불구하고 그것에 반발과 저항하게 된다는 것을 은연중에 전제하고 있는 것이다. 그 반발과 저항은 이 작품의 경우 울분 섞인 푸념이라는 극히 감정적인 형태를 취하며, 앞장에서 언급된 「온 저자 사람이」 같은 시에서는 세상과의 두절 선언이라

58) 조중숙 씨의 회고임.
59) 조명희, 「집없는 나그네의 무리」, 『개벽』, 1924.3, 124~125면. '홈'은 영어로 '집 home'.

는 무위주의로 표백된다. 이것은 물론 현실타개의 실천전망을 확립하지 못한 데서 오는 한계이다. 그럼에도 불구하고 '내적 생활'의 유무가 현실에 대한 저항인가, 순응인가를 가름한다는 인식은 중요한 진전이다. 이제 '내적 생활'은 삶의 완결적 자족상태를 추구하는(「봄 잔디밭 위에서」) 소극적 현실 거부가 아닌, 적극적 현실 대결의 의욕으로 전환한 것이다. 이것은 그의 세계관에 내장된 경세적 이념지향이 현재화되기 시작한 것, 다시 말해서 그의 유자적 인격주의가 둔세처사적 심성연마에 정진하는 단계에서 경세지사적 이념실천을 도모하는 단계로 이행하기 시작한 것이라고 할 수 있다.

그리하여 그는 기왕에 '성자'와 동격이라고 했던 작가가 "이 시대 이 제도 미테서 자기 양심의 지도대로 자기 이성과 열정대로 아모 타협업시 아모 비굴업시 살아나가랴는 소위 영웅적 낭만적의 인물"[60]이어야만 그 본분을 다할 수 있다고 단언한다. 또한 당시의 문학이 "신문지 2면 기사보다 족음 나흘지 말는지 한 어느 생활의 국부적 설명, 감정의 진실한 체험이 업는 재담 부스러기"[61]에 지나지 않는 것도 바로 그러한 요건의 불비 때문이라고 성토한다.

이 발언들에서 그가 겨냥한 작가적 과제가 현실의 대국적인 문제와 분투하는 영웅적 인간형의 창조임을 알아챌 수 있거니와, 그 첫 시도가 「R군에게」(『개벽』, 1926.7)이다. 서간 형식의 이 작품은 자신이 옥중에 있는 동안 아내의 훼절과 출분이라는 인간적 배신을 당하고도 사상운동가로서의 초지를 흐트러트리지 않는 주인공의 입을 빌어 영웅적 인간형이 갖추어야 할 가장 근본적인 심성이 '순실한 자아', '굳센 의지', '위대한 신념'임을 강조하고 있다. 흥미로운 점은 동경시절의 흑도회 체험을 삽입하여, 아내의 배신과 마찬가지로 '기분운동에서 실제운동으로' 진입함으로써 상황이 바뀌자 동지들이 '의지의 약함과 불순한 야심'을 드러내는 데에 환멸을 느껴 탈

60) 조명희, 「생명의 고갈」, 『시대일보』, 1925.7.1.
61) 위와 같음.

퇴했음을 밝히고 있는 것이다. 사상 자체보다 그것을 실천하는 사람의 심성에 우선순위를 두는 의식, 이는 유자적 인격주의에 다름 아니다. 실상 주인공이 불퇴전의 의지로써 관철하겠다는 사상의 내용이 전혀 불투명할뿐더러, 그러한 의지의 표명조차도 서사적 대립의 총체성을 구현하기 곤란한 감옥이라는 특수공간에서 일방적 전언 형식을 취한다. 이는 현실 대결의 의욕만 앞섰지 현실의 모순을 실천적으로 격파할 이성적 책략List der Vernunft, 바꿔 말해 변혁 실천의 지도이론을 그가 아직 확고하게 마련하지 못하여 그 의욕이 현실 속에 삼투되지 않는 상태, 이른바 자연발생적 단계에 있었음을 반증한다. 시대일보 기자시절의 체험담인 「저기압」(『조선지광』, 1926.11)에서 가난한 일상에 찌들려 무기력하게 나날을 보내는 직장의 동료들을 '묵은 진열품'·'수채에 내어 던진 썩은 콩나물대가리'라고 경멸하면서도, 그런 주인공 자신 또한 대차 없는 '인조병신'으로서 권태와 울화가 교대로 반복되는 상태를 벗어나지 못하는 것도 같은 맥락에서 이해되는 것이다.

이와 같이 영웅적 인간형의 작품적 형상 획득에 실패한 자전적 심경소설들과 같은 시기에 민중적 삶을 다룬 작품들은 절망적인 경제적 빈궁이라는 '외적 생활'의 횡포에 적극적으로 항거하지 못하고 도덕적·정신적 파탄에 좌초하고 마는 의지박약의 굴종적 인간형으로 민중을 묘사한다. 즉 온 가족의 집단자살을 작정할 지경까지 몰린 도시적 빈층 삼돌이(「마음을 갈아먹는 사람」, 『개벽』, 1926.9)는 아내의 밀매음에 기생하여 연명하다 그 아내로부터 버림받고 남의 손가락질을 받는 품팔이꾼으로 전락하며, 가난과 질병에 허덕이다 가장의 죽음으로 생활터전을 잃고 도움을 청한 부유한 일가로부터도 몰인정하게 퇴박맞은 장돌이네(「새 거지」, 『조선지광』, 1926.12) 역시 집단자살과 구걸도생의 갈림길에서 후자를 택하고 마는 것이다.

「농촌 사람들」(『현대평론』, 1927.1)은 원보라는 반항적 인간형의 민중이 처음으로 등장하여 주목을 끈다. 원보는 한발에 물꼬를 독점하려는 헌병보조원인 김참봉의 아들과 벌인 물싸움이 빌미되어 징역을 살고, 그 동안에 김참봉의 아들과 배가 맞은 아내에게 이혼을 당하기까지 한 울분을 삭히지 못해 김참봉 집에 강도질을 하다 실패, 유치장에서 자살한다. 물론 순간적인 흥분에 의한 물싸움이나 개인적인 원한풀이로서의 강도질과 같이 무모한 행동은 '원시적 생활력' 말하자면 즉자적 계급의식의 분출 수준이라는 한계를 갖고 있다. 그렇지만 장돌이네가 막판에 몰리게 되는 직접적 계기를 우발적인 질병에서 끌어오고 그러한 일가붙이의 곤경을 방기하는 악덕지주 이주사를 놀부형 패덕한으로 부각시키는 선에 그친 「새 거지」와 달리, 민중과 지주층을 명백한 적대관계로 설정하고 지주층의 민중에 대한 가해자적 성격을 적나라하게 폭로함으로써 무모하게나마 반항하는 민중상에 개연성과 정당성을 부여한 현실인식의 진전은 중요한 변모다.

「동지」(『조선지광』, 1927.3)에서는 지식인의 모습도 행동하는 사상운동가로 탈바꿈된다. 과거 연적관계로 인한 사감을 동지애로 일소하는 주인공은 긍정적으로 그려진 최초의 영웅적 인간형으로서, 혁명가의 근본 품성이 대의와 공도에의 헌신임을 시사하고 있는 것이다. 이 작품도 주인공의 사상 내용 자체는 구체화된 소설적 형상을 전혀 갖지 못하는데, 이는 민중적 현실에서 사상 실천의 거점을 찾아내기에는 현실인식이 아직 미흡하고 민중과의 유대 또한 공고하지 못했기 때문이다. 이러한 한계의 극복과정은 KAPF(1925.8)와 관련하여 살펴볼 필요가 있다.

염군사 계열과 파스큐라 계열이 합동한 KAPF에 조명희가 가입한 것은 주로 그와 함께 시대일보 학예부에 상당수 근무하던 후자 쪽 경로를 통해서였다고 생각된다.[62] 초기의 KAPF는 1, 2차 조공과 긴밀한 결속이 없었고, 사회주의 이해 수준도 민중에 대한 소박한 온정주의의 성격이 짙었으며, 그 실천과 조직 또한 개인적, 분산적 창작활동에 국한되어 있었다. 이러한 소위 자연발생기적 한계는 위에서 살핀 작품들의 양상으로 확인되다시피 조

62) 김기진, 「나의 회고록」, 홍정선 편, 『김기진전집』, 문학과지성사, 1988, 196면.

명희의 경우도 예외는 아니었다. 이 한계는 6·10 만세사건으로 화요회 중심의 2차 조공이 괴멸되고 1926년 하반기 이래 북풍회, 일월회 계열의 주도에 의해 조직된 3차 조공[63]이 KAPF에 대한 통제를 강화하여 통칭 목적의식기로의 방향전환이 이루어지는 가운데 극복되어 갔다.

이러한 전반적 추세에 부응하여 조명희는 "현실을 해부하고 비판하여 체험과 지식 위에 사상의 기초를 쌓자"[64]라는 표어를 내걸고 새로운 작가적 진로를 열려는 노력을 경주했다. 구체적으로 그는 KAPF맹원으로서 정치 및 문학·예술 학습모임에 적극 참여하여[65] 현실인식의 심화를 위한 지식을 습득하는 한편, 민중과의 진정한 유대에 장애가 되는 "부르조아적 관념병"[66]을 탈피하기 위해 과일행상과 팥죽장사[67] 같은 민중적 생활현장의 체험을 축적하기도 했던 것이다. 「한여름 밤」(『조선지광』, 1927.5)에서 고무신공장 실직자인 지식인 '나'와 방적회사 상해노동자 출신인 경무대 수직이 대화를 통해 공감대를 형성하는 과정을 그림으로써 지식인과 민중의 연대 가능성을 선보이게 된 것도 그러한 노력의 일정한 성과이다.

그러나 그 노력의 최대의 성과로서, 기왕의 포석문학이 지닌 특징들을 아우르면서 프로소설로서의 신기원을 이룩한 작품은 「낙동강」(『조선지광』, 1927.7)이다. 우선 이 작품은 이제까지 분리해서 다루어지던 지식인과 민중을 한자리에 포착하고, 민중과 일체가 되어 현실변혁의 실천에 앞장서는 지식인의 전형을 근대소설사에서 처음 창조한 것으로 평가된다. 주인공 박성운은 단순한 책상물림이 아니라 민중의 후예이며 그들의 고난과 시련을 함께 겪으면서 민족주의자에서 사회주의자로 전향한 소위 대자적 계급의식에 기초한 사상운동가이다. 파쟁이나 일삼는 서울의 공론가들에게 환멸을 느

63) 스칼라피노·이정식, 앞의 책, 134~137면 참조.
64) 조명희, 「생활기록의 단편」, 앞의 잡지, 12면.
65) 한설야, 「정열의 시인 조명희」, 조명희문학유산위원회, 앞의 선집, 544~547면 참조.
66) 주 64)와 같음.
67) 한설야, 「포석과 민촌과 나」, 『중앙』, 1936.2, 138면. 역시 조중숙 씨의 회고와 일치함.

껴 귀향, 농민운동의 '선전, 조직, 투쟁'을 총괄 주재하다가 일제 당국의 탄압을 받고, 급기야 고문의 후유증으로 죽어가는 비극적 영웅의 모습을 한 그가 가진 '생활의 지표'는 "혁명가는 생무우쪽 같은 시퍼런 의지의 마음씨를 가져야 한다!"이며, 이는 그의 애인 로사에게 전수된다. 요컨대 선전·조직·투쟁의 올바른 지도이론과 불굴의 실천의지가 혁명가의 가장 근본적인 요건이다. 전자가 경세철학의 일종인 계급사상이라면, 후자는 유자적 인격주의를 바탕으로 한 영웅적 심성에 다름 아니다. 그러니까 조명희의 세계관에 내장된 경세적 이념지향 및 그것과 표리관계에 있는 유자적 인격주의가 박성운의 삶과 의식이 대변한 혁명적 인간학에 의해 그 표현의 최대치에 도달한 것이다.

그런데 이 작품의 주된 관심사가 계급문제라기보다 민족문제라고 보아야 한다는 견해도 있다. 반일의식의 노골적 표명은 포석의 소설에서 예외 없이 나타나는 현상이다. 이는 그의 가족사적 체험과 무관하지 않겠지만,[68] 그의 현실인식의 추이에 대응하여 그 작품적 양상이 미묘하게 다름을 간과해서는 안 된다. 이를테면 일제는 「새 거지」에서는 삽화적 인물 정순사 같이 악덕지주의 비리를 감싸는 동조자 정도로 표현되지만, 「농촌 사람들」에서는 지주층의 이익과 안전을 엄호하여 민중의 저항을 좌절시키는 치안기구로 파악되고, 「한여름 밤」부터는 지주층까지 예속시켜 자기이익을 관철하는 모든 문제의 근원으로 인식되는 것이다. 따라서 이 작품의 강렬한 반일의식은 계급을 초월한 민족의 차원에서 표출된 것이라기보다 포석의 심화된 현실인식을 반영한 것으로 이해된다.

물론 그러한 현실인식의 진전에는 제1의 적 일제에 대항하여 양심적 민족주의자와 사회주의자가 협동키로 한 신간회(1927.2) 발족의 영향도 부정할 수 없다. 그런데 3차 조공의 2월 테제는 신간회 결성이 프로 헤게모니를

68) 2절을 참조할 것.

전제한 좌우협동노선이어야지 결코 청산주의가 되어서는 안 된다는 것을 못 박고 있다.[69] 이러한 변별적 의식이 「낙동강」의 경우에는 명료하지 않다는 것이 조직활동과 이론투쟁을 중시한 제 3전선파 조중곤이 이 작품에 대해 가한 비판의 핵심이다.[70] 이 비판은 조명희의 혁명적 인간학이 「낙동강」 단계에서 변혁의 지도이론 쪽보다는 실천의지 쪽에 무게중심을 두고 있었다는 사실을 정당하게 지목한 것으로 판단된다. 김기진이 「낙동강」을 고평한 것 또한 바로 그러한 사실과, 지식인의 사명감을 존중하는 그 자신의 온정주의적 성향이 일치했기 때문이다.

「춘선이」(『조선지광』, 1928.1)서부터는 지식인이 작품 전면에 부각되지 않거나 아예 등장하지 않는다. 민중은 자신의 물질적 조건에 의해 결정되는 계급의식에 의해 주체적으로 움직일 뿐, 지식인의 매개역할을 필요로 하지 않으며, 심지어 그것에 대해 불신하기까지 한다. 춘선이는 응칠이의 설득에도 불구하고 서북간도 이주를 고집하다가 거기서도 못 견디고 귀환하는 무리들을 직접 목격하고서야 그것을 철회하고, 조합간부 박천서를 지주들의 앞잡이로 의심하는 것이다. 이러한 민중을 지도하는 유일한 권능은 과학적 이론에 입각한 당의 강령과 조직의 규율이다. 춘선이가 마지막에 귀의하는 지침도 프로국제주의와 좌우협동노선, 즉 3차 조공의 2월 테제[71]인 것이다.

이제 조명희의 혁명적 인간학은 현실조건에 대한 과학적 분석을 통해 계급투쟁의 필연성과 정당성을 입증하는 데 집중한다. 춘선이의 탈향 동기는 기왕의 작품에서는 전례 없는 소작제와 농촌고리대의 분석을 통해 해명된다. 이 무렵 그가 살인적 소작제에 의한 농민수탈의 현장과 부녀자의 저가노동을 착취하는 부산항 매축공사장을 답사한 것(「단상 수편」, 『동아일보』,

---

69) 스칼라피노·이정식, 앞의 책, 157면.
70) 조중곤, 앞의 글, 앞의 잡지, 11~12면. 그가 제기한 다섯 항목의 문제 가운데서 가장 중요한 '1. 현단계의 정확한 인식'은 민족단일당 결성이 무원칙하고 맹목적인 편의주의가 아님을 완곡하게 피력하고 있다.
71) 스칼라피노·이정식, 앞의 책, 140~159면 참조.

1928.1.29)은 우연한 일이 아니다.

「이쁜이와 용이」(『동아일보』, 1928.2.7~15)에서 빈농 출신의 노동자 용이는 예속자본가와 그 하수인인 노동귀족 공장감독의 기만술책을 폭로할 만큼 철저한 계급의식으로 무장하고 있어, 매음하는 아내의 배신에 대해서도 그 심성의 불순을 증오하기에 앞서, 그것을 조장하는 사회제도의 변혁을 다짐한다. 문제는 아내의 의식 개조 가능성을 돌아보지 않는 데 있다. 그러니까 자신이 왜 그토록 전투적인 계급의식을 지닐 수밖에 없는가도 모르는 상태인 것이다. 요컨대 그가 무장하고 있는 것은 주체적 계급의식이 아니라 물신화된 계급사상이다. 그것은 신격의 섭리와 같아서 한 작부의 불행에서 "온세계 무산계급의 젊은 여자"의 운명을 읽기도 하고(「박군의 로맨스」, 『조선지광』, 1928.4), 사고무친한 노모를 영영 저버리는 한이 있더라도 민족의 경계를 뛰어넘어 메이데이 행렬 속에서 "만국 노동자의 단결 만세!"를 외치며 '혁명의 거리'를 달려가게 하기도 한다(「아들의 마음」, 『조선지광』, 1928.9). 실제로 조명희 그 자신도 적빈의 수렁에서 헤매는 가족들을 뒤로 하고 하염없이 망명길에 올랐다.[72)]

계급사상이란 변혁의 지도이론이며, 일종의 도구일 따름이다. 이 도구일 뿐인 것이 목표, 즉 이념으로 전화됨을 물신화라고 한다. 이렇게 되면 인간의 의식은 자율성을 잃는다. 이를 의식과 이념의 합일상태라 부를 법도 하

72) 김형수는 앞의 논문에서 "모친에게만 하직인사를 하고는 아무에게도 알리지 않은 채 포석은 종적을 감추었다"(14면)고 했으나, 조중숙 씨에 따르면 부인에게도 망명 각오를 털어놓은 적이 있다고 한다. 그리고 역시 김형수는 망명 직전 가족들을 성공회교회에 입교시킨 심경을 모르겠다고 하는데(13~14면), 차상찬, 「충청북도 답사기」(『개벽』, 1925.4)에 의하면 포석의 고향 진천에 영국인 아다로스가 원장인 성공회의 애인병원愛人病院이 그 규모, 시설, 빈민 무료시술로 유명했다고 한다(73~74면). 이것이 그에게 실제적인 연고로 작용했는지는 알 수 없지만, 어떤 관련이 있다면 가족들의 성공회 입교는 최악의 경우에 거기서라도 피난처를 찾기 바랐단 것은 아닐까. 또 조중숙 씨에 따르면 가족들이 기거하고 간단한 하숙이라도 칠 수 있는 집 한채를 재종손되는 대부호 조준호에게 얻어내려고 했으나, 그가 세계일주여행을 떠나 버린 탓으로 허사가 되었다고 한다. 가족에 대한 면면한 애정을 읽을 수 있는 일화라 할 것이다.

지만, 실상은 이념에 의식이 홀린 상태에 지나지 않는다. 조명희의 혁명적 인간학이 도달한 지점도 바로 그런 상태였다. 민족문학의 변경 소련 망명지에서 볼셰비키 이념을 선전하고 한인 꼴호즈니크 건설을 고무하고 작품을 쓰면서, 그는 동심과 모성·우주의 합일을 꿈꾸던 저 「봄 잔디밭 위에서」와 같은 심경이었을까.

5. 마무리

포석문학은 시, 희곡, 소설 등의 장르에 걸쳐 있어 얼핏 혼란스러운 느낌을 주지만, 대개의 작가들이 그러하듯 일정한 지속적 구조원리를 바탕으로 하여 여러 내·외적 계기에 따라 실상은 정연한 변모과정을 보여준다. 이를 입증하기 위한 방법적 전제로서, 그의 전기적 자료들을 최대한 추적하여 그 세계관의 바탕에 내장된 강렬한 경세적 이념지향 및 그것과 표리관계에 있는 유자적 인격주의를 규명하고, 그러한 세계관적 특질들이 작품 양상의 지속과 변모에 어떻게 작용했는지를 살펴보았다.

시와 희곡의 일관된 주제는 방황과 환멸로 집약되는데, 그것은 봉건체제의 해체와 제국주의 침략이 교차된 역사의 격동기에 은일·낙척의 행로를 걸었던 구지식인의 후예로서 지닐 수밖에 없는 퇴행적 의식의 반영으로 파악된다. 변화하는 근대적 현실에 적응하지 못하고 오히려 그것을 심성의 타락과 훼손 과정으로 인식하는 유자적 인격주의의 문학적 표현이 다름 아닌 그의 시와 희곡의 본령이며, 따라서 역설적으로 근대의 극복 가능성을 내포하기도 한다.

극심한 빈궁에 무방비상태로 노출되고서도 둔세처사적 현실거부를 고집하던 그가 현실과의 정면대결을 의욕하면서 개화된 그의 소설은 자전적 심경소설과 굴종형 또는 무모한 반항형 민중소설, 「낙동강」을 정점으로 하는 영웅적 의지의 혁명가소설, 전투적 계급의식의 민중소설로 삼분된다. 그의 소설이 추구한 혁명적 인간학은 경세적 이념지향과 유자적 인격주의에 각각 대응되는 계급사상과 영웅적 의지가 균형을 이룬 「낙동강」에서 표현의 최대치에 도달했다가, 계급사상이 물신화된 단계에는 경직성을 면치 못하는 한계에 봉착한다.

끝으로 그의 망명지 문학은 아무래도 북방 자료들이 대폭 확충되어야만 시론 정도의 논의라도 가능하지 않을까 한다. 물론 그 작업은 국내 활동기에 대한 연구와 긴밀히 결부되어야 하겠고, 가급적이면 제반 논점들이 그것에 연장되는 것이 바람직스럽다고 생각한다.

세계관의 기원과 문학적 사유의 논리 구조

1. 재론에 대한 해명

해방 이듬해, 정국은 파행국면으로 접어들었으나 시대의 전도에 대한 기대 자체가 아직 빛바래지 않았던 1946년 봄, 임화는 조명희의 소설집 『낙동강』[1] 중간사重刊史에서, 망명한 지 18년째 되는 그의 조속한 귀국을 바라면서 우선 초간본 그대로 재간행하고, 일제 당국의 검열로 복자 쳐진 수록작품의 복원은 그가 돌아오는 그 날을 기다리기로 한다고 쓰고 있다. 그러나 그 기약은 끝내 지켜지지 못했다. 그는 이미 해방 이전에 소련 망명지에서 사망했던 것이다.[2] 북한의 50년대 문헌들이 이 사실을 공식 확인하고 있는 것[3]과는 대조적으로, 북방자료에 대한 접근이 곤란한 사정에 있었던 우리

---

1) 조명희의 장조카 벽암 조중흡과 그 동생 조중협이 운영하던 건설출판사에서 1946년 5월 3일 간행되었다. 이기영에 따르면 이 작품집은 조선지광사에서 처음 나왔다고 하나, 그 출판 사항은 정확히 확인되지 않는다. 그밖에 이본으로는 백악출판사본(1928.4.20), 문화전선사본, 동아출판사본, 기타 1987년 7월 19일 월북문인 해방 이전 작품 해금조치 이래 몇 가지가 있다.

2) 종래에는 조명희가 1937년 9월 소련 당국에 불려가서 모종의 조사를 받던 중 1942년 2월 20일 '급성결체조직염'으로 사망했다고 알려져 있었으나, 그의 딸 조선아(왈렌치나)가 하바로프스키 시 안전위원회 고고문서과에서 찾아낸 소련정부 공식 사망신고서에 의하면, "조명희는 일본을 위한 간첩행위를 하는 자들을 협력한 죄로 헌법 제 58조에 따라 취조와 재판없이 최고형 사형선고를 받았다"고 기록되어 있고, 그 집행은 1938년 4월 15일 총살형으로 이루어졌다고 되어 있다.

경우, 관변에서는 그를 40여 년간 소위 월북문인으로 분류했고, 그 동안 몇몇 문학사 기술이나 개별 연구에서는 주로 그의 대표작 「낙동강」에 대해서 단편적으로 거론하는 것이 고작이었다.

조명희의 삶과 문학에 대해 그 전모를 밝히고자 하는 시도는 소련에서 간행된 『포석 조명희 선집』이 1987년경 국내에 알려진 것을 계기로 하여 여러 논자들에 의해 진행되었다.[4] 이 『선집』은 첫째 그의 망명 이전 작품 대부분을 수집, 정리하고, 아울러 검열에 걸려 삭제된 내용 다수를 회복시킨 점, 둘째 망명지에서의 작가활동 및 작품창작의 실태를 살필 수 있는 자료를 제시한 점, 셋째 생전에 절친했던 동료, 제자 등의 회상기를 통해 그의 인간적 풍모와 문학적 지향을 엿볼 수 있게 한 점 등, 실로 그 가치가 적지 않다. 그리고 특히 그 첫머리에 실린 황동민의 「서문」은 조명희의 생애와 작품 전반의 경개를 일목요연하게 보여줌으로써 그에 대한 본격적인 작가 연구의 길목을 텄다고 할 수 있다. 이런 견지에서 필자를 포함하여 여러 논자들은 많든 적든 기본적으로 이 『선집』과 그 「서문」에 대해 일정하게 빚을 지고 있는 셈이다.

소련판 『선집』이 소개된 이래의 제반 논의들 가운데서 주관적 인상에 치우친 작품집 부록용 해설비평, 시 작품 위주의 감상비평, 작가의 행적에 대한 보고문 등을 빼면, 이강옥과 김형수의 소론이 의욕적인 문제의식을 보인

---

3) 한설야, 「서문」, 『낙동강』(북한 : 1950), 6~8면에는 그의 사망에 관해서 아무런 언급이 없는데, 그렇다고 임화처럼 조속한 귀국을 바란다는 말도 없다. 북한의 문학사 기술에서는 조선문학통사(1959)까지는 그의 사망에 대한 서술이 나오지 않는다. 다만, 소련판 『선집』에 실린 이기영의 「포석 조명희에 대하여」(1957년 1월로 집필 일자를 밝히고 있다)에 그의 사망을 애석해 하고 있으니, 북한 측의 공식적 확인으로 간주된다.

4) 이강옥, 「조명희의 작품 세계와 그 변모 과정」, 김윤식・정호웅 편, 『한국 근대 리얼리즘 작가 연구』, 문학과지성사, 1988.
임헌영, 「조명희론」, 『낙동강』, 풀빛, 1988.
김재홍, 「프로문학의 선구, 실종 문인 조명희」, 『한국문학』, 1989.1.
김성수, 「소련에서의 조명희」, 『창작과 비평』, 1989. 여름.
민병기, 「망명작가 조명희론」, 『비평문학』 3호, 1989.
김흥식, 「포석 조명희의 생애와 문학」, 『덕성어문학』 제6집, 1989 등.

것이라고 할 수 있다. 전자는 '작품 세계의 총체적 구조'를 파악하기 위해 그 변모과정을 분석한 것이나, 일방적인 추론에 기울었고, 후자는 전기비평적 방법에 의거하여 작품 전반의 내재적 일관성을 규명한다고 했으나, 입론 자체가 추상적 환원에 빠졌다. 이러한 결함은 전자의 경우 전기연구가 뒷받침되지 않은 때문이며, 후자의 경우는 그것이 부실했던 탓이다. 다시 말해서 『선집』의 「서문」에 서술된 작가의 전기적 사항을 별다른 검정 없이 그대로 답습한다든지, 혹은 그것을 부분적으로 보완하는 정도에 머문 것이 문제점으로 지적될 수 있는 것이다.

사실 전기연구와 작품분석을 결합시키고자 할 때는 작가와 작품 사이에 존재하는 복잡다양한 매개범주들을 규명하는 수준에 따라 그 성과가 판가름된다. 그 매개범주들은 물론 작가 개인의 사회적 접점, 그리고 그의 개개 작품의 문학사적 접점에서 찾을 수 있다. 이러한 관점에서 필자는 기왕에 조명희의 세계관과 작품의 구조적 대응관계를 객관적으로 밝히고자 시도한 바 있고, 다소 성과를 거두었다고 여기기도 했다. 그러나 그 이후 그의 출신지를 수차 답사하고, 유족들과도 면담하는 한편, 기타 관련 자료들을 접하면서는 여러 가지로 미흡했다는 생각이다. 그리하여 그 동안 확충한 조사결과를 바탕으로 하여 조명희 문학의 실상에 대해 보다 진전된 해석과 평가의 지평을 열기 위한 일환으로, 본고에서는 주로 그의 출신배경과 성장과정에 대한 추적 분석을 통해 그의 세계관의 바탕을 밝혀 보고자 한다. 이는 앞서 말한바 『선집』과 그 「서문」에 대해 지고 있는 빚을 갚는 한 방도이기도 할 것이다.

2. 출신 가계와 명분론

소련판 『선집』 이전에 조명희가 진천 생장임을 챙겨 거론한 예는 극히 드물었다.[5] 그 「서문」에는 그가 1894년 8월 10일생(음력 6월 26일)생이라고 명기해 놓았고, 대개의 논자들은 이를 준용하고 있으나, 책력상 음양력이 부합하지 않는다. 북한문학사나 호적의 기록도 석연치 않다.[6] 그런데 그와 가장 가까웠던 이기영이 한 회고문에서 "포석은 나보다 두 살 손우였다"고 해서 눈길을 끈다.[7] 같은 글에 함께 실린 연보에 1892년 7월 출생으로 되어 있고, 그 해 음력 6월 16일, 26일은 각각 양력 7월 9일, 19일이니, 1895년 5월 29일생(음력 5월 6일)이 틀림없는 이기영[8]과는 2년 10개월쯤 차이나는 만큼, 1892년을 그의 출생연도로 보는 것이 무난할 것 같다.

비단 이것뿐만이 아니라, 이 『선집』의 「서문」은 그의 출신배경에 관해 실제의 사실과 미묘하게 차질하는 묘사를 하고 있다. 즉 그의 부친은 "19세기 후반 조선의 선비였으나 당시 정치무대에도 진출하지 않았고 관청 출입도 하지 않"은 인물, 그의 모친은 "보통 농민의 딸로서 교양 있고 부지런하고 마음씨 어진 사람", 그의 "개성의 형성과 장래 발전의 방향에 커다란 영향을 끼친" 백형 조공희는 한시에 조예가 깊은 한학자로서 일제 침략과 망국도당들의 발호를 증오하여 "창작생활도 그만두고 벼슬도 하지 않고 전라도 지리산에 들어가서 수십 년 동안 외부와 접촉을 끊"은 절의인사였다고 하는 것이다. 그러니까 조명희는 그 부형으로부터는 지식인으로서의 양심적 비판적 저항적 정신을, 그 모친에게서는 선량, 성실한 심성을 물려받았다는 말인데, 수사적인 의도가 다분할 뿐더러, 선대나 집안 수상자의 귀감을 강조한 것이어서 자칫 그의 인간적인 진실에 대한 엄정한 이해에는 지장을 초래할 수도 있다. 전기연구는 이른 바 '3E' 즉 '상속된 것Ererbtes' '학습된 것Erlerntes' '체험된 것Erlebtes'의 균형 있는 파악이 전제되어야만 객관적

5) 차상찬, 「충청북도 답사기」(『개벽』, 1925.4) 이외에는 김윤식, 『한국문학사논고』(법문사, 1973), 184면의 주 29)가 유일한 것으로 보인다.
6) 북한문학사에는 1892년, 또는 같은 해 8월 10일(음력 6월 26일)인데, 역시 음양력이 불일치. 호적에는 1894년 6월 16일로 기재되어 있지만, 이를 음력으로 간주해서 환산하면 7월 18일임.
7) 이기영, 「추억의 몇마디」, 『문학신문』, 1966.2.18.
8) 김흥식, 「이기영 소설 연구」, 서울대 대학원 박사, 1991, 5면.

타당성을 지니게 되는 것[9]인 까닭이다.

필자가 이미 밝혀 놓은 바,[10] 실상 조명희의 집안은 그렇게 간단하지가 않은 조선 후기 권문세가의 하나로, 그의 부친 조병행趙秉行(1825~98)만 하더라도 인동 부사를 지냈다. 그는 원래 산수를 좋아하여 벼슬에 뜻을 두지 않고 지내다가 1854년 전격 발탁되어 여러 군데 고을살이를 하면서 청백리로 상하 간에 칭송이 대단했는데, 대원군 집권 초기인 1864년 9월 지방관아에 대한 일대 숙정이 단행될 때 인동 부사로 파견되어서 소임을 성공적으로 수행, 포상을 받기도 했다.[11] 잠시 뒤인 1866년 그는 조정에서 입조를 명하나 오히려 벼슬을 내놓고 당시 한양 장흥방을 떠나 충북 진천으로 내려가서, 내내 안빈낙도로 자식들을 훈도하다 종신했다.[12] 이 진천 이주는 병인양요로 말미암은 피난 소개였는데,[13] 다른 한편으로 그것은 외직으로 돌면서 체제 위기의 심각성을 절감한 대내정세 판단에서 비롯된 것으로도 보인다. 요컨대 그는 내우와 외환이 겹친 난세를 맞아 공명과 영달을 좇기

9) M. Maren-Griesebach, Methoden der Literaturwissenschaft, Franke Verlag, 1970, s.12.

10) 졸고, 「조명희의 생애와 문학」, 『덕성어문학』 제6집(1989.12). 그리고 보다 상세한 것은 『양주 조씨 족보』 하권(회상사, 1980), 176~182면 참조. 조병행은 양주 조씨 20세로, 청주 목사를 지낸 조제만(趙濟晩, 1775~1839)의 4남인데, 위로 이조판서 득림(得林, 1800~1867), 진주 목사 철림(徹林, 1803~1864), 이조판서 겸 판의금부사 병휘(秉徽, 1808~1873), 아래로는 사과 병종(秉從, 1832~?)과 형제간이다. 현재의 『진천군지』(374면)에도 그에 관해 헌종조(1835~1849) 무과 급제, 인동 부사, 판서 득림의 동생 등의 기록이 확인된다.

11) 조공희, 『괴당시고槐堂詩稿』(서울 : 1929)에는 1864년 11월 17일자로 당시 수렴청정을 하던 조대비전에서 내린 포상 「습서㬪書」가 수록되어 있다.

12) 「세덕편世德篇」, 위의 책.

13) 아편전쟁에서 중국이 참패한 소식을 듣고 서구 열강의 내침에 공포감에 가까운 위기의식을 갖게 된 당시 한양의 집권양반들은 그 해 6, 7월 평양에서의 샤만 호 사건에 이어, 8월부터 프랑스 함대의 강화도 침공이 시작되자 다투어 지방으로 피신했던 것이다.
애초부터 그의 집안은 진천과 연고가 깊다. 『진천군지』에는 조병행이 무과 급제자 명단에, 그의 중형 조철림이 역대 진천현감 명단에, 조철림의 손자 조중우가 역시 무과 급제자 명단에 올라 있다. 그리고 진천이 조병행의 선대 조제만이 지낸 청주목사에 영속된 속현인 점도 주목된다. 한편으로 조공희의 생모 평산 신씨, 그리고 그 이하로 소생을 둔 후취 연일 정씨의 두 집안은 이상설의 경주 이씨와 함께 진천의 3대성으로 꼽힌다.

보다는 퇴관하여 칩거하며 명철보신의 길을 걷기로 했던 것으로 생각된다.

이때 그의 심경이 어떠했던가는 “선고께서 말씀하시길, 아 나이 마흔에 이르러 다시 동어銅魚(銅魚符 : 관리의 신구 교대에 신표로 삼는 부절符節)를 차고 청자靑紫(당하관 관복색)를 입게 되었으나 (나라의) 은혜가 분수를 넘는지라 늘 복이 과함을 염려하는 마음을 떨구지 못하였다. 조심하고 두려워하며 지내는 나날은 전원으로 물러남만 못한 터라 나의 분수에 맞게 안존安存하고자 병인년(1866)에 남쪽으로 와서 상산(常山 : 충북 진천) 옛고을에서 문을 닫아걸고 외인과의 만남도 물리치며 세상사에는 개의치 않은 채 농사일에 힘쓰고 자식을 가르칠 따름으로 가난한 살림이라 근심하지 않았다. 先考曰 吁至年四十 再佩銅魚 青紫如拾 恩踰涯分 恒慮福過 念念在玆 兢惶居多 不如退田 以安私分 丙寅南渡 常山故郡 閉門却掃 世事不問 明農敎子 不憂其貧”[14]이라는 장자 공희의 글에서 엿볼 수 있거니와, 재야 사류를 일단 지사형과 처사형으로 나눈다면, 도연명의 풍도가 역연한 처사형이라고 하겠다.

조명희의 맏형 괴당槐堂 조공희趙公熙(1854~1933)는 18세(1871)의 향시 장원 이후 과장에 불출입, 1883년 외부의 임용에는 부친의 만류로 불응, 뒤에 전라도 익산 부근에서 공부의 지방 파견관을 맡고 있던 중 1894년 사퇴,[15] 부모 봉양이나 하며 “무릇 인문(사람답게 사는 문물과 풍교)이 부진하고 마땅히 지켜야 할 도리가 깨지고 망가졌으니 기러기처럼 훌쩍 떠나 세속사를 멀리하고 안타까워 하지 않으리라. 夫人文不振 彛倫斁傷 如鴻斯擧 遯世無悶”[16]의 심경에서 다시는 사환에 뜻을 두지 않기로 작정했고, 그 부친이 세상을 떠난 이듬해 1899년 다시 익산으로 내려가서 “윗사람 아랫사람 모두 이권을 다투고 당면한 현안들이 나날이 그릇되어 가히 수습할 수 없게 구석구석

14) 주 13)과 같음.

15) 이는 갑오농민전쟁 발발과 관련된 듯하다. 이때 능참봉 직을 얻음(조공희, 「世德篇」, 『槐堂詩稿』(京城 : 1929)).

16) 김태현金泰鉉, 「괴당선생시집서槐堂先生詩集序」, 조공희, 『괴당시고』.

미쳐 망했다. 上下征利 時事日非 莫可收拾 淪胥以亡"[17]의 망조든 시대를 늘 한탄하다가, 일제의 병탄이 있은 다음 1911년 봄 진안의 주졸산崷崒山(지금의 구봉산, 『택리지』에는 珠峯山)에 들어가서 1918년 겨울 노구로 진천에 돌아올 때까지 은거했다.

20여 년을 타관 벽지에서 묻혀 지낸 그는 집안의 병인년 진천 이주와 자신의 갑오년 사직을 백의숙제의 절의에 비기고, 망국의 입산에서는 방외를 자처하기도 했다. 그러는 동안 마음을 기울인 한시 창작에서는 "시경에 가로대 시는 뜻을 말로 옮긴 것이라 하였고, 도연명이 이르기는 문장을 펼침으로써 자기의 뜻을 보인다고 했으니 시를 짓는 요체를 드러낸 것이 아니겠는가. 앞으로 시를 짓는 사람은 모두 시경을 원조元祖(근본)로 하고 도연명의 시를 본받이로 삼아야 할 것이다. 詩曰 詩言志 陶淵明曰 所著文章以觀己志 爲詩之要不出乎 此後之爲詩者 皆以詩爲祖 以陶爲尙友"[18]라 하여 도연명을 수범으로 내세웠다. 자기합리화 내지 자기미화라는 측면을 감안하더라도, 매천 황현(1855~1910) 같은 우국지사의 경세적 자세와는 확실히 대조되는 은일처사의 둔세적 자세라 할 것이다.

유교는 그 인식방법이 정치적 현실주의인가 형이상학적 관념론인가, 실천영역이 사회적・역사적인가, 정신적・내면적인가에 따라 경세학이 될 수도 있고 심성학이 될 수도 있다. 이 둘은 외양이 판이하지만, 인격주의를 바탕으로 한다는 점은 동일하다. 식민지로 전락한 세상이 되면서 유교주의 정치이념은 공식적으로 종언을 고하게 되었고, 따라서 조공희의 은둔생활 또는 그 연장선상에 놓인 예도는 이념이 아닌 인격 차원에서 긴장감을 지니는 것이라고 할 수 있다. 이 긴장감은 조공희 자신에게는 차츰 이완되어 1918년 겨울 진천에 다시 돌아올 무렵 형해화되었을 것으로 보인다.

아직 철나기도 전에 부친을 여읜 조명희의 정신적 형성과정에 백형 조공

17) 위와 같음.
18) 「자서自敍」, 『괴당시고』.

희가 부성적 존재였던 것은 알아차리기 어렵지 않다. "그 문장과 학식과 지조와 행신이 한 고장이 본받아 따를 만한 인물. 其文學操行爲一鄕之推也"[19]이라는 평판에도 강호에 자적하는 조공희는 재야로 물러나 전원한 거하며 생애를 마친 부친의 분신으로서 그에게 유교적 인격주의의 심성을 심어준 살아있는 전범에 다름 아니며, 또한 명분론과 정통주의로 집약되는 조선조 지식인의 세계관을 위기의 근대 세계를 살아가는 그에게 이어준 첫 번째 중개자로 자리잡고 있는 것이다.

3. 경세주의와 영웅주의

소년기의 조명희에게 근 반세기의 연령 차이가 나는 집안의 가장이면서 종적도 아득한 산림처사의 길을 간 조공희는 정감이 오가는 육친이라기보다 세상모르는 그의 의식 저편 어둠 속의 북극성과도 같은 존재로서, 차라리 외경의 대상이었을 것이다. 그러한 조공희의 대척점에 경술국치 당시의 매국 7역신의 하나인 당질 조중응趙重應(1860~1919)이 있었다. 이 극단적인 대조[20]를 통해 조공희의 은둔생활은 우국충절의 모습으로 조명희에게 그려졌을 것인데, 이와 같이 유교적 인격주의의 정치적 의미 측면 즉 경세적 이념지향에 대한 인식에 이를 만큼 그의 의식이 성장하는 계기는 신교육의 수용에서 왔다. 그 자신의 술회에 따르면,[21] 이와 관련해서 나라가 망한

19) 이채李寀, 「괴당선생시집서」, 『괴당시고』.

20) 한일합병 당시 조중응은 농공상부대신 자리에 있었고, 그 후에는 자작 서품을 받았으며, 조선총독부 중추원 고문이 되었다. 그의 조부 조철림은 조명희 부친 조병행의 둘째 형이며, 헌종조에 진천현감(1846~1848)으로 있었는데, 이 기간에 조병행은 진천에 살면서 무과에 급제한 것(주 8) 참조)으로 보인다. 그리고 그의 종제 조중우도 진천의 무과급제자 명단에 나오는데(1893), 이 조중우는 1919년 만세운동의 주모자 이상직을 두 번이나 당국과 교섭하여 석방시켰다고 한다.(『진천군지』, 375면, 218~219면) 이것으로 조철림의 후대는 진천에 정착했던 것으로 볼 수 있는데, 좁은 시골 읍에서 당내의 일족이 수괴급 매국노라는 것은 숨길 수도 없고, 또 실로 부끄러운 일이었을 것이다.

21) 조명희, 「느껴 본 일 몇 가지」, 『개벽』, 1926.6, 141면.

1910년 당시 담임선생의 비통한 연설을 듣고 그것을 그대로 옮겨 집안 식구 모두 울었다고 하는 일화가 있어 시사적이다.

이때 그는 사립 문명학교를 다니고 있었다. 이 학교는 을사조약 직후인 1905년 10월 진천에서 처음으로 세워진 사립 상산학교를 1909년 개편한 것으로, 이를 설립, 주도한 인물은 이상직李相稷(1878년~ ?)이다.[22] 그는 뒤에 독립군 양성 무관학교의 모태가 된 서전의숙의 설립(1905)과 헤이그 밀사사건의 수석대표로 유명한 보재溥齋 이상설李相卨(1870~1917)의 종제이다. 그는 서울 이상설의 집에 함께 살면서 국내외 정세가 파국으로 향하는 것을 알고 인재양성을 위해 고향에서 신학문교육을 실시하기로 결심했다고 하는데, 그러한 결심에는 그의 종형 이상설의 감화가 작용했을 것이 틀림없다. 문명학교 교장을 맡은 그는 한문 일어 산수 체육 등 기능적 성격의 과목을 담당하는 교사는 따로 두고, 지리 역사 법학 등 의식 계몽적 성격을 지닌 과목은 자신이 직접 담당했다. 그리고 기미년 당시에는 진천지방의 만세운동을 주모, 선도하기도 했다. 이러한 저간의 사정을 헤아릴 때, 이 학교는 바로 이 지방의 애국계몽운동 및 항일민족운동의 거점이었고, 그 정신적 구심점으로 이상직 혹은 이상설이 버티고 있었음을 알 수 있다. 요컨대 문명학교, 이상설 형제는 조명희의 정신을 경세적 이념지향으로 이끈 두 번째 중개자, 이를테면 나침반과 지도 같은 존재였던 것이다.

조명희의 문명학교 학적기록은 문건으로는 확인되지 않지만,[23] 1911년 초에 이 학교를 마쳤던 것 같다. 그러니까 그가 다녔다고 하는 중앙고보에 진학한 것은 대략 1912년경으로 짚을 수 있다.[24] 스무 살 남짓해서 시작된

---

22) 『진천군지』, 청주 : 상당출판사, 1974, 182~183면.

23) 1911년 8월 23일 조선교육령 공포에 의해 문명학교가 상산공립소학교(현 상산국민학교)로 수용, 개편되는 과정에서 전입되는 재학생의 학적기록은 보존하고, 그 밖의 기존 졸업생 학적을 폐기했던 것으로 생각되는데, 그렇다면 그 시기와 한일합방(1910.8.29) 사이에 조명희는 졸업했을 것이다.

24) 김형수(1989)의 조사에 따르면, 일본 동양대학 학적부에 대정 7년(1918) 4월 중앙고보)를 졸업한 것으로 되어 있으나, 이는 사실에 근거하여 작성된 것으로 보기 어렵다. 중앙고보

고보시절에 대한 그 자신의 직접적 술회는 '중학시대 그때까지도 한창 학생계 풍조라고 할 만한 영웅숭배열에 들떠서, 다니던 학교를 중지하고 북경사관학교에 들어가려고 북경행 목적을 가지고 평양까지 갔다가 중도에서 그만 집으로 붙들려 온 터이다'[25]라는 것밖에 없다. 그의 중형 조경희趙庚熙(1973~1952)에게 끌려 향제로 내려옴으로써 실패한 1914년 봄의 이 가출을 촉발한 "영웅숭배열"은, "당시의 반일 애국운동에 따라 유포되던 애국적 영웅전기(을지문덕전, 리순신실기, 김유신전 기타)와 구라파의 력사영웅소설들을 그때 조선 현실에 맞도록 번안한 소위 번안 전기소설들을 많이 탐독"한 데서 비롯되었다.[26] 일제는 "한국사 교육을 절대엄금하고, 1910년(합병시)에는 한국사를 기록한 책자를 몰수하여 태워버렸고, 책사, 개인의 집을 조직적으로 하나하나 뒤져서 한국사에 관한 기사가 있는 것이면 모조리 태워버렸다"[27]고 하며, 조명희가 열중했다고 하는 역사・전기물들은 잡지 서적 등의 원고 사전 검열제를 강요한 출판법(1909.2.23) 이전에 간행된 것들로, 사립학교령(1908.9.1)의 교과서 검정 규정 아래서 "각 사립학교에서 정규 교과서와 같이 사용했던 책이다."[28]

그러니까 그의 이른바 '영웅숭배열'은 개인적 취향이 아니라, 시대의 추세인 것이다. 그것은 정서적 충동이나 단순한 부화뇌동으로 폄하되기보다는, 다만 두려움 없이 대의에 당당하고자 하는 정신의 발로라는 의미로 참된 영웅주의에 값한다. 그 부형의 소위 유교적 인격주의, 바꿔 말해서 명분

학적기록은 30년대에 화재로 소실되어 버렸음.

25) 「생활기록의 단편」, 『조선지광』, 1927.3, 7면.

26) 『선집』, 4면.

27) 같은 책, 336~337면. 이는 박은식의 『한국독립운동지혈사韓國獨立運動之血史』에 역재된 「한국지진상韓國之眞相」(미국인 기자의 상해에서의 보고)을 재인용한 것으로, 이어서 "그가 서울에서 목격한 사실로, 한국인이 한국사 한 권을 가지고 있었다고 해서 범죄자로 취급되고, 자기 나라 역사를 읽은 죄로 20일간 구인당한 벌을 받는 사람이 많았다고 하였을 뿐 아니라, 그 기자는 자기는 이렇게 처벌을 받은 사람을 직접 만나서 얘기를 하였었다고 사실에 대한 증언을 하고 있다."고 적혀 있다.

28) 손인수, 『한국개화교육연구』, 일지사, 1980, 389면.

론에 이어져 있는 것이다. 난세의 명철보신을 위한 퇴사나 망국의 절의은둔이나, 혹은 도연명의 시 세계든, 그것을 지탱하는 것은 명분론이며 정통주의이다.

관념의 실재성을 전제로 하는 명분론은 자기로부터 출발하는 정신이 아니라, 도달점과의 합치를 향해 나아가는 정신이다. 그러므로 이러한 정신은 어떤 실패를 겪어도 좌절을 모르는 외향성을 띤다. 그 외향성이 경박한 행동기질과 구별되는 것은 늘 도달점을 앞에 놓고 있는 것이기 때문이다. 그 외향성의 발로라고 할 수 있는 조명희의 북경행 가출은 사관학교 진학이라는 목표가 뚜렷했다. 그것은 보재 이상설의 세계로 가는 도정이기도 했을 것이다. 중요한 것은 그 도달점이 무엇인가가 아니라 모든 의식과 행동에 도달점이 선재한다는 사실이다. 실제로 그는 뒤에 두 번의 가출을 하는데, 둘 다 방향성이 뚜렷했던 일본 유학과 소련 망명이 그것이다.

4. 구도자의 삶과 근대인의 길

그러면 명분이 떳떳한 가출의 실패 이후 그 열정을 어떻게 갈무리했던가. 그 자신의 술회에 의하면, 소일거리로 『귀의 성』, 『추월색』, 『구운몽』, 『옥루몽』, 『삼국지』 등을 읽었지만, "문예란 것에 뜻두기는커녕 문예라는 말의 의미도 글자까지도 몰랐었다"고 하며, 한참 지난 1918~9년 "『매일신보』에 연재되던 민우보 역인 『오 무정』(噫無情)"에 감동하여 문학에 처음 입지하게 되었다고 한다.[29] 그러니까 신소설, 고소설 따위에는 심드렁한 채로, 1914년 서울서 데려온 일곱 살의 장조카 조중흡(뒷날의 조벽암)의 신교육에 반대하는 중형 조경희와의 잦은 충돌, 그 중형의 축첩으로 말미암은 집안

29) 「생활기록의 단편」, 『조선지광』, 1927.3, 9면; 「느껴 본 일 몇가지」, 『개벽』, 1926.3, 142면 등. 이 작품은 빅톨 위고의 『레 미제라블』을 일본의 구로이와 루이코黑岩涙香가 번안한 것을 민태원이 『애사』(『매일신보』, 1918.7.28~1919.2.8)라는 제목으로 중역한 것이다.

분란 등을 겪은 것이다.[30] 더욱이 가장격인 중형은 그만두고, 한말 강화 포대에 근무한 육군 부관 출신인 서울의 숙형 조태희趙兌熙(1880~1948)는 더욱 처신이 문란했다고 한다.[31] 이런 와중에서 과연 그는 1919년 겨울의 유학까지 4, 5년을 무엇으로 지탱했던가. 성공회가 바로 그것이다.

1890년 부산, 제물포, 강화, 서울 등지를 필두로 선교를 시작한 성공회는 1905년 내륙지방에서는 처음으로 진천에 들어와, 1908년에 회당을 세우고 부설 신명학교를 설치, 운영을 시작했다.[32] 회당이 과거 관아와 마주보는 위치에 입지한 사실이 시사하듯, 우선 관청과 식자층, 유력자들부터 포교해 나갔는데, 거기에는 연일 정씨, 평산 신씨, 경주 이씨 등 진천 3대 성씨와 함께 조명희 집안도 포함되었을 것 같다. 그의 집안사람 가운데서는 고루한 조경희를 제외하고는 모두 성공회 신자였다고 한다.[33] 그들의 입교 시기는 알 수 없지만, 배분이 가장 높은 정씨가 앞장섰던 것으로 추측된다. 조명희는 신명학교 교사였다고도 전해지는데,[34] 그것과 그의 자전소설 「R군에게」에 "내가 XX군 읍내에 있는 교회당에 가서 교회의 권사라는 직책과 그 교회 부속 소학교의 가르치는 일을 보고 있을 때일새. 그 때에 기미운동 뒤끝

---

30) 조벽암, 「나의 수업시대-작가의 올챙이 때 이야기」(『동아일보』, 1937.8.19~21) 참조. 그는 이때의 경상에다 '다른 재미나는 이야기를 섞어 보통학교 필기장 세 책이나 되도록 쓴 소위 신소설'을 엮었고, 나중에는 「C가의 몰락」이라는 미발표 중편을 썼다고 한다.

31) 조벽암, 같은 글에는 "한국장교로서 일한합방 후 울분과 체념에 명백히 교감된 아버지의 부동성과 조폭성은 매일같이 술에 만취하여 허세와 불평을 간단없이 피우던 때이었다. 그러니 집이라고는 조금도 돌보지 않았던 것"이라고 하나, 주로 뜻대로 출세길이 트지 않아 방탕한 생활에 빠진 것으로 보인다. 조중숙 등은 그가 심지어 일본여자를 첩으로 들일 정도로 무절제한 행각을 일삼은 탓으로 온 집안 재산의 태반을 탕진했다고 한다.

32) 대한성공회 백년사 편찬위원회, 『대한성공회백년사』, 대한성공회 출판부, 1990, 73~74면, 83면. 약 60칸 규모의 회당은 1923년 초 회재로 전소되고, 지금의 교회는 그 절반 정도의 크기이다. 『진천군지』, 428~430면.

33) 지금은 천주교로 개종한 조중숙(1915~)은 당시에 자기 세례명이 '수산나'였고, 신명학교 유치원(1922~5)에 다녔다고 한다. 1923년의 화재로 교적부를 비롯한 모든 문서가 소진되어 기록으로는 확인할 수 없다.

34) 현재 진천 성공회를 맡고 있는 방효중 신부가 고령층 신자에게서 들은 바로는 그가 7년간이나 교사로 일했다고 하나, 그 기간은 믿기 어렵다.

이라 아무리 미미한 사립학교라도 남녀학생들이 물밀듯 하여 (…하략…)"이라는 구절이 상통하는 바 있어 주목된다.

진천 성공회는 애초부터 다른 기독교 종파와는 비교가 안될 만큼 교세가 확장되었다고 하는데,[35] 그 요인은 크게 두 가지로 집약된다. 즉 그 하나는 비기독교 사회의 토착적 문화전통과 융합하는 현지주의, 그리고 다른 하나는 교육과 의료사업이라는 특유의 선교방침이 낳은 결과였다.[36] 전자의 실례로는 전통한옥 건물양식의 회당, 한인의 복색 풍속을 옹호한 선교사 김우일金宇逸(W.N. Gurney)의 일화, 한복차림의 성모자상 등을, 후자의 실례로는 의료인 선교사 노인산盧仁山(Arthur F. Laws)과 '애인병원愛人病院(Hospital of the Love of Man)' 등을 들 수 있다.

현재 지방문화재로 지정된 강화성당과 함께 진천 회당도 대개의 초창기 포교당이 그랬듯이 한옥건물인데, 이는 선교사들이 한국식 이름을 가지고 한복에 갓을 쓰고 다닌 것과 마찬가지로 현지민과의 이질감을 해소하려는 배려로 볼 수 있을 것이다. 이러한 배려를 보다 적극적으로 나타낸 것이 충북 진천 군수 박초양과 김우일 사이의 반목이다. 즉 군수가 1909년 2월 10일에 신명학교에 대하여 흑의 착용을 훈시한 데 대하여, 김우일은 종래의 습관을 고치는 것이 불가하며, 신명학교의 교육에 군수의 간섭은 필요치 않다고 하여 맞서, 백의숭상의 전통을 지닌 한인의 통감부 정책에 대한 반발을 대변했던 것이다.[37] 그러니까 한인 성모자상은 그러한 외방 교역자의 토착문화에 대한 이해와 현지민의 종교적 영감이 이룬 행복한 조우의 형상적 결정체로 가름된다.[38]

35) 『진천군지』, 429면, 『성공회백년사』, 80면의 표 참조.
36) 도울리(P. M. Dawley), 김성수 역, 『교회의 역사』, 한국양서, 1985, 222~225면.
37) 이만렬, 『한말 기독교와 민족운동』, 평민사, 1980, 118면.
38) 작자 미상의 이 한국화 초상은 1910년대 진천교회에서 김우일과 함께 근무한 유신덕(G. E. Hewllett)이 중국 주재 대사로 있던 그의 형에게 보낸 그림인데, 그의 형이 중국을 떠날 때 다시 진천교회로 돌려보낸 것이라고 전해진다.(진천 성공회의 그림 설명).

1897년 평신도로 내한하여 1898년부터 1909년까지 강화에서 열정적인 의료 활동으로 선교에 크게 기여한 노인산은 1909년 진천 성공회에 애인병원을 설립하고 1929년 9월 그곳을 떠나기까지 20여 년간 헌신적으로 의료 시술을 펼치는 한편, 거기에 그치지 않고 여러 방면의 자선봉사로 깊은 감명을 준 인물이다.[39] 그리하여 "25년 동안 근무하면서 2만여 명의 많은 환자를 치료"한 그에 대해, "만리이역의 기후풍토가 다른 한국의 일개 농촌 소읍에 와서 일생을 자선사업에 마치고 1932년 왜정 소화 7년에 노경으로 고국에 돌아간 노인산 박사야말로 성자"라고 지금껏 칭송하고 있는 것이다.[40]

당시의 성공회는, 선교 초기부터도 그랬지만, 특히 입교 절차에서 예비교육을 엄격하게 요구하고, 미사 진행에서도 영세자와 비영세자를 차등하는 율법적 성격이 강했다.[41] 개신교적 복음주의 성향이 농후했던 18세기 이래의 저교회Low Church에 반발하여, 가톨릭의 전통과 보편성을 표방하며 일어난 옥스포드 운동(1833) 계열의 고교회High Church에 속하는 교역자들 일색으로 선교 진용이 짜여 있었던 것이다.[42] 그러니 예전적 교회인 성공회의 7성사, 신도의 미사 참례 및 매일의 조도, 만도와 성경 독송이 철저하게 지켜지도록 요구되지 않을 수 없었다.

신명학교 교사 조명희는 그러한 요구에 충실했을 것이다. 갈래머리에 늘어진 쪽비녀를 꽂은 성모와 그 추킨 치맛자락에 감싸여 안긴 채 배냇머리

---

39) 노인산(A. F. Laws : 1868~1948)에 대해서는 『백년사』, 48~49면, 76~78면, 87면, 171~172면, 174면 참조.

40) 『진천군지』, 429면. 1932년 출국과 25년간 근무는 착오로 보인다. 차상찬, 「충청북도 답사기」에 영국인 아다로스가 원장인 진천 성공회의 애인병원이 그 규모, 시설, 빈민의 무료시술로 유명하다는 요지의 기술(『개벽』, 1925.4, 73면 이하)이 나오는 것으로 보아, 그의 명성은 당대에 널리 알려졌음을 알 수 있다.

41) 『백년사』, 80면.

42) 저교회(Low Church)와 고교회(High Church)의 관계 등에 대해서는 김성수 역, 앞의 책, 241~246면 참조.

에 자리옷을 입고 고사리 손으로 재롱부리는 아기 예수가 지켜보는 가운데, 그러한 경건주의 미사의식에 몰입하는 성공회 회당은 그에게 영혼의 정화와 구원을 이루는 소우주였을 것이다. 그리고 "돈이 없는 불쌍하고 가련한 환자는 그에게 약을 주는 것은 물론이요 밥까지 옷까지 주며 병을 다스리고 병이 나아서 퇴원하게 될 때에 노자가 없는 자에게 노자를 주며 교군을 태워서 그의 고향으로 돌아가게 한 것이 한 번이나 두 번만이 아"[43)]닌 회당 앞마당 애인병원의 노인산은 구도자적 자세로 일관하는 성자의 모습으로 비쳤을 것이다.

그 성모자상에 구현된 모성과 동심의 합일상태는 법도와 본성의 일치, 사고와 행위의 명분과 도의에 대한 합치를 지향하는 이른 바 유교적 인격주의와 등가이며, 성자의 풍모를 지닌 노인산은 절의의 산림처사 조공희와 또한 등가이다. 다만 그 두 사람 사이에는 근대의 확보 유무라는 차이가 있다. 즉 노인산의 의료선교와 조공희의 은둔생활은 구도자의 삶이라는 면에서만 등가일 뿐이다. 1918년 겨울 조공희의 귀향으로 그 차이는 명백해지게 되었다. 그리하여 조명희는 근대의 세계로 트인 길, 유학의 도정을 서둘렀다.

5. 마무리

이상에서 본고는 조명희의 출신 배경과 그 성장과정을 최대한도로 정밀하게 추적하여 실증적으로 재구·복원하고, 그것을 심층적으로 분석함으로써 그의 세계관의 토대를 형성하고 있는 구조적 특질들을 총체적으로 밝혀 보았다.

우선 기존의 연구들이 엄밀한 검증을 거치지 않은 극히 제한된 분량의

43) 『백년사』, 174면에서 재인용.

자료에 의존하여 조명희의 전기적 사항에 대해 잘못 파악한 것을 새로운 자료 발굴과 그의 생장지 답사, 유족들 및 기타 관련자들과의 면담 등에서 알아낸 사실에 의거하여 정정, 보완하였다.

다음으로는 작가의 가계 및 그 계층적 귀속을 정밀하게 규명함으로써, 그것이 작가의 정신적 형성과정에 미친 영향을 구체적으로 드러내었다. 특히 작가의 백형 괴당 조공희의 생애와 시대현실에 대한 대응방식이 그의 삶에 근본적인 준거로 작용했음을 입증한 것은 하나의 성과라고 볼 수 있다.

이제까지 깊이 있게 고찰된 바 없는 조명희의 학력 사항, 즉 문명학교 수학을 한말 지사 보재 이상설과 연관 지어 검토한 결과, 그가 지닌 영웅주의 성향의 저변을 살필 수 있었다.

진천 성공회와 조명희의 관련에 대한 논의는 전례가 없었던 것으로, 그의 문학에 대한 입지과정과 작가의식의 형성과정 및 그 특성을 통념적 인식에서 벗어나 보다 더 풍부하고 깊이 있게 살피기 위한 시각을 제시했다고 할 수 있을 것이다.

이러한 논의 성과를 좀 더 보강하여 작품분석과 결합시킴으로써그의 문학세계가 지닌 총체적 의미를 전면 드러내는 작업을 이어가고자 한다.

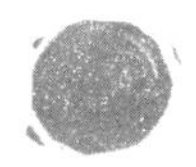

성공회 체험과 문학 세계의 대응 양상

1. 근대문학과 기독교

서구문명과의 접촉은 17세기 중반경 북경의 예수회 선교사를 통한 것이 첫 번째 사례로 알려지고 있다.[1] 그 뒤 연행사를 통한 서학의 유입과 그 정치적 사상적 영향은 두루 아는 바이지만, 이와 관련하여 제기된 한 가지 가정이 흥미로워 보인다. 즉 서구문명과의 조우가 북경의 예수회 선교사들이 아니라 이를테면 일본이 그러했던 것처럼 네덜란드 상인들을 통해서 이루어졌을 경우, 19세기의 조선사는 사뭇 다른 형태로 전개되지 않았겠느냐는 것이다.[2]

정교일치주의에 입각한 예수회 선교사들은 단순한 신학자가 아니라 천문학, 지리학 또는 수학에 관한 전문지식인으로서 포교 지역의 지식인들과 지배층에게 용이하게 접근했지만, 주목적은 과학 지식의 전파가 아니라 궁극적으로는 이교도들을 개종시키는 것이었으므로 기존의 가치체계와의 충돌

1) 호란 이후 장기간 볼모로 억류 중이던 소현세자가 1644년 청의 북경 점령 시에 함께 진주하여 독일 출신 예수회 신부 아담 샬 폰 벨(Adam Schall von Bell, 1591~1666)과 친교를 맺고 기독교와 과학에 관한 서적, 지도, 지구의 및 성물(聖物) 등을 선물받아 귀국한 것이 이에 해당된다.

2) G. 레드야르, 『하멜표류기』, 박윤희 역, 삼중당문고, 1975, 156~164면 참조.

또는 마찰은 처음부터 불가피했다.[3] 실제로 남인 계통의 양반 및 중인 계층들 가운데는 서양의 과학 지식을 흡수하는 데에 그치지 않고 그 지식의 매개체인 천주교 자체를 신봉하여 대대적인 탄압을 초래한 사실이 있다. 반면 네덜란드의 중상주의자들은 "황금에만 정신을 집중시키고 영혼의 문제에는 관여하지 않았"기에 종교를 과학과 기술에서 분리함으로써 일본의 예에서 보듯 문화의 전달과 수용 과정에서 근본적인 저항을 완화 내지 모면할 수 있었다는 것이다.[4]

물론 그 자체로서 일리가 없는 것은 아니지만, 개항기 전후의 역사적 사실에 비추어 지나치게 순진한 낙관적 가정이라고 아니할 수 없다. 구미 각국의 무력시위에 의한 소위 함포외교와 선교활동은 수레의 양 바퀴와 같은 것으로, 강압적인 개항에서 그러했던 것처럼 자기 세력의 확장과 부식을 위해 경쟁적으로 선교활동을 적극 이용하고자 했던 것 또한 엄연한 사실이기 때문이다. 구미 각 교계가 전국의 선교구역을 임의로 분할 점거하기로 합의하여 맺은 협약을 그저 순수한 의미로만 받아들이기는 실로 곤란한 일이 아닐 수 없다.[5]

구미 각국과의 수교조약에 선교권의 보장에 관한 명시적 조항은 없었으나, 병원과 학교를 앞세운 선교사들의 포교 활동은 별반 지장을 받지 않은 채 진행되었다. 수교조약의 결과 이른바 의료선교와 교육선교가 용인됨으로써 선교사들은 국제법상의 치외법권적 지위를 포괄적으로 적용받게 되었고, 그 뒤에도 일제 당국과 정면으로 충돌하지 않는 범위 안에서는 하나의 관례로 되었다.[6] 이것이 3·1운동 이후 일제 당국의 회유공작에 부응한 선

3) 위의 책, 165~166면의 역주 2) 참조.
4) 위의 책, 157~158면 참조.
5) 각 교파별 선교구역 분할의 내용에 대해서는 손인수, 『한국개화교육연구』, 일지사, 1980, 64면. 전택부, 앞의 책, 132면 등 참조.
6) 강동진姜東鎭, 『일본의조선지배정책사연구日本の朝鮮支配政策史研究』, 동경대출판부東京大學出版會, 1979, 66~87면 참조.

교사들의 대일협력이 전면화되기 이전까지 기독교가 일부 민족주의자들의 정치적 피난처 내지 은신처로 활용되었던 배경이라고 할 수 있다.[7]

기독교의 정치적 향배가 기본적으로 일제와 선교 단체의 본국과의 국제 정치적 관계 및 정세에 의해 규정되는 것은 당연한 일이겠지만, 선교 목적과 그 부대적 기대 이익을 지킨다는 원칙에 위배되지 않는 조건에서 일제 통치권력과 유화적 관계를 견지하는 방향으로 가닥을 잡게 되면서, 정치적 차원에서 기독교의 역할과 의미는 상당히 애매하고 협소한 것으로 굴절되지 않을 수 없었다.[8] 이에 비해 개항 초기 이래 의료선교와 교육선교의 광범위하고 지속적인 영향은 결코 과소평가할 수 없다. 문화적 차원에서 기독교가 문명개화를 표방한 계몽주의의 일익으로서 근대의 인식과 그 실천에 주요한 매개 작용을 했다는 것은 분명하다.

기독교와 근대문학의 관련성에 대한 검토는 대략 이 부근에 출발점이 놓일 것이다. 한글 번역 성경이 국문 보급에 기여함으로써 근대문학의 저변 구축에 일조한 것은 차치하고, 찬송가의 번역이 근대시가의 자유율을 성립시킨 요인의 하나라는 지적도 있다.[9] 그런데 무엇보다도 근대 작가와 시인 등의 다수가 국내에서든 혹은 일본 유학에서든 미션계 학교의 수학 경력을 가지고 있다는 사실은 간과할 수 없는 의의를 지닌다. 이들 가운데는 『창조』의 동인들처럼 기독교 가계 출신인 부류가 있는가 하면, 학력 상으로만 미션계 학교를 다닌 부류도 있을 텐데, 후자는 수학 중에 혹은 그것을 계기로 하여 나중에라도 기독교에 입교하거나 동화된 경우와 거의 무관심하거나 반감을 가지고 지낸 경우로 다시 나뉠 수 있을 것이다. 또한 학력과 무관하게 기독교와 관계를 맺은 경우도 적지 않다. 이 각 사례마다 기독교의 영향을 사정하는 일에는 세심한 분석이 요구되겠거니와, 교파의 다양성에 상도

7) 위의 책, 72면. 전택부, 『한국교회발달사』, 대한기독교출판사, 1987, 147면 등 참조.
8) 강동진, 앞의 책, 77~87면 참조.
9) 정한모, 『한국현대시문학사』, 일지사, 1974, 134~135면 참조.

하면 그 처리과정은 더욱 까다로워지게 될 것이다.

이러한 작업상의 난점도 부분적인 원인이겠지만, 근대문학과 기독교의 관련성에 대한 논의가 막연한 총론 내지 배경론의 수준 이상으로 진전되지 못한다면, 이는 내재적 발전론의 관점에서 우리 근대문학을 해석하고자 하는 방법론적 전제에 결부된 문제라고도 볼 수 있다. 외래종교로서의 기독교가 작가와 시인 등의 정신적 형성과정에 과연 본질적인 영역으로까지 육박해 들어갈 수 있겠는가 하는 회의는 그 나름의 정당성을 지닌다. 이러한 시각에서 보면 “미션 스쿨”을 다닌 “우리 근대문학의 앞을 열어간 선두주자들인 이광수, 주요한, 김동인, 전영택” 그리고 “염상섭”이 “거기서 배운 것은 풍금소리로 표상되는 근대적 국제 감각”이며 “이른바 ‘문명개화’의 감각적 형상이었다”는 것, “이들 문인들이 훗날 기독교 사상을 작품과 연결시키지 못한 것은 따라서 조금도 이상한 일이 아니”라는 평가[10] 또한 당연한 귀결이다. 미션 스쿨 또는 기독교가 종교적 의미와는 별반 관계없는 문화적 차원에서의 피상적인 경험에 그친 만큼, 작품 자체에 기독교의 비중이 미미하게 되었다고 할 수 있다.

이와 달리 종교적 차원에서 기독교에 대한 성찰의 수준이 도저한 원본성에 다가간 경우나 그것에 대한 수용 태도가 진정성을 띤 경우에는 근대문학과의 관련성이 본격적으로 다루어질 수 있을 법하다. 이를테면 무교회주의자 김교신의 산문에 대한 검토[11]는 이러한 경우에 해당하는 사례일 것이다. 물론 작가나 시인 등이 성직자라든지 독실한 신자라든지 하는 사실 자체만으로 논의의 충분한 요건을 갖추었다고 할 수는 없다. 관건은 종교적 사유와 체험이 문학적 표현과 얼마나 긴밀한 대응관계를 이루는가에 달려 있는 것이다. 기독교적 요소가 작품 자체의 중핵으로 자리 잡은 경우에 한

---

10) 김윤식, 『염상섭 연구』, 서울대출판부, 1987, 27면.
11) 대표적인 연구 업적으로는 김윤식, 「포플라의 사상비판-김교신의 경우」, 『한국근대문학사상비판』, 일지사, 1978, 275~299면을 들 수 있다.

해서, 그리고 그것의 구조적 해명이 가능한 경우에 한해서 성과 있는 논의가 기대될 수 있기 때문이다. 요컨대 전기적 사실로서 확인되는 작가 또는 시인의 기독교 체험과 그 작품 자체의 발상법 또는 발화법 사이의 대응관계를 밝히는 것이 기본적인 방법으로 되겠는데, 이러한 방법은 조명희의 경우에도 유효하다.

2. 조명희와 진천 성공회

조명희를 기독교와 관련지어 살피려는 시도는 상당히 의외로 보일 수 있다. 그가 소위 카프 강경파에 속했고, 거의 유례가 드물게 소련 망명을 결행했다는 사실로부터 조성되는 긴장감에서 초래된 시야의 협착성이 그 이유의 하나일 것이다. 또한 그는 미션계 학교를 다닌 적이 없고, 가계도 기독교와는 인연이 없는 것으로 알려져 왔다. 그럼에도 불구하고 특히 그의 시작들은 '종교적 신비주의'를 주조로 하는 것으로 평가되어 왔고, 실제로 그 자신도 같은 언명을 해 놓았다.[12] 그러한 작품 경향은 주로 그가 동경 유학에서 동양대학 인도철학윤리학과에 적을 두었던 사실이나 타고르에 심취했었다는 그 자신의 진술 등과 결부하여 설명하는 것이 통례로 되어 왔다. 그런데 그가 동양대학 학적을 가지기 이전에 쓴 것으로 보이는 초기 시작 등에서 이미 '종교적' 성향을 엿볼 수 있을뿐더러, 그 '종교적' 성향은 범아일여의 경지를 추구하는 타고르의 유현하고 적요寂寥한 작품세계와는 상이하다. 이러한 난점을 해결하는 단초로서 다음과 같은 그의 성공회 관련 사실에

---

12) 조명희의 이러한 시적 특성에 대해서는 이기영, 「포석 조명희에 대하여」, 쏘련작가동맹 조명희문학유산위원회 편, 『포석 조명희 선집』, 쏘련과학원 동방도서출판사, 1960, 527면의 서술(1957.1. 탈고)이 처음인 듯하다. 같은 『선집』의 황동민, 「작가 조명희」(1959.8.10. 탈고)에서도 대동소이한 지적(8면)이 있다. 1987년 경 이 선집이 국내에 소개된 이래 나온 논문들도 대개 같은 견해를 보였다. 이는 물론 조명희 본인 자신의 「생활기록의 단편」(『조선지광』, 1927.9) 10면의 진술 내용에 의거한 측면도 있다.

주목할 필요가 있다.

조명희가 성공회와 일말의 연관이 있음을 처음 지적한 것은 김형수의 논문으로, 소련으로 망명하기 직전에 가족들을 성공회 교회에 입교시킨 사실이 있으나 그의 심경을 짐작할 길이 없다고 하여 더 이상 추궁하지 않았다.[13] 마르크스주의=무신론이라는 정식에 비추어 다른 사람도 아닌 소련 망명자가 그 처자식을 교회에 들여보냈다고 하는 것은 난처한 일이 아니겠는가. 대표작 「낙동강」에서 "혁명가는 생무쇠쪽 같은 시퍼런 의지의 마음씨를 가져야 한다!"고 당당하게 토로한 주인공 박성운이야말로 작가 조명희의 신념을 대변하는 인물로 읽히기 때문에 더욱 그러할 것이다. 이 점에 관해서 필자는 다음과 같은 절충적 추단을 해 본 바 있다.

> 차상찬, 「충청북도 답사기」(『개벽』, 1925.4)에 의하면 포석의 고향 진천에 영국인 「아다- 로-스」가 원장인 성공회의 애인병원愛人病院이 그 규모, 시설, 빈민 무료시술로 유명했다고 한다(p. 73f). 이것이 그에게 실제적인 연고로 작용했는지는 알 수 없지만, 어떤 관련이 있다면 가족들의 성공회 입교는 최악의 경우에 거기서라도 피난처를 찾기 바랐던 것은 아닐까.[14]

소련 망명가로서의 사상적 정체성이 마르크스주의 또는 볼셰비즘에 귀착되는 것이라면, 그것과는 도저히 양립하기 어려운 그 가족의 성공회 입교설을 면면한 가족애라는 측면에서 개인사적 예외로 파악할 수밖에 없었던 것이다. 그러나 이에 관해서 전혀 새로운 사실이 후속 조사에서 드러났다. 즉 포석의 장녀 조중숙에 의하면,[15] 그 일가는 1928년 그의 망명 시점보다 훨씬 이전부터 성공회 신자였다는 것이다. 포석의 어머니를 비롯한 모든 안식

13) 김형수, 「포석 조명희 문학 연구」, 서울대 석사, 1989, 13~14면.
14) 필자, 「포석 조명희의 생애와 문학」, 『덕성어문학』 제6집, 1989, 98~99면의 주석 72).
15) 필자는 조중숙趙重淑 씨(1915년생)와 두 번 대담했는데, 1989년 7월 대전의 자택(동구 오정동 368번지)을 1차 방문했고, 1992년 4월에 다시 신탄진 자택(그 사이에 이주했음)의 전화(042-931-2525)로 통화했다. 성공회에 관계된 진술은 두 번째의 통화에서 얻어낸 것이다.

구들뿐만 아니라 조명희와 그의 장조카 벽암 조중흡 등도 성공회 신자였고, 조중숙 자신은 진천 성공회 부설 신명학교 유치원에 다니면서 '수산나'라는 세례명을 받은 사실이 있다고 한다.[16]

성공회의 공식적인 선교활동은 1890년 무렵 처음에는 서울과 제물포, 강화, 부산 등의 개항지에서부터 전개되었는데, 다른 교파에 비해 특히 의료선교 부문이 두드러졌고, 교육선교 이외에 당시의 최신식 인쇄시설을 이용한 출판사업도 활발했다.[17] 1905년 내륙지방을 대상으로 하는 첫 번째 선교지인 진천에 들어온 성공회는 1908년 성당을 세우는 한편, 아울러 부설 신명학교를 설립, 운영했다.[18] 그리고 1909년 말 파견된 의료인 선교사 로스Arthur F. Laws(한국명 盧仁山, 1868~1948)에 의해 환자 진료가 시작된 이래, 1910년 말에는 이른바 '애인병원愛人病院(Hospital of the Love of Mna)'이 개원되었던 것이다.[19] 이후에 성공회의 진천 선교가 매우 고무적으로 진행되었다는 것은 당시의 여타 기독교 종파에 비해 "가장 많은 신자를 가지고 있었다"는 지역사 기록을 통해서 확인된다.[20]

성공회의 진천 선교가 순조로웠던 것과는 대척적인 의미에서 주목되는 사실은 이 지역과 동학과의 각별한 관계이다. 즉 진천은 의암 손병희의 기도처(1891), 해월 최시형의 피난처(1892)였고, 또한 갑오동학군의 전적지였

16) 이에 관한 자료로는 조중숙, 「우리 아버지 포석 : 포석 맏딸의 회상」(기록 조성호), 뒷목문학회, 『뒷목』 제19집, 1990.4.30, 188~193면을 참고할 수 있다. '수산나'라는 세례명 등에 관해서는 전화 대담으로 직접 확인했음. 진천 성공회 당국은 1923년 화재로 성당 건물이 전소될 때 모든 문서가 불타 없어졌기 때문에 교적부로는 확인이 되지 않는다고 한다. 조중숙 등 조명희 일가는 현재 천주교로 개종해 있다.

17) 편찬위원회, 『대한성공회 백년사』, 대한성공회 출판부, 1990, 28~58면 참조.

18) 1905년 경 거니(W. N. Gurney, 한국명 김우일)가 전도에 나선 이래 1907년에 선교가 급진전을 보였고, 1908년 1월 3일(음) 60칸의 성당을 축성했다고 한다. 이 성당은 1923년 초의 화재로 전소되고, 현재는 그 절반 정도의 크기로 재건축되어 있다(위의 책, 73면, 그리고 『진천군지』, 상당출판사, 1974, 428~430면 등 참조). 부설 신명학교는 신자 신필균申必均이 설립과 운영의 모든 비용을 부담하여 생도가 30명이나 되었다고 한다(위의 책, 83면 참조).

19) 위의 책, 170~171면 참조.

20) 위의 『진천군지』, 429면 참조.

다는 등의 범상치 않은 인연이 있는 것이다.[21] 이러한 사실이 말해 주듯 동학은 일찍부터 진천의 일반 농민층 사이에 자리를 잡았는데, 그 배경에는 이 지역의 사회계층적 특수성이 놓여 있다. “진천은 원래 산수가 수려하고 토지가 고옥膏沃하야 충북의 낙지樂地 또는 근기近畿의 낙지라 칭하는 고로 전일前日에 소위 양반, 부호식자富豪識者 계급들이 모다 집주集住하얏고 짜라서 문화도 비교적 발전되고 인물도 상당히 산출”[22]한 고장으로 일컬어졌다. 그 당연한 결과로 이 지역에는 양반 지배층과 농민층 사이에 뿌리 깊은 갈등이 상존할 수밖에 없었고, 이러한 사정으로 동학이 넓은 저변을 형성하게 되었던 것으로 볼 수 있다. 이 지역의 대표적인 토호로는 “전일에 내노라고 횡포를 자행하야 인민의 재산을 약탈하던 진천의 삼대반三大班이라는 신정이申鄭李 삼가三家”[23]가 꼽히는데, 동학 세력권인 진천에서 외래의 기독교 일파인 성공회로서는 선교의 거점을 확보하기 위해 일단 그러한 유력자층에게 접근하는 전략을 채택했을 법하다. 성당의 입지를 과거의 관아와 마주보는 위치에 정한 사실은 성공회가 우선 관리나 식자 등 유력자 층을 중심으로 포교해 나갔던 것을 방증해 준다. 조명희의 집안도 그러한 범주에 속했다.

조명희의 집안 내력에 대해서는 어느 정도 알려져 있지만,[24] 언제부터 진천에 살아왔는지는 불분명하다. 인동仁同 부사를 지낸 그의 부친 조병행[25]

---

21) 위의 『진천군지』, 421면 참조.

22) 「충북답사기」, 『개벽』 58호, 1925.4, 72면.

23) 위의 책, 73면.

24) 필자, 「조명희의 생애와 문학」, 『덕성어문학』 제6집(1989.12). 그리고 보다 상세한 것은 『楊州 趙氏 族譜』 하권, 회상사, 1980, 176~182면 참조.
조명희의 부친 조병행(趙秉行, 1825~1898)은 양주 조씨 20세로, 청주 목사를 지낸 조제만(趙濟晩, 1775~1839)의 4남인데, 위로 이조판서 득림(得林, 1800~1867), 진주 목사 철림(徹林, 1803~1864), 이조판서 겸 판의금부사 병휘(秉徽, 1808~73), 아래로는 사과 병종(秉從, 1832~?)과 형제간이다.
조병행은 초취 평산 신씨 소생으로 공희(公熙, 1854~1933), 그 아래로 후취 연일 정씨 소생의 경희(庚熙, 1873~1942), 태희(兌熙, 1880~1948), 다음의 만득자로 명희(明熙)를 두었다.

이 벼슬을 내놓고 서울에서 이주한 것은 1866년이지만,26) 그 전대부터 진천과는 연고가 있었던 듯하다. 지역사 기록에 따르면, 조병행은 이곳 출신의 헌종조(1835~1849) 무과 급제자로 거명되어 있고, 그의 중형 조철림도 역대 진천현감 명단에 올라 있다.27) 따라서 진천이 조병행의 선대 조제만이 목사로 재임한 청주에 영속된 속현인 점을 감안하면, 19세기 초부터의 세거지로도 볼 수 있을 것 같다. 이러한 조명희의 집안이 '진천의 삼대반'에 손색없는 가문으로 행세했다는 것은 통혼관계에서도 그대로 드러난다. 조병행의 초취는 평산平山 신씨申氏, 조명희의 생모인 후취는 연일延日 정씨鄭氏, 그리고 조명희와 동복인 중형 조경희의 처는 경주慶州 이씨李氏로, 이른바 '진천의 삼대반'인 것이다.28)

조명희 일가 가운데서는 배분이 가장 높은 연일 정씨가 처음으로 성공회에 입교했다고 한다.29) 그 경위는 알 수 없지만, 기독교가 초기에 부녀층을 주된 선교 대상으로 삼았다는 일반론과 부합된다고 할 수 있을 것이다. 집안의 부녀자들도 정씨를 따라서 성공회 신자가 되었을 것으로 짐작되기도 한다. 문제는 입교의 시기를 정확하게 파악할 수 없다는 점인데, 조명희의 경우는 그의 학력과 연계된 다음 몇 가지 단서를 통해 1915년 이후에 비로소 성공회와 실질적인 관계를 맺게 되었을 것으로 추정해 볼 수 있다.

조명희는 "서당에 다니다가 20세기 초엽에 진천에 개설된 소학교에서 공

---

25) 그는 원래 산수를 좋아하여 벼슬에 뜻을 두지 않고 지내다가 1854년 전격 발탁되어 여러 군데 고을살이를 하면서 청백리로 상하 간에 칭송이 대단했는데, 대원군 집권 초기인 1864년 9월 지방관아에 대한 일대 숙정이 단행될 때 인동 부사로 파견되어서 소임을 성공적으로 수행, 포상을 받기도 했다.(趙公熙, 『槐堂詩稿』(서울 : 1929)에는 1864년 11월 17일자로 당시 수렴청정을 하던 조대비전에서 내린 포상 '霤書'가 수록되어 있다.)

26) 조공희趙公熙, 「세덕편世德篇」, 『괴당시고槐堂詩稿』(1929) 참조.

27) 앞의 『진천군지』, 374면('仁同 府使,' '判書 得林의 弟' 등이 병기되어 있음), 199면 참조. 375면에는 조철림의 손자 조중우趙重愚도 1893년 무과 급제자로 되어 있다.

28) 이에 관해서는 『양주楊州 조씨趙氏 족보族譜』 하권(회상사, 1980), 그리고 조공희, 앞의 글 참조.

29) 조중숙, 「우리 아버지 포석」, 『뒷목』 제19집, 1990, 192면에는 "포석의 어머니는 일찍부터 다니셨고…"라고 술회되어 있고, 필자 역시 조중숙과의 대담에서 이를 재확인했다.

부"하고, 졸업 후에는 "서울에 가서 중앙고등보통학교"에 진학한 것으로 되어 있다.[30] 그가 다닌 소학교는 을사조약 직후인 1905년 10월 진천에서 처음으로 설립된 사립 상산학교를 개편한 문명학교文明學校인데, 조명희에 관한 학적 기록은 남아 있지 않다. 1911년 8월 23일 '조선교육령' 공포에 의해 문명학교가 상산공립소학교(현 상산초등학교)로 수용, 개편되는 과정에서 전입되는 재학생의 학적기록은 보존하고, 그 밖의 기존 졸업생 학적은 폐기한 까닭으로 보인다. 이에 덧붙여 "그때가 마침 일한합병 때인데 학교 선생이 생도들에게 격렬한 연설을 하는 데 감동이 되야 여러 생도들과 가티 울어본 일이 잇다."는 그 자신의 술회를 참고할 수 있다.[31] 그러니까 1910년에는 문명학교에 재학 중이었고, 이듬해 1911년 초에 졸업했음이 거의 틀림없는 듯하다. 중앙고보 입학은 같은 해 혹은 1912년 경일 것이다. 1914년 봄에는 학교를 중퇴하고 북경사관학교를 목표로 하는 가출을 감행했으나, 도중에 평양에서 중형 조경희에게 붙들려 항제로 내려옴으로써 실패하고 말았다.[32]

북경행 가출은 "중학시대에 그때까지도 한창 학생계 풍조라고 할 만한 영웅숭배열"에서 촉발된 것인데, 좀 더 구체적으로는 "당시의 반일 애국운동에 따라 유포되던 애국적 영웅전기(을지문덕전, 리순신실기, 김유신전 기타)와 구라파 력사영웅소설들을 많이 탐독"한 영향이었다.[33] 그것은 한 순간의 맹동이나 단순한 부화뇌동으로 폄하되는 따위와는 달리 확실한 근거 위에서 이루어진 일이었다. 우선 그가 이미 20세를 넘긴 성인이었던 점을 간과할 수 없을 것이다.[34] 또한 그가 다닌 문명학교의 설립자이자 교장인

---

30) 황동민, 「작가 조명희」, 앞의 책, 3면.

31) 조명희, 「늣겨 본 일 몃가지」, 『개벽』, 1926.6, 141면.

32) 이에 관해서는 황동민, 「작가 조명희」, 앞의 책, 4면, 그리고 조명희, 「생활기록의 단편」, 앞의 잡지, 7면 등 참조.

33) 위와 같음.

34) 조명희의 출생 시기에 대해서는 여러 기록들이 혼선을 빚고 있다. 대개 1894년 8월 10일생(음력 6월 26일)생이라는 황동민의 기록을 준용하고 있으나, 책력상 음양력이 합치되지 않

이상직李相稷(1878~?)이라는 인물의 감화도 고려할 필요가 있다. 보재溥齋 이상설李相卨의 동생이기도 한 이상직은 문명학교의 '지리 역사 법학' 과목을 맡아 가르쳤던 만큼, 한일합병에 맞아 '격렬한 연설'로 생도들을 감동시킬 만한 교사는 그 이외에 달리 찾기 어려운 것이다.[35] 여기에 가족사적 요인도 보태질 수 있다. 경술국치에 즈음하여 방외方外를 자처하며 입산한 장형 조공희趙公熙(1854~1933)의 절의적 자세도 1914년 가출의 영웅주의와 접맥된 것이었다.[36]

결국 성공회가 진천 선교에 착수한 때로부터 1914년 조명희의 가출 소동 시점까지 그의 정신을 사로잡은 것은 종교적 관심과는 동떨어진 애국적 영웅주의였다. 말하자면 일종의 정치적 의욕에 현저히 쏠려 있었던 것이다. 앞에서도 말했듯이 조명희 집안의 입교 시기는 확실치 않다. 그 자신의 그것도 1914년 이전인지 그 이후인지 알 수 없다. 그것이 언제였든지 간에, 가출에 실패한 이후에야 성공회 체험이 실질적인 의미를 띠게 되었다는 점이 중요할 따름이다. 강제로 귀가하여 무려 5년을 진천에 눌러 지낸 조명희

는다. 북한 측 기록이나 호적의 기재 내용도 석연치 않다. 즉 북한의 문학사(1994)에는 1892년 또는 같은 해 8월 10일(음력 6월 26일)로 되어 있으나, 역시 음양력이 불일치. 호적에는 1894년 6월 16일로 기재되어 있지만, 이를 음력으로 간주해서 환산하면 7월 18일임. 그런데 그와 가장 가까웠던 이기영은 한 회고문에서 '포석은 나보다 두 살 손우였다'고 했고, 같은 글에 함께 실린 연보에 1892년 7월 출생으로 되어 있다(「추억의 몇마디」,(『문학신문』, 1966.2.18). 그 해 음력 6월 16일, 26일은 각각 양력 7월 9일, 19일이니, 1895년 5월 29일생(음력 5월 6일)이 틀림없는 이기영(필자, 「이기영 소설 연구」, 서울대 박사, 1991, 5면)과는 2년 10개월쯤 차이가 나는 반면, 1983년에 호적부의 생일 음력 6월 16일을 적용하면 양력 7월 30일로 되어 이기영의 회고문에 술회된 '두 살 손우'라는 기억 및 연보의 '7월 출생' 등에 두루 부합되는 만큼 그는 1893년생으로 볼 수도 있다.

35) 당시 문명학교의 "교사 진용은 교장에 이상직이요, 한문교사는 정환섭鄭煥燮이고, 일어교사는 남종우南宗祐, 산수교사는 주익환朱益煥, 체조교사는 문병무文秉武요, 지리 역사 법학은 교장 자신이 직접 담당하였다"라고 하는데, 이를 포함하여 이상직에 대해서는 앞의 『진천군지』, 182~183면 참조. '격렬한 연설' 부분은 주 41)과 같은 지면 참조.

36) 앞의 황동민의 「작가 조명희」에는 '지리산'에 들어간 것으로 되어 있으나, 실제로는 일제의 병탄 다음해인 1911년 봄 진안의 주줄산(崷崒山, 지금의 九峯山, 『擇里志』에는 珠峯山)에서 1918년 겨울 노구로 진천에 돌아올 때까지 은거했다.(趙公熙, 「龍潭日記 小書」, 『槐堂詩稿』(서울, 1929) 참조).

의 1919년 겨울의 동경 유학은 문학 수업이 목표였는데, 이러한 정치에서 문학으로의 전환은 성공회 체험과 어떤 관련을 가지고 있는가.

3. 성공회 체험의 의미

가출의 유형은 갖가지가 있겠지만, 동기 측면에서는 세 가지 정도로 대별해 볼 수 있을 것이다. 우선 이를테면 방랑벽과 같은 기질의 발로, 다음으로 주어진 현실이나 환경에 대한 반항 혹은 그것으로부터의 탈출, 그리고 이상의 실현을 추구하는 구도자적인 혹은 영웅적인 모험. 조명희의 1914년 북경행 가출은 물론 셋째 유형에 속한다. 뒤에 결행하게 되는 그의 동경 유학과 소련 망명도 이와 동류의 가출로 볼 수도 있다. 모두 목표와 방향이 뚜렷했다는 점에서 그러한 것이다. 이처럼 도달점이 늘 의식과 행동에 선재하는 경우에, 정신은 어떤 실패를 겪어도 좌절을 모르는 외향성을 띤다. 여기서 외향성이란 경박한 행동가 기질을 말하는 것이 아니라 이상과의 합치를 향해 부단히 모험을 기도하는 열정을 가리킨다.

북경행 장도가 수포로 돌아간 다음, 그 열정을 어떻게 갈무리했던가. 이에 대해서는 조명희 자신의 기록을 통해 어느 정도 살펴볼 수 있다. 즉 『홍도화』, 『치악산』, 『귀의성』, 『추월색』, 『구운몽』, 『옥루몽』, 『삼국지』 등 수많은 신소설, 구소설 작품들을 탐독하는 데서 일단 울분을 삭히는 방편을 찾았다는 것. 그러나 그러는 동안에는 "문예란 것에 뜻 두기는커녕 문예란 말의 의미도 글자까지도 몰랐었다"는 것. 그러다가 민우보의 『애사哀史』' (『매일신보』, 1918.7.28~1919.2.8, 152회)-V. 위고의 『레 · 미제라블』에 감격한 나머지 당시 신문과 잡지의 신문에 작품들을 애독하며 문학에 입지하고서 습작도 해 보았다는 것. 그 다음에는 일본 소설, 그리고 일본 문예잡지로는 유일하다고 생각한 『문예구락부文藝倶樂部』(1895.1~1933.1)를 구입해 읽었다는 것. 그 결과로 "연문학軟文學"의 '연애만능'에 미혹되었다는 것 등이

다.[37]

그러나 그의 이러한 언질을 액면 그대로 받아들이기에는 다소 의문점이 있다. 『애사』 연재 이후로 그 해 겨울 동경으로 떠나기까지의 기간에 진로를 문학으로 정하고 거기에 몰두했다고 하는 것은 그가 3·1운동 가담자였고[38] 또 시국도 불안정했다는 당시의 정황을 고려할 때 개연성이 약하기 때문이다. 같은 글에서 그가 문학에 입지한 시점은 『애사』를 읽기 전부터였음을 시사하는 대목을 지적할 수도 있다.

> 북경행을 실패한 뒤에 동경행을 뜻 둔지는 여러 해이다. 그러나 여비 한 푼 없이 나설 모험심까지는 나지 아니하였었다. 혹시 노비나 좀 얻어낼까 하고 뽕나무 장사를 경영하여 보고 금광으로 쫓아다녀 보기도 하였으나 모두 실패뿐이다. 그러다가 3년을 두고 뜻하던 길을 어느 친구가 들어가는 서슬에 마침 여비도 생기고 하기에 그만 따라 들어가고 말았다.
>
> 동경에 오기는 하였다마는 새로 닥치는 여러 가지 난문제가 머릿속을 뒤흔든다. 학비 문제, 나이먹은 문제, 어학 문제 등으로 문학을 공부하기에는 절망이라는 생각까지 났었다. 그러나 오랫동안 뜻 두고 내려오던 길을 고쳐서 걷기는 쉬운 일이 아니었다.[39]

---

37) 조명희, 「생활기록의 단편」, 앞의 잡지, 9면.
민태원의 『애사』는 일본의 구로이와 루이코(黑岩淚香)에 의한 『레·미제라블』 번안본 『희噫, 무정無情』(扶桑堂, 1906)을 중역한 것이다.(김병철, 『한국근대번역문학사연구』, 을유문화사, 1975, 362~364면 참조).

38) 황동민, 「작가 조명희」, 앞의 책, 6면에는 '투옥'되었다가 "수개월의 구금생활 후 석방되었다"고 기술되어 있다.
한편 진천 지방의 기미만세운동은 이상직의 주도로 전후 2차에 걸쳐 전개되었다. 먼저 3월 15일 장날의 거사 계획은 사전에 탄로 나서 주모자들이 체포되었으나, 전도부인들이 이 사실을 각동에 알려 그 날 밤 횃불 시위가 있었다. 조명희와 한 집안인 조중우의 교섭으로 수일 후 석방된 이상직 등은 다시 모의하여 4월 2일에는 군내가 일제히 봉기했는데, 헌병들의 발포로 다수 사상자가 나왔다. 이상직은 다시 체포되어 고문을 당하고 이번에도 서울 고위층을 동원한 조중우의 교섭으로 6월 석방되었다고 한다.(『진천군지』, 청주 : 상당출판사, 1974, 218~219면 참조). 조명희의 3·1운동 연루는 앞 장에서 언급한 대로 이상직이 그에게 큰 감화를 주었던 문명학교 은사라는 사실로써 충분히 짐작되는 것이다.

39) 조명희, 「생활기록의 단편」, 앞의 잡지, 9면.

1919년 겨울로부터 3년을 소급하면 1916년 말이나 1917년 초, 이때는 이광수의 『무정』(『매일신보』, 1916.12.29~1917.6.14)이 연재되던 시기와 겹친다. 구소설과 신소설 등속을 읽던 눈에 『무정』의 세계가 어떻게 비쳤으리라는 것은 불문가지일 것이다. 여기서 '『무정』의 세계'라고 하는 것은 1910년대의 신교육 세대에게 『무정』은 문학으로서의 새로움이면서 동시에 그들이 나아갈 시대의 전망 그 자체였다는 의미에서이다. 문명개화를 위한 해외유학이라는 명제의 『무정』을 전제하지 않고는 '북경행'에서 '동경행'으로의 방향 선회, 그리고 사관학교에서 문학으로의 목표 변경은 납득될 수 없는 것이다.

그럼에도 불구하고 『무정』에 대해서는 거론조차 하지 않았다. 『애사』의 연재를 전후한 시기에 신문은 『매일신보』, 잡지는 『학지광』(1914.4.2 창간) · 『청춘』(1914.10~1918.9) · 『태서문예신보』(1918.9.26~1919.2.27) · 『창조』 창간호(1919.2) 등을 꼽을 수 있을 정도인데, 단연 압도적인 『무정』을 고의로 회피한 혐의가 짙은 것이다.[40] 또한 그는 일본 문예잡지라고는 『문예구락부』밖에 보지 못했다고 했지만, 이는 그가 유학을 가면서 남긴 책들 중에 『와세다분가쿠早稲田文學』 강의록이 많았다는 조카 조벽암의 술회[41]와 차질한다. 츠보우치 쇼요坪內逍遙가 주간을 맡은 제1차(1891~98) 『와세다분가쿠』는 처음에 교외교육용 강의록 중심이었으나 차츰 문학적 색채를 보였고 '몰이상논쟁沒理想論爭'으로 유명한데, 제2차(1906~27)에 들어서는 자연주의의 아성으로서 문단의 지도적 역할을 했던 문예지이다. 당시의 일급 문예지 『와세다분가쿠』를 접하고도 통속적인 대중지 『문예구락부』 이외에는 몰랐다는 것 역시 의도적인 자기비하이다.

위에서 살핀 조명희의 글 자체가 소위 '쓰르키류의 사실주의'에 바탕한

---

40) 이 글이 쓰인 것이 카프 준기관지 『문예운동』 제2호(1926.5)의 이광수 등 『조선문단』 관계자들에 대한 일제 공격(「속사포」), 김우진의 「이광수류의 문학을 매장하라」(『조선지광』, 1926.5) 이후라는 점을 참작할 수 있을 것이다.

41) 조벽암, 「나의 수업시절」(상), 『동아일보』, 1937.8.19.

문학적 재출발 선언문의 성격을 지닌 까닭에 당파적 입장에서 『무정』을 묵살하고, 또한 반성적 관점에서 입문기의 인식 부족을 과장한 측면도 있는 것이다. 요컨대 그의 문학 공부를 위한 동경유학은 대중없이 이루어진 것이 아니라, 『무정』의 출현을 계기로 하여 적어도 3년 남짓한 모색과정을 거친 것이었다.

그러면 '소일 격'인 신소설, 구소설들에서 『무정』으로의 이행과정에 대응되는 의식의 변모는 어떠한 것이었던가. 즉 문학과 동경유학의 외적 계기가 『무정』이었다면, 그것과 맞물린 내적 욕구는 어떻게 형성되었던가. 그것은 그의 가족관계에서 빚어진 갈등과 깊이 연관된 것으로 생각된다.

이에 관해서는 그 자신의 직접 언명이 없지만, 1914년 가을 조공희에게 입사되어 향제에서 함께 지낸 조벽암[42]을 통해 어느 정도 엿볼 수 있다. 조카의 교육문제를 둘러싸고 신교육을 주장하는 조명희와 서당교육을 시키려는 가장 격인 조경희 사이의 이른바 "구도덕과 신도덕-하여튼 신구의 충돌," 전제적인 조경희와 무절제한 조태희의 축첩 등으로 인한 "신구식 애정문제를 싸고도는 시앗싸움, 이혼, 재혼의 소동 속에 넘쳐흐르는 증오와 애수, 분노와 발악," 그리고 그처럼 구습에 젖은 방만한 생활에서 초래된 경제적 몰락 등.[43]

조벽암의 경우는 늦게나마 신교육을 받게 되었지만, 봉건적 가부장제의 신봉자인 동복 형들의 횡포와 축첩, 그것으로 말미암은 분규와 알력은 마땅

---

42) 조벽암趙碧巖의 본명은 조중흡(趙重洽, 1908~1992)이며, 생부는 조명희의 동복 둘째 형 조태희(주 23) 참조)이다. 그는 진천공립보통학교(1917.4~1922.3), 경성제2고보(1922.4~27.3), 경성제대 법문학부 법학과(1928.4~1933.3)를 다녔다.(해당 '학적부'에서 확인).

43) 조벽암, 「나의 수업시대」(상)・(하), 『동아일보』, 1937.8.19~20.
조경희의 경우는 조벽암의 "때맞침 시앗을 보시고 우울에 싸히신 숙모 한 분이 계셧다"(위의 글)는 언급도 있지만, 그의 호적부에는 1897년생의 처(1911.1.2. 혼인), 1886년생의 첩(1886년생, 1911.12.10 사망), 또 다른 첩 소생인 딸(1900년생)의 혼인(1916)이 기재되어 있어 혼란스럽다. 한편 조태희의 경우는 일본여인을 첩으로 삼기도 하는 등(필자와 조중숙의 대담(대전 : 1989.7)), 후손들에 의하면 그 정도가 더욱 심했다고 한다.(조중숙, 「우리 아버지 조명희」, 앞의 책, 190~191면 참조).

한 해결책이 나올 수 없는 일이었다. 그 최대의 피해 당사자는 물론 낡은 인습과 제도 아래서 고통과 희생을 감수할 수밖에 없는 집안의 부녀자들이었을 것이다. 설사 조명희가 의분과 동정에서 그들의 옹호자 내지 대변자로 나서 형들과 맞선다고 하더라도, 불화만 깊어질 뿐 근본적인 수습은 난망한 문제였다. 문제의 현실적인 대안이 부재한 상황에서 구식 가정의 부녀자들이 의지할 곳을 찾았다면, 종교만한 것이 달리 있기 어렵다. 모친 정씨를 비롯해서 신자가 되었다는 성공회가 그것이다. 가정 파탄으로 해서 성공회에 입교했다고는 단언할 수 없지만, 결과적으로 거기서 위안을 얻는 독실한 신앙을 가지게 되었을 것으로 추측된다. "심지어 회파람을 부러도, テ、ア シ、メ、……를 읽어도 못읽게 하며 높은 소리로 고래고래 소리를 지르섯다"는 조경희나 "매일같이 술에 만취하야 허세와 불평을 간단없이 피우며 지내던" 조태희는 성공회를 받아들이기는 고사하고, 오히려 그것에 적대적이었을 것이다. 다만 조명희와 어린 조벽암만이 같은 신자였다. 요컨대 당시 조명희 일가는 영일이 없는 '신구의 충돌' 속에서 이와 같이 성공회를 경계로 대치한 형국이었다.

조명희가 성공회 신자였다는 가족의 진술은 자전적 작품 「R군에게」(『개벽』, 1926.2)의 한 대목과 부합하는 것이어서 주목된다. 즉 "내가 XX군 읍내에 있는 교회당에 가서 교회의 권사라는 직책과 그 교회 부속 소학교의 가르치는 일을 보고 있을 때일세. 그 때에 기미운동 뒤끝이라 아무리 미미한 사립학교라도 남녀학생들이 물밀듯하여 남교원도 더 늘리고 여교원도 많이 와야 하겠다고 해서 (…하략…)"라는 대목이 그것이다. 여교원 송마리아를 아내로 맞았다가 배반당한다는 부분은 허구적 설정으로 보이지만, 이 작품은 「생활기록의 단편」(『조선지광』, 1927.9)과 내용이 대체로 일치하는 자전소설이다.[44] 그러므로 "교회의 권사라는 직책과 그 교회 부속 소학교

44) 옥중서신 형식의 이 작품에 주인공과 함께 투옥된 동지 'C'는 동향의 친구로 되어 있는데, 조명희도 관계했던 흑도회의 회원이었다가 나중에 '조선공산당준비사건'(1924.9)의 주역으

의 가르치는 일"은 사실을 바탕으로 한 서술로 볼 수 있다. 성공회에는 '권사라는 직책'이 없지만, 열성신자였다는 뜻일 것이다. '교회 부속 소학교'란 진천 성공회 부설 신명학교가 아니겠는가. 인용문에 뒤이어 "수석 교원"이라는 구절도 나온다. 그만큼 교회 당국으로부터 신임을 받았고, 교사로 일한 기간도 '기미운동' 전부터 상당하다는 것을 시사한다. 요컨대 조명희는 신명학교 교사이자 동시에 독실한 성공회 신자였던 것이다.[45]

당시의 성공회는 선교 초기부터 특히 입교 희망자들에게 교리와 의식에 대한 예비교육을 엄격하게 요구하고, 미사 진행에서도 영세자와 비영세자를 차별하는 등 율법적 성격이 강했다.[46] 교회의 권위・직제職制 및 성사聖事 등을 중요시하는 고교회파High Church 교역자들 일색으로 선교 진용이 짜였던 것이다.[47] 그래서 소위 7성사의 봉행을 신앙생활의 중심으로 삼는 예전적 교회로서 신도들에게 미사 참예參詣 및 매일의 조도朝禱, 만도晩禱와 성경 독송을 철저히 지키도록 요구했다.

이러한 요구는 선교 현지의 정서와 생리에 위화감을 조성할 소지가 큰 것인데, 성공회는 이의 적절한 대처방안으로서 독특한 선교방침을 가지고

로 검거되는 진천 출신의 정재달을 가리키는 것으로 보인다. (이에 관해서는 필자, 「조명희의 문학과 아나키즘 체험」, 『어문논집』 26, 1998.12 참조). 그리고 작중의 "동경서 하던 연극"이란 '동우회' 순회공연 및 '극예술협회' 활동을 말하는 것이다.

45) 진천 성공회의 방효중 신부는 조명희가 7년간이나 신명학교의 교사로 있었다는 것을 고령층 신자들로부터 들었다고 한다.(필자의 방효중 신부의 방문대담 : 1992년 11월 18일, 진천 성공회 성당). 그러나 7년이라는 기간은 의문이다. 1914년 봄의 가출 실패로부터 1919년 겨울의 도일까지는 6년이 넘지 않는다.

46) 앞의 『대한성공회 백년사』, 80면.

47) 성공회(Anglican Communion)는 고교회파(High Church), 저교회파(Low Church), 광교회파(Broad Church)로 대별된다. 저교회파는 성직과 성사를 비교적 경시하고 복음주의적 입장을 띠는 데 비해, 광교회파는 의식과 신앙생활의 해석에 있어서 관용적인 자유주의적 입장을 표방한다.(*Encyclopaedia Britanica*(1997) 참조). 1890년대부터 선교에 참가했고, 뒤에 제3대 주교(1911~30)가 된 조마가(M. N. Trollope)는 '옥스퍼드 맨(Oxford Man)'이라는 별명까지도 받았다고 하는데(앞의 『대한성공회 백년사』(1990), 97면 참조), 그 별명은 고교회파 부흥을 추진한 '옥스퍼드 운동'에서 따온 것이다. 1960년대 초에 산업선교를 시작한 제5대 주교 김요한(J. Daly, 1955년 부임)이 저교회파의 교역자로는 첫 번째 경우로 알려진다.

있었다. 교리와 의식은 정통을 고수하면서도 그 실행은 비기독교 사회의 토착적 문화전통과 융합한다는 이를테면 현지주의의 원칙이 그것이었다.[48] 개신교의 소위 네비우스 선교법이 교회 건축양식을 현지 식으로 한다는 정도인 데 비해 훨씬 적극적이었던 성공회의 현지주의는 교육과 의료 사업의 효과와 더불어 진천 선교가 돋보이는 성과를 거둔 가장 중요한 요인이라고 할 수 있다.

진천 성공회의 성당은 지금까지도 전통 한옥양식의 건물이다.[49] 게다가 선교사들은 모두 현지식 이름을 사용하고 한복에 갓을 착용함으로써 이질감을 해소하고자 노력했다. 이에 연장된 흥미 있는 일화로서 선교사와 통치 권력 사이의 반목도 유의할 만하다. 즉 1909년 2월 10일에 신명학교에 대해 흑의 착용을 훈시한 진천 군수 박초양에 맞서, 김우일金宇逸(W. N. Gurney)은 종래의 습관을 고치는 것이 불가하며 또 신명학교의 교육에 군수의 간섭은 필요치 않다고 항의함으로써 백의숭상의 전통을 지닌 한인의 통감부 정책에 대한 반감을 대변했던 것이다.[50] 선교사의 토착문화에 대한 친화적 자세와 현지민의 일제에 대한 저항의식이 합류하여 일정한 정치적 의미를 띠었던 것으로, 이 지역의 3・1운동에서 전도부인들의 활약을 뒷받침하는 배경을 엿볼 수 있다.[51]

뿐만 아니라, 진천 성당에는 매우 특이한 성화가 걸려 있다. '한인의 모

---

48) 이는 성공회가 로마 가톨릭에서 자율권을 획득할 당시 이래의 교파적 정체성을 지키지 위해 내세운 독립교회의 원칙에 바탕하여 장구한 기간 동안 광대한 식민지에서의 선교 경험을 통해 확립된 것이라고 한다.(이에 관해서는 대영백과사전*Encyclopaedia Britanica*(1997)의 'Angelicanism', 그리고 P. M. 도울리, 김성수 역, 『교회의 역사』, 한국양서, 1985, 225~228면 등 참조).

49) <사진자료> 자료 1) 진천 성공회 성당은 주 17)에서 말한 대로 1923년 화재로 전소된 것을 원래의 반 정도 크기로 재건축했다고 한다. 진천 성당과 같은 한옥양식인 강화 성당은 현재 지방문화재로서 한국 기독교 토착화의 상징으로 여겨지고 있다.

50) 이만렬, 『한말 기독교와 민족운동』(평민사, 1980), 118면. 김우일은 1905년 이래 1919년 귀국하기까지 성공회의 진천지역 선교 책임자였다.

51) 주 37) 참조.

습으로 그려진 성모자상'이 그것이다. 갈래머리에 늘어진 쪽비녀를 꽂은 성모와 그 추킨 치마자락에 감싸여 안긴 채 배냇머리에 자리옷을 입고 고사리 손으로 재롱부리는 아기 예수야말로 토착문화와 외방종교의 행복한 조우를 현시하는 형상적 결정체라 할 만하다.[52] 신명학교 교사이자 독실한 신도로서 경건주의 미사, 조도와 만도에 몰입하는 조명희에게 이 '한인 성모자상'은 유토피아의 원상Urbild으로 자리 잡았을 것이다.

이러한 종교적 영감과 분리될 수 없는 존재가 다름 아닌 애인병원의 헌신적인 의료선교사 로스A. F. Laws(노인산)였다. 1929년 9월 출국하기까지 20여 년 간 2만여 명을 시술하고, "돈이 없는 불쌍하고 가련한 환자는 그에게 약을 주는 것은 물론이요 밥까지 옷까지 주며 병을 다스리고 병이 나서 퇴원하게 될 때에 노자가 없는 자에게 노자를 주며 교군을 태워서 그의 고향으로 돌아가게 한 것이 한 번이나 두 번만이 아"[53]닌 이 경이로운 이국인은 지금도 '성자'[54]로 칭송되고 있다. 그러니까 조명희가 낭만적 휴머니즘의 『레·미제라블』을 읽고 크게 감격했다는 '장팔찬'의 자기희생적 생애는 정작 이러한 노인산의 성자적 풍모와 겹쳐진 것일 수도 있을 것이다.

그렇다면 노인산을 본보기로 조명희가 찾은 삶의 전망은 어떤 것인가. 그 하나는 선교사로서의 구도자적 모습이며, 다른 하나는 서양의술로 표상되는 근대성의 확보에 관계된 것. 조명희에게 부성적 존재로서 망국의 절의를 지키고자 입산했던 조공희의 삶도 구도자의 그것이다. 1918년 겨울 병든 노구로 진천에 돌아온 이 은일처사의 유교적 명분론이 형해화된 단계에 조명희는 동경 유학의 행정을 앞두고 있었다.[55] 구도자의 길과 근대인의 길

52) 작자 미상의 이 한국화 초상은 1910년대 진천교회에서 김우일과 함께 근무한 유신덕(G. E. Hewllett)이 중국 주재 대사로 있던 그의 형에게 보낸 그림인데, 그의 형이 중국을 떠날 때 다시 진천교회로 돌려보낸 것이라고 전해진다.(진천 성공회의 그림 설명). <사진자료> 자료 2) 한인 성모자상, 자료 3) 한인 성모자상(확대·음영 처리) 참조.

53) 앞의 『대한성공회 백년사』, 174면에서 재인용.

54) 앞의 『진천군지』, 429면. 여기서는 노인산이 1932년 출국하고 25년간 근무했다고 했는데, 이는 위의 『대한성공회백년사』, 174면의 내용과 상치되므로 착오로 보인다.

가운데서 조명희의 열정이 더욱 실감을 동반하고 있었던 쪽은 후자였던 것이다.

4. 유토피아 지향의 원점과 도달점

유학생 조명희가 일본에 체재한 기간은 1919년 겨울부터 1923년 3월 경까지로 3년 반에서 조금 모자라는 동안이다.[56] 이 기간에 그는 희곡 두 편을 쓰긴 했지만, 주로 시 창작에 힘을 쏟았다. 발표 시점을 기준하면 「김영일의 사」(1921.7.9~8.18, '동우회' 순회공연 상연작), 「파사」(『개벽』, 1923.11.12), 그리고 시집 『봄잔듸밧위에』(춘추각, 1924.6.15) 제2, 3부에 실린 시편들의 순서로 되지만, 창작 시점으로는 『시집』의 「서序」에 작자가 '초기작'이라고 밝힌 제2부 「'노수애음蘆水哀音'의 부部」에 속한 시편들이 가장 앞선다.[57]

초기 시편들은 「떨어지는 가을」 「고독자」 「누구를 찾아」 「나그네의 길」 「고독의 가을」 등의 제목들이 말해 주듯 미지의 이상을 찾아 헤매는 고독한 방랑자의 심정을 토로하는 낭만적 시풍으로 자기연민의 감상 탐닉이지만, 정서의 기조 자체는 비관적인 것이 아니다. 하이네, 괴테, 타골에 심취하여 '쌘혜미앤'으로 배회하던[58] 유학 초년생의 소박한 분위기를 엿볼 수 있는 작품들인 것이다.

그러나 그처럼 막연한 문학 지망의 유민생활은 오래가지 않았다. 그는

55) "戊午南至乃自龍潭北徒鎭州之碧巖卽諸弟所居幷州故里也. 以年近七旬貧病無兒 是庸諸弟勸我團聚亦有年矣 (…중략…) 明年明熙駕海遊學 (…하략…)"(趙公熙, 「西湖日記小序」, 앞의 책 참조.)

56) 이기영, 「추억의 몇마디-포석 조명희 동지」, 『문학신문』(1965.2.18)에 의하면, "1923년 2월 어느 날-조선 류학생들이 모인 집회에서 나는 포석과 처음 만나 인사를 나누었다"는데, 그 해 봄 귀국하는 바람에 다시 만날 기회가 없었다고 한다.

57) 조명희, 「序文」, 『봄잔듸밧위에』, 춘추각, 1924.6.15, 10~11면 참조.

58) 조명희, 「생활기록의 단편」, 앞의 잡지, 10면.

'학우회' 주최의 웅변대회(1920.5.4)에 연사로 나선 일도 있다.[59] 잠시 뒤인 1920년 여름 와세다 대학 영문과의 김우진과 조우했고, 이어서 '극예술협회'에 가입했다.[60] 이듬해에 동양대학東洋大學 인도철학윤리학과의 청강생으로 학적을 가지게 되었고(1921.5.12),[61] 하기방학 기간에는 '동우회' 순회공연(1921.7.9~8.18)에서 자작 희곡 「김영일의 사」에 직접 출연하기도 했다.

'동우회' 즉 '동경조선고학생동우회'(1920.1.15. 결성)는 고학생과 노동자의 구제 및 계몽을 표방했지만, 이후 '동우회선언'(1922.2.4)으로 계급투쟁기관을 자임하기에 이른다. 단순한 친목·연락 기구였던 기존의 학우회(1912.10 발족)에 비해, '동우회'는 처음부터 사상단체적 성격을 띠었고, 그것을 강화해 갔다고 할 수 있다. 그런 만큼 '동우회' 순회공연도 회관 건립기금 마련을 위한 것이긴 했으나, 아울러 조직의 입장과 취지를 알리려는 목적도 있었던 것으로 보인다. 그러한 목적을 감안할 때 「김영일의 사」는 비록 작자가 태작으로 치부했다 하더라도[62] 평가할 만한 작품이다.

그 줄거리는 병약한 고학생 김영일이 만석꾼 아들 전석원의 지갑을 주워서 돌려주었는데, 전석원은 갑자기 노모의 위독 소식을 접한 김영일이 찾아와 여비 도움을 청하나 거절하고, 이에 분격하여 전석원과 싸우던 박대연의 불온전단이 순사에게 발각되는 바람에 함께 연행되었던 김영일이 수감 중 더친 폐렴으로 죽어간다는 것이다.

우선 주인공 김영일이 독실한 기독교도로 설정된 것이 흥미 있는 부분이

59) 「재일본유학생계의 소식」, 『학지광』 20호, 특별대부록(1920.7), 60면. 중국의 5·4운동 1주년 기념행사로 열렸는데, 연제는 「세계의 역사를 논하야 우리의 두상에 빗친 서광을 깃버함」이었다.

60) 조명희, 「김수산 군을 회懷함」, 『조선지광』, 1927.9, 65면.

61) 김형수, 앞의 논문, 9~10면.

62) 조명희는 「김영일의 사」가 '동우회' 순회공연을 준비하던 당시(1921년 5, 6월 경으로 추정됨) 무대감독 김우진의 요청에 의해 '단시일'에 급히 써낸 습작(「발표된 습작작품」, 『동아일보』, 1928.6.13)인 반면, 「파사」는 귀국을 앞두고 "한 달 동안이라는 시간을 허비하야 가며 힘들여 쓴 것"(「서푼짜리 원고상 폐업」, 『동아일보』, 1928.6.10)이라 하여 애착을 표시하고 있다.

다. 습득한 돈지갑의 처리문제를 놓고 갈등하는 장면의 독신적瀆神的 언사나 죽음에 임하여 남기는 신앙고백적 대사 등에서 기독교는 단순한 극적 소도구라기보다는 일종의 모럴로 다루어진다. 이는 몇 가지 세부적 서술과 아울러 조명희의 성공회 체험에 근거가 놓이는 것으로 볼 수 있다. 김영일과 박대연 등이 고학생이라는 것도 '동우회' 공연작다운 점일 테지만, 주요 등장인물들의 성격을 전체적으로 관련지어 살필 때 보다 의미심장한 측면이 드러난다. 김영일은 불우한 환경에도 양심을 지키는 이상주의자이고, '혁명가의 자품資稟'을 지닌 박대연은 테러리즘 신봉자인데, 이들은 '신진회'라는 단체의 회원이다. 전석원과 그 주위 인물들도 모두 이 단체 소속이다. 비정한 배금주의자 전석원이 '총무'이고, 그에게 빌붙는 모주꾼 장성희 역시 회원, 감옥 출입 몇 번에 파락호로 전락한 최수일은 그 창설자이며, 이 위선적인 속물들 사이에서 김영일의 처지를 동정하는 오해송만이 이상과 현실의 불일치에 '환멸의 비애'를 느끼고 '자기완성'을 추구하는 시인으로 되어 있다. 이와 같이 당시 유학생 사회의 계층적 대립을 반영하는 한편, 동우회를 둘러싼 사상적·분파적 갈등을 일정하게 드러낸 것이 이 작품의 주목되는 측면인 것이다.

작중의 긍정적 인물 김영일, 박대연, 오해송의 성격은 이 작품의 창작을 전후한 조명희의 정신적 편력과 관련해서 몇 가지 시사점을 던지고 있다. 즉 기독교와 이상주의, 혁명과 테러리즘, '환멸의 비애'와 '자기완성' 등의 명제가 그것인데, 이는 소위 다이쇼大正데모크라시 난숙기에 만연한 지식인 사회의 풍토가 배경으로 드리워진 것이었다. 그 풍토란 다이쇼교양주의로 통칭되는 바, 이를테면 '철학청년·사상청년·문학청년의 중첩'으로 표상되기도 한다.[63)]

다이쇼 시기의 철학이라면 독일 관념론에서 연장된 신칸트주의 혹은 베

63) 이에 대해서는 고노 도시로紅野敏郎 외外 3인三人 편編,『다이쇼의 문학大正の文學』, 有斐閣選書, 1972, 108~112면 참조.

르그송의 생의 철학이 주도적이었고, 또 그것과 맞물린 문학에서는 『와세다 분가쿠』가 자연주의의 아성을 지키는 가운데 개성론 또는 자아론을 구가한 시라카바하白樺派의 이상주의가 부상했다. 하이네, 괴테, 타고르와 더불어 소요하던 동양대학 인도철학윤리학과 청강생 조명희로서는 그 어느 쪽도 본령에 미칠 수 없었을 것이다. 그러면 사상 쪽은 어떠했던가. '천황기관설'을 시발로 하여 '민본주의'를 밀고나간 여명회 등의 자유주의, 신디칼리즘의 실천강령에 기초하여 강렬한 체제부정의 전선을 형성한 오스기 사카에大杉榮 등의 아나키즘이 경쟁하는 사이로 마르크스주의가 러시아 혁명의 여세를 타고 새로 두각을 드러내는 형세였다. 2・8 독립선언과 3・1운동 이래 고조된 정치적 열기 속에서 유학생들이 이들 일본 사상계의 조류에 민감하게 반응한 것은 물론이거니와, 특히 아나키즘은 3・1운동 이후 조선의 독립운동을 지지하고 일본의 근본적 변혁을 주장함으로써[64] 당시의 재일조선인 사회 및 유학생들에게 깊이 파고들어 커다란 호응을 얻고 있었다. 이러한 정황 속에서 일찍이 북경사관학교를 향했던 영웅주의적 충동이 재연되었을 조명희가 선택한 사상은 아나키즘이었다. 「김영일의 사」에서 가장 적극적이고 전향적인 성격을 보여주는 박대연이 테러리즘 신봉자이고 또 '흑도회'에 관계하는 인물로 설정된 점이 그것을 뒷받침한다. 테러리즘은 아나키즘의 전략 개념이며, '흑도회'는 아나키즘이 주축을 이룬 사상단체였던 까닭이다.

유학생들의 급진적 사상단체로는 최초인 흑도회의 결성일은 1921년 11월 29일이라는 것이 통설이다.[65] 그런데 그것보다 반년 남짓 앞서 쓰인 작품에 '흑도회'가 언급된 것은 어째서인가. 흑도회가 정식으로 결성되기 이

---

64) 오스기 사카에의 『로동신문勞動新聞』 창간호(1921.1)에 실린 논설 「일본의 운명」의 내용. (무정부주의운동사 편찬위원회 편, 『한국아나키즘운동사』, 형설출판사, 1978, 71면 참조)

65) 김준엽・김창순, 『한국공산주의운동사』 2, 청계연구소, 1986, 31면, 스칼라피노・이정식, 『한국공산주의운동사』 1, 한홍구 역, 돌베개, 1986, 103면의 주 118)과 115면, 무정부주의운동사편찬위원회, 위의 책, 153면 등 참조.

전에 '동우회' 혹은 당시의 유학생 사회에 이미 존재하던 비공식 단체였고, 그 성립 시점은 1921년 전반기 혹은 그 이전이지 않으면 안 된다. 그러니까 조명희는 이 비공식 흑도회의 존재를 인지하고 거기에 참여한 적극적 성원이었던 것이다. 이러한 판단에는 두 가지 근거가 있다. 하나는 정재달鄭在達과의 관계,[66] 다른 하나는 물론 그의 작품이다.

시집 『봄잔듸밧위에』 「서」에 의하면, 제3부 '「어둠의 춤」의 부部'에 실은 22편은 초기작 '「노수애음」의 부' 이후 귀국 전까지 창작한 작품들이다.[67] 흑도회라는 명칭이 아나키즘의 상징색과 결부된 것임에 상도할 때 '어둠의 춤'이라는 제목의 의도를 알아차리기는 쉬운 일이거니와, 『시집』을 구성하는 3부가 각각 창작 시기별로 '사상과 시풍'의 '변천'을 보여준다고 설명한 다음과 같은 대목은 눈여겨볼 만하다.

> 이 난호은 3부가 다 그 부부마다 사상과 시풍이 변천됨을 볼 수 있다. 그것을 선으로 표시한다면 초기작 「蘆水哀音」에는 투명치 못하고 거치로나마 흐르는 곡선이 일관하여 잇고, 그 다음 「어둠의 춤」 가운대에는 굴근 곡선이 긋첫다 이엿다 하며 점과 각이 거지반 일관함을 볼 수 잇스며(격한 調子로 쓴 시는 모다 빼엿슴), 또 근작시 「봄잔듸밧위에」는 긋첫던 곡선 — 초기와는 다른 곡선이 새로 물니여 나감을 볼 수 잇다. 시가 마음의 역사 — 슷읍시 구불거린 거문고 줄을 발바가는 영혼의 발자최인 까닭이다.[68]

---

66) 조명희의 앞의 「생활기록의 단편」에는 '지금 옥에 가서 있는 C군, P군'이 만든 사회운동단체에 가입했다고 하는 구절이 나오는데, 'P군'은 '불령사 사건'(1923년 10월)으로 무기형을 받고 복역 중이던 박열朴烈을, 그리고 'C군'은 '조선공산당 준비 사건'의 주범으로 체포되어(1924년 9월 중순) 3년 징역에 처해진 정재달鄭在達을 가리키는 것으로 생각된다. 그리고 자전적 작품 「R군에게」(『개벽』, 1926.2)에서도 여러 번 언급되는 '같이 갇힌 C군의 집'이 고향의 '이웃동네'라고 되어 있는데, 정재달은 진천 출신이며 또 흑도회 회원으로 알려진다. 이에 관해서는 필자, 「조명희의 문학과 아나키즘 체험」, 『어문논집』 제26집, 중앙어문학회, 1998, 171~173면에 상론한 바 있음.

67) 주 56)과 같음.

68) 위와 같음.

시가 "마음의 역사"이자 "영혼의 발자최"라고 했거니와, 흐르는 곡선"의 초기작에서 "굴근 곡선이 긋첫다 이엇다" 하는 '「어둠의 춤」의 부'로의 전환은 결국 '쏀헤미앤' 시절을 마감하고 흑도회원으로 활동함에 따른 "사상과 시풍"의 "변천"에 대응된다고 할 것이다. 위의 인용에서 "(격한 조자調子로 쓴 시는 모다 빼엿슴)"이라는 구절은 검열에 촉각을 세웠다는 말인데, '「어둠의 춤」의 부' 표지에서도 "이 부의 주류 작품이라 할 만한 힘쎈 에모쏜과 굴근 리뜸으로 쓴 시편 전부를 다 빼엿슴을 유감으로 생각함"이라고 부기하고 있다. 따라서 검열 때문에 제외했다는 작품 수십 편은 모두 '「어둠의 춤」의 부'의 시편들과 동류로 볼 수 있다.[69] 이 계열의 작품 분량이 유독 많은 것은 유학기간의 대부분을 아나키즘의 자장 속에서 지냈음을 시사한다.

'「어둠의 춤」의 부'의 시편들이 아나키즘과 불가분적 관계에 있다는 것은 그 '시풍'의 특징에 대한 조명희의 언급이 중요한 단서가 된다. 즉 '굴근 곡선'의 단속이나 '격한 조자,' 그리고 '힘쎈 에모쏜과 굴근 리뜸' 등이 오스기 사카에의 용어 '난조亂調'에서 유래된 개념으로 보이는 것이다.

> 생의 확충 속에서 생의 지상의 미를 보는 나는 이 증오와 반항 속에서만 금일 생의 지상의 미를 본다. 정복征服의 사실이 그 절정에 달한 금일에 있어서는 해조諧調는 이제 미가 아니다. 미는 오로지 난조亂調에 있다. 해조諧調는 거짓이다. 참은 오로지 난조亂調에 있다.[70]

69) "여기에 실은 시가 43편인대, 모앗노앗던 초고 가운대서 거리킬 듯십은 것 수십편은 모다 째여던지고, 여러번 데인 신경이라 이 쪽이 되리혀 과민증에 걸녀, 번연히 염려읍슬 곳도 구절구절히 째여던지엇다."(위의 책, 10면).

70) 오스기 사카에, 「새로운 세계를 위한 새로운 예술新しき世界の爲めの新しき藝術」(『早稲田文學』, 1917.10), 엔도 다스쿠遠藤祐・소후에 쇼지祖父江昭二 編, 『근대문학평론대계近代文學評論大系』 5(角川書店, 1982), 29면. 여기에 인용한 부분은 원래 오스기 사카에가 「생의 확충生の擴充」(『近代思想』, 1913)에 발표한 평론의 일부인 '生の闘争'의 한 대목이다. 인용문에서 '해조諧調'라고 한 것은 원문에는 "階(ママ)調"라고 되어 있다.

흑도회의 중심인물 박열은 그 결성에 관여한 일본 아나키즘의 지도자 오스기 사카에와 사제관계로 알려진다.[71] 그런 만큼 오스기 사카에가 흑도회에 미친 영향은 충분히 짐작된다. 오스기 사카에는 전문문인은 아니었으나, 일련의 평론을 통해 특유의 아나키즘 문학론을 전개함으로써 문단에 강한 영향력을 미쳤다. 그가 말하는 '난조'는 단순히 운율이나 성조의 측면에 국한된 것이 아니라,[72] 소위 '정복의 사실'에 대한 증오와 반항의 표현으로서 내용과 형식의 양면을 통합하는 개념이다.

'정복의 사실'이란, 오스기 사카에에 의하면, 고금을 통해서 일체의 사회에는 반드시 정복계급과 피정복계급의 양극대립이 있어 왔다는 것, 사회의 진보에 따라 정복의 방법도 발달하고 폭력과 기만의 방법은 더더욱 교묘하게 조직되었다는 것, 정치 법률 종교 교육 도덕 군대 경찰 재판 의회 과학 철학 문예 기타 일체의 사회적 제 제도가 그러한 목적을 위해 고안된 수단이라는 것, 양극대립의 중간에 있는 제 계급 사람들은 혹은 의식적으로 혹은 무의식적으로 조직적 폭력과 기만의 협력자로 되고 보조자로 되고 있다는 것, 그리고 이 '정복의 사실'은 과거와 현재 및 장래의 수만 혹은 수천 년간의 인간사회의 근본 사실이라는 것 등이 그것이다.[73] 그러니까 '정복의 사실'은 인간사회의 양극대립이 언제, 어디서든 모든 경우 무슨 일에서나 어떤 형태와 방식으로든 반드시 존재하는 전면적이고 영속적이라는 것, 한마디로 절대성을 띤 명제이다. 이러한 절대부정의 논리에 의거하면, "이 정

---

71) 『매일신보』(1926.3.26) '대역사건 공판' 관련 기사에 의하면, 박열과 그의 아내이자 동지였던 가네코 후미코(金子文子)가 이른바 자유결혼으로 맺어진 것은 스승 오스기 사카에의 집에서였다고 한다.(무정부주의운동사 편찬위원회, 앞의 책, 172~173면 참조).

72) 나카노 시게하루中野重治는 『적과 흑赤と黑』 중심의 아나키스트 시를 '규환시파叫喚詩派 혹은 소음시파騷音詩派'라고 비꼬았다.(中野重治, 「詩に關する二三の斷片」(『驢馬』, 1926.6), 야스다 야스오安田保雄 · 모도바야시 가쓰오本林勝夫 · 마쓰이 도시히코松田利彦 編, 『근대문학평론대계』 8, 角川書店, 1982, 145~146면 참조).

73) 오스기 사카에, 「정복의 사실征服の事實」(『近代思想』, 1913.6), 이나가키 다츠로稻垣達郎 · 고노 도시로紅野敏郎 編, 『근대문학평론대계』 4, 角川書店, 1982, 130면.

복의 사실 및 그것에 대한 반항에 대해 말하지 않는" 문학은 "놀음이며 장난" 그리고 망각을 유도하는 "체념"으로서 "조직적 기만의 유력한 분자"일 수밖에 없다.74) 결국 문학에 요구되는 바, '정복의 사실'에 대한 '증오와 반항' 역시 무조건적이고 비타협적인, 요컨대 절대성을 띤 명제로 된다. 이 '증오와 반항'의 절대성을 통해 황홀ecstasy과 열광enthusiasm에 이른다.

> 우리들로 하여금 한통속으로 황홀하게 만드는 정적 미는 이제 우리들과는 몰교섭이다. 우리들은 엑스타시와 동시에 엔슈지에즘enthusiasm을 생기게 하는 동적 미를 동경하고프다. 우리들이 요구하는 문예는 그 사실에 대한 증오미와 반역미의 창조적 문예이다.75)

'「어둠의 춤」의 부'의 다수 시편들은 도처에서 이른바 '증오와 반항'의 표백을 드러낸다. 이들 중에는 삶을 단순히 속물들의 '더러운 세상'(「스핑스의 悲哀」)이라고 직설적으로 성토한 것이라든지, 푸줏간과 같이 간단한 비유로 처리한 것(「賣肉店에서」)도 있지만, 대개는 숙명적 한계나 우주적 모순으로까지 문제를 확대한 허무주의적 시각을 주조로 한다. 그리하여 삶의 불모성에 대한 인식을 통해 소위 '정복의 사실'에 대한 증오를 나타낸다. 즉 '연옥煉獄'(「별 밑으로」), '고역장苦役場'(「血面鳥音」), '영원의 모순'(「永遠의 哀訴」), '조롱鳥籠'(「한숨」), '숙명의 흉한 탈'(「生의 狂舞」), '모욕의 탈'(「원숭이가 새끼를 낳았습니다」), '동살지대凍殺地帶'(「눈」), '중생의 지옥'(「賣肉店에서」) 등이 그것이다. 한편 그러한 삶의 불모성에 맞서는 수단으로 토로되는 방랑(「내 靈魂의 반쪽 紀行」), 죽음(「별 밑으로」, 「血面鳥音」, 「分裂의 苦」), 자학(「스핑스의 悲哀」), 삶 또는 신에 대한 저주(「어떤 동무」), 파멸의 기원(「永遠의 哀訴」) 등은 반항의 표백으로 읽을 수 있다. 이들에 대해 수사의

74) 위와 같음.

75) 위의 책, 130~131면. 끝부분의 '반역미'는 주 70)의 「새로운 세계를 위한 새로운 예술新しき世界の爲めの新しき藝術」에서는 '반항미'로 바꿔 인용하고 있다.

남발이나 표현의 과장이 지적될 수 있겠는데, '증오미와 반항미'의 '황홀과 열광' 상태와는 거리가 멀다. 또한 시어의 구사가 임의적이고 운율에 대한 배려도 찾아보기 어려운 것도 바른 의미로의 '난조'로 보기는 어렵다. '정복의 사실'에 대한 '증오와 반항'이 사실(체험과 실감)이 아닌 사상(이론과 학습)에서 가져온 것이기 때문이다.

그런데 증오나 반항과는 무관한, 오히려 그 반대의 태도를 보이는 작품들도 있다. 우선 전원의 평화와 행복을 묘사한 「닭의 소리」, 「하야곡夏夜曲」 등이 그것이다. 전원 취향은 아나키즘 자체가 농본주의적 발상이라는 점에서 이해되지만, 그 유한한 정경 묘사는 유토피아 지향의 일종으로 볼 수도 있다.

유토피아 지향 역시 아나키즘의 근본적 속성이거니와, 이를 전면적으로 드러내는 시편들은 두 가지이다. 우선 생명의 환희와 율려律呂와 영원성을 구가한 「불사의 생명의 미소」, 「태양이여! 생명이여!」, 「생명의 수레」 등, 이를테면 '생명'의 찬가가 그것이다. 제목에서부터 그렇지만, 추상적 관념어의 무절제한 사용으로 공감과 설득력을 얻기 힘든 상태에 있다. 오스기 사카에의 사상이 아나키즘과 '생의 철학'을 결합한 것이라는 점, 그의 저작 『생의 확충生の擴充』(1913), 『생의 창조生の創造』(1914)가 아나키즘 문학론의 교본 구실을 했다는 점 등과 무관하지 않을 것이다.[76] 다음은 「어린 아기」[77] 「알 수 없는 기원」 등, '동심'의 예찬이 그것인데, 앞의 경우에 비해 표현의 유연성과 구체성을 보여준다. '생명'을 주제로 삼은 경우에 견주어 나타나는 이러한 차이는 '동심' 또는 '아기'라는 제재가 체험과 실감에 이어진 것임을 말하는 것일지도 모른다. 이 경우에 앞장에서 소개한 유토피아의 원상Urbild으로서의 <한인 성모자상>을 상기해 봄직하다.

---

76) 고노 도시로 외 3인, 앞의 책, 116면 참조.

77) 『봄잔듸밧위에』 발간 이후에 창작한 「어린 아기」(『개벽』, 1925.8)도 있는데, 주조가 비슷하다.

아나키즘에 내재한 유토피아 지향성을 보여주는 시편들은 '생명'과 '동심'과 조응하는 신, 우주, 모성 등 구경적 존재가 반드시 등장하는 발상법을 보이며, 대체로 기도체 내지 송가체 발화법이 채용된다. 이는 앞의 '증오와 반항'을 의도한 시편들에서도 더러 편재하는 현상이다. 이것 또한 아나키즘이 다분히 종교적 성향이라는 점으로 이해될 수도 있지만, 조명희 자신의 성공회 체험에서 이월된 것으로 생각된다. 그렇다고 조명희가 아나키즘과 기독교의 융합을 의식적으로 시도한 것으로 보기는 어렵다. 차라리 성공회 입교 이래로 반복된 경건주의 미사, 조도와 만도를 통해 습득된 발상법과 발화법의 도입으로 간주하는 편이 타당할 것이다.

'증오와 반항'의 시편들이나 '생명'의 찬가들에서 그러한 종교적 발상법과 발화법이 주제와 정서의 증폭장치로서 구실하여 이른바 '황홀과 열광'의 효과를 가져다주리라 기대했다면, 오산이 아닐 수 없다. '정복의 사실'이야말로 인간사회의 문제이고, 따라서 그것에 대한 '증오와 반항'도 인간사회의 체험과 실감에 귀속되어야 할 테니까. 그리고 '생명' 자체가 추상적 관념일진대, 또한 추상적 관념인 구경적 존재와 그것과의 조응이란 공허한 수사의 나열에 지나지 않는 것이므로. '동심'의 예찬은 사정이 다르다. 모성과 동심의 합일은 보편적 체험이자, 그에 앞서 순수한 인간의 본성이기에, 그리고 유토피아는 그러한 예정조화적 합일의 상태를 말하는 것이기 때문이다. 그러나 '「어둠의 춤」의 부'에서 '동심'의 예찬은 그러한 경지를 형상화하지 못했다. 인간에 대한 증오가 개재되어 있어,[78] 이 경우의 동심은 자족적인 완결성을 잃고 인간사회에 대한 환멸감을 불러일으키는 역설적 수사로 되어 있기 때문이다.

『시집』 제1부 「'봄잔듸밧우에'의 부」에 실린 귀국 후의 시편들은 작자 자신이 '초기와는 다른 곡선이 새로 물니여 나감'이라고 말해 놓았듯, 특히

78) "/누가 너에게 인간이란 이름을 붙였느뇨/ 그런 모욕의 말을…//"(「어린 아기」). "나는 인생에 전망을 가졌으며/인간을 무던히 미워하여 왔었다/"(「알 수 없는 祈願」).

'「어둠의 춤」의 부'와 비교하면 정서의 순화와 운율의 안정이 두드러지고 또 시어 구사에서도 정제되고 섬세한 감성을 엿볼 수 있다. 「내 못 견디어 하노라」, 「달 쫓아」와 같은 작품은 초기작의 주조였던 서정성의 회복을 보여주는데, 무정향의 유전流轉과 상실감을 주제로 한 정서의 기조는 현저히 비관적이다. 이 비관성은 「동무여」와 같은 작품이 보여주듯 인간성의 위선과 가식에 대한 회의와 각성을 바탕으로 한 것이어서 '정복의 사실'에 대한 '증오와 반항'과는 구별되는 환멸의 표현이라고 할 수 있다. 이에 따라 종교적 발상법과 발화법도 작품 양상이 크게 굴절된다. 즉 선악의 피안에 대한 동경을 주제로 한 「인간초상찬人間肖像讚」, 속죄와 심판에 의한 구원의 기도인 「무제無題」, 「불비를 주소서」 등은 생명의 찬가 류와 비교해서 관심의 역전을 이루었다고 할 수 있다. 이러한 구경적 존재에의 귀의는 현실에서는 어떤 것도 기대할 수 없다는 환멸과 맞물린 것이 아니겠는가. 그리하여 「성숙成熟의 축복祝福」 「경이驚異」 「감격感激의 회상回想」 「봄잔듸밧위에」 등의 시편들은 현실에 대한 '증오와 반항'이 개재되지 않은, 따라서 현실과의 대비적·역설적 관계에 놓인 것이 아닌 순수한 동심의 예찬으로 되어 있다. 다음과 같이 모성과 동심의 예정조화적 합일의 경지, 모성과 자성의 무조건적이고 순수한 사랑이 천상과 지상의 교감 속에 공명하는 순간의 그 자족적 완결성을 노래하고 있는 대표작 「봄잔듸밧위에」는 삶의 불모성을 초월한 이상상태 즉 유토피아의 형상화로서 그의 시세계가 도달한 정점으로 가름된다.

내가 이 잔듸밧 위에 뛰노닐 적에
우리 어머니가 이 모양을 보아주실 수 없을가
어린 아기가 어머니 젖가슴에 안겨 어리광함 같이
내가 이 잔듸밧 위에 짓둥글 적에
우리 어머니가 이 모양을 참으로 보아주실 수 없을가.

미칠 듯한 마음을 견듸지 못하여
"엄마! 엄마!" 소리를 내었더니
땅이 "우에!" 하고 하늘이 "우에!" 하오매
어느 것이 나의 어머니인지 알 수 없어라.

진천 성공회 <한인 성모자상>의 종교적 영감은 마침내 이렇게 유토피아의 시적 형상으로 탄생하게 되었다. '「어둠의 춤」의 부'에서 종교적 성향이 주제와 정서의 증폭장치로서 부분적인 의의를 지닌 것이었다면, 여기서는 전면적이다. 그렇다고 이 단계에서 조명희가 아나키즘을 청산했다고 할 수는 없다. 이 작품에 그려진 유토피아는 아나키즘의 이상이, 그리고 오스기 사카에의 사상이 지향하는 모든 억압과 굴레에서의 자유와 해방을 구현한 세계와 방불한 것이기 때문이다. 그 '황홀과 열광'의 상태는 '증오와 반항'의 반어인 것이다.

'「봄잔듸밧위에」의 부'에서 일어난 시세계의 변화는 귀국을 전후하여 겪은 정신적 좌절감으로 말미암은 것이었는데, 그 발단은 흑도회의 분열이었다. 아나키즘을 주축으로 한 흑도회에는 민족주의자, 마르크스주의자들도 합류하고 있었는데, '동우회선언'(1922.2.4)을 계기로 하여 민족주의 계열이 이탈하고, 이어서 1922년 12월 아나키즘 계열인 박열 일파의 흑로회(풍뢰회)와 마르크스주의 계열인 김약수 일파의 북성회로 분열했으며, 뒤에 흑로회는 흑우회(1923.2)로, 그리고 북성회는 북풍회(국내 : 1924.12) 및 일월회(일본 : 1925.1)로 독자노선을 걷게 되었다.[79] 흑우회와 북성회의 분열은 그 이면에 일본의 사회주의 운동이 공산당 창립(1922.7.9)을 전후하여 아나 계와 보르 계로 갈라서서 결별을 선언하게 되었던 사정에서 적지 않은 영향을 받았다.[80] 이러한 분열 사태에 직면한 조명희는 "동지에 대한 환멸"을

79) 무정부주의운동사 편찬위원회 편, 앞의 책, 153~154면, 김준엽・김창순, 앞의 책, 29~33면, 37~42면, 스칼라피노・이정식, 앞의 책, 115~116면 등 참조.
80) 무정부주의운동사 편찬위원회 편, 위의 책, 70~77면 참조.

느끼고, "사회개조보다 인심개조가 더 급하다"는 신조를 가지게 되었는데, 이어서 자기 자신에게서도 같은 환멸을 느끼게 되어 절망적인 심정으로 종교에서 구원의 길을 찾게 되었다고 했다.[81]

조명희가 적어도 북성회 쪽에 서지 않은 것은 거의 확실한 듯하다. 흑우회 개편대회에 참석했던 것으로 보이기 때문이다.[82] 그렇지만 흑도회-흑우회의 노선을 단호하게 견지했다면, 굳이 종교의 세계로 들어갈 것까지는 없지 않았을까. "사회개조보다도 인심개조가 더 급하다"라는 명제도 아나키즘 쪽과 마르크스주의 쪽 모두를 부정적으로 바라보게 되었다는 것처럼 읽힌다. 물론 '사회개조'를 목표로 하는 이 두 사상의 각축에 대해 인간성의 문제를 결부시키는 발상법은 아나키즘 편향의 농후다.[83] 결국 이 즈음의 그는 북성회 등의 대오 이탈 혹은 흑도회의 분열상에 도덕적 혐오를 느껴 환멸에 사로잡혔던 것이지, 아나키즘 사상 자체에 대한 근본적 회의나 부정에 빠진 것은 아니었다고 볼 수 있다. 그의 내면 사정을 좀 더 가늠하자면, 다음 대목에 유의할 필요가 있을 것 같다.

> 말하자면, 이것이 동경시대의 풋정열이라고 할는지, 그러던 것이 이 기분운동에서 실제운동으로 들어갈 때에는 그같이 믿어오던 어떤 몇몇 동지들에게 환멸이 닥쳐오데. 사람들에게서 결점들이 드러나고 그들의 의지의 약함과 불순한 야심이 들여다보일 때에 나는 그들을 미워하지 않으면 아니되었네. (…중략…) 내 사상이 '니힐리스틱'한 경향을 띠게 된 것도 그 때부터일세. (…중략…) 그뿐 아니라 내 자신도 미운 생각이 나데. 나도 남과 같이 약

81) 조명희, 「생활기록의 단편」, 앞의 잡지, 10면.

82) 주 55)에서 이기영이 조명희와 처음 대면했다고 술회한 1923년 2월의 유학생 모임은 그 시기가 흑우회 개편대회와 일치한다.

83) 마르크스주의가 중앙집권적 통제를 중시하는 조직론의 우위에 입각한 사상이라면, 아나키즘은 P.크로포트킨이 『상호부조론』(1902)에서 역설한 대로 자연적 인간 속성으로서의 협동성에 대한 믿음(a belief in cooperativeness as a natural human quality)을 그 신념의 기초로 하여 상호부조(Mutual Aid)의 사회에 도달하고자 하는 이상주의라는 점에서 윤리학이 그 사상의 출발점이라고 할 수 있다.(A. Lehning, "Anarchism," *Dictionary of History of Ideas* Ⅰ, Charles Scribner's Sons, Publishers, New York, 1978, 74면 참조)

> 한 데가 있고 불순한 곳이 있음을 이제서야 발견하고…… (…중략…) 그러나 나는 속이지 않고 자신에 대해서도 순실히 싸워 나가며 자신을 붙들어 나가려 들었네.[84]

'환멸'의 원인인 동지들의 이탈과 분열은 '기분운동에서 실제운동으로'의 전환을 계기로 일어났던 것이다. '실제운동'이란 무엇을 가리키는가. 오스기 사카에에 의하면 실제운동이란 자기와 민중의 일체화라는 명제에 입각하여 "노동운동 속으로 들어가는" 실천, 바로 아나르코·신디칼리즘을 실제의 행동으로 옮기는 일이었다.[85] 아나키즘의 노동운동은 지식인의 지도적 역할에 대해 부정적이어서 자유분산적 연합주의를 채택한다. 그것에 비추면 북성회 노선인 마르스주의의 중앙집권주의는 '의지의 약함과 불순한 야심'으로 보일 수도 있다. 보다 주목되는 점은 "나도 남과 같이 약한 데가 있고 불순한 곳이 있음을 이제서야 발견하고"라는 구절이다. 자기와 민중의 일체화라는 명제를 그 자신이 실제로 감당하기 어렵다는 계층적 한계를 인정한 것이기 때문이다. 이 사상과 실천의 불일치에 대한 강박이 환멸의 정체일 것이며, 그것을 뒤집어놓은 반면상이 「봄잔듸밧위에」의 유토피아일 것이다.

그러한 강박에서 벗어나는 길은 이른바 오스기 사카에의 '자기와 민중의 일체화'라는 명제의 실천 이외에 달리 있었겠는가. 자전적 작품 「땅속으로」(『개벽』, 1925.1.2)에서 유학생 출신의 지식인이 극빈에 시달리는 자신의 생활고에다 "온 세계 무산대중의 고통 속으로! 특히 백의인의 고통 속으로!" "시대 고통의 구덩이를 파고 들어가자던 결심"이라고 의미부여하는 대목은 이런 맥락에서 조명희의 육성으로 간주해도 좋을 듯하다. 거기에는 소위 관

---

84) 조명희, 「R군에게」, 『개벽』, 1926.2.

85) 오스기 사카에, 「새로운 세계를 위한 새로운 예술新しき世界の爲めの新しき藝術」, 엔도 다스쿠遠藤祐·소후에 쇼지祖父江昭二 編, 앞의 책, 26~38면, 오스기 사카에, 「노동운동과 노동문학勞動運動と勞動文學」, 같은 책, 292~302면 참조.

동대진재(1923.9.1)와 오스기 사카에 살해사건(1923.9.16)과 박열의 불령사사건(1923.10) 등이 몰아온 전율할 위기의식과 이루 말할 수 없는 채무감의 압박도 작용했을 것이며, 그만큼 비상한 의지력이 필요했을 것이다. 같은 자전적 작품 「R군에게」(1926.2)에서는 사상과 실천의 통일에 '의지'와 '순실'이 제일의적 요소라고 했다. 이 '의지'와 '순실'은 사상 이전의 인격적 가치이다. 아나키즘이 이 인격적 가치의 항성에 대한 믿음을 중시하는 반면, 마르크시즘은 그 물적 토대에 비중을 둔다. 요컨대 그는 아직 아나키즘의 자장권을 떠나지 않았던 것이다.

조명희와 이기영에 대해 박영희는 '흑도회 회원'이었으나 '그 후에는 곧 우리 진영으로 왔었다'고 했는데,[86] 이 진술은 이기영, 조명희가 KAPF 발족(1925.8) 이후에 추가로 가입했음을 의미하는 것으로 김기진의 기억[87]과 합치한다. 두 사람의 카프 가입을 곧 아나키즘의 청산이라고 볼 수는 없으며, 마르크스주의로 명확하게 이행한 것은 제1차 방향전환 무렵이었다. 실제로 조명희가 사상의 전환을 명백히 선언한 것은 이른바 "끄르키류의 사실주의" 즉 "현실을 해부하고 비판하여 체험과 지식 위에 사상의 기초를 쌓자"(「생활기록의 단편」, 1927.9)라는 명제를 통해서였다. 이와 같은 이행과정에 대하여 박영희는 조명희의 경우를 지목하여 "그는 아주 천천히 맑스주의를 이해하려고 노력하였었다"고 술회하면서, 「낙동강」(『조선지광』, 1927.7)이 그의 "사상적 발전을 잘 반영"한 작품이라고 평가했다.[88] 카프의 조직과 이론의 규정력보다는 그 자신의 주체적 성찰을 통해 아나키즘에서 마르크스주의로의 전환을 수행한 작가로 보았던 것이다.

「낙동강」(『조선지광』, 1927.7)은 작품의 무대인 현지를 취재해서 쓴 것으

86) 박영희, 「초창기의 문단측면사(4)」, 『현대문학』, 1959.12, 264면.

87) 김기진, 「카프문학-측면으로 본 신문학 60년 · 1」, 홍정선 편, 『김기진문학전집』 Ⅱ, 문학과지성사, 1988, 314면.

88) 박영희, 앞의 잡지, 265면.

로 알려져 있다.[89] 그것은 이를테면 고리키적 사실주의의 실천이었을까, 혹은 오스기 사카에의 이른바 민중과의 일체화 명제의 실천이었을까. 주인공 박성운은 스스로 다짐하기를 "혁명가는 생무쇠쪽 같은 시퍼런 의지의 마음씨를 가져야 한다!"고 했다. '의지'와 '순실'이라는 인격적 가치가 여전히 작가의 신념 속에 자리하고 있는 것이다. 이를 아나키즘과 마르크시즘의 합류, 혹은 아나키즘으로부터 마르크스시즘에로의 내재적 발전으로 보는 것은 어떨까. 과학으로서의 사상과 영웅적인 심성을 한자리에 합치시키는 발상은 극히 예외적인 것이기에 소설 「낙동강」은 서사시적 전망 속에 놓인다고 할 수 있을 법하다.

사상 이전의 인격적 가치라는 범주에서 보면 「낙동강」의 혁명가상은 성자적 풍모를 한 진천 성공회의 헌신적 의료선교사 노인산의 구도자적 모습과 등가이다. 또한 그것은 난세에 퇴관하여 명철보신한 조명희의 부친 조병행, 그리고 절의의 은일처사였던 그의 백형 조공희의 삶과도 등가이다. 그의 부친이 도연명의 「오류선생전五柳先生傳」을 본받아 가난을 안타까워하지 말라고 가르쳤듯,[90] 그의 백형은 도연명을 수범으로 삼은 시인이었다.[91] 도

---

89) 이기영, 「포석 조명희에 대하여」, 『포석 조명희 선집』, 531면.

90) "선고께서 말씀하시길, 아 나이 마흔에 이르러 다시 동어銅魚(銅魚符 : 관리의 신구 교대에 신표로 삼는 부절符節을 차고 청자(青紫, 당하관 관복색)를 입게 되었으나 (나라의) 은혜가 분수를 넘는지라 늘 복이 과함을 염려하는 마음을 떨구지 못하였다. 조심하고 두려워하며 지내는 나날은 전원으로 물러남만 못한 터라 나의 분수에 맞게 안존(安存)하고자 병인년(1866)에 남쪽으로 와서 상산(常山 : 충북 진천) 옛고을에서 문을 닫아걸고 외인과의 만남도 물리치며 세상사에는 개의치 않은 채 농사일에 힘쓰고 자식을 가르칠 따름으로 가난한 살림이라 근심하지 않았다. 先考曰 吁至年四十 再佩銅魚 青紫如拾 恩踰涯分 恒慮福過 念念在玆 兢惶居多 不如退田 以安私分 丙寅南渡 常山故郡 閉門却帚 世事不問 明農教子 不憂其貧"(趙公熙, 「世德篇」, 앞의 책) 중에서 '不憂其貧'은 陶淵明, 『五柳先生傳』 말미에 붙여진 「贊」의 "찬(贊)에 가로대 검루(黔婁, 유향劉向의 「열녀전列女傳」 주인공)가 한 말이 있다. 빈천에 주눅들어 하지 않고 부귀에 안달하지 않는다고. 贊曰 黔婁有言 不戚戚於貧賤 不汲汲於富貴. (…하략…)"와 상통한다.

91) "시경에 가로대 시는 뜻을 말로 옮긴 것이라 하였고, 도연명이 이르기는 문장을 펼침으로써 자기의 뜻을 보인다고 했으니 시를 짓는 요체를 드러낸 것이 아니겠는가. 앞으로 시를 짓는 사람은 모두 시경을 원조(元祖, 근본)로 하고 도연명의 시를 본받이로 삼아야 할 것이다. 詩曰 詩言志 陶淵明曰 所著文章以觀己志 爲詩之要不出乎 此後之爲詩者 皆以詩爲祖 以陶爲

연명의 「도화원기桃花源記」에 그려진 유토피아가 '계급없는 사회'이듯,[92] 「낙동강」의 혁명가도 그것을 꿈꾸었다. 또한 시인 조명희는 그것을 「봄잔디밧위에」로 노래했는데, 그 유토피아의 원상은 진천 성공회의 <한인 성모자상>이었다. 마침내 그는 소련으로 망명했고, 거기서 볼셰비키 이념을 선전하고 한인 골호즈니크 건설을 고무하는 송가체 시편들을 썼다.[93]

도연명의 도원桃源과 <한인 성모자상>과 「봄잔디밧위에」, 이들 중에서 어느 것이 유토피아 지향의 원점인가. 그것을 가리는 일이 별반 의미 있을 성 싶지 않다. 다만 이들이 하나의 동족관계Homologie를 이룬다는 지적으로 족하지 않을까. 그러나 유토피아 지향의 도달점에 놓인 망명지의 송가체 시편들은 빛바랜 잔해 그 이상, 그 이하도 아닌 것으로 보인다.

尙友"(趙公熙, 「自敍」, 위의 책). 해석

92) 宋代의 王安石에 의하면, 도연명의 桃源은 "兒孫生長與世隔/雖有父子無君臣"의 계급없는 사회를 그린 것으로 되며, 또한 "秋熟靡王稅"와 같은 착취가 없는 세상을 의미한다.

93) "쏘련에서 조명희 창작의 주제의 하나는 그 리상이 현실로 되고 있는 사회주의 제도에 대한 송가이다. 『볼쉐비크의 봄』(1931), 『녀자돌격대』(1931), 『10월의 노래』(1931.9), 『맹세하고 나서자』(1934.4) 등에서 시인은 인간의 자유와 행복이 란만하게 꽃피는 현실에 대하여, 사회주의적 새 인간의 아름다운 풍모에 대하여, 사회주의 제도의 불패의 위력에 대하여 노래하고 있다."(리상태, 「조명희의 창작과정과 그 특성에 대하여」, 조선작가동맹, 『현대작가론』 1, 조선작가동맹출판사, 1961, 50면).

[부록] 사진 자료

[자료 1] 진천 성공회 성당

[자료 2] 한인 성모자상

[자료 3] 한인 성모자상(확대·음영 처리)

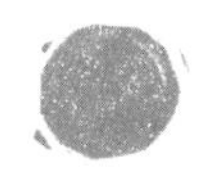

아나키즘 체험 또는 삶과 문학의 합치

1. 사상과 문학의 관련 방식

어떤 사상이든 그 이론과 실천의 통일성이 요구되는 것은 당연한 일에 속하지만, 그 통일성이란 어떤 경우에라도 형식논리적인 동일률에 의해 성립되지는 않는다. 즉 이론과 실천은 변증법적 관계를 이루기 마련인데, 따라서 양자 사이에 개재하는 주관적·객관적 조건을 염두에 두지 않는다면 그 사상에 대해 정당한 평가를 내리기가 곤란한 것이다.

이러한 사정은 사상과 문학의 관련을 검토하는 작업에서는 훨씬 엄중한 상태에 이르게 된다. 사상이 문학에 내재화하는 과정에 수반되는 방법적 자각의 문제가 겹쳐지기 때문이다. 그러한 자각이 결여되어 있는 경우이거나 미미한 경우라면 사상과 문학의 관련성은 본질적인 수준에 닿을 수 없다. 말하자면 사상 쪽의 문학에 대한 일방적 구축이라는 양상으로 귀결되거나 양자의 관련성 자체가 피상적인 양상을 띠게 되는데, 그런 만큼 적어도 문학 또는 문학사 연구의 범위 안에서는 어느 경우든 그것에 대한 논의가 공소한 것에 머물러 버림으로써 의미 있는 성과를 기대하기 어렵게 된다. 한국 근대문학과 아나키즘의 관련을 살필 때는 특히 이러한 방법적 자각의 여부에 주의할 필요가 있다.

국가와 사회의 분리, 모든 권위의 부정을 기본 전제이자 목표로 하는 아나키즘은 인류의 역사와 함께 유구한 역사를 가진 것이지만, 자립적이며 자유로운 개인의 연합에 의한 평등사회의 실현이라는 근대적 발상으로서 18세기 계몽사상의 흐름 속에 처음 모습을 드러낸 이래 사회주의 운동의 전개과정 속에서 마르크스주의와 날카롭게 대립하며 그 실천적 추동력을 발휘한 사상이다. 원래 공동체적 집산주의로부터 극단적인 개인주의에 이르는 각양각색의 스펙트럼을 지닌 이 사상은 1920년을 전후한 시기에 북경의 단재 신채호 등 망명객들과 일본 유학생들에 의해 수용되었는데, 그 경로가 다른 만큼 민족해방운동에 역점을 두었던 전자와 계급해방운동을 지향한 후자는 그 사상적 기조에서 대조적이다.

이 두 갈래의 아나키즘 사상은 1920년대 중반경에 와서 각기 나름의 문맥에서 당시의 문단 상황 및 문학의 진로 내지 향방에 대해 비판적 쟁점을 제기하는 단계에 이른다. 단재의 신문학 비판과 소위 아나-보르 논쟁이 그것인데, 이 부근에서 비로소 아나키즘과 한국 근대문학의 관련에 대해 실제적인 질문이 가능하다. 문제는 그 두 경우 아나키즘이 단지 정치사상의 차원에 머물러 버린 한계를 드러낸다는 점이다. 사상의 문학적 내재화 과정에 대한 고려가 없었다는 말이다. 이러한 문제로부터 벗어난 경우를 상정한다면, 작가의 사상 체험을 묻는 방식이 유력한 선택일 것이다.

2. 근대문학과 아나키즘의 세 접점

신채호가 아나키즘과 처음으로 접촉한 시기는 1918년경 중국의 원로 아나키스트이자 북경대학 교수로 있던 리스쩡李石曾 등과 교유하면서부터로 알려지고 있는데, 1921년 무렵 상해임정 내부에 이른바 창조파와 개조파의 대립이 불거지면서 그것에 경사하여 「조선혁명선언」(1923)의 집필 시기에는 명확한 이념적 신조로 삼았던 것으로 보인다.[1] 「조선혁명선언」 혹은 그 사상적 중심축을 이루는 아나키즘에 연장된 것이 「낭객浪客의 신년만필新年漫筆」(『동아일보』, 1925.1.2)이다.

모두 8장으로 구성된 이 글은 마무리 부분인 7장과 8장에 신문학 비판과 결부하여 그 핵심 내용이 집약되어 있다.[2] 즉 「문예운동의 폐해」로 제목 붙인 7장은 3·1운동 이래 문예운동의 발달이 그것과 반비례로 다른 운동을 위축과 부진에 빠지게 만들었다는 지적이다. 8장에서는 「예술지상주의의 문예와 인도주의의 문예에 엇던 것이 올흔가」라고 설문해 놓고서, 『창조』 『폐허』 『백조』 동인 등의 예술주의 문학이나 이광수의 문학이 모두 '장음문자奬淫文字'이며, '일원이면 일가一家 인구人口의 몃칠 생활할 민중의 눈에 들어갈 수도 업는 이원 삼원의 고가高價되는 소설을 지어노코 민중문예라 호호呼號'하는 인도주의 문학-경향문학도 '민중에 관계가 업시 다만 간접의 해를 끼치는 사회의 모든 운동을 소멸하는 문예'에 지나지 않는다고 비판했다.

문예운동의 편중에 대한 지적은 이 글과 비슷한 시기에 쓰인 것으로 보이는 「문예계 청년에게 참고를 구함」에서 "선민先民·선열先烈들의 흘린 피로 매득買得한" 소위 문화정치의 조류 속에서 "문예파 청년들"만 배출되고 "애국자"와 "병학兵學"의 지망자는 찾아보기 어렵게 되어 버린 풍조를 성토한 것과 같은 주장이다.[3] 그 저변에는 일제 지배 아래서 "그 종족의 보존도 의문이거든, 하물며 문화발전의 가능이 있으랴?"는 "「조선혁명선언」의 상

---

1) 이에 관해서는 무정부주의운동사 편찬위원화 편, 『한국아나키즘운동사』, 형성출판사, 1978, 41~48면을 참조할 것.

2) 이 글의 1, 2장은 전편에 일관된 기조인 사상 및 그 실천의 주체성, 현실성을 강조하고, 3장은 '소작인의 운동'을 제외한 개량적 운동에 대해 통박함으로써 「조선혁명선언」의 민중직접혁명론 혹은 의혈단식 테러리즘의 불가피성을 암시하고 있다. 4장은 일본 무산자운동과의 제휴 움직임을 비판한 것인데, 특히 아나키스트인 가타야마 센片山潛, 사카이 도시히코堺利彦 등에 대해서도 민족적 입장을 앞세운 점은 주목할 만하다. 5장은 청년계의 현실안주적 경향에 대한 경계와 함께 크로포트킨의 「청년에게 고하노라」를 권하고 있으며, 6장은 내실없는 형식적 태도와 피난심리 및 이기주의의 배척을 요구하는 내용이다.

3) 『개정판 단재 신채호 전집』하, 단재 신채호 선생 기념사업회, 1982, 19~24면 참조.

황판단이 놓여 있으며, 그 논리적 귀결로서 일본 강도 정치하에서 문화운동을 부르는 자"는 필경 "강도하에서 기생하려는 주의를 가진 자(문화운동자)"이기에 "우리의 적敵임을 선언"하게 되는 것이다.[4] 그러므로 이러한 논리에 입각하는 이상 기실 신문학이 나아갈 정당한 방향의 모색이나 대안의 제시에는 관심조차 없는 것 또한 당연한 결과이다. 실제로 「낭객의 신년만필」은 정작 '예술주의 문예와 인도주의 문예' 양쪽을 모두 부정하는 것으로 끝맺고 있다. 요컨대 단재의 본의는 아나키즘의 정치적 실천 즉 민중직접혁명론에 있었을 따름이며, 아나키즘의 문학적 실천과는 아예 무연한 것이었다.

이와 같이 단재의 신문학 비판은 사상과 문학의 경계선에 놓인 것이기에 사상사적 맥락에서 평가되어야 하겠지만, 민족해방운동과 표리관계에 있는 그의 아나키즘 사상과 근대문학 사이의 접점은 다음에 살필 아나-보르 논쟁의 경우와는 구별되는 것이라고 할 수 있다.

한편 1927, 8년경의 아나-보르 논쟁은 일단 상대가 뚜렷이 있고 또 문단 내부에서 벌어진 것이어서 단재의 경우와는 그 양상이 상당히 판이할 수밖에 없다. 즉 아나-보르 논쟁은 어디까지나 문학운동 내부에서 계급문학의 정치적 역할과 예술적 조건을 둘러싸고 일어난 의견 대립이었고, 따라서 문학사 또는 비평사의 맥락에서 다루어질 과제인 것이다.

이 논쟁은 박영희의 「투쟁기에 있는 문예비평가의 태도」(『조선지광』, 1927.1)에 대해 김화산이 「계급예술의 신전개-공산파문예리론가共産派文藝理論家에 대한 일소검토一小檢討」(『조선문단』, 1927.3)로 포문을 열면서 발단되었다. 그 전말에 대해서는 여러 논자들의 검토가 있어 왔거니와,[5] 김화산이

---

4) 「조선혁명선언」, 위의 책, 38면.
5) 김윤식, 『한국근대문예비평사연구』, 일지사, 1976.
_____, 「아나키즘문학론」, 『한국근대문학사상사』, 한길사, 1984.
박인기, 「1920년대 한국문학의 아나키즘 수용양상」, 『국어국문학』 제90호, 1983.12.
조남현, 「한국현대문학의 아나키즘 체험」, 『한국현대문학사상연구』, 서울대 출판부, 1994.

반론을 제기한 박영희의 평론은 1926년 후반에 있었던 김기진과의 내용・형식 논쟁에 이어진 것으로, 카프의 조직 강화-소위 제1차 방향전환을 겨냥한 이론적 정지작업의 일환이었다.

거기에 다다이스트를 자처하던 김화산이 돌연 아나키즘을 내걸고 덤벼들었는데,[6] 그 동기는 일본문단의 동향과 추이에 편승한 혐의가 다분하거니와, 그 이후의 진행도 당시 일본 프로문학의 방향전환 과정과 약간의 시차를 두고 거의 유사한, 말하자면 추수적 양상을 보이고 있어 시사적이다. 일본의 아나-보르 논쟁은 대략 다음과 같은 수속을 밟은 것으로 기술된다.

> 일본의 아나 즉 일본 최초의 아나키즘 문학잡지 『적과흑赤と黑』(1923.1)의 「적과흑운동赤と黑運動 제1선언第一宣言」(『赤と黑』 제4집, 1923.5)은 아나키즘을 표방하고 있음에도 불구하고, 본질적으로는 일체의 권위를 부정하는 다다이즘에 가까운 것으로 간주된다. 그래서 『적과흑』은 아나키즘이 다다이즘을 통과하고 있었음을 증명한 잡지라고 말할 수가 있는데, 아나키즘의 표방과 더불어 볼셰비즘에 대한 비판을 선언했다.[7)]
>
> 『적과흑』이 볼셰비즘에 대항함으로써 아나키즘을 주장한 것처럼, 사회주의운동으로서 공동전선을 펴고 있던 볼셰비즘과 아나키즘은 아오노 슈키치青野秀吉의 「자연생장과목적의식自然生長と目的意識」(『文藝戰線』, 1926.9)을 계기로 하여 이론적으로 분열을 심화해 갔다. "사회주의적 의식은 외부로부터 주입되는 것이라고 믿는다. 우리의 프롤레타리아 문학운동은 문학의 분야에서의, 그 목적의식의 주입운동이다.(「自然生長と目的意識再論」(『文藝戰線』, 1927.1)라는 아오노青野의 적 발언에 맞서서, 니이 이타루新居格・오노 도자부로小野十三郎・望月百合子 등이 예술의 기능을 특정의 계급에 귀속시키는 것 등.

6) 김화산의 소설 「악마도惡魔道」(『조선문단』, 1927.2)에는 '엇던 짜짜이스트의 일기발췌日記拔萃'라는 것, 그리고 탈고 시기가 '1926년 12월 1일' 이라는 것이 부기되어 있다. 그리고 「계급문예의 신전개」(『조선문단』, 1927.3)는 역시 '1927년 1월 31일'에 탈고한 것으로 부기되어 있다. 불과 두 달 사이에 다다이스트에서 아나키스트로의 변신한 셈이다.

7) 境忠一, 「詩的アナキズンの系譜」, 三好行雄・竹盛天雄, 『近代文學 9(現代の詩歌)』, 有斐閣双書, 1977, 36~37면 참조.

> 에 반대하여 계급예술을 부정했던 것이다. 이에 대하여 아오노를 지지하는 구라하라 고레히토藏原惟人과 후지모리 세이키치藤森成吉 등은 아나키즘의 개인주의를 소부르주아의 이데올로기라고 하여 부정했다. 이 논쟁은 1926년 9월부터 이듬해에 걸쳐 『도신문都新聞』 『신조新潮』 『문예전선文藝戰線』 『문예해방文藝解放』을 중심으로 전개되었으나, 양자의 정치 이데올로기가 선행하여 문예논쟁으로서는 성과 없이 끝났다. 정치 우선을 주장하는 마르크스주의 진영이 아나키스트 집단을 소외시키는 역할을 했던 것이라고 할 수도 있다.[8)]

일본의 경우와 마찬가지로 아나-보르 논쟁의 핵심 쟁점은 소위 목적의식을 앞세운 방향전환론에 대한 찬반문제에 결부된 것이며, 따라서 1927년 9월 1일 카프의 제1차 방향전환 공식선언을 전후로 하는 두 시기로 대별하여 살필 필요가 있다.

먼저 논쟁의 단초를 열었던 아나 측과 국면 전반에 걸쳐 조직적 대응력으로 공세적 우위를 보인 카프 측의 충돌은 근원적으로는 자유연합주의를 지향하는 아나키즘과 중앙집권주의를 견지하는 마르크시즘 사이의 뿌리 깊은 갈등에서 연출된 하나의 단면으로 볼 수도 있다. 1차 접전에서 아나 측의 비판도 기실 카프 측의 '프로문예=마르크스주의'라는 배타적 명제에 초점이 맞추어진 것이었다. 아나 측은 마르크스주의와 아나키즘의 공동전선을 염두에 두었던 셈인데, 이에 대해 카프 측은 '결합과 분리'라는 원칙을 앞세우는 후쿠모토주의福本主義로의 노선에 서서 방향전환의 당위성을 역설하고 아나키즘을 청산 대상으로 지목하는 입장이었다.[9)] 이러한 카프의 입

8) 三好行雄・竹盛天雄, 『近代文學 9(現代の詩歌)』, 有斐閣双書, 1977, 38~39면.

9) 카프의 제1차 방향전환은 정치사상의 측면에서는 야마카와 히토시주의山川均主義로부터 후쿠모토주의福本主義로의 전이와 대응되는 것이었다. 그것은 1926년 여름 대거 귀국한 일월회 회원들이 주도한 제3차 조선공산당(1926.12.6), 소위 ML파 공산당에 의해 지도, 조종된 것인데, 일원회 회원들은 후쿠모토 가즈오福本和夫에게 깊은 영향을 받은 것으로 알려진다. 일월회 및 ML파 공산당과 후쿠모토 가즈오의 관계에 대해서는 스칼라피노・이정식, 『한국공산주의운동사 1』, 돌베개, 1986, 134~136면 참조. 그리고 카프 제1차 방향전환과 ML파 공산당과의 관계에 대해서는 김기진, 「나의 회고록」, 홍정선 편, 『김팔봉전집 Ⅱ』(문학과지

장은 계급해방운동이 자연생장기에서 목적의식기로 전환하는 단계에 이르렀다고 하는 정세 판단에 의해 뒷받침된 것이었다.10) 아나 측은 이 정세 판단에는 동조함을 밝히고도, 카프 측에 의해 그것과 불가피한 표리관계로 설정된 예술의 선전도구론을 배격하고, '예술로서의 성립요건과 완성'을 끝까지 관철해야 하는 원칙으로 내세웠다.11) 말하자면 특수한 정세 판단에 입각한 전술적 개념인 예술의 선전도구론에 대해 아나 측이 예술 일반론으로 응수한 것인데, 이는 아나 측이 아나키즘의 문학적 실천에 대한 방법적 자각을 결여하고 있었음을 반증한다.

방향전환을 공식화하고 조직개편을 마무리한 제2기 카프로부터 배제된 김화산, 강허봉, 이향 등은 1928년 1월 독자조직 '자유예술연맹'을 결성하고 기관지 『문예광文藝狂』을 발간했는데, 이를 기화로 재연된 양측의 2차 접전은 논쟁의 무게중심을 정치에서 예술로 옮겨갔다. 조직 대 조직의 대결 국면에 들어간 이상, 양측의 공동전선은 이미 물 건너간 단계라고 판단한 때문이었을 것이다. 아나 측은 카프 측을 "선전비라식 사이비 예술"이라고, 그리고 카프 측은 아나 측을 "사이비 무산예술"이라고 서로 공박하는 형국이었다.12) 이를 뒤집으면 아나 측은 예술지상주의자로, 카프 측은 예술의 문외한인 일개 정략가로 되고 만다. 그러니까 예술의 독립성과 특수성을 인정하느냐 마느냐를 놓고 시종 왈가왈부한 것에 지나지 않는다. 카프 측의

성사, 1988) 참조. 보다 상세한 사정에 대한 논의는 김흥식, 『이기영 소설 연구』, 서울대 대학원, 1991, 39~40면 참조.

10) 이를 선명히 드러낸 글은 박영희의 「무산예술운동의 집단적 의의-조선프롤레타리아예술동맹에 대하여」(『조선지광』, 1927.3)와 임화의 「분화와 전개-목적의식문학론의 서론적 도입」(『조선일보』, 1927.5.16~21)이다.

11) 김화산, 「계급예술론의 신전개」, 『조선문단』, 1927.3, 15면.

12) 이에 대해서는 이향의 「예술의 일익적一翼的 임무를 위하야-일부 예술운동을 평함」(『조선일보』, 1928.2.10~28), 「금후의 예술운동」(카프 성명서)(『동아일보』, 1928.3.11), 정순정의 「소위 예술의 일익적一翼的 임무란 어떤 것인가?」(『조선일보』, 1928.3.23~31) 및 「현단계에 있어 조선무산계급예술운동의 실천적 임무는 무엇이냐?」(『중외일보』, 1928.5.23~6.2) 등 참조.

입론도 한계가 자명한 것이지만, 독자노선을 내건 아나 측도 1차 접전에서와 같이 예술 일반론에서 맴도는 정도로 역시 방법적 무지를 드러내었던 것이다.

이와 같이 아나 측은 계급해방을 목표로 하는 아나키즘과 근대문학의 접점을 나름대로 설정하고자 했으나, 아나키즘 특유의 문학론을 제시하지 못했다. 정치사상으로서의 아나키즘과 예술 일반론을 막연히 병렬하는 수준이었던 것이다. 당연한 결과겠지만, 논쟁의 당사자인 김화산, 이향 그리고 아나키스트를 자처한 권구현 등의 작품들도 꼭이 아나키즘 문학이라 하기에는 그 성격이 불투명하다.[13]

그런데 사상과 문학의 결합이 반드시 체계적인 문학론 즉 이론의 매개에 의해서만 가능한 것은 아니지 않겠는가. 특히 그 사상이 아나키즘인 경우에는 이론의 매개작용은 그다지 큰 비중이 아닐 것이다. 문학을 포함한 예술의 원동력이 창조적 개성의 자유로운 실현이라면, 아나키즘 또한 모든 강제와 권위를 부정하는 자주인libertarian을 추구하는 사상이며, 따라서 그 본질이 서로 통하는 것이기 때문이다.

> 창조적 개인으로서의 예술가의 본질은 그의 심미적 목적을 실현하기 위한 절대적 자유를 수반하며, 설사 그가 아나키즘의 이론적 기초에 대해 모른다고 하더라도, 그 자체의 속성이 아나키즘 사상을 내포한다. 예술의 전통적인 미적 기준들이 폐기되지 않고 있는 오늘날, 이 자유의 필요성은 오히려 더욱 명백한 것으로 된다. 아나키즘은 강압과 엄격한 외적 규제가 없어진다면 모든 사람이 그에게 잠재된 창조적 개성을 발전시킬 수 있는 가능성을 더욱 많이 가지게 되리라는 것을 자명한 이치로 상정한다.[14]

이론의 매개 없이 사상과 문학의 결합이 가능하다면, 이는 작가가 체험

---

13) 이에 대해서는 조남현, 위의 책, 102~111면에 자세히 다루어져 있다.

14) A. Lehning, "Anarchism," *Dictionary of History of idea* I, Charles Scribner's Sons, Publishers, New York, 1978, 71면.

을 통해 사상을 자기화하는 길 이외에 다른 방도가 없을 것이다. 작가의 사상 체험을 물어가는 작업, 다름 아닌 작가론의 시각에서 아나키즘과 근대문학의 접점을 설정하고 그 문학적 면모를 살피는 것도 중요한 과제이다. 비평적 쟁점 이전에 사상 체험으로서 아나키즘과 조우한 작가들이 여럿 있는 까닭이다. 조명희도 바로 그러한 경우의 하나라고 할 수 있다.

3. 조명희와 흑도회·아나키즘의 관련성

근대사 분야에서 아나키즘에 관한 연구는 대단히 부진한 상태에 있다. 식민지 사회운동의 이념 가운데 하나로서 상당한 저변을 가졌던 이 사상에 대해서는 직접 당사자인 관계 인사들에 의해 『한국무정부주의운동사』가 편찬됨으로써 그 윤곽이 어느 정도 드러났으나, 그 전모의 체계적·계통적 파악도 불충분하고 자료의 수집과 정리 면에서도 많은 보완이 있어야 할 것 같다.[15] 이와 같은 사정은 아나키즘 특유의 자유연합주의 원칙에 따른 조직 활동의 분산성, 참가자들의 사상 전향 등으로 말미암은 것으로 보인다.

『한국무정부주의운동사』에서 문인들 가운데 아나키스트로는 아나-보르 논쟁의 김화산 등을 제외하고는 오직 이기영만을 거명하고 있다.[16] 앞에서 보았듯 아나-보르 논쟁은 카프의 목적의식론 내지 방향전환론에 대한 아나 측의 이의 제기로부터 발단된 것이었고, 아나 측의 논조는 대체로 양측의 공동전선을 주장하는 데에 그 역점이 놓여 있었다고 할 수 있다. 그 이전까지는 아나키즘과 마르크스주의가 미분화 상태였고, 그런 만큼 논쟁을 계기

15) 무정부주의운동사 편찬위원회 편, 『한국아나키즘운동사』(형설출판사, 1978)는 예컨대 아나키즘 문학을 다룬 부분에서는 거의 김윤식 교수의 『한국근대문예비평연구』(한얼문고, 1972)에 의존함으로써 특히 김화산과 권구현을 동일인물로 착오하는 등의 문제점을 노출하고 있다. 김윤식 교수는 『한국근대문학사상사』, 한길사, 1984, 125~126면에서 그러한 착오를 해명한 바 있다.

16) 1925년 5월 4일자 『동아일보』의 '흑기연맹' 사건 관련 보도에 '이기영'이 피검자의 하나로 나온다는 것을 적고 있다.(위의 책, 190면)

로 하여 양자택일이 불가피해진 시기를 전후해서는 아나키즘 계열 혹은 아나키즘 성향의 부류에 속하는 문인이 비단 이기영뿐만이 아니었을 것은 거의 틀림없다.

아나키즘과 마르크스주의의 관계는 일본의 경우를 보면 관동대진재(1923.9.1) 및 오스기 사카에의 학살사건(1923.9.16) 무렵까지는 다이쇼 기大正期의 사상계와 문학계는 아나키즘 쪽이 크게 활기를 띠었고, 그 뒤 아오노 스에키치青野秀吉의 목적의식론을 기치로 내걸고 아나계를 축출하여 마르크스주의가 프로문학의 주도권을 쥐는 '프로예プロ藝'의 성립(1926.11)에 이르기까지의 기간에는 『문예전선文藝戰線』(1924년 6월 창간) 등을 중심으로 양측이 공동전선을 이룬 형국이었다.[17] 이러한 추이로 미루어보아 관동대진재 무렵까지 유학 등을 통해서 당시 일본 지식인 사회를 풍미한 아나키즘과 접촉하고 그 세례를 받은 문인들 가운데 일부는 아나-보르 논쟁의 대치 국면을 전후하여 그것과는 일정한 거리를 두는 지점에서 자기 나름의 모색 속에서 아나키즘으로부터 마르크스주의로 이행하는 과정에 있었을 가능성이 많다. 조명희가 바로 그러한 사례에 해당된다는 것은 "이기영, 조명희(포석) 양군은 일찍이 흑도회의 회원으로 무정부주의에 한때 동감한 일이 있었으나 그리 심각한 정도는 아니었고 그 후에는 곧 우리들 진영으로 왔었다."라는 박영희의 진술[18]에서 확인된다.

1902년 처음 아나키즘 문헌이 소개된 이래, 러일전쟁 반대 및 조선침략 비난으로 인한 고토쿠 슈스이幸德秋水 등의 『평화신문』 폐간(1905), '적기사건赤旗事件'(1908), 천황 암살 기도와 관련한 '대역사건大逆事件'(1910~1911) 등 혹독한 탄압기를 거치고, 소위 다이쇼 데모크라시의 정세 속에서 오스기 사카에 등의 신디칼 아나키즘은 강렬한 체제부정의 전선을 형성하고 있었

17) 훈도 즌사쿠分銅惇作, 「初期プロレタリア文學」, 紅野敏郎 외 3인 편, 『大正の文學』, 近代文學史2, 有斐閣双書, 1972, 239~246면 참조.
18) 박영희, 「초창기의 문단측면사 (4)」, 『현대문학』, 1959.12, 264면.

다. 특히 3·1운동 이후에는 조선의 독립운동을 지지하고 일본의 근본적 변혁을 주장함으로써[19] 당시의 재일조선인사회 및 유학생들에게 깊이 파고들어 커다란 호응을 얻고 있었다. 1919년 겨울에서 1923년 3월경까지에 걸친 동경 유학생 조명희의 체재기간은 바로 그러한 시기였다.

조명희의 유학시절은 「생활기록의 단편」(『조선지광』, 1927.3)을 통해 어느 정도 엿볼 수 있다. 동경에 온지 얼마 되지 않아서 한동안 "학비문제, 나이 먹은 문제, 어학 문제 등으로 문학을 공부하기에는 절망이라는 생각"에 부대꼈다는 것, 생활비 염출 대책을 겨우 마련하고는 하이네, 꾀테, 타고어 등을 탐독하면서 아직 학적이 없는 채로 '쏘헤미앤' 생활을 했다는 것, 그러던 중에 처음으로 성립된 유학생 사회운동 단체 — 흑도회黑濤會 — 에 가담했다는 것, '동지에 대한 환멸'로 해서 "사회개조보다도 인심개조가 더 급하다"는 생각을 가지게 되어 인간성의 구원을 찾는 고뇌에 파묻힌 채 귀국했다는 것 등.[20] 이대로라면 흑도회에 참여하기 이전은 그저 문학 지망의 유민생활로 지낸 셈인데, 이는 다분히 의도적인 자기비하로 보인다. 이 글은 이를테면 '타고어류의 신낭만주의'에서 '꼬르키류의 사실주의'로 선회한 시점에서 그 경과를 소명한 변증적Arguemental 진술인 까닭에 과거사의 정확한 복원이라고 하기는 어려운 것이다.

흑도회는 '동경조선고학생동우회'(1920.1.15)를 모체로 하여 조직된 단체였다. 조명희는 그가 동경에 도착한 직후 발족한 이 '동우회'에 가입했을 것이다. 그가 당면했던 문제들이 고학생의 입학준비를 위한 강습회 개최, 고학생의 직업 소개와 취학 지도 등, 고학생 및 노동자의 구제기관을 표방한 '동우회'의 사업목적[21]과 부합하는 까닭이다. 또한 그는 유학생 청년회관에

---

19) 오스기 사카에大杉榮의 『노동신문勞動新聞』 창간호(1921.1)에 실린 논설 「일본의 운명」의 내용.(무정부주의운동사 편찬위원회 편, 위의 책, 71면 참조)

20) 조명희, 「생활기록의 단편」, 『조선지광』, 1927.3.

21) '동경조선고학생동우회'는 이기동, 홍승로, 김찬, 김약수, 박열 등이 주동하여 1920년 1월 25일 창립한 것인데, 발회식에는 약 300명의 참가자가 있었다. 당시 유학생의 수가 대략

서 열린 '학우회' 주최의 웅변대회(1920.5.4)에서 「세계의 역사를 논하야 우리의 두상에 빗친 서광을 깃버함」이라는 제목으로 연설한 사실[22]도 있다. 중국의 5·4운동 1주년을 기념하는 행사에 역사 인식과 전망을 환기하는 연제를 들고 나왔다는 사실만으로도 연설의 주제는 충분히 짐작된다. 잠시 뒤인 1920년 여름 그는 스스로 문학 공부의 '접장격 지도자'라고 부른 와세다 대학 영문과의 김우진과 조우했고, 이어서 '극예술협회'에 가입했다.[23] 이듬해 그는 동양대학東洋大學 인도철학윤리학과에 학적을 가지게 되었고(1921.5.12), 하기방학 기간에는 '동우회' 회관 건립 모금을 위한 귀국순회 연극공연(1921.7.9~8.18)에서 자신의 희곡 「김영일의 사」에 직접 출연하기도 했다. 이와 같은 행적들은 단순한 '쏀헤미앤'이라기보다 오히려 의욕적인 활동가의 모습에 가깝다고 할 수 있다.

유학생들의 급진적 사상단체로는 최초인 흑도회의 결성일은 1921년 11월 29일이라는 것이 통설이다.[24] 그런데 '동우회'의 순회공연(1921.7.9~8.18) 상연작인 조명희의 희곡 「김영일의 사」 제1막 2장의 끝부분에 등장인물 '박대연'의 대사 가운데 "오늘 저녁 흑도회에 불가불 갈 일도 있네마는"이라고 하는 대목이 나온다. 이것을 감안한다면 흑도회는 정식으로 결성되

500명 남짓했다는 것(吉浦大藏, 『朝鮮人の共産主義運動』, 司法省 刑事局, 『思想硏究資料特輯』 제71호(1940), 13면의 표에 의하면, 중등학교 이상으로 재학 중인 유학생은 1919년 12월에는 448명, 1920년 12월에는 980명임)에 비추어, 유학생 사회에서의 '동우회'의 위상을 알 수 있다.

'동우회'의 사업목적은 "1. 모든 고학생의 입학준비와 일반 노동자의 인격을 향상시키기 위하여 강습회를 개최함. 2. 노동자의 단결과 자각을 높이기 위하여 각 지방에 지부를 설치하고, 수시로 순회강연회를 개최함. 3. 병든 고학생과 노동자의 무료치료. 4. 기숙사를 마련하여 노동자와 고학생을 수용함. 5. 모국에서 새로 온 고학생과 노동자를 위하여 직업을 소개하며 취학을 지도함. 6. 잡지를 발간하여 지식을 계몽함."(『동아일보』, 1920.6.6)이다.

22) 「재일본유학생계의 소식」, 『학지광』 20호, 특별대부록, 1920.7, 60면.

23) 조명희, 「김수산 군을 회懷함」, 『조선지광』, 1927.9, 65면.

24) 김준엽·김창순, 『한국공산주의운동사』 2, 청계연구소, 1986, 31면; 스칼라피노·이정식, 『한국공산주의운동사』 1, 한홍구 역, 돌베개, 1986, 103면의 주 118)과 115면; 무정부주의운동사편찬위원회, 위의 책, 153면 등 참조.

기 이전에 '동우회' 내부 내지 유학생 사회에 이미 존재하던 비공식 단체였고, 그 성립 시점은 1921년 전반기 혹은 그보다 앞선 시기였다고 할 수 있다. 조명희는 그러한 흑도회의 존재를 어떻게 인지하고 또 거기에 가담했던 것인가. 일단 다음의 언질이 주목된다.

> 그러나 유한遊閑한 처지에 잇기는 하지만, 빈한의 고통이 업지 못한 터이오 또한 이 사회 이 제도에 대한 불만이 업지 못하얏다. 그러던 계제에 지금 옥에 가서 잇는 C군 P군이 그 때 동경유학생 틈에서는 처음으로 나아가는 사회운동 분자엿섯다. 그네들이 회會를 맨드러 가지고 떠드는 판에 나도 그 속에 끼여 그 때는 누구나 최초 자연발생기에 잇서서 필연인 기분시대에 지나지 못하얏스며 나도 또한 막연한 기분에만 놀게 되얏섯다.[25]

위의 인용에서 투옥중인 'C군' 'P군'은 각각 '조선공산당 준비 사건'의 주범으로 체포되어(1924년 9월 중순) 3년 징역에 처해진 정재달鄭在達, '불령사 사건'(1923년 10월)으로 무기형을 받고 복역 중이던 박열朴烈을 가리키는 것으로 보인다. 조명희와 흑도회 사이의 교량역을 맡았던 인물은 당시에 같은 충북 진천 출신으로서 동경에 유학중이던 정재달을 유력하게 꼽아볼 수 있을 것 같다.[26] 당시의 유학생들이 일반적으로 "동향관계, 또는 학교관계로 같이 자취하며 생활했다"[27]는 점도 참고할 수 있겠는데, 나중에 조선공산당의 창설 준비를 위해 맹활약하게 되는 동향의 정재달은 원래 흑도회 회원이었던 것[28]이다. 이와 유사한 양상은 이기영과 그의 소학교 동창이었

25) 조명희, 「생활기록의 단편」, 『조선지광』, 1927.3, 10면.

26) 「충북답사기 : 空殼만 남은 鎭川郡」, 『개벽』 58호(1925.4), 72~73면에는 "……또 신진인물로는 정재달鄭在達, 박붕서朴鵬緖, 조명희趙明熙, 홍증식洪璔植, 홍경식洪敬植, 박찬희朴瓚熙 외外 모청년某青年이 잇서서 경성京城에서 상당한 활동을 하고……"라고 기술되어 있다.

27) 스칼라피노·이정식, 앞의 책, 247면. 그리고 김준엽·김창순, 앞의 책, 29면 참조.

28) 「조선공산당준비사건 신문조서」 중 「정재달의 공술」에 의하면, 정재달은 충북 진천의 보통학교를 졸업하고 다이쇼(大正) 7, 8년경 내지에 와서 와세다 안에 있는 조선인고학생 숙사인 장백관長白館이라는 곳에 거처하며 이듬해 9월경 일본대학의 사회과 야학부에 들어

던 불령사 사건不逞社事件(1923.10) 및 흑기연맹 사건(1925.5)의 당사자 홍진유洪鎭裕의 관계에서도 볼 수 있거니와, 1922년 봄 동경에 온 이기영의 흑도회 가입도 그보다 10년 먼저 도일했던 홍진유가 소개한 것으로 추정되는 것이다.[29]

한편 「김영일의 사」에 등장하는 주역 중 하나인 박대연의 성격도 음미해 볼 부분이다. 당시 유학생 사회의 계층적·분파적 대립을 일정하게 반영하고 있는 이 작품은 불우한 처지의 병약한 고학생 김영일, 그 동료인 박대연 등 정의와 진실의 인물군과 부유층 출신으로 매명주의자인 '신진회 총무' 전석원, 그에게 아부하는 추종자 장성희, 난봉꾼으로 타락한 '신진회 원로대신' 최수일 등의 위선적 인물군을 대비시킴으로써 정사正邪의 갈등구조를 보여준다. 전석원의 분실한 돈지갑을 찾아준 김영일이 위중한 노모의 소식을 연락받고 귀국할 여비 마련을 도와, 박대연은 그 이전에 존재하던 비공식 단체 흑도회의 적극적인 성원이었던 것으로 볼 수 있다.

흑도회의 결성 및 분열 과정에 대해서는 다음과 같이 알려지고 있다. 즉

가 2년 남짓 통학했는데, 민법, 형법, 헌법, 경제학, 심리학, 철학 등을 했다. 다이쇼 11년 9월 중순경 경성을 출발하여 안동安東의 쌍성포雙城浦를 거쳐 하르빈에서 3일 체재하고 만주를 거쳐서 치타에 도착했다. 베르크노이딘스크에서 당대회에 참가했다가, 다이쇼 11년 11월 초순경 상해파와 이르크츠크파의 합동대회에도 출석했다.(이상은 金正明, 『朝鮮獨立運動 : 共産主義運動 編』 5, 國學資料院, 1995, 331면). 1922년 12월에는 모스코바에서 부하린과 접견했고, 1923년 1월경 설치된 극동총국 블라디보스톡 꼬르뷰로의 사무를 맡아보다가, 1923년 5월 초 블라디보스톡을 떠나 상해, 일본을 경유, 6월 말 7월 초에 서울에 도착하여 조선노동공제회 인사들과 교섭. 1924년 봄 설치된 블라디보스톡의 오르그뷰로에 의해 그 해 초여름에 국내로 파견된 정재달은 미리 와 있던 이재복과 합류하여 조선공산당의 조직을 만들기 위한 활동 중 체포되어 3년형을 받았다.(스칼라피노·이정식, 위의 책, 92~104면 참조)

제1차 조선공산당 검거사건(1925.11)의 주역 "김찬金燦의 「예심종결결정豫審終結決定」에 의하면 흑도회 회원은 김찬을 비롯하여 정재달, 조봉암 등이다."(스칼라피노·이정식, 위의 책, 115면의 주 3) 참조)

29) 이기영의 1912년 첫 가출 때 동행했다가 혼자 도일했던 'H'(김흥식, 『이기영 소설연구』(서울대, 1991), 9~10면 참조)의 실명이 홍진유(1897~1928)이다. 이에 관한 자세한 거증은 별고에서 다룬다. 홍진유의 불령사 사건 및 흑기연맹 사건 관련에 대해서는 무정부주의운동사 편찬위원회 편, 위의 책, 167면, 190면, 195면 등 참조)

사카이 도시히코堺利彦의 코스모스구락부 등에 출입하던 원종린은 1921년 10월경 '신인연맹'의 조직에 착수하여 동지를 규합하던 중 임용택과 제휴하여 '신인연맹新人聯盟'의 자매적 행동단체 '흑양회黑洋會'를 결성하려다가 마침 김약수, 박열, 조봉암 등이 비슷한 단체를 준비 중이라는 것을 알게 되어 무정부주의자 이와사 사꾸따로오岩佐作太郎의 주선으로 합동함으로써 결성되었다는 것이다. 이 단체 속에는 민족주의, 공산주의, 무정부주의 등 각 사상 조류가 합류하고 있었는데, 김약수・박열・원종린 등 오스기 사카에 등 일본 아나키스트들에 공명하는 인사들이 주축이었다. 이 흑도회는 '동우회'를 '고학생과 노동자 구호기관'에서 '계급투쟁기관'으로 전환한다는 소위 「동우회선언」(『조선일보』, 1922.2.4)을 계기로 하여 민족주의 계열이 이탈하고, 이어서 1922년 12월 아나키즘 계열인 박열 일파의 흑로회(풍뢰회)와 마르크스주의 계열인 김약수 일파의 북성회로 분열했으며, 뒤에 흑로회는 흑우회(1923.2)로서, 그리고 북성회는 북풍회(국내 : 1924.12) 및 일월회(일본 : 1925.1)로서 독자노선을 걷게 되었다.[30] 흑우회와 북성회의 분열은 그 이면에 일본의 사회주의 운동이 공산당 창립(1922.7.9)을 전후하여 아나계와 보르계로 갈라서서 결별을 선언하게 되었던 사정에서 적지 않은 영향을 받았다.[31]

「생활기록의 단편」에서 조명희가 말한 '동지에 대한 환멸'은 흑도회의 분열 사태가 계기로 작용했을 것이다. 이 분열 사태에 직면한 조명희의 입장과 거취는 어떤 것이었을까. 적어도 그가 북성회 쪽에 서지 않은 것은 거의 확실하다. 이기영은 "1923년 2월 어느 날-조선 유학생들이 모인 집회에서 나는 포석과 처음 만나 인사를 나누었다"고 술회했는데,[32] 이때는 흑로

---

30) 무정부주의운동사 편찬위원회 편, 앞의 책, 153~154면, 김준엽・김창순, 앞의 책, 29~33면, 37~42면, 스칼라피노・이정식, 앞의 책, 115~116면 등 참조.

31) 무정부주의운동사 편찬위원회 편, 위의 책, 70~77면 참조.

32) 이기영, 「추억의 몇마디」, 『문학신문』, 1965.2.18.

회(풍뢰회)가 흑우회로 개칭한 것과 시기가 일치한다. 1922년 봄 동경에 온 이기영이 조명희와 이때 첫 대면을 했다면, 그는 흑도회가 아닌 흑우회 당시의 회원이었을 것이다. 이 사실만으로 조명희가 흑도회 잔류자 또는 흑우회 회원이라고 단언하기는 어렵다. 1923년 3월경 귀국한 조명희는 『폐허이후』(1924.1)의 동인으로, 『시대일보』(1924.3.31 창간)의 학예부 기자로 활동하면서 염상섭, 변영로, 오상순 등과 교유하며 지냈다.[33] 한편 관동대진재(1923.9.1)를 겪고 귀국한 이기영은 「옵바의 비밀편지」(『개벽』, 1924.7)로 등단한 다음 1924년 8월경 비로소 조명희와 해후했는데, 그는 홍진유 등의 흑기연맹 사건(1925.5)의 연루자로서 검거된 일이 있다.[34] 그러니까 이 무렵에 아나계 조직과의 관련성은 이기영에 비해 조명희가 상대적으로 희박해 보인다.

그렇다면 흑도회의 분열로 인한 조명희의 '동지에 대한 환멸'은 아나키즘 쪽과 마르크스주의 쪽 모두를 부정적으로 바라보게 되었다는 것을 의미하는가. "사회개조보다도 인심개조가 더 급하다"라는 명제는 확실히 그러한 의미로 읽힌다. 그런데 '사회개조'를 목표로 하는 이 두 사상의 각축에 대해 인간성의 문제를 결부시키는 발상법은 아나키즘 편향이 현저한 것이라고 할 수 있다.[35] 결국 조명희는 귀국 이래로 상당 기간 아나키즘의 영향권

33) 염상섭의 『시대일보』 사회부장 시절에 조명희는 학예부 기자였다. 한편 김기진은 1925년 3월 『매일신보』에서 『시대일보』로 옮겨가 학예부에 근무 중이던 조명희와 같이 일을 같이 보았다고 했다.(김기진, 「편편야화」, 홍정선 편, 앞의 책, 358면.)
변영로, 오상순과의 교유에 대해서는 김소운, 「남기고 싶은 이야기들」, 『중앙일보』, 1981. 1.30~2.2 참조.

34) 흑기연맹(1924년 12월 발기) 사건에 관해 『동아일보』(1925.5.4)는 이 사건 관계자로 홍진유 등 10명이 검거되었는데, 그 속에 포함된 이기영은 금명간 석방되리라고 보도했다. 이기영은 재판에 회부되지 않았다. 기사에서 이기영(李箕永)의 성명이 李基永으로 표기된 것은 착오로 보인다.

35) 마르크스주의가 중앙집권적 통제를 중시하는 조직론의 우위에 입각한 사상이라면, 아나키즘은 P. 크로포트킨이 『상호부조론』(1902)에서 역설한 대로 자연적 인간 속성으로서의 협동성에 대한 믿음(a belief in cooperativeness as a natural human quality)을 그 신념의 기초로 하여 상호부조(Mutual Aid)의 사회에 도달하고자 하는 이상주의라는 점에서 윤리학이 그 사상의 출발점이라고 할 수 있다. (A. Lehning, 앞의 책, 74면 참조)

안에서 있었다는 말인데, 그렇다면 마르크스주의로의 이행 시점은 언제였던가.

조명희와 이기영에 대해 박영희는 '흑도회 회원'이었으나 "그 후에는 곧 우리 진영으로 왔었다"고 했는데,[36] 이 진술은 이기영, 조명희가 KAPF 발족(1925.8) 이후에 추가로 가입했음을 의미하는 것으로 김기진의 기억[37]과 합치한다. 두 사람의 카프 가입을 곧 아나키즘의 청산이라고 볼 수는 없다. 카프는 처음 발족한 이래 1926년 말까지 '인텔리겐차의 친목기관 · 사교기관'에 가까웠기 때문이다. 말하자면 확고한 지도이론도 없이 맹원 각자의 분산적 활동이 방임된 상태였던 것이다. 물론 내부의 통제를 강화하려는 노력이나 시도도 없었던 것은 아니어서, 준기관지 『문예운동』(1926.1.2)의 발간을 계기로 하여 "문예운동에 글쓰는 동지로써 쁘르조아에 중독된 잡지에도 투고를 하게 되면 그 필자의 글은 본 잡지의 주의 상 기고棄稿하여 (…중략…) 중간파 회색파는 할 수 잇는 대로 업새기"[38]로 한다는 방침도 나왔다. 이러한 방침과 아울러서 「계급문학시비론」(『개벽』, 1925.2) 이래로의 『조선문단』 관계자들에게 일제히 공격을 가하기도 했는데, 그 취지는 어디까지나 아나계와 보르계를 막론하고 계급문학 진영의 결속을 다지고자 하는 지점에 있었다. 그러니까 조명희와 이기영이 『문예운동』에 참여했다는 사실을 역시 아나키즘에서 탈피하여 마르크스주의로 전이했다는 증거로 삼을 수 없는 것이다. 카프가 마침내 실질적 운동 조직체로서 이념적 통일을 이루게 되는 것은 앞 장에서 살핀 대로 1927년 전반기에 아나-보르 논쟁의 1차 접전을 통해 김화산 등의 아나계를 배제하게 되는 제1차 방향전환에서였다. 조명희와 이기영은 기실 아나-보르 논쟁에는 관여하지 않은 채 그 이

36) 주 15)와 같음.
37) 김기진, 「카프문학-측면으로 본 신문학 60년 · 1」, 홍정선 편, 『김기진문학전집』 II, 문학과지성사, 1988, 314면.
38) 「편집여언」, 『문예운동』 제2호, 1926.5, 42면.

후 소위 제2기 카프의 중심부에 자리 잡았다. 요컨대 두 사람이 아나키즘에서 마르크스주의로 명확하게 이행한 것은 제1차 방향전환 무렵이었던 것으로 볼 수 있다.

이와 같은 이행과정에 대하여 박영희는 조명희의 경우를 지목하여 "그는 아주 천천히 맑스주의를 이해하려고 노력하였었다"고 술회하면서, 「낙동강」(『조선지광』, 1927.7)이 그의 "사상적 발전을 잘 반영"한 작품이라고 평가했다.[39] 카프의 조직과 이론의 규정력보다는 작가 자신의 주체적 성찰을 통해 아나키즘에서 마르크스주의로의 전환을 수행한 것으로 본다는 말이다. 그렇다면 그러한 사상의 내재적 전환이 어떤 '양상'으로 이루어졌던가는 무엇보다도 그의 작품세계를 살핌으로써 파악될 수 있을 것이다.

4. 작품세계의 아나키즘적 양상

동경유학의 목적이 '문학공부'였음을 언급한 「생활기록의 단편」에는 도일 이전에 조명희의 독서 편력이 소일꺼리였던 신소설과 구소설, 민우보의 『애사哀史』(『매일신보』, 1918.7.28~1919.2.8, 152회), 당시 신문·잡지의 창작물, 일본소설과 『문예구락부文藝俱樂部』 등의 순서로 진행된 것으로 나타난다. 『애사』 즉 V. 위고의 『레·미제라블』의 감동에 끌려 문학에 입지하기 전에는 "문예라는 말의 의미도 글짜까지도 몰랐었다"는 대목도 나온다.

우선 궁금한 점은 이광수의 『무정』(『매일신보』, 1917)에 대한 고의적인 묵살 혐의. 이 글이 『문예운동』(1926.2)의 이광수 등 『조선문단』 관계자들에 대한 공격, 김우진의 「이광수류의 문학을 매장하라」(『조선지광』, 1926.5) 이후에 씌어졌다는 것에 유의할 만하다. 다음으로는 『애사』의 연재 이후에 신문·잡지라고 해야 『매일신보』, 『학지광』, 『기독청년』(동경 : 1917.11~19.12)

39) 박영희, 「초창기의 문단측면사(4)」, 『현대문학』, 1959.12.

정도가 고작인데다, 3・1운동에 연관되기도 했던 처지로[40] 그 해 겨울 동경으로 떠나기까지는 문학에 깊이 경도하기에 기간이 너무 짧고 또 시국도 불안정했다는 점. 또 하나 수긍되지 않는 점은 『문예구락부』(1895.1~1933.1)가 그 무렵 통속화한 대중오락지였다는 것이다.

이상의 몇 가지 의문점은 앞장에서 지적한 대로 「생활기록의 단편」이 변증적 진술로서 과거 생활에 대한 자기비하를 다소 과장하고 있는 글임을 고려하면 어느 정도 납득할 수 있다. 같은 글의 "북경행에 실패한 뒤에 동경행을 뜻 둔지는 여러 해이다"라고 말한 부분 등도 『애사』를 읽은 지 채 일 년도 못되는 동안에 일본으로 '문학공부'를 하러 가게 되었다는 것과 상충된다. 북경사관학교를 목표로 했던 1914년의 가출 즉 '북경행'과 동경유학 사이의 5년여 세월을 함께 지낸 장조카 조중흡에 의하면, 늘 독서에 파묻혔던 조명희의 책들 가운데 『와세다분가꾸早稻田文學』 강의록이 많았다고 한다.[41] 쓰보우치 쇼요坪內逍遙가 주간을 맡은 제1차(1891~1898) 『와세다분가꾸』는 처음에 교외교육용 강의록 중심이었으나 차츰 문학적 색채를 보였고 「몰이상논쟁沒理想論爭」으로 유명한데, 제2차(1906~1927)에 들어서는 자

40) 황동민, 「작가 조명희」, 『포석 조명희 선집』(쏘련과학원 동방도서출판사, 1959), 6면에는 '투옥'되었다가 "수개월의 구금생활 후 석방되었다"고 기술되어 있다. 한편 진천 지방의 기미만세운동은 보재溥齋 이상설의 종제(실제로는 친동생)인 이상직의 주도로 3월 15일 장날에 시위하려던 계획이 탄로되어 주모자들이 체포되었으나, 예수교 전도부인들이 이 사실을 각동에 알려 그 날 밤 횃불 시위가 있었다. 조명희의 집안인 조중우의 교섭으로 수일 후 석방된 이상직 등은 다시 모의하여 4월 2일에는 군내가 일제히 봉기했는데, 헌병들의 발포로 다수 사상자가 나왔다. 이상직은 다시 체포되어 고문을 당하고 이번에도 서울 고위층을 동원한 조중우의 교섭으로 6월 석방되었다고 한다.(『진천군지』, 청주 : 상당출판사, 1974, 218~219면 참조). 이상직은 사립 문명학교(1909.4~1911.8) 교장으로 '지리, 역사, 법학 등'의 과목도 맡았는데(위의 책, 182~183면), 이 학교에 다닌 조명희가 한일합병 당시 그 '격렬한 연설'에 큰 감동을 받았다는 '학교선생'(조명희, 「늣겨본 일 멧가지」, 『개벽』 70호, 1926.6, 21면)인 것으로 보인다. 이로써 조명희의 3・1운동 연루는 충분히 짐작되는 것이다.

41) 조중흡(1908~1992)은 1915년 진천 향제로 입사되어 문명학교 후신인 진천공립보통학교(1917.4~1922.3)를, 그리고 조명희가 도일한 다음에는 경성제2고보(1922.4~1927.3), 경성제대 법문학부 법학과(1928.4~1933.3)를 다녔다. (해당 '학적부'에서 확인). 조중흡의 「나의 수업시절」(『동아일보』, 1937.8.19~21) 참조.

연주의의 아성으로서 문단의 지도적 역할을 했던 문예지이다. 『문예구락부』를 서서 읽었다면, 수년간 유학을 계획하던 조명희가 강의록 중심의 초창기 『와세다분가꾸』는 제1차분만이 아니라 제2차분까지 읽었던 것으로 봄직하다. 요컨대 조명희의 문학입문은 대중없이 충동에 맡겨진 것이 아니었고, 적어도 동경에 도착한지 몇 개월 남짓해서 만난 김우진의 '극예술협회'에 들어갈 수준은 되었던 것이라고 할 수 있다.

주지하다시피 조명희의 첫 발표작 「김영일의 사」는 '동우회' 순회공연을 준비하던 당시 무대감독 김우진의 요청에 의해 '단시일'에 급히 써낸 습작으로 김우진의 '칭찬'을 받고 바로 상연되었고, 귀국한 1923년 단행본으로 간행되었다.[42] 1921년 중반경 조명희의 문학적 역량은 '극예술협회' 좌장 김우진의 인정을 받을 만한 수준이었던 모양으로, 일본에 건너온 초기부터 그가 힘을 기울인 것은 시작詩作이었다. 그가 정작 시인으로서 모습을 드러낸 것은 귀국 후에 출판한 시집 『봄잔듸밧위에』(춘추각, 1924.6.15)를 통해서인데, 이 시집은 '「봄잔듸밧위에」의 부部' 13편, '「노수애음蘆水哀音」의 부部' 8편, '「어둠의 춤」의 부部' 22편 등 총 43편을 싣고 있으며, 그 창작 시기는 각각 귀국 후, 유학 초기, 그 다음부터 귀국 전까지로 밝혀져 있다.[43] 이 3부 구성의 의의에 대한 작자 자신의 다음과 같은 설명은 주목을 요한다.

> 이 난호은 3부가 다 그 부부마다 사상과 시풍이 변천됨을 볼 수 있다. 그것을 선으로 표시한다면 초기작 「노수애음」에는 투명치 못하고 거치로나마 흐르는 곡선이 일관하여 잇고, 그 다음 「어둠의 춤」 가운대에는 굴근 곡선이 긋쳣다 이엿다 하며 점과 각이 거지반 일관함을 볼 수 잇스며(격한 조자調子로 쓴 시는 모다 빼엿슴), 또 근작시 「봄잔듸밧위에」는 긋첫던 곡선—초기와는 다른 곡선이 새로 물니여 나감을 볼 수 잇다. 시가 마음의 역사—씃읍시 구불거린 거문고 줄을 발바가는 영혼의 발자최인 싸닭이다.[44]

42) 「발표된 습작작품」, 『동아일보』, 1928.6.13.
43) 조명희, 「서문序文」, 『봄잔듸밧위에서』, 춘추각, 1924.6.15, 10~11면 참조

초기작 「노수애음」은 거의가 '고독'을 주제로 하여 자기연민의 감상적인 정서를 기조로 하고 있는 낭만적 시풍의 작품들이다. 앞에서 보았듯, 조명희는 유학 준비기간에 『와세다분가꾸』 중심의 일본 자연주의에 접촉한 것으로 추정된다. 일본 자연주의는 낭만주의와의 "내연관계 혹은 혼혈아"라는 평판도 있지만, 그가 『와세다분가꾸』 등을 통해 얻은 문학적 감각도 낭만주의에의 경사가 압도적이었음을 이 초기 시편들이 확인해 주고 있는 셈이다. 그것은 물론 그의 심미적 성향 자체의 발로일 수도 있는데, 하이네, 괴테, 타골에 심취하여 배회하던 유학 초기의 '보헤미안' 생활과 맞물린 것이기도 하다.

이러한 초기 시편들을 "흐르는 곡선"이라고 했다면, 그 다음부터 구국 전까지의 「어둠의 춤」에서 "굴근 곡선이 긋쳣다 이엿다" 한다는 것은 어떤 의미인가. 같은 대목에 "(격한 조자로 쓴 시는 모다 빼엿슴)"이라는 구절이 삽입되어 있고, '「어둠의 춤」의 부' 표지에서도 "이 부의 주류 작품이라 할 만한 힘쎈 에모쑌과 굴근 리뜸으로 쓴 시편 전부를 다 빼엿슴을 유감으로 생각함"이라고 부기하고 있다. 그러니까 '「어둠의 춤」의 부' 시편들은 「서문」에 비쳐 놓은 대로 검열을 의식하여 표현의 격렬성이 덜하거나 완화된 작품인 것이다.[45] 시가 '마음의 역사'이며 '영혼의 발자최'라면, '흐르는 곡선'에서 '굴근 곡선'의 단속으로의 전환은 결국 '보헤미안' 생활로부터 급진적 사상단체 흑도회 회원으로의 변신에 상응하는 의식의 전환을 뜻하는 것이 아니고 무엇이겠는가. 「서문」에서 검열 때문에 제외한 작품이 수십 편이라고 했는데,[46] 이것들은 모두 '「어둠의 춤」의 부'에 편성된 시편들과 동류로 볼 수 있다. 이 부류의 시편 분량이 유독 많은 것은 앞 장에서 조명희가 흑

---

44) 주 42)와 같음.

45) "여기에 실은 시가 43편인데, 모앗노앗던 초고 가운대서 거리킬 듯십은 것 수십편은 모다 때여던지고, 여러번 데인 신경이라 이 쪽이 되리혀 과민증에 걸녀, 번연히 염려읍슬 곳도 구절구절히 때여던지엇다."(위의 책, 10면)

46) 주 45)와 같음.

도회가 비공식단체이던 시기부터 그 적극적인 성원이었던 것이라는 점, 즉 동경 체재기간의 태반을 아나키즘의 자장 속에서 지냈음을 시사한다. 따라서 '「어둠의 춤」의 부'에 모아 놓은 시 작품들은 아나키즘과 불가분적 관계에 있다고 볼 수 있다.

흑도회의 중심인물 박열은 그 결성에 관여한 일본 아나키즘의 지도자 오스기 사카에와 사제관계로 알려진다.[47] 그런 만큼 오스기 사카에가 개인의 자유・자치에 대한 절대적 신념을 중핵으로 하는 아나르코・신디칼리즘의 혁명적 사상가로서 흑도회에 미친 영향은 충분히 짐작된다. '사회혁명과 문화혁명의 동시적 수행, 그 전일화全一化'[48]를 목표로 했던 오스기 사카에는 전문문인은 아니었으나, 『근대사상近代思想』(1912) 이래 일련의 평론을 통해 문단에 강한 영향력을 미쳤다. 로망 롤랑의 『민중예술론民衆藝術論』(1917)을 번역하기도 했던 그는 자신의 혁명사상에 기초한 특유의 아나키즘 문학론을 전개한 바 있다. 조명희가 말하는 '굴근 곡선'의 단속이나 '힘쎈 에모쏜과 굴근 리든'은 바로 민중예술의 미적 자질과 속성을 규정한 오스기 사카에의 용어 '난조亂調'와 대응관계에 놓여 있는 것으로 보인다.

> 생의 확충 속에서 생의 지상의 미를 보는 나는 이 증오와 반항 속에서만 금일 생의 지상의 미를 본다. 정복征服의 사실이 그 절정에 달한 금일에 있어서는 해조諧調는 이제 미가 아니다. 미는 오로지 난조亂調에 있다. 해조諧調는 거짓이다. 참은 오로지 난조亂調에 있다.[49]

47) 『매일신보』(1926.3.26) '대역사건 공판' 관련 기사에 의하면, 박열과 그의 아내이자 동지였던 가네코 후미코金子文子가 이른바 자유결혼으로 맺어진 것은 스승 오스기 사카에의 집에서였다고 한다.(무정부주의운동사 편찬위원회, 앞의 책, 172~173면 참조).

48) 石丸晶子, 「오스기 사카에의 위치大杉榮の位置」, 三好行雄・竹盛天雄 編, 『근대문학近代文學』 4, 有斐閣双書, 1977, 183면.

49) 오스기 사카에大杉榮, 「新しき世界の爲めの新しき藝術」(『早稲田文學』, 1917.10), 遠藤祐・祖父江昭二 編, 『近代文學評論大系』 5(角川書店, 1982), 29면. 여기에 인용한 부분은 원래 오스기 사카에의 「생의 확충生の擴充」(『近代思想』, 1913)에 발표한 평론의 일부인 '生の闘争'의 한 대목이다. 인용문에서 '해조諧調'라고 한 것은 원문에는 "階(ママ)調"라고 되어 있다.

『적과흑』 중심의 아나키스트 시를 나가노 시게하루中野重治는 '규환시파叫喚詩派 혹은 소음시파騷音詩派'라고 비꼬았지만,[50] 오스기 사카에의 '난조'는 단순한 운율이나 성조의 측면에 그치는 것이 아니다. 그것은 '정복의 사실'에 대한 증오와 반항의 표현으로서 내용과의 통합관계 속에 놓이는 형식 개념인 것이다.

그러면 '정복의 사실'이란 무엇을 말하는가. 오스기 사카에에 의하면, 고금을 통해서 일체의 사회에는 반드시 정복계급과 피정복계급의 양극 대립이 있어 왔다는 것, 사회의 진보에 따라 정복의 방법도 발달하고 폭력과 기만의 방법은 더더욱 교묘하게 조직되었다는 것, 정치 법률 종교 교육 도덕 군대 경찰 재판 의회 과학 철학 문예 기타 일체의 사회적 제 제도가 그러한 목적을 위해 고안된 수단이라는 것, 그리고 양극 대립의 중간에 있는 제 계급 사람들은 혹은 의식적으로 혹은 무의식적으로 조직적 폭력과 기만의 협력자로 되고 보조자로 되고 있다는 것 등이 그것이다.[51] 여기서 민중예술의 내용 규정은 자명해진다. 즉 그러한 '정복의 사실'에 대한 명료한 의식과 폭로 그리고 그것에 대한 증오와 반항으로 집약되는 것이다. 이를 오스기 사카에는 다음과 같이 토로하고 있다.

> 이 정복의 사실은 과거와 현재 및 장래의 수만 혹은 수천 년 간의 인간사회의 근본 사실이다. 이 정복의 사실이 명료하게 의식되지 않는 동안은 사회 현상의 어느 것도 정상으로 이해되는 것이 허용되지 않는다.
>
> 민감과 총명을 자랑함과 아울러 개인 권위의 지상을 부르짖는 문예의 추종자들이여. 제군의 민감과 총명이 이 정복의 사실 및 그것에 대한 반항에 대해 말하지 않는 한, 제군의 작품은 놀음이며 장난이다. 우리들의 일상생활에까지 압박해 오는 이 사실의 중대함을 잊게 만들려고 하는 체념이다. 조직

50) 나가노 시게하루, 「詩に關する二三の斷片」(『驢馬』, 1926.6), 安田保雄・本林勝夫・松田利彦 編, 『近代文學評論大系』 8, 角川書店, 1982, 145~146면 참조.

51) 오스기 사카에大杉榮, 「정복의 사실征服の事實」(『近代思想』, 1913.6), 稻垣達郎・紅野敏郎 編, 『近代文學評論大系』 4, 角川書店, 1982, 130면.

> 적 기만의 유력한 한 분자이다.
>
> 우리들로 하여금 한통속으로 황홀하게 만드는 정적 미는 이제 우리들과는 몰교섭이다. 우리들은 엑스타시와 동시에 엔슈지에즘을 생기게 하는 동적 미를 동경하고프다. 우리들이 요구하는 문예는 그 사실에 대한 증오미와 반역미의 창조적 문예이다.[52]

'정복의 사실'은 움직일 수 없는 '근본 사실'이어서, 정복계급과 피정복계급 사이에는 타협의 여지가 있을 수 없고, 또한 중립지대나 중간적 존재도 있을 수 없다. 이 절대부정의 논리는 그 자체가 정신의 순결성을 말해주는 것이지만, 이러한 사고 유형에서는 모든 세계인식이 양극 대립의 구조로 환원된다. 삶과 현실 사이에는 불변의 모순이 가로놓여 지속된다. 그것에 대한 망각과 체념은 기만이며, 그것에 대한 증오와 반항에서 엑스타시와 엔슈지에즘—도취와 열광이 생겨나는 것이다.

조명희의 '「어둠의 춤」의 부'에서 대다수 작품들이 드러내는 허무주의는 바로 그러한 증오심의 표백으로 볼 수 있다. 삶은 '연옥'(「별 밑으로」), '고역장苦役場'(「혈면오음」), '영원의 모순'(「영원의 애소」), '조롱鳥籠'(「한숨」), '숙명의 흉한 탈'(「생의 광무」), '굴종'(「내 영혼의 반쪽 기행」), '동살지대凍殺地帶'(「눈」), '중생의 지옥'(「매육점에서」), '더러운 세상'(「스핑스의 비애」) 등으로 인식되고 있는 것이다. 한편 그러한 삶의 불모성에 맞서는 방랑(「내 영혼의 반쪽 기행」), 죽음(「별 밑으로」, 「혈면오음」, 「분열의 고」), 자학(「스핑스의 비애」), 저주(「어떤 동무」, 「영원의 애소」), 비애(「원숭이가 새끼를 낳았습니다」) 등은 반항심의 표백으로 읽을 수 있다.

그런데 증오나 비애와는 무관한, 오히려 그 반대의 태도를 보이는 작품들도 있다. 이들은 이른바 증오미와 반항미의 반어로 이해될 수도 있지만, 아나키즘 자체의 속성과 결부된 것이기도 하다. 즉 전원의 평화와 행복을

52) 위의 책, 130~131면. 끝부분의 '반역미'는 주 49)의 「新しき世界の爲めの新しき藝術」에서는 '반항미'로 바꿔 인용하고 있다.

묘사한 「닭의 소리」, 「하야곡」 등은 아나키즘 자체가 농본주의적 발상이라는 점이 고려될 수 있을 것이다. 그리고 생명의 환희와 영원성을 구가한 「불사의 생명의 미소」, 「태양이여! 생명이여!」, 「생명의 수레」, 그리고 동심의 예찬인 「어린 아기」 등은 일단 아나키즘에 내재한 유토피아 지향성에 닿아 있는 것으로 이해된다. 이 생명과 동심을 노래한 작품에는 반드시 신, 우주, 모성 등 구원의 존재가 등장하며, 이 시기에 쓴 다른 작품도 포함하여 조명희의 시에는 기도체 발화법이 편재한다. 이 또한 아나키즘이 다분히 종교적 성향이라는 점과 일정한 연관을 가지지만, 조명희 자신의 종교 체험에 귀착되는 문제로 지적할 수 있다.[53]

'「어둠의 춤」의 부'의 시편들과 같은 시기에 조명희는 두 편의 희곡 작품을 썼는데, 「김영일의 사」와 「파사」(『개벽』, 1923.11・12)가 그것이다. 희곡의 경우는 당연히 김우진의 영향이 있을 수밖에 없다. 김우진은 표현주의 연극을 적극적으로 수용하고자 했고, 조명희도 회원인 '극예술연구회' 좌장으로서 무대감독을 맡았다. 이는 김우진이 표현주의 연극이 구성과 인물에 대한 의존이 크지 않은 연출자 연극director's theatre이라는 것을 정확하게 파악하고 있었음을 말해 준다. 그는 "'모노로그'가 표현주의 희곡에서는 큰 자아・절규의 요소"라[54]고 명언했는데, 조명희의 두 희곡은 모두 독백의 비중이 압도적이고, 그 독백의 기조도 감상성이 현저한 것이다. 조명희는 이 표현주의적 독백 기법을 「김영일의 사」에서보다 「파사」에서 훨씬 세련되게 사용한다. 즉 전작에서 주인공의 김영일을 독백자로 설정한 것과 달리, 「파사」에서는 방백의 도입과 아울러 "도화道化"('어릿광대'의 일본말)의 독백을 통해 주제를 환기하는 제시적 기법을 적용하고 있는 것이다.

이러한 기법의 진전뿐만 아니라, 작품의 내용 수준면에서도 「파사」는 「김

53) 조명희의 성공회 체험에 관한 것으로 별고에서 다룬다.
54) 김우진, 「구미 현대극작가론」(『시대일보』, 1926.1~5), 『김우진전집』 II, 전예원, 1983, 73면.

영일의 사」에 비해 월등하다. 앞에서 말한대로 「김영일의 사」는 김우진의 요청으로 '단시일'에 썼지만, 「파사」는 "한 달 동안이라는 시간을 허비하야 가며 힘들여 쓴 것"[55]이라 하여 작자 자신이 상당한 애착을 표시한 작품이다. 특이하게 '서편序篇'과 제1, 2, 3편으로 구성된 이 희곡은 폭군 주왕과 달기의 폭정과 타락으로 유명한 중국 상고시대의 설화를 소재로 활용했지만, 역성혁명의 과정을 역사적 사실과 전혀 다르게 전개해 놓았다. 즉 '서편'은 삶과 현실의 영구적인 모순을 '도화'들의 대독백과 대화를 통해 암시하고, 제1편과 제2편은 이른바 '정복의 사실'을 구체적 사례로 제시한 다음, 제3편에서는 아나키즘의 민중직접행동론을 극화하고 있는 것이다.

시집의 '「봄잔듸밧우에서」의 부'에 실린 귀국 후의 시편들은 「어둠의 춤」에서 지류를 형성했던 종교적 성향이 전면화된 작품세계를 보여준다. 그 대표작 「봄잔듸밧위에서」는 동심과 모성 · 우주의 예정조화적 합일의 경지를 노래했고, 이를 그는 「생활기록의 단편」에서 '정신주의'라고 지칭했다. 이 정신주의는 그의 출신가계와 관계된 세계관의 기반에 뿌리내려져 있는 것이지만,[56] 그렇다고 아나키즘의 자장권을 벗어났던 것으로는 볼 수 없다. 아나키즘의 이상 자체가, 그리고 오스기 사카에의 '정복의 사실'에 내재한 논리가 모든 억압과 굴레로부터의 자유와 해방을 향한 것이며, 그러한 상태가 「봄잔듸밧위에서」의 세계와 방불한 것이기 때문이다.

귀국 후의 정신주의를 불러온 이른바 '동지에 대한 환멸'이 흑도회의 분열 사태에서 비롯된 것은 확실하지만, 그 내면 사정을 좀 더 가량할 방도는 없을까. 「R군에게」(『개벽』, 1926.2)는 그 당시의 경위를 「생활기록의 단편」과는 조금 다르게 서술하고 있어 흥미롭다.

---

55) 조명희, 「서푼짜리 원고상 폐업」, 『동아일보』, 1928.6.10.
56) 이에 대해서는 김흥식, 「조명희 연구」 Ⅰ, 『인문학연구』 제20집, 중앙대 인문과학연구소, 1994.2 참조.

> 말하자면, 이것이 동경시대의 풋정영이라고 할는지, 그러던 것이 이 기분운동에서 실제 운동으로 들어갈 때에는 그같이 믿어오던 어떤 몇몇 동지들에게 환멸이 닥쳐오데. 사람들에게서 결점들이 드러나고 그들의 의지의 약함과 불순한 야심이 들여다보일 때에 나는 그들을 미워하지 않으면 아니되었네. (…중략…) 내 사상이 '니힐리스틱'한 경향을 띠게 된 것도 그 때부터일세. (…중략…) 그뿐 아니라 내 자신도 미운 생각이 나데. 나도 남과 같이 약한 데가 있고 불순한 곳이 있음을 이제서야 발견하고…… (…중략…) 그러나 나는 속이지 않고 자신에 대해서도 순실히 싸워 나가며 자신을 붙들어 나가려 들었네.

우선 주목할 부분은 '환멸'의 원인인 동지들의 이탈과 분열이 '기분운동에서 실제운동으로'의 전환을 계기로 일어났다는 대목이다. '실제운동'이란 무엇을 가리키는가. 오스기 사카에의 '민중예술론'은 "Art by the people, for the people, of the people" 즉 민중에 의한 민중을 위한 민중의 예술을 세 가지 조건으로 표방하면서, 그 종착지는 '실생활론'이라고 했다.[57] 이어서 그는 '노동운동은 노동자의 실제생활'이며, '노동문학은 이 실제생활의 재현'임을 천명하고, 자신이 번역한 로망 롤랑의 『민중예술론』을 빌려 "제군들은 민중예술을 의욕하는가. 그렇다면 먼저 그 민중을 가지는 데서부터 시작하라"고 촉구했다.[58] 이 자기와 민중의 일체화라는 명제의 실천이 바로 실제운동, 아나르코・신디칼리즘을 실제의 행동으로 옮기는 일이었지 않을까. 아나키즘은 본디 지식인의 지도적 역할에 대해 부정적이며, 또한 그 자유분산적 연합주의는 마르크스주의의 중앙집권주의와 정면으로 부딪쳐왔다. 그렇다면 이탈・분열한 세력, 이를테면 북성회의 노선을 사상적으로 용인할 수 없었기에 '의지의 약함과 불순한 야심'이라고 힐난한 것은 아니었을까.

「R군에게」와 함께 자선적 요소를 보여주는 「땅속으로」(『개벽』, 1925. 1・

57) 오스기 사카에大杉榮, 「新しき世界の爲めの新しき藝術」, 앞의 책, 26~38면 참조

58) 오스기 사카에大杉榮, 「노동운동과 노동문학勞動運動と勞動文學」, 『新潮』, 1922.10, 遠藤祐・祖父江昭二 編, 위의 책, 300~302면 참조

2)는 유학생 출신의 지식인이 극빈에 시달리는 자신의 생활고를 “온 세계 무산대중의 고통 속으로! 특히 백의인의 고통 속으로!”라고, 그리고 “시대 고통의 구덩이를 파고 들어가자던 결심”이라고 의미부여하는 대목을 볼 수 있다. 이는 ‘자기와 민중이 일체화’라는 명제의 실천과 다르지 않다. 「R군에게」에서는 이 실천과정의 제일의적 요소가 ‘의지’와 ‘순실’이라고 했다. 이 ‘의지’와 ‘순실’은 사상 이전의 인격적 가치이다. 아나키즘이 이 인격적 가치의 항성에 대한 믿음을 중시하는 반면, 마르크시즘은 그 물적 토대에 비중을 둔다. 「생활기록의 단편」(1927.3)에서 이른바 ‘꼬르키류의 사실주의’ 즉 “현실을 해부하고 비판하여 체험과 지식 위에 사상의 기초를 쌓자”라는 명제를 새로운 전환점으로 삼겠다는 선언은 따라서 사상의 전환점으로 가름된다.

그 뒤 조명희는 「낙동강」(『조선지광』, 1927.7)을 썼는데, 이 작품은 그 무대를 현지 취재해서 쓴 작품으로 알려져 있다.[59] 그것은 이를테면 고리키적 사실주의의 실천이었을까, 혹은 오스기 사카에의 이른바 민중과의 일체화 명제의 실천이었을까. 주인공 박성운은 스스로 다짐하기를 “혁명가는 생무쇠쪽 같은 시퍼런 의지의 마음씨를 가져야 한다!”고 했다. ‘의지’와 ‘순실’이라는 인격적 가치가 여전히 작가의 신념 속에 자리하고 있는 것이다. 이를 아나키즘과 마르크시즘의 합류, 혹은 아나키즘으로부터 마르크스시즘으로의 내재적 발전으로 보는 것은 어떨까. 현실 속에서 과학으로서의 사상과 영웅적인 심성을 한자리에 합치시키는 발상은 극히 예외적인 것이기에 소설 「낙동강」은 서사시적 전망 속에 놓인다고 할 수 있을 법하다.

59) 이기영, 「포석 조명희에 대하여」, 황동민, 앞의 책, 531면.

Ⅲ

1930년대 소설의 지향과 굴곡

고현학 수용과 박태원 소설의 정립

1. 고현학과의 만남

창작집 『소설가 구보 씨의 일일』(문장사, 1938)은 첫머리에 "세 번 절하와 춘원 스승께 바치옵니다"라는 헌사가 기록되어 있다. 집안 어른들의 소개로 춘원에게 사사한 것은 분명하지만,[1] 박태원의 작품세계에서 그러한 인연과 결부되어 의미 있게 읽힐 만한, 말하자면 이광수의 계몽성이나 교훈성에 접맥될 만한 작가로서의 모럴이나 감성은 살펴지지 않는다. 한편 이광수도 『천변풍경』(박문서관, 1938)의 「서」에서 작가가 "인류에 대한 강한 연민을 가지고" "우리에게 보여주는 우리 자신의 가엾은 생활상"으로 해서 "톨스토이 만년의 작품에서 받는 것과 방불한 감동을 받는다"고 했다.[2] 이 찬사가 이광수 류의 인도주의를 일방적으로 토로한 것임은 물론이다. 인간

1) 박태원에 따르면, 숙부 박용일(의사)의 소개로 '부속 보통학교 3, 4학년'(1922, 3년) 무렵 양백화의 지도를 받았고 그 다음으로 1927, 8년경에 이광수에게 출입한 것으로 되어 있다.(「「춘향전」 탐독은 이미 취학 이전」, 『문장』, 1940.2)

2) 이재선, 『한국현대소설사』, 홍성사, 1979, 338~339면에 따르면, "톨스토이 만년의 작품에서 받은 것과 방불한 감동을 받는다"고 한 이광수의 찬사는 『천변풍경』에 등장하는 기미꼬, 하나꼬 등의 여급들이 보여주는 "인간다운 동정심과 상호 연민의 정"을 묘사한 대목 때문이라고 했으나, 작품 전체의 구도가 다르니만큼 『부활』(1899) 등과 이 작품을 연결 짓는 것은 무리이다.

적 교분이라는 측면을 일단 제쳐놓는다면 문학적 성향이라는 측면에서는 확실히 아퀴가 서로 맞지 않는 기묘한 사제관계라 하겠는데, 그럼에도 불구하고 춘원의 제자임을 유별나게 내세운 일은 박태원 쪽에서 보면 한편으로 작가지망생으로서의 긍지나 패기, 다른 한편으로 그 자신의 개인적인 성격 편향을 드러낸다고 할 수 있다.

박태원에게 춘원이 단지 의전적인protocol 스승에 지나지 않았음은 그의 동경 유학(1930.3~1931.7)을 전후하여 나타나는 작품 양상의 현격한 편차로써도 엿볼 수 있다. 즉 시 「누님」(『조선문단』, 1926.2)으로 등단한 이래의 시작들과 「적멸」(『동아일보』, 1930.2.5~3.1), 「수염」(『신생』, 1930.10), 「꿈」(『동아일보』, 1930.11.5~12), 「행인」(『신생』, 1930.12) 등에 비해, 일본서 귀국해서 어느 정도 시간을 경과한 다음에 발표한 「옆집 색시」(『신가정』, 1933.2), 「사흘 굶은 봄ㅅ달」(『신동아』, 1933.4) 「피로」(『여명』, 1933.6) 등이 위에서 거론한 두 대표작 「소설가 구보씨의 일일」(『조선중앙일보』, 1934.8.1~9.19)과 『천변풍경』(『조광』, 1936.8~10, 1937.1~9)에서 드러나는 박태원 특유의 작풍과 훨씬 동질적인 양상을 보여주고 있는 것이다. 소설적 사건 구성이 극히 희박한 상태로 그쳐 버려 감상문의 수준이라 해도 무방한 「행인」의 말미에 덧붙여놓은 다음과 같은 언질은 그 스스로 작가로서의 역량이 현저히 미달된 상태에 있음을 자인한 것으로 볼 수 있다.

> 作者의 말
> 작자는 이 싱거운 이야기와 작자의 인연을 여기서 그만 끊어버리고 싶다 합니다. 이 '가엾은 나그네'를 이곳에서 그만 주저앉혀 버리든 다시 신을 신기고 감발을 감기든 그것은 독자의 임의일 것입니다.[3]

그러면 동경 체재기간은 박태원이 작가로서 자기 나름의 득의처를 찾아

---

3) 박태원, 「행인」, 『이상의 비련』, 깊은샘, 1991, 16면.

가는 과정에서 어떠한 계기로 작용했던가. 이와 관련해서는 먼저 그 자신이 술회한 두 가지 사항이 주목된다.

첫째 춘원으로부터 동경의 혼고本鄕를 거주처로 추천받았으나, 호세이대학法政大學 통학에 전차를 이용하기 위해서, 그리고 "帝大, 一高生에게 위압당하는" 것이 싫어 타바타田端로 정했는데, 그곳이 아쿠타가와 류노스케芥川龍之介가 살던 곳이라는 인연 때문에 끌렸다는 것.[4] 둘째 한 설문에 대한 응답에서는 처음으로 사숙한 작가로 나쓰메 소세키夏目漱石를 들었고,[5] 다른 글에서는 그의 "『日記及斷片』"을 본받아 같은 제목의 '대학 노트'에다 글쓰기 연습을 "일 년 이상이나" 했다는 것이다.[6]

그 일기쓰기는 대략 동경으로 떠날 무렵을 전후해서 그만둔 것으로 보인다.[7] 그러니까 유학길에 오르기 전부터 아쿠다가와 류노스케나 나츠메 소세키에 상당한 관심 내지 선망을 가졌다는 말이다. 아쿠타가와 류노스케라면 세련된 기교와 장식적 문체로 일본 문단에서 문학주의의 표본격인 작가이고, 또한 나츠메 소세키는 고답적, 관조적인 입장에서 자아와 이기주의를 파헤치는 인물의 심리묘사가 돋보이는 작가이다. 일본근대문학의 이 두 대가는 소위 일본자연주의의 대극적 존재로서 각기 독특한 위상을 가진다. 박태원의 문학적 성향은 이들과 다소 상통하는 면도 있다. 그가 '표현・문체・기교'를 중시했다든지 「소설가 구보 씨의 일일」이 심리주의 소설로 평가된다든지 구인회의 성원으로서 프로문학에 대립적인 입장이었다는 점 등에서 그러하다.

그렇지만 동경에 건너온 이래 「행인」까지의 작품들은 무슨 연관성을 따

---

4) 박태원, 「편신」, 『동아일보』, 1930.9.26.

5) 박태원, 「문인 멘탈 테스트」, 『백광』, 1937.4, 92면.

6) 박태원, 「擁爐漫語」, 『조선일보』, 1938.1.26.

7) 박태원, 「구보가 아즉 박태원일 때-문학소년의 일기」(『중앙』, 1936.4)는 1930년 1월 6일부터 10일까지만 남은 것인데, "동경으로 건너가기 바로 두 달 전의 것"이라고 했다. 그 나머지 일기는 「옹로만어」(『조선일보』, 1938.1.26)에 따르면 내용의 "불순한 치기와 자기기만에 스스로 혐오"를 느껴 "영구히 불살러 버리고 말었다"고 한다.

지기에는 너무나 '싱거운 이야기' 수준이었다. 실상 「행인」은 아쿠다가와의 「라쇼몽羅生門」과 설정이 유사하지만, 스스로 실패작으로 판정하고 그런 '싱거운 이야기와 작자의 인연을' '그만 끊어버리고 싶다'고 공언했다. 그리고 '帝大, 一高生'에게 꿀리고 싶지 않다고 할 만큼 승벽을 지녔던 그는 일 년여 동안 이렇다 할 작품을 쓰지 않았다. 그러므로 당초에 아쿠다가와나 나츠메에 어느 정도 경도되었다고 하더라도, 이제는 새로이 뭔가 획기적인 전기를 찾고자 부심했을 것이다. 그것은 다름 아닌 고현학과의 만남을 통해 이루어졌다.

그러면 고현학이란 원래 어떤 것인가. 에스페란토 'Modernologio'로 표기되기도 하는 '考現學'은 1924년 곤 와지로(今和次郎, 1888~1973)에 의해 처음 제창되었다. 민속학자 야나기다 구니오柳田國男 밑에서 민속학 자료채집을 하던 그는 1923년 9월의 관동대진재로 폐허로부터 부흥하는 동경의 변화를 주목하여 그 변화를 기록, 조사하는 작업으로 전환하기로 하면서 고현학이라는 기치를 들었고, 이로 인해 스승인 야나기다 구니오에게 파문을 당하기도 했다.[8] 1927년 가을 '고현학Modernologio전람회'(10.15~21, 新宿 紀伊國屋)를 개최하여 그 동료 요시다 켄키치(吉田謙吉, 1897~1982)의 「긴자(銀座)의 풍속조사」(1925)를 비롯하여 그 동안의 작업 성과들을 발표함으로써 고현학을 처음으로 공식화했는데, 그 후로 곤 와지로와 요시다 켄키치 공편의 『モデルノロヂオ』(春陽堂, 1930.7)를 필두로 하여 『考現學採集』(建設社, 1931.3) 등이 간행되면서 고현학이라는 명칭은 일반화되어 정착했다.[9] 당시의 신문, 잡지사 편집실 치고 『モデルノロヂオ』 한 권 없는 곳이 없다고 할 정도로 크게 호응을 보인 저널리즘에서는 풍속세태의 해설, 복식 유행의 조사연구 등에 그 방법을 적극 활용했고, 그래서 사조어(私造語)로 등장했던 고현학은 패션과 음식과 유행 등 세태풍속을 말하는 저널리즘 용어로

8) 곤 와지로今和次郎, 「考現學が破門のもと」, 『考現學入門』, 筑摩書房, 1987, 404~405면.
9) 今和次郎, 「考現學總論」, 『考現學入門』, 筑摩書房, 1987, 371~377면 참조

통용되기 시작했던 것이다.

유학시절의 분방한 생활 주변 이야기를 다룬 「반년간」(『동아일보』, 1933.6.15~8. 20)에서 '『가구라자까神樂坂』'의 통행인 구성비를 드는 대목[10]이라든가 동경대진재를 전후한 '신숙新宿'의 변모를 서술한 대목(「신숙新宿」) 등은 『モデルノロヂオ』에 의거한 것으로 보인다. 뿐만 아니라 동경의 '아스카야마' 공원의 행락객, 노점, 공중변소 등을 묘사한 「사흘 굶은 봄ㅅ달」(1933.4)도 같은 경우일 것이다. 이런 점에서 「행인」(1930.12)을 쓴 다음 박태원은 화제의 고현학을 활용한 소설쓰기에 착안하기 시작했다고 할 만한데, 그것이 본격적인 궤도에 오른 것은 「소설가 구보 씨의 일일」(1934.8.1~9.19)을 전후한 시기였다.

2. 고현학의 방법과 학문적 성격

고현학의 첫 문헌은 『モデルノロヂオ』(春陽堂, 1930)이지만, 그에 앞서 곤 와지로는 아마도 '고현학 Modernologio 전람회'의 소개 자료였던 듯한 「고현학이란 무엇인가」(말미에 '1927년 10월'로 발표일자를 밝히고 있음)에서 그것의 기본적인 정의와 틀을 밝힌 바 있다.[11] 그 첫머리는 "우리 동지들이 현대풍속 혹은 현대세태 연구에 대해서 취하고 있는 태도 및 방법, 그리고 그 작업 전체를 우리들은 '고현학'이라고 칭하고 있다."로 시작된다. 이어서 고현학이 고고학의 상대되는 것으로서, 고대 유물유적을 '과학적 방

10) 박태원, 「반년간」, 『동아일보』, 1933.7.27에는 "『가구라자까神樂坂』"의 "1929년 9월 어느 날 정오에 작성한, 이곳 통행인의 분석표에 의하면 학생이 48%, 청년이 9%, 점원이 8%, 중년이 7%, 계집 하인이 6% 그리고 여염집 부인, 노동자, 아이들, 기생, 군인, …… 기타 — 이러한 순위이다"로 되어 있다. 이 작품의 시간 배경과 관련하여 '『삼천리』 10월호 출래出來', '昭和 5년 9월 일'의 광고 등을 인용한 서점 게시판 묘사, 그리고 작중인물 '철수'의 12월 초순에 공연 예정인 영어연극이 한 달도 채 남지 않았다는 서술 등을 고려하면, 『モデルノロヂオ』에 의거하여 통행인 구성비를 열거한 것으로 추정해 볼 수 있다.

11) 今和次郎, 「考現學とは何か」, 『考現學入門』, 筑摩書房, 1987, 358~361면.

법'으로 연구하는 고고학에 비해 현대의 사정에 대해서는 '과학적 방법'으로 연구되지 않아서 그 방법의 확립을 시도한 것이라면서, 과거의 유물 유적 자료를 주된 연구대상으로 하는 고고학이 사학의 보조학문이라면 "현재 눈앞에 보이는 사물"에서 "인류의 현재"를 연구하는 고현학은 사회학의 보조학문이라 할 수 있다고 했다. 한편 현재를 대상으로 하는 연구로는 인류학이나 민족학도 있으나 주로 미개인이나 농촌·촌락 주민을 대상으로 하는 것임에 반해, 고현학은 현대문화인의 생활을 대상으로 하여 연구하는 것이 된다. 그래서 민족학과 고현학을 미개고현학, 문화고현학으로 대비시킬 수도 있겠다고 했다.

사회학의 보조학문이라는 했는데, 실제로 고현학은 현대인이 생활하는 모습을 빠짐없이 조사, 기록하는 것에 역점을 두는 자료학적으로서의 측면이 있다. 고현학 자체가 체계나 방법론을 결여하고 있다는 비난이 지금도 있지만, 아직 초기였던 만큼 '과학적 방법' 운운 했음에도 불구하고 조사와 기록의 철저한 객관성을 연구태도로서 강조하는 것 말고는 실제로 엄밀하고 명료한 방법으로서 두드러진 것이 없었다. 다만 이 단계의 고현학은 조사 항목의 분류학적 구성, 조사 사실의 통계적 처리, 그리고 현장채집의 원칙 등을 지침으로 삼는 정도였는데, 그 지침 자체는 일견해서 자료학의 기본요건이지만 동시에 해석학적 의욕 내지 가능성을 어느 정도 지닌 것이기도 했다.

고현학의 학문적 성격과 방법 등이 보다 확실하게 제시된 것은 『고현학채집』에 수록된 <고현학총론>에서이다. 이 글의 서두에는 고현학이라는 용어의 유래를 밝힌 다음, 고현학은 학문이 아니라 저널리즘이라는 비난, 그리고 이데올로기에 대해 무관심하다는 공격이 있었음을 밝혀 놓아 흥미롭다. 말하자면 좌우로부터 협격을 받았던 모양인데, 이 글의 저변에는 그것에 대한 반론을 전개한다는 의도도 잠복되어 있는 것으로 보인다. 특히 이데올로기 문제에 대해서는 개인적으로 "과학 그 자체에는 이데올로기가 포함되지 않으며, 단지 그 과학을 하는 사람의 인격 속에는 있어도 무방하다"[12]고 했다.

사실과 이념의 분리는 전날 요시다 켄키치의 「긴자銀座의 풍속조사」가 긴자銀座의 상점 쇼윈도 유리창 파괴를 묘사하면서 그냥 '모 사건'으로밖에 이야기하지 않았는데, 당시의 독자들이 그것을 읽고 '흑색연맹긴자사건黑色聯盟銀座事件'을 연상하게 되었던 일을 염두에 둔다면 시사적이다.[13] 아나키즘과 아무런 관계가 없는 쪽에서 시대의 분위기와 세태풍속을 묘사하는 것에 지나지 않는데, 막상 그것을 읽는 독자가 그 사건을 환기하게 된다는 점은 현실인식의 방법으로서 고현학의 가능성을 되돌아보게 하는 것이다.

이는 달리 가치중립성이라고도 하겠거니와, 고현학의 존립 이유에 대한 설명방식에서도 그대로 드러난다. 즉 생활양상은 18세기까지는 관습Custom이 지배했고, 19세기에는 고고학의 주도 아래 고대와 중세를 모방하는 복고풍의 유행Fashion이 기존의 관습을 깨뜨리면서 새로운 흐름을 형성했는데, 다시 20세기는 과학과 산업의 발달에 따라 생활의 모든 면에서 관습과 유행에 대립하는 합리성Rationality이 부상하게 되었다고 본다. 그리하여 관습, 유행, 합리성의 과도기적인 혼란 상태에 있는 20세기의 생활양상에 대해 "각각의 수량관계를 계량하여 그 움직임을 고찰하는 형식을 취하는" 고현학이 등장하게 되었다고 하면서, 덧붙여 다음 시대의 생활양상은 전통과 유행과 합리성이 각기 어떻게 소장하는가에 따라 점차로 결정될 것으로 예상했다.[14] 이처럼 현상을 있는 그대로 분석한다는 고현학의 방법적 원칙은 그 자체가 사고의 개방성 또는 이념에 대한 초연함이라는 점에서 그 나름의

12) 今和次郎, 「考現學總論」, 『考現學入門』, 筑摩書房, 1987, 376면.
13) 今和次郎・吉田謙吉, 『モデルノロヂオ』, 春陽堂, 1930의 50종에 이르는 채집 사례 중 「ガラスの割れ方と補貼」이 이에 해당한다.
'黑色聯盟銀座事件'에 대한 연상과 관련해서는 森 洋介, 「黒つぽい話-『『モデルノロヂオ』抄」(URL=[http://www.geocities.co.jp/CollegeLife-Library/1959/GS/modernologio.htm]) 참조.
14) 今和次郎, 「考現學總論」, 『考現學入門』, 筑摩書房, 1987, 377~387면 참조.

해석학적 차원을 확보하게 된다고 할 수 있다.

그러나 고현학의 가치중립성은 그 작업 과정에서의 객관성을 가리킬 따름이라는 것에 유의할 필요가 있다. 인류학, 고고학, 민속학이 각각 원시적 민족의 상태, 고대의 유물, 봉건적 잔재만을 연구대상으로 삼는다면, 고현학은 현존하는 전시대적인 것을 포함하여 사상事象 전반을 주시 대상으로 한다. 그런데 여기에는 중요한 전제가 있다. 원시사회로부터 미래사회로의 도정이 '미신적인 생활상태'로부터 '지식적인 생활상태' 즉 '관습적인 생활상태'로부터 '과학에 기초한 생활상태'로의 이행이라고 상정한 것이다.[15] 원시사회, 고대사회, 봉건사회 다음의 과도기인 현대사회는 과학적 합리성이라는 당위명제를 향해 진행방향이 정해져 있는 셈이다. 이 단선적인 일방통행식 사고방식에 입각하면 사실과 현상의 추이만을 살피면 그만이어서 그것에 내재한 가치와 의미를 물을 필요가 없게 된다. 요컨대 고현학의 가치중립성은 자칫하면 현실추수주의 내지 몰가치론으로 전락할 위험을 내포하고 있는 것이다.

실제로 고현학의 연구방법은 "현전의 풍속에 직접 부딪쳐서 그것들을 관찰, 필기, 스케치, 사진 등으로 재료의 채집을 하고, 그것들을 수집하는 데서 출발한다."[16] 즉 첫 단계 어디까지나 현장취재이기 때문에 최대한 객관적으로 채집된 자료들은 다면적인 검증을 거쳐 통계로 정리하고, 그 다음 단계로 조사가 이루어진 장소와 경우의 차이에 따라 그 통계 결과에 대해 비교고찰을 수행하는 것이다.[17] '관찰-채록(필기·스케치·사진 등)-다면적 검증-통계처리'가 자료학 단계라면, '통계결과-다면적 검증의 재검토-비교고찰'이 해석학 단계라 할 수 있을 것이다.

해석학 단계에서 고현학이 어떠한 학문적 성격을 보이는가에 대해서는

15) 위의 책, 387~392면 참조.
16) 위의 책, 393면.
17) 위의 책, 393~402면 참조.

일단 그것이 당초 민속학의 반대편에 세워진 것이었다는 점과 연관하여 알아볼 수 있다. 곤 와지로 자신이 "민속학은 과거를 탐구하고 고현학은 미래를 구상한다."[18]고 말하기도 했지만, 이 경우 '미래'의 '구상'이란 무슨 진보적 이념에 의한 예단과는 무관하게 현재 속에 일어나고 있는 변화에서 어떤 조짐을 읽어낸다는 것 이상의 무엇은 아니다. 민속학의 관심이 원형의 보존이라면 고현학의 그것은 새로움에 의한 변동이다. 야나기다 민속학은 서구의 인류학·민속학에 의한 일본문화의 왜곡 가능성에 대처하여 향토연구로써 자국의 정체성 위기를 극복하고자 한 것이었고, 그런 까닭에 나중에는 일본 낭만주의 문학 혹은 파시즘 체제 강화와도 연결되는 국가주의적 발상도 있다.[19] 반면 고현학은 계급의 격차, 직업의 다양성, 물자의 종류와 양의 풍부함 등으로 문화의 중심핵인 대도시의 격심한 풍속의 변화를 집중 연구하는 "도회지식의 학 또는 도회풍속의 학"인 만큼,[20] 민속학에 비해 자유주의적 성향을 띠는 것이라고 할 수 있다.

고현학의 도시연구는 대진재 이후의 제도帝都 동경, 그 중에서도 새로운 변화의 진원지로 떠오른 긴자를 시발로 하여 점차 그 주변과 외곽으로 전개되었다. "대진재 전후를 경계로 한 동경의 문화 토포그라피Topographie의 위상 전환은 이 도시의 의미공간적인 중심이 '아사쿠사(淺草)'로부터 '긴자'에로 이동했다는 데에 상징적으로 나타났다."[21] "제도부흥사업이 진행되면서 '긴자'는 일본의 도회적인 모더니티의 특권적인 중심으로서, 다른 모더니티의 제반 영역과 차원을 압도해" 갔는데, 이 "긴자의 헤게모니" 또는 "긴자의 모더니티가 내포한 문화정치적인 함의"를 이해하는 데에는 두 가

18) 今和次郎, 「考現學が破門のもと」, 『考現學入門』, 筑摩書房, 1987, 405면.
19) 佐藤健二, 「民俗學と鄕士の思想」, 小森陽一 外 5人 編, 『編成されるナショナリズム』, 岩波講座 近代日本の文化史 5, 東京 : 岩波書店, 2002, 53~55면 참조.
20) 今和次郎, 「考現學總論」, 『考現學入門』, 筑摩書房, 1987, 392면.
21) 吉見俊哉, 「[總說] 帝都東京とモダニティの文化政治-1920, 30年代への視座」, 小森陽一 外 5人 編, 『擴大するモダニティ』, 岩波講座 近代日本の文化史 6, 東京 : 岩波書店, 2002, 13면.

지가 주목될 필요가 있다.[22] 그 하나는 신문, 잡지, 소설 등의 활자매체뿐만 아니라 레코드, 라디오, 영화 등의 시청각매체까지 포함한 "미디어의 폭발이라고도 할 정보의 가속적인 증식과 유통"이다.[23] 따라서 지난날의 중심이었던 "'아사쿠사'가 기본적으로 은유적인 의미구조를 내포하고 의미작용이 무한의 양의성에로 열려졌던 것에 반해, '긴자'의 의미구조는 환유적이며 그 모더니티의 함의는 하나로 수렴하게 되었다."[24] 다른 하나는 "문화지정학적인 틀이 명치 말까지의 '긴자-치쿠지(築地)/신바시 역(新橋驛)-요코하마(橫浜)/서양'을 축으로 한 것으로부터 오히려 '긴자-마루노우치(丸の內)/동경역-궁성(宮城)/제국'을 축으로 한 것으로 전위한 점이다."[25] 즉 개항 이래로의 '서양=근대'의 수용이라는 구심운동으로부터 '긴자→동경→제국'이라는 원심운동으로의 전환이 이루어졌던 것이다. 그러니까 '긴자의 헤게모니'란 제국의 팽창하는 욕망 속에서 긴자 혹은 그 모더니티의 환유적인 이미지를 그 주변과 외곽, 그리고 변경으로 확대재생산하는 것에 다름 아니다.

고현학은 그러한 확산과정에 대해 단지 사실과 현상의 추이만을 살필 뿐이다. 말하자면 고현학은 '긴자 헤게모니'에 가로놓인 문화지형학적 낙차 또는 문화지정학적 긴장관계에 대해 문제의식을 결여한 것이었다. 이 점에서 고현학의 발상법이 '긴자 헤게모니'와 등가라고 할 수 있다. 앞에서 민속학이 제국의 체제와 이념에 유착 가능성을 지닌 것이라 했지만, 고현학에는 그것에 대한 무관심 속의 동조 가능성, 달리 말해 현실추수주의 내지 몰가치론에 빠질 위험성이 드리워져 있는 것이다.

---

22) 위의 책, 17면.
23) 위의 책, 18~21면.
24) 위의 책, 21면.
25) 위의 책, 21~22면.

3. 창작방법으로서의 고현학

곤 와지로는 가령 과자점의 입지 선정에 통행인의 통계가 유익하다는 점에서 고현학이 상품학이나 유행학에 활용될 수 있는 것처럼 공학, 상학, 공예학 등의 분야에 이른바 응용고현학이 성립될 수 있다고 했다. 고현학의 이러한 용도는 소설쓰기에도 얼마쯤 도움이 될 수 있겠으나, 그 본령에는 한참 미치지 못할 것이 자명하다. 소설이 허구의 세계이고 그것을 창작하는 일은 상상력의 영역에 속하는 것이기 때문이다.

가와바다 야스나리(川端康成)가 『伊豆の踊子』(1927)의 장정을 맡았던 요시다 켄키치의 작품현장답사기 「溫泉場浴室之一隅」에 대해 감탄한 예로도 알 수 있듯이,[26] 소설쓰기의 취재 단계에 고현학 특유의 치밀한 관찰과 채록 작업은 쓸모가 크다고 할 만하다. 박태원이 소설쓰기에 고현학을 끌어들인 사정도 일단은 그러한 자료학적 측면의 강점에 착안한 것으로 되어 있다.

> 작가로서 건강이 필요하다면 혹은 나만치 그것이 절실하게 요구되는 이도 드물 것이다. 비록 펜을 잡고 원고지를 향하는 것은 그야 역시 실내에서지만 그곳에 이르기까지 나는 얼마든지 분주하게 거리를 헤매 돌지 않으면 안 된다.
>
> (…중략…)
>
> 가만히 생각하여 보면 작가로서의 나의 '상상력'이란 것은 다른 이들에게 비하야 확실히 빈약한 것인 듯싶다. 내가 한때 '모데로노로지오'-고현학이라는 것에 열중하였든 것도 이를테면 자신의 이 '결함'을 보충할 수 있을까 하여서에 지나지 않는 일이다.
>
> 나의 작품 속에 나와도 좋음직한 인물이 살고 있는 동리를 가령 나는 내 마음대로 머릿속에 그려보고 그리고 이를 표현함에 있어 나는 결코 능자가

26) 長谷川 泉, 「「考現學」的志向や地域文化誌」, 長谷川 泉 編, 『日本文學新史<現代>』 6, 至文堂, 1991, 369~371면 참조.

아니다. 나는 그럴 법한 골목을 구하여 거리를 우선 헤매지 않으면 안 된다.
가령 어느 전차 정류소에서 나려 바른편 고무신 가게 옆 골목으로 들어가 국수집 앞에서 다시 왼편으로 꼬부라지면 우물 옆에 마침 술집이 있는데 그 집서부터 바루 넷째집-파랑대문 한 집이니까 찾기는 쉬웁다든지 그러한 것을 면밀히 조사하여 일일이 나의 대학노트에다 기입하지 않으면 안 된다.[27)]

위의 인용대로라면 고현학은 실지의 현상을 '면밀히 조사하여 일일이' '대학노트에다 기입'하는 작업이며, '상상력'의 빈약함을 메워주는 유용한 보완수단인 셈이다. 그런데 그 보완수단이 그냥 비망록이나 기록장을 만드는 것이 아니라 하필이면 "'모데로노로지오'-고현학'이어야 하는가. 고현학의 취재방식이 특별하기 때문일 것이다. 앞에서 살핀 대로 고현학은 조사대상들에 대한 통계처리와 비교고찰로 마무리되지만 그 이전에 조사한 장소와 경우에 견주어 다면적 검증을 거쳐야 하는 만큼 그 대상들 사이의 미세한 차이도 놓치지 않는 치밀한 관찰과 채록이 요구된다. 통상적인 경우에 비해 고현학의 취재는 대상의 유형화보다는 차별화에 훨씬 큰 비중을 두는 것이다. 고현학자라면 요시다 켄키치의 예에서 보듯 빈틈없는 관찰과 채록 능력을 발휘하는 것으로 충분하지만, 작가의 경우는 거기에 '표현 · 묘사 · 기교'의 능력이 보태져야 하는데, 이 '원고지' 작업 역시 대상의 차별화에 더욱 역점을 두기 마련이다. 이렇게 박태원의 소설쓰기는 대학노트 작업과 원고지 작업, 이를테면 애벌쓰기를 거쳐 두벌쓰기로 진행되는 것이며, 이 두 단계의 한결같은 목표는 대상의 차별화에 놓인 것이라 할 수 있다.

그러면 '상상력'의 빈약함을 자각한 직접적인 계기는 무엇인가. 이는 그의 일기쓰기와 관련하여 살펴볼 수 있다. 사실 그는 '보통학교 3년쩍부터' '끈기 있게' 일기를 썼고, 중학 3, 4학년 때부터는 나츠메 소세키의 『일기급단편日記及斷片』"을 본받아 같은 제목으로 '대학노트'에다 '꾸준히' 일기쓰기

27) 박태원, 「옹노만어」, 『조선일보』, 1938.1.26.

를 계속했으나 그 '불순한 치기와 자기기만에 스스로 혐오를 면치 못'해 불살라버린 이래로 '8, 9년간' '일기라 할 일기를 써지 않았다'고 한다.[28] 보통학교 시절은 양백화의 지도를 받았고, 중학 시절에는 이광수에게 출입했으며, 박태원 판 『일기급단편』을 소각한 시점은 유학 직전이다.[29] 그의 일기쓰기는 문학적 스승들의 권유에 의한 것, 다시 말해 문학수업의 일환이었던 것이라 하겠는데, 지금까지 남아 있는 '유학 두 달 전'(1930년 1월 경)의 일기는 단순한 생활 단편의 나열에 지나지 않아 문청다운 내성의 세계를 거의 엿볼 수 없다.[30] 문학적 글쓰기로서의 일기를 쓰고자 했으나 비망록과 기록장만 남기게 되는 꼴이었던 것이다. 이는 물론 양백화나 이광수가 기대하거나 박태원 자신이 예상한 방향은 아니었겠는데, 비망록과 기록장만 쌓이지 문학적 글쓰기로의 길은 제대로 열리지 않았다. 일기가 기껏 비망록과 기록장의 수준에 그치는 것은 어떤 사물·생활·현실에 대한 지각을 기억에 의해 기록하기 때문이다. 내성일기를 쓰자면 지각이 단순히 기억으로 저장되었다가 기록되기보다는 지각이 주체의 체험으로 변용되는 과정이 필요하다. 그러니까 지각의 체험화라는 과정이 여의치 않은 것을 가리켜 박태원이 자신의 '결함' 즉 '상상력'의 빈약함이라 말했다고 하겠는데, 그것을 통절히 자각한 시점이 오래 해 오던 일기쓰기를 접었을 때, 다시 말해 유학을 앞둔 때였다.

그로부터 1년 남짓 유학중에 찾아낸 대안이 고현학 즉 실지의 현상을 '면밀히 조사하여 일일이' '대학노트에다 기입'하는, 결국 비망록·기록장을 만드는 작업이었다. 실제로 고현학의 대학노트는 비록 편린만 확인되지만,[31] 유학 직전의 일기처럼 또 하나의 비망록·기록장이다. 다만 임장성臨

28) 같은 면.
29) 주 1)과 7) 참조.
30) 박태원, 「구보가 아즉 박태원일 때-문학소년의 일기」, 『중앙』, 1936.4, 154~155면 참조.
31) 박태원, 「6월의 우울」, 『중앙』 1934년 6월호에 나오는 다음 대목이 유일한 자료이다.
"창작을 위하야

場性에 의거하는 고현학 대학노트는 기억 또는 망각의 여과과정에 간섭받지 않고 지각을 곧바로 기록으로 옮기는 것인 만큼 전날의 일기에 비해 훨씬 상세한 비망록 · 기록장이 될 수밖에 없다. 다시 말해 고현학 대학노트는 사물 · 생활 · 현실이 그것에 대한 지각과 동시에 기호로 환치된 텍스트이다. 두벌쓰기는 이 애벌 텍스트를 대상으로 그것을 한껏 차별화해서 두벌 텍스트로 만드는 작업이다. 대상의 차별화에는 가령 박태원의 경우에 흔히들 지적하는 영화의 몽타주, 사진의 즉물주의 등, 이른바 '낯설게 만들기 Ostranonie'의 갖가지 기법들이 쓰이겠거니와, 하나의 기호에서 또 하나의 기호로 전이해 가는 이 창작방법은 그 기호의 대상인 사물 · 생활 · 현실의 의미와 본질에 대한 성찰과는 별개로도 이루어질 수 있는 것이기에 극단적인 경우에는 한갓 기호놀이 die Ambivalenz des Zeichens[32)]로 떨어지게 된다.

기왕의 일기쓰기와 고현학이 비망록 · 기록장 만들기라는 점에서 기본적으로 동일한데, 굳이 글쓰기의 타개책으로 고현학을 밀고나간 것은 박태원으로서는 불가피한 선택인 측면도 있다. 즉 그의 개인적인 성격 편향에 결부된 측면이 그것이다. 내성일기를 쓰지 못한 것은 그의 '상상력'의 빈약함 이전에 그 자신이 기록 자체에 집착하는 이를테면 기록벽을 지닌 때문으로 볼 수 있다. 그의 일기들에서 엿보이는 꼼꼼한 기록벽은 기호품에 관한 그의 호사가적인 박물 취미[33)] 즉 수집벽과 상통한다. 난독에 가깝다 할 정도로 맹렬한 그의 독서 편력 즉 독서광적 기질[34)] 또한 일종의 수집벽이라 하

낡은 대학노트를 들고 거리에 나가도 십 분의 '도보노정徒步路程'을 못다 가서 나의 찾어드는 곳은 다방입니다.

한 잔의 탄산수를 앞에 놓고 내가 뒤적거려 보는 나의 '낡은 대학노트'에는 예하면 이러한 것이 씌어 있습니다.

1937.7.26. 오후 3시에 왕십리역 대합실 시계는 오전(혹은 오후) 11시 5분 전을 가리킨 채서 있음……."

32) R. N. 마이어, 『세계상실의 문학』, 장남준 역, 홍성사, 1981, 223~227면에 의하면, 문학과 예술이 기호놀이(die Ambivalenz des Zeichens)에 빠지는 것은 그 세계상실성(Weltlosigkeit)을 반증하는 것으로 된다.

33) 박태원, 「기호품 일람표」, 『동아일보』, 1930.3.18~25 참조.

겠는데, 이런 점에서 그는 사물·생활·현실에 대한 체험의 축적보다는 기호의 세계를 통해서, 말하자면 서책의 총림을 지나서 문학의 세계로 나아간 형국이었다고 할 만하다. 기록벽과 수집벽은 다윈과 같은 과학자의 실증적 태도에서 전형적으로 나타나는 우울증 성향의 일종이기도 하지만,[35] 실제로 박태원은 '3B水'를 습용하는 우울증을 앓기도 했다.[36] 그의 이른바 '장거리 문장'은 유명하지만, "문장이 삽입구나 주가 너무 많고 완고하며, 명석, 간결성이 결여되어 있는 것"[37] 등도 우울증 성향과 관련된다. 뿐만 아니라 춘원을 이를테면 의전적 스승으로 극진히 모시는 처신도 역시 우울증 "특유의 성향 즉 내외의 질서에 얽매어 생의 비약을 스스로에게 허용하지 않는 경계내 정체성(境界內停滯性)"[38]과 맞물린 것이라고 할 수 있다. '沸騰'은 '비등'이 아니라 '불등'으로 발음해서 분위기를 살려야 한다는 정지용에 동조하면서도 '한글맞춤법통일안'에 유의한다든지[39] 소설문장에서 지방색을 나타내는 경우 이외에는 지방어가 아닌 표준어로 써야 된다는 것을 강조한다든지[40] 또는 자신의 본명과 필명을 '泊太苑', '仇甫', '丘甫', '夢甫' 따위로 바꾸기 일삼는다든지 하는 규범언어 langue와 개별언어 parole의 양립성도 창조적인 비약이 부족한 이 경계내 정체성의 징후와 연관된 것으로 보인다. 이와 같이 기록벽 내지 수집벽이 우울증 성향과 표리관계인 병리학적 현상이라면, 그것을 더욱 전면화, 고도화한 고현학의 애벌쓰기와 그 다

---

34) 이에 관해서는 주 30) 이외에도 박태원, 「순정을 짓밟은 춘자」, 『조광』, 1937.10과 「춘향전 탐독은 이미 취학 이전」, 『문장』, 1940.2 등을 참고할 수 있다.

35) 이이다 신·나까이 히사오, 『천재들의 정신병리』, 현대과학신서 32, 전파과학사, 1974, 43~47면 참조.

36) 「소설가 구보 씨의 일일」의 제3장에 해당하는 '구보는'에는 신경쇠약 때문에 '3B水'를 처방 받았으나 효험이 없다고 불평하는 대목이 나오는데, 이는 박태원, 「병상잡설」, 『조선문단』, 1927.4, 57면의 언급과 일치한다. '신경쇠약'은 본문 중에 지적되는 징후들로 미루어 우울증으로 판단된다.

37) 이이다 신, 나까이 히사오, 앞의 책, 46면.

38) 위의 책, 45면.

39) 박태원, 「표현·묘사·기법」, 『조선중앙일보』, 1934.12.17~20 참조.

40) 박태원, 「3월창작평」, 『조선중앙일보』, 1934.3.28.

음에 이어지는 두벌쓰기는 자각적인 선택에 의한 것이라는 점에서 하나의 새로운 '상상력' 유형에 값한다고 할 수 있을 것이다.[41)]

고현학과의 만남은 동경 유학중에 이루어졌다. 그는 '帝大, 一高生에게 위압당하는' 것이 싫어 혼고本鄕가 아닌 타바타田端에 거처를 정했다고 했다. 제대, 일고생에게 꿀림과 함께 지고 싶지 않다는 오기가 발동했다는 것은 식민지 유학생으로서는 자연스럽고도 당연한 반응이라고 할 수 있다. 제대, 일고생과 식민지 유학생 사이의 격차란 개인의 역량에 따라서는 절대적인 것이라 할 수 없지만, 그것을 아우르는 이른바 '긴자 헤게모니'의 자장을 전제로 하면 엄연한 현실이다. 긴자와 그 주변, 외곽, 그리고 변경 사이의 문화지형학적 낙차란 개인이 임의적으로 변경할 수 없는 것이기 때문이다. 고현학은 '긴자 헤게모니'를 승인하고 그 확산과정을 추인하는 것에 다름 아니다. 따라서 고현학의 수용은 '긴자 헤게모니'의 첨단에 스스로를 위치시키려는 욕망을 내포한다고 할 수 있다. 말하자면 고현학에 의거할 때만이 제대, 일고생에게 꿀리지 않을 수 있는 것이다. 이 경우 고현학은 단순히 풍속사회학의 방법론에 그치는 것이 아니라 일종의 전위주의Avant-Gardisme가 된다. 고현학은 가치판단을 배제한다는 의미로 가치중립성을 표방하기에 '긴자 헤게모니'를 가로지르는 문화지정학적 긴장관계에 대해 아무런 문제의식이 없으며, 따라서 그 전위주의는 어디까지나 문화적·예술적 전위주의로 국한된다.[42)]

전위주의로서의 고현학이란 달리 말해서 '긴자 헤게모니'에 비추어 사물·생활·현실을 바라보는 시선이다. 그 시선에는 사물·생활·현실이

---

41) Leon Edel, "Literature and Biography," James Thorpe ed., *Relations of Literary Study; Essays On Interdisciplinary Contributions*, 65면에 의하면, 작가에 대한 심리학적 분석은 병리학적 관심사라기보다 그의 상상력 유형에 대한 파악에 주안점이 놓인다.

42) Renato Piggioli(1968), "The Concept of the Avante-Garde," Elizabeth and Tom Burns ed., *Sociology of Literature & Drama*, Penguin Books, 1973, 384면에 의하면 전위주의에는 문화적·예술적 전위주의와 사회적·정치적 전위주의가 있다.

'긴자 모더니티'의 환유적 이미지로서 기호화된다. 그 기호화의 집적이 곧 애벌쓰기한 애벌 텍스트인데, 단지 비망록·기록장일 뿐이어서 아직 문학이라 할 수 없다. 그 애벌 텍스트를 두벌쓰기로써 한껏 차별화한 두벌 텍스트야말로 문학작품다운 것 혹은 소설작품다운 것으로 된다. 요컨대 창작방법으로서의 고현학은 애벌쓰기에 이은 두벌쓰기이면서 아울러 텍스트의 차별화를 가능하게 만드는 전위주의를 이름이며, 그 뚜렷한 실례가 「소설가 구보 씨의 일일」인 것이다.

4. 「소설가 구보 씨의 일일」의 고현학

창작방법으로서의 고현학을 박태원의 작품 실제와 결부하여 검토하는 경우에는 「소설가 구보 씨의 일일」과 함께 그 앞뒤에 놓인 「피로」와 「애욕」(『조선일보』, 1934.10.16)이 주목할 대상이 된다. 「피로」와 「소설가 구보…」가 하루 동안 돌아다닌 행적의 기록이라는 점에서 유사하다면, "「소설가 구보…」의 속편이 「애욕」"[43]이라 할 수 있기 때문이다. 그러나 엄밀히 살피면 두 가지 다 간과할 수 없는 차이가 있다.

「피로」는 역시 소설가인 주인공의 동선이 「소설가 구보…」에 비해 훨씬 짧고 단조롭기도 하지만, 보다 더 중요한 차이는 그의 소설쓰기 방식이 다름에 있다. 즉 「피로」의 주인공은 다방에서 원고지로 씨름하다가 그것을 책보에 싸서 맡기고 여기저기를 나다니다가 거기로 다시 돌아와 역시 소설쓰기의 어려움에 전전긍긍하는 반면에, 구보는 집에서 나와 다시 돌아갈 때까지 대학노트를 들고 여기저기를 나다니면서 수시로 기록하고 나중에 원고지에 창작하는 방식을 취하는 것으로 되어 있다. 그러니까 「소설가 구보…」는 대학노트로 애벌쓰기를 하고 원고지에다 두벌쓰기를 해서 이루어진 결

43) 김윤식, 『한국현대문학사론』, 한샘, 1988, 340면.

과물이다. 거기에는 대학노트의 구보와 원고지의 구보라는 두 개의 시선이 작동한다. 전편의 단락 서술이 인물, 사건, 상황 등에 대한 관찰, 접속부사 '그러나'의 개재, 그리고 앞의 관찰에 대한 단절과 역전의 성격을 지닌 상념이 이어지는 형태로 구성되는 점으로 그것이 실제로 확인된다. 「피로」에서는 드문드문 접속부사 '그러나'가 쓰이지만, 그 앞뒤의 서술은 대부분 단순한 관찰의 기록에 그친다.

구보의 관찰 대상은 광교의 약방, 전차, 조선은행 앞 장곡천정의 다방, 그 인근의 골동품 상점, 경성역, 종로경찰서 앞의 작은 다방, 종로 네거리, 설렁탕집 대창옥, 광화문통, 조선호텔, 종각 부근과 낙원정의 카페 등의 공간과 거기서 스치고 마주치는 인물들이다. 구보는 여러 공간을 옮겨 다니며 갖은 상념에 잠기지만, 자주 되풀이 되는 것은 동경유학 시절의 회상이다. 종로 네거리에서 동경의 긴자를 떠올리는 그에게 서울은 이른바 '긴자 헤게모니'의 자장 속에 갇힌 공간이며 변경이다. 따라서 서울의 공간들은 실상 그를 사로잡는 동경의 환유적 이미지, 하나의 기호에 불과하다. '긴자 헤게모니'를 가치중립적으로 조사・연구하는 것이 고현학이라는 점에서 그 둘은 등가이다. 대학노트의 구보는 고현학을 표방하며, 따라서 그가 기록하는 서울의 인물, 사건, 정황 등은 모두 그 고유한 아우라aura를 잃고 동경의 환유적 이미지 혹은 기호로 환치됨으로써 한갓 물상화의 상태에 놓인다. 이렇게 모든 것이 기호의 세계로 화해 버린 속에서 거리로 다방으로 정거장으로 카페로 옮겨 다니는 대학 노트의 구보만이 생각하며 움직이는 존재이며, 다시 말해 유일하게 상념을 품은 인물이다. 대학 노트의 기록에 그러한 상념은 기입되지 않았을 테니, 그것은 원고지의 구보가 두벌쓰기 하는 과정에서 해낸 일이다. 원고지의 구보, 보다 정확히는 작가 박태원은 서울과 동경, 종로 네거리와 긴자의 거리가 이른바 '긴자 헤게모니'의 문화지형학적 낙차를 뚜렷이 인식하고 있었기에 그것이 가능했다. 요컨대 소설가 구보 즉 박태원은 '긴자 헤게모니'의 전위분자였던 것이다.

부정할 대상이 먼저 세워져 있어야 부정할 수 있다. 대학노트 작업이 선행하지 않으면 제대로 소설쓰기가 어렵다. 「피로」가 증거하듯 여기저기를 나다니는 것만으로는 고현학적 소설쓰기가 불가능한 것이다. 그러면 대학노트를 들고 여기저기를 나다니는 인물이 나오기만 하면 어떤 경우든 고현학적 소설쓰기가 이루어지는가. 「애욕」의 경우를 보면 반드시 그렇지도 않다.

「소설가 구보…」의 구보와 그 상대역 '벗'은 「애욕」에서 역할이 뒤바뀐다. 즉 '하웅'이 주인공이고 그 상대역이 구보인 것이다. 여기서도 구보는 "고현학!"을 표방하며 대학노트를 들고 여기저기를 나다니지만, 사건 전개의 일부에서 단순한 관찰자 구실만 할 뿐이어서 「소설가 구보…」에서와 같은 상념은 거의 드러나지 않는다. 특히 작품의 후반부는 구보의 모습이 거의 없이 하웅 혼자서 독주하다시피 해서, 전체적으로 보면 구보가 하웅에게 일방적으로 끌려 다니는 양상이다. 대학노트의 구보가 등장하지만, 「소설가 구보…」와 같은 수준의 고현학적 소설쓰기와는 거리가 먼 것이다. 이와 관련해서는 주인공 하웅이 이상이면서 동시에 박태원 자신이고, 구보는 그 자신이면서 또한 이상이기도 하다는 술회[44]가 시사적이다. 또한 이상과 박태원이 함께 구인회에 속했다는 점, 비슷한 시기에 구인회 좌장 이태준이 학예부장으로 일하던 『조선중앙일보』에 「오감도」(1933.7.24~8.8)와 「소설가 구보…」(1933.8.1~9.19)를 발표해 화제를 모았다는 점, 그리고 이상이 하융河戎이란 이름으로 「소설가 구보…」의 삽화를 그렸다는 점 등이 아울러 고려될 수 있을 것이다. 그러니까 박태원과 이상은 동급이며, 따라서 그 둘 사이에는 '긴자 헤게모니'의 문화지형학적 낙차가 존재하지 않는다. 다시 말해 박태원도 이상도 '긴자 헤게모니'의 전위분자라는 점에서 등가이기에 그 둘 사이에는 비판적 거리가 개재될 여지가 없고, 그 결과 「애욕」은 「소설가

44) 박태원, 「이상의 비련」, 『여성』, 1939.5 참조

구보…」의 수준에서 멀어진 것이라 할 수 있다.

그러면 '긴자 헤게모니'의 전위분자로서 박태원의 등급은 정도인가. 「반년간」(1933.6.15~8.20)이 일단 기준점이 될 수 있는데, 이 작품은 동경유학생들과 카페 여급들 사이의 연애풍속을 이렇다 할 비판 없이 그린 세태소설이다. 당대의 일반적인 모던보이들과 박태원의 눈높이는 대차가 없었던 셈이다. 그런 박태원에게 이상은 첫인상이 "괴팍한 사나이"라는 것, 다음으로 다방 '제비'에 걸린 자화상을 보고 "얼치기 화가"라 생각했다는 것, 난해시를 쓴다는 소문이었으나 그의 쉬르리얼리즘 시 「운동」(『朝鮮と建築』, 1931.8)이 좋았다는 것, 차츰 "그의 재주와 교양에 경의를 표하게 되고 그의 독특한 화술과 표정과 제스처"에도 끌렸다는 것, 함께 「오감도」와 「소설가 구보…」를 발표했다는 것 등으로 이어지나 끝내 "괴팍한 사람"이라는 것이었다.[45] 이상의 그림을 보자마자 폄하한 것은 초현실주의 화가 후지타 츠구지(藤田嗣治, 1886~1968)의 이른바 '갑바머리'를 하고 다닌 박태원의 다소 경박한 패기가 드러나는 부분이라 할 수 있다. 그 뒤로는 공감과 호의로 바뀌었다고는 하지만, 일찍이 '제대, 일고생'에 꿀리기 싫어했던 것처럼 속으로는 경쟁심도 일었을 것이다. 말하자면 「반년간」의 유학생들을 바라보던 눈높이로는 어림잡기 어려운 상대였던 것이다.

이 괴팍한 모던보이 이상이 「소설가 구보…」의 '벗'임을 감안하면, 이 작품에서 구보가 여기저기를 배회하며 내심 기다린 것은 이상임을 알 수 있다. 구보가 대학노트를 끼고 다니는 것도 이상이 고현학의 조사・연구 대상으로 삼을 만큼 이채로운 전위분자임을 말해준다. 그들 사이에는 두 번의 접전이 있다. 하나는 제임스 조이스의 『유리시-즈』에 관한 문학담론, 다른 하나는 카페여급들과의 수작이다.

둘 사이의 우열이 쉽게 드러나는 것은 후자의 경우이다. 즉 카페여급들

---

45) 박태원, 「이상의 편모」, 『조광』, 1937.6, 302~303면.

에게 현대의 정신병에 관해 장광설을 늘어놓다가 오히려 자기가 '다변증'으로 몰리는 구보의 궁색한 모습에 비해 그것을 딱하게 지켜보는 이상이 한결 의연하게 보이기 때문이다. 당시의 모던걸 부류 중 하급에 속한다고 할 수 있는 카페여급과 모던보이 사이의 비대칭적 불균형관계에 비추어보면, 다방 '제비'와 마담 '금홍'을 거느린 이상이 견지하는 태도가 차라리 정상적인 것이라 할 수 있다.

이렇게 이상은 모던보이로서 동급인 박태원의 한수 위였다. 그렇다고 잠자코 물러날 수도 없었겠지만, 박태원이 다시 이상과 겨루지 않으면 안 되는 사태가 나타났다. 카페 여급이 아니라 찻집에서 "'지용'의 「가모가와」(鴨川)를 읊은 여자",[46] 카페 여급이 아니라 이를테면 본격파 모던걸과 이상의 연애가 그것인데, 이번에는 이상에 대한 고현학의 조사·연구 방법도 다면적 검증을 염두에 둔 미행채집[47]으로 정했다. 그리하여 하웅을 주인공으로, 구보를 관찰자로 설정한 「애욕」이 씌어졌으나, 여기서도 박태원은 밀리고 말았던 것이다. 어머니의 바람대로 시골 처녀와의 3년이나 미뤄온 혼사를 받아들이라는 구보의 권유를 뿌리치고 모던걸과의 '애욕의 홍염'에 휩싸이는 환상에 젖는 모던보이 하웅의 모습에서 '긴자 헤게모니'의 전위분자로서 박태원에 비해 보다 순수한 열정을 지녔던 이상의 면모가 드러나기 때문이다.

전자의 경우는 어떠한가. 구보는 "『유리시-즈』를 논하고 있는 벗의 탁설에는 상관없이" 딴 생각을 한다. 그 딴 생각이란 『율리시즈』의 레오폴드 불룸과 아내 몰리의 이야기를 뒤집어 놓은 불륜담이다. 그러다가 불쑥 "'제임스, 조이쓰'의 새로운 시험에는 경의를 표하여야 마땅"하지만, "그 점만 가지고 과중평가를 할 까닭이 없"다고 하자 '벗'이 항의하는데도 얼버무리고

46) 박태원, 「애욕」, 『조선중앙일보』, 1934.10.13. 이는 실명소설 「이상의 비련」(『여성』, 1939.5)에서도 그대로 확인된다.
47) 今和次郎, 「考現學總論」, 『考現學入門』, 筑摩書房, 1987, 375~376면 참조.

만다. 그가 『율리시즈』와 관련해서 불륜담 정도를 연상했다는 점은 언어유희의 장대한 집대성인 이 작품의 진정한 현대적 의의를 몰랐던 때문일 것으로 보인다. 이것만으로 이 문학담론의 우열을 가리기는 어려우나, 그가 『율리시즈』의 기법 측면에 깊이 유의하고 있었음은 확실하다. 「사흘 굶은 봄ㅅ달」에서 이미 솜씨를 보였지만, 실제로 그는 「소설가 구보…」에서 『율리시즈』의 이중노출 기법을 시도했다고 명언했다.[48]

「소설가 구보…」가 "그 제재는 잠시 논외에 두고라도 문체, 형식 같은 것에 있어서만도 가히 조선문학에 새로운 경지를 개척하였다"[49]고 자부하기도 했지만, 그의 유명한 장거리 문장은 그만 두고라도 어조의 미묘한 표현을 위해 쉼표나 물음표 등 문장부호의 사용에 유의한다든지 가령 '沸騰'이나 '아이스크림' 같은 한자단어와 영어단어의 발음 문제, '위트/기지'나 '유머/해학' 같은 외래어와 번역어의 선택 문제, 숫자의 형상성 활용, 활자의 전복이나 호수 증감, 비유적 플롯 구성, 결말 처리의 의외적 역전, 적나라한 자기해부로서의 심경소설 쓰기, 작중인물의 성격부여와 명명법의 관계, 그리고 이중노출 등 갖가지 기법의 실험에 집착한 것[50]이 박태원이었다. 그래서 그에 대해서 "기교와 희작 우에 문학을 한 것"[51]이라는 평가도 일면 수긍이 간다고 할 수 있다. 기법의 과격함이야 「이상한 가역반응」(『朝鮮と建築』, 1931.7) 이래로 「오감도」에 이르기까지 숫자, 수식, 기하학 등을 휘두른 이상의 경우도 못지 않았는데, 두 사람은 일상생활에서도 재담을 겨루는 맞수였다.[52] 앞에서 이상과의 첫 만남에서 슈르 계통인 「운동」이 좋았다고

---

48) 박태원, 「표현 · 묘사 · 기교-창작여록」, 『조선중앙일보』, 1934.12.31.

49) 박태원, 「내 예술에 대한 항변-작품과 비평가의 책임」, 『조선일보』, 1937.10.23.

50) 박태원, 「표현 · 묘사 · 기교-창작여록」, 『조선중앙일보』, 1934.12.17~31을 요약한 것임.

51) 백철, 『조선신문예사조사 현대편』, 백양당, 1949, 219면.

52) 조용만, 「이상과 박태원」, 『이상의 비련』, 깊은샘, 1991에 의하면, 카페 여급이 이상에게 왜 오랜만에 나타났느냐고 묻자 박태원이 가로채 대답하기를 '낭중 무일푼' 때문이라 하자, 이상은 그 말이 상스러우니 점잖게 '소한빈素寒貧'이라 해야 한다고 하고, 이에 대해 '낭중 무일푼'이나 같은 뜻인 '스칸핑(素寒貧의 일본어 발음)'이 점잖다는 것은 '정구죽천丁

한 대목이나 난해시 「오감도」를 바짝 따라붙어 그의 말마따나 전례 없는 문체와 형식의 「소설가 구보…」를 연재한 사실, 그리고 이상의 죽음 이후에는 기교에의 편집이 이완된다는 점 등으로 미루어 그의 기법 실험은 어쩌면 이상의 자극에 의해 한층 더 촉발된 측면이 있을 법도 하다.

기법 실험의 강도에서 둘 사이의 우열을 따지자면 「소설가 구보…」와 「날개」(『조광』, 1936.9)의 비교가 하나의 기준척이 될 수 있다. 「소설가 구보…」에는 두 개의 시선이 있다. 하나는 대학노트의 구보, 다른 하나는 원고지의 구보가 그 두 개 시선의 주인이다. 대학노트의 구보는 어떤 주관도 개입시키지 않고 관찰하고 채록하는 역할을 맡는다. 그는 단지 사물・생활・현실의 기록자일 뿐이어서, 그 작성한 대학노트 즉 애벌 텍스트는 하나의 기호체에 지나지 않는다. 원고지의 구보는 이 기호체에 대해 갖가지 기법의 실험을 감행하는 이른바 두벌쓰기로써 차별화를 도모하는 것인데, 이 작업이 철저하게 수행되자면 작중인물 '구보'도 한갓 기호의 상태에 머물러야 한다. 즉 기호체에 대한 차별화작업이 극대화되자면, 기호와 대상과의 단절, 다시 말해서 기호가 대상의 의미와 본질에 대한 성찰과는 동떨어진 상태에 있어야 하는 것이다. 그러나 작중인물 구보는 대학노트의 구보이자 아울러 원고지의 구보이기에, 작가 박태원의 자리에서 보면 시점이 이원화되어 있다. 작가는 원고지의 구보를 통해 이야기에 개입하고, 원고지의 구보는 작가의 입장과 사정을 대변하는 형국이다. 한편 「날개」는 서술구조 자체가 이원화되어 있다. 즉 서두의 서술자는 본문의 이야기에 개입하지 않아 주인공 '나'는 부유하는 사물과 같은 상태, 그러니까 기호의 상태로 연출되어 있다. 물론 '나'는 완전한 의미에서의 즉물성에 도달하지는 않았고 또 소설이라는 이야기 형식에서는 근본적으로 그렇게 될 수가 없다. 특히 결말부

口竹天할 일'이라는 파자로 응수했다고 한다. 조용만을 '정구죽천'을 단순히 '가소可笑'롭다는 뜻으로 풀이했으나, '정구丁口'는 인구人口 혹은 호구戶口이니 여염 사람이 대나무를 들고 감히 하늘을 찌르려는 격이라는 뜻으로 봄이 맞을 것 같다. 이상에 대한 박태원의 경쟁심 혹은 호승심을 엿볼 수 있는 일화라 할 것이다.

에서의 '나'의 독백은 비약인데, 거꾸로 그 직전까지는 서술자 즉 작가의 개입을 배제한 효과로 볼 수 있다. 이에 비하면 「소설가 구보…」는 구보가 혼사를 재촉하는 어머니의 바람에 따를 것이라는 암시로 끝맺지만, 그 결말은 서술자의 일방적 개입에 의한 비약이라기보다 서두의 중매혼에 대한 거부감, 동경에서의 연애 실패, 카페여급과의 객쩍은 수작 등으로 이어지는 상념의 순차적 연쇄에 의한 반전이다. 이와 같이 「소설가 구보…」도 「날개」도 시점 자체는 이원화되어 있지만, 두 시점 사이의 분리 정도는 「날개」가 「소설가 구보…」에 비해 확고한 양상이다. 요컨대 기법 실험의 강도, 모더니스트로서의 순수한 열정에서도 이상은 박태원보다 한 수 위인 전위분자였다.

이제까지 살펴온 대로 「소설가 구보…」와 「애욕」에서 박태원은 모던보이로서, 그리고 모더니스트로서 이상과 동급의 전위분자처럼 행세하면서도 결국 가족관계의 규범을 존중하고 그 테두리를 벗어나지 않는 이중성을 보여준다. 반면 실생활에서도 이상은 기성의 규범에 대해 일탈적이었는데, 박태원은 "지각이 있는 사람이어서 늘 이상에게 충고하고 기괴한 행동을 못하게" 말리는 건실한 친구였다.[53] 이러한 인간적인 면모는 근본적으로 그의 성격적 편향인 '경계내 정체성'에서 비롯된 것이지만, 또한 '긴자 헤게모니'의 전위분자로서 그가 지닌 한계이기도 했다. 이 한계를 우회적으로 드러낸 작품이 「거리」(『신인문학』, 1936.1)인데, 창작생활과 가족부양 사이에 부대끼던 주인공이 사람들과의 관계는 '거리'가 있을수록 온전히 유지된다는 생각에서 "동경이든, 상해든, 만주든" 멀리 떠나려고 하나 현실적으로 여의치 못하다는 이야기이다. 이상은 1936년 10월 경 동경으로 떠났다. 그것은 '긴자 헤게모니'의 전위분자가 그 한복판의 첨단으로 뛰어 들어간다는 의미였다. 그 이상의 동경 행을 말렸던 박태원은 서울에 머물러 창작생활을 영위했는데, 그의 작품세계는 그 대상인 사물・생활・현실과의 '거리'가 넓

53) 조용만, 주 52)와 같은 글.

고 좁음에 따라 기복을 보였다. 「날개」와 같은 시기에 발표한 『천변풍경』에 비해 그 뒤에 이어진 작품들은 그 '거리'가 너무나 좁아져서 「성탄제」(1937.12), 「윤초시의 상경」(1939.4), 「골목안」(1939.7), 「투도」(1941.1) 등의 예가 말해주듯 맥 빠진 인정담 내지 시정담으로 가라앉고 말았다.

모더니즘은 1) 형이상학적 불연속성, 2) 미학적 불연속성, 3) 수사학적 불연속성, 4) 시간적 불연속성 등 네 가지 불연속성discontinuity을 기본적인 속성으로 한다.[54] 모더니스트로서 박태원의 관심은 2)와 3)의 측면에 국한되었던 것으로 보이나, 그나마도 철저한 것은 아니었다. 당초에는 대상과 단절된 기호의 세계를 창작코자 열망했을지도 모르나, 「소설가 구보…」조차도 거기에는 미달하는 수준이었다. 그것은 이른바 '긴자 헤게모니'의 전위분자로서 그가 지녔을 열정이 바로 그만한 수준이었음을 말해준다. 「거리」에서 그는 사람들과의 관계를 단절 즉 불연속성에 의해서가 아니라 거리의 넓고 좁음에 의해 파악한다고 했다. 이로부터 그의 전위의식은 이완되어 마침내 소멸되기에 이르렀다. 그 과정에는 두 가지 요인이 작용했다고 생각된다. 그 하나는 전위의식이 자기현시욕이라는 점인데, 이상과 더불어 열성적인 구인회 활동을 통해 문단적 입지를 확보하게 되면서 점차 해소되었다고 할 것이다. 사실 전위주의는 신문·잡지 등 상업주의 저널리즘의 취재원으로서 두각을 나타내고자 하는 문단의 대중영합적 경향과도 은밀히 맞물린 것이거니와,[55] 한때 기법 실험의 첨단에 섰던 박태원이 명치제과, 청목당 등에서 모던 경성을 구가하며 호사벽Boutiquisme과 경인벽Gaut d' etonnement에 둘러빠진 안회남 식의 신변소설[56] 「음우」(『문장』, 1939.10~11, 『조광』, 1940.

54) M. K. Spears, *Dionysus and the City*, Oxford Univ. Press, 1970, 23~34면 참조.

55) Eduardo Sanguineti(1967), "The Sociology of the Avante-Garde," Elizabeth and Tom Burns ed., *Sociology of Literature & Drama,* Penguin Books, 1973, 392~393면에서는 전위예술은 예술의 상업화에 반대하지만 결국 거기에 함몰되고 마는데, 그것이 경제적 억압에 대해 저항하는 방법은 그것이 또한 당대 예술의 상업적 조직의 첨단에 항상 위치한다는 사실로 해서 위협받는다고 했다.

56) 필자, 「안회남 소설 연구」, 『한국 현대문학의 근대성 탐구』, 문학사와 비평 7집, 새미,

10)라든가 「투도」(『조광』, 1941.1) 등에 힘을 기울인 것도 시사적이다. 다른 하나는 '긴자 헤게모니' 자체가 파시즘 강화과정 속에서는 점차 형해화될 수밖에 없었다는 점인데, 이 경우에는 사물・생활・현실과는 무연한 글쓰기와 파시즘의 부름에 사역하는 전체주의적 언어le langage totalitaire만이 가능하다. 전자가 『신역 삼국지』(『신시대』, 1941.5), 『수호전』(『조광』, 1942. 8.1~44.12.1), 『서유기』(『신시대』, 1944.12) 등 중국 역사소설의 번역이었고, 후자가 해방 전날까지 썼던 『원구』(『매일신보』, 1945.5.16~8.14)였다.

한 가지 덧붙일 사항은 소설가 구보를 소위 '산책자' flâneur와 관련지어 설명하려는 시도들[57]에 관한 것이다. 대개는 창작원리로서의 고현학이 주인공 서술자의 산책자적 성격을 통해 구현된다는 관점을 취하는데, 이는 소설가 구보의 작중 행위가 산책의 형태로 되어 있다는 단순한 사실, 그리고 박태원 자신이 「이상적 산보법」(『동아일보』, 1930.4.1, 15)을 쓴 바 있다는 점에 착안한 것으로 보인다. 뿐만 아니라 "'갑바'(河童) 머리에 너부죽한 이마를 앨써 곱히고 시커먼 각테 안경에 탈모주의로 해괴하게도 거리를 횡보… 이른바 최첨단(?)을 걷는 문학의 청년사도"[58]였던 박태원의 널리 알려진 댄디즘과 보들레르의 현대적 삶의 영웅주의 사이에 유추관계가 성립된다고 상정하는 데서도 비롯된 것으로 보인다. '산책자'로서의 보들레르에 대한 분석은 W. 벤야민의 「보들레르의 몇 가지 모티브에 관해서」(1939)가 발표된 이후에 개념이 정립된 것이다.[59] 작품의 외형적인 내용과 작가의 돌출적인 풍모에서 엿보이는 부분적인 현상만 가지고 소설가 구보를 비롯하여 일련의 작품 주인공 또는 서술자를 산책자적 성격을 지녔다고 하는 것은 해석의 과잉이자 작가론적 환상에 빠졌다는 혐의를 떨칠 수 없다.

2000, 307~308면.

57) 최혜실, 「산책자의 타락과 통속성」, 『한국문학의 몇 가지 주제』, 소명출판, 2002 등 참조.

58) 박종화, 「『천변풍경』을 읽고」, 『박문』 6호, 1939.3, 20면.

59) 반성환, 『발터 벤야민의 문예이론』, 민음사, 1983, 119~64면 참조.

현대사회의 모순이 이미 전면적으로 폭로되었음에도 현실은 물신성에 의해 지배되고 만다는 절망 속에서 등장한 보들레르의 '산책자'는 현대의 부정과 시간의 정지를 인식론적 전제로 삼는다고 할 수 있을 것이다. 그러나 동경대진재 이후 동경의 부흥과정에서는 모더니티의 구축이 당위명제였다. 그 바탕 위에 성립된 고현학이 현대 긍정의 정신을 표방하고 또 시간개념도 현재형・진행형일 수밖에 없다. 사고의 출발점은 다같이 현대이지만, 그 방향성은 정반대이다. 따라서 현대의 변화가 Passage에서 언젠가 엄습해 올 파국과 혁명을 몽상하는 '산책자'와 가두에서 새로운 상품과 유행에 대해 관찰・채록하는 고현학의 풍속조사원을 혼동한다는 것은 난센스라고 하지 않을 수 없는 것이다.

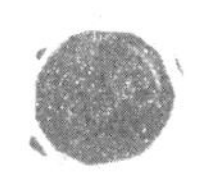

안회남 신변소설의 내적 논리

1. 작가의 변모와 상황논리

우리 근대사 자체가 격동과 급전의 과정이어서 문학사에는 더러 단층현상이 나타난다. 그 가운데서 8 · 15 해방을 계기로 이루어진 문단의 재편이야말로 당시의 문인이라면 누구도 그 영향권 밖으로 벗어날 수 없었던 대규모의 사태였고, 그 파장이 지금껏 미결상태로 남겨졌다는 점에서 그 무엇보다도 크고 깊은 문제성을 지니고 있다. 이를 주목하는 자리에 작가 안회남은 매우 이채로운 존재로 부각되는데, 그것은 그 전후의 문단적 거취가 판이할 뿐 아니라 그의 작품 양상도 실로 의외로울 만큼 변모를 보였기 때문이다. 그 경개는 다음과 같이 간추려 볼 수 있다.

1931년 등단한 이래 그는 꾸준히 소설로 창작 활동을 전개했고 또 월평류를 중심으로 평론 활동도 계속 병행했으나, 작가로서나 비평가로서나 문단적 쟁점의 중심부에 위치한 적이 거의 없다고 해도 과언이 아니다. 말하자면 주변적 문인이었던 것이다. 해방 후 그는 일약 문학가동맹의 소설부 위원장(1946.2)을 맡는 한편, 그 전후로 연달아서 발표한 10여 편의 소위 징용소설들로 관심을 모으고 또한 그 뒤에 나온 평판작 「폭풍의 역사」(『문학평론』, 1947.4) 「농민의 비애」(『문학』, 1948.4) 등으로 상당한 반향을 불러일으킴으로써 두각을 나타내게 되었다. 그리하여 문맹의 대표적 작가의 하나로 꼽히던 그는 객관적 정세가 좌익진영에 심각하게 악화되는 단계로 치달을 무렵 마침내 월북한 것으로 알려져 있다.

해방 정국 속에서 문인들의 이념 선택은 일종의 불가항력적인 강요사항이었다고 할 수 있다. 그렇다고 하더라도 그들의 삶과 문학의 실상을 정당하게 파악하고 평가하기 위해서는 그 이념 선택의 근거를 묻는 것이 긴요하다. 이 문제와 관련해서 좌익진영의 문인들 가운데 프로예맹계의 이기영, 한설야 등이나 문맹계의 임화, 김남천 등은 각기 그 나름으로 근거가 확실한 쪽이지만, 안회남은 일제하의 활동으로 미루어 아무래도 그것이 취약하거나 불투명한 쪽에 속한다고 할 것이다. 즉 그는 등단기부터 자유주의자, 예술지상주의자를 자처하며 정치 편향의 프로문학에 대해 거부감을 토로하고 때로는 적대감까지 표명한 점, 그리고 그것에 상응하여 그의 작가생활이 이념이나 사상에 관한 문제들에는 아예 관심조차 가지려 하지 않은 채 소위 신변소설 언저리를 시종 맴돌았다는 점 등에서 그러하다.

역설적으로 이렇다 할 자기 나름의 근거가 없는 까닭에 오히려 운신이 과감했을 것이라든가, 해방 자체가 거대한 충격인 만큼 심기일전했을 것이라든가 하는 식으로 안회남 부류의 작가들을 설명할 수도 있을 것이다. 그러나 작가는 작품을 전제로 해서 존재하며, 작품은 필경 작가 자신의 체험과 실감을 바탕으로 하는 것이기에, 작가의 변모는 어쩔 수 없이 작가의식의 내재적 성장(변화)과 관련지어 묻지 않으면 안 된다. 따라서 안회남의 작가적 변모를 가져온 구체적이고 실제적인 계기가 무엇인가에 초점이 모아진다.

이 문제에 대한 최초의 검토는 동시대 평론가 김동석의 「부계의 문학-안회남론」과 「비약하는 작가-속 안회남론」에서 이루어졌다.[1] 즉 전자는 징용소설이 서술형식상 일인칭시점을 취하지 않은 점에서 신변소설과 다르지만,

"주관적 쎈티멘트가 언어구구에 스며 있다"는 점에서는 마찬가지라고 비판하면서 그 원인으로 "과학적 세계관"의 미비를 지적했다.[2] 그런데 후자에서는 안회남이 "문학가동맹에서 언제나 전진하려 앨 쓴 작가"답게, 그리고 "비약하는 작가"로서 신변소설의 구각을 벗어난 「폭풍의 역사」「농민의 비애」의 성과가 "작가 자신의 내면적 비약"이 있었기에 가능했고, 그 비약은 "문학가동맹의 작가"였기 때문에 이룰 수 있었다고 주장했다.[3] 요컨대 신변소설을 극복하게 만든 결정적 요인이 작가 측의 내재적 추동력보다 문맹노선에 있다는 관점인데, 문맹노선과 과학적 세계관의 등식관계를 전제로 하는 독단성은 치명적이다.

이 김동석의 관점에 대해 김윤식 교수의 「사이비진보주의로서의 논리-안회남」은 통렬한 반론으로 주목할 만하다. 즉 「폭풍의 역사」는 안회남이 임화의 에피고넨으로서 쓴 선전삐라적인 작품일 뿐이며, 「농민의 비애」가 도식성에 흐르지 않고 서사시적 구도와 세부묘사의 박진성, 그리고 상징적 기법의 활용 등으로 거둔 작품성은 후미에 문맹노선의 장황한 대변인적 서술 때문에 오히려 크게 훼손되는 결과로 나타났다는 것이다. 이 견해에 따르면 「농민의 비애」가 '예술적 서정화'를 통해 달성한 성과를 이를테면 비평가 김동석이나 작가 안회남이 문맹노선의 정당성에 의한 것으로 착각한 곳에 문학적 비극이 놓인다. 그리하여 문맹의 이데올로기보다 체험과 실감에 무게 중심을 놓음으로써 당연히 징용체험을 기질적 소시민성에서 탈출

1) 이 두 평문은 김동석, 『뿌르조아의 인간상』(탐구당서점, 1949.2)에 실려 있는데, 전자는 「부기」에 의하면 1947년 상반기에 쓰였으나, 1년도 넘어서 『예술평론』(1948.6.16 집필)에 게재되고(24면), 후자는 『우리문학』(1948.4.12 집필)에 실린 것으로(36면) 되어 있다. 해방 전 작품들을 묶은 『전원』(고려문화사, 1946)과 소위 징용소설 작품집인 『불』(을유문화사, 1947)을 다룬 전자와 당시 문맹계의 대표적 평판작 「폭풍의 역사」(『문학평론』 3, 1947.4), 「농민의 비애」(『문학』, 1948.4)를 다룬 후자는 하나로 합치면 안회남의 문단활동 기간 전반을 살피는 본격적인 작가론의 첫 사례로 되거니와, 문제의 파악과 분석 자체도 상당히 핵심에 접근해 있어 후속 논의의 지표로 될 수도 있다.

2) 김동석, 「부계의 문학-안회남론」, 『뿌르조아의 인간상』, 탐구당서점, 1949, 203면 참조.

3) 김동석, 「비약하는 작가」, 위의 책, 30~34면 참조.

할 수 있는 하나의 징후로 보고, 「불」이 그것을 구현한 가작이라고 하는 것이다.[4] 요컨대 징용체험이 작가적 변모의 계기로 인정된다는 관점이며, 이 경우 소시민성은 신변소설과 등가로 된다.

이렇게 두 관점[5]은 징용체험의 의의에 대한 평가에서 차이가 있다. 그런데 안회남 자신은 징용소설들이 기왕의 "신변소설의 계열과 혈통을 다시 한 번 더 이끌고 나아가며 있는" 상태라고 말했다.[6] 명칭에서부터 다소 경멸적인 의미를 내포하고 있는 신변소설의 결함은 통상 단순히 그 취재 범위의 협착함보다는 전망의 추구 혹은 주제의 탐구가 미미함에서 찾아지며, 작가의식의 안이함에서 비롯된다. 본디 경험의 갱신이나 상황의 변동이 있자마자 즉각 창작의 대응력을 발휘하기란 본디 용이하지 않은 법이긴 하다. 그러나 유일한 징용문인으로서 참담한 시련을 겪고도 신변소설 형식을 답습한다는 것은 작가로서의 근본태도에 원천적으로 심각한 맹점이 있기 때문이 아니겠는가.

신변소설에 대한 안회남의 변명은 "일본제국주의의 야만적 식민정책 아래서는 우리는 문학세계로 객관사회와 서로 간섭할 수 없었기 까닭"에 "나는 조개가 단단한 껍데기를 쓰는 것처럼 의식적 무의식적으로 자기 자신 속으로만 파고들었던 것"으로 집약된다.[7] 시대가 험악하면 물러서고, 세상이 바뀌면 나선다는 식의 사고방식은 주체성의 결여 혹은 정신의 공각성空殼性을 뜻하기에 작가로서는 치명적인 약점이 아닐 수 없다. 이 작가의식의 한계를 규명하는 작업은 그의 신변소설 자체에서 출발할 수밖에 없는데, 자

---

4) 김윤식, 『한국현대문학사』, 일지사, 1981, 139~50면 참조.
5) 해금조치 이후로 안회남에 대한 논의는 적지 않으나, 대체로 이 두 관점의 틀을 분유하는 위에서 주로 작품의 변모과정을 해설하거나, 삶과 문학을 병렬관계 속에 놓고 그 전개과정을 현상적으로 기술하는 방식을 취한다. 후자에 해당하는 가장 최근의 논의 성과는 김경수, 「한 신변소설가의 문학과 삶」, 문학사와 비평연구회, 『한국문학과 계몽담론』, 문학사와 비평 6집(새미, 1999.2)이 있다.
6) 안회남, 「서문」, 『불』, 을유문화사, 1947.
7) 안회남, 「발문」, 『전원』, 고려문화사, 1946, 349면.

기 자신의 이야기, 일종의 자서전 형식이 신변소설이기 때문이다.

2. 예술지상주의와 연애지상주의

안회남은 약 50여 편에 이르는 해방 전 작품들을 세 부류로 나누었다.[8] 즉 「처녀」(『제일선』, 1932.8), 「연기」(『조선문학』, 1933.10), 「상자」(『조선문단』, 1935.7), 「악마」(『신동아』, 1936.3), 「고향」(『조광』, 1936.3), 「우울」(『중앙』, 1936.4), 「향기」(『조선문학 속간』, 1936.6), 「장미」(『조광』, 1936.8), 「화원」(『조선문학 속간』, 1936.10), 「명상」(『조광』, 1937.1), 「겸허」(『문장』, 1939.10) 등 10여 편의 신변소설. 다음으로 장편 『애인』을 비롯하여 『안회남단편집』(학예사, 1939)에 수록된 「에레나 나상」(『청색지』, 1938.4), 「기차」(『조광』, 1938.10), 「수심」(『문장』, 1939.3), 「온실」(『여성』, 1939.5), 「번민하는 '잔룩씨'」(『인문평론』, 1939.10) 등의 심경소설. 그리고 「망량」(『풍림』, 1937.2), 「그날 밤에 생긴 일」(『조광』, 1938.4), 「기계」(『조광』, 1939.6), 「투계」(『문장 임시증간』, 1939.7) 등의 본격소설. 이 가운데서 그의 문학적 본령에 해당하는 것은 그 자신이 언명했고 또 기존의 여러 논의들이 확인해 온 대로 신변소설들이다. 위에서 그가 꼽은 작품들 이외에 「겸허」 이후의 「소년」(『조광』, 1940.8), 「벼」(『춘추』, 1941.3), 「봄이 오면」(『인문평론』, 1941.3), 「모자」(『춘추』, 1943.7) 등도 같은 계열이라 할 수 있다.

이 분류의 문제점은 소설 명칭의 임의성이다. 우선 신변소설이란 용어 자체가 안회남을 제외하고는 거의 적용 사례를 찾기 힘든데, 그 개념도 "신변적 사실이 더군다나 사회의 표면에 부다쳐나가지도 못하고 내성적으로 심경에 흐르고" 마는 것이라는 정도로밖에 드러나지 않는 미정형 상태이다. 둘째 부류의 작품들을 심경소설이라 불렀지만, 「수심」과 「온실」을 제외하

---

8) 안회남, 「자기응시의 십년」, 『문장』, 1940.2, 14~15면.

고는 에누리 없는 통속소설이다. 그리고 셋째 부류의 본격소설 또한 안회남 자기류의 것이어서 당대의 소설비평에서 주요쟁점으로 부각되었던 임화, 김남천, 한설야 등의 세태소설론·본격소설론에는 현격히 미달되는 수준이었던 것이다. 전형론이나 윤리성(모럴) 문제에 대한 관심이 완전히 거세된 주관소설로서의 신변소설과 객관소설로서의 본격소설을 절충해야 한다는 것을 중언부언할 뿐 아니라, 신변소설과 본격소설의 목표가 각각 진실성, 통속성이라는 요령부득의 주장을 늘어놓은 것이 그의 「본격소설론」이었다.[9)]

우선 등단작 「발髮」(『조선일보』, 1931.1.4~10)은 당선작 없는 3등으로 뽑힌 것인데, 염상섭으로부터 '설익은 작품'이라고 혹평을 받았다.[10)] 이 작품은 부분적으로 경향적 색채를 띠지만, 어디까지나 당시 문단의 추세를 피상적으로 흉내 낸 정도였다. 뒤이은 「차용증서」·「그들 부부」·「나와 옥녀」·「병든 소녀」 등 몇몇 작품에서도 비슷한 면모가 엿보이지만, 현실의 분석이 안이한 데다 감상적 온정주의에 빠져 막연한 인정담을 벗어나지 못한 함량 미달의 태작에 지나지 않는다.

초기작들의 계급문학에 대한 안회남의 다소간 부회附會적인 태도는 1932년 말을 전후하여 증발하게 된다. 즉 그는 「일본문단 신흥예술파론고」(『신동아』, 1932.12), 「일본문예 신흥예술파의 대표적 이론」(『신동아』, 1933.1) 등에서 마르크스주의 문학의 정치편향에 대해 비난을 퍼부었는데, 그 요지는 예술성 및 문학적 특수성의 무시, 형식과 기교의 배격 및 부인 등의 문제점을 지님으로써 내용소설, 관념소설, 공식소설 등으로 고정화, 유형화되는 한편, 유치한 자연주의적 수법과 기술을 답습하고 만다는 것이었다.

'신흥예술파'란 『신조新潮』의 편집장 나카무라 무라오中村武羅夫를 중심으로 '13인구락부'(1929)·'신흥예술파구락부新興藝術派俱樂部'(1930.4)의 결성을

---

9) 안회남, 「본격소설론」, 『조선일보』, 1937.2.16~20.
10) 염상섭, 「현상작품 선후감」, 『조선일보』, 1930.1.4 참조.

보았으나, '신사회파문학'(1932)의 제창 무렵에 분열 해체되어 비교적 단명에 그친 모더니즘 문학집단이다. 나카무라의 「누군가? 화원을 망가뜨리는 자는!」(『新潮』, 1928.6)이 그 성립과정에서 기폭제 역할을 했는데, 그 글의 부제가 '이즘의 문학보다는 개성의 문학으로'였다. 그러니까 반마르크스주의를 표방하는 예술주의의 옹호를 목표로 했던 것인데, 이들의 활동은 이론적 깊이가 없어 일과성에 그쳤다고 할 수 있다.[11] 안회남의 두 글은 그 모두에서 스스로 밝혀놓았듯이 『신조』 등에 게재된 일본 평문의 발췌 번역인 만큼 주장의 강도에 비례하여 지적 경박성을 노출한 것이기도 하다.

이 무렵 그의 계급문학에 대한 반대는 "나는 자유주의적 입장에서 평필을 들었고, 예술지상주의적 태도를 가지고 작품 활동을 하여 온 것"[12]이라고 호언한 데서 보다 분명한 내용을 드러내지만, 실상을 따지고 들면 더욱 난처한 국면에 부딪히게 된다. 정치의 배제가 곧 예술지상주의라는 일방적 논리는 그것인데, 그 외연에 그의 신변소설 이외에도 통속소설이 함께 걸쳐 있기 때문이다. 전자는 차치하고, 후자와 예술지상주의가 양립한다는 식의 관점은 상식밖인 것이다.

가령 초기작 「그들 부부」에서 이미 조짐을 보인 통속성은 「황금과 장미」(『중앙』, 1935.5)에서 전면화되어 야담에 손대던 김동인조차 "신풍정극新風正劇" 즉 신파극이라 통매할 지경이었다.[13] 그러한 성향은 갈수록 방만해져서 저급한 연애담 내지 치정담을 거리낌없이 썼는데, 그 작품수도 적지 않다. 즉 앞에서 그 자신이 심경소설로 분류한 작품들 이외에도 「황혼」(『신동아』, 1936.7), 「소년과 기생」(『조선문학 속간』, 1937.1), 「등잔」(『사해공론』, 1938.10), 「계절」(『동아일보』, 1939.5.24~6.14), 「탁류를 헤치고」(『인문평론』, 1940.4~5)

11) 하세가와 이즈미長谷川 泉, 『근대일본문학평론사近代日本文學評論史』, 有精堂, 1977, 82~86면 참조.
12) 안회남, 「문예평론의 계급적 입장」, 『제일선』, 1933.3, 78면.
13) 김동인, 「5월 창작평」, 『매일신보』, 1935.5.22.

등은 올데갈데없는 통속소설들이며, 이들만큼 노골적이지는 않더라도 신변소설류의 작품들도 부분적으로 통속적 성향을 띤다.

이 작품들은 단순히 애정심리의 곡예를 그린 것도 있고, 소위 여급, 뻐스걸, 숖걸(백화점 여점원) 등 직업여성을 등장시켜 성풍속의 타락을 보여주는 것도 있다. 어느 경우이든 인격적·윤리적 측면에는 소홀하고 다만 흥미의 유발에만 치중하는 양상이어서 매문의 혐의를 떨쳐내기 어렵다. 물론 30년대에 들어 저널리즘의 대중적 저변이 확충되고 또한 독자층의 취향과 기호도 다기화됨에 따라 통속문학이 문단의 한 영역으로 자리 잡게 되었던 사정도 그 배경으로 놓여 있었을 것이다.

그런데 통속소설 이외에도 남녀관계를 취급한 작품들이 많다. 작가적 관심의 이러한 편향은 당시의 문단 풍토와는 별개로, 그의 개인사와도 관련을 맺고 있다. 즉 그는 삼년 남짓한 연애 끝에 집안의 승낙을 어렵게 얻어 결혼했는데, 한 평문의 말미에 연애 당시의 절실한 심정을 토로하는 부기를 남기기도 했다.[14]

앞에서 그 자신이 신변소설로 분류한 「처녀」, 「연기」, 「상자」, 「향기」 그리고 심경소설로 분류한 「온실」 등은 바로 그러한 연애과정, 결혼생활, 그리고 애처가로서의 면모를 그려놓은 작품들인 것이다. 따라서 자신의 알뜰한 경험을 밑천으로 애정문제를 득의의 이야기꺼리로 삼았던 것이라고 볼 수 있다.

그뿐만 아니라 그는 '연애지상주의'를 표방하고 그것을 '예술지상주의'와 등가라고 주장하기까지 했는데, 이 부분은 주목할 필요가 있다. 그의 연애관은 성적 방종이나 분방한 애정행각과는 달리 '지고지순한 생활의 감정'으로 집약된다.

14) 안회남은 「일본문예 신흥예술파의 대표적 이론」(『신동아』, 1933.1)의 말미에 "나의 사생활에 있어서 가장 큰 문제를 앞에 놓고 무한한 번민과 싸우며 이 원고를 마침"이라고 부기하고 있는데, 이는 그의 결혼문제, 상속문제 등과 관련된 언질로 보인다.

> 사실 나는 최고감정의 연애에서 최고감정의 결혼을 이루고 또 이러한 진정한 생활의 정열을 통하여 문학(예술)의 세계를 섭취하는 것을 이상으로 한다. 지고지순한 생활의 감정이 있어야 지고지순한 문학의 감정이 따르고 생활의 완성이 있은 후에야 문학의 완성이 오는 것이라고 믿는 바이다.[15)]

연애가 삶의 진정성에 이르는 계기의 하나일 수 있다는 것은 누구라도 동의할 만하다. 그러한 계기로는 이를테면 순진무구한 동심도 떠올릴 수 있고, 그밖에도 여럿을 들 수 있을 것이다. 연애 자체보다는 진정성이 관건인데, 유독 연애에만 집착하는 것은 제반 사회적인 인간관계에 대한 불신과 회의를 반증한다고 볼 수 있다. 이 사회적 태도의 퇴행성이 그의 '연애지상주의'의 참모습이며, 또한 그가 신변소설에 매달린 이유이기도 하다. 그러한 퇴행성은 어디서 비롯된 것인가. 그의 가족사, 특히 그의 부친 안국선의 인생역정이 결정적인 요인이었다고 생각된다.

3. 신변소설과 계대의식繼代意識

안회남은 신변소설의 그 취재 대상을 "나의 아버님 어머님과 동무들과 안해와 아이"로 한다고 했지만, 그의 부친 안국선은 「명상」과 같이 주역으로 바로 등장하는 경우가 아니더라도 이야기의 진행 속에 그 모습을 드리우고 있는 경우가 많다. 가령 금전에 쪼들리는 친구 이야기에 마찬가지 사정인 누이동생 이야기를 겹쳐 놓은 「우울」의 경우, 그 말미에 "어떻게 하든지 동생의 식구만은 돌아가신 아버님을 대신해서 내가 살려야겠다"는 심사를 피력하는 식이다. 김유정과의 교우관계를 그린 「겸허」에서도 자기 부친과 가족사의 일화가 곁들어져 있다. 이런 측면을 두고 김동석이 '부계의 문학'이라고 불렀거니와, 그의 신변소설에서 모든 이야기의 중심축을 이루는

15) 안회남, 「연애와 결혼과 문학-작가의 최고감정의 문제」, 『조선일보』, 1938.9.20.

안국선의 생애와 그것에 대한 추억을 다룬 「명상」은 단연 비중이 크다. 다시 말해 신변소설의 양식적 속성을 해명하는 작업에 관건적 의의를 지닌 작품이 다름 아닌 「명상」인 것이다.

「금수회의록」, 「공진회」 등의 작가 안국선(1878~1926)은 구한말 경무사와 군부대신 등 요직을 역임한 안경수의 양자로서 1895년 제1차 관비유학생이 되어 도동渡東, 그곳의 동경전문학교에서 정치학을 전공했다.

귀국 후에는 '황제양위 음모사건'(1898) 관계로 안경수가 일본에 망명함에 따라 정치적 진로가 막힌 상황에서 독립협회 간부 이승만, 이상재, 김정식 등과 함께 수구파의 모함에 의한 '고종폐위와 공화제실시 음모사건'(1899)에 연루되어 체포되었다. 이때 참형을 선고받았던 안국선은 선교사 아펜셀러 등의 권유에 의해 기독교로 개종한 것에 힘입어 종신 유형으로 감형되어 진도에 유배되었으며, 거기서의 3년 동안의 연애결혼으로 맺어진 이숙당과 함께 탈출하여 서울로 잠입했다고 한다.

그가 『정치원론』 『연설법방』 등의 저술과 『야뢰』 『대한협회보』 『기호흥학회보』 등에서의 논설로 사회활동을 펼치게 되는 것은 1907년부터인데, 이는 일본에 망명했었다가 특사로 귀국한 안경수가 다시 역모로 몰려 타살 또는 교수형을 당했던 것이 그 해에 신원됨으로써 가능했으리라 짐작된다.

이후 탁지부 서기관(1908.7), 이재국 감독과장(1908.9), 이재국 국고과장(1909.12)을 거친 안국선은 총독부에 의해 경북 청도군수(1911.2~1913.7)로 임용되었다가 사임했다. 관직을 떠난 그는 상경하여 금광, 미두, 주식 등의 실업 방면을 모색했으나 실패하고, 1916년 안성의 고삼면으로 낙향했다.

1920년 재상경하여 다옥정茶屋町에 기거하며 삼대독자인 안회남을 휘문학교에 진학시키는 한편, 해동은행장, 양정의숙 이사 등으로 활동하기도 했으나, 만년에는 가산을 거의 탕진하여 "경기도청 뒷골목 초라한 초가에서" 궁핍을 겪으면서 투옥과 유형의 후유증으로 병고에 시달리다 생애를 마쳤다.[16]

이상과 같이 안국선은 문인이라기보다 정치가로서의 풍모가 압도적이다. 거기에는 또한 국가의 명운을 가름하는 구한말 정치무대에서 맹약한 양부 안경수의 영욕과 부침이 겹쳐져 있다. 그의 정치적 의욕이 마지막으로 발화한 지점은 국권의식과 민권사상을 강력히 표출하여 "매상 사만 부를 돌파"[17]했다고 전해지는 「금수회의록」의 출간(1908.2)과 발매 금지(1909.5.5) 부근일 것이다.[18]

그러나 「공진회」(1915.8)에서 드러나는 부일附日적 태도가 말해주듯 그는 합병과 함께 전향적 비판정신을 접어버린 것으로 보인다. 대세가 이미 글렀다는 정세 판단도 있었겠으나, 합병 후 안경수에게는 추서된 남작 작위의 수혜자가 그 유일한 상속자인 안국선일 수밖에 없었다는 점을 그 계기로 지적할 수 있을 것이다.[19] 이 안경수의 수작授爵이 안국선의 청도군수 임용과도 유관하다고 본다면, 합병에 분개하여 "밤낮으로 약주만 잡숫고 다섯 달 만에 사표를 제출"[20]했다는 안회남의 술회는 위에서 언급된 군수 재임

16) 이상과 같은 안국선의 생애는 권영민, 「안국선의 생애와 작품세계」, 『관악어문연구』(1977), 125~127면의 기술 내용을 바탕으로 하여 재구성했다. 가계에 대해서는 경기도 안성군 고삼면의 「호적부」, 『죽산 안씨 족보』(대동보), 『죽산안씨 동지공파보』 등도 함께 검토했다. 안경수와 관련된 사항은 『한국민족문화대백과사전』(정신문화원), 윤효정, 『풍운한말비사』(수문사, 1984), 신용하, 『독립협회연구』(일조각, 1976), 그리고 이규태, 「100년의 뒤안길에서… : ⑩한말 NGO 이야기」(『조선일보』, 1999.5.7) 등을 참조할 것. 안국선의 진도 유배와 연애결혼, 실업계 활동, 낙향과 재상경 등은 안회남의 「명상」(『조광』, 1937.1), 「오욕의 거리(제3회)」(『주보 건설』 5, 1945.12.22), 『사선을 넘어서(제3회)』(『협동』 5, 1947.6) 등을 비롯한 여러 작품들, 「선고유사」(『박문』, 1940.5), 「나의 어머니」(『조광』, 1940.6) 등의 회고문을 참고했다. 1920년 재상경 이래의 사정은 안막의 실형이자 안회남의 삼종형이 되는 테너 가수 안보승, 『잊혀지지 않는 일들』(자비 출판, 1989), 41면 등에 의거한 것이다.

17) 안회남, 「선고유사」, 『박문』, 1940.5, 2면.

18) 손인수, 『한국개화교육연구』, 일지사, 1985, 329~331면 참조.

19) 안보승, 앞의 책, 81면 참조.
윤효정, 앞의 책, 125면에 의하면, 안경수의 죽음은 "일본 각 신문에 기재되었으므로 일인 동지는 기무명참사其無名慘死를 분탄憤歎하는 열루熱淚를 경傾한 자가 심다甚多하였다"고 한다. 그 '일인 동지'들 가운데 합병의 산파역이 다수 있었기에 작위 수여가 이루어졌을 것으로 추측된다. 한편 작위 수여자에게는 합방은사금도 지급하는 것이 통례였음을 상기할 만하다. 강동진, 『일본의 조선지배정책사연구』, 동경대학출판회, 1979, 163면의 주 104)에 의하면 안경수의 유가족에게는 1만 원圓이 할당되었다.

기간을 따지지 않더라도 신빙성을 지니기 어렵다.

타협의 방향으로 몸을 튼 안국선이 실업가로서 실패하고 전념한 것은 기독교 신앙과 자녀의 양육이었는데, 그 전후 사정을 여러 가지 일화로 소상하게 그린 작품이 「명상」(『조광』, 1937.1)이다. 그의 종교 생활은 일차적으로 정치와 사업의 좌절에서 오는 무력감과 허탈감에 대해 위안을 구한 것이지만, 다른 한편으로 모든 것을 신의 섭리에 맡기는 운명론 내지 허무주의의 성격이 짙다. 이는 세상사에 등 돌린 채 관여하지 않겠다는 의미로 보신주의라고 할 수 있겠는데, 그 대신 외아들 안회남에게 극진한 애정을 기울였던 것으로 되어 있다.[21] 여기서 선대 안경수와 당대 가주인 안국선, 그리고 차대의 안회남으로 이어지는 독자상속의 계대의식繼代意識이 그들 부자 사이에 가장 절실한 삶의 근거로 자리를 잡게 되었다.

안회남이 이 계대의식에 대해 확실하게 자각적인 수준에 도달하는 것은 물론 「명상」에 와서였는데, 그 과정은 대략 세 단계로 파악된다.

첫째는 안국선의 죽음을 맞았을 때. 그는 휘문고보 3학년이었는데, 「겸허-김유정전」(『문장』, 1939.10)이나 「선고유사」에 나와 있는 대로 동급생 김유정과 어울려 학교생활에 등한하던 시절이었다. 졸지에 가세가 기운 집안의 가장이 되어버린 것인데, 당혹한 가운데 자포자기하는 심정이었던 모양으로 이듬해에는 낙제하여 4학년 2학기로 자퇴했다.[22] 이로부터 그는 도서관에 다니며, 문단 진출을 노리고 문학서적을 탐독하게 되었다. 고보 중퇴의 학력으로 변변하게 행세할 직업을 구하기가 난망이기도 했겠지만, 안국선의 아들이라는 자부심도 그의 진로 결정에 한몫을 했을 것은 틀림없다.

둘째는 결혼과 상속을 둘러싼 고민의 시기. 「연기」, 「상자」 등에서 연애

---

20) 안회남, 「명상」, 『전원』, 고려문화사, 1946, 184면.

21) 「명상」에는 안국선이 아들의 「육아약기育兒略記」를 썼고, 반찬거리를 걱정해서 낚시질을 다녔으며, 향리에서 재상경한 것이 전적으로 자식 교육 때문이었고, 휘문고보에 합격했을 때 끔찍이 좋아했다고 되어 있다.

22) '휘문고보 학적부'에 의하면, 1927년 12월 15일로 의원(가사, 병) 퇴학했다.

결혼을 조모로부터 승낙받기까지 3년여의 세월이 걸렸다고 했지만, 그 기간 동안 경제적으로도 극히 곤궁한 처지였다. 「겸허」에서는 "결혼 문제로 하여, 조모님과 충돌이 되어 가지고 한분 어머님과 함께 『유각골』에다 단간방을 얻어" 생활했노라고 그때의 경상을 말해 놓았다. 한 수필에서는 "소화 6년의 가을"로 시기를 밝히고서 "물질에 대한 빈곤 생활의 불안감" 때문에 '절망하던 시절'이라고 추억한 바도 있다.[23] 앞서 언급한 대로 이 결혼과 상속 문제는 1933년을 전후하여 막바지에 다다라 해결된 것으로 생각된다.[24] 결혼과 상속의 연계라는 관문을 통과함으로써 안경수–안국선의 후사로서의 자격을 집안에서 공인받게 되었던 것이다.

셋째는 바로 「명상」의 집필 동기인 아들 병휘가 출생했을 때. 문인으로서의 입신, 연애결혼과 상속에 이어 자신도 후사를 얻음으로써 그는 부친의 삶과 기본적으로 합치하는 완결적 상태에 이르게 되었던 것이다. 그는 이 단계에서 이른바 계대의식에 대한 자각을 다음과 같이 토로한다.

> 나는 자기 안해를 어지간히 사랑할줄 아는 부류의 남자일 것이나 병휘를 낳은(~170/) 후부터는 그보다 몇배의 애정이 어린아이에게 쏠리고 마는 것을 경험하였다. 기왕 내가 간구한 살림을 하면서도 맑쓰주의 문예이론에 반기를 들고 만 것은 전혀 나의 연애지상주의 때문이었다고 생각하는데 이러한 나의 심적 태도까지도 오늘날에 이르러서는 어린아이의 힘으로 그것이 완전히 뒤짚혀졌으며 부부간의 사랑보다도 자식에게 대한 어버이의 사랑이 훨씬 굳세며 세상의 무엇보다도 강할 것이라고 믿게 되었다.[25]
>
> 옛날 산모퉁이에서 취하신 아버님을 모시고 오던 일을 추억하며 나는 어느 때 술이 얼근히 취하여,
>
> 『이놈 병휘야』

23) 안회남, 「절망하던 시절의 추억」, 『조광』, 1937.10, 121~123면 참조.
24) 주 9)를 참조할 것.
25) 안회남, 「명상」, 『전원』, 고려문화사, 1946, 170~171면.

『이놈 병휘야』
소리를 쳐보았다. 순간 나는 내 자신이라는 것보다 흡사 전의 아버님인 양하여 마음이 어쩔 줄을 몰랐다. 돌아가신 아버님의 백골은 땅속에 잠기어 무상하지마는 그분의 영혼은 아들의 몸에 옮기어 깃드리고 있는 것인가. 이렇게 가만히 생각하면 인생이란 쓸데없이 죽기만 하는 것이 아니라 영원히 살고 있는 거룩한 보람과 위대한 빛을 지니고 있는 것 같다. 영원히 대이어 사는 것이다.[26)]

문인, 연애결혼, 그리고 핏줄 이어가기, 이 세 가지로써 안회남은 그 부친을 닮게 되는데, 이를 욕망의 모방l'imitation du désir이라고도 부른다.[27)] 욕망은 타자의 욕망을 욕망하며, 그것은 타자의 욕망을 완전히 모방함으로써 동일화하여 그 분신이 된다. 안회남의 경우 그 부친의 분신인 양하는 동일화는 셋째 것에서 이루어진다. 핏줄 이어가기야말로 그의 진짜 욕망이며, 나머지 둘은 그것에 비해 순수하지 못한 것이다. 그가 작가로서 어설픈 태작이나 통속애정물들을 태연스레 썼던 까닭도 여기에 있다.

핏줄이어가기로 낙착된 계대의식에 입각하는 한, 안회남의 욕망의 모방은 불구적임을 면치 못한다. 정치가 혹은 정치문학자(「금수회의록」)로서의 안국선과 보신주의 처세가 안국선 중에서 후자만을 모방하는 데에 그치기 때문이다.

그러니까 안국선의 욕망 속에 갇힌 딱한 처지라고 할 안회남에게 안국선은 모방의 대상이기 전에 「명상」의 '깨끗하고 위대하셨으나 너무도 불행하셨던 우리 아버님'이라는 술회가 말해주듯 숭모의 우상이다. 거의 대부분의 신변소설들에서 그의 부친 이야기가 끼어드는 것도 그렇지만, 뒷날의 징용소설 『사선을 넘어서(제3회)』(『협동』 5, 1947.6)에서 출발에 임하여 안국선

26) 위의 책, 190면.
27) 이에 대해서는 르네 지라르(R. Girard), *Deceit, Desire, and the Novel*, tr. by Y. Freccero, The Johns Hopkins Univ. Press, 1976의 Ⅰ. "Triangular" Desire, pp.1~52 참고할 것.

의 자서전을 꺼내 읽고 용기를 얻고자 했던 대목도 같은 맥락으로 이해된다. 따라서 그의 신변소설 속에서 안국선은 욕망의 중개자가 아니며, 또한 외면적 모방의 주인공도 없다. 작가는 그저 존경과 연민의 선친에 대해 추념할 따름인 것이다.

한편 안국선에게 보신주의는 정치의 세계와의 양자택일적인 선택이 전제된 것이기에 적어도 「명상」에 그려진 독신자의 모습에서 드러나는 종교적 경건주의, 즉 일종의 긴장감을 수반한다. 그러나 안회남의 계대의식 내지 보신주의는 자득의 것이 아니라, 그 부친으로부터 길러진 것이어서 긴장감을 지닐 여지가 없다. 처자와 가정을 둘러싼 신변사를 제재로 한 “직각과 직감의 문학”[28]인 신변소설이 심각한 대립과 갈등을 보여주지 못하는 것도 당연하다.

4. 신변소설의 기대지평

앞에서 신변소설이란 명칭에는 경멸적인 의미가 내포된다고 했지만, 안회남 자신은 이 용어에 대해 자기 나름으로 자부와 애착을 가졌던 듯하다. 그는 신변소설이 “가장 순수한 문학”[29]이라고도 했는데, 평자들이 그것을 ‘사소설’이라고 부르는 것에 대해서는 거부감이 많았던 모양이다. 해방 후의 한 좌담회를 주재하는 자리에서 자신은 내내 ‘사소설’만 써 왔다고 발언한 대목은 문맹의 소설부 위원장이 되어 자책감을 피력한 것으로 읽히거니와,[30] 그런 만큼 원래 ‘사소설’이란 용어를 꺼려했음을 엿보게 한다. “회남이 이러한 사소설가란 말이 듣기 싫어서 자기와 작품세계를 찾느라고 언젠가 어느 제면소에서 얼마동안 수업한 일이 있다”[31]고 한 이원조의 술회도

28) 안회남, 「자기응시의 십년」, 『문장』, 1940.2, 15면.
29) 같은 면.
30) 「제1회 소설가 좌담회」, 『민성』 6호, 1946.4.

이를 뒷받침한다. 여지없는 통속소설인 장편 『애인』이나 「에레나 나상」 같은 작품들을 심경소설이라 호칭한 사실에서도 알 수 있듯이 그의 사소설에 대한 개념 파악도 피상적이고 부정확한 것이었고, 따라서 그의 신변소설도 개념 자체가 미정형인 상태에 있었다는 지적이 가능하다.

그가 싫어했던 '사소설'이나 다른 평자들이 비난조로 운위한 '사소설'이나 타당한 용어법이라고 보기는 곤란하다. 1920년 말경부터 쓰이기 시작한 '사소설'에 대해서는 일본문학에서 흔히 "작가의 수만큼 사소설의 성질이 존재하는 한편, 비평가의 수만큼 사소설론의 다채로움이 존재한다"[32]고 말해진다. 작가의 내심, 신변의 사건을 그리는 수기적 소설로 그 윤곽이 획정되는 사소설은 똑같이 나쓰메 소세키夏目漱石의 딸과의 실연담을 다룬 구메 마사오久米正雄의 자전적 장편 『파선破船』(『主婦之友』, 1922)과 단편집 『화령和靈』(新潮社, 1922.5)의 경우가 보여주듯 문학적 진지성 여부에 따라 돈벌이용 통속물로도, 순수한 예술작품으로도 될 수 있는 양면성을 지닌 것이었다. 그것을 가름하는 기준으로는 대중잡지와 순수문예지라는 발표매체의 상이, 작가의 직업적 측면과 구도적 측면의 공존 또는 택일 등이 고려된다. 통속성을 배격한 사소설로서 인격완성·인간수업을 추구하는 것을 구메 마사오는 따로 심경소설이라고 불렀다. 이후 백화파나 아쿠타가와 류노스케芥川龍之介의 자서전적 소설 또는 자서전으로서의 사소설, 전향문학의 "굴절된 자의식의 소박한 보고로서가 아닌 도회적韜晦的·연기적" 소설로서의 사소설, 등 다양한 개념 설정이 있다. 그리고 '자연주의 즉 사소설'이라는 고바야시 히데오小林秀雄의 「사소설론私小說論」(『經濟往來』, 1935.5~8)이 큰 파장을 불러일으킨 바 있으며, 사소설을 자연주의 계열의 파멸형, 백화파 계열의 조화형으로 대비한 이토 세이伊藤整의 이론, 그리고 양자의 이율배반적

31) 이원조, 「문인 폴트레 : 소설가 안회남의 인상」, 『인문평론』 제3권 제1호, 1941.1, 85면.
32) 미요시 유키오三好行雄·다카모리 아마오竹盛天雄, 『근대문학近代文學』 4, 有斐閣, 1977, 193~194면.

관계들 속에서 특히 조화형 사소설을 심경소설이라 규정한 히라노 켄平野謙의 공식 등이 설득력을 얻고 있다.[33)]

이상과 같은 견지에서 볼 때, 안회남의 경우처럼 긴장감도 위기의식도 배제된 개인 신변사의 기록물이라면, 본래적 의미의 사소설과는 거리가 있을 수밖에 없다. 그는 통속적 세태소설을 자의적으로 심경소설이라 지칭했지만, 의도 자체에 국한해서 신변소설이 차라리 심경소설과 유사한 쪽이다. 그러나 엄밀히는 신변소설조차도 심경소설 또는 사소설과 무관하든지 그것에 미달된다. 파멸형은 물론이고 조화형 사소설도 단절이라는 형태의 사회와의 긴장관계가 전제되어 있는 것이기 때문이다.

그런 만큼 그의 신변소설은 차라리 자서전에 가깝다고 해야 하지 않겠는가. 이 경우 자서전이란 백화파 계열의 조화형 사소설과 별개이다. 자전소설이라고 하지 않고 자서전이라고 했다. 허구의 개입을 통한 진실의 표현을 목표로 하는 자전소설과 비교하여, 자서전과 전기는 정보의 제공이라는 대상지시의 규약에 의해 성립된다.[34)] 이 경우 자서전과 전기의 기대지평에는 우선적으로 독자의 호기심이 가로놓인다.[35)] 그러면 안회남의 신변소설의

---

33) 오가사와라 마사루小笠原克, 「사소설(심경소설)의 평가」, 미요시 유키오 · 다카모리 아마오, 『근대문학』 4, 有斐閣, 1977, 193~204면 참조.
사소설의 성립 배경에 대해서는 다음과 같은 설명이 있다. 즉 "자연주의 문학이 회복해야 할 자아를 명확하게 확인하지 못한 채 객관주의 문학으로서의 철저를 꾀하고 있었던 것은 본질적인 문제 해명에의 계기를 잉태하고 있으면서도 그것을 회피해 버리는 결과를 초래했다. 그리고 역으로 전통적인 자기의 진실을 추구하는 문학 방법을 기저로 백화파 등의 주장에서 드러난 자아긍정, 혹은 대정 데모크라시가 낳은 개성존중의 이념, 더욱이는 잡지 저널리즘의 발달에 수반된 '문단'의 형성 등등 객관적 제 조건은 실제로 닫힌, 한정적인 형태로의 '私'를 말하는 문학적 토양을 배양했다. 이른바 '사소설'에의 길이 거기서 열렸다.(紅野敏郎 · 三好行雄 · 竹盛天雄 · 平岡敏夫 편, 『大正の文學』, 有斐閣, 1981, 145면.)

34) 필립 르죈, 『자서전의 규약』, 윤진 옮김, 문학과지성사, 1998, 53~61면 참조.

35) 기대지평(Horizont von Erwartung)이란 원래 칼 만하임(Karl Mannheim)의 용어인데, 한스 게오르그 가다머(H. G. Gadamer)의 해석학과 한스 로버트 야우스(H. R. Jauss)의 수용미학에서 사용된다. 독자의 선입견, 이해, 기호 등 작품 수용에 관계된 독자의 모든 요구를 가리킨다. 이는 일방적인 것만은 아니며, 작가나 다른 독자와의 지평융합(Horizontverschmelzung)이 고려된다.
다음과 같은 견해도 참고가 된다.

기대지평은 무엇이었겠는가. 30년대 저널리즘의 상업주의적 확산, 특히 신문, 잡지의 문인 동정란 취급, 문인 상대 설문지의 유행, 문인들의 상호인상기 · 문단교우록 · 문학수업 및 등단기 · 창작 일화 · 성장기 · 회고담 등의 기획, 그리고 수필문학의 성장 등과 관련이 있을 것이다. 문단이 우선 인원이나 세대의 구성에서 확장되었고, 다양한 유파가 형성되었으며, 시 소설 희곡 비평 등의 장르별 전문화가 진전되는 가운데 독자와 여론의 관심을 끄는 직업사회의 하나로서 저널리즘의 상당한 비중을 가진 취재원이 되었던 것이다.

이러한 당시의 문화계 혹은 문단의 풍토에 유착된 자기현시욕의 발로로서 안회남의 신변소설은 파악되기도 하는 것이다. 자전소설이 저자와 주인공의 유사성을 규약으로 하는 반면, 자서전은 양자의 동일성을 규약으로 하는 까닭에, 자서전 독자들의 기대지평은 독자가 알고 있는 저자 즉 주인공에 대한 정보의 검증, 말하자면 기존의 정보와의 차이를 찾으려 하는 것이다.[36] 따라서 자서전으로서의 신변소설 작가는 끊임없이 이 기대지평을 만족시켜야 하고, 또 그러한 기대지평을 유도하기 위해 머리를 짜내지 않을 수 없다. 실제로 안회남의 작품들은 자신과 가족 이야기, 주변 친지 또는 문단교우 이야기로 나가다가, 화제가 궁해지면 시정에서 얻어들은 치정담 따위로 흘렀다. 독자의 취미와 기호를 의식하고 그것에 영합하려 한 점에서 그의 신변소설과 통속소설은 본질적으로 다르지 않다. 연애를 다룰 경우, 신변소설에서는 우아를 가장하고, 통속소설에서는 선정성을 야비할 만큼 과장하는 차이 정도가 차이라면 차이인 것이다. 한 작품에서 다른 작품에서 했던 이야기를 끌어 오기도하고, 통속치정담 부류에서는 이야기의 틀은 같

전기가 독자에게 즉각적인 관심을 끌 수 있는 데에는 이중적인 이유가 있다. 전기는 인간의 성품에 대한 우리의 호기심에 호소하며, 사실적인 지식, '정확히 무엇이 일어났는가?'를 찾아내는 데 대한 우리의 관심에 호소하기 때문이다. 이 두 가지 면은 물론 분리되기 어렵다.(Alan Shelston, 『전기문학(Biography)』, 이경식 역, 서울대출판부, 1984, 9면.)

36) 필립 르죈, 위의 책, 37면.

은데, 등장하는 인물의 겉모양만 바꾸어 놓는 사례가 많았다. 신변소설에서든 통속소설에서든 허세로 음주담과 호사벽boutiquisme 등을 늘어놓아 독자의 호기심을 자극하는 자기연출을 기도했다. 이러한 자기연출적 태도는 심지어 작가 자신이 실제로 관절염으로 요양하는 동안의 근황을 기록한 「병고」(『문장』, 1939.6)에서 '허영적이요 유흥적인' 도락취미의 과시로도 확인된다.

그는 솜 공장에 취업을 해가면서까지 「망량」, 「그날 밤 생긴 일」, 「기계」, 「투계」 등을 통해 자기 나름으로 본격소설을 시도한다고 했지만, 소재의 변경과 확충에 그친 세태적인 작품에 지나지 않았다. 뒷골목 부랑자 인생의 심리를 그린 「어둠 속에서」(『문장』, 1940.7), 사상범 출옥자의 생활복귀를 다룬 「병원」(『인문평론』, 1940.8) 등은 상징적 기법을 활용하여 상황을 구조적으로 형상화해 내는 기법상의 세련성을 보였으나. 역시 제재에 걸맞는 문제의식을 보여주지는 못했다. 30년대 말 그의 작품에 대한 평자들의 주안점은 대체로 기법과 문장에 쏠린 것이었다.37) 이야기는 할수록 솜씨가 느는 법이지만, 임화의 말마따나 "조금도 시대의 정신생활에 관계하고 있지 않은 점"으로 해서 "탁마되어 가는 기술에 내용의 공소함을 날로 더 느끼게" 할 뿐으로, "조선문단에서 드물게 보는 사치한 문학"이라는 평38)을 면할 수 없었다.

안회남의 등단 후 첫 평론의 화두는 문단이 온통 태작이 넘치는데, 신진이 의욕을 가지고 매진하려 해도 기성문인들이 담합해서 "발표기관의 독점

---

37) 이를테면 "안회남의 「노인」(『문장』)에 대해, "안회남 씨의 작품은 결구에 있어 빈틈이 없고"라든가 "그러나 같은 안씨의 작품인 「벼」-춘추-는 「노인」에 비하여 훨씬 힘드린 흔적은 있으나 시종 무엇을 찌를 듯 찌를 듯하다가 거죽만 어루만지고 지나간 범작이 되고 말었다. 문장에 있어서도 씨의 작품으로서는 예외로 까칠까칠하다."는 평(이원조, 「2, 3월 창작평」, 『인문평론』 제3권 제3호(1941.4), 44면). 그리고 "「번민하는 쟌룩씨」는 일종의 심리소설이다. (…중략…) 작자는 역설적인 가운데 현실의 어느 일면을 나끄려고 한 것 같으나 작품으로서 성공하였다고 볼 수는 없다. 다만 그 구상에 있어서의 기교라든가 유창한 설화체는 일고에 치値한다고 본다."는 평(윤규섭, 「현실과 작가적 세계」, 『인문평론』, 1939.11, 130면).

38) 임화, 「창작계의 일년」, 『조광』, 1939.12, 140면.

'길드'화"하는 바람에 아무 것도 할 수 없다는 불평이었다.[39] 이때 표적 중의 하나였던 김동인은 그것을 "회남 자신이 출세욕에 초초한 나머지, 왜 좀 후진에게 글을 비켜 주지 않느냐" 하는 시비로 받아들였다고 한다.[40] 즉 지면 확보와 원고료에 연연해하는 것으로 보았던 것이다. 뒤에 김동인은 아예 야담작가가 되었지만, 안회남도 통속소설의 경계를 넘나들었다. 일제말 충남 전의로 낙향할 무렵에도 이백 석의 지주였으니, 반드시 금전욕 때문이지는 않았을 것이다. 「병고」에서 내보인 '허영적이고 유흥적인' 도락취미가 그의 체질이었던 듯하며, 또한 김남천이 말했듯 "낙천적 천성"[41] 탓으로 만사에 육박해 들어가는 투철함을 결여한 성격이었던 것 같다. 이 성격은 생리적인 것이기도 하겠지만, 그가 상속받은 이른바 계대의식으로서의 보신주의와도 연접된 것으로 보인다. 이 보신주의는 때로는 흘게 풀린 순응주의로, 때로는 기민한 처세술로 작동할 수 있다. 이러한 자신의 한계에 대한 자각의 수준과 그의 문학의 진정성은 비례관계에 놓일 것이다.

---

39) 안회남, 「문단시야비야론-신인이 본 기성문단」, 『제일선』, 1932.10, 93~99면 참조.
40) 김동인, 「문단30년사」, 『김동인전집』 6, 삼중당, 1976, 61면.
41) 김남천, 「창작적 사업의 전진을 위하여-해방후의 창작계」, 『문학』 창간호, 1946.7, 141면.

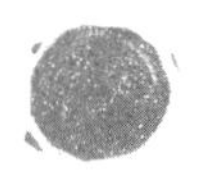

김남천의 고발문학론과 소설의 개조

1. 소설개조의 길

소설이 '근대사회의 서사시'라는 헤겔의 명제를 받아들이는 순간, 서사양식으로서의 소설의 운명은 역사철학적 과제로 설정되어 버릴 수밖에 없다. 여기서 역사철학적 과제란 근대사회 그 자체가 위기로 출렁일 때마다 그것에 대응하여 소설 또한 새로운 형태의 서사양식의 출현에 의해 대체 구축되거나 혹은 적어도 기존의 형태와 크게 차질하는 변형을 겪는다는 사실에서 말미암는 것이라 할 수 있다. 그 구체적인 논의의 실례로는 20세기 초반에 일대 장관을 이룬 G. 루카치의 『소설의 이론』(1920)[1)]이나 1930년대 소련에서 나온 사회주의 리얼리즘 창작방법론[2)]과 콤·아카데미 철학연구소

1) 『소설의 이론』은 1914년 여름에 구상되어 이 해 겨울부터 그 다음해 초에 걸쳐 씌어져 1916년 막스 데스와(Max Dessoir)가 주도하는 간행물 『미학과 일반예술학(Zeitschrift Für Aesthetik und Allgemeine Kunstwissenschaft)』에 발표되었고, 1920년 베를린에서 카시러(P. Cassirer)의 출판사에서 단행본으로 출간되었다. (G. Lukács, The Theory of the Novel, tr. by A. Bostock, Cambridge, Massachusetts : The MIT Press, 1971, 11면 참조)

2) 1932년 11월 소련 예술조직위원회 제1차 총회(의장 고리키) 이후 변증법적 사실주의를 내세워왔던 RAPF의 섹트주의가 비판받고 사회주의 사실주의라는 새로운 창작방법이 제기되어 통합단체로 출범한 소련작가동맹의 제1회 대회(1934.8)에서 규약으로 채택되었다. 이러한 동향은 진작부터 일본에 소개되었음이 キルポーチン、ルナチャルスキー、ゴーリキイ、

문학부 주최의 「소설의 이론 문제」에 대한 보고와 토론[3]이 가장 뚜렷하다 할 것이다.

루카치의 『소설의 이론』은 도래할 인류사의 유토피아를 직관에 의해 투시된 현실로 묘사한 도스토옙스키의 작품들에서 새로운 서사양식의 가능성을 전망한다. 제1차 세계대전의 와중에서 근대사회의 파국과 소비에트 정권의 수립을 지켜본 그의 대안으로서는 정치이념적 색채가 전무하다시피 한데, 그가 아직 헤겔철학의 둥지 속에 머물러 있었던 데서 그 이유를 짚어볼 수 있다. 근대사회의 모순이 심화하는 현실의 변증법적 전개과정 속에서 특별한 예술적 재능을 지닌 작가에 의해 새로운 서사양식이 형성되어 나온다는 관점인 것이다. 이에 반해 사회주의 혹은 마르크스주의 문학이론은 시민사회의 몰락과정 속에서 계급성과 당파성을 실천하는 작가들에 의해 새로운 서사양식이 의식적으로 창출된다는 입장을 견지한다. '철학의 과제는 세계를 해석하는 것이 아니라 변혁하는 것'(마르크스, 「포이에르 바하에 관한 테제」)이라는 명제의 연장이라 할 수 있지만, 이를테면 파시즘과 같은 전체주의 체제 아래서도 정치권력에 의해 유사한 현상이 강요되고 조작될 수 있다는 점은 그것으로 인해 야기되는 문제의 복잡성과 함께 아울러 유의할 사항이다.

양측의 차이는 물론 역사발전의 방향성 선취에 대한 태도의 그것에서 비롯되지만, 루카치는 그 자신이 마르크스주의로 전신한 연후에도 스탈린주의의 통속적인 사회학에 대한 반대라든가 시민계급 문화의 계승과 그것에

ファヂェーエフ、キルシヨン、ラーヂン、ワシリコフスキー、グロンスキー,『社會主義的レアリズムの問題 ソヴエート同盟に於ける創作方法の再討議』, 外村史郎 譯, 文化集團社, 1933이나 『文學は如何なる道に進むべきか ソヴエート作家大會に於ける報告及討論』, 外村史郎・田村三造 共譯, 橘書店, 1934 등으로 확인되며, 따라서 당시의 조선 프로문인들도 그 내용을 파악할 수 있었던 것으로 보인다.

3) 이 보고와 토론은 『문예백과사전』의 '소설' 항목을 집필하기 위한 것이었는데, 일역본은 コム・アカデミ 文學部 編, 『小説の本質』(熊澤復六 譯, 東京 : 淸和書店, 1936)과 コム・アカデミ 文學部 編, 『短篇・長篇小説』(熊澤復六 譯, 東京 : 淸和書店, 1937)이 나왔다.

대한 평가, 그리고 토마스 만 등의 비판적 사실주의뿐만이 아니라 심지어 데카당스 문학의 자본주의 시민사회에 대한 안티테제로서의 의의와 같은 여러 쟁점들을 제기한 바 있다. 교조주의·공식주의의 계급성과 당파성에 맞서 전체성에 바탕을 두는 이러한 루카치의 비판적 시각은 생성, 발전, 소멸하는 근대사회의 변화가 여러 비본질적인 단계를 거쳐 본질적인 단계에 이르는 전환과정을 적절히 분별해서 파악할 수 있는 유연성을 지닌다. 그에 따르면,[4] 근대사회 즉 시민사회의 시대적 공간적 불균형에 의해 소설은 1) 발흥기의 소설, 2) 평범한 현실의 정복, 3) 정신적 동물적 왕국의 시, 4) 새로운 리얼리즘과 소설 형식의 붕괴, 5) 사회주의 리얼리즘 등 다섯 단계의 과정으로 전개된다. 4)의 과정에는 제국주의 시대에 소설 형식의 결정적 붕괴를 보여주는 프루스트, 조이스 등이 해당하고, 5)의 과정으로는 고리키의 『어머니』를 본보기로 들 수 있다. 1)에서 4)까지의 과정은 근대사회가 본질적인 변혁의 지점에 아직 도달하지 못한 단계이며, 따라서 각 시기마다 나타나는 소설 형식의 개조는 개별 작가나 특정 유파의 실험적 노력에 의한 것인 만큼 비본질적인 수준에 그친다. 그러나 마침내 근대사회의 결정적 전환기에 접어든 단계인 5)의 과정에서 소설 형식의 개조는 새로운 서사양식을 지향하여 본질적인 수준으로 나아가는 의식적 실천이 비로소 가능해지는 것이다.

이상과 같은 맥락에 걸쳐놓고 본다면, 1930년대 중반 이래의 이른바 전형기 문단에서 김남천이 제기한 소설개조론[5]은 과연 그 수준은 어떠한가. '전형기'가 루카치가 말하는 4)의 과정에 속하든지 혹은 4)의 과정에서 5)의 과정으로 나아가고자 하는 모색의 시기임은 주지하는 바라 실상 그러한 물

4) ルカチ, 「討論をための報告演說」, コム・アカデミー文學部 編, 『小說の本質-ロマンの理論』, 熊澤復六 譯, 東京 : 淸和書店, 昭和11(1936), 18~26면.

5) 이 용어는 엄밀히는 '로만개조론' 즉 장편소설개조론이라 해야 옳지만, 그 입론의 취지가 중·단편을 포함한 당시의 소설 창작 전반에 걸친 형식의 파행 내지 해체에 대한 대안을 제시함에 있었다는 점을 고려한 것이다.

음은 우문에 가깝다. 시대 자체의 전환이 관건인데, 그것을 앞지르는 소설 개조란 무망한 것이기 때문이다. 이는 또한 우리 근대비평사를 조망하는 틀 속에서 김남천의 소설개조론을 조명한 김윤식 교수의 선행 연구업적[6]을 통해 확인되는 바, 그 핵심 내용은 두 가지로 모아진다. 즉 그것이 발자크의 사회소설을 본보기로 하는 언필칭 풍속소설에 대한 구상 내지 기획이었다는 점, 리얼리즘 소설미학 특히 엥겔스와 루카치의 전형론에 대한 이해의 부족으로 인해 이론구성에서나 작품창작에서나 소기의 성과에 미치지 못했다는 점. 사실이 그렇다고 하더라도, 그것 나름으로의 의의는 개인 주체의 역량과 그 시대의 제약이 맞물린 지점에 머금어져 있다고 볼 때 그 사실에 내재한 발상법, 나아가 그 발상법 속에 도사린 인식론적 근거를 밝힘으로써 온전히 파악될 수 있을 것으로 본다.

소설개조론은 일반적으로 '고발문학론-모럴론-풍속소설론-로만개조론-관찰문학론'으로 전개되었다고 보지만, 그 중에서 고발문학론은 그 단초가 1933년경의 카프의 퇴조로까지 소급되는 데다 그 뒤 약 4년간에 걸친 문단의 재편과정을 저변으로 가진 것이었던 데에 비하면, 모럴론은 고발문학론을 풍속소설론으로 전환하는 매개적 역할에 국한된 논의였을 뿐이며, 로만개조론은 풍속소설의 양식을 한 단계 고양하기 위해 전형론을 보강하는 논의였고, 관찰소설론은 신체제기의 특수상황에 대처하기 위한 부분적 조정 논의였다. 요컨대 소설개조론은 고발문학론을 기본틀로 해서 풍속소설론으로까지 발전한 것이라 할 수 있어, 여기서는 일단 고발문학론을 중심으로 하여 소설개조론의 저변과 기본틀을 드러내는 작업에 주력하고자 한다.

---

6) 김윤식, 『한국근대문예비평사연구』, 한얼문고, 1973(개정신판 : 일지사, 1976)의 관련 논의들은 자료 실증에 치중했고, 김윤식, 『한국근대문학사상사』(한길사, 1984)의 「사회주의적 리얼리즘론」과 「루카치 소설론의 수용양상」은 해석과 평가에 초점이 맞추어진 것이다. 이후 여타의 관련 연구자들에서는 부분적인 논의와 언급 이외에 근본적인 진전이 살펴지지 않는다.

2. 카프 해산과 창작방법논쟁

김남천은 처음으로 '로만의 개조' 즉 소설개조를 언명한 「조선적 장편소설의 일 고찰」(『조선일보』, 1937.10.19~23)에서 "고발문학은 그곳까지 가는 한 과정"[7]이라고 부기해 놓았는데, 그가 고발문학론을 본격적으로 천명한 것은 「고발정신과 작가」(『조선일보』, 1937.6.1~5)부터였다. 거기서 고발정신이란 '리얼리스트의 고유의 정신의 발전'으로서 '자기폭로' '자기격파' 등으로도 표현된다고 했거니와, '고발문학에 대한 재론'이란 부제가 붙은 「창작방법의 신국면」(『조선일보』, 1937.7.10~14)에서는 '자기폭로와 가면박탈의 이론의 발전에서 고발문학을 발견한' 것이라고 명시하기도 했다. '자기폭로·자기격파·가면박탈' 등의 용어들은 김남천이 「창작과정에 대한 감상」(『조선일보』, 1935.5.16~22), 「지식계급 전형의 창조와 『고향』 주인공에 대한 감상」(『조선중앙일보』, 1935.6.28~7.4) 등에서부터 이미 구사해 왔던 것이며, 따라서 고발문학의 발아를 그 즈음으로 잡을 수도 있다. 최초의 착상에서 2년의 시차를 두고서야 비로소 하나의 창작방법으로 입안되었던 것인데, 이른바 고발문학론이란 것이 그 동안 어떤 과정을 거쳐서 성립되어 갔는지 저간의 사정을 들여다 볼 필요가 있을 것이다.

카프 제2차 검거사건(1934.2~12), 카프 해산(1935.5.21), 제2차 검거사건 예심종결(1935.12.21), 박영희·이기영 등 4명의 복심선고(1936.2) 등의 소용돌이 속에서 그 자신 전주로 압송되었다가(1934.6) 풀려난 김남천은 카프 맹원들의 재판과정을 취재 보도하는 한편으로, 폐병으로 와병 중이던 서기장 임화와 구속 대상에서 빠진 김기진 등과 협의 아래 카프 해산계를 제출하는 일을 맡는 등, 기로에 처한 프로문학 진영의 실질적인 조직관리자로 활동하기에 여념이 없었던 것으로 보인다. 벌써부터 코바야시 타키지小林多喜二의 학살(1933.2.20), 일본공산당 중추였던 사노 마나부佐野學, 나베야마 사

7) 김남천, 「조선적 장편소설의 일 고찰」(2), 『조선일보』, 1937.10.20.

다치카鍋山貞親의 옥중 전향선언(1933.6.10) 이래 전향자의 대량 속출, 일본프로레타리아작가동맹(NAPF)의 해산(1934.2) 등의 흐름이 있어 왔던 만큼, 카프에 대한 통치권력의 탄압은 예정된 수속이었기도 했다. 뿐만 아니라 내부적으로는 박영희, 신남철, 이갑기 등의 조직 이탈과 해소 움직임도 노골화되어 그야말로 내우외환이 겹친 형국이었던 것이다.

이러한 안팎의 충격 속에서 혼란과 동요를 수습하기 위해 병석의 임화가 내놓은 대응이 「조선신문학사론서설」(『조선중앙일보』, 1935.10.9~11.13)이었는데, "통일된 예술적 X(정)치적 실천의 절박한 육체적 필요만이 문학사적 제 문제를 정당히 취급하고 또 평가할 수 있다는 것"[8]을 전제로 하여 '이인직부터 최서해까지'의 신문학사가 "『고향』의 작자 이기영에 와서 푸로문학의 본래적 달성의 최고의 수준을 보힌 것"[9]은 "예술사적 또 정신사적 발전의 객관적 법칙성"[10]에 의한 필연적 과정이며 결과라는 것이 입론의 핵심이다. 「조선신문학사론서설」에서 임화가 프로문학의 역사적 정당성을 주장한 점, 저항의지로서의 정치성을 뚜렷이 밝힌 점, 『고향』을 프로문학 최고의 수준으로 평가한 점은 사회주의 리얼리즘을 둘러싸고 당시 한창 가열되고 있던 창작방법논쟁에서 카프 지도부의 입장이 어떤 것이었는지를 시사해 준다.

사회주의 리얼리즘은 레닌 사후의 스탈린 체제가 트로츠키 숙청(1929)과 제1차 5개년계획(1928~1932)의 성공을 딛고 제2차 5개년계획에 착수하는 체제 안정기의 소련 사회의 필요에 따라 입안된 것이어서 다른 나라에는 적용되기 어려운 면이 많았다. 일본의 경우도 프로문학 진영이 검거, 전향, 해산의 소용돌이에 휘말린 나머지 공소한 논의에 그쳤던 것이다. 조선의 경우에 사회주의 리얼리즘은 백철의 「문예시평」(『조선중앙일보』, 1933.2)에

8) 임화, 「조선신문학사론서설」(2), 『조선중앙일보』, 1935.10.9~11.13.
9) 위의 글(완), 『조선중앙일보』, 1935.11.13.
10) 위의 글(15). 『조선중앙일보』, 1935.10.27.

의해 소련에서의 논의 사실이 알려진 이래 안막의 「창작방법문제의 재검토를 위하여」(『동아일보』, 1933.11.29~12.6)가 보다 소상한 내용 소개와 아울러 이를 적극 수용하여 기존 창작방법의 '유물변증법의 도식화'를 폐기하자고 제안함으로써, 1936년경까지 프로문학 진영에서 조직 내분과 겹쳐 복잡한 양상으로 논쟁이 펼쳐졌다. 대략 소련과 조선의 현실이 다름에도 적극 수용하자는 입장과 기계적 도입은 곤란하다는 입장, 정치와 예술의 관계에 대해서 둘을 분리하자는 입장과 양립하자는 입장과 아예 정치의 우위를 유지하자는 입장 등이 뒤얽혀 논박을 주고받았고, 결국 창작의 실적과는 별반 관계없이 프로문학 진영의 해체와 전향의 지렛대 구실을 하고 말았다고 할 수 있다.

앞에서 살핀 「조선신문학사론서설」에 의거하면, 임화가 '사론'은 기존 유물변증법적 창작방법의 정치이념을 지켜나가는 선에서 정치와 예술의 양립을 견지하면서 창작에서의 도식주의를 지양하자는 입장이었음이 쉽게 추론된다. '예술적 X(정)치적 실천의 절박한 육체적 필요'를 역설한 점이나 최고의 수준이라고 꼽은 『고향』에 대해 "XX(사회)주의 사실주의 반 이상의 내용"[11]을 구현한 것이라고 단언한 점에서 그러하며, 창작방법논쟁의 초기에 킬포틴의 낭만주의론을 지지한 점[12]도 하나의 방증이라 할 수 있다. 김남천 역시 「창작방법에 있어서의 전환의 문제」(『형상』, 1934.3)를 통해 안막의 소론을 비판하면서 유물변증법적 창작방법이 도식주의에 빠진 문제점은 수긍하나 소련과 조선의 현실 차이에 유의해야 하며 특히 정치와 예술의 분리를 경계하지 않으면 안 된다고 함으로써 임화와 기본적 입장을 같이했다. 이 무렵에 임화는 안함광, 김두용, 한효 등의 분분한 창작방법논쟁보다 김남천의 「지식계급 전형의 창조와 『고향』 주인공에 대한 감상」(『조선중앙일보』, 1935.6.28~7.4) 한 편이 월등하다고 극찬한 바도 있다.[13] 요컨대 카프

11) 임화, 「조선문학의 신정세와 현대적 제상」(완), 『조선중앙일보』, 1936.2.13.
12) 위와 같음.

해산을 전후해서 두 사람은 가히 일련탁생적인 관계였던 것이다.

이 시기의 창작방법논쟁이 사회주의 리얼리즘 이론 자체에 대한 원론 수준의 추상적인 논의로 시종했고, 또 임화의 지적[14]처럼 작가의 창작 경험이나 작품 실례의 분석 등을 전혀 배제하다 보니 실제적인 창작에 필요한 구체안은 애당초 기대난망이었다. 설혹 누군가가 어떤 실효성 있는 창작방법에 대한 착상을 가졌다고 하더라도 워낙 근본적인 문제로 공방하는 판이라 쉽사리 끼어들 계제가 아니기도 했다. 사실 정국의 경색 속에 프로문학 자체의 전도가 불투명한 상태라 이렇다 하게 구체적인 창작방법을 짜낸다는 것도 생각처럼 쉬운 일이 아니었다. 이는 앞에서 말한 고발문학론의 기본적인 착상을 보여주는 비평문들을 쓴 지 반년 남짓 지난 뒤에 나온 김남천의 한 글에서도 여실히 드러난다. 즉 당시 '강담과 탐정물', '형식' 치중의 경향, 연애물, 휴머니즘, 행동주의 등 혼조를 거듭하던 문단에서 프로문학 계열의 작가들마저 창작방법논쟁의 부작용으로 "비정치주의 세계관의 확대, 주제의 적극성에 대한 배척 등등의 그릇된 경향"[15]으로 지리멸렬해진 현상에 대해 그가 제시한 처방이 그저 「건전한 사실주의의 길」(『조선문단』 제26호, 1936.1)을 걸어 나가라고 촉구하는 그야말로 엉성한 논리의 막연한 일반론을 운위하는 데에 그친 것도 그러한 일련의 맥락에서 수긍된다.

3. 「물」 논쟁과 '가면박탈'

카프 해산을 둘러싼 객관적 정세 속에서 김남천이 그 지도부의 일원이자 비평가로서의 역할에 충실히 임하다보니 겨를이 없었을 수도 있지만, 한편으로 그가 작가이기도 했다는 측면은 고발문학론에 이르는 과정에서 주의

---

13) 위와 같음.
14) 위와 같음.
15) 김남천, 「건전한 사실주의의 길」, 『조선문단』 제26호, 1936.1, 96면.

깊게 살펴야 할 부분이다. 「공장신문」(『조선일보』, 1931.7.5~15), 「공우회」(『조선지광』 총100호, 1932.2) 등을 발표한 그는 카프 제1차 검거(1931.10)에서 공산주의자협의회 사건에 연루되어 2년 실형을 살던 중 병보석으로 출옥하여 그 옥중체험을 다룬 「물」(『대중』, 1933.6)을 썼고, 임화의 「6월 중의 창작」(『조선일보』, 1933.7.12~19)에서 혹평을 받자 「임화적 창작평과 자기비판」(『조선일보』, 1933.7.29~8.4)으로 응수했으나, 대체로 임화의 비판을 받아들이는 것으로 수습했다.

감옥에 복역 중인 주의자의 갈증과 복통에 초점을 맞춤으로써 프로문학의 계급성과 당파성을 저버렸다는 것이 임화의 핵심 논지인 데에 반해, 김남천은 수인생활의 실태에 유물변증법을 가차 없이 적용한 작중인물과 상황에 대한 묘사가 검열도 의식한 암시적 처리임을 임화가 알아보지 못했다는 반론을 폈던 것이다. 옥중의 주의자를 주의자답게 그리지 않았다고 질책하는 임화는 사상과 이념을 강조하는 입장이고, 옥중의 주의자를 인간답게 그렸을 따름이라고 항변하는 김남천은 체험과 실감을 중시하는 입장이다. 함께 다룬 이기영의 「서화」(『조선일보』, 1933.5.30~7.1)에 대해서는 임화가 농민의 실제적인 생리를 충실히 그렸다고 고평한 데 반해, 김남천은 농민의 반항적인 의지를 포착하지 못했다고 폄하하여 「물」에 대한 평가와 대칭을 이루었다. 이때 카프의 공식노선이 유물변증법적 창작방법이었고, 그 선봉에 선 서기장 임화의 「물」에 대한 비판은 노선 시비를 통해 전향의 빌미를 노리던 신유인, 박영희 등으로 해서 부심하던 속사정도 작용했을 것으로 보인다. 결국 사상범으로서의 긍지를 품은 김남천이 임화의 비판을 수용한 것도 그러한 속사정을 양해할 수밖에 없었던 카프 조직원으로서의 처신이었다고 할 수 있다.

프로문학이 이론 중심이고 비평 중심이었음은 그때나 이제나 두루 인정하는 바이거니와, 창작방법의 이론에서 조직의 논리를 승인함에 따라 작가로서는 그것에 기계적으로 끌려 다니지 않는 다음에야 제대로 창작을 감당해 나갈 수 없는 것은 정해진 이치라 하겠다. 창작이 논리로만 엮어지지 않는다는 것은 상식에 속하지만, 비평이 필경 논리 겨루기의 일종에 지나지 않는다는 것을 모를 리 없는 김남천은 자존심의 상처를 감춘 채 비평가로서의 역할에 전념할 도리밖에 없었던 것이다. 그러니까 '「물」 논쟁'을 경과하면서 그가 작가의 자리에서 비평가의 자리로 옮겨 앉은 것은 일종의 순리였다고 할 수 있다. 실제로 그는 그때 이래로 고발문학론을 제기할 무렵까지 4년 가까운 기간에 기껏 「생의 고민」(『조선중앙일보』, 1933.11.1), 「문예구락부」(『조선중앙일보』, 1934.1.25~2.2) 등 맥풀어진 소품 두셋밖에는 쓰지 못해 작가로서는 사실상 폐업상태나 다름없었고, 그리하여 일련탁생적인 관계인 임화와 함께 안팎의 도전에 직면한 카프의 조직 관리와 비평활동에 진력하는 모습으로 비쳐지게 되었던 것이다.

김남천이 '「물」 논쟁'의 충격과 후유증에서 벗어날 수 있는 논리적 대응력을 비로소 보인 것은 「창작과정에 대한 감상」에서였다. 「물」의 창작과정이나 임화의 질타에 대한 항변에서 그가 줄곧 관철하려 했던 것이 "비평과 작품과 작가적 실천의 결합과 통일"[16]이었는데, 당시에 동료들의 비난을 받은 이 '독단'이 이제는 "비평방식의 일면의 타개로써, 작품만이 아니라 작품 이전의 작가의 창작과정(이것이야말로 작가의 인간적 실천이 예술로 담아지는 과정이다)에 대한 추구"에 요망되며, 따라서 그것은 2년 전처럼 더 이상 독단이 아니라고 했다. 이에 관해서는 세 가지 정도가 음미될 수 있을 것이다. '「물」 논쟁'의 수습과정에서 결코 내심으로 승복하지 않았다는 것, 작가로의 복귀를 암중모색해 왔다는 것, 그리고 자신감을 회복했다는 것 등. 꼭 같은 주장을 새삼스레 당당하게 되풀이하기까지에는 그만큼 현격한 상황변동이 있었기 때문이다.

계급적 갈등이 비교적 평화한 시기에 있어서는 저주할만한 '이데올로기'

16) 김남천, 「창작과정에 대한 감상」(2), 『조선일보』, 1935.5.17.

가 그의 인간의 실질적인 육체를 떠나서 비약하기를 마음대로 한 때가 있었다. 화려한 가두적 진열과 슬로건의 공허한 부르짖음이 작가를 그의 육체적인 실질에서 떠나서 작위의 세계로 여행시킨 적이 있었다.

30년대 전후의 작가가 경향經享한 바 작가는 당면과제의 형상화에 급급하였다. 그리하여 붓을 들 때 테제를 생각하고 붓을 놓을 때 다시 명제를 회상하였다. 그러나 한 개의 인물, 한 개의 진실을 추구하여 머물 줄을 모르는 리얼리스트 작가의 열정은 그것이 객관적 현실을 향하여 용서 없는 칼을 둘러 열중할 때에, 그의 앞에는 공허한 테제도, 실질을 떠나고 육체를 떠난 슬로건도 보이지 않고 자기 자신을 찾을래야 찾을 수 없는 혼미한 안개의 연속만이 있을 것이다. 이 혼미 속에서는 작가의 전 실천이 뭉쳐지고 빚어준 사회적 인간으로서의 전모가 적나라한 몸을 가지고 모든 관념적인 명제 앞에 거인과 같이 나타나서 광분에 가까운 춤을 출 것이다.

그러므로 작가의 세계관과 머리와 마음과 전사회적 실천을 고양시키지 않고 헛되이 육체적 실질을 떠나서 사회적 실천을 고양시키는 대신에 자기의 계급적 국한성을 자각하고 그 안에 머물러 안이安易를 질락質樂할 때 작품은 정체되고 고정되고 심경소설의 아류에로까지 흘러가 버리었다.

그러므로 자기 자신을 격파하려는 정신은 리얼리스트 작가의 역사적 숙명일 것이다.17)

'「물」 논쟁'에서 받은 타격이 얼마나 통절했는지 역력히 드러내는 토로이지만, 작가로서의 창작에 대한 전망이라면 난센스에 가깝다. 이제는 '이데올로기' '테제' '명제'에 의해 작가가 가위눌림을 당하지 않아도 되는 시기라고는 했으나, '계급적 갈등이 비교적 평화한 시기' 다음에 도래한 당장의 엄혹한 현실을 직시함 없이 무턱대고 '리얼리스트 작가의 열정'을 발휘하라는 주문이기 때문이다. 이 무정견성은 '비평과 작품과 작가적 실천의 결합과 통일'이라는 '독단'이 더 이상 '독단'이 아닐 것이라고 하는 자신감에서도 묻어난다. 「물」이 그렇듯 '작가적 실천'이 뻗어나서 작품이 성립되는 것이라면, 그 작가적 실천이 단순한 글쓰기가 아니라 '세계관과 머리와

---

17) 위의 글(5), 『조선일보』, 1935.5.22.

마음과 전사회적 실천'일진대, 카프 해산을 강요한 정세의 악화 속에서 그것을 어떻게 관철할 것인가 따져야 하지 않았을까.

이러한 의문과 관련해서 '가면박탈'이란 용어를 주목할 필요가 있다. 가메이 가쓰이치로龜井勝一郎[18]의 「온갖 가면의 박탈ありとあらゆる假面の剝奪」(『文學評論』, 1934.5)이 그 출처인데, "온갖 가면의 박탈, 나는 지금 이 정열을 가장 사랑한다. 현실의 숨은 진실이라 불리는 것을 오로지 추구하는 때의 그것은 격렬한 정열이다. 문학 이전이어도 좋다."로 시작하는 이 글의 기본 입장이 집약된 부분은 다음과 같다.

> 문학이 '정치'의 속박을 벗어나야 한다는 것에 대해서는 많은 말이 있었기에 되풀이할 것도 없다. 그러나 한층 별개의 생생한 정치가 있음도 틀림없다. 우리는 그것에 대한 올바른 지식에 굶주려 있으며, 그것을 위한 지주를 잃고 있다. 진정한 일본적 현실이란 무엇인가를 우리는 문학 이상의 것으로서 숨 가쁘게 말해야 할 때가 아니겠는가. 정녕 작가는 자기의 생활적 진실로부터 출발하는 곳으로만 향하고 그것은 일정한 성과와 작가적 정열을 불러일으켜 나간다. 그것은 옳지만, 생활적 진실-거기서 소화되어 나타나는 일본적 현실의 다이내믹한 움직임이 있을 터이다. 생활적 진실 속의 가장 필연적인 것에 대해서 우리는 관념에서는 믿고 나가지만, 현실에서는 낙백落魄을 느낄 따름이다.[19]

가메이 가쓰이치로는 혁명운동 및 프롤레타리아 문학운동에 대한 내부로부터의 비판자로 알려지고 있거니와, 위의 인용은 구라하라 고레히토藏原惟

18) 龜井勝一郎(가메이 가쓰이치로, 1907~1966) : 1926년 동경대 미학과 입학, 1927년경 공산주의청년동맹원, 출판노동조합 서기로서 「3.15사건」(1928 : 제2차 공산당대검거)에 검거되어 투옥, 1930년 폐결핵으로 병감에 있던 중 전향을 하고 출옥, 1932년 프롤레타리아작가동맹 가담, 1934년 2월 작가동맹 해산 후 『문학평론文學評論』(1934.3 창간) 편집진으로서 비평활동을 계속하다가, 1935년 『일본낭만파日本浪漫派』 창간 이후 국수주의에 가담, 신체제기에는 대정익찬회에 동조 등.

19) 가메이 가쓰이치로, 「온갖 가면의 박탈ありとあらゆる假面の剝奪」(『문학평론文學評論』, 1934.5), 高橋春雄・保昌正夫 編集, 『근대문학평론대계近代文學評論大系』 7, 昭和期 Ⅱ, 東京 : 角川書店, 1972, 113면.

人 계열의 구보가와 쓰루지로窪川鶴次郎[20]가 쓴 「시단평론詩壇評論」(『文學評論』, 1934.4)에 대한 반박문답게 일본 프로문학 강경파 노선의 맹점을 날카롭게 포착한 글로 읽힌다. 즉 실제로 프롤레타리아 리얼리즘 및 변증법적 리얼리즘을 내걸었던 코바야시 타키지, 구라하라 고레히토, 미야모토 겐지宮本顯治 등 비전향파는 '진정한 일본적 현실'과는 괴리된 추상적인 공식주의로 폭주해 버림으로써 대중들의 구체적인 문제에서 유리되어 버리는 한편, 그 이념분자들은 혁명의 필연성이라는 관념에 얽매어 현실의 실제적 과정으로부터 소외되고 말았던 것으로 지적된다. 이런 측면은 '「물」 논쟁'을 전후한 카프의 성향과도 맞아떨어지는 것이어서 공청의 현장운동가 출신, 수감생활, 프로작가동맹의 비평가 등 그 자신과 경력도 유사한 가메이 가쓰이치로의 '가면의 박탈'에 김남천이 크게 공감했을 것은 충분히 납득되는 것이다.

'가면박탈'은 먼저 전향과 조직체의 해산을 경과한 일본 프로문학에서 제기된 자기비판의 방법개념이다. 말하자면 자기 자신의 존재와 실감과는 괴리된 허위의식을 벗어던지자는 식의 '가면박탈'을 '작가적 실천' 즉 작가의 실제적인 생활에 적용하는 것은 어렵지 않겠으나, 이것을 작품화하자면 일정한 형식의 매개가 있어야 한다. 김남천은 '비평과 작품과 작가적 실천의 결합과 통일'이라는 자기만의 '독단'을 밀고나간다는 방침이었다. 결합이든 통일이든 유기적 혹은 변증법적 방식도 있는 법인데, 그는 「물」의 작품 양상이 말해 주듯 우격다짐 식의 단순 획일적인 방식에 기울어 있었던 것으로 보인다. 그 '독단'을 창작과정에 적용하면 제재와 표현 사이의 거리 내지 낙차를 간과하는 꼴이 되고 마니 형식 개념이 개재될 여지가 없다. 그

20) 구보가와 쓰루지로(窪川鶴次郎, 1903~1974) : 1926년 나카노 시게하루中野重治 등과 함께 동인지 『로바(여마)驢馬』, 1927년 일본프롤레타리아예술연맹 가입, 노동운동 참여, 1928년 나프(NAPF) 기관지 『ナップ』 편집책임자. 1931년 구라하라 고레히토藏原惟人 주도의 코프(KOPF) 간부 및 공산당 입당, 1932년 코프 탄압으로 투옥 및 결핵 재발, 1933년 11월 정치활동 금지 조건으로 보석, 1934년경 사회주의 리얼리즘 수용에 부정적인 강경파 입장, 1935년 나카노 시게하루 등과 풍자예술운동(1936 해산), 이후 인간중심의 문학, 황국문학, 전후에는 프로문학사 정리 등.

런 까닭에 그는 '가면박탈'을 비평에서 득의의 방법개념으로 휘둘렀지만, 그것을 작품으로 형상화하는 단계로까지 나아갈 방도를 모르는 처지일 수밖에 없었고, 그러니 고발문학론의 본령으로 진입할 수 없었던 것도 당연한 일이라 할 수 있다. 작가로의 복귀를 의욕하던 "작가적 병졸로서의 비평가"[21]는 그가 진정 "배우고 싶은 욕망"[22]을 가졌던 작가 이기영의 『고향』(『조선일보』, 1933.11.15~1934.9.21)에서 '가면박탈'의 작품적 형상에 매료되어 그 작품론을 썼는데,[23] 앞에서 언급한 대로 임화가 극찬한 그것은 어디까지나 비평문일 따름이었던 것이다.

4. 고발문학의 주제와 형식

카프의 해산계 제출(1935.5.21)과 거의 같은 시기에 김남천이 '가면박탈'이라는 방법개념을 찾아내긴 했으나 단박에 작가로의 재출범을 하지 못한 것은 앞서 살펴본 대로 조직관리자로서의 부담을 고려할 측면이 분명히 있다 하더라도, 보다 더 근본적으로는 비평의 방법개념을 창작에 적용할 요령을 몰랐기 때문이라고 할 수 있다. 이 점을 그도 잘 알고 있었고, 그래서 이기영의 『고향』을 숙독했던 것이지만, 그가 바라는 소득은 얻지 못한 것으로 보인다. 그리하여 2년 남짓한 유예기간을 두고서야 창작방법으로서의 고발문학론이 모습을 드러내기에 이르렀던 것이다.

고발문학론의 정식 표명은 「고발정신과 작가」(1937.5.30~6.5)와 「창작방법의 신국면」(1937.7.10~14)에서이다. 대략 한 달쯤 사이를 둔 이 두 글은 각기 부제를 달고 있는데, 앞쪽은 '신창작방법의 구체화를 위하여'이고 뒤

---

21) 김남천, 「앞의 글」(1), 『조선일보』, 1935.5.16.

22) 김남천, 「지식계급 전형의 창조와 『고향』 주인공에 대한 감상」(1), 『조선중앙일보』, 1935.6.28.

23) 위의 글에 의하면, "내가 이민촌의 『고향』의 스크랩을 든 것은 작년 12월 초였다."로 되어 있다.

쪽은 '고발의 문학에 대한 재론'이다. 앞쪽에서는 고발문학이 신창작방법의 구체화라고 해 놓고, 뒤쪽에서는 고발문학이 그 자체로 하나의 창작방법이라고 해 놓아서, 결과적으로 고발문학은 신창작방법 즉 사회주의 리얼리즘을 대치한 것이든지 심지어 그것과는 별개라고 하는 생각이 들도록 되어 있는 것이다. 이와 관련해서 다음의 인용은 주목을 요한다.

> 2. 리얼리즘 위에 붙은 '소시알리스틱'이란 말이 조선에서는 구체적으로 무엇을 가리킴인가가 불문에 붙여 있었다. 다시 말하면 이 창작이론이 조선에서 구체적으로 여하히 발전되어야 할 것인가를 문학적 정세의 면밀한 분석 속에서 규정하지 못하고 사회정세 일반에서 기계적으로 추출되었기 때문에 '유물변증법적 창작방법' 당시에 '유물변증법'에 손을 다친 작가들은 다시금 신창작이론에 대하여도 그들이 그것을 삼켜버리려는 마귀인거나 같이 두려움을 느꼈던 것이다. 그들은 그것이 리얼리즘의 구체화하는 길 이외에 아무것도 아니라는 것을 명백히 알지 못하였었다.[24]

윗글은 사회주의 리얼리즘의 수용을 둘러싼 창작방법논쟁이 공전해 버린 이유의 하나로 우리 신문학 자체의 실정을 감안하지 않고 또 작가들을 배제한 채로 진행한 점에 있다고 지적한 다음에 이어지는 부분이다. 문학과 사회의 대응관계에 초점을 맞추어 조선의 '사회정세'에 맞지 않는 사회주의 부분은 제쳐두고 다만 '리얼리즘의 구체화하는 길'이 창작방법논쟁의 진정한 과제라는 주장이다. 김남천은 이 '리얼리즘의 구체화'를 고발문학이라고 했는데, 「고발정신과 작가」의 말미에서 그것이 "정체되고 퇴영한 프로문학은 한 개의 유파로서가 아니라 시민문학의 뒤를 낳는 역사적 존재로서 자신을 추진시킬 수 있을 것"[25]이라고 확언함으로써 발상의 일대 전환을 보여주었다. 그렇지만 이 글에서는 막상 '신창작방법의 구체화'라는 부제에

---

24) 김남천, 「고발정신과 작가」(3), 『조선일보』, 1937.6.3.
25) 위의 글(5), 『조선일보』, 1937.6.5.

걸맞은 실제적 내용은 거의 진술되지 않았다. 5회에 걸쳐 연재된 이 글의 태반은 카프 해산 이후로 "집단성으로부터 소시민이 이탈하는 전형적인 현상을 문화적으로 구현"했을 뿐이라는 기조 위에서 백철의 휴머니즘론과 전통론, 실효성 없이 헛돌아 버린 창작방법논쟁, 이기영 엄흥섭 한설야 이북명 등등 프로문학 출신 작가들의 부진 등을 거론하는 것으로 채워졌고, 되풀이 강조하는 리얼리즘 또는 고발문학에 관해서는 다음과 같은 언질에 그쳤다.

> 이 정신 앞에서는 공식주의도 정치주의도 폭로되어야 한다. 영웅주의도 관료주의도 고발되어야 한다. 추도 미도 빈도 부도 용서 없이 고발되어야 한다. 지식계급도 사회주의자도 민족주의자도 시민도 지주도 소작인도 그리고 그들이 싸고도는 모든 생활과 갈등과 도덕과 세상관이 날카롭게 추궁되어 준엄하게 고발되어야 할 것이다.[26)]

발언의 내용과 어조 모두 이른바 가메이 가쓰이치로의 '가면박탈'을 재연한 것이라 할 수 있다. 앞서도 밝혔지만, 이 비평의 방법개념만으로는 창작을 감당하기 어려울 수밖에 없는데도 '고발문학'의 실질적인 내용이 무엇인지 밝히지 않은 채로 그것이 '시민문학의 뒤를 낳는 역사적 존재'가 될 것처럼 장담한 것은 허황한 선언이라는 생각이 들게 한다. 다만 글의 말미에 지면 관계로 겨우 제의에만 그친 고발문학의 구체화를 위해 논급할 기회를 엿보겠다고 했다. 실제로 불과 한 달만에 재론한 「창작방법의 신국면」에서는 그 무렵 고발문학론이 창작방법으로서의 기본틀을 갖추어가고 있었음이 확인된다.

재론에 들어가면서 김남천은 앞글에서 고발문학론의 실질적인 내용이 제시되지 못한 이유로 "예맹 해산 이후의 그 문학이 걸어온 주요한 사상적 문

26) 위와 같음.

학적 경향에 대하여 약간의 분석을 전제하지 않으면 안 되었던 것"을 들었는데, 이를테면 상황론이다. 그러니까 이번의 재론에서는 예술론의 관점에서 고발문학의 정당성을 입증하고 창작방법의 실질적인 내용을 밝혀야 할 차례였다. 우선 고발문학은 곧 리얼리즘의 구체화인 바, 리얼리즘과 아이디얼리즘을 맞세워 놓고 앞쪽이 정당함을 밝히고자 했는데, 마르크스-엥겔스-라쌀레 사이에 벌어졌던 소위 지킹겐 논쟁의 "쉴러적 방법에 대치되는 세익스피어적 방법의 우월성"이나 엥겔스의 「마가렛 하크니스에게 보내는 서한」의 "리얼리즘은 작가의 견해 여하에 불구하고 나타나는 것" 등을 끌어들이는 간접증명 방식을 취했다.[27] 그가 전거로 삼은 출전은 『마르크스·엥겔스 예술론』인데, 두 가지 판본의 서지를 덧붙여 제시해 놓기까지 했다.

> (이들의 예술에 대한 문제를 말한 편지와 프라그멘트는 改造社版으로 모아서 나온 것이 있고 또 에프 쎌렐과 게오르그 루카치의 評釋이 붙은 것으로 岩波文庫版이 있다. 상세 참조)[28]

그 정확한 서지는 소토무라 시로外村史郎[29] 역譯, 『芸術論 マルクス、エンゲルス』(改造社, 1935)과 우에다 스스무上田進[30] 역譯, 『マルクス、エンゲルス芸術論』(岩波文庫, 1934. 5)이다. 이 중에서는 뒤쪽이 보다 더 중요하게 검토될 필요가 있는데, 바로 '루카치의 평석' 때문이다. 1938년에 발매금지 처분을 받은 당시의 암파문고본을 직접 확인 할 수는 없지만, 김남천이 말한 '루카치 평석'은 후대본[31]에 실린 루카치의 '보론' 「마르크스·엥겔스의

27) 김남천, 「창작방법의 신국면」(3), 『조선일보』, 1937.7.13.

28) 위와 같음.

29) 소토무라 시로(外村史郎, 1890~1951) : 와세다대학 노문과, 사회주의 문학예술 이론서를 다수 번역.

30) 우에다 스스무(上田進, 1907~47) : 와세다대학 노문과, 일본프롤레타리아작가동맹원.

31) 가령 K. 마르크스/F. 엥겔스 지음, L. 박산달/S. 모라브스키 엮음, 『마르크스·엥겔스 문학 예술론』, 한울총서 74, 한울, 1988.

미학적 저작에 대한 입문」과 그 내용이 같은 것이라 생각된다. 루카치의 해설은 크게 두 가지 사항을 강조했는데, 하나는 '이데올로기의 역사 영역에서 전개되는 불균등발전'론과 다른 하나는 발자크의 사회소설을 리얼리즘의 승리로 평가한 엥겔스의 '리얼리즘론'에 관한 것이다.32) 이를 전제로 할 때 김남천이 「고발정신과 작가」에서 사회주의 리얼리즘의 '사회주의'를 떼버린 리얼리즘, 오직 리얼리즘의 구체화인 고발문학이 '시민문학'을 뒤잇는다는 일대 발상의 전환이 어떻게 나온 것인지 납득할 수 있기 때문이다.

김남천이 마르크스·엥겔스의 『예술론』을 그처럼 숙독한 이유는 무엇이겠는가. 그것은 '가면박탈'의 정열만으로는 창작이 성립되지 않음을 분명히 알아차렸다는 것, 바꿔 말하면 창작에 대한 방법의식의 자각에 도달했다는 것을 뜻한다. 이기영의 『고향』에서 배우고자 했던 것을 이번에는 두 거장의 이론에서 배워보겠다고 나선 것이다. 이론적 지식의 배움을 통해서 예술창작에 이른다는 것이 과연 가능한 일일까. 그 가부는 누구도 쉽게 단언할 수 없겠지만, 논리(logos)로 지탱되는 이론 또는 비평과는 달라서 창작이 정념(pathos)의 영역임이 확실한 만큼, 창작을 위한 이론 학습에는 한계가 있을 수밖에 없다. 마르크스·엥겔스의 『예술론』에 대한 이론 학습을 디딤돌로 하여 창작방법으로서의 기본틀을 어느 정도 갖춘 '가면박탈'로서의 고발문학은 다음과 같은 진술에서 일목요연하게 살펴진다.

> 그러므로 "사회주의자는 정당하다"는 가정의 공식적 개념에서가 아니라 직접 파고 들어가서 그의 진정한 타입을 창조하려고 한다. "노동은 신성하다"는 가정의 격언을 가지고서가 아니라 맨몸으로 노동의 생활과 생산과정에 임하여 그것을 꿰뚫고 흐르는 법칙을 고발하려는 것이다. 모든 것을 그러므로 객관적 현실에서 출발하여 작가의 주관을 이것에 종속시키려고 하는 것이다. 이러한 모든 인물과 정황의 전형의 창조-그것은 현재 우리가 살고 있는 이 전형적인 아세아적 형태 위에 기거하는 일체의 생활을 반영할 것

---

32) 위의 책, 193~228면 참조

이며 이 시대적 운무의 모사 반영을 통하여 그의 준열한 고발에 도달할 것 이다.[33]

'공식적 개념'이나 추상적 '격언'이 아니라 '객관적 현실에서 출발'하자고 할 때, 그 현실 즉 '전형적인 아세아적 형태 위에 기거하는 일체의 생활'은 결국 아시아적 생산양식론 또는 아시아적 정체성론에 결부된 것이다. 표리 관계에 놓인 이 두 개의 이론은 아시아의 후진성 및 그 역사 전개의 비전형성에 대한 서양의 편견 또는 아시아의 콤플렉스를 낳은 최종적인 근거이기도 한 것인데, 전후 1947년경 마르크스의 「자본주의적 생산에 선행하는 제 형태」[34]가 일본에 알려져 그 문제점에 대한 검토가 시작되기 전까지는 하나의 고정관념으로 뿌리내리고 있었다. 탄압에 직면한 일본 마르크스주의자들이 그 동안의 공식주의를 자체 비판할 때도 가장 확실한 논거는 그것이었다. 그러니까 당초에 그것은 이를테면 가메이 가쓰이치로의 '가면박탈'이 지향하는 바, 일본 현실의 역사적 특수성을 직시하여 현실성 있는 투쟁의 길을 찾아야한다는 주장의 지렛대로 작동했던 것이다. 시국이 더욱 경색되면서 그것은 가메이 가쓰이치로나 하야시 후사오林房雄 등의 예에서 보듯 천황제 군국주의 체제를 불가피한 운명적 현실로 받아들이고 거기로 투항 귀순하는 사상전향의 논리적 지렛대로도 작동하게 되기에 이르렀다. 물론 구라하라 고레히토처럼 동양사회 고래의 평등사상 연구[35]로써 이론 차원에서 사상전향을 거부한 경우도 있다.

그러나 당시 조선의 경우는 사정이 다를 수밖에 없음은 바로 식민지라는 사실 그 자체 때문이다. 1933년부터 1936경까지 짧지 않은 기간 동안 벌인

33) 김남천, 앞의 글(5), 『조선일보』, 1937.7.15.

34) 이 논문은 1937년 소련 마르크스-엥겔스-레닌주의연구소가 수고 형태의 자료로 발굴하여 1939~1941년 『정치경제학비판 요강』에 수록하여 모스크바에서 간행했다.

35) 구라하라 고레히토, 『중국고대철학의 세계』, 죽산신서12, 김교빈 외 옮김, 죽산, 1991에 수록된 중국고대사상에 대한 총 7편의 논문은 구라하라가 1932년부터 1940년까지 8년간 옥중에서 중국고전을 섭렵하며 구상 연구한 것들이다.

창작방법논쟁에서 너나 할 것 없이 모든 사유의 원점을 조선의 사회발전의 기형성 내지 특수성, 바꿔 말해 아시아적 생산양식론 또는 아시아적 정체성론에 둔 점은 일본의 경우와 대차 없지만, 예술적 측면에 관한 입장의 차이는 있을지언정 정치적 측면에 관한 한 당파성에 완강한 집착을 보이는 강경파가 우세했던 것도 식민지 조선이라는 특수 사정에 그 근거가 놓인 것이다. 임화가 「조선신문학사론서설」에서 '예술사적 또 정신사적 발전의 객관적 법칙성'이라는 공식주의 내지 추상적 관념론의 논법을 휘두르면서까지 프로문학의 역사적 정당성을 표방했던 것도 식민지 조선의 '통일된 예술적 X(정)치적 실천의 절박한 육체적 필요', 달리 말해 저항의지야말로 이론 이전에 조선문학인 이상에는 피치 못할 지상명제임을 승인한 것일 따름이다. 가메이 가쓰이치로의 '가면박탈'이 자기비판에서 마침내 사상의 포기로 낙착된 것과는 달리, 김남천의 '가면박탈' 또는 고발문학에서는 자기비판을 통해 조선의 현실을 직시하면 할수록 저항의지의 당위성 역시 더욱 더 확연해질 수밖에 없다는 논리가 성립된다. 이처럼 비판적 현실인식이 투철하면 할수록 저항의지 또한 더욱 더 치열해지게 되는 논리를 바탕에 놓으면, 위의 인용에서와 같이 '이 시대적 운무의 모사 반영을 통하여 그의 준열한 고발에 도달할 것'이라는, 말하자면 '반영'과 '고발'의 등가관계가 주장될 수 있는 것이다.

'가면박탈'이 일종의 비평적 수사라면, 거기서 발전된 고발문학은 엄연히 전형기의 대안적 창작방법으로 제기되었고, 그 이론적 근거로 삼은 것은 반영론 즉 엥겔스의 리얼리즘론이었다. 그러나 이 단계에서 그것에 대한 김남천의 이해 수준은 아직 일반적인 총론 내지 원칙론에 머물렀기에, 주제나 형식 양면에서 실질적인 창작방법이라면 응당 갖추어야 할 구체적인 내용을 보였다고 하기는 어렵다. '인물과 정황의 전형의 창조'와 그것을 통한 시대의 반영을 거론하긴 했으나, 어디까지나 개념의 논리적 이해에 그친 것일 뿐이다. "풍자문학 같은 것은 고발문학이 가지는 가장 중요한 문학적 형식이 될 수 있다"든지 또 "고발의 문학은 작자 자신의 가면박탈을 주장하나 이것은 사소설에서 리얼리즘을 옹호하기 위하여서이다"든지 하여,[36] 반영론의 본령에서 벗어나 '고발'에만 주안점을 두는 발언도 서슴지 않음이 그 방증일 것이다. 그런 점에서 윤규섭이 고발문학의 고발은 비판적 정신의 '비판'을 대치한 것에 불과함을 지적한 것,[37] 그리고 김남천보다 한 걸음 앞서 엥겔스의 리얼리즘론을 살핀 것으로 보이는[38] 한효가 고발문학론에 대해 "작가의 '고발의 정신' 그것의 고조에만 성급하였고" "문예학 일반의 문제"나 "창작방법론상의 실천적 계기" 등을 구체적으로 논의하지 않았음을 지적한 것[39]도 정당했다고 할 수 있다. 요컨대 김남천은 리얼리즘 또는 반영론 미학의 핵심이 전형론임을 알아차렸으나, 그것에 대한 인식의 진전은 한편으로 이론 탐구를 통해서, 다른 한편으로 「남매」(『조선문학』, 1937.3) 「처를 때리고」(『조선문학』, 1937.6) 등 다시 착수한 창작 경험을 통해서 고발문학의 연장이면서 다음 단계인 풍속소설론에서 보다 구체화된 모습으로 나타나게 되었던 것이다.

---

36) 주 33)과 같음.
37) 윤규섭, 「문단시어」, 『비판』 제41호, 1937.9, 98면.
38) 한효, 「신창작방법의 재인식을 위하여」(4), 『조선일보』, 1935.7.26 참조.
39) 한효, 「창작방법론의 신방향」(2), 『동아일보』, 1937.9.21.

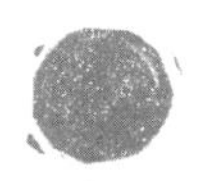

국책문학으로서의 안회남의 징용소설

1. 해방 전후의 대칭이동과 그 표리

해방기의 문단 재편이 기본적으로 이념의 자장에 의해 좌우되는 형국이었음은 주지하는 바이겠으나, 그 실행과정을 들여다보면 개개인 혹은 소집단 별로 과거의 성향이나 행적에 비추어 그 거취가 의외의 변신으로 보이는 경우[1]가 적지 않은 것도 사실이다. 해방을 맞은 흥분과 충격, 의욕과 혼란이 교차하는 속에서 문단의 세력 규합과 조직 구성에 그야말로 즉각적인 기민성을 발휘한 조선문학건설본부(문건, 1945.8.16)-조선문학가동맹(문맹, 1946.2.9)에는 백철의 말마따나 "난데없이 많은 좌익작가가 생겨난 사실"[2]을 찾아볼 수 있거니와, 그 중에서도 유난히 눈에 띄는 존재로는 이태준과 안회남을 꼽을 수 있을 것이다. 카프의 대척점에 입지를 설정했던 구인회의 좌장 이태준이 문맹 부위원장으로 두각을 나타낸 것도 그렇지만, 그 구인회 주변의 아류 격이었던 안회남[3]이 일약 문맹의 소설부 위원장으로 부상한

1) 이를테면 '전조선문필가협회'(1946.3.13) '조선청년문학가협회'(1946.4.4)에 주축으로 활동하게 되는 조연현은 그 이전에 결성되었던 '조선프롤레타리아문학동맹'(1945.9.17)의 맹원으로 공표된 명단에 들어 있다.

2) 백철, 『신문학사조사』, 신구문화사, 1980, 593면.

3) 이에 대해서는 "좌익과는 달리 그 때 조선일보 학예부를 중심으로 한 이원조李源朝·안회남安懷南 등의 그룹이 있었는데, 이들이 구인회를 헐뜯고 다닌다는 소문이 있었다. 어느 때

것도 의외의 장면이라 할 만 했다.

이태준도 이른바 신변소설에 치중했고 또 안회남도 그것에 전일적으로 매달렸으나, 전자가 지식인의 고민을 그린 심경소설류의 작품들로 평판을 얻었다면 후자는 "조금도 시대의 정신생활에 관계하고 있지 않은" "조선문단에서 드물게 보는 사치한 문학"이라는 당대의 지적[4]이 있었다시피 문단 상업주의의 통속취미에 자기현시욕을 얼버무린 작풍[5]을 장기로 삼던 부류에 지나지 않았다. 이러했던 안회남의 위상과 면모를 해방과 함께 일변시킨 계기로는 두 가지를 들 수 있다. 문건-문맹의 조직 활동 전반을 실질적으로 주도하고 장악했던 임화, 김남천, 이원조 등 3인과의 친분[6]이 그 하나이고, 일제강점 말기의 소위 횡단징용에 걸려 고초와 박해를 당한 문단 유일의 인물로 알려졌던 경력 상의 남다름이 그 다른 하나이다. 둘 중에서 뒤쪽이 보다 더 중요한 것은 물론인데, 해방을 전후한 상황의 급전을 염두에 둘 때 뒤쪽을 전제해야 앞쪽이 실효성을 띠게 되는 것이기 때문이다. 꼭 집어 말하자면 문건-문맹의 핵심 3인은 기박한 징용 경력으로 화제의 인물이 되었던 안회남을 발탁함으로써 그들의 조직과 노선에 대해 폭넓은 심정적 동조를 조성하고자 하는 일종의 상징조작에 착안했을 가능성이 큰 것이다.

안회남은 1944년 9월 26일 북구주北九州 사가 현佐賀縣 다테카와立川 탄광炭礦으로 출발해서 만1년만인 1945년 9월 25일 귀향했고,[7] 얼마간 쉬고서 그

회합을 마치고 다방에서든가 우리들이 나오는데 술에 취한 안회남과 부딪쳐 안安이 자기를 구인회에 넣어주지 않았다고 우리들에게 욕설을 하면서 "너희들은 내 주먹 맛 좀 보련!" 하고 권투 식으로 주먹다짐으로 덤벼드는 바람에 우리들은 혼비백산해 도망친 일이 있었다" (조용만, 『30년대의 문화예술인들』, 범양사, 1978, 137면)는 술회를 참고할 수 있다.

4) 임화, 「창작계의 일년」, 『조광』, 1939.12, 140면.

5) 김흥식, 「안회남 소설 연구-신변소설을 중심으로」, 문학사와 비평연구회, 『한국 현대문학의 근대성 탐구』, 문학사와 비평 7집, 새미, 2000, 307~308면 참조.

6) 안회남, 「문단교우록」(『조선일보』, 1940.8.5)에는 이 3인과의 관계가 언급되어 있고, 이원조, 「문인 폴트레 : 안회남의 인상」(『인문평론』, 1941.1), 김남천, 「산업전사에 부치는 말 : 회남공懷南公!」(『조광』, 1944.11), 그리고 임화에게 부친 안회남, 「응징사의 편지」(『조광』, 1944.11) 등에는 그들이 서로 허물없이 지내는 사이였음을 엿볼 수 있다.

7) 안회남, 「북구주왕래」, 『조선주보』, 1945.11.19, 10~12면. 북구주北九州 이마리 시伊萬里市

해 10월 상순께 상경하여 조선중앙문화건설협의회(문건)에 합류한 것[8]으로 되어 있다. 소위 백지동원의 징용 연락을 받은 며칠 뒤이자 떠날 예정일 하루 전날인 1944년 9월 25일 안회남은 징용을 모면할 방도를 구해 보고자 상경했으나 청탁을 넣으려던 『매일신보』 편집국장과는 만나지 못했고 그래서 찾아간 조선문인보국회(1943.4.17) 간사의 반응도 냉정하기 그지없어 결국 실패하고 말았다.[9] 원래 조선문인보국회가 있던 종로의 한청빌딩을 해방 사흘만인 8월 18일 접수하여 문건의 사무실로 삼았으니, 안회남으로서는 근1년을 사이해서 입장이 정반대로 뒤바뀌는 이를테면 대칭이동을 해서 같은 장소에 나타난 셈이었던 것이다. 해방을 전후한 상황의 역전은 문건 관계자들에게도 똑같이 주어진 것이었다. 그러나 그 대다수는 그 동안 강제・반강제로 혹은 보신책으로 국책동원에 연루될 수밖에 없었던 터라 각자의 내면에 자기비판이라는 과제가 남겨진 상태였다. 이에 반해 징용문인 즉 예외적 피해자라는 점이 반사적으로 이때의 안회남으로 하여금 얼마나 당당한 태도를 취하게 했던가는 보고문 「북구주왕래」(『조선주보』, 1945.11.19)로부터 징용소설 연작들에까지 징용노무자들을 인솔해 돌아온 "마치 개선장군 같은 자부심"[10]을 서슴없이 드러낸 어조로도 충분히 알아볼 수 있다. 전국조선문학자대회(1946.2.8~9) 참관자들의 관심사 중의 하나가 징용문인 안회남의 출현이었다는 점[11]도 그 당당함에 걸맞은 주위의 반응이라 할 것이다. 김남천도 "암흑기를 가장 욕되게 산 분으로 안씨의 우좌右座에 앉을 이가 없다"[12]고 단언할 정도였다.

안회남의 상경 무렵에 문건은 후발 조선프롤레타리아문학동맹(문동,

에 소재한 다테카와立川 탄광은 1936년 개업한 이 지역 최대의 탄광이었으나 1970년 폐광되었다.

8) 안회남, 「문학운동의 과거 1년」, 『백제』, 1947.2.

9) 안회남, 『사선을 넘어서』(제1회), 『협동』, 1947.1, 147~150면 참조.

10) 김윤식, 「사이비진보주의자로서의 논리」, 『한국현대문학사』, 일지사, 1981, 142면.

11) 용천, 「문학자대회 인상기」, 『신천지』, 1946.4, 116면.

12) 김남천, 「창조적 사업의 진전을 위하여」, 『문학』 창간호, 1946.7, 141면.

1945.9.17)과의 갈등을 겪는 한편 박종화를 내세운 중앙문화협회(중문협, 1945.9.18)의 결성을 기화로 조직 일부의 동요에도 직면해 있었다. 문건과 문동의 통합이 합의에 이른 아서원좌담회(1945.12.13), 그 통합조직체 조선문학동맹 내부정비의 일환으로 진행된 '문학자의 자기비판' 주제의 봉황각좌담회(1945.12.30 경), 그리고 개칭 조선문학가동맹의 정식 출범이 이루어지는 전국조선문학자대회(1946.2.8~9) 등이 잇달아 열렸다. 그러나 이 일련의 과정 속에서 안회남이 등장하는 장면은 확인되지 않는다. 이는 프로문학의 대항마를 자처했던 구인회의 좌장 이태준이 해방 직후부터 내내 문건-문맹의 전면에서 주역으로 활약한 것과 크게 대조적이다. 징용문인이었기에 문맹 소설부 위원장이라는 요직에까지 오르게 되었던 안회남이지만, 막상 조직의 중심축에는 전혀 끼지 못했던 것이다. 이 직분에 합당한 역할의 부재가 수긍할 만한 것이었음은 당시 안회남의 글쓰기를 통해서도 확인된다. 당시의 평론문들이 문건-문맹 노선의 복창 혹은 그것과는 무관한 문학원론 수준인 것은 차치하고라도, 보고문 「북구주왕래」보다 앞서 게재된 「오욕의 거리」(『주보건설』, 1945.11.10)에 이어서 내몰아 쓰다시피 했던 이른바 징용소설 연작들이 그 수난의 이야기를 "그냥 직선적으로 보고하고 전달하기,"[13] 말하자면 자기류 신변소설의 연장에 그쳤던 것이다. 요컨대 징용문인이기에 뿜어내는 외관의 당당함과 구태의연한 신변소설가로서 노출하는 내면의 공각성, 이 두 측면이 표리를 이루고 있는 것이 해방을 전후한 대칭이동의 구도 속에 떠오른 안회남의 진면목이었다.

2. 횡단징용과 문인들의 대응 방식

횡단징용의 대상으로 통보받은 안회남이 상경해서 『매일신보』 편집국장

13) 안회남, 「서문」, 『불』, 을유문화사, 1947.

과 조선문인보국회의 간사를 찾아간 것[14]은 막연한 구명도생의 몸부림이 아니라 나름대로 근거가 있는 대응이었다. 이 대목에서 그 편집국장이나 간사가 누구였던가는 중요하지 않다. 전시통제법의 대명사인 국가총동원법 제4조[15]에 근거한 국민징용령[16]에 의해 간단한 신체검사만 통과하면 웬만한 사유로는 빠져나갈 길이 없는 말 그대로 횡단징용의 당사자가 된 이상, 그 무렵 누구나 경각심을 갖고 지켜볼 수밖에 없었던 전면징용 및 국민등록 확대 조치에 대해 『매일신보』와 『국민문학』 등에 실린 관변의 해설[17]이나 읍·면에 비치된 『국민징용독본國民徵用讀本』이나 『조선징용문답朝鮮徵用問答 부附 국민징용령國民徵用令 관계법령關係法令』[18] 등을 꼼꼼히 읽고 살폈을 것이고, 그러는 가운데 국민징용령 제22조 제3호의 징용 대상에 대한 배제

14) 이는 안회남, 『사선을 넘어서』, 『협동』, 1947.1, 149~150면에 서술된 것인데, 「작가 안회남 씨 응징사로 출진」(『매일신보』, 1944.9.27, 2면) 기사와 상통하므로 확실한 사실로 볼 수 있다.

15) 국가총동원체제의 중추기관인 내각 기획원(1937.10.25 설치)이 기초해 제정된 국가총동원법(1938.4.1 공포, 동.5.1 시행)은 대개정(1941.3)을 통해 적용범위가 명실상부하게 확대되었다. 이 법을 근거로 하는 칙령들 중에 하나가 국민징용령인데, 그 근거 조항은 "제4조 정부는 전시에 임해서 국가동원 상 필요할 때는 칙령의 정하는 바에 의해 제국신민을 징용하여 총동원업무에 종사시킬 수 있음, 단 병역법의 적용을 막지 않음.(第四條 政府は戰時に際し國家總動員上必要あるときは勅令の定むる所により帝國臣民を徵用して總動員業務に從事せしむることを得, 但し兵役法の適用を妨げず.)"(塚田一甫, 『國家總動員法の解說』, 東京 : 秋豊園出版部, 1938, 161면)이다.

16) 국민징용령(1939.7.8 공포, 동.10.20 시행)은 이후 6차에 걸쳐 개정되었는데, 징용을 총동원업무 일반으로 확대한 제5차 대개정(1943.7.20)이 있었고, 또다시 제6차 개정(1944.2.18)을 통해 이른바 횡단징용이니 백지동원이니 하는 별칭으로도 불리는 전면징용을 실시했다. 이 전면징용 실시는 국민징용령과 연동된 국민직업능력신고령(국민등록제, 1939.1.7)의 개정과 함께 이루어졌으며, 국민등록 범위를 종래(1940.10.20 개정안)의 16세 이상 40세 미만에서 14세 이상 45세 미만으로 확대했다. 「국민등록범위확대」(『매일신보』, 1944.9.27, 2면) 기사는 다시 국민등록 범위를 12세 이상 50세 미만으로 확대한 개정된 국민등록을 조선총독부도 11월 1일부터 실시할 방침임을 보도했다.

17) 「징용문답」 1~3, 『매일신보』, 1944.8.30~31·9.1과 「國民徵用について(對談)-日笠 本府 勞務課長に訊く」, 『국민문학』, 1944.9.1, 59~62면 참조. 앞쪽의 답변자도 뒤쪽과 동일인임.

18) 후생성연구회厚生省硏究會, 『국민징용독본國民徵用讀本』, 동경東京 : 신기원사新紀元社, 1944.8.30.
宮榮一, 『조선징용문답朝鮮徵用問答 부附 국민징용령國民徵用令 관계법령關係法令』, 上田韶男 역譯, 매일신보사, 1944.(일어·조선어판)

규정에서 한 가닥 희망의 끈을 보았을 것이기 때문이다.

국민징용령 제21조의 당연배제 대상[19]에는 안회남이 해당될 여지가 전혀 없었다. 그 제22조는 "다음 각 호의 하나에 해당하는 자는 특별한 필요가 있는 경우를 제외하고 그를 징용하지 않는다"고 하여, 일정한 심사를 거치는 조건부배제 대상을 제1호 다른 사람으로 하여금 대신하게 할 수 없는 직무에 있는 관리, 대우관리 또는 공사, 제2호 제국의회, 동경도의회, 도부현회道府縣會, 시정촌회市町村會, 기타 그에 준하는 의원, 제3호 총동원업무에 종사하는 자이면서 다른 사람으로 하여금 대신하게 할 수 없는 자 등으로 규정했다.[20] 주의 깊게 음미할 대목은 '특별한 필요가 있는 경우를 제외하고 그를 징용하지 않는다'는 조건을 못 박은 것인데, 뒤집어 읽으면 '특별한 필요가 있는 경우에는 해당자를 징용한다'로 되기 때문이다. 각급 관공리와 의원의 경우 그것은 가령 기획원사건(1939, 1940)과 같은 사태가 재연되지 않도록 하라는 경고이었겠으나 대개는 직분에 최선을 다하라는 촉구였다고 할 수 있다. 총동원업무 종사자라면 관공리 등의 겸직자 이외의 인물로서 배제 대상이 될 수 있는 조건이 두 가지라 훨씬 까다로웠다 하겠는데, 우선 대표급 이하 어디까지를 '다른 사람으로 대신하게 할 수 없는 자'에 포함시킬 것인가 하는 기준을 통과해야 하고, 다음으로 특임을 맡기는 것이든 징벌을 주는 것이든 '특별한 필요가 있는 경우'에 들지 말아야 했던 것이다. 앞쪽은 객관적 기준으로서의 직위에, 뒤쪽은 심사와 판정의 권한을 가진 당국자의 재량에 관계된 사항이거니와, 국민징용령이 총동원체제의 주도면밀한 심리통제장치로 작동한 측면을 보여준다고 하겠다.

실제로 황군위문작가단(1939.3.14)의 선두에 섰던 이래 조선문인보국회 1차 정비(1943.6.17) 때 소설·희곡부회 상담역을 맡았던 김동인조차 국민등

---

19) 후생성연구회, 위의 책, 194~195면에 의하면, 현역 및 소집중인 군인, 육해군 생도, 군속, 의료인, 수의사 등, 선원법·조선선원령 등의 선원, 법령에 의해 구금중인 자 등이다.
20) 위의 책, 196면.

록제가 50세 미만까지로 확대되어 그 자신도 횡단징용의 대상에 속하게 되자 마치 실에 꿰인 헝겊인형처럼 허둥대며 조선문인보국회의 간사 직을 얻어내는가 하면,[21] 나중에는 당국자에게 비상시국에 복무할 별도의 '작가단'을 만들겠다는 제안을 하는 등 돌출적인 행동도 서슴지 않았다.[22] 이에 비추어보면 조선문인보국회 간부급이던 이태준(철원 안협, 1943년 말경),[23] 이기영(고성 내금강, 1944년 3월 말), 채만식(군산 임피, 1945년) 등이 낙향하고 난 후에도 노골적이든 도회적韜晦的이든 국책문학에 관여할 수밖에 없었던 사정도 납득할 만한 측면이 있는 것이다. 문단 중진들의 형편이 이러할진대 소장급이나 신인들에게 미친 횡단징용의 충격파가 어떠했을지는 불문가지이겠으나, 그 일단이 다음에서 살펴진다.

> (…상략…) 장환(오장환 : 인용자)은 증용을 피하여 먼저 광산으로 가버리고 광균(김광균 : 인용자)은 고무회사에서 나와 놀다가 하는 수 없이 정회町會 사무원으로 들어갔고 신백수는 초라한 모습으로 집에서 술만 마시다가 견디다 못해 시골 군청의 고원으로 들어갔으되 국민문학이니 황도문학이니 하는 매족 친일문사 패와는 거리를 멀리하였고, 정주(서정주 : 인용자)와 그의 벗인 김동리金東里도 산골에 숨어 새로운 세월을 기다리고 있었다. 증용이니 보국단이니 이것을 피하기 위하여 또 일본 경찰의 잔학한 탄압을 피하기 위하여 너나없이 직업을 가져야 했고, 직업 중에도 증용을 면할 수 있는

---

21) 김동인, 「문단30년사」, 『김동인전집』 6, 삼중당, 1976, 75면. 주 15)에서 언급된 바 국민등록 범위가 50세 미만으로까지 확대 실시되는 것이 1944년 11월 1일부터라는 『매일신보』의 「국민등록범위확대」보도가 9월 27일자로 있었다는 점을 감안하면, 김동인의 이러한 일종의 소동은 안회남이 징용을 떠난 날(1944.9.26) 혹은 그 사실을 보도한 주 15)의 『매일신보』 기사가 나온 날(1944.9.27) 이후의 일로 볼 수 있다.

22) 김동인, 「망국인기」, 위의 책, 643~646면에는 총독부 정보과장 겸 검열과장인 아베 다츠이치阿部達一에게 국어전용國語專用을 일부 완화한 조선어 글쓰기를 전제로 시국에 협력할 '작가단'을 따로 만들 것을 제안했으나, 조선문인협회 이사장 이토 노리오伊藤憲郎 등의 반대로 막판에 무산되었다고 술회되어 있다.

23) 이태준, 「해방전후」, 『문학』 창간호, 1946.7, 8면에는 낙향할 무렵에 "태평양에서는 일본군이 아직 라바울을 지킨다고는 하나"라고 서술되어 있어, 연합군의 반격에 의한 라바울 공방(1943.12~1944.3)을 기준으로 해서 추정함.

직업을 구해야 된다는 데 더욱 큰 괴로움이 있었다.
(…중략…)
벗들 가운데 증용에 걸린 벗이 몇 명 있었으나 다행이 신설동에서 병원을 하는 유한철劉漢澈의 건강진단서로 폐肺가 나쁘다는 변명 아래 면하였으나 시우(이시우 : 인용자)가 꼼짝 못하게끔 증용에 걸려 일본으로 떠나게 되자 헌병대에 끄나풀로 이름만 걸어두면 증용은 면할 것이라고 누가 말하는데 아마 잘될 것이라는 말을 어느 친구에게 들은 지 몇일 후 어느 날 밤 종로 거리에서 서울역으로 차를 타러가는 길이라는 시우를 만났다.
"헌병대에 이름만 걸어두면 증용을 면한다고 한다. 나도 증용은 가고 싶지 않다. 그러나 내 둘러리의 친구가 적어도 이백 명은 족히 될 것이다. 증용 안 나가는 대신 내 무슨 얼굴로 친구들을 대하리. 가서 죽는 한이 있더라도, 증용을 피하는 대가로 그런 짓은 못하겠다."
고 시우는 땅에 펄석 주저앉어 하늘을 우러러 울더니 그 길로 밤차에 실려 요꼬스가橫須賀로 끌려가 버렸다.[24]

소장급 문인들이 명분이나 자존심 등 심정 상으로 '매족'의 대열에 끼고 싶지 않았을 것은 물론이지만, 객관적 조건에서 조선문인보국회의 비중 있는 자리를 맡아 총동원업무에 종사할 기회도 중진들에 비해서 현격하게 적었음을 위의 인용은 말해준다. 신백수 등과 함께 『삼사문학』(1934.9~1935.12)을 창간한 이시우가 '헌병대'의 '끄나풀' 되기를 거부한 것은 젊음의 패기이자 순수성에서였겠고 또 그처럼 궁색한 편법 이외에 이를테면 조선문인보국회를 통해서 어떤 방법을 구하지 않았던 것도 같은 심정적 맥락에서였겠으나, 다른 각도에서 보면 조선문인보국회의 총동원업무와 관련된 실적 자체가 없었음을 반증하는 것이기도 하다.

그렇다면 안회남이 『매일신보』 편집국장과 조선문인보국회 간사를 찾아간 것은 자기 나름의 판단으로 자신의 징용이 부당함을 입증할 근거에 대

24) 이봉구, 「속續 도정道程」, 『문예』, 1949.12, 42~43면. 이봉구, 「도정道程」, 『신문예』, 1945.12의 속편임.

한 믿음을 가졌기 때문이라고 볼 수 있다. 그 근거는 위에서 말한 국민징용령 제22조의 제3호의 징용 대상에 대한 배제 규정이 하나, 그리고 그러한 규정에 부합하는 자기 자신의 활동 실적이 다른 하나였을 것이다. 그 결과는 이미 아는 대로 심사와 판정의 권한을 가진 당국자의 인정을 받지 못하는 것으로 되었다.

안회남은 일제강점 말기 문단을 친일어용으로 몰아가는 서곡을 열었던 황군위문작가단(1939.3.14)에 가담하지 않았고, 일제 당국의 종용에 의해 결성된 조선문인협회(1939.10.19)의 발기인에도 들어 있지 않았다. 다만 황도학회(1940.12.20)의 발기인 명단에는 그의 이름이 보이지만, 자의였는지는 단언할 수 없다. 1940년 말경 충남 전의로 낙향한 이래로 조선문인협회의 산업현장시찰단에 참가한 일[25] 외에는 이렇다 하게 시국과 관련된 동향이 보이지 않는다. 조선문인보국회의 결성(1943.4.17)에도 아무런 역할이 없었고 그 간부직을 맡은 적도 없었다. 이와 같이 시국협력에 대해 소극적 태도를 취한 그의 처신과 거취는 황군위문작가단이나 조선문인협회-조선문인보국회 관계로 분주했던 이태준과는 자못 대조적이다. 객관적인 관점에서 그것은 구인회 좌장과 그 주변의 아류격 작가 사이의 문단에서의 중량 차이가 가져온 결과라고도 볼 수 있다. 그 자신의 심정적 실감 쪽을 살핀다면 그것은 시국협력에 대한 그 자신의 혐오나 반감보다는 근본적으로 그 특유의 계대의식에 뿌리박은 체질적 보신주의[26]로 말미암은 결과라고 할 수 있다. 이 체질적 보신주의와 맞물린 것이 그의 신변소설임은 새삼 말할 것도 없거니와, 그러면 단체 활동이 아닌 글쓰기의 방면은 어떠했던가. 태평양전쟁(1941.12.7)과 징병제 실시(1943.8.1)를 찬양한 시론時論들[27]을 쓰기는 했으

25) 그것에 대한 보고서가 안회남, 「농촌현지보고」(『반도지광』, 1941.7)이다.

26) 안경수의 입양자 안국선의 아들이라는 안회남의 계대의식은 부조의 정치적 부침과 결부되어 보신주의로 체질화되었다. 이에 대해서는 김흥식, 앞의 논문, 298~304면 참조.

27) 안회남, 「세계사의 신무대」, 『매일신보』, 1942.1.8.
_____, 「징병제 실시 만세」, 『매일신보』, 1943.8.7.

나, 창작 자세의 성실성 문제에 대해 토로한 「금일문학의 방향」(『매일신보』, 1943.4.6~11)과 「문단에의 직언」(『춘추』, 1943.3) 등의 평론문이나 속물적 세태를 개탄한 「모자」(『춘추』, 1943.7)와 가족의 사랑을 부각시킨 「늑대」(『조광』, 1943.8) 같은 작품들은 시국적 색채가 거의 없다. 다만 「아버지의 승리」(『매일신보』, 1942.11.7~18)와 「흙의 개가」(『매일신보, 1943.4.6~11)는 각각 저축과 공동영농 등 국책을 제재로 하면서 그것을 내세워 사복을 채우거나 주민들에게 군림하려는 인물들을 비판하고 동료애라든가 협동심을 강조하는 데 무게를 둔 작품이며, 비상시국 아래서의 농촌생활을 그린 「풍속」(1~3회)(『조광』, 1943.12~44.2)은 배급제, 창씨, 공출 등 국책 관련 사항들을 다루면서 지방관의 무능과 발호에 맞싸우는 공정무사한 성품의 주인공이 주민들의 신망을 얻어가는 구도를 취한 작품이다. 그의 작가적 본령인 소설 창작만을 놓고 볼 때 그는 표면은 국책문학이면서 이면은 신변소설인 작품들을 써 왔던 것이다. 시간이 갈수록 국책적 제재들이 점차 늘어났지만, 신변소설로서의 주제 자체도 이태준의 경우에서 살펴지는 바, 비애와 허무의 정조를 통한 최소한의 암시적 저항조차 비치지 않은 채 여전히 인정물의 온정주의paternalism를 표방하고 있었다. 요컨대 안회남은 국책에 순응하는 방향으로 그 나름의 변모를 보여 왔다고 생각했을 법하나, 그 속도나 강도가 가팔라지는 전국戰局의 그것에는 한참 못 미쳤던 것이며, 따라서 채만식이 전쟁기록물 「군신軍神」(『半島の光』, 1944.3~7)을 써내던 시기의 당국자에게 총동원업무의 종사자로서 '다른 사람으로 하여금 대신하게 할 수 없는' 문인이라고 인정받기는 애당초 기대난이었던 것이다.

3. 장행회의 내막과 징용작가의 길

상경한 안회남은 『매일신보』 편집장과 조선문인보국회 간사에게 진정도 하고 청탁도 해서 징용에 빠지려고 했으나 끝내 뜻을 이룰 수 없었다. 경위와 사정을 불고하고 강행하기로 정해진 횡단징용이었으니 조선문인보국회의 총동원업무에 필요불가결한 지위에 있지도 않고 또 그럴 만한 실적도 되지 않는다는 간사의 "의외로 너무나 냉정"한 답변이 돌아왔을 따름이었던 것이다. 그 동안 자기 나름의 보신책으로 썼을 국책소설로는 당국의 기준을 통과할 수 없음이 확인된 셈이기도 했다. 시국협력에 남들처럼 과감하고 적극적이지 못했던 데 대한 자책도 스쳐 일었을지 모르나, 그 결과에 순순히 승복하는 마음보다는 참담함과 함께 울분에 사로잡혔을 것으로 봄이 자연스럽다. 그럴 경우 달리 청원할 곳도 마땅치 않을 때 이튿날로 징용 떠날 처지였으니 바로 귀가하든 친지를 만나든 자리를 박차고 일어나는 것이 통상의 예가 아닐까. 그런데 정작 그 다음에 벌어진 장면은 아래와 같이 되어 있다.

작가 안회남 씨 응징사로 출진 명明 28일 출발

징병으로 징용으로 반도가 직접 성전에 참가하는 우렁찬 진군을 하고 있는 이때 이는 단편소설로 조선문단에 확고한 지반을 닦고 있는 소설가의 몸으로 용약 징용에 응하야 붓을 잡었던 손에 곡괭이를 바꾸어 쥐게 된 작가 징용의 쾌소식…. 반도문단의 중견작가로서 이미 누구나 다 알고 있는 충남 연기군 전의 역전 회남 안필승 씨는 지방으로 낙향한 후 무거운 침묵 가운데 현황하게 움직이는 역사의 물결을 노리며 그 동안 새 창작의 구상을 하고 있던 중 지난 ○일 영예의 백지영장을 받고 처음에는 소설가로서 씨의 뛰어난 역량을 사랑하는 벗들이 무슨 방도가 없겠느냐고 권하여 보기도 하였으나 "나라 없는 곳에 문화가 어데 있겠느냐"고 씨는 단연코 신체검사를 받어 마침내 응징사로서 오는 28일 내지 ○○탄광으로 향하야 장도에 오르게 된 것이다. 문인으로서 씨의 응징은 반도문단을 통하야 처음 되는 일이어서 지난 25일에는 씨가 인사차 입경한 것을 기회로 문인보국회 친지들이 모이어 부내府內 열빈루悅賓樓에서 저녁 일곱 시에 장행회를 베풀었는데 씨는 이번 응징에 대하야 다음과 같이 감상을 말한다.

나 자신의 지나간 작가생활을 잘 보더라도 작가로서 가지고 있는 세계가 너무나 협착한 것이 가장 큰 결함이었습니다. 큰 작품이란 결코 작가의 조고

> 만 개념적인 세계에서는 우러나오지 않는 것입니다. 지금과 같이 거치른 시대야말로 우리들에게는 다시없는 훌륭한 시련기라고 생각합니다. 존귀한 체험을 얻은 후 혹시 어떠한 작품을 낳게 될지 안 될지 그것을 나는 모릅니다. 다른 응징사들과 함께 작가라는 의식을 완전히 버리고 오직 전력증강에 힘을 기우릴 결심입니다."[28]

조선문인보국회가 응징사 안회남의 장행회를 열고 거기에 언론기관을 불러 그 사실을 보도하게 했던 것처럼 편집된 이 기사는 "~ 쾌소식…. ~ 것이다.", "~ 문인보국회 친지들이 ~ 장행회를 베풀었는데 씨는 이번 응징에 대하야 다음과 같이 말한다." 등의 서술 형태로 미루어 현장의 취재보도를 가장하기 위해 고심한 인용보도이며, 그 보도원은 조선문인보국회로 볼 수 있다. 여기서 『삼사문학』 동인 이시우와의 차이에 주목할 필요가 있다. 횡단징용에 의한 문인의 노무징용은 적어도 한 달 남짓 먼저인데,[29] 등단시기, 활동량, 지명도 등에서 앞섰다고 해서 안회남을 최초라고 한 점도 미심쩍지만, 주위에서 어떤 편법을 '권하여 보기도 하였으나' 단호하게 응징사의 장도에 오르기로 한 그에게 조선문인보국회에서 장행회를 베풀었다는 점, 그리고 거기에 그가 '작가라는 의식을 완전히 버리고' 국책 즉 '전력증강'에 진력하겠다는 결의로써 호응했다는 점은 당시 언론보도의 조작 가능성을 전제해도 납득하기 어려운 부분이다. 더군다나 이시우가 '헌병대'의 '끄나풀' 되기를 거부하고 차라리 징용에 몸을 던져 버리기로 했던 것처럼, 안회남이 정녕 편법을 마다했다면 그 자신에게 문인으로서의 위상도 제대로 인정하지 않는 조선문인보국회의 장행회를 뿌리치고 떠나야 마땅했는데,

---

28) 「작가 안회남 씨 응징사로 출진」, 『매일신보』, 1944.9.27, 2면.

29) 岩本與治(李時雨), 「應徵士よりの手紙」, 『조광』, 1944.11에는 횡단징용으로 일본 요코스카 해군기지에 배속된 이시우가 『삼사문학』 동인 정현웅에게 보낸 편지 제1신(9월 2일), 제2신(10월 7일), 제3신(10월 30일)이 실려 있고, 9월 26일 전의를 떠나 조치원, 대전을 거친 다음에 28일 부산을 출발하여 북구주北九州 이마리伊萬里 시에 있던 다테카와立川 탄광으로 간 안회남, 「응징사의 편지」(『조광』, 1944.11)는 임화가 수신인이고 작성일은 10월 17일로 되어 있다.

오히려 거기에 지키고 앉아 청요리로 음주회식하며 응징사로서의 소회를 밝히는 시국적 담화를 하고 있었다는 것이다.

징용소설 연작 중 맨 나중에 썼고 또 자신의 백지소집이 있던 때의 상황 대해 언급한 유일한 작품 『사선을 넘어서』에서 안회남은 조선문인보국회 간사의 박절한 대답을 들은 뒤 출발 당일인 9월 26일 '아침차로 서울서 집으로 내려' 오기까지의 전야에 무슨 일을 했는지 아무것도 서술하지 않았다. 안회남이 징용지에서 임화, 김남천 등과 주고받은 편지글에는 두 사람은 그날의 장행회에 동석하지 않았고 또 다음날 아침 귀가하기 전까지 만나지 않았던 것으로 되어 있는데,[30] 거기에는 몇 가지 눈여겨볼 대목이 있다. 임화에게 보낸 10월 17일자의 편지에는 현지의 탄광훈련소에서 낙반사고 위험이 있는 지하갱내에서 하루 10시간씩 노동을 하고 기후나 식생활은 걱정할 문제가 없다는 안부 소식에 이어, "유감은 전의에서 쓰고 있던 장편 『풍속』을 탈고치 못하고 온 것인데 그 대신 여기서 다시 『석탄』이란 장편소설을 계획"하고 있다고 했다. 한편 김남천이 안회남에게 부친 11월 1일자의 편지에는 문인보국회 기관지에 실린 근무지 탄광의 주소로 엽서라도 보낼까 하던 차에 『조광』의 요청을 받고 쓰게 되었다는 허두에 이어, 재작일(再昨日, 10월 29일) 여천 공黎泉公(이원조)을 만났더니 안회남이 누군가에게로 보낸 편지에 갱내작업을 그만두고 사무원으로 승격되었다는 소식이 적혀 있어 이제 배급 술도 특배特配 받게 되었다고 부러워들 한다는 얘기를 하더라고 했다. 10월 17일까지는 채광 훈련 중이었으나 그로부터 단지 1주일 남짓한 사이에 단순노무직에서 사무직으로 바뀌었고 처우도 당연히 달라지기로 되었다는 것이다. 임화에게 말한 '『석탄』이란 장편소설' 계획도 김남천이 언급한 사무직 배치와 연관된 것이었을 수 있다. 해방 직후의 귀국 보고

30) 김남천, 「산업전사에 부치는 말 : 회남공!」, 『조광』, 1944.11, 20면에는 안회남의 징용을 『매일신보』 기사(1944.9.28)를 보고 비로소 알았다고 되어 있고, 안회남, 「응징사의 편지」, 『조광』, 1944.11, 21면은 "떠나올 때 형과 꼭 만나고 싶었으나 시간이 없어 그냥 왔습니다."로 시작한다.

서격인 「북구주왕래」에서도 "북구주 좌하현 입천탄광에 다아서는 즉시 『응징행應徵行』이라는 감상문을 내 글 재조를 다 부려 제국주의 식민 검열제도를 버서나 살게끔 써 넣었으나 불허不許가 되고 말았다."고 말해 놓았거니와, 단순노무자에게 공간을 전제로 해서 검열에 부쳐지는 글을 쓰라고 할리는 없다. 요컨대 안회남의 문인징용은 당초에 그 자신이 원했든 원하지 않았든 간에 노무징용의 외양을 취했으나 기실은 소위 징용작가로서의 역할과 임무를 부여받기로 기획연출 되었던 것이라고 볼 수 있다.

소위 징용작가란 중일전쟁 발발(1937.7.7, 노구교蘆溝橋 사건) 후 문화통제의 중심으로 등장한 내각정보부(1937.9.24 설치)-내각정보국(1940.12.6 확대개편) 주도로 검열제도가 한층 강화되는 가운데 이루어진 전시동원 종군작가의 일종이다. 당시 일본 본토에서는 문인들의 전시동원이 대략 세 단계를 밟은 것으로 파악된다. 첫째는 신문기자의 현지특파 취재활동과는 별개로 『중앙공론中央公論』 등의 종합잡지와 『문예춘추文藝春秋』 등의 문예잡지에서 문인들을 중국 각지로 특파하여 현지보고를 하게 함으로써 종군작가가 탄생한 단계, 둘째는 내각정보부가 직접 문인의 종군을 계획 발표하고(1938.8.23) 그러한 요청을 받은 문인들 중 거의 대부분이 종군작가를 희망함에 따라 세칭 펜부대가 만들어진 단계, 셋째 태평양전쟁의 개전(1941.12.7)에 따라 국가총동원체제 속에서 징용영장으로 소집한 "예술가나 보도인 등으로 구성하여 점령주민에 대한 선전무마나 국내에의 선전보도를 주된 임무"로 하는 선전반을 편성한 단계 등이 그것이다.[31] 첫째와 둘째 단계에 의해 유도되고 추동된 것이 이른바 조선문인협회의 황군위문작가단(1939.3.14)과 박영희의 『전선기행』(박문서관, 1939) 등이며, 안회남의 경우는 셋째 단계와 대응되는 형태라는 점에서 그는 단순한 노무징용자와 구별

31) 츠즈키 히사요시都築久義, 「종군작가의 언설從軍作家の言說」, 편집위원회編集委員會, 『시대별일본문학사전時代別日本文學事典』 현대편現代編, 동경東京 : 동경당출판東京堂出版, 1997, 153~158면 참조.

되는 존재로서의 징용작가였다고 할 수 있는 것이다.

임화에게 보낸 편지에서 안회남이 근무지에 계획 중이라고 말한 장편 『석탄』은 기왕에 연재해 오던 『풍속』」의 중단이 아쉽다고 한 점으로 추측컨대 『풍속』의 기조를 연장하는 선 위에서 새로 근무하게 된 탄광의 현지취재에 밀착된 생산소설이었을 것이 틀림없다. 생산소설은 "그 방법에 있어 기록적, 보고적이고, 그 정신에 있어서 국책적이다"[32]라는 것이 핵심이다. 『풍속』이 앞에서도 언급됐듯 읍면 단위의 지방농촌에서 국책사업을 둘러싸고 부패관리와 대립하는 주인공의 이야기였듯이, 『석탄』은 광산 현장의 징용자들이 당면하는 제반 문제들을 국책사업의 성공에 초점을 맞추어 그려나가는 내용으로 구상되었을 것이다. 그 제반 문제들이란 근무 기간 및 조건과 임금 같은 기본적인 처우에 관한 것부터 주거·식사·보건 등 후생이나 가족에 대한 배려라든가 현지 정착 등에 걸친 것인데, 국민징용령과 그 시행규칙, 응징사 복무기율, 국민징용 부조규칙과 그 시행세칙준칙, 그 운영방침 및 사무취급요령 등을 통한 안전장치에도 불구하고 국가권력에 의한 강제연행이라는 근본적 한계로 해서 특히 차별받는 당시 조선 출신들의 경우에 기피자와 도망자의 문제를 심각하게 초래했다.[33] 그러면 이러한 문제들을 기록 보고하면서도 국책사업의 성공이라는 목표를 달성할 수 있는 방법은 어떤 것이었을까. 혹독한 징용지의 작업현장인 만큼 근로보국 멸사봉공 생산 확충 따위의 국책 구호만으로는 거기서 야기되는 갈등을 수습하기 힘들 수밖에 없고, 따라서 안회남의 「아버지의 승리」『흙의 개가』『풍속』에서처럼 동료애나 협동심을 강조한다든지 또는 신망 있는 인물의 인품과 지

32) 최재서, 「생산문학 : 모던문예사전」, 『인문평론』, 1939.10, 114면.

33) 죠도 타쿠야淨土卓也, 『조선인의 강제연행과 징용朝鮮人の强制連行と徵用』, 동경東京 : 사회평론사社會評論社, 1992, 144~161면에서는 구체적 사례를 통해 징용자들의 당면문제 전반을 살필 수 있다. 또 운노 후쿠쥬海野福壽, 「조선의 노무동원朝鮮の勞務動員」, 오에 시노부大江志乃夫 외 7인 편, 『膨脹する帝國の人流』, 암파강좌岩波講座 근대일본과 식민지近代日本と植民地 5, 동경東京 : 암파서점岩波書店, 1993, 109면에는 엄혹한 감시 속에서도 1945년에 기피자가 21%였다고 되어 있다.

도를 미화한다든지 함으로써, 말하자면 그러한 미담에 의한 감화를 통해서 사람들에게 어떤 문제에 맞서기보다도 그것에 순응하거나 타협하는 온정주의적 태도를 조장하는 것도 파시즘의 내면화라는 국책문학의 노림에 부합하는 하나의 방법일 것이다.

그러한 방식으로 꾸려나가는 갈등의 봉합이야말로 안회남 특유의 체질적 보신주의가 능사로 하는 것이며, 또한 그 문학적 발현체인 신변소설에서 일관되게 추구해 왔던 것이기도 하다. 그러므로 안회남의 횡단징용이 방법적 측면에서 국책문학과 신변소설의 유착 가능성을 간파한 당국자의 안목과 식견에 의해 추진된 것인지는 확인할 수 없으되, 결과론적 타당성은 충분한 것이었다고 할 수 있다. 당국에서 그에게 기대한 징용작가로서의 몫이 「아버지의 승리」 『흙의 개가』 『풍속』의 수준이거나 그것을 조금 넘는 정도였을지, 아니면 그것보다 훨씬 강경하고 적나라한 모습이었을지, 그것을 실제로 검토하고 확인할 작품은 찾아볼 수 없다. 다만 줄곧 신변소설을 견지한 그의 체질적 보신주의가 대세에 편승하는 처세술로 작동할 때는 흘게 풀린 순응주의로 나타날 수 있는데, 조선문인보국회의 장행회에 참석하고 국책동원의 길을 갔던 징용작가의 모습이 바로 그것이다.

그렇다고 안회남이 국책문학으로서의 생산소설에 진정성을 품었을 리는 없다. 그의 징용작가 동원이 장행회를 베푼 쪽의 어떤 회유와 설득 혹은 강박과 위협에 의한 것이었는지 분명하게 가리기는 어렵다고 하더라도, 결국은 자기 뜻도 아니고 어디까지나 대세에 따라 움직인 처세술이자 보신책일 뿐이기 때문이다. 말하자면 그는 국책적 정신에는 건성이었을 것이고, 겉치레로라도 국책적 정신을 표방해야 되는 입장에 처했다는 것에 대한 자괴감도 그다지 크지 않았을 터이나, 문건의 형태든 기억의 형태든 축적된 기록적 보고적 자료만은 상당했을 것이다. 그러나 각도를 달리 하면 국책의 문제에 긍정이든 부정이든 정면으로 맞닥뜨리지 않았기에, 그는 해방을 맞아 그 자료들을 작품화하는 과제에 직면하여 실로 막연한 상태에 놓이게 될 수밖에 없었다.

4. 징용소설의 기대지평

현지취재를 통한 국책문학의 창작이라는 소임을 받고 파견된 소위 징용작가들은 대략 세 부류가 있었을 것으로 상정해 볼 수 있다. 첫째 그 자신을 국책에 합일시켜 밀고나간 신념형, 둘째 그 자신과 국책의 불일치로 고민한 갈등형 내지 분열형, 셋째 국책에 대해 데면데면하게 지낸 방임형이 그것이다. 일제가 패망했을 때 첫째의 신념형에 속한 문인들은 세계관의 재조정 문제에, 그리고 둘째의 갈등형 내지 분열형은 예술가로서의 양심과 윤리를 지키지 못한 자기비판의 문제에 봉착하게 되는 것이 의당한 수속이었지만, 셋째의 방임형은 앞의 두 경우와 같은 위기감에서 비껴나 대체로 정세의 움직임에 맞춰나가기만 하면 되는, 어쩌면 속편한 상태에 놓일 수가 있었다고 할 수 있다. 첫째와 둘째 부류가 정치에 대한 예술의 관계 설정에 대해 서로 상반됨에도 불구하고 각기 그 나름의 예술가다운 정체성을 견지하는 입장이라는 공통점을 지닌다. 반면 셋째 부류는 정치든 예술이든 편의대로 적응하고자 하는 속물적인 처세가의 속성을 드러낼 가능성이 큰데, 안회남이 바로 그러한 경우에 해당된다.

징용지에서 구상했던 『석탄』이 앞에서 추정해 본 이상으로 그 실제 내용이 구체적으로 어떠한 것이었는지는 알 길이 없으나, 표면은 국책문학이고 이면은 신변소설이라는 '풍속'의 틀에서 크게 벗어나지는 않았을 것이다. 취재하는 곳의 제재에 따라 생산문학, 농민문학, 전쟁문학, 보고문학, 그 밖의 다른 이름으로 불리었던 사실이 말해주듯 국책문학의 소재편중주의적인 경향[34]은 주지하는 바이지만, 특히 안회남과 같은 방임형의 징용작가들이

34) 하세가와 이즈미長谷川泉, 『근대일본문학평론사近代日本文學評論史』, 개정改訂 4판版;동경東京 : 유정당有精堂, 1977, 110~111면 참조.

라면 그러한 경향이 더욱 현저했을 것이다. 일제의 패망과 함께 국책문학이 자동 소멸되는 지경에 마주쳤을 때 신념형이나 갈등형 내지 분열형 작가들이 겪을 수밖에 없었을 정신적 위기는 그때까지의 기록적 보고적 자료의 무게와 정비례했을 터이거니와, 그럴 의념도 없고 필요도 느끼지 않았을 안회남과 같은 경우에 홀가분한 마음으로 국책문학의 외피를 걷어내어 버리기만 하면 거의 자동적으로 그가 장기로 삼던 신변소설로 되돌아올 수 있었다. 그의 신변소설 자체도 내성의 세계로 나아간 이태준의 그것과 반대로 자기현시욕의 발산을 위주로 하는 외향의 세계를 맴돌아 원래부터 소재편중주의에 기운 것이었다. 그리하여 그는 소위 징용작가에서 횡단징용의 피해문인으로 탈바꿈하여 그 동안의 경험담을 새 시대의 분위기에 맞춰 기록하고 보고하는 글쓰기 쪽으로 순탄하게 이동할 수 있었다. 그리고 실제로 해방 직후 얼마간은 「북구주왕래」가 그렇듯 그가 징용자로 어디를 갔다가 왔다는 사실만으로도 '암흑기를 욕되게 산' 증거로서 만인의 화제꺼리가 될 수 있었다.

안회남의 징용소설은 작품집 『불』(1947)에 수록된 단편 10편과 그 「서문」에서 기필코 완성하겠다고 다짐한 중편 「탄갱」(『민성』, 1945.12~)과 장편 『사선을 넘어서』(『협동』, 1947.1~), 그리고 해방 후 첫 작품인 중편 「오욕의 거리」(『주보건설』, 1945.11.10)를 포함해서 모두 13편 가량 되지만, 『불』에 실은 「철쇄 끊어지다」(『개벽』, 1946.1~)를 합쳐 4편의 중·장편은 작가의 월북 등으로 중단된 탓에 그 내용의 일부만이 파악된다. 1945년 11월부터 46년 5월까지 「오욕의 거리」를 필두로 쓴 11편 중 7편이 두 달 남짓 만인 1월까지, 그 중 5편이 1월 한 달에 발표되었다. 문건과 문동의 합동회의 즉 아서원좌담회(1945.12.13), 새 통합조직체 조선문학동맹의 봉황각좌담회(1945.12.30경), 그리고 전국조선문학자대회(1946.2.8~9)와 개칭 조선문학가동맹의 정식 출범 등이 잇달아 열리는 동안 그는 조직 활동에 아무런 역할도 맡지 못한 채 그저 징용 이야기를 써대고 있었던 것이다. 이들 작품의 발표한 순서나 작품집에 배열된 순서에서는 딱히 작가의 어떤 특별한 의도를 엿보기가 힘든데, 당시 족출한 잡지들로부터 게재 청탁을 받으면 징용 전후의 일화, 징용 현지의 사정, 귀국과정, 후일담 등을 뒤섞어 마구잡이로 집필했기 때문으로 짐작된다. 이 작품들의 가상적 선본이 우선 국책문학의 징용작가로서 얻은 경험담, 다음으로 국책문학의 소멸과 동시에 회복된 신변소설가로서의 기억이라 할 때 국책문학이든 신변소설이든 소재 편중주의적 경향을 띠는 것이라는 점에서 그 구성의 기본이 되어야 할 연대기의 형태조차 무시했던 것이다. 이 무렵 안회남은 징용을 갔다가 왔다는 사실, 그리고 그 사실의 기록적 보고적 자료들을 엮어서 징용소설의 외양을 취한 신변소설을 몰아 써대는 것만으로 자신의 존재를 지난 시대의 피해자로 각인시키기에 충분하다고 여겼고, 실제로 새 시대의 일반적 기대지평도 당시로는 신탁통치안[35]을 둘러싼 혼선 정국이 증좌하듯 이를테면 심정적 민족주의 부근을 넘실대던 단계였다.

안회남의 징용소설이 심정적 민족주의의 반응에 맞춰진 수준이라는 것은 왕년의 신변소설들에서 발휘했던 바, 대중에 영합하는 통속작가적 감각에 이어진 측면이라고 할 수 있다. 동시에 그것은 봉황각좌담회에서 소위 광해군의 택민론에 부회한 찬탁론으로 기염을 토한[36] 이태준의 정치적 기민성에 비해 현격하게 떨어지는 그의 정치적 지둔성을 드러낸 측면도 있다. 임화, 김남천, 이원조 등 문맹의 핵심 3인이 그를 횡단징용의 피해문인이라는 경력을 부각시켜 문맹의 요직에 기용하면서도 문맹의 조직과 노선을 정비하는 과정에는 전혀 배제한 것도 "조금도 시대의 정신생활에 관계하고 있지 않은"[37] 신변소설의 작가였던 그의 한계, 말하자면 그의 새 시대에 대한

35) 모스코바삼상회의(1945.12.16~28)의 신탁통치안 발표(12.28)가 있자 거족적인 반탁 결의(12.30), 좌익진영의 찬탁 번의(1946.1.2) 등이 나와 충돌이 계속되었고, 탁치안을 논의하던 미소공동위원회(1946.1.16~1947.10.21)도 성과 없이 끝났다.

36) 이에 대해서는 김흥식, 「「해방전후」 연구」, 『한국현대문학연구』 38, 2012.12, 235~236면 참조.

무정견성을 정확하게 꿰뚫어보고 있었던 까닭이었다고 할 것이다. 문맹의 정비가 일단락되고 나자 김남천은 그때까지의 창작계를 점검하면서 안회남의 징용소설이 지닌 문제점과 관련하여 그 무정견성을 공공연하게 그리고 날카롭게 지적하는 방향으로 바뀌게 되었다.

> (…상략…) 암흑기를 가장 욕되게 산 분으로 안씨의 우좌右座에 앉을 이가 없다. 구주탄갱九州炭坑으로 1년 이상을 징용을 갔었던 것이다. 과연 시의 귀국 후의 다량의 작품은 이때의 생활과 체험을 크게 혹은 적게 반영하고 있다. 그러나 중요한 것이 빠저서 없다. 탄갱부의 생활의 극명한 리얼리티-와 작가의 정신적 체험의 심오한 면이 한가지로 안씨의 작품에는 결핍한 것이다. 소설을 원숙하게 꾸미는 리리칼한 서정敍情에 의하여 탄갱부의 어려운 현실생활은 박진성을 상실하고 리알리티-는 거세를 당한 채로 재단되어 있다.[38]

문맹의 기관지 『문학』의 창간을 기하여 앞으로의 실천방향을 제시할 필요에 의해 쓴 이 글은 조직 통합 이후에도 계속된 문건과 문동의 알력, 전국문필가협회(문협, 1946.3.13)와 조선청년문학가협회(청문협, 1946.4.4) 결성 등에 연관된 것이기도 한데, 크게 세 가지 사항을 검토해 놓았다. 첫째 이에 조금 앞서 이른바 취산장좌담회(1946.4.20)의 창작합평회에서 공식주의로 몰아세웠던[39] 문동계인 송영의 「의자」(『신문학』, 1946.4)와 같은 문동계의 엄흥섭이 쓴 징용소설 「귀환일기」(『우리문학』, 1946.2)를 각각 "조포석과 최서해의 세계"로 규정했다. 둘째로 위의 인용과 같이 안회남의 징용소설이 리얼리티와 문제의식을 결핍한 이유가 '리리칼한 서정'에 있다고 비판한 데 이어, 청문협의 추천회원 명부에 들어 있던 이봉구의 「도정」(『신문예』, 1945.12)이 일제강점 말기의 비감어린 문단 풍경을 그린 것을 안이한 회고

---

37) 주 4)와 같음.
38) 김남천, 「창조적 사업의 전진을 위하여-해방 후의 창작계」, 『문학』, 1946.7, 141면.
39) 송영 외 6인, 「창작합평회」, 『신문학』, 1946.6, 159면.

취미라고 공박했다. 그리고 셋째로 "8월 15일의 의의를 진정으로 이해"[40]하는 작품이 요구된다고 했는데, 김남천 자신의 『1945년 8·15』(『자유신문』, 1945.10.15~1946.6.28)를 염두에 둔 것이라 할 수 있다. 즉 그 주인공 김지원처럼 해방 전과 후의 계기적 과정을 통해 발전하는 모습을 보여주는 작품을 창작하기 위해서는 김남천 본인을 비롯한 문맹 지도부가 과학적 진리로 믿어 의심치 않았을 '해방의 의의를 진정으로 이해'하는 역사적 전망, 다름 아니라 문맹노선 내지 8월테제에 입각해 나아가야 한다는 것이 이 글의 요체였다.

이렇게 하여 안회남의 징용소설, 그 실체인 신변소설은 문맹노선 내지 8월테제라는 새로운 기대지평에 부응해서 거듭나야 한다는 과제를 안게 되었다. 신변소설이란 루카치 식으로 말해 영혼의 좁음에 세계의 좁음이 겹쳐진 사람의 글쓰기 형식인 터라 그 둘 사이에는 불화 가능성이 극히 미미할 따름이어서 서사적 긴장보다는 '리리칼한 서정'으로 채워지기 마련이다. 안회남의 징용소설 혹은 신변소설이 드러내는 '리리칼한 서정'이란 모험과 변화를 싫어하고 현실에 안주하는 체질적 보신주의가 지향하는 타협과 순응의 온정주의를 이름이다. 그 '리리칼한 서정'의 청산과 불식이 안회남에게 제기되었고, 「불」(『문학』, 1946.7)에서는 그 자신이 "앞으로 좀 더 큰 소설가 노릇을 하기 위해서는" 즉 문맹 소설부 위원장답기 위해서는 작중인물 이서방처럼 "새로 살려고 하는 그와 함께 새로운 타입의 인물을 붙잡아야만 할 것이다."라고 하여 그것을 인정했다. 그리고 『불』(1947)의 「서문」에서 중편 「탄갱」과 장편 『사선을 넘어서』를 징용소설의 완결판으로 기약했는데,[41] 특히 『사선을 넘어서』는 김남천의 『1945년 8·15』와 닮은꼴로 역경을 딛고 귀환하는 발전의 과정 속에 그 자신의 징용 경험담을 그리려한 의

40) 김남천, 앞의 글, 142면.

41) "나의 탄갱 중심의 징용소설로는 이 작품집 『불』 외에 중편소설 「탄갱」 및 장편소설 『사선을 넘어서』로써 완결하고 말 작정이다. '아아 나는 다시 날라가겠다. 좀더 높고 큰 데로 지향하여!'"(안회남, 「서문」, 『불』, 을유문화사, 1947)

도가 읽힌다. 그러나 그의 부친 안국선의 '자서전'이 밑그림으로 놓인[42] 이 작품 또한 신변소설의 한계를 답습할 수밖에 없는 것이었다.

안회남은 일제강점 말기의 총동원체제 속에서 징용작가로 동원되어 국책문학이라는 기대지평과 마주섰고, 해방을 맞아 '암흑기를 가장 욕되게 산' 횡단징용의 피해문인으로 주목받는 가운데 징용소설 연작들로 심정적 민족주의의 기대지평에 영합할 수 있었다. 그 두 개의 기대지평은 그의 신변소설과 그럭저럭 양립될 수 있었다. 그런데 해방정국의 격동하는 흐름을 타고 문맹의 소설부 위원장으로 비약했을 때, 그에게 던져진 문맹노선 내지 8월 테제라는 새로운 기대지평은 몸 밖에 놓인 사상과 이론의 매개만으로 감당할 수 있는 것이 아니기에 신변소설을 탈각할 만한 작가 자신의 거듭나기가 불가피했다. 실제로 그는 신변소설의 틀을 벗은 「폭풍의 역사」(『문학평론』, 1947.3)로 '비약하는 작가'라는 평판을 얻었고, 「농민의 비애」(『문학』, 1948.4)로는 '해방 후 최대의 작품'이라는 찬사를 받았다.[43] 그러나 그의 이러한 변신을 두고 뿌리 깊은 계대의식의 극복이라 가름하기에는 거기에 드리워진 문맹노선의 업둥이라는 음영이 너무 크다는 것도 엄연한 사실이다.

---

42) 「명상」(『조광』, 1937.1)에서 인용된 바 있는 "『육아약기育兒略記』"도 그 중의 일부로 여겨지는 안국선의 "자서전"(『사선을 넘어서』(제2회), 『협동』 제4호, 1947.3, 110~114면 참조)이란 안회남이 보관하던 유고 형태의 글로 생각되는데, 특히 "(…) 아버지의 자서전에 쓰여 있는 일과 자신의 일을 견주어 무엇을 생각하랴 했으나, 정신이 아리숭하고 답답하야 잘 되지 않았다."고 한 서술은 이 작품의 중요한 모티프로 간주된다.

43) 김동석, 「비약하는 작가-속 안회남론」, 『부르조아의 인간상』, 탐구당서점, 1949, 25~36면 참조.

Ⅳ

이태준 문학의 논리와 이면

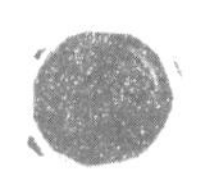

일제 말기 '내부망명문학'과 봉황각좌담회의 담론

1. 문인들의 전력 문제

일제가 패망함에 따라 해방을 맞이하자마자 기민하게 이루어진 문단의 재편을 알리는 상징적인 사건으로는 '조선문학건설본부'(문건 : 1945.8.16)와 그 확대 조직인 '조선문화건설중앙협의회'(문협 : 1945.8.18)가 종로 한청빌딩의 '조선문인보국회'(문보 : 1943.4.17~1945.8.15)를 접수한 것을 들 수 있을 터인데, 이 문단의 지각 변동을 선제한 주축이 임화 · 이원조 · 김남천 · 이태준 등이었음은 주지하는 대로다.

조선총독을 총재로 하여 총독부 안에 설치된 국민총력조선연맹(총련 : 1940.10) 중앙본부의 선전부 문화과에 두었던 사무실을 뒤에 언젠가 한청빌딩으로 옮긴 '조선문인보국회'에는 회원 명부 및 신상기록, 사업과 행사의 서류문건, 기관지나 회보, 그리고 서적류 출간물 등이 비치되어 있었을 것이다. 물론 현재는 그 모든 자료가 종적이 묘연한 상태이지만, 이를테면 김남천이 안회남의 징용지 주소를 '문인보국회기관지'를 보고 알았다고 언급한 편지[1])도 있는 만큼 그러한 자료들이 실제로 존재했다는 것은 틀림없어 보인다. 이 '조선문인보국회' 자료들은 '문건' · '문협'과 '조선프롤레타리아

문학동맹'(문동 : 1945.9.17) · '조선프롤레타리아예술동맹'(프로예맹 : 1945.9.30) 사이의 합동과정,[2] 그리고 거기서 결성된 '조선문학동맹'(1945.12.13) 주최 '제1회 전국문학자대회'(1946.2.8~9)를 통한 개칭 '조선문학가동맹'(문맹)의 정식 출범에 이르기까지 조직정비 작업의 주요한 근거로 쓰였을 것이라 추정된다.

'조선문학동맹'의 전국문학자대회 준비위원회[3]의 4개 요강 가운데서는 "3. 대회성원은 지명문학자指名文學者로서 가맹수속 완료한 자로 구성하기로 함"[4]이라는 참가 대상 또는 범위에 관한 조항을 주목할 필요가 있다. 먼저 대회에 참가할 만한 자격이 있다고 판단되는 인사를 '지명문학자'로 선정하고, 그 다음으로 대회의 취지와 그 주최 단체의 성격에 대해 동의하는 당자의 가맹 의사를 확인하는 절차를 밟기로 한 것이다. 그리하여 "지명문학자 233명을 결정하고 1월 20일 각기 당해문학자에게 소집통지서를 발송하였"으며, "이에 의하여 가맹회원 120명이고 본일 당회장에 입장한 회원수 91명"으로 대회는 성립되었다.[5] 대회 주최 측의 자격심사에서 어떤 이유에서든 지명문학자로 선정되지 못해 탈락한 경우가 상당수에 달했다고 본다면, 300명이 넘었을 애초의 심사 대상자들의 신원과 연락처를 파악할 길은 '조선문인보국회' 회원 명부를 제외하고는 따로 있기 어려웠지 않을까. 『문장』지(1940.1)의 「조선문예가총람」에는 "통신처 불명으로 인해서, 누락된 점,

1) "수일전數日前 생약생산生藥生産된 것 검수檢收하려 산山에 갔다 돌아 왔더니 문인보국회기관지文人報國會機關紙가 왔는데 거기에 공公의 응징應懲되어 가셔서 근무勤務하시는 주소住所가 기록記錄되었길래 이내 엽서葉書라도 드리려 하였던 차차次에"(김남천, 「회남공!」, 『조광』, 1944.11, 20면.)

2) 조선문학가동맹 중앙집행위원회서기국, 「제1회 전국문학자대회 회의록」, 『건설기의 조선문학』, 백양당, 1946, 203면에 따르면, 양측 대표의 공동위원회(1945.12.3), 합동에 관한 공동성명서 발표(1945.12.6), 합동총회 개최(1945.12.13) 순으로 진행되었다.

3) 위의 책, 203면에 의하면, 대회준비위원회의 성원은 김태준, 권환, 이원조, 한효, 박세영, 이태준, 임화, 김남천, 안회남, 김기림, 김영건, 박찬모 등 12인임.

4) 위의 책, 204면.

5) 위와 같음.

수록 못된 인명이 불소하다"[6]고는 했지만 해방 이전에 작고한 강경애, 이육사, 한용운이 포함해서 모두 129명이 등재되었다는 점에서도 그랬을 개연성이 크다.

'조선문인보국회' 자료들에는 그 회원으로 등록되었던 이른바 문학자들의 신원과 연락처뿐만 아니라 '조선문인보국회'의 고유 업무 및 자체 사업을 비롯해서 『국민문학』과 『매일신보』 관계자라든가 '총련' 산하기관 종사자로서의 역할 등 개개인의 그때까지 공공연하게 알려진 활동은 물론이고 혹은 사람에 따라서 이면에 감추어졌던 행적 등에 대한 기록 등속도 망라되어 있었을 것이다. '문맹'의 자격심사는 이 자료들을 검정하는 작업을 통해서 진행되었을 것으로 본다면, 그 과정에서 막상 심사를 맡은 당사자들끼리도 서로의 묻어두고 싶은 전력이 들추어져 곤혹스러웠을 경우가 없었다고는 단언하기 힘들다. 국가총동원법(1938.4.1) 이래 나날이 엄혹해지는 감시와 통제 속에서 문인으로 활동하는 그 누구라도 전시총동원체제에 자의든 타의든 연루되지 않고 지낸다는 것은 거의 불가능했던 사정을 감안할 때 더욱 더 그러하다.

실제로 '조선문인보국회'의 모체격인 '조선문인협회'(1939.9.29)에 '문맹'의 심사위원 이태준과 임화, 그리고 '문동'의 위원장 이기영이 주요 성원으로 연관되었던 점은 차치하고라도, '조선문인보국회'의 간부급으로 앞의 3인 이외에 역시 '문맹'의 심사위원 이원조와 김남천이 들어 있었고 또한 '문맹'의 맹원 채만식 박태원 정비석 김오성 안함광 홍효민 정지용 윤곤강 박승극 등의 이름도 올라 있었음이 확인된다.[7] 한편 '조선문인보국회' 관계

6) 문장사편집부 편찬, 「조선문예가 총람」, 『문장』, 1940.1, 225면.

7) '조선문인협회'에 관해서는 임종국, 『친일문학론』, 중판 : 평화출판사, 1979, 96~110면 참조. '조선문인보국회'에 관해서는 같은 책, 149~165면과 친일반민족행위진상규명위원회, 『친일반민족행위관계사료집 ⅩⅤ-일제강점기 문예계의 친일협력』, 도서출판 선인, 2009, 360~373면 참조. '조선문학가동맹'에 관해서는 조선문학가동맹 중앙집행위원회서기국, 앞의 책, 203~205면, 217~218면과 조선문학가동맹 중앙집행위원회서기국, 「조선문학가동맹 위원명부」, 『문학』 창간호, 1946.7, 153면 참조.

자로서 이광수 박영희 최재서 유진오 주요한 김동환 유치진 이무영 정인섭 김기진 윤두헌 김동인 방인근 백철 김용제 이석훈 임학수 이헌구 조용만 김종한 홍종우 이서구 오영진 임선규 안종화 등은 '문맹'의 전국문학자대회의 출석자 명단과 '위원명부'에 일체 등장하지 않으며, 그뿐만 아니라 '문맹'과 대립했던 '조선문필가협회'(1946.3.13)와 '조선청년문학가협회'(청문협 : 1946.4.4)에서도 마찬가지로 빠졌다.[8] '조선문인협회'·'조선문인보국회'에서 지도적 위치를 지키면서 중추적 역할을 담당했던 이들을 배제한다는 것은 '문건' 태동기의 '원남동좌담회'(1945.8.17)[9] 이래로 기본적인 방침이었고, 또 그것은 해방 직후의 정서나 명분으로 보아 우익 측의 '조선문필가협회'와 '청문협'도 거스를 수 없었던 일종의 대세였다고 할 수 있다.

일제 말기의 시국강연에서 '애국시'를 낭독한다든지[10] 국책에 동조하는 수필[11] 등을 기고하기도 했으나 '조선문인보국회'의 직책은 맡은 바 없는 월탄 박종화가 '중앙문화협회'·'조선문필가협회'·'청문협' 등 우익 측의 대표로 떠올랐던 것도 과거의 흠결에 대한 사회 일반의 거부감과 문인들의 자격지심에서 반사된 선택으로 읽힌다. 이 전후맥락과 연관해서 우익 측 문단에서 제대로 논의됐던 흔적은 거의 찾아지지 않는다는 점에서 문제 자체를 회피한 혐의가 짙다. 이에 비해 '문맹' 측은 '통일전선노선에 입각하여 진보적 민족문학의 건설'을 목표로 하는 강령의 제1항에다 '일본제국주의

---

8) 위와 같음. 다만 유치진과 이헌구는 '조선문필가협회'의 전신 '중앙문화협회'(1945.9.18)에 위원으로 참여했다.(송기한·김외곤 편, 『해방공간의 비평문학』 3, 태학사, 1991, 345면 참조)

9) 이에 관해서는 백철, 『속·진리와 현실』, 박영사, 1976, 298~302면의 거의 유일한 현장기록을 검토한 김윤식, 『해방공간 한국작가의 민족문학 글쓰기론』, 서울대학교출판부, 2006, 49~58면 참조. 백철의 글에 따르면, 임화 등이 이 모임에 참석한 유진오와 이무영을 '문건' 임시집행부 성원으로 포함시키려는 데에 대해 이태준과 김남천이 반감을 보였고, 그 중 이태준이 두 사람을 드세게 몰아붙여 퇴장시킨 것으로 되어 있다.

10) 「문화전선의 총공세-17일, 적국항복대강연」(『매일신보』, 1944.8.13) 기사에 8월 17일 오후 7시 부민관 대강당에서 박종화가 '애국시' 낭독자로 참석한다고 예고되었다.

11) 박종화, 「입영의 아침」, 『매일신보』, 1944.1.21.과 「동양은 동양사람의 것」 ①·②·③, 『매일신보』, 1944.8.27·8.30·9.2.

잔재의 소탕'을 명백히 내세웠던 만큼 해방 이전의 친일경력에 대해 심각하게 의제화하지 않을 수 없었다. 위에서 말한 <문맹>의 자격심사만 해도 그것을 담당한 문인 누군들 과연 다른 누구의 적부를 판정할 만큼 일제 치하를 떳떳하게 살아왔던가에 대해 스스로부터가 자유롭지 못한 처지였고, 또 그러한 질문에 대해서는 '문맹' 간부진을 구성한 대부분이 대동소이한 형편이었다. 그리하여 개인이 아니라 조직의 차원에서 과거 문제가 전면에 제기되고 검토된 것은 '문건'과 '문동'의 통합이 결정되고 문인으로서의 실천 과제를 점검해야 하는 단계에 이르러 열린 소위 아서원좌담회'(1945.12.12)와 봉황각좌담회(1945.12.그믐께)에서였다.

2. 저항과 순응의 임계점

아서원좌담회는 「조선문학의 지향」이라는 제목 아래 모두 14개의 현안을 다루었는데, 그 주안점은 '문맹'의 실천 방안을 수립하는 일로 모아졌다.[12] 즉 표기법이나 원고료 등에 대해 의견을 나눈 후반부는 부차적이고 지엽적인 사항에 지나지 않으며, 결국 '새로운 고민'에서 '실천과 작품'까지의 8개 소제목을 띄워놓고 창작의 선결요건에 관해 '문건'과 '문동' 양측이 펼친 논란으로 지면의 태반을 채웠던 것이다. 그 핵심은 다름 아니라 8・15 이후의 현실에서 무엇을 써야 할 것인가라는 고민과 그 타개 방안으로 집약될 수 있다. '문동' 측에서는 이기영이 좌장으로서 첫머리의 의제 제시와 마무리의 인사말 정도만 하고 한설야・권환・한효 등 나머지 6인이 하나같이 현실에서 써야 할 무엇을 포착하기 위해서는 사상과 세계관을 강화해야 한

12) 「조선문학의 지향 : 문인좌담회 속기」, 『예술』 제3호, 1946.1, 4~9면. 14개 현안의 소제목은 '새로운 고민', '소설을 못 쓰는 이유', '사상과 실천', '세계관에 대하여', '리얼리즘 문제', '자기비판', '시인의 감각', '실천과 작품', '작품과 독자', '계몽운동', '중앙과 지방의 교류', '한자폐지', '횡서문제', '원고료' 등이다.

다는 점을 시종일관 주장한 반면, '문건' 측 임화·이원조·김남천 등 3인은 그것이 카프시절에 범했던 공식주의에 빠질 위험을 거론하며 무엇보다도 '작가의 정신적 준비 문제'에 결부된 '자기비판'이 우선 필요하다는 점으로 맞섰다. 이쪽에서 실천 없는 사상은 없다고 하면 저쪽에서는 실천 없는 사상도 없지 않다고 대꾸하는 식으로[13] 아무런 구체성 없는 추상적 언변을 되풀이하며 조직의 통합이란 말이 무색할 지경으로 서로 자기 입장에서 한 발짝도 물러섬 없이 평행선을 달렸던 것이다.

봉황각좌담회는 '문건' 측에서 사회를 맡은 김남천·이태준·이원조·임화 등 4인, '문동' 측에서 한설야·이기영·한효 등 3인, 그리고 중국 연안에서 돌아온 김사량이 참석했는데, 아예 제목을 「문학자의 자기비판」으로 못박고서 진행되었다. 이번에도 먼저 창작 계획에 대한 질문이 있었고, 아서원좌담회에는 참석하지 않았던 이태준이 첫 발언자로 지목되어 검열 때문에 제대로 못쓴 『사상의 월야』(『매일신보』, 1941.3.4~7.5)를 '민족'이라는 제목의 '3부작'으로 완성해 볼까 한다고 했다.[14] 이와는 대조적으로 한설야와 이기영은 "8·15 이전과 이후를 어떻게 직결시키느냐"로 숙고 중이라고 답했다.[15] 이어서 김사량은 새로운 집필에 대해서는 이렇다 할 언급이 없이 자신의 망명과 일본어글쓰기에 대해 자평 내지 소감을 길게 털어놓았는데, 이로써 좌중의 화제가 '자기비판'으로 돌입하게 되었다.

> 김사량 : (…상략…) 자기 국토를 떠나서는 투쟁도 없으며 혁명도 없다는 견지에서 보면, 비록 죽지 않고 살아 있다는 것이 최대의 반항처럼 보일만큼 숨 돌리기조차 힘든 사정이긴 하였으나 그래도 국내를 탈출하여 연안으로 갔다는 것은 엄밀한 의미로서는 하나의 도피가 아닐 수 없었겠지요. 하나의

---

13) 위의 책, 132~133면의 임화와 한효의 상호 공박을 가리킴.
14) 송기한·김외곤 편, 「문학자의 자기비판-좌담회」(『인민예술』 제2호, 1946.10), 『해방기의 비평문학』 2, 태학사, 1991, 165면.
15) 위와 같음.

> 로맨티시즘이라고 할 수 있겠지요. 어쨌든 국내의 주체적 역량과의 연락을 못 이루었던 몸으로서는, 해외의 혁명역량에 대한 아름다운 꿈과 또 그곳에 뛰어 들어가서라도 같이 싸우겠다는 정열과 그들이 간고히 싸우고 있다는 사실을 기록화하여 국내동포 앞에 알리겠다는 작가적 야심-이런 것이 나의 연안 행의 동기였습니다. (…중략…) 더욱이 동경문단의 유일한 조선인 작가 모씨가 「조선 지식계에 준다」는 글과 함께 대반동을 시작한 때도, 나로서는 우리말로 쓰는 것보다도 좀 더 자유로이 쓸 수 있지 않을까, 탄압이 덜할까 생각하고 일어로 썼다기보다 조선의 진상, 우리의 생활감정 이런 것을 리얼하게 던지고 호소한다는 높은 기개와 정열 밑에서 붓을 들었던 것이지만, 지금 와서 반성해 볼 때 그 내용은 여하 간에 역시 하나의 오류를 범하지 않았나 생각하고 있는 것을 솔직히 고백하는 바입니다.[16]

총망했을 귀국의 노정을 감안하더라도 김사량이 창작 계획을 선뜻 내놓지 못한 것은 그가 망명가였기에 국내현실에 대한 작가로서의 전망 수립이 적어도 실감이라는 측면에서는 용이하지 않았던 때문이라 할 수 있다. 그 연장선상에서 그는 연안탈출(1945.5)을 감행한 정열을 자랑하면서도 망명이 엄밀히는 '하나의 도피'였고, 그의 일본어글쓰기도 '조선의 진상'을 알리기 위한 방편이긴 했으나 결국 '하나의 오류'였던 것으로 생각한다고 '솔직히 고백'했던 것이다. 일제가 패망하고 모국어글쓰기가 당연해진 마당에선 해외망명이 도피였고 일본어글쓰기가 과오였다고 했으나, 기실 그 두 가지 모두 저항 행위의 일환이었음은 부정할 수 없다. 말하자면 그 나름의 변통으로 일본어글쓰기도 기도해 보고 마침내 망명의 길로 나아갔던 특별한 경력의 소유자이기에 곧바로 자기비판에 앞장서서 대범한 입장을 보일 수 있었고, 또한 나아가 국내재류 문인들과 비교했을 때의 자부심을 바탕으로 "과거를 청산하는 새 출발에서 벌거숭이가 되어 모두가 뉘우치고 반성한 뒤에 자기에 대한 공개장과 같은 것을 쓰는 것"[17]을 제안할 수 있었던 것이다.

---

16) 위의 책, 166~167면.
17) 위의 책, 167면.

이 제안의 당당함과 과감함은 저항문학의 존립이 원체 불가능했던 국내의 실정을 몸소 겪어서 아는 확신에서 우러나왔다고 할 수 있다. 그렇다면 일제와 야합・유착한 친일문인들을 제외하고 그 자신을 포함한 문인들의 대다수가 저항과 순응 사이의 점이대에 각기 어딘가 입지해 있었던 셈인데, 문제는 저항다운 저항을 위해 망명으로 치달린 그의 경우 이외에는 그 하나하나의 정체성에 대한 판정이 용이하지 않은 점이다. '문맹'의 자격심사와 관련해서 항의가 많았다는 김남천의 언질이나 자기비판이 자기합리화로 뒤바뀌는 경향이 있다는 한효의 지적이 그 방증이라 할 수 있다.[18] 과거의 어중간한 처신을 둘러싸고 논란과 변명이 분분한 사태에 대해서 "내 마음 속 어느 한 귀퉁이에 강렬히 숨어 있는 생명욕이 승리한 일본과 타협하고 싶지는 않았던가" 하는 "비밀"을 "자기비판의 출발점으로 삼아야 한다"는 임화의 발언[19]이 호소력을 가지는 이유도 같은 맥락에서 납득되는 것이다.

자신의 일본어글쓰기가 의도는 의로웠으나 수단이 잘못이었다는 김사량이나 자신의 언행 뒤에 감추어진 불순했던 동기를 털어놓으라고 주문한 임화의 자기비판 방식은 당연히 '양심의 용기'를 필요로 한다. 그러나 양심을 가늠해서 그 심중의 오의를 캐내기란 워낙 막연하기도 하지만, 의도와 동기에 대해 먼저 묻는 두 사람의 방식으로는 자기비판이 구구한 합리화나 변명으로 변질되기 십상이다. 이러한 허점을 메꾸기 위해서는 결과에 대한 책임을 따지는 것으로 자기비판의 틀을 전환할 필요가 있는데, 이태준의 다음과 같은 발언이 그러한 역할을 수행했다고 할 수 있다.

> 이태준 : 나는 8・15 이전에 가장 위협을 느낀 것은 문학보다도 문화요, 문화보다는 다시 언어였습니다. 작품이니 내용이니 제2, 제3이었지요. 말이 없어지는 위기가 아니었습니까? 이 중대간두에서 문학 운운은 어리석고 우

---

18) 위의 책, 168면의 김남천과 한효의 발언 참조.
19) 위의 책, 168~169면.

> 선 말의 명맥을 부지해 나가야 할 터인데 어학관계에 종사하는 분들은 검거되고 — 예의 홍원사건이 아닙니까? — 학교에서 교편을 잡고 있는 분들은 직업을 잃고, 조선어의 잡지 등 신문, 문화간행물은 거의 없어지게 되었습니다. 어디서 조선문화를 논할 여지조차 있었습니까? 그런데 이 점엔 소극적으로나마 관심을 갖지 않고 오히려 조선어 말살정책에 협력해서 일본말로 작품활동을 전향한다는 것은 민족적으로 여간 중대한 반동이 아니었다고 봅니다. 그러므로 나는 같은 조선작가로 최근까지 조선어와 운명을 같이 하려 하지 않고 그렇게 쉽사리 일본말에 붓을 적시는 사람을 은근히 가장 원망했습니다. 물론 사상에까지 일제에 협력한 사람과 그냥 용어만 일어로 한 사람과 구별은 해야 할 줄 압니다만.[20]

의도와 동기가 먼저 있어야 글쓰기 특히 창작이 가능하니까 자기비판도 거기서부터 말문을 열어가기로 하는 김사량과 임화의 방식이 문인다운 발상이라 한다면, 글쓰기란 상대가 있는 법이고 또 그것을 통한 저항이든 순응이든 마찬가지니까 그 행위의 결과에 대한 책임을 짚어두지 않을 수 없다는 이태준의 방식은 쓰는 쪽뿐만 아니라 읽는 쪽 즉 독자나 검열을 아울러 살펴야 했던 『조선중앙일보』(1933.3.7~1937.11.5) 학예부장과 『문장』(1939.2~1941.4) 주재자로서 다져온 직업적 실무감각이 돋보인다고 할 수 있다. 그에 따르면 가령 김사량의 일본어글쓰기처럼 의도와 동기가 정당하고 그것을 관철한 의지와 판단도 용기 있는 '작품이니 내용이니' 한들, 그러한 개인의 재량 너머 공동체의 토대를 이루는 민족의 '말이 없어지는 위기' 그리고 그리로 몰아붙인 일제의 '조선어 말살정책'을 염두에 둔다면, '민족적으로 여간 중대한 반동이 아니었다'는 점에서 시비와 경중을 가려보아야 한다는 것이다. 이에 조선어 신문·잡지의 폐간으로 부득이하게 했던 일본어글쓰기 중에도 친일협력과 무관한 경우도 있으나 그것보다는 "붓을 안 들었던 것이 옳았다고" 본다는 이원조의 호응[21]이 있었고, 조선어글쓰기가

20) 위의 책, 169면.
21) 위의 책, 169~170면.

허용되는 경우도 "침략전쟁을 합리화하는 내용의 작품을 쓰라고 강요했으니까" "아무 것도 쓰지 않았다고 하는 것은 그것이 곧 반항이었다"는 한효의 추임새[22]가 뒤따랐다. 요컨대 조선어든 일본어든 가리지 않은 친일협력적인 글쓰기와 구별되는 비협력적인 사상의 일본어글쓰기보다 절필이 더 값지다는 평가에 세 사람이 합치했던 것이다.

이에 대해 즉각 김사량이 반대의사를 표명한 것은 그 자신의 일본어글쓰기에 대한 긍지가 드러난 대목이기도 하다. 즉 그는 "문화인의 양심과 작가적 정열"로써 "최저의 저항선에서 이보퇴각, 일보전진하면서도 싸우는 것이 임무라고 생각"했던 만큼 일제 말기의 절필이란 "좀 힘들어지니까 또 웃밥이 나오는 일도 아니니까 쑥 들어가 팔짱을 끼고 앉았던 것" 이를테면 보신주의자 내지 방관자의 무위라고 비하하는 한편, 덧거리로 "만약 골방 속으로 책상을 가지고 들어가 그냥 끊임없이 창작의 붓을 들었던 이가 있다면 우리는 그 앞에 모자를 벗지 않을 수 없습니다"라고 했던 것이다.[23] 절필이 곧 무위라는 단정에서는 그의 직정적인 기질을 엿보게 되거니와, 그가 미발표글쓰기를 상정해서 경의를 표하겠다고 토로한 것도 단순한 공치사라기보다 당시의 상황에서 그 자신의 일본어글쓰기만한 수준의 조선어글쓰기가 현실적으로 힘들었음을 자기 나름으로 확신했기 때문으로 읽힌다. 결국 김사량의 관점에 의하면 절필은 무위에 지나지 않았고, 또 설사 비협력적인 조선어글쓰기라 하더라도 '최저의 저항선'에 미치지 못했으며, 그 자신만이 거기로부터 망명으로 넘어갔다는 것이다.

그렇다면 '골방'을 놔두고 "연안으로 간 분"도 "상인으로 혹은 광산으로 들어간 분"이나 다를 바 없지 않으냐는 이원조의 비꼼이 있었고,[24] 이어서 "붓을 꺾고 침묵을 지키신 분보다는 우리 민족에게 해를 끼치지 않을 정도

22) 위의 책, 170면.
23) 위와 같음.
24) 위와 같음.

로는 조선어를 한 마디라도 더 써서 퍼뜨린 편이 나았다고 생각"한다는 이태준의 개인적인 의견이 덧붙여졌다.[25] 이태준은 좌담회 첫머리에서 해방 이전에 "우리가 (…중략…) 비협력태도로서 사소설 정도로 우리 문학의 명맥만을 연장시켜" 왔었다고 이미 피력한 바 있었으니, 그의 강인한 승벽뿐만 아니라 자기 특유의 신변소설에 대한 자부심을 엿볼 수 있다. 이처럼 비협력적인 일본어글쓰기보다 절필이, 절필보다도 '우리 민족에게 해를 끼치지 않을 정도'의 비협력적인 조선어글쓰기가 나았다는 이태준의 관점은 비록 차등은 있을지언정 국내재류 문인들이 저항과 순응 사이의 점이대 어딘가에 각기 자기 나름으로 설정한 임계점에 섰을 가능성, 바꿔 말하면 주관적 심급에서 저마다의 내부망명 가능성을 열어놓은 것이라 할 수 있다. 김사량이 표방한 '최저의 저항선'으로서의 일본어글쓰기도 일종의 내부망명 문학일 터이나, 거기서 중국 연안의 항일기지로 줄달음친 망명문인의 관점에서는 국내재류 문인들의 내부망명 가능성이 좀체 인정되기 어려운 것이다.

3. 비협력 태도의 내부망명

봉황각좌담회는 문인들의 '자기비판'을 다룬 바로 다음으로 그 무렵 대두된 임정정통론(1945.11)을 공박하는 것으로 마무리되었는데, 고전을 가탁해서 '문맹'과 「8월테제」의 통일전선노선에 견강부회한 '택민론'이 그 논거였다. 여기서 아서원좌담회서부터 사상과 세계관의 강화를 부르짖는 '문동' 측을 향해 '문건' 측이 집요하게 자기비판의 선행을 역설한 이유가 나변에 있는지도 거의 분명해진다. 그것은 이를테면 문책성 자기비판이 아니라 일제 말기의 상황에서 본격적이고 전면적인 저항문학은 있을 수 없었다는 전

25) 위와 같음.

제 위에 친일협력분자들을 제외한 문인들이 동참하고 규합할 수 있는 통일 전선의 공간 확보를 겨냥한 기획이었다.

그러니까 좌담회는 '문건' 측의 주도와 기획이 차질 없이 관철된 셈인데, 그 과정에서 단연 두각을 나타낸 것은 이태준이었다. 첫머리에서 '비협력태도'의 '사소설'로 '우리 문학의 명맥'이 '연장'되었다고 운을 땐 것도, 본안인 자기비판의 마지막에 절필보다 비협력적인 조선어글쓰기가 나았다고 끝맺음한 것도, 그리고 택민론을 운운하는 담론을 주도한 것도 그였기 때문이다. 사소설을 조선어글쓰기 전반으로 범위를 넓힌 것은 문단의 모든 부문을 배려해서였겠으나, 소설 부문만 해도 사소설 이외에 다양한 유형이 있었으니 당연해 보인다. 그가 처음에 사소설을 운위한 것은 당대 일류의 신변소설 작가로 꼽혔던 까닭으로 얼결에 그랬을 수도 있겠지만, 그것보다는 인기 정상의 신문연재소설 작가로서 왕성하게 써냈던 애정물 역사물 등이 생계형 글쓰기였을 뿐이어서 논외라고 생각했기 때문으로 여겨진다. 그런데 신변소설 또는 사소설에는 이태준 · 박태원 · 안회남 등의 그것은 물론이고, 임화의 명명법으로 내성소설에 속하는 이기영 · 한설야 등의 전향소설도 동류로 포함된다. 여기서 작가에 따른 수준 차이가 있고 또 한 작가의 경우에도 시기별로 편차가 나는 이들 가운데 어떤 수준의 작품이 비협력태도 말하자면 예술적 · 문학적 저항인가 하는 물음이 제기될 수 있다. 비협력태도라는 애매한 용어를 앞에서 언급한바 저항과 순응의 임계점에 문인으로서의 입지점을 세운다는 의미로 내부망명이라 규정한다면, 독일의 사례를 거울삼을 수 있을 것이다.

나치시대(1933~1945) 독일에서 일어난 망명은 20세기의 다른 어떤 경우보다 양적으로 컸고 또 망명지도 유럽 각지뿐만 아니라 미주대륙에까지 확대된 것이었는데,[26] 특히 예술계 학계 종교계 등 거의 모든 분야에 걸친 대

26) 나치시대 독일의 망명은 러시아혁명(1917)과 스페인 내전(1936~1939) 이후의 망명, 그리고 소련과 동구권(1945~1990's)의 반체제 인권탄압에 의한 망명 등을 합친 것보다 사람 수도

규모의 문화적 이민으로 해서 파급된 영향은 실로 넓고도 깊다. 작가만 해도 250여 명이 탈출했거나 추방됐거니와, 이 국외망명äußere Emigration 작가들의 활동이 망명문학Exilliteratur이라 일컬어지게 되었다. 내부망명innere Emigration이란 국내재류 작가들이 고통과 시련의 현장을 함께 지키지 않는 망명작가들을 비난하는 가운데 나치의 민족국가·국가사회주의 문학Völkisch-nationale und nationalsozialistische Literatur과 구별하여 자신들의 문학을 변호하기 위해 내세운 개념이며, 1933년 프랑크 티이스[27]가 망명한 토마스 만에게 귀국을 권유하면서 처음 사용한 것으로 알려져 있다.[28] 나치에 반대하는 국내활동이 가능하다는 그 정세판단에 동의하지 않았던 토마스 만은 종전 이후까지도 내부망명을 인정하지 않았고, 다른 망명작가들과 연구자들 대다수도 그와 같은 부정적 입장을 취했다. 즉 내부망명 문학이 꾀한 '노예언어Sklavensprache'로의 '위장글쓰기verdeckter Schreibweise'는 진의가 제대로 전달되지도 못한 채 나치 예술정책의 알리바이에 역이용 당했고[29] 또 그것이 추구한 자연과 서정 등 내면세계Innerlichkeit로의 귀의 역시 나치체제에 대해 자유의 환상을 갖게 했을 뿐[30]이라는 평가가 대세를 이루었던 것이다. 1970년대부터는 내부망명 문학이 국내의 모든 정파와 계급을 망라한 반파시즘 문학innerdeutsche

---

많았고, 망명지도 재차 세계대전 발발(1939) 이전은 유럽의 빈·프라하·암스테르담·파리·취리히·모스코바·런던·스톡홀름 등, 그 이후는 미국·멕시코·브라질·아르헨티나 등 미대륙에까지 뻗쳤다.

27) 프랑크 티이스(Frank Thiess, 1890~1977)는 러일전쟁의 쓰시마해협 해전(1905.5.14~27)을 다룬 『*Tsushima. Der Roman der Seekrieges*』 등 역사소설이 많고, 카루소, 푸치니 등을 다룬 예술평전 수필도 다수 있다. 나치협력을 가장했던 지휘자 빌헬름 푸르트벵글러(Wilhelm Furtwängler)와도 친하게 지낸 사이다.

28) 토마스 만의 『일기』(1933년 11월 7일). (http://de.wikipedia.org/wiki/Innere_Emigration)
로만 카스트로, 토마스 만 : 지성과 신비의 아이러니스트, 원당희 역, 책세상, 1997, 361~362면 참조.

29) 에른스트 뢰비(Ernst Loewy), *Literatur unterm Hakenkreuz : Das Dritte Reich und seine Dichtung. Eine Dokumentation,* Frankfurt am Main : Europäische Verlagsanstalt, 1966, 28~29면.

30) 프란츠 쇼나우어(Franz Schonauer), *Deutsche Literatur im Dritten Reich - Versuch einer Darstellung in polemisch-didaktischer Absicht,* Ölten und Freiburg i Br. : Walter Verlag, 1961, 127면 참조.

antifaschistische Literatur이 공유하는 경향이라든지 독일 정신사 혹은 정신문화 특유의 생활형식Lebenform에서 발현된 것이라든지 하는 긍정적 입장에서의 평가[31]도 시도되기에 이르렀다.

나치와 정면 대결을 벌이는 처지인 망명작가 진영이 실효성 측면에서 내부망명 혹은 그 저항성을 인정하지 않은 것은 수긍할 만하지만, 탄압 사정권 밖에서의 투쟁 못지않게 억압과 통제 속에서의 투쟁도 저항은 저항이라는 점에서 내부망명도 망명의 일종일 수 있다. 그러면 절대권력의 압제 속에서 직접행동이나 지하 저항운동의 형태가 아니라 정신적·문화적·내면적·간접적 방식을 취할 수밖에 없는 내부망명 혹은 그 저항의 진정성을 객관적 심급에서 어떻게 밝혀낼 것인가. 실제의 행동으로 그것이 입증된 경우[32]라면 두말할 필요가 없을 것이다. 그 밖의 거의 모든 경우는 결국 작품 자체를 대상으로 하여 기본적으로 두 가지를 철저히 따져보는 길이 있을 터이다. 그 하나는 권력의 눈속임을 위해 암시기법·우회화법 등을 동원한 위장글쓰기의 진의가 무엇인지를 파악함으로써 그 저항성을 확증하는 방법, 다른 하나는 내면세계로의 귀의가 바이마르 고전주의의 교양문화를 계승한 것인지 또는 나치 민족신화의 비합리주의와 쌍생아적 관계는 아닌지를 검토함으로써 그 반나치·비나치의 성격을 밝히는 방법이 있을 따름일 것이다.

---

31) 이와 관련한 논문 볼프강 브레클레(Wolfgang Brekle), “Die antifaschistische Literatur in Deutschland(1933-1945), “Probleme der inneren Emigration am Beispiel deutscher Erzähler, *Weimarer Beiträge* 11, 1970, 67~128면과 라인홀트 그림(Reinhold Grim), “Innere Emigration als Lebensform, “Reinhold Grim und Jost Herman hrsg., *Exil und Innere Emigration*, Frankfurt am Mein, 1972, 31~73면의 주요 내용에 대해서는 랄프 슈넬(Ralf Schnell), Literarische Innere Emigration 1933-1945, Stuttgart : J. B. Metzlersche Verlagsbuchhandlung, 1976, 10~12면 참조.

32) 유태인 아내와 딸이 가스실에 끌려가게 된 1942년 전 가족이 동반 자살한 요헨 클레퍼(Jochen Klepper, 1903~1942)와 그의 반나치 심경을 적은 일기, 불온작가로 판정받은 베르너 베르겐그륀(Werner Bergengrün, 1892~1964)이 집단수용소에서 했던 반나치 연설문과 수용소 체험을 작품화한 『죽음의 숲(Totenwald)』(1939 집필, 1945 발간) 등. (지명렬 편, 독일문학사조사, 개정·증보판 : 서울대학교출판부, 2002, 431~432면 참조)

이태준이 비협력태도의 표본으로 거론한 사소설, 그의 신변소설은 어떤 수준인가. 주로 많이 논의되는 「패강냉」(『삼천리문학』, 1938.1), 「영월영감」(『문장』, 1939.2~3), 「토끼이야기」(『문장』, 19421.2), 「석양」(『국민문학』, 1942.2), 「무연」(『춘추』, 1942.6), 「돌다리」(『국민문학』, 1943.1) 등은 암시기법과 우회화법을 교묘하게 구사하여 검열을 따돌리는 작가의 수완을 보여준다.[33] 즉 이 작품들의 표면 서술은 뒤로 갈수록 비판적 기조가 약해지면서 감상적 정서가 농후해지지만, 배면 서술에서 세정의 기복을 무상감 속에 응시하는 화자-주인공의 초연한 정신적 자세를 병치 교차시켜 놓았다. 이러한 이중적인 서술 전략에 의해 예컨대 「돌다리」 같은 경우는 멸사봉공의 전체주의 국책에 동조한 작품으로도 원론적인 인생철학을 이야기한 계몽적인 작품으로도 읽혀질 수 있는 것이다. 그리하여 뒤쪽 독법에 의거할 때 늘 앞날을 위해 본분을 다할 따름이라는 지극히 평범한 그 계몽의 취지는 암담한 일제 말기를 의연히 견뎌나가자는 기약의 고지message로 받아들여진다. 이러한 이중독해의 글쓰기는 고도로 계산된 비협력태도라는 점에서 내부망명의 진정성을 머금은 것이었다고 할 만하다.

이태준은 이처럼 주제의 긴장감을 동반한 신변소설만이 아니라 앞서 언급한 대로 애정물 역사물의 신문연재 등 생계형 글쓰기도 겸행했다. 그렇지만 같은 계통인 박태원・안회남의 경우 작가-주인공의 동일성에 입각한 신변소설마저 흥미본위의 읽을거리에 불과한 생계형 글쓰기에 속하는 데 비한다면, 그는 비록 철저하지는 못하더라도 신변소설에서만은 작가로서의 자기완결성을 지키고자 노력했다고 할 수 있다. 당시의 생계형 글쓰기는 가령 박태원 등의 고소설 번안 같은 것도 있었지만, 대종은 체제의 선전기구로서 안정적・지속적 간행이 보장된 일제 말기 신문・잡지의 애정물 역사물, 그리고 국책물 연재였다. 외관의 차이에도 불구하고 비현실적인 모험과

33) 이에 대해서는 김흥식, 「「해방전후」 연구」, 『한국현대문학연구』 38, 2012.12, 218~220면 참조.

환상을 쫓는 영웅담 내지 입지전을 공통된 정형으로 삼는 이 연재물들은 일반 독자층의 모방독서를 부추기고 북돋아 낭만주의의 외피를 걸친 전체주의의 광기에 동화시키는 것을 노린 기획의 일환으로 볼 수 있다. 이 대중매체의 속성과 그 독자층의 기대심리를 훤히 알만한 경력의 이태준이 문예지 독자층의 성찰적 독서를 겨냥한 주체적 글쓰기로서 특유의 신변소설에 공을 들인 사실 자체도 일제 체제권력의 책동에 대한 그 나름의 항의와 비판 즉 비협력태도였던 것으로 받아들여진다.

그러면 이태준이 비협력태도의 내부망명을 통해 간절히 지키려던 것은 무엇인가. 민족적인 의분도 보편적인 양심도 아니진 않았겠으나 구체적인 실감으로는 그의 신변소설에 두드러진 상고주의 이외에 따로 있기 어렵다. 인식론 철학과 실천윤리 사상을 포괄하는 고문주의와는 차원이 다른 그의 상고주의는 수사 편향이 농후하긴 하지만,[34] 이것이 없이는 주체적 글쓰기도 비협력태도의 내부망명도 불가능했다. 상고주의는 일반 독자층의 관심이 미치지 않는 영역이며 따라서 검열의 칼날이 들어설 여지도 좁은 영역이니, 목표이자 방법이며 이념이자 매개였던 것, 요컨대 작가로서의 전망에 값하는 것이었다. 그리하여 이태준은 자신이 주재하던 『문장』의 '신체제와 문학' 관련 좌담회에서 문학과 정치는 '엄연히 다른 것'임을 내세워 '정치의 문학화'는 실패할 것이라고 단언할 수 있었다.[35] 문학과 정치의 분리론으로 문학과 정치의 통합론에 맞섬으로써 형식논리로는 일관성을 유지하면서 상황논리로는 국책문학을 거부한 결기와 그 기민한 임기응변 속에 번뜩인 정치성이야말로 그의 비협력태도를 단적으로 말해준다고 할 것이다.

그런데 이 상황논리와 임기응변의 정치성은 엄밀히 따지면 상고주의로 표방되는 문학과 정치의 분리론에 앞선, 말하자면 문인 이태준에 앞선 인간으로서의 이태준 안에 도사린 어떤 욕망의 발로로 보아야 한다. 8・15 이래

34) 이에 대해서는 위의 논문, 234~236면 참조.
35) 「문학의 제 문제」, 『문장』, 1941.1, 146~147면.

원남동좌담회, '문건' 가담, '문맹' 결성, 봉황각좌담회, 그리고 '문맹'의 정식 출범이라는 과정 속에서 그 욕망이 점차 뚜렷해져서 마침내 '문맹' 부위원장 이태준의 모습으로 나타나게 되었음은 이미 아는 바와 같다.

봉황각좌담회 시점에서 그는 해방을 맞은 현실 속에서의 창작 계획에 대해 『사상의 월야』(1941.3.4~7.5)를 '민족'이라는 제목의 '3부작'으로 확대 개작하겠다고 밝혔다. 새로운 현실에 대응한 창작 방안을 답해야 할 자리에서 대뜸 해방 이전의 불비한 작품을 고쳐 보겠노라는 호언은 작가로서는 다소 경박한 것이자 전망의 무정견함을 스스로 드러낸 것이라 할 수 있다. 검열의 간섭이 있었기에 다시 쓴다 했으나, 개작본(1946.11)은 원작의 어색했던 끝부분의 일부 수정과 삭제 말고는 고친 흔적이 없다는 점에서도 그런 지적이 가능하다. 뿐만 아니라 일제 말기 신문연재장편의 영웅담 내지 입지전 형식을 그대로 따른 이 자전소설이 잘 뜯어보면 소위 국책담론에 부회한 내용이 한두 군데가 아니어서[36] 도저히 '민족'이라는 제목을 감당할 수 없는 작품이라는 점에서는 그닥지 않은 무모한 언사였다고 할 수밖에 없다. 다만 '3부작' 구상에 대해서는 우리가 아는 그의 인생역정을 대입할 때 1927년 말의 귀국 이후 『문장』(1939.2~1941.4)의 폐간을 전후한 시기가 제2부, 그 이후 8·15 해방정국까지가 제3부였을 것으로 추정된다. 개작본은 물론 제2, 3부로 나가지 않아 불발로 그쳤는데, 원작 결말부의 기조를 고려하면 불가피했던 것으로 보인다. 그렇다고 모든 구상을 완전히 폐기해 버린 것은 아니었으니, 1943년 3월 무렵의 낙향부터 1946년 1월 무렵까지를 다룬 「해방전후」(『문학』 창간호, 1946.7)가 제3부를 중심 서사로 하고 그 속에 짧은 삽화로 제2부를 넣는 형식으로 쓰였기 때문이다.

제1회 해방문학상을 받은 「해방전후」에서 이태준은 자기 신변소설의 상고주의가 "봉건시대의 소견문학"과 대차 없는 것이며 "가혹한 검열제도 밑

36) 이에 대해서는 김홍식, 「『사상의 월야』 연구 : 개작 문제를 중심으로」, 『현대문학연구』 35, 2001.12, 213~216면 참조.

에서는 오직 인종하지 않을 수 없었”기에 “체관의 세계”에 빠진 것이라고 폄하했다.[37] 더군다나 「무연」의 후편 또는 개작이라 볼 수 있는 이 작품의 작자-주인공의 낙향생활도 그 선본pretext의 비장감은 걷어낸 채 단지 무기력한 체념의 나날로 변조했다. 이 폄하와 변조는 임화가 봉황각좌담회에서 주문한 자기비판 방식에 착실히 부응한 결과물로 볼 수 있고, 집필시기[38]를 고려하면 『사상의 월야』 개작을 장담하던 무정견함에서 벗어나 ‘문맹’ 부위원장으로 변신한 이태준의 입장 변화가 반영되었음이 분명하다. 그 입장 변화를 알아보기 위해 굳이 그 자신의 무슨 직접적인 발언이나 문건을 찾아볼 필요는 없다. 「해방전후」가 그것을 역연히 보여주었고, 그리하여 해방문학상이라는 ‘문맹’의 공인을 받은 만큼 그 심사보고서의 객관적 평가를 살피는 것으로 족하기 때문이다. 그 요지는 「해방전후」가 “구문단의 지도적 작가의 한 사람이었든 작가 자신이 새로 문학운동과 민주주의운동에 가담하여 투쟁하는 가운데 체험한 제 사실을 기록한” 작품으로서 “낡은 것을 전별하고 새로운 것의 편에 서”는 “진보의 정신”을 보여주는 것이라는 일반심사평,[39] 그렇게 “객관적 실천의 과정을 표시한 것”이 직접적으로 “현실의 세계에 관계되어 있는 것”이라는 최종심사평[40]으로 집약된다. 요컨대 「해방전후」는 작가로서의 전망을 상고주의에서 ‘문맹’과 「8월테제」의 인민민주주의노선으로 전환한다는 것을 공식화한 일종의 전향선언서인 것이다.

‘문맹’ 부위원장 이태준이 문학과 정치의 통합론에 입지함은 지극히 당연하지만, 거기에 상고주의 신변소설의 문학과 정치의 분리론을 정위시켜 통합할 수는 없는가. 다시 말해서 문학은 정치라는 틀 속에 문학은 정치가

37) 「해방전후」, 『문학』 창간호, 1946.7, 15면.

38) 「해방전후」의 집필 시기는 1946년 2월 8, 9일 이후의 어느 날부터 작품 말미에 명기된 탈고날짜(1946년 3월 24일) 사이로 보인다.(김흥식, 앞의 논문, 229면 참조)

39) 조선문학가동맹46년도문학상심사위원회, 『1946년도 문학상심사급결정이유』, 『문학』 제3호, 1947.4, 45면.

40) 위의 글, 46면.

아니라는 그 문학을 어딘가 어떻게 위치시키고 접합시킬 수는 없는가. 이 세계관과 창작방법의 모순 문제에 연관된 고민을 이태준도 '문맹'도 전혀 하지 않았음은 「해방전후」나 그 심사평이 거증하는 바다. 이와 관련해서 '문맹' 노선의 도식성도 따져볼 사안이긴 하지만, 정작 심각한 것은 당사자 이태준의 행보가 상황의 뒤바뀜에 따라 이쪽에서 저쪽으로 건너뛰기 해버린 논리의 비약이라는 점이다. 이 논리의 비약에 초점을 맞추면 이태준의 변신은 문인이기 이전에 인간으로서 간직한 어떤 욕망에 의해 떠밀린 것임이 분명해진다. '문맹'의 노선이 아무리 대단한 것이라 해도 그에게는 하나의 추상물에 지나지 않는다. 방법과 매개 즉 현실과 주체의 역량이 받쳐주지 않는 목표와 이념은 고작 종이 위의 먹물이자 머릿속의 관념일 뿐인 것이다. 중요한 것은 그의 몸속에 마음속에 도사린 어떤 욕망이 이런 고비에 상고주의로 또 저런 고비에 '문맹'의 해방문학으로 표정과 몸짓을 바꾼 사실이다. 그 욕망이 그렇게 가져다썼다가 버렸을 정도의 상고주의라면, 그것은 취미이자 수사법이자 처세술의 수준을 넘을 수 없고, 또한 그것을 표방한 신변소설의 비협력태도 또는 내부망명의 진정성도 곧이곧대로 믿어버리기엔 한계가 있을 수밖에 없다. 그래서 굳이 그의 일본어글쓰기 「第一號船の挿話(제일호선의 삽화)」(『國民總力』, 1944.9)나 시국동원 행적을 들추지 않더라도, 그가 신변소설에서 발휘한 이중독해의 글쓰기를 두고 해석상 논란의 여지도 생기는 것이다. 이 이중적인 처신의 가능성은 임화의 이른바 "내 마음 속 어느 한 귀퉁이에 강렬히 숨어 있는 생명욕이 승리한 일본과 타협하고 싶지는 않았던가" 하는 "'비밀'"로서[41] 이태준이 알게 모르게 지녔던 어떤 욕망의 불순한 부분에 닿은 것일 수 있다.

41) 주 19)와 같음.

4. 전망의 연속과 발전

해방기의 창작 계획에 대한 답변으로 이태준이 서슴없이 과거의 작품 『사상의 월야』의 개작 구상을 밝힌 것은 일단 좌담회의 주제 즉 문인의 '자기비판'에 곧장 다가서려는 의욕에서였다고 할 수 있다. 고쳐 써야 할 이유로 검열의 간섭을 들었으니, 그 진부를 떠나 『사상의 월야』 자체가 비판의 소지가 있음을 인정한 셈이기도 하다. 그 발언에는 '문건'-'문맹'의 좌담회 기획 의도에 부응하려는 열의만이 아니라 현실상황의 급진전에 발맞춰 과거의 흠결을 정리하고 자신의 변모를 서둘러 입증하고 싶은 조급증도 섞여 있었던 것이다. 그러나 그 개작 계획은 사실상 불발로 끝났고, 그 대신 임화의 인도와 '문맹'의 기획에 따라 일종의 전향보고서인 「해방전후」를 썼다. 그러니까 봉황각좌담회 즈음의 이태준은 당면한 현시점의 창작 계획을 묻는데도 적이 엉뚱하게 전날 작품의 개작 구상으로 답할 만큼 들뜨고 무정견한 상태, 말하자면 작가로서의 전망이 해방문학상 심사보고서에서 그 자신의 전향 '기록'이며 '표시'라고 규정했다시피 담론의 범람과 폭주로 이루어진 「해방전후」의 물신적 단계로 이행하는 어느 중간지점의 주관적 단계에 있었던 것이다.

그런 이태준을 즉각 맞받아치는 양상으로 다음 답변자 한설야가 던진 문제는 두 가지였다. 하나는 "내가 작가로서 말하고 싶은 점은, 8·15 이전을 취하여 가지고 쓰려면 쉽지만 해방 이후의 현실을 파악해서 쓰려면 매우 힘들다는 것"[42]이었데, '해방 이후의 현실을 파악'하는 일이 당면 과제임을 다시 한 번 환기시킴으로써 이태준에게 일침을 가하는 일면과 아울러 작가로서의 고충을 실토한 일면도 있어 보인다. 또 하나는 "문인의 자기비판이라는 것이 문제되어 있는데, 이것은 지금 정치노선에 있어서 통일전선을 부르짖고 있는 것과 같이 한민족의 진통기라고 생각"[43]한다는 것으로, '문맹'

42) 송기한·김외곤 편, 앞의 책, 165면.

과 「8월테제」의 인민민주주의노선이 과도기의 방편이라고 판단한 '문동'과 3・8 이북 노선 쪽의 이의(異議)를 내비쳤다고 볼 수 있다. 실상 한설야는 앞서 열렸던 아서원좌담회에서 "쓸 것은 많은 것 같으나 포착할 수가 없"는 문제[44]에 대해 "현실을 받아들일 마음의 질서"로서의 "사상성"을 확립하는 것이 해답[45]이라는 이른바 사상과 세계관 강화론을 주도했던 것이다. 그러니까 그는 격동하는 현실의 가닥이 뜻대로 잡히지는 않지만, 자신의 사상과 세계관에 대한 신념이 작가로서의 전망으로 굳혀진 상태였다고 할 수 있다.

또한 봉황각좌담회에서 김사량의 기탄없는 태도로 해서 자기비판의 열기가 고조된 대목에 이르러 일제 말기에 그 누구도 친일협력에 연루되지 않은 사람은 없다는 한효의 발언이 있자, 그것을 받아서 한설야는 "우리가 한때는 절망적이고 암담한 구렁텅이에 빠졌던 것만은 사실이지만, 또한 오늘날이 반드시 올 것을 믿고 있었던 것도 사실"이라고 했다.[46] 표면으로야 어떠했든지 간에 이면으로는 자신의 사상과 세계관에 대한 신념을 굳게 지켰다는 의미로, 어쩌면 이태준의 이른바 비협력태도를 넘어서는 지하저항으로서의 내부망명 가능성을 암시하는 의미로 읽힌다. 물론 그러한 가능성은 객관적 심급에서 작품을 비롯한 실체적 증거를 통해 검정되어야 하겠지만, 그가 토로한 일련의 발언대로라면 신념의 차원에서 자신의 사상과 세계관을 해방 이전과 이후에 걸쳐 일관되게 견지했던 것이 된다. 말하자면 해방정국 속에서 변신, 전향한 이태준과 달리 그는 그 이전부터 지녀왔던 작가로서의 전망을 연속해서 밀고나간다는 입장이었던 것이다. 그러나 다만 신념의 차원에서 지켜진 전망이란 물신적 단계에 머무른 것일 따름이라 살아 있는 현실 속에 삼투할 수 없는 까닭에, 전망의 연속에도 불구하고 그

---

43) 위와 같음.
44) 「조선문학의 지향 : 문인좌담회 속기」, 『예술』 제3호, 1946.1, 4면.
45) 위의 글, 5면.
46) 송기한・김외곤 편, 앞의 책, 168면.

가 작가로서 현실을 '파악'하고 '포착'하는 일이 난사로 되었던 것이라 할 수 있다.

한설야가 새로운 창작의 방향에 대해 원칙적인 소견을 개진한 데에 이어, 이기영은 "아까 한설야 씨께서 말씀하신 바와 같이 8・15 이전과 이후를 어떻게 직결시키느냐"[47] 하는 문제가 관건임을 밝혔다. 한설야에 동의하는 품새를 취하긴 했으나, 전후 행간에 묻힌 생각의 틀과 속내는 상당한 차이가 있다. 한설야가 실제의 창작에 손을 대지 못한 채 구체성 없이 자기 나름의 원칙만을 강변조로 말한 것과 달리, 이기영은 자신이 직접 경험한 실제의 현실 변화를 작품화하는 구체적 과제를 놓고 '8・15 이전과 이후'의 '직결' 문제와 부딪혀 있다고 했던 것이다. 즉 그는 "농민소설" 작가로서 "산 사실을 이 눈으로 직접 보고 쓰고자" "농촌으로" 가서 "직접 농사를 해 왔으므로 그 부근의 농촌에 관해서는 다소 실정을 알게 되었"기에 해방을 맞이한 "감격과 농촌의 현실을 작품화하려는 의욕"을 실행하고자 하는 과정에서 과거와 현재의 '직결' 문제와 씨름하고 있었다는 말이다.[48] 그러니까 한설야가 사상과 세계관 즉 작가로서의 전망은 '직결'인데 현실이 그렇지 않다는 입장이었다면, 이기영은 농촌이, 농민이, 작가 자신이 겪어온 '산 사실'로서의 현실 자체로부터 그 속에 깃들인 직결의 가능성을 찾는 입장이었다고 할 수 있다. 모든 작가가 이기영과 같으라는 법은 없으나, 그는 작가로서의 전망을 변화하는 현실과 사람들 속에서 삶을 함께하는 가운데 체험을 통해서 배우고 터득하고자 했던 것이다. 그러므로 이 작가로서의 전망은 주관적인 것도 물신적인 것도 아니며, 과거와 현재에 동시에 내재하는 객관적 현실의 발전을 향한 어떤 열망이라 할 수 있다. 이 경우 이기영은 단순히 비협력태도로 버티기만 하는 수준을 넘어 무엇인가 절절한 지향처를 품은 내부망명 작가로 살았던 것일 수 있는데, 그가 봉황각좌담회의 본의제인

47) 주 15)와 같음.
48) 위와 같음.

자기비판에 대해서는 단 한마디로 하지 않고 침묵을 지킨 이유도 그러한 가능성과 어느 정도 관계가 있어 보인다. 이는 역시 객관적 심급에서 규명되어야 할 것이다.

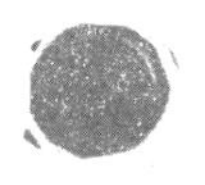

장편소설 『사상의 월야』의 진정성 문제

1. 개작과 독법의 혼선

이른바 '퇴고'의 사전적 정의가 '글을 지을 때 여러 번 생각하여 고치고 다듬음'으로 내려진다는 것은 주지하는 바다. 퇴고를 통해 가장 적확한 문장 표현에 도달함으로써 글쓰기는 마무리된다. 만당晩唐의 한퇴지韓退之와 가도賈島의 일화로도 잘 알려져 있다시피 고심을 다해 퇴고를 거듭한 끝에 최종적으로 완성된 한 편의 작품이 탄생하는 것이다. 그 단계에서 초고가 폐기되는 것은 물론이다. 그런데 '개작'이라고 하면, 거기에는 퇴고적 성격의 개작인 경우 이외에 말 그대로 새로운 재창작인 경우가 있을 수 있다. 후자의 경우에 설사 개작이 성공적으로 되었다고 하더라도 원작은 원작대로 그 나름의 독자성을 잃는 것은 아니다. 따라서 원작과 개작의 관계에 대한 검토는 연구의 심화를 위해서 반드시 요청된다고 하겠거니와, 단순한 대비 작업을 넘어서 당사자 작가의 내적, 외적 계기들이 작품 속에서 작동하는 과정과 양상을 아울러 분석 조명함으로써 소기의 성과에 이를 수 있는 것이다.

『사상의 월야』(『매일신보』, 1941.3.4~7.5) 연재본과 해방 후 단행본(을유문화사, 1946.11)이 문면 상 보이는 차이는 결말부의 '현해탄' 말미의 수정과 '동경의 달밤들' 삭제, 그리고 단어와 어귀의 교정 또는 첨삭에 이르기까지 소상하게 확인된 바 있다.[1] 급전하는 정국 속의 분주한 일정 가운데서 유독 이 작품만을 손질해서 개작했다는 점은 원작이 문학가동맹 부위원장으로서의 입장과 거취에 부담이 된다고 판단한 때문이었을 터인데, 이러한 사정을 주목해서 그 동안 많은 논의들이 개작 부분에 집중했던 것은 수긍할 만하다.

먼저 원전의 확정을 놓고는 대체로 연재본을 중시하는데, 개작의 핵심인 '현해탄' 말미의 수정과 '동경의 달밤들' 삭제에 관련해서는 주제의 일관성이라는 측면에서 양 본의 차이는 크게 문제되지 않는다는 관점,[2] 그것이 원작의 축소 개작이기에 정본으로 취택하기 어렵다면서도 특정 대목은 작품 해석상 중시하는 관점,[3] 단행본에서의 '현해탄' 말미 수정만은 그 정전적 가치를 적극 인정해야 한다는 관점[4] 등이 있다. 이 중 축소 개작을 문제 삼은 둘째 관점은 '현해탄' 말미의 수정된 부분에 나타난 고압적 어조의 민족주의적 발언이 연재 당시 드러낼 수 없었던 진의였을 것이라고 보았는데, 이러한 자의성 내지 무정견함에서 첫째와 셋째의 경우도 자유롭지 못하다.

이 세 가지 경우처럼 1988년 '월북작가 해금조치' 이래 이태준 문학의 문학사적 자리매김이라는 과제에 대응하는 과정에서 옹호적인 해설을 시도한 논의들은 『사상의 월야』 단행본에서의 '현해탄' 말미의 수정을 연재 당시의 검열을 반증하는 것으로 보고, 이를 근거로 해서 연재가 '동경의 달밤들'로 중단된 것[5]도 그 다음 이야기가 역시 검열을 견뎌내기 힘든 내용이기 때문

1) 민충환, 「이태준 소설의 선본 문제-『사상의 월야』를 중심으로」, 상허학회 편, 『근대문학과 이태준』, 2000, 123~143면 참조.
2) 이상갑, 「『사상의 월야』 연구」, 상허학회 편, 『이태준 문학연구』, 1993, 363~364면, 주 34) 참조.
3) 장영우, 『이태준 소설 연구』, 태학사, 1996, 221면, 주 37) 참조.
4) 민충환, 앞의 논문, 앞의 책, 142면.
5) 연재 97회분(1941.7.5) 끝에 "(上編終)"이라고 하고, "<謹告>"라는 제목 아래 연재를 중단하

에 작자가 어쩔 수 없이 내린 결정이라고 간주한다. 그 검열의 맞은편에 해방을 맞기까지 감출 수밖에 없었던 것으로 상정된 이태준의 민족주의가 놓이는 셈이다. 이러한 일종의 착시현상은 한편으로는 해금조치로 촉발된 문학사 재정립의 전망 설정과 맞물린 것이며 또 다른 한편으로 해방정국 속에서 이태준이 선택한 문학가동맹의 노선에 닿아 있는 것이기도 해서, 그것이 정언명제화로 이끌어질 가능성이 크다. 그리하여 해방 후 개작의 수정을 정점에 놓고 해방 전 연재본의 모든 국면에 대해 옹호적인 해설을 끼워 맞추는 식의 독법이 자리 잡게 되었던 것이다.

이와는 대조적으로 개작을 원작이 지닌 문제점을 사후에 수습 또는 합리화하기 위한 변조로 보는 한편, 나아가 이태준의 작품 전반에 대한 민족주의 기조의 평가나 의미 부여를 논박하는 관점[6]도 있다. 이 경우에는 개작의 실효성 자체를 부정하고, '현해탄' 말미의 수정이나 '동경의 달밤들'의 삭제만으로 가려지지 않는 연재본의 '식민지적 무의식' 또는 '식민지적 혼종성'을 규명하는 데에 역점이 놓인다. 이런 맥락에서는 작가가 검열과 충돌할 개연성이 없는 것이 되는데, 『사상의 월야』 연재 중단 이후에도 상당기간 신체제 아래서의 제반 문단활동이 계속되었다는 점이나 그 시기의 작품 성향도 저항보다는 순응에 기울었던 점 등이 그 방증으로 지적되기도 하는 것이다. 이와 같이 탈식민주의 또는 식민지근대성의 내재적 극복이라는 문제 설정에 입각한 비판적 재해석의 관점은 작품의 문제점과 한계를 선명하게 도출하는 유력한 독법이 될 수 있다. 그러나 그러한 독법은 탈식민주의론 또는 식민지근대성론 자체가 그 기저에 제국주의 지배의 규정력을 정언명제로 깔고 있어 역시 작품의 문면에 나타난 결과에 대해 일방적이고 도식적인 판단에 그쳐버릴 우려가 있다.

는 것에 대해 독자와 신문사에 양해를 구한다고 했다.

6) 정종현, 「제국/민족 담론의 경계와 식민지적 주체-1940년대 이태준의 문학에 나타난 혼종성」, 상허학회 편, 『이태준과 현대소설사』, 2004, 163~173면.
허병식, 「이태준과 교양의 형성-『사상의 월야』를 중심으로」, 위의 책, 242~248면.

이상에서 검토한 『사상의 월야』에 대한 긍정과 부정의 양론은 작품 전편에 대한 면밀한 분석을 등한시하고 주로 결말부의 수정과 삭제에 매달려 일방적인 해석과 평가로 내달았다. 단행본이 연재본의 미진한 부분을 완결했다고 보는 것이나 단행본에서의 개작 자체가 연재본의 문제점을 반증한다고 보는 것이나 그 해석과 평가는 서로 반대방향이면서 동시에 악순환의 표리관계에 있다고 할 수 있다. 이에 본고는 『사상의 월야』의 실제적인 형성과정을 재구성하고 작품 전편의 서사구조를 심층적으로 조명하여 그 총체적 실상과 진실을 파악하는 작업을 수행해 보고자 한다.

2. 연재 기획과 작품 구상

신문연재 장편은 '예고기사'를 통해 그 작품이 게재된다는 사실을 미리 알리는 것이 통례인데, 『사상의 월야』의 경우도 연재가 시작되기 전에 두 차례에 걸쳐 '예고기사'(1941.2.20・27)가 실렸다. '예고기사'는 연재 개시일, 작품의 제목, 작가와 삽화가의 성명 등을 기재하고, 그것과 아울러 간단한 '작자(및 삽화가) 소개'와 '작자의 말'을 싣는 것이 하나의 정형이다. '작자 소개'는 신문매체 측에서 독자들에게 연재를 맡은 작가만의 예술가적 특장이나 그 예술세계의 매력을 부각시키기 위한 것이고, '작자의 말'은 독자들에게 그가 집필할 작품의 경개나 구도를 포괄적으로 시사해주기 위한 것이다. 이 둘은 물론 짝을 이루는 것인데, 사전에 신문매체 측과 작가 사이에 상당한 정도의 협의를 거쳐 일종의 합의된 내용이라는 뜻이다. 그러한 협의와 합의에서는 연재기간과 고료 등 실무적인 사항만이 아니라 게재될 작품에 관한 사항도 묵시적으로 또는 명시적으로 다루어지기 마련이다. 『사상의 월야』의 '예고기사' 중 '작자 소개'는 다음과 같다.

작자소개

현란하기 꼿다발갓튼 화려한 재능으로 근대감정과 청춘을 그리여 남김업는 작가라면 상허尙虛 이태준李泰俊 씨에게 첫손을 꼽지 안흘 수 업다. 더구나 그 자유분방한 구상構想과 간결하고도 호화스런 필치筆致이르러는 당대에 도저히 비길 사람이 업는 것이다. 그러면서도 그의 작품을 일관하야 한 가닥 동녀童女의 기도와도 갓치 풍기어오르는 신운神韻은 무엇일까. 그것은 필시 작가가 십여 년 그 생명력의 전부를 밧치어 청정淸淨하게 가꾸고 길러온 고도高度의 예술경藝術境이 비져내이는 것임에 틀림업스리라 생각한다. 이제 본지에 처음으로 등장하는 상허 이태준 씨는 한층 새로운 경지를 노리며 불타는 열정을 기우리어 한 편의 시詩와도 갓튼 『사상의 월야』를 집필하게 될 것이다. 본사의 위촉을 밧은 지 1년여 드듸어 『사상의 월야』의 찬란한 막은 바야흐로 열린다. 삽화는 사계의 중진인 범이凡以 윤희순尹喜淳 씨가 맛하 한층 빗나는 정채精彩를 지상에 가하게 되엿다.

—『매일신보』, 1941.2.20

이태준은 첫 장편 『구원의 여상』(『신여성』, 1931.3~8)을 쓴 후 1933년부터 매년 1편 이상 장편을 발표했는데 그 태반이 신문 지면을 통해서였다. 당시 문단에서 장편 창작이 주로 신문연재의 형태로 이루어지는 바람에 통속물의 범람이 초래되었고, 그것을 타개한다는 취지로 최재서, 김남천 등이 1938년 5월경 기획한 인문사의 '전작장편소설총서' 간행에 의해 『대하』(1939.1), 『화분』(1939.9) 등이 잇달아 나왔으나 큰 흐름은 바뀌지 않았다. 문단과 출판계의 영세성 때문에 장편 창작은 신문연재에 의존할 수밖에 없었고, 신문매체 측은 발행부수와 신문독자의 기대 때문에 대중취미에 영합하는 방향으로 나갔던 것이다. 가령 1933년 이래 『조선일보』의 발매부수 확장이 '연재소설'의 인기에 힘입은 바가 컸다는 점, 또 이태준의 『조선중앙일보』 학예부장 시절 게재한 이상의 「오감도」(1934.7.24~8.8)에 대해 독자들의 항의소동이 있었다는 사실이 말해주듯, 신문매체가 문예지를 보는 고급 독자들의 기대지평에 부응하고자 무리할 여지는 없었다.

이태준 자신이 신문매체의 이러한 속성을 너무도 잘 알고 있었고 또 『사상의 월야』에 앞선 『딸 삼형제』(『동아일보』, 1939.2.5~7.19) 『청춘무성』(『조선일보』, 1940.3.12~8.11)으로 독자들의 열렬한 반응을 얻기도 했다. 위의 '본사의 위촉을 밧은지 1년여'라는 구절로 미루어 『사상의 월야』의 연재에 대한 교섭은 『청춘무성』의 연재시기 부근에서 이루어진 것으로 보인다. 이태준을 일러 청춘소설・연애소설의 일인자이고, '자유분방한 구상'으로 이야기를 전개하여 독자의 흥미를 자극하는 솜씨와 '간결하고 호화스런 필치'의 문체와 기교가 독보적이라고 극찬한 '작자소개'도 확실히 『청춘무성』의 작품 양상을 상기시킨다. 요컨대 『매일신보』 측은 신문매체의 속성과 신문독자층의 기대지평에 맞추어서 『청춘무성』을 방불케 하는 청춘소설・연애소설을 써달라는 주문을 에둘러 하고 있는 셈인 것이다. 그러한 주문에 대해 화답한 이태준의 '작자의 말' 은 다음과 같다.

> 작자의 말
>
> "하나님께선 무엇 때문에 밤을 마련하섯나? 우리를 재우시기 위해 우리를 아모 생각업시 쉬이게 하시기 위해 마련하섯다면 밤은 무얼 하러 저다지 아름다워야 할 것인가? 별이 쓰고 달이 쓰고!" 모파상의 어느 소설에 나오는 한 신부神父의 말인 듯 기억한다. 동양에서도 월석月夕이라 하면 감물회인지사感物懷人之詞로 전하는 것이다. 밤이 더욱 달밤이엇스므로 말미암아 인류는 얼마나 생각할 줄 알엇고 생각하므로서 인류는 얼마나 참되여지고 아름다워젓는가!
>
> 생각하면 우리의 감성感性의 자모인 이 '달밤'은 카랜더- 우에만 오는 것도 아니다. 인생 인생에도 달밤은 잇고 한 세대가 가고 오는 사이에도 달은 도다서 우리 젊은이들로 하여금 화려한 몽상과 침통한 사색에 전전輾轉케 하는 창백한 저녁은 확실히 잇는 것이라 느끼어진다.
>
> 이런 '달밤'들의 이야기는 자연 감상에 치우칠 염려도 업지는 안으나 그러나 나는 아모리 건강한 지성知性이라도 먼그 뿌리를 윤택한 감성에 뭇지 못하고는 그야말로 수류화개水流花開의 명일을 기약키 어려움을 밋는 바이다. 이것이 나의 즐겨 이런 제재를 쓰려는 의도려니와 여기서는 다뭇 끗까지 읽

혀지기만 바랄 뿐이다.

—『매일신보』, 1941.2.20 : 밑줄, 인용자

밑줄 친 부분들이 핵심인데, 일단 웬만한 독자는 청춘소설·연애소설을 예상하고 『청춘무성』과 같은 작품을 연상했을 만한 것으로 읽힌다. 작품의 시간적 배경을 세대의 변천과정을 담을 만한 규모로 잡는다는 것은 『대하』, 『봄』, 그리고 바로 직전 『매일신보』에 연재가 끝난 『탑』 등 가족사연대기소설을 하나의 추세로 의식한 일면이라고 생각된다. 북송北宋의 강호시파江湖詩派 황정견黃庭堅 혹은 고문파古文派 소식蘇軾의 시구라고 알려진 '수류화개' 부분은 작자가 누구냐에 따른 해석 편차를 떠나서 범박하게 시류와 세사에 매몰되지 않는 정신에의 지향이라는 의미로 풀이될 수 있고, 따라서 상승과 하강이 교대하는 사건 전개 속에서 젊은 주인공이 이루어가는 정신의 성장사를 그리겠다는 구상을 암시한 것이라 할 수 있다. 그러한 내심의 구상은 물론 작가의 재량에 속하겠지만, 단순히 '감상에 치우칠' 청춘소설·연애소설을 상회하는, 이를테면 격조 있는 성장소설적인 틀을 가진 작품으로 끌어가려는 의욕으로 비쳐진다. 문맥을 그렇게 짚어보면 일반 신문독자들로서는 당혹스럽게 허두를 모파상G. de Maupassant으로 열고 말미에서 송시宋詩 구절을 운위한 것도 어느 정도 납득된다. 한편 그러한 인유법allusion의 구사는 이태준이 단편을 비롯한 모든 글쓰기에서 독자를 소환하는 그 나름의 방식으로 습용한 수법이기도 하지만, 다른 한편으로 거기에 수반된 현학취미pédantisme는 당시의 다른 작가들 일반의 경우가 그랬듯 독자들의 허영심과 호기심을 자극하려는 의도에서 계산된 연출이기도 하다. 요컨대 이태준은 이처럼 다각도로 『매일신보』 측의 주문에 부응하는 가운데 자기 나름으로 진지한 주제를 다루어 보려 했다고 추론되는데, 실제로 그는 그 자신의 편력을 이야기하는 자전소설을 썼던 것이다.

3. 연재 중단의 과잉해석

이태준과 1년여 뒤의 연재 교섭을 하던 때 『매일신보』에는 만주 하얼빈을 무대로 하여 국제적인 로맨스 판타지를 펼쳐 보인 이효석의 장편 『창공』(1940.1.25~7.28)[7]이 연재되고 있었고, 그 뒤에 『대하』, 『봄』(『동아일보』, 1940.6.11~8.10, 『인문평론』, 1940.10~1941.2)과 같은 가족사연대기소설 계열로 러일전쟁 직후의 신·구사회가 교차하는 과도기를 그린 한설야의 『탑』(1940.8.1~1941.2.14), 그 다음으로 『사상의 월야』(1941.3.4~7.5)가 이어졌다. 『창공』이 막 시작되었을 즈음에 『탑』의 차기 연재를 전제로 하면 『매일신보』 측이 언필칭 차차기 연재 교섭을 이태준과 서둘렀던 것은 앞 장에서 말한 바 『청춘무성』의 인기 때문만이 아니라 소위 3대신문[8]의 치열한 경쟁이 그 이면에 놓여 있었다.

1930년대 초반부터 증면경쟁에 들어갔던 3대신문은 1930년대 중반을 넘어서면서 새로운 국면에 마주쳤다. 그것은 "지면의 획일화로 유사한 신문이 병존할 필요성이 상실했다. 모든 신문은 1936년 말 창립된 일본의 동맹통신同盟通信이 제공하는 꼭 같은 기사를 싣기 때문에 주요기사의 내용은 동일하다. 단순히 편집 기교면에서 약간 특색을 나타내고, 지방기사 등이 근소한 차이를 보일 정도"[9]였다고 지적된다. 그러한 사정 속에서 신문들의 부수경쟁은 사실상 학예면, 특히 연재소설의 인기경쟁으로 수렴되다시피 했던 것이다.

한편 『봄』의 게재가 『인문평론』으로 옮겨진 것은 『동아일보』와 『조선일보』 폐간(1940.8.10)으로 인해서였고, 이태준의 『청춘무성』도 그때 연재가 중단되었다.[10] 총독부는 두 신문의 폐간을 1938년 11월경 극비리에 성안하

7) 단행본으로 간행하며 『벽공무한』(박문서관, 1941)으로 개제.
8) 일본어로 인쇄된 관보 『경성일보』를 포함하면 4대신문이겠으나, 그 특수한 지위와 성격 때문에 여기서 말하는 경쟁관계와는 무관하다고 본다.
9) 정진석, 『언론조선총독부』, 커뮤니케이션북스, 2005, 174면.

여 추진하다가 1940년 1월 말경 두 신문사 측에 통보하여 2월 초까지 발행 중단을 강요했는데, 그 방침의 철회를 위한 해당 신문사들의 노력은 실패하고 끝내 『매일신보』에 흡수, 통합되는 방식으로 처리가 끝났다.[11] 그러니까 『사상의 월야』는 소위 3대신문이 경쟁하던 시기에 1년여나 앞선 『매일신보』 측의 사전 기획에 따라 구상에 들어간 것인데, 막상 연재가 시작될 때에는 신문사들의 게재 경쟁이 없어져 버린 상태였던 것이다.

『동아일보』와 『조선일보』 이 양대 민간신문의 폐간으로 문인들의 발표지면이 축소될 수밖에 없었으니, 학예면 편집 기획을 두고 벌인 신문들의 경쟁시대는 가고 이제 한정된 지면을 놓고 발표기회를 잡고자 부심하는 문인들의 생계형 글쓰기가 경합하는 사태가 초래되었을 것은 짐작하기 어렵지 않다. 이태준의 「토끼이야기」(『문장』, 1941.2)는 말하자면 매체의 대규모 구조조정이 닥쳐왔을 때 마땅히 대체할 부업도 없는 처지에서 생계형 글쓰기로서의 신문연재소설에 매달릴 도리밖에 없는 사정을 그린 것이었다. 그 작품의 내용이 자못 침통하게 써지기는 했으나, 실제로는 『문장』(1939.2~1941.4)이 창간된 이래 소설추천심사위원에다 발행겸편집인(1940.7~1941.4) 직무도 수행하는 한편, 조선문인협회(1939.10.29~1943.4.16)에 관련된 행사나 활동에 참가하는 중에 이태준은 1년여 전에 위촉받은 『사상의 월야』를 준비해 발표해 나갔던 것으로 보인다.

1939년 통계[12]로 『동아일보』 『조선일보』를 합친 것과 비등하게 거의 10만부에 접근했던 『매일신보』의 발행부수가 두 민간신문 폐간 후 1달 사이에 약 80% 늘어났고[13] 또 편집비도 대폭 증액되었던 만큼[14] 집필료도 좋았을

10) 『청춘무성』은 1940년 8월 11일 127회로 중단됐는데, 마지막 회가 폐간 다음날인 것은 조·석간제 발행 때문이다.

11) 정진석, 앞의 책, 171~180면 참조.

12) 위의 책, 204면 '총독부 기관지와 동아일보-조선일보 발행부수 성장 비교' 참조.

13) 「기밀실, 매일신보의 신체제」, 『삼천리, 1940.10, 14면.

14) 정진석, 앞의 책, 402면의 '(부록) 7. 매일신보 연도별 손익계산서'에 의하면 1940년부터 1943년에 걸쳐 편집비는 매년 전년 대비 5, 60%씩 증액된 것으로 나타난다.

것이다. 그런데 갑작스럽게 연재를 중단하며[15] 다음과 같은 말을 남겼다.

> 〈근고謹告〉
> 이 소설에 나오는 시대가 대단 복잡햇섯고 이야기가 사실을 존중햇던만치 주인공의 앞으로의 모든 것을 좀더 신중히 생각할 여유가 필요하게 되엿습니다. 독자와 신문사에 미안합니다만 우선 상편으로 쉬이겟습니다.
> —『매일신보』, 1941.7.5

이 <근고>에 대해서, 앞 장에서 언급된 바, 계속 써나가면 '검열을 견뎌내기 힘든 내용'이 될 것이어서 작가 스스로 중단을 결정했다고 보는 의견들이 많다. 이태준의 동경유학 시절의 행적과 '동경의 달밤들'에 그려진 사건들의 대응관계를 자세하게 조사한 연구발표 논문[16]에 의하면, '동경의 달밤들' 끝 대목에서 유학생집회 문제와 도미유학 제의를 둘러싸고 벌어진 이송빈과 '베닝호프 박사'의 충돌 시점은 1926년 2, 3월경으로 비정되거니와, 그때는 사회주의 운동의 고조기에 해당하는 만큼 그 시기를 다루는 것이 연재 당시로는 과연 곤란한 일이 아닐 수 없다. 그러나 『사상의 월야』에서 '3・1운동'에 관한 언급을 비껴나간 예도 있지만, 상당한 수준으로 정리된 이태준의 연보[17]에 나타난 1927년 말 귀국한 뒤의 행적이나 신변적인 수필이나 사소설류 단편들의 양상을 감안하면 연재를 계속했다고 하더라도 굳이 정치적, 사상적 문제에 결부된 이야기로 끌어나갔을 것이라고 생각할 여지는 별반 없는 것이다. 그럼에도 불구하고 '동경의 달밤들'에 이어질 이야기로 정녕 검열과 부딪힐 만큼 불온한 내용의 그 무엇이 있었다고 한다면,

15) 마지막 회분 끝에 "(상편종上編終)"이라고 붙여놓은 것으로 미루어 적어도 3개월 이상 더 진행될 예정이었던 셈인데, 돌연한 연재 중단에 무슨 내막이 있는지에 대해서는 좀 더 숙고가 필요하다.

16) 구마키 쓰토무熊本 勉, 「『사상의 월야』와 일본-이태준의 일본 체험」, 한국현대문학회, 『한국현대문학연구의 현황』, 2009.3.20~21 참조.

17) 박진숙, 「작가연보」, 이태준, 『신문장강화』, 현대문학, 2009 참조.

해방 후의 개작에서 이태준만한 작가적 역량과 수완으로 그런 후일담을 압축해서 전면에 부각시키는 대목을 추가하여 작품을 마무리하지, 문학가동맹・민전・소련기행 등으로 아무리 총망중이었을지라도 실제의 개작에서처럼 굳이 '동경의 밤들'을 잘라버리는 식으로 처리했을 것 같지는 않다. 따라서 검열에 대한 압박감에서 연재를 중단했고 그 중단된 다음 이야기가 불온한 내용으로 구상되었을 개연성은 극히 희박하다고 할 수 있다.

『사상의 월야』는 어디까지나 자전소설이니, 자서전적 사실을 터무니없을 만큼 일탈하거나 왜곡할 수는 없다. 그러니 연재를 계속했다고 하더라도, '상편종'으로 중단한 지점까지 이렇다 하게 검열에 저촉될 내용이 없었던 흐름에 이어서 당시 일본사회를 "한참 휩쓸던 소시얼리즘의 사조에는 비교적 냉정"[18]했던 김용준의 '백치사白痴舍' 등 유학생 모임에 출입하며 예술의 세계를 동경하고 탐닉하는 한편,[19] 고학으로 학업에 힘쓰다가 특별한 진로를 찾지 못해 귀국하게 되었던 이태준 자신의 실제 사실을 근간으로 하는 이야기 정도가 써졌을 것이다. 거기서 다시 이야기를 이어나간다면 자전적 단편 「고향」(『동아일보』, 1931.4.21~29)에 그려진 취업난 등의 신산한 내용이었을 터라, '현해탄' 또는 '동경의 달밤들'에서와 같은 상승 기조를 유지, 고양시켜가기가 난감했으리라 짐작된다.

이렇게 볼 때 <근고>는 의례적으로 양해를 구하는 글로 받아들여도 무방할 것인 만큼, 막연한 추단에 얽매여 자칫 작품에 대한 과잉해석에 빠지느니보다 『사상의 월야』 자체를 직시하는 일이 더욱 요긴한 과제로 되는 것이다.

---

18) 김용준, 『새 근원수필』, 열화당, 2001, 145면.

19) 근원近園 김용준(金瑢俊, 1904~1967)은 1926년 도쿄에서 백치사를 조직했고, 1927년에는 당시 프로예맹 이론가들을 비판하는 「화단개조」 「프롤레타리아미술비판」을 발표하여 임화 등의 반격을 받아 주목을 끌었는데, 이에 대해서는 위의 책, 279면 참조. 그리고 이태준이 김용준과 백치사에 관계한 사실은 같은 책, 143~151면의 「백치사白痴舍와 백귀제百鬼祭」(『조광』, 1936.8) 참조.

4. 계대의식과 욕망의 주체화

『사상의 월야』 연재 중에 이태준은 다른 글을 거의 쓰지 않았고, 연재가 중단된 지 두 달 만에 수필집 『무서록』(박문서관, 1941.9)을 간행했다. 수록된 글들은 서두의 시 3편을 제외한 나머지 수필들 중 상당수는 『사상의 월야』의 저본 구실을 했다고 할 수 있다. 『사상의 월야』 전12장의 줄거리를 1) 집안의 노령 망명에서 조실부모하기까지 2) 철원 용담으로의 귀향과 신교육과 가출 3) 원산-안동현-관서지방 방랑 4) 서울에서의 진학과 연애 5) 일본유학 등 다섯 매듭으로 가른다면, 수필 「조그마한 객주집 사환」(『신가정』, 1932.4)은 1) 2) 3), 「내게는 왜 어머니가 없나」(『신가정』, 1932.5)와 「남행열차」(『신동아』, 1932.12)는 1) 2), 「산의 추억」 (『신생』, 1931.6)과 「용담의 추억」(『신동아』, 1932.9)은 2), 「나의 고아시대」(『백악』, 1932.3)는 2) 3), 「도보삼천리」(『신생』, 1929.7)는 3), 「추억」(『학생』, 1929.4)과 「P군 생각」(『학생』, 1935.4)은 4), 「산양선山陽線의 우울」(『조선중앙일보』, 1936.4.23~24)과 「음악과 가정」(『중앙』, 1934.6)은 5)에 관계된 것이다. 『무서록』에는 실리지 않았지만, 수필 「감사」(『이화』, 1936.3) 역시「음악과 가정」처럼 '동경의 달밤들'에 등장하는 베닝호프 박사에 대한 추억담이니까 5)에 추가해 넣을 수 있다.

글 청탁이 들어오는 그때그때 생각나는 대로 적어나갔던 글들을 게재했던 순서대로 늘어놓으면 책 제목처럼 '두서없는 기록'에 지나지 않는다. 그처럼 수필가 이태준이 유년기부터 청년기까지 겪어온 여러 고비 때마다의 경험과 상념들을 단편적으로 적어놓은 글들을 소설가 이태준이 자서전 형식으로 재구성함으로써 비로소 『사상의 월야』가 되었던 것이다.

수필은 양식원리상으로 보면 '대상지시의 규약' 즉 언술행위의 주체와 언술내용의 주체 사이의 동일성에 의해 성립되는 자서전[20]과 등가적이긴 하지만, 엄밀히는 작자의 독자에 대한 직접 말하기 방식이어서 자서전의 제

---

20) 필립 르죈, 『자서전의 규약』, 윤진 옮김, 문학과지성사, 1998, 56~61면 참조.

재 이상으로 되는 그 무엇은 아니다. 저본으로서의 수필들과 자서전 형식의 소설 사이에 사실의 일치에 대해 따지는 일은 그다지 의미가 없고, 왜 자서전을 어떤 자서전 형식으로 썼는가를 묻는 것이 관건이라는 말이다.

우선 수필가 이태준과 소설가 이태준의 차이는 무엇인가. 1930년대 문단은 수필문학의 성장이 두드러졌는데, 특히 문인들의 상호인상기·문단교우록·문학수업 및 등단기·창작 일화·성장기·회고담 등이 신문과 잡지의 기획에 의해 많이 씌어졌다. 문단의 인원이나 세대가 확장되고 다양한 유파가 생겨나는가 하면 시 소설 희곡 비평 등 장르별 전문화도 진전된 가운데 독자와 여론의 관심을 끄는 직업의 하나로서 문인들은 저널리즘에서 비중있게 다루는 취재원이 되었고, 그에 따라 문인 동정란이라든가 문인 상대의 설문조사 같은 편집도 유행했던 것이다. 당시 저널리즘의 상업주의적 확산 또는 그것과 유착된 문단 풍토 속에서 문인들이 자기현시욕을 발휘하는 형국이었다고 할 수 있는데, 수필가 이태준도 예외는 아니었다.

이러한 글쓰기를 가능하게 하는 기제의 바탕에는 독자들의 궁금증과 호기심이 가로놓이며, 독자의 기대지평을 바로 그러한 수준에 맞춰놓고 작자 자신의 독특한 일화를 털어놓는다든지 경우에 따라서는 자기연출조차 감행하는 행태로 허다한 신변소설이 써지기도 한다. 이태준도 자신이 신변소설가임을 누차 자인한 바 있지만, 『사상의 월야』는 전혀 별개의 차원이다. 앞장에서 소설가 이태준의 '작자의 말'을 통해 살폈듯이 그것은 '젊은이들'의 고뇌하는 '달밤들의 이야기'이며, 또한 '수류화개의 명일을 기약'하는 과정 속에 펼쳐지는 이야기이기 때문이다. 수필이나 신변소설은 독자의 궁금증과 호기심이 실제의 작가에 대한 것에 멈추면 그만이지만, 『사상의 월야』는 독자의 그것이 허구로서의 작품에 대한 것이고 또 그래야 마땅한 자전소설인 것이다.

자서전과 소설의 비교에 있어서 자서전은 비교의 두 개 항 중 하나인 동

> 시에, 비교에 쓰이는 기준인 것이다. 자서전보다는 소설을 통하여 더 잘 접근할 수 있는 그 진실이란 결국 작가의 개인적인 진실, 내면의 개별적 진실, 한마디로 말해 자전적인 기도projet가 목표로 하는 바로 그것이 아니겠는가? 소설이 자서전보다 더 진실하다고 선언될 수 있는 것은 바로 자서전으로서의 소설인 것이다.
>
> 이러한 사실은 독자들로 하여금 소설을 '인간 본성'의 어느 한 진실을 보여주는 허구의 이야기로서 뿐만 아니라, 또한 개인을 드러내는 환영幻影의 이야기로서 읽을 수 있도록 해준다. 나는 이러한 간접적인 형태의 자서전의 규약을 환영의 규약pacte fantasmatique이라고 부를 것이다.[21)]

위의 인용문에서 소설이란 물론 자전소설을 가리키며, 그것은 자서전이면서 소설 즉 두 형식의 교집합이기에 단독적인 자서전 또는 소설과는 구별된다. 즉 자전소설은 자서전의 '대상지시의 규약'에 허구를 가미할 수 있는 '환영의 규약'이 적용되는 한편, 소설 본래의 허구성이 자서전의 '대상지시의 규약' 내지 '환영의 규약'에 의해 제약을 받는 것이다. 그러므로 자전소설은 자서전의 진실과 소설의 진실, 작가의 개인적인 진실과 작품의 허구적인 진실 사이에는 긴장관계가 존재하기 마련인데, 전자가 작가=주인공의 욕망에 결부된다면 후자는 작가=작품의 전망에 귀결되는 것이라고 할 수 있다.

자서전이든 자전소설이든 과거사를 재구성하는 것일 따름이며, 거기에 나란히 겹쳐진 서사대상의 과거narrative past와 서사구성의 현재dramatic present라는 "두 개의 시간평면"중에서 우선권은 항상 후자에 주어진다.[22)] 그러므로 위의 인용문에서는 '자전적인 기도가 목표로 하는 바로 그것'이라고 했지만, 자서전 또는 자전소설은 작가가 쓰기로 작정하는 시점의 의도 내지 목적에 따라 그 형식이 결정된다고 할 수 있는 것이다. 자서전 형식은 크게

---

21) 위의 책, 62~63면.

22) Francis R. Hart, "Notes for an Anatomy of Modern Autography," Ralph Cohen ed., *NEW DIRECTIONS IN LITERARY HISTORY*, London : Routledge & Kegan Paul, 1974, 226면.

세 가지로 분류되는데, "고백체Confession는 자신의 내면적 본성 내지 진실을 전달, 표현하려는 개인사, 변증체Apology는 자신의 정당성을 입증하고 인식시키려는 개인사, 회고체Memoir는 자신의 편력을 정리, 복원하려는 개인사이다. 고백체의 의도 내지 충동이 자신을 본성이나 실재와 관련짓는 것이라면, 변증체는 자신을 사회법칙이나 도덕률에 관련짓고, 회고체는 자신을 시간, 역사, 문화의 양식 및 변화에 관련짓는다. 고백체가 존재론적이라면, 변증체는 윤리적이며, 회고체는 역사적 혹은 문화적이다."[23)]

『사상의 월야』는 『매일신보』의 연재 교섭을 응해서 쓴 것이라는 외적 계기를 가령 「토끼 이야기」에 되비쳐보면 영락없는 생계형 글쓰기일 뿐이지만, 작가 자신의 개인사를 재구성한 자전소설로서 그 자서전 형식은 어떤 것인가. 그 창작 의도 내지 목적은 말할 것도 없이 앞서 살핀 '작자의 말'에 드러나 있다. 『사상의 월야』를 '수류화개의 명일을 기약'하는 '젊은이들'의 고뇌하는 '달밤들의 이야기'로 끌어가겠다는 것이 그것인데, 성장소설적인 틀을 가진 작품에 대한 구상에 다름 아니다. 성장소설은 인물의 내적 발전이 공동체의 가치와 합일해 가는 인격형성의 과정을 그리는 것이라 정의되며, 따라서 변증체 자서전의 그지없이 적절한 내적 형식이라 할 수 있다. 한마디로 『사상의 월야』는 변증체 자서전 형식의 성장소설로 구상된 것이다.

성장소설은 주인공의 영혼과 세계가 늘 균형과 조화를 이루기보다 영혼의 좁음과 넓음이 교대하는, 말하자면 이상주의와 환멸의 낭만주의 사이에서 동요하고 부침하는 과정으로 전개되는 양상을 보이는데, 『사상의 월야』에서 천애고아로서 가출-방랑-진학-유학으로 이어지는 입지전적 주인공 이송빈의 역정은 바로 그러한 성장소설의 전개양상과 잘 맞아떨어진다. 여기서 변증체를 다시 한 번 정리하면, 사회법칙이나 도덕률에 관련지어 자신의 정당성을 입증하는 윤리적인 의도 내지 목적을 가진 형식으로 집약된다.

---

23) 위의 책, 227면.

그러니까 변증체 자서전 형식에서는 작가=주인공의 욕망이 그 시대나 사회 속에서 자신이 정당하다고 믿는 바의 사회법칙이나 도덕률과 관련된 목표를 추구해가는 모습으로 그려진다고 할 수 있는 것이다.

『사상의 월야』는 전체적으로 작가=화자=주인공 서술구조로 되어 있지만, 전12장 중 앞부분 몇 장에서는 주인공 송빈의 외조모가 초점화자로 적지 않게 등장하는데, 부모를 잃게 되는 유년의 이야기인지라 나중에 그 전말의 사정을 말해 주었을 외조모의 개입은 당연해 보인다. 이 외조모를 매개로 하여 아직 자아에 눈뜨기 전인 유년기의 송빈은 이감리의 아들이라는 계대의식을 가슴 깊이 새기게 된다. 이 계대의식이야말로 낯선 타지 배기미의 소청거리 서당에서 글공부를 하고, 귀향한 용담 봉명학교의 신교육을 받고, 철원 읍내 간이농업학교를 그만두고 가출해서 원산-안동현-관서지방을 떠돌다가 서울의 청년회관 야학교 고등과, 휘문고보로 진학하고, 마침내 현해탄을 건너 동경유학에까지 이르게 한 원동력이다.

이감리는 구한말의 관리계층이자 개화파 망명지사로 설정되는데, 이 경우 계대의식은 전통사회의 신분관념이나 그것과 결부된 입신양명의 이상이란 측면이 한쪽에 놓이며, 다른 한쪽에는 영웅적 풍모를 가진 새 시대의 선각자라는 측면이 놓인다. 실제로 『사상의 월야』에서는 앞쪽 측면이 여러 군데 드러나고 있지만, 송빈이 선택한 방향성은 작품 줄거리 그대로 뒤쪽 측면이다. 그럼에도 불구하고 계대의식 자체는 효친孝親의 덕목을 근거로 하는 것이어서 그것을 주체화하는 어떤 특별한 계기가 필요한데, 봉명학교 시절 일어강습회의 일어강사 '오문천吳文天' 선생에게 배웠다고 되어 있는 '이토 히로부미伊藤博文 작이라는 한시漢詩 구절'이 거기에 해당한다.

男兒立志出鄕關
學若無成死不還
埋骨豈期墳墓地

人間到處有靑山

—『사상의 월야』의 '푸른 산은 가는 곳마다'

학문이든 구도든, 혹은 어떤 대업에 대한 불굴의 의지를 토로한 이 한시는 실로 인구人口에 회자膾炙되다시피 하는 것인데, 송빈은 이감리의 '선영先塋으로 귀장歸葬'한 일에 불만을 가지면서 비기는 것도, 또 서울서 공부하러 나선 가출 길에서 각오를 다질 때나 원산의 객주집 사환 시절에 고향의 외조모 생각을 떨치며 읊는 것도 이것이다. 이 한시로부터 받은 감동으로 해서 송빈의 계대의식은 단순한 선대의 상속 내지 계승이 아니라 근대문명의 세계를 향한 자기 내부의 주체적 욕망으로 점화되었다고 하겠거니와, 이 지점 이후에 유학시절에 이르기까지 송빈이 고비마다 보이는 투지와 승벽과 반항심 등 성격상의 변화가 그것을 뒷받침해준다.

송빈은 실연과 퇴학의 충격도 딛고 현해탄을 건너는 자신의 욕망이 개화관리로서 그 현해탄을 오갔던 이감리의 그것과 하나임을 깨닫는다. 이 욕망의 동일시Identification 즉 송빈의 모든 추구가 이감리의 아들이라는 계대의식에서 발로된 욕망의 모방l'imitation du désir임이 자각되는 순간 혹은 그 부근에서 이야기는 일단락되어야 했다. 해방 후 『사상의 월야』가 '현해탄'에서 끝맺음한 것도 이 대목에서였다.

물론 작가=주인공에게는 이야기꺼리가 더 있을 수 있고, 실제로 그랬기에 '동경의 달밤들'까지 썼다가 연재 중단을 밝히며 '상편종'이라 하여 마감했다. 굳이 그 다음편이 있을 수 있었던 것이라면, 현해탄의 선상에서 송빈이 꺼내 읽은 애인 은주의 친척이자 미국유학생 '윤수 아저씨'의 편지가 현해탄을 건넌 다음에 다시 나아갈 태평양 너머로부터의 손짓인 양 하나의 암시로 읽힐 수도 있다. 그러나 막상 '동경의 달밤들'에서는 베닝호프 박사의 도미유학 제의를 단호하게 거절하는 것으로 그려졌다. 그렇다면 더더욱 '현해탄'에서 멈추고 '상편종'으로 처리하는 것이 깔끔하지 않았겠는가. 그럴 경우 현해탄의 선상에서 송빈이 태평양 저편의 편지를 읽는 장면은 '여행의 끝에 길이 열린다'라는 소설의 결말에 걸맞은 것 즉 작가=작품의 전망에 값할 만한 것이고, 따라서 자서전과 소설의 교집합으로서의 자전소설다울 수 있을 것이기 때문이다.

5. 전망의 날조

실제로 계속 써나간 '동경의 달밤'은 송빈의 고학생활, 지진체험, 대학진학 등이 이어지는 가운데 선교사 베닝호프 박사와의 일들을 주로 근접해서 그렸는데, 그 마지막 대목에서 유학생집회 문제와 도미유학 제의 등에 대한 언쟁 끝에 베닝호프 박사와 결별하는 장면은 "이리하여 송빈은 다시 압길이 막연하나 이날 저녁으로 스코트홀을 나오고 말앗다."라는 구절로 끝났다. '압길이 막연'했다는 것 즉 '길의 열림이 아니라 막힘'이라는 것, 이것이 작가=주인공의 사실이고 실감이었음은 이태준의 연보를 보더라도 그렇고, 그가 일본서 귀국하던 때의 심경이 비쳐진 「고향」의 첫 대목에 나오는 구절[24]로도 그렇다. 요컨대 '동경의 달밤들'은 작가=작품의 전망이 무망한데도 작가=주인공의 욕망을 무의미하게 밀어붙인 형국인 것이며, 따라서 본질적으로 소설이 될 수 없는 한갓 자서전 기록물일 뿐이다.

그렇다면 '동경의 달밤들'은 자전소설의 '환영의 규약'이 아니라 자서전의 '대상지시의 규약'에 의해 검토될 수 있을 것이다. 자서전의 제재가 되는 수필도 마찬가지로 '대상지시의 규약'이 적용되는 기록물인 만큼, 대상이 같다면 사실의 일치에 대해 서로 견주어 따져볼 여지가 있다. 즉 수필 「음

24) 이 작품의 첫대목에 압축 서술된 주인공 김윤건의 가족사와 그의 동경유학까지의 경과는 『사상의 월야』의 송빈의 경우와 일치하며, 따라서 "윤건은 막상 동경을 떠나고 보니 생각했던 것보다 앞길이 너무 막연하였다."(이태준, 『달밤』, 깊은샘, 1995, 121면에 의함)라는 구절은 1927년 말 귀국하던 때의 이태준 자신이 가졌던 심경을 토로한 것으로 볼 수 있다.

악과 가정」과 「감사」에서 사려 깊은 음악애호가이자 자애로운 종교가로 추억되었던 베닝호프 박사는 '동경의 달밤들'에서 냉정하고 편협한 인물로 그려졌는데, 실제 베닝호프[25] 박사의 면모와 훨씬 부합되는 것은 수필 쪽이다. 따라서 '동경의 달밤들'을 자전소설이 아닌 자서전의 일부로 볼 때, 거기에 나타난 베닝호프의 성격은 분명 작가의 재량권 범위를 넘어서는 사실의 변조이자 왜곡에 해당하며, 당시 악화일로의 정세 속에서 교회와 선교사에 대해 탄압을 가하는 등[26] 대외강경 기조에 이태준이 추수한 결과로 간주된다.

또한 당시의 국책담론인 '생산'을 1920년대의 송빈이 독백하는 것으로 서술한 점도 그러한 혐의를 뒷받침하지만, 지진을 처음 체험하고 충격을 받은 송빈이 이를테면 과학만능주의의 신념을 포지하게 되는 대목도 의미심장한 부분이다. 근대일본의 과학사상은 명치기에는 후쿠자와 유키치福澤諭吉(1835~1901)의 부국강병과 식산흥업을 위한 지식교육 중심으로, 1920년대에는 다나베 하지메田邊元의 『최근의 자연과학最近の自然科學』(1915) 『과학개론科學概論』(1918) 등 과학철학적 논의 중심으로, 그리고 1930년대에는 기획원 주도의 '국가총동원법'(1938)에 근거한 과학동원체제 구축으로 전개되었던 것이다.[27] 그러니까 1920년대의 송빈이 1930년대 신체제의 국책

---

25) Harry Baxter Benninghoff(1874.4.8~1949.4.24) : 펜실베니아-인디아나(Pennsylvania-Indiana), 침례교(Baptist Church) 선교사, 교육자. 1901부터 1904년까지 미얀마 양군의 침례교대학에 교육선교사로 파견되어 화학과 대수 등도 가르쳤고, 1907년 일본에 와서는 줄곧 동경학원(東京學院, 현 關東大學 전신) 교수와 학원장으로 근무하면서 1912년부터는 와세다대학의 기숙사활동 지도, 종교학과 강의담당 강사를 맡으며 양교간의 긴밀한 협조와 제휴를 이끌었다. 상당한 수준의 피아노 연주자로서 교회학교 및 지인들의 요청으로 연주회를 열기도 하던 그는 1941년 미일관계가 악화되어 귀국했고, 모교인 인디아나(Indiana)주 플랜클린(Flanklin)대학에서 일본 및 동양사 강의를 담당했다(http://www.kanto-gakuin.ac.jp/info/gakuhou30.pdf 참조).

26) 가령 '외국인의 입국, 체제 및 퇴거령' 공포(1939.11), '기독교・장로교 교역자등 반국책적 비밀결사 조직 혐의 다수 체포'(1940.9.17), '평양 등지의 영・미 선교사 및 부인 등 반전운동 혐의로 피검'(1941.3) 등을 들 수 있다.

27) 成田龍一・吉見俊哉 編, 『20世紀日本の思想』, 東京 : 株式會社作品社, 2002, 82~84면 참조.

담론을 부르짖는 셈이며, 이런 점에서 작가 또는 주인공 송빈의 일방적인 웅변으로 서술된 과학만능주의, 바꿔 말해서 이른바 변증체 자서전 형식의 작가=주인공의 욕망이 추구하는 바의 목표는 여지없는 전망의 날조인 것이다.

실상 문제는 '동경의 달밤들'에 나타난 양상에만 국한된 것이 아니고 작품의 훨씬 앞쪽에 잠복되어 있다는 데에 심각성이 있다. 그것은 다름 아니라 송빈의 계대의식이 자기 자신의 주체적 욕망으로 전화하는 계기가 되었던 '이등박문 작이라는 한시'에 관계된다. 두세 자가 다른 몇 개의 이본이 있는 이 한시의 작자로는 북송北宋의 소식蘇軾, 일본의 막부시대 말기의 승려 월성月性(1817~568), 막말-명치 초기의 무라마츠 분소村松文三(1828~1884) 3인을 놓고 설이 분분하지만, 장구章句의 품격 수준으로 보아 일본 한시로 봄이 적절할 것 같다.[28] 월성月性이 야마구치山口縣 출신으로 이토 히로부미(1841~1909)와 동향이고 또 월성과 무라마츠 분소와 이토 히로부미가 모두 존왕양이파尊王攘夷派이지만, 그렇다고 이 "명치 10년대의 청년들을 고무한 한시"[29]의 작자가 이토 히로부미일 수 없는 것만은 확실하다. 이태준은 수필 「무식無識」(『동방평론』, 1932.9)에서 한문 해독력에 대한 자부심을 은근히 드러낸 바도 있지만, 이 점을 몰랐는지 착각했는지 혹은 알고서도 고의로 작자를 이토 히로부미로 명기했는지를 가릴 필요는 없다. 인유법이 그의 습용 수법이긴 하지만, 이 한시가 권학시로 회자되는 것이니만치 그럴 필요가 없는데도 굳이 그 작자로 이토 히로부미를 호명했다는 사실이 중요한 것이다. 명치기에 제국의 기틀을 세워나간 이토 히로부미의 집념과 개화관리 이감리의 분신인 송빈의 욕망이 등가로 놓이게 되기 때문이다. 이 등가관계의 성립에는 한시를 가르쳐준 일어강사 오문천이 역관 출신의 개화당 계열로 시사된 점, 송빈이 개화관리 이감리의 계승자라는 점도 물론 작

---

28) 이에 대해서는 (http://www.city-yanai.jp/siyakusyo/syougaigakusyu/gesshou.html) 참조.
29) 마에다 아이前田 愛, 『일본 근대독자의 성립』, 유은경 역, 이룸, 2003, 138면.

동했다고 할 수 있다. 이렇게 보면 명치기 일본제국의 확대재생산이 당시 신체제의 이념이자 지향점인 것과 마찬가지로, '이토 히로부미 작이라는 한시'와 '동경의 달밤들'에서 송빈에 의해 토로되는 국책담론들은 서로 맞물려 있는 것으로 된다.

필요불가결하다고 하기 어려운 이토 히로부미의 호명은 신문매체의 요구나 검열권력의 강요에 의한 것이 아니듯 '동경의 달밤들'의 국책담론들 또한 그런 것이 아니었을 터이니, 두 가지 다 식민지적 무의식 또는 식민지적 혼종성이 은연 중 드러난 것이라기보다 거칠게 말해서 소설가 이태준이 알아서 한 수의적인 조처라고 볼 수밖에 없다. 3·1운동에 대한 서술을 회피하고, 봉명학교 교장이자 대한독립애국단 지도자 오촌숙 이봉하,[30] 독립지사 안희제의 백산상회 등은 희미하게 그리고, 은주와의 연애담이나 일개 사회적 소동에 지나지 않는 휘문고보 사건에 많은 지면을 할애한 것 등도 같은 맥락에서 이해되는 것이다. 그러므로 해방 후에 '동경의 달밤'들을 삭제하고 또 '현해탄' 말미를 고쳐 쓰는 정도로는 제대로 개작된 것이라고 하기는 곤란하다. 단행본의 '현해탄' 말미에서 송빈과 이감리와 김옥균 사이에 설정된 동일시가 돌연하게 보이듯, 거기서 독백형식의 웅변으로 처리된 개화사상 또한 연재본의 '동경의 달밤들'에서 토로된 국책담론과 마찬가지로 한갓 추상관념에 불과한 것이어서 결국 전망의 날조일 따름이다.

『사상의 월야』의 해방 전 원작에서 드러나는 전망의 날조는 이른바 생계형 글쓰기라는 외적 계기와 관련지어 추궁되어야 하는 측면과 함께, 「토끼 이야기」에서 신문소설에 대한 혐오를 누누이 토로한 이태준 자신의 작가로서의 자기검열이라는 내적 계기에 투철하지 못한 결과라는 측면도 있다고

---

30) 『사상의 월야』의 '새벽 나팔소리'와 '푸른 산은 가는 곳마다'에 송빈의 오촌숙으로 나오는 봉명학교(1908)의 설립자이자 교장 이봉하(李鳳夏, 1887~1963)는 1919년 5월 결성된 '대한독립애국단'의 강원도단에서 가장 규모가 컸던 철원군단의 단장으로 활약했고, 현재 대전 국립현충원에 안장되어 있다. 이에 대해서는 『청양신문』(2001.3.26), 『강원도민일보』(2004.6.30), 『강원일보』(2006.3.6) 등의 관련기사 참조.

할 것이다. 작가의 자기검열이란 생계형 글쓰기의 외연을 구성하는 일반 독자들의 기대, 신문·잡지 등 매체의 주문, 검열당국과 통치권력의 압력 등에 굴하거나 양보할 수 없는 자기만의 양심 또는 진정성이 글쓰기의 처음과 끝을 가로지르는 기준으로 되는 그것을 이름이다. 해방 후의 개작은 물론 기왕의 경우와는 다르게 자기 나름에는 주체적 글쓰기의 일환으로 감행했을 터인데, 그 개작은 이제껏 살펴본 대로 또 다른 전망의 날조에 떨어짐으로써 성공적인 것이 되지 못했다. 소위 8월테제에 기초한 문학가동맹의 노선이 설사 지상명제처럼 보였다고 하더라도 무엇보다도 우선해서 이태준 자신의 과거와 현재를 아우르는 작가로서의 자기검열에 철저를 기해야만 했는데, 실상은 해방정국의 이념노선에 편승하는 데만 급급했던 결과라 할 수 있다. 달리 말해 자기만의 양심 또는 진정성에 입각하여 작가로서 해방 전후에 대한 반성과 성찰을 제대로 수행하지 않았다는 반증이 『사상의 월야』의 어설픈 개작이라고 할 수 있는 것이다.

이태준이 '이토 히로부미 작이라는 한시'라는 인유법의 문제성을 개작의 시점에서 포착했음에도 고치지 않았다면, 그것을 단순한 실수로 덮어두고 싶었기 때문일 것이다. 그것을 고치는 순간 자발적 친일을 인정하는 꼴이 될 것이니까. 만약 그 문제점을 지각하지조차 못했다면, 분망한 해방정국의 소용돌이 속에서 그 자신 이념의 물신성에 눈먼 상태였음을 뜻하는 것이 된다. 어떤 경우였던지 간에 단행본에서의 개작은 단지 '현해탄' 말미를 고쳐 쓴 것일 따름이어서 근본적으로는 소박한 의미에서의 퇴고일 뿐인 것이다. 진정한 의미에서의 퇴고는 한퇴지의 고문주의에 그 뿌리가 내려진 것인바, 문장은 곧 인간의 성정과 천지의 도리가 발현하는 것이라는 『문심조룡文心雕龍』의 명제가 말해 주듯 기껏 수사의 재주나 일삼는 것이 아니라 삶 그 자체이거나 인간의 총체성에 합치하고자 하는 정신의 실천이다.

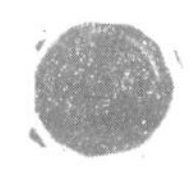

「해방전후」의 담론 구조와 문학가동맹 노선

1. 신변소설의 진정성

제목에 부제가 붙은 글 중에는 그 글을 읽기 전서부터 그 둘을 서로 바꿔 달면 더 적절할 것 같다고 생각되는 경우가 있다. '한 작가의 수기'라는 부제를 붙인 이태준의 「해방전후」(『문학』 창간호, 1946.7)가 그런 사례에 해당될 수도 있을 것이다. 그는 주지하다시피 인기 연재작가로서 많은 장편을 썼지만, 작가적 본령은 자타가 공인하듯 신변적인 단편소설이기 때문이다. 가령 제목과 부제가 뒤바뀐다면 해방 전과 후를 경과하면서 겪은 작가 개인의 신변담을 기대하게 하는 반면, 원래대로 하면 해방 전후라는 역사의 거대한 전환과정에 대응한 작가로서의 변모를 보여주는 내용을 예상하게 하는 일면이 있다. 이렇게 「해방전후」는 제목과 부제 자체에서도 이태준이 해방정국 속에서 신변소설가라는 기왕의 통념을 탈각하여 새로운 작가의 길로 전회하고자 한 그 나름의 태세랄까 결의를 엿볼 수 있고, 이는 실제의 작품 양상으로도 확인된다.

이태준은 자신의 장편들보다 단편들에 "더 애정을 느낀다"고 직접 밝힌 바 있고, 후자가 "저널리즘과의 타협이 없이, 비교적 순수한 나대로 쓴 것"임을 그 이유로 들었다.[1] 1930년대 신문·잡지들의 상업주의에 편승하여 장편연재가 성행하는 가운데 단연 각광 받는 작가로 손꼽혔던 그 자신의 장편이 한갓 생계형 글쓰기에 지나지 않는다는 것이다. 한편 신문소설을 생계방편으로 삼았다는 언급이 여러 번 거듭되는 「토끼 이야기」(『문장』, 1941.2)에서 매일신보에 있던 최서해에게 청탁해서 "잡문도 쓰고 단편도 얽어 하숙비를 마련"한 적도 있었다고 했다. 그런 만큼 그의 단편들 중에는 흥미본위의 세태소설에 지나지 않는 태작들도 있는 것이 사실이다. 물론 세태소설로서도 작품의 완성도가 높은 「달밤」(『중앙』, 1933.11), 「복덕방」(『조광』, 1937.3) 등과 같은 예도 있다.

이 세태소설 부류에 들지 않는 단편들은 작가 개인의 생활 주변을 그 취재범위 내지 관심사로 하는 이른바 신변소설의 범주에 든다. 신변소설은 프로문학에 대립각을 세웠던 구인회의 좌장 이태준뿐만 아니라 그 소장파 박태원도 양산했지만, 프로문학 퇴조 이후에는 문단 전반에 만연한 추세로 되었다. 부박한 신변소설로 평단의 지탄을 받기도 했던 안회남의 경우[2)]는 차치하고, 당시 신변소설 일반의 한계로는 단지 현실에 대한 시야의 좁음만이 아니라 비판정신의 현저한 위축 또는 이완이 지적된다. 이태준의 신변소설 역시 그러한 한계로부터 자유롭지 못한 일면이 있음에도 불구하고 그 시대를 고민하고 성찰하는 그 나름의 진지성을 견지한 작품들이 적지 않다는 점에서 순수한 자기류의 본격적 글쓰기, 요컨대 그의 작가적 본령이 드러나는 영역이라 할 수 있다.

신변소설은 작가의 단순한 일화를 세태소설 수준으로 그린 것에 지나지 않는 것일 수도 있지만, 대개는 작가 또는 주인공의 상념을 드러냄에 초점이 맞추어진 것이어서 소위 내성소설의 양상을 띤다. 신변소설은 내성소설이기도 하다는 점에서 일본 사소설의 일종인 심경소설과 같은 것으로 취급

---

1) 이태준, 「머리에」, 『가마귀』, 한성도서, 1937.8, 5면.
2) 김홍식, 「안회남 소설 연구」, 문학사와 비평연구회, 『한국 현대문학의 근대성 탐구』, 문학사와 비평 7집, 새미, 2000, 307~309면 참조.

하여 논의되기도 한다.

공公개념 결여의 글쓰기 또는 문학 형식인 사소설은 일본의 근대가 미성숙한 단계에서 개인과 사회 사이의 접점이 부재한 조건에서 분비된 것으로 설명되지만, 다른 한편으로는 역사상 문치적인 기반이 취약했던 조건에서 성립된 중세 "침초자적枕草子的인 자조문학自照文學의 전통을 계승"[3]한 것이기도 해서 계속 정련되는 과정을 거치는 가운데 일본 특유의 심경소설로 자리 잡은 것이라 할 수 있다. 일신의 신변사를 그리면서 자기 심경의 진실성을 표백한다는 외양은 마찬가지임에도 심경소설이 자기세계에의 몰입을 지향하는 것임에 반해서, 비단 이태준의 경우만이 아니라 우리 쪽의 신변소설은 시대와의 불화를 환기하는 것이 대체적인 경향이다. 그러한 차이는 사소설 혹은 심경소설의 수용과 영향에도 불구하고 오랜 문치의 역사를 통해 형성된 재래의 사풍士風과 식민지 지식인의 계몽성이 교차하는 정신적 풍토 혹은 그것에 접맥된 문인의식의 성향에서 기인한 것으로 보인다.

이태준의 신변소설 주인공은 특히 대표적으로 논의 대상이 되고 있는 「패강냉」(『삼천리문학』, 1938.1), 「영월영감」(『문장』, 1939.2~3), 「토끼 이야기」(『문장』, 1941.2), 「석양」(『국민문학』, 1942.2), 「무연」(『춘추』, 1942.6), 「돌다리」(『국민문학』, 1943.1) 등[4]에서 보다시피 소설 수필 등의 문인이거나 한시 한문의 소양, 그리고 골동품 수집이나 고적 답사 같은 호고벽好古癖

3) 오가사와하 마사루小笠原克, 「私小說(心境小說)の評價」, 미요시 유키오三好行雄・다케모리 텐유竹盛天雄, 『近代文學』 4, 有斐閣, 1977, 196면.

4) 이들 작품에 대해서 집중적으로 논의한 연구는 다음과 같다.
강진호, 「1930년대 후반기 소설의 전통지향성 연구-이태준의 경우를 중심으로」, 상허학회, 『근대문학과 이태준』, 깊은 샘, 2000.
하정일, 「1930년대 후반 이태준 문학과 내부 식민주의 성찰」, 문학과사상연구회, 『이태준문학의 재인식』, 소명출판, 2004.
김진기, 「인정투쟁의 방법」, 상허학회, 『이태준과 현대소설사』, 깊은샘, 2004.
정종현, 「제국/민족 담론의 경계와 식민지적 주체-1940년대 이태준 '문학'에 나타난 혼종성」, 위의 책.
장영우, 「이태준 소설의 특질과 의의」, 위의 책.

을 지닌 인물들이다. 이러한 인물들이 수필집 『무서록』(박문서관, 1941.9)의 저자 이태준의 상고주의를 연상시킴은 신변소설이 명칭 그대로 작가와 주인공의 유사성을 규약으로 한다는 점에서 당연하다고 할 것이다. 유사성이란 주인공이 다소 부정적으로 설정될 수도 있다는 가능성도 포함한다. 이를테면 「영월영감」에서는 주인공의 '처사 취미'가 결국 무기력한 소극적 처세일 뿐이라는 것으로 비판된다. 막상 작품의 주제랄까 작가의 진의는 '처사 취미'에 대한 시비를 매개로 해서 그 시대의 속박과 그것에 대한 도전정신을 일깨움에 있다. 말하자면 작가의 주안점이 주인공의 성격묘사보다는 현실세계의 문제성을 시사하는 쪽에 놓여 있는 것이다.

그런데 위에서 열거한 작품들은 외견상 비판적 기조가 뒤로 갈수록 약해지고 마침내 애매해지기까지 하는 지경에 이른다. 「패강냉」이나 「영월영감」에서는 세정에 대한 반감이 비록 완곡어법으로나마 대화 속에 직접 발설되지만, 「토끼 이야기」에서는 그것에 대한 회의가 이초二樵 여간黎簡의 '일신수생사一身數生死'라는 시구를 빌린 독백을 통해 암시된다. 한편 「석양」은 교양과 자유혼을 겸비한 처녀와의 로맨스를 미화함으로써 일탈적 감상에 탐닉하는 듯한, 「무연」은 한퇴지韓退之의 「송이원귀반곡서送李愿歸盤谷序」에 상찬된 처사의 절조를 "한낱 부질없는 꿈이런가" 하고 영탄함으로써 시류에의 순응을 추인하는 듯한, 「돌다리」는 이해타산을 돌보지 않고 본분을 지키고자 하는 독농가의 신념을 역설함으로써 멸사봉공의 전체주의 국책에 동조하는 듯한 작품으로 비쳐지는 것이다.

그러나 여기서 이태준이 능수능란하게 습용하는 인유법을 고려할 필요가 있다. 인유법은 어떤 선본pretext의 차용borrowing, 부연referentiality, 각색coversion 등을 통해 작가가 의도하는 잠재적인 의미를 독자로 하여금 현실화하게 하는 수법이다.[5] 실제의 독자들은 인유의 의미를 이해하는 수준에서 여러모

5) 조셉 푸치(Joseph Pucci), *The Full-Knowing Reader : Allusion and the Power of the Readerin the Western Literary Tradition*, New Haven and London : Yale University Press, 1998, pp.27~48

로 차이가 날 수밖에 없지만, 작자는 독자와의 조화 또는 부조화라는 양면을 예상하며 글을 쓴다. 그렇다면 이태준의 인유법 구사는 통상적인 독자 이외에 두 종류의 가상독자를 염두에 두었던 것으로 생각해 볼 수 있을 것이다. 그 하나는 말할 것도 없이 당시의 검열제도, 다른 하나는 작가의 진의를 간파할 수 있는 '최적의 독자'[6]로 된다. 후자의 측면에서 「석양」은 비상시국에 어울리지 않는 불온한 언동으로, 「무연」과 「돌다리」는 각박하고 엄혹한 시대의 면면한 대기待機의 논리로 해석될 수 있다. 이렇게 이태준의 신변소설은 문면에 부정적 언변의 노출을 자제하는 한편으로 행간읽기에 의한 양의적 해석이 가능하도록 작가적 재량과 수완을 발휘한 고심의 결실이라 할 수 있다. 그 고심이 최선은 아닐지언정 작가로서의 진정성에서 발로된 것임은 틀림없다.

2. 변증체 수기와 기획적 글쓰기

「해방전후」는 그 부제를 '한 작가의 수기'라고 못 박았지만, 말 그대로 수기가 아니라 어디까지나 수기적인 내용과 형식의 소설임을 덧붙여 강조한 것으로 이해된다. 수기는 자서전과 거의 같은 글쓰기 형식으로 취급되거니와,[7] 굳이 차이를 말하자면 전자가 후자에 비해 대필 없이 보다 더 진솔

참조.

6) 위의 글에 의하면, 작자는 자신의 인유를 독해할 능력을 가진 독자를 상정하는데, 그처럼 유능한 독자를 작자와 대등하다는 의미로 '최적의 독자(the full-knowing reader)'라고 한다.

7) '수기'는 영어로는 memoir 또는 autobiography, 프랑스어로는 memoires 또는 cahiers, 독일어로는 Memoire 또는 Aufzeichnung이고, '자서전'은 각기 autobiography, autobiogrphie, Autobiogrphie이나 Selbstbiographie 또는 Lebenserinnerung으로 쓰인다. 자서전 형식은 고백체(confession), 변증체(apology), 회고체(memoir) 등 세 가지 유형으로 나뉘는데(Francis R. Hart, "Notes for an Anatomy of Modern Autography," Ralph Cohen ed., *NEW DIRECTIONS IN LITERARY HISTORY*, London : Routledge & Kegan Paul, 1974, 227면), 그 세 가지 유형은 범박하게 자서전과 거의 같은 글쓰기 형식이라 할 수 있는 '수기'의 경우에도 적용될 수 있다.

하게 체험과 감상을 털어놓는다는 어감이 강하다는 정도일 것이다. 따라서 이 작품은 작자와 주인공의 동일성을 규약으로 하는 자서전의 측면과 함께 작자와 주인공의 유사성을 규약으로 하는 자전소설의 측면을 고려할 필요가 있다. 그 동일성과 유사성의 간격은 환영의 규약pacte fantasmatique으로 메꿔지며, 그것은 작가의 재량과 수완에 맡겨진 허구의 영역이기도 하다.[8]

수기 형식의 개인사와 8·15해방의 전과 후를 연결하는 공개념으로서의 시대사를 결합하는 방식은 기본적으로 작가 자신의 선택에 달린 것이라고 할 수 있다. 이 경우 서사의 시간축을 설정하는 문제가 가장 우선적인 결정사항일 터인데, 이태준의 「해방전후」는 개인사보다 시대사가 압도하는 공식적 사건연표의 틀을 취한다. 물론 작가라는 매개항이 개인과 시대의 접점에 놓인 만큼 문단사도 서사의 내용에 상당한 비중을 차지하지만, 전체적으로는 결국 시대사의 선조적 시간을 개인사와 문단사가 따라가는 양상인 것이다. 그리하여 서사의 전개도 각 시기별로 주요 사건을 먼저 언급한 다음에 주인공의 반응을 서술하는 선술법prolepse이 주도하는 방식인 까닭에 순수한 허구 즉 이야기récit에 비해 담론discourse의 우위가 두드러진다. 실제로 이 작품은 주인공 '현'이 해방 전에 강원도 철원 인근의 소개지에서 만난 구시대 선비 김직원과 교유하는 과정과 해방 후에 그와 결별하는 사연을 그린 것 정도가 이른바 환영의 규약이 적용될 소설다운 부분이고, 나머지 태반은 시대사-문단사-개인사의 3중 기록물로서 '문건적 성격'[9]이 농후하다.

공식적 사건연표에 따라 구성된 공공연한 사실들의 기록물이라는 측면에서 이 작품은 작자 이태준과 수기의 주인공 현의 동일성에 의해 성립되는 대상지시의 규약을 충실히 이행한 것이라 할 수 있다. 해방 전의 사건 서술은 서울에서 살던 때의 『대동아전기』(인문사, 1943.2) 번역과 '강원도 어느

8) 필립 르죈, 『자서전의 규약』, 윤진 옮김, 문학과지성사, 1998, 56~63면 참조.
9) 김윤식, 「인공적 글쓰기와 현실적 글쓰기-이태준의 경우」, 『작가론의 새 영역』, 강, 2006, 123면.

산협'에 내려가서 살 때의 '조선문인보국회'(1943.4.17) '문인궐기대회'(1944.6.13) 참가가 중심에 놓이고, 각각 그 전후의 상황과 연관하여 징병제 실시(1942.5.8), 창씨개명(1940.2), '문인시국강연회'(평양, 1940.2.11), 국민징용령 확대개정(1943.7)과 횡단징용(1944.2.8), 국민의용대 법령(1945.6.16) 등을 언급하면서 주인공 현의 자신의 부득이했던 처신에 대해 경위와 소감을 피력하는 방식이다. 물론 「목포조선현지기행」(『신시대』, 1944.6)과 그 부산물인 일문소설 「제1호선의 삽화第一號船の挿話」(『國民總力』, 1944.9.1) 등과 같은 사실들은 누락되었는데, 그러한 행적들이 『대동아전기』나 「문인궐기대회」와 등가라는 점에서 서술의 빈도 조절로 볼 수 있다. 그것이 굳이 고의적인 은폐나 배제가 아님은 이 작품의 해방 전 부분이 일제 말기에 겪은 핍박과 수모에 대한 반성과 변명을 기조로 하는 변증체 수기라는 점과 맞물려 있다.

한편 해방 후의 사건 서술은 일제의 항복 소식을 접한 다음날 상경해서의 '조선문학건설본부'(문건 : 1945.8.17)와 '조선문화건설중앙협의회'(문협 : 한청빌딩, 1945.8.18) 참여, '문건'·'문협'과 '조선프롤레타리아예술동맹'(프로예맹 : 1945.9.30)과의 합동운동(1945.12~1946.1), 전국문학자대회(1946.2.8~9) 준비가 중심에 놓이고, 그 사이사이에 일어난 건준과 건국치안대(1945.8.16), 인민공화국(1945.9.6), 미군 진주(1945.9.8), 이승만 귀국(1945.10.16), 임시정부 환국(1945.11.23), 신탁통치(모스코바, 1945.12.27), 학병동맹사건(1946.1.18) 등을 언급하면서, 그처럼 연쇄적으로 전개되는 그때그때의 상황에 대응하여 주인공 현이 자신의 입장과 거취를 표명하는 방식으로 되어 있다. 해방 직후의 흥분과 당혹 속에 과거 구인회 좌장으로서 '문건'에 대해 경계심을 가졌으나 '문협'의 민족문학건설과 문화전선통일 과업에 동참하여 '조선문학가동맹'(문맹 : 1946.2.9)의 출범에 이르기까지 정세판단이 조작활동과 한 방향으로 거침없이 나아가는 양상인 것이다. 그처럼 서술에 시간교란anarchronie이 전혀 없는 것은 이 작품의 해방 후 부분이 해방정국 속에서 당면했던 문학의 진로문제에 대한 '문맹' 노선의 정당성을 확신하고 과시하는 변증체 수기이기 때문이다.

이상에 살펴본 바, 과거의 청산과 현재의 전망에 대한 단호함과 당당함은 집필 당시 작자 이태준이 다름 아닌 '문맹'의 부위원장이었다는 사실에 결부된 것으로 볼 수 있다. 「해방전후」의 마지막 문장은 "친구들은 '프로예맹'과의 합동도 끝나고 이번엔 '전국문학자대회' 준비로 바쁘고들 있었다."로 마무리되었고, 그 아래에 탈고 날짜가 (1946년) '3월 24일'로 부기되었다. 발표도 그 자신이 편집 겸 발행인이었던 '문맹'의 기관지 『문학』 창간호(1946.7.15)의 권두 게재작품으로 이루어졌고, 마침내 '문맹'의 '제1회 해방문학상' 수상작으로 선정되기에 이르렀다.10) 「해방전후」가 오장환의 시집 『병든 서울』(정음사, 1946.7)과 경합한 끝에 최종 수상작으로 결정된 이유는 두 가지다.11) 하나는 소설 「해방전후」가 '문맹' 노선의 정당성을 입증해 보여준 작품이라는 것, 다른 하나는 '이태준이 문학운동의 실천을 통하여 인

---

10) '문맹'의 '해방기념조선문학상의 제정' 예고기사에는 "매년 8·15기념행사의 하나로 과거 1년간(전년 7월 16일부터 당년 7월 15일까지) 발표된 시, 소설, 희곡, 평론, 각 부문을 통하야 우수한 작품을 심사 수상하기로 함"이라 되어 있고, 이태준을 포함한 17명의 심사위원 명단이 실려 있다(「소식과 통신」, 『문학』 제2호, 1946.11.25, 143면). 조선문학가동맹중앙집행위원회, 「1946년도 해방기념조선문학상에 관한 결정서」, 『문학』 제3호, 1947.4.15, 52면에 의하면, 수상 결정은 1946년 12월 10일 내려진 것으로 되어 있다.

11) "(상략) 그동안 심사위원회의 의견은 대체로 두 가지로 난호여 있었는데 하나는 오장환, 이태준 두 사람을 한꺼번에 수상자로 정하자는 것이요 다른 하나는 이태준만으로 정하자는 것이었다.
전자는 소설에 있어 「해방전후」의 의의와 시에 있어 『병든 서울』의 의의는 한가지로 크게 평가할 가치가 있는 것이며 또 젊은 시인들의 사업을 추장하는 견지에서 주장되었고, 후자는 문학상이 창조적 노력의 장려뿐만 아니라 예술적 달성의 수준을 표시하는 척도가 되며 특히 최종 결정에 있어서는 운동에 바친 작품들의 실천적 노력도 참작해야 한다는 견지에서 있었다. 그리하여 오장환의 시가 주로 내적 투쟁진실을 표현함으로서 달성된 성과임에 반하여 이태준의 소설은 주로 객관적 실천의 과정을 표시한 것이며, 오장환의 시의 의의가 주로 문학의 세계에 관계되어 있음에 반하여 이태준의 소설의 의의는 현실의 세계에 관계되어 있는 것이고, 또한 오장환은 주로 창조적 사업을 통하여 민주주의를 위한 투쟁에 기여하고 있는 대신 이태준은 문학운동의 실천을 통하여 인민의 자유를 위한 투쟁에 공헌한 사실에 비추어 이태준을 46년도문학상 수상자로 결정한 것이다."(조선문학가동맹 46년도 문학상심사위원회, 「一九四六年度 文學賞審査經過及決定理由」, 『문학』 제3호, 1947.4.15, 56면: 밑줄, 인용자)

민의 자유를 위한 투쟁에 공헌한 사실'이 그것이다. 후자에는 '조소문화협회' 사절단 일원으로서의 소련방문(1946.8.10~10.17)과 『소련기행』(백양당, 1947.5.1)도 관련되겠지만, 주로 '문맹' 부위원장, '민주주의민족전선'(민전 : 1946.2.15~16) 문화부장 등의 활동경력이 해당될 것이다. 결국 작가 겸 운동가로서의 노력이 인정되어 이태준이 수상자가 되었다는 말이다. 「해방전후」의 태반이 '문맹' 노선을 정당화하는 변증체 수기 형식의 담론인 만큼 실질적으로는 운동가 쪽에 무게가 실렸다고 보아야 할 것이다. 작가 이태준의 입장에서 말한다면 「8월테제」 즉 "당의 지도하에서 활동하여야 하며 당을 지지하고 협력하고 보조단체로서 활동하지 않으면 안 된다"는 강령[12]에 '문맹' 부위원장으로서, 기관지 『문학』의 편집 겸 발행인으로서 부응했고, 그것이 조직의 공식인준을 받은 것으로 된다. 요컨대 「해방전후」는 작가이자 운동가 이태준과 '문맹'·「8월테제」 사이의 지평융합die Horizontverschmerzung 즉 기획적 글쓰기의 결과물인 것이다.

그러면 운동가로서의 열성을 별개로 했을 때 작가 이태준에 대한 평가는 어떠했던가. 이는 앞에서 언급한 바, 「해방전후」의 소설다운 부분 즉 주인공 현의 구세대 선비 김직원과의 교유와 결별을 다룬 내용에 관한 문제이기도 하다. 해방문학상 심사위원회의 판단은 "낡은 것을 전별餞別하고 새로운 것의 편에 서 온" "진보進步의 정신精神"을 발휘한 작품이지만, "작자作者에게 항상 아름다웁게 늣겨지는 멸滅해 가는 것이 현실적現實的으로 조선문학급인민朝鮮文學及人民의 자유自由를 침해侵害하는 광포狂暴한 적敵으로 나타남"을 깨달아야 한다는 것으로 요약된다.[13] 해방 전 이태준의 신변소설 혹은 그 상고주의를 정조준하고 그것으로부터의 탈각이 과제임을 명시한 것이다. 운동가로서는 일약 두각을 나타내는 존재로 부상했지만, 작가로서는

12) 김남식·심지연 편저, 『박헌영노선 비판』, 세계, 1986, 190면.
「8월테제」는 조선공산당 재건위원회 발표(1945.8.20), 조선공산당 중앙위원회 발표(1945.9.25) 및 확정(9.28)의 과정을 거쳤다.

13) 조선문학가동맹 46년도문학상심사위원회, 앞의 글, 55면.

구태를 벗어나지 못했다는 지적이기도 하다. 구호로만 그치는 것일 수 없는 문학의 속성상 새 시대에 걸맞은 창작방법이 절실할 수밖에 없었는데, 이러한 사정은 비단 이태준에게만 국한된 것은 아니었다.

3. 분수령으로서의 봉황각좌담회

'문건'과 '문동'·'프로예맹'의 대립이 양측 대표의 공동위원회 구성(1945.12.3), 합동에 관한 공동성명서 발표(12.6), 합동총회 개최 및 '조선문학동맹' 결성(12.13), 전국문학자대회(1946.2.8~9)를 통한 '조선문학가동맹'의 출범이라는 수속을 통해 일단락되었음은 당시의 문건에 잘 나타나 있다.[14] 조직문제를 수습하고 강령과 규약을 확정하는 과정에 들어서면서 시급히 해결할 과제로 제기될 수밖에 없었던 것이 문인으로서의 실천문제였는데, 그러한 문제를 점검하기 위해 마련된 두 차례의 회합이 '아서원좌담회'(1945.12.12)와 '봉황각좌담회'(12.그믐께)였다. 이 두 좌담회는 '문건'과 '프로예맹' 양측의 주도권 다툼이 여전히 그 이면에서 내연하고 있었지만, 비평문으로가 아니라 대면대화 형태로 나눈 참가자들의 육성 발언에서는 문인으로서의 실감에서 배어나온 고민을 엿볼 수 있다.[15]

합동총회 개최 전야의 '아서원좌담회'는 「조선문학의 지향」이라는 제목답게 모두 14개의 의제를 다루었는데, 무엇을 어떻게 써야 할지 모르겠다는 첫 의제 '새로운 고민'을 두고 이렇다 할 합의점에 이르지 못한 의견교환에 그친 것으로 볼 수 있다.[16] 그 뒤 보름 남짓 만에 열린 '봉황각좌담회'의 제

---

14) 조선문학가동맹 중앙집행위원회서기국, 「제1회 전국문학자대회 회의록」, 『건설기의 조선문학』, 백양당, 1946, 203~234면 참조.

15) 이에 대해서는 김윤식, 『해방공간 한국 작가의 민족문학 글쓰기론』, 서울대학교 출판부, 2006, 49~87면의 「2장 문학자의 자기비판 : 문학과 모럴」을 참고할 것.

16) 그 14개 의제는 '새로운 고민' '소설 못쓰는 이유' '사상과 실천' '세계관에 대하여' '리얼리즘 문제' '자기비판' '시인의 감각' '실천과 작품' '작품과 독자' '계몽운동' '중앙과 지방의 교류' '한자폐지' '횡서문제' '원고료' 등의 순이다.(「조선문학의 지향 : 문인좌담회 속

목 「문학자의 자기비판」은 앞선 '아서원좌담회'의 '자기비판'과 연결된 것이라 할 수 있다. 창작 부진의 타개책에 대한 논의가 사상과 세계관과 리얼리즘 등 카프의 창작방법논쟁이 재연되는 듯한 양상을 보이자, 임화 및 이원조가 과거의 공식주의 청산을 거론하며 무엇보다 자기비판이 선행해야 함을 강조했던 것이다. 말하자면 '문건'이 '프로예맹'에 대해 주도권을 선점하여 '조선문학의 지향'은 '문학자의 자기비판'에서 출발해야 한다는 것을 하나의 정언명제로 설정한 것이 「봉황각좌담회」였는데, 그러한 문제인식의 저변에 「8월테제」의 2단계혁명론이 깔렸음은 물론이다.

김남천의 사회로 진행된 '봉황각좌담회'의 의제는 첫째 현하의 창작 계획에 대한 질문, 둘째 과거의 친일협력 문제의 처리, 셋째 '문맹' 또는 「8월테제」의 통일전선 노선에 대한 정치적 정당성 등 세 가지가 차례로 논의되었다.

첫째 의제에 대한 발언자로 지목된 사람은 '아서원좌담회'에는 참석하지 않았던 이태준이었는데, 일제의 검열탄압 아래 "비협력적 태도로서 사소설 정도로 우리 문학의 명맥을 연장시켜 왔을 뿐"이었으나 이제 『사상의 월야』(『매일신보』, 1941.3.4~7.5)를 '민족'이라는 제목의 3부작으로 완성하려 한다고 했다.[17] 반면에 한설야와 이기영은 '아서원좌담회'에서와 같이 "8・15 이전과 이후를 어떻게 직결시키느냐" 하는 문제에 걸려 고민하고 있다고 답했다. 두 사람의 이러한 반응은 「8월테제」에 대한 정치적 동의 여부와도 은밀히 연관된 것이고, 또한 왕년의 창작방법논쟁을 경험해 본 작가답게 한갓 추상물인 이데올로기 즉 강령만으로는 창작을 감당할 수 없다는 점을 잘 아는 노련함에서 나온 것이라 할 수 있다. 이와 대조적으로 이태준이 호언한 새로운 창작 계획은 그 자체가 그의 '문건' 노선에 대한 확신을 증좌

기」, 『예술』 제3호, 1946.1.1, 4~9면.)

17) 「문학자의 자기비판-좌담회」(『인민예술』 제2호, 1946.10), 송기한・김외곤 편, 『해방기의 비평문학』 2, 태학사, 1991, 165면.

하는 것이고, 또한 그 확신이 작가로서의 자기검열을 결여한 추상관념에 불과한 것임을 말해준다. '민족' 3부작의 일환이라는 『사상의 월야』 개작(을유문화사, 1946.11)이 신체제의 국책담론을 잘라내고 개화사상의 웅변을 덧붙이는 기형적 변조로 마감되었듯,[18] 앞장에서 살핀 「해방전후」의 변증체 수기가 담론의 범람 내지 폭주로 되어버린 것도 그 반증이라 할 것이다.

둘째 의제는 전국문학자대회에 소집할 지명문학자를 결정하는 과정[19]에서 회피할 수 없는 현안으로 떠올랐던 것인데, 그러한 "「문학동맹대회」의 자격심사"[20]에 어떤 기준이 적용되었는지는 정확하게 알려지지 않는다. 다만 회의 참석자들의 발언을 통해 보면, 자격심사 대상자로는 글쓰기 없는 직접행동의 친일, 일본어 글쓰기의 친일/비친일, 조선어 글쓰기의 친일/비친일, 절필 등이 검토되었던 것으로 추론된다. 연안탈출의 주인공으로 회의 참석자인 김사량의 경우는 소극적인 의미로 말하는 '비친일'이라기보다 비판과 항의의 자세를 취했다는 면에서 '양심적'이라고 하는 편이 어울림에도 그 스스로 일본어 글쓰기가 오류였다고 인정할 만큼 조선어 지키기가 제일의적 기준이라는 것이 회의의 대체적인 흐름이었다. 이원조와 한효가 일본어 글쓰기의 비친일보다 절필이 낫다는 견해를 보이자 김사량이 절필보다는 자신과 같은 일본어 글쓰기의 비친일이 차라리 떳떳하다고 응수하며 비록 발표를 못하더라도 조선어 글쓰기를 계속한 경우가 있다면 경의를 표해야 마땅하다고 했다. 이 부근에서 회의 분위기의 강경기조를 이끌었던[21] 이

18) 김홍식, 「『사상의 월야』 연구 : 개작 문제를 중심으로」, 『한국현대문학연구』 35, 2011.12, 215~217면 참조

19) '조선문학동맹'은 1945년 12월 13일 총회에서 전국문학자대회 준비위원회를 설치하고 대회에 참가할 "지명문학자 233명을 결정하고 1월 20일 가기 당해문학자에게 소집통지를 발송"한 것으로 보고되었다.(조선문학가동맹 중앙집행위원회서기국, 앞의 책, 203~204면.)

20) "김남천 : 그렇습니다. 이 자기비판에 대하여서 통감한 것은 이번 '문학동맹대회'의 자격심사 때였습니다. 심사라는 책임있는 지위에 있어서 많은 항의를 듣게 되었는데 부족한 것은 상호간의 비판의 불충분입니다."(「문학자의 자기비판-좌담회」(『인민예술』 제2호, 1946.10), 송기한·김외곤 편, 앞의 책, 168면.)

21) "이태준 : 나는 8·15 이전에 가장 위협을 느낀 것은 문학보다도 문화요, 문화보다 다시

태준은 "붓을 꺾고 침묵을 지키신 분보다는 우리 민족에게 해독을 끼치지 않을 정도로는 조선어를 한마디라도 더 써서 퍼뜨린 편이 나았다고 생각"[22]한다는 입장을 밝혔다. 이원조와 한효의 견해에 연장해서 보면 일본어 비친일보다 나은 절필보다도 조선어 글쓰기의 비친일이 낫다는 이 입장은 첫째 의제에서의 "비협력적 태도로서 사소설 정도로 우리 문학의 명맥을 연장시켜 왔을 뿐"이라 한 이태준의 자기 작품에 대한 긍지를 드러낸 것으로 읽힌다. 그가 긍지를 품었을 만한 작품이란 생계형 글쓰기의 일환인 연애소설 따위라면 우스운 일일 터이니, 앞에서 검토했던 대로 검열의 감시망 아래서 '최적의 독자'라면 행간에 숨겨진 작자의 뜻을 알아볼 수 있게 그 나름으로는 고심을 다해 썼던 상고주의 계열의 신변소설들일 것이다.

셋째 의제는 둘째 의제와 표리관계에 놓인 것이라 할 수 있다. 둘째 의제를 통해 '문학자의 자기비판'이 드러난 표정과 어조가 살펴진다면, 셋째 의제는 그 감추어진 부분에 관련된 것이기 때문이다. 가령 김사량보다 두 등급 나은 처신을 했다고 자부한 이태준의 경우에도 문인보국회 간부로서의 직접행동, 『사상의 월야』 등의 국책문학적인 작품과 『대동아전기』 번역 글쓰기, 심지어 일문소설 「第一號船の挿話」 등 친일협력 문제에 얽힌 일이 한둘 아니었고, 다른 참석자들을 비롯해서 거의 모든 문인들이 비슷한 사정이었다. 그러니 어떤 기준이었든 전국문학자대회 참석자를 뽑는 '자격심사'의 책임자로서 김남천이 '많은 항의를 듣게' 되었던 것이다.[23] 표정과 어조의

언어였습니다. 작품이니 내용이니 제2, 제3이었지요. 말이 없어지는 위기가 아니였습니까? 이 중대간두에서 문학 운운은 어리석고 우선 말의 명맥을 부지해 나가야 할 터인데 어학관계에 종사하는 분들은 검거되고-예의 홍원(洪原)사건이 아닙니까? (…중략…) 오히려 조선어 말살정책에 협력해서 일본말로 작품활동을 전향한다는 것은 민족적으로 여간 중대한 반동이 아니었다고 봅니다. 그러므로 나는 같은 조선작가로 최근까지 조선어와 운명을 같이 하려 하지 않고 그렇게 쉽사리 일본말에 붓을 적시는 사람을 은근히 가장 원망했습니다. 물론 사상까지 일제에 협력한 사람과 그냥 용어만을 일본어로 한 사람과 구별은 해야 할 줄 압니다."(위의 글, 위의 책, 169면.)

22) 위의 글, 위의 책, 170면.

23) 주 20)과 같음.

드러남과 감춤이 교착된 만큼이나 셋째 의제로의 전환은 어색했는데, '민족의 반성'을 '순교'에 결부하는 문맥의 돌연함이 그것이다. 단재, 육사, 만해 등 작고한 지사형 문인들을 상기하는 대목이 아님은 물론이다. 명분론적 사고가 아니라 이른바 '택민론澤民論의 정신'을 고취해야 한다는 이태준의 문맥 조율이 있자 ('순교'하지 못함에 대한) '자기반성에서 출발'하되 '결국은 실천'이 관건이라는 이원조, 그리고 명분만을 앞세우는 임정정통론(1945.11)은 근거가 없는 것이라는 임화의 호응이 뒤따랐다. 이렇게 이태준의 택민론이 '문건'의 통일전선 노선에 머금어진 내재적 한계를 수습 무마하는 논리이며 아울러 「8월테제」의 인민민주주의 노선과 일련탁생의 관계임을 드러내는 지점에서 그의 운동가로서의 기민한 감각 또한 확인하게 되는 것이다.

4. 인유법 작가의 상고주의

'봉황각좌담회'의 첫째 의제에 응답해서 『사상의 월야』의 확대 개작을 장담한 이태준이 막상 그 과감하다고도 무모하다고도 할 창작의 의욕을 처음 실행에 옮긴 것은 알다시피 「해방전후」였다. 이 작품이 기획적 글쓰기의 결과물임은 이미 앞에서 분석한 바 있지만, 1946년 3월 24일자로 탈고한 원고의 집필에 착수한 시점은 언제일까. 작품의 말미에 학병동맹 사건(1946.1.18)이 있고서 얼마 뒤 주인공 현이 김직원 노인과 결별하는 대목이 나오고 전국문학자대회(1946.2.8~9) 준비가 한창이라고 했으니 1월 말경 이후의 어느 때일 터인데, 그 대회 이후로 쓰기 시작한 것이라 여겨진다. '봉황각좌담회'의 둘째, 셋째 의제에 대해 살피는 과정에서 확인한 대로 그 무렵 이태준의 면모에서는 운동가로서의 기민한 감각과 함께 작가로서의 자부심이 균형 잡힌 상태였음이 엿보이는 데에 반해, 「해방전후」 자체는 '문맹'의 공식 출범과 더불어 본격화되는 운동가 이태준이 단연 전면에 부각된 작품이기 때문이다. 실제로 이 작품의 작자 이태준 즉 주인공 현에 대한 서술도 '봉황각좌담회'에서 엿볼 수 있는 이태준의 작가로서의 자부심과는 상당히 거리가 멀다.

> 현은 무시로 대산의 시를 입버릇처럼 읊조리면서도 그것은 한낱 왕조시대王朝時代의 고완품古翫品을 애무하는 것 같은 취미요 그것이 곧 오늘 자기 문학생활에 관련성을 가진 것이라고는 생각하지 않았다. '그렇다고 나 자신이 걸어온 문학의 길은 어떠하였는가? 봉건시대의 소견문학과 얼마만한 차이를 가졌는가?'
>
> 현은 이것을 붓을 멈추고 자기를 전망할 수 있는 이 피난처에 와서야, 또는 강대산 같은 전세대前世代 시인의 작품을 읽고야 비로소 반성하는 것은 아니었다. 현의 아직까지의 작품세계는 신변적인 것이 많았다. 신변적인 것에 즐기어 한계를 둔 것은 아니나 계급보다 민족의 비애에 더 솔직했던 그는 계급에 편향했던 좌익엔 차라리 반감이었고 그렇다고 일제日帝의 조선민족정책에 정면 충돌로 나서기에는 현만이 아니라 조선문학의 진용 전체가 너무나 미약했고 너무나 국제적으로 고립해 있었다. 가끔 품속에 서린 현실자로서의 고민이 불끈거리지 않았음은 아니나 가혹한 검열제도 밑에서는 오직 인종(忍從)하지 않을 수 없었고 따라 체관諦觀의 세계로밖에는 열릴 길이 없었던 것이다.
>
> —「해방전후」, 『문학』 창간호, 1946.7, 15면

사찰과 위협을 피해 벽지로 내려왔으나 문인보국회 주최 문인궐기대회에 내키지 않는 걸음을 하고 돌아와 다시 낚시질로 소일하던 주인공 현이 어느 날 김직원을 통해 알게 된 조선 철종조의 '시인 현감' 대산對山 강진姜瑨의 「협현峽縣」[24]을 애송하게 되면서 심경에 오간 상념을 위와 같이 토로한 것이다. '봉황각좌담회'에서 김사량의 일본어 글쓰기 소설보다 두 등급이나 윗길로 쳤던 이태준 자신의 신변소설이 '봉건시대의 소견문학'과 등치되는가 하면 '체관의 세계'에 침몰한 것에 지나지 않는다는 식으로 폄하되었다.

24) 「小縣依山脚, 官樓以鍾懸. 觀書啼鳥裏, 聽訴落花前. 俸薄淸貧吏, 身閑號散仙. 新參釣魚社, 月半在江邊」

이러한 평가의 낙차와 급전은 '문맹'과 그 기관지 『문학』의 기대지평에 부응하여 기획적 글쓰기로서 감행된 자기비판에 맞물린 것이겠으나, 해방 전 이태준의 신변소설 실례를 제시하는 것이 아니라 현의 신변소설과 강대산의 한시 사이의 등치관계가 주인공의 독백에 의해 일방적 담론으로 진술된 점이 문제다. 그래서 한퇴지의 「현재독서縣齋讀書」[25]를 부연한다든지 도연명陶淵明의 「귀거래사歸去來辭」를 각색하는[26] 등 이른바 이태준 일류의 인유법을 동원하여 현의 신변소설이 '운치의 정치' '음풍영월'을 구가한 강대산의 한시와 같은 '소견문학'임을 수긍시키려 했지만, 강대산과 한퇴지와 도연명에 대한 자기류의 평석을 늘어놓기만 하는 서술방식으로는 소설적 개연성의 취약함을 메꾸는 데에 역부족이라 할 수밖에 없다.

그러면 이태준의 실제 신변소설은 어떠한가. 이와 관련해서는 「해방전후」에 그려진 현의 낚시질과 한시 음영은 이태준의 신변소설이 그런 것인 양하는 착각을 불러와 평가절하하기 위한 일종의 변조parody인데, 그 선본pretext에 해당하는 작품이 「무연」임에 주목할 필요가 있다. 「해방전후」는 역시 낚시질을 중심화소로 삼은 「무연」의 후편 내지 개작이라는 측면이 있다는 말이다. 「무연」은 구한말 망국의 선비로서 은둔처사였던 외조부의 낚시질에 대한 추억을 더듬어 주인공 화가가 옛 고장을 찾는 이야기와 병신을 비관하여 빠져죽은 아들의 넋을 건져주려 한때 낚시터였던 선비소를 자갈돌로 메우려 드는 노파의 간절한 이야기가 겹쳐 있다. 외가 사랑의 호상루濠想樓에서 안노공체安魯公體로 쓰인 한퇴지의 「송이원귀반곡서送李愿歸盤谷序」[27]를

---

25) 「出宰山水縣，讀書松桂林。蕭條捐末事，邂逅得初心。哀狖醒俗耳，清泉潔塵襟。詩成有共賦，酒熟無孤斟。青竹時默釣，白雲日幽尋。南方本多毒，北客恒懼侵。謫譴甘自守，滯留愧難任。投章類縞帶，佇答逾兼金。」

26) 도연명이 팽택령彭澤令을 버린 것은 관직의 속박보다는 동진東晋의 부패와 혼란에 대한 항의로 본다.

27) 충절의 아들로 출사했으나 뜻을 얻지 못하고 은거하는 이원李愿을 송별하는 '송서送序'의 명문 「송이원귀반곡서送李愿歸盤谷序」는 모두 다섯 단락인데, 「무연」에는 다음과 같은 그 셋째 단락의 밑줄 친 부분만 인용되었다.

음미하면서 외조부의 풍모와 기상을 회상하던 주인공이 과연 그러한 삶이 이제도 가능할 것인가를 자문하며 발길을 돌릴 때 다음과 같은 구절로 끝막음된다.

> 외갓집 문중에서 아직 몇 집은 이 동리에 계신 줄 짐작하나 나는 수굿하고, 그 아들의 넋을 물을 메꿈으로써 건지기에 골독한 늙은 어미의 애달픔을 한편 내 속에 맛보며 길만 걸어 동구밖을 나서고 말았다.
>
> 한 사조의 밑에 잠겨 산다는 것도, 한 물 밑에 사는 넋일 것이었다. 상전벽해桑田碧海라 일러오나 모든 게 따로 대세의 운행이 있을 뿐, 처음부터 자갈을 날라 메꾸듯 할 수는 없을 것이다.
>
> —「무연」, 『춘추』, 1942.6

이 인용의 두 번째 단락은 「해방전후」의 첫 대목에서 시국에 대해 체념 상태에 빠진 주인공 현의 심정을 대변하는 구절로 쓰였다. 그 대목의 문맥에서는 확실히 그러한 의미로만 읽힌다. 전편을 가로지르는 작자=주인공의 선술법 위주로 된 일방적 담론으로 해서 전제적으로든 부분적으로든 독자의 재량적 독해가 들어설 여지가 없기 때문이다. 그러나 「무연」의 경우에는 '늙은 어미의 애달픔'과 그 선비소 메우기의 무망함이 맞물린 채 전전할 수밖에 없는데다 '대세의 운행'이란 것 자체가 중립적이고 초연한 섭리인 터라 「해방전후」에서처럼 체념 또는 순응이 불가피하다는 의미만의 전일적인 독해로 되지는 않는다. 독자가 대기론待機論으로 읽을 여지도 적지 않다는 말이거니와, 서술의 거의 전부가 주인공 화자의 독백임에도 담론이 자제된 후술법을 취함으로써 독자의 재량적 독해가 이루어질 수 있기 때문이다. 두 작품 모두 작자=주인공의 주지를 전달하는 방법으로 인유법을 사용하지만, 「무연」은 작자의 평석을 직서한 「해방전후」에서와 달리 호상루의 안노공체

"窮居而野處 升高而望遠 坐茂樹以終日 濯淸泉以自潔 採於山 美可茹 釣於水 鮮可食 起居無時 惟適之安 與其譽於前 孰若無毁於其後 與其樂於身 孰若無憂於其心 車服不維 刀鋸不加 理亂不知 黜陟不聞 大丈夫不遇於時者之所爲也 我則行之"(밑줄 : 인용자)

로 쓰인 한퇴지 문장 자체를 제시하기만 하는 서술방식을 취함으로써 인유법에 의해 소환되는 독자 이른바 '최적의 독자'로 하여금 작품의 감추어진 의미에 다가가도록 되어 있는 것이다.

세한도로 유명한 김정희의 추사체 현판 '호상루濠想樓', 충절과 강직의 표상이자 조선 관원들의 서체 전범이었던 안진경의 서체, 소동파가 당대唐代의 오직 하나의 문장으로 꼽은 고문주의의 선범 한퇴지의 「송이원귀반곡서送李愿歸盤谷序」를 호명하며 그것을 한 몸에 체화한 삶이 이제 다시 가능할까라고 물었지만, 그것이 '한낱 부질없는 꿈이런가!'라고 영탄하는 것만 하더라도 단순히 체념하고 순응할 수밖에 없다는 심경을 토로했다기보다 무도한 시대에 맞서는 절조를 환기하고 그것을 독자 즉 '최적의 독자'와 더불어 교감하고 싶은 뜻이 깔려 있는 것이라고 해야 하지 않을까. 바로 이것이야말로 '봉황각좌담회'에서 내비친 작가 이태준의 자부심이 근거하는 자리이다. 따라서 「해방전후」가 「무연」을 변조한 정도만큼 작가에서 운동가로 기울어졌다고 할 것인데, 그 변조의 정도와 관련해서 두 가지를 음미해 볼 수 있다.

하나는 '해방문학상 심사위원회'로부터는 상고주의로부터의 탈각이 과제라는 지적을 받았다는 점이다. 정도의 문제가 아니라 준거의 전환이 요구된 것이다. 그의 작가적 본령인 신변소설은 상고주의와 인유법을 짝으로 하여 성립되는 것이기에 그가 호명하고 소환하는 독자는 상고주의를 더불어 향유할 수 있는 부류에 국한된다. 그러나 그가 나아간 '문맹' 부위원장이자 기관지 『문학』의 편집 겸 발행인 자리는 「8월테제」의 인민민주주의 노선이 호명하고 소환하는 독자들을 상대해야 했는데, 한갓 추상물인 강령 이외에는 이 독자들과 더불어 향유할 다른 그 무엇도 마련하지 못한 처지였으니 새 시대를 맞아 전향한 작가로서 그에게 걸린 기대를 충족시킬 만한 작품다운 작품을 창작해 내기란 실상 버거운 노릇이었다고 해야 할 것이다.

다른 하나는 한퇴지의 고문주의를 '봉건시대의 소견문학'과 동류로 비하한 점이다. 강대산의 「협현」이야 벽지의 수령이 풍류로 자족하는 내용이니 소견문학이라 치부해도 무방할 것이다. 그러나 한퇴지의 「현재독서縣齋讀書」는 지방관 부임자에게 부친 작품이니 퇴사退仕한 처사의 절조를 기리는 「송이원귀난곡서送李愿歸盤谷序」와 같은 비장감이 없는 것은 당연하겠거니와 '고요하고 번잡하지 않을지니 자잘한 일은 제쳐버리고 (벼슬길에 나서던 때의) 초심을 되살려야 하리라[蕭條捐末事, 邂逅得初心]'라는 구절이 말해주듯 풍류보다 독서로써 사환仕宦 당시의 초심을 되살리길 바란다는 것인데, 그 취지를 왜곡했다. 또한 「귀거래사歸去來辭」에서는 전원으로 돌아가서 사람 사귀기도 그만두고 노는 것도 끊겠으며('歸去來兮 請息交以絶游') 음악과 독서로써 자기성찰에 몰입하여 근심을 녹이겠다('樂琴書以消憂')고 했는데, 그러한 결의를 무시한 채 마치 도연명이 풍류가 갈급한 나머지 관직을 버리기라도 한 것인 양 호도했다. 이러한 왜곡과 호도가 고의인지 실수인지 가릴 필요는 없을 것이다. 「협현」이 「현재독서」의 아류이자 변조임을 알아본 안목이 이태준의 상고주의라는 것, 그리고 자기 나름으로는 득의의 성취였던 신변소설을 '체관의 세계'에 내몰려 작가로서 하릴없는 심정을 토로한 작품인 것으로 반성하고 변명해야 하는 지경에 이르러서는 강대산과 한퇴지와 도연명에 대해 자의적인 윤색을 일삼는 인유법의 구사 능력이 곧 상고주의자 이태준 득의의 작가적 수완이라는 것을 확인할 따름이다.

그저 옛글을 베끼고 외고 매만지는 식의 상고주의와는 그 격이 다르게, 수사와 기교 중심의 변려문騈儷文을 배격하고 고문을 수범으로 삼음으로써 문풍을 일대 혁신하고자 한 것이 한퇴지의 고문주의 혹은 고문부흥이었다.[28] 언어의 도상성, 문체의 장식성, 그리고 필경에는 문학과 문화의 물신

28) "그러나 내(한유韓愈, 한퇴지)가 고문古文에 뜻을 둔 것은 오직 그 문사文辭를 좋아함이 아니라, 그 (문사 속에 담긴) 도를 좋아해서일 따름입니다. 然愈之所志於古者, 不惟其辭之好, 好其道焉爾."(『答李秀才書』)
"내(한유)가 고문을 함이 어찌 다만 구두口讀가 지금의 것과 같지 않음을 취하는 것이겠는가? 옛 사람을 그리워하더라도 직접 볼 수는 없는 것이니 예부터의 (참된) 도를 배우려면

성을 거부하는 정신이 그 바탕을 이룬다. 어떤 의미에서 이것과 정반대에 있는 것이 "책(冊)만은 '책'보다 冊으로 쓰고 싶다. '책'보다 '冊'이 더 아름답고 더 冊답다"[29]고 하는 이태준의 상고주의이다. 이런 믿음에 섰기에 '신체제와 문학'의 야합을 운위하는 자리에서 더군다나 사회자였는데도 그러한 책동은 '실패할 겁니다.'라는 모두발언을 할 수 있었다.[30] 문학의 정치화로서의 무산문학과 정치의 문학화로서의 신체제문학 또는 국책문학은 실패라는 그의 논리는 문학은 정치가 아님에 근거한다. 그러나 문학은 삶의 총체성을 향해 있는 것이니 정치도 그리고 다른 무엇도 그 속에 내재하게 된다는 의미에서 문학은 정치이기도 한 것이다.

그러면 해방문학 이를테면 '문맹'의 문학은 무엇인가. 그것은 '문맹' 부위원장의 정치였을 것인데, 그 근거가 '인민을 위한다'는 인민민주주의로서의 '택민론'이다. 이 근거 세우기에도 역시 '봉황각좌담회'와 「해방전후」에서 보다시피 두 번에 걸쳐 광해군의 '택민론'을 거론한 인유법에 의거했다. 그는 과연 『조선왕조실록』의 『광해군일기』[31]를 읽었을까, 아니면 이나와 이

그 문사文辭에 통달함을 아울러야 할 것이다. 그 문사에 통달한다는 것은 본디 옛 도에 뜻을 두는 일이로다. 愈之爲古文, 豈獨取其句讀不類於今者耶. 思古人而不得見, 學古道則欲兼通其辭, 通其辭者 本志乎古道者也."(『題歐陽生哀辭後』)

29) 이태준, 「책」, 『무서록』, 서음문화사, 1988, 192면.

30) "이태준 : 신체제와 문화인과의 문제가 각 방면에서 대두되고 있는데, 오늘 이것을 문제삼아서, 말씀해 주셨으면 합니다. 막연하니까, 얼른 문제를 하나 찝어 말씀드린다면 요즘 동경에서는, 정치와, 문학의 관계에 있어, 정치를 문학화하느냐 문학을 정치화하느냐 하는 문제가 꽤 과제로 되는 듯하고, 이 문제는 조선에서도 당면했다고 봅니다. (…중략…)
무산문학에 있어 문학이 정치화한다든가, 또는 정치가 문학화한다든가 하는 문제는, 정치와 문학의 한계를 분명히 하지 않고 막연히 취급할 문제가 아니라고 생각합니다. 국민을 보호지도하는 점에서는, 정치와 문학의 국가적 입장은 같다 하지마는 각기의 개성은 엄연 다른 것입니다. 정치가 곧 문학화한다면 그것은 실패할 겁니다."(「문학의 제 문제」, 『문장』, 1941.1, 146~147면.)

31) 후금이 건국하여 요동을 위협하자 명조明朝에서 양호楊鎬를 경략經略으로 파견하고 조선에 대해 응원을 요구함에 따라 비변사의 파병 주청이 잇달았고 이에 대해 광해군은 신중한 입장을 견지했다. 신료들은 광해군의 입장을 '택민澤民'이라 하여 그 의의를 인정하면서도 자신들 또한 '순의循義' 즉 의리를 좇음으로써 왕과 나라를 보위하려는 충정임을 내세웠다. 이에 대해서는 민족문화추진회 편, 『광해군일기』 19, 민족문화추진회, 1993의 "備邊司 諸堂上 啓曰, 伏見經略咨文, 以我國不肯助援爲怪別咨以遣之. (…중략…) 聖意所在本爲澤

와키치稻葉岩吉의 『광해군시대의 만선관계光海君時代の滿鮮關係』[32]를 읽었을까. 『광해군일기』의 택민론은 광해군 자신이 아닌 비변사 당상들의 복잡한 정치적 수사이며, 이나와 이와키치의 저서에 언급된 그것 또한 일제의 만선경영滿鮮經營을 뒷받침하는 어용연구라는 점에서 견강부회의 혐의가 짙다. 실상 택민론은 그 원천이 『맹자孟子』「진심장구盡心章句 상上」에 놓인 것이고,[33] 인의론仁義論에 바탕을 두는 천명론天命論과 민본론民本論, 그리고 방벌론放伐論 또는 역성혁명론易姓革命論에까지 연관된 것이다. 고문주의의 선구자 한유도 바로 이러한 『맹자』사상을 출발점으로 삼아 정신과 현실의 합치를 목표로 하는 글쓰기로 나아갔다. 결국 이런 점에 되비추면 이태준의 택민론 담론은 수사 편향의 상고주의자로서 범한 인유법의 남발에 해당되며, 「해방전후」도 바로 그러한 수준만큼 진정성을 결핍한 작품이라 아니할 수 없는 것이다.

民 臣等所爭只欲循義 (…하략…)"(『光海君日記』 卷129의 37帳, 戊午六月丁丑(二十日))를 전후한 실록 내용에 대한 검토가 필요한데, 특히 이 1618년에 조금 앞서 있었던 인목대비의 폐비 및 서궁유폐 사건 등 뒷날 인조반정의 명분문제에 연관된 점에 유의해야 할 것이다.

32) 1920년대 초부터 일제의 어용학자로서 주로 만선관계의 영토문제와 민족문제에 대해 논문발표와 강연을 맹렬하게 전개한 이나바 이와키치稻葉岩吉의 이 저서는 1932년 6월 京都帝國大學에서 박사학위를 수여받은 논문이다. 택민론과 관련해서는 稻葉岩吉, 『光海君時代の滿鮮關係』, 大阪屋號書店, 1933(아세아문화사 영인, 1981), 149면, 197~231면, 247~248면 등 참조.

33) "古之人 得志 澤加於民 不得志 修身見於世 窮則獨善其身 達則兼善天下."(『孟子』「盡心章句上」 9)

참고 문헌

김동인과 염상섭 문학론의 구조

김동인, 『김동인 전집』 6, 삼중당, 1976.

염상섭, 『三代, 표본실의 청개구리 外』, 삼성출판사, 1981.

______, 김윤식 편, 『廉想涉』, 문학과지성사, 1981.

______, 동국대 한국문학연구소 편, 『廉想涉』, 도서출판 연희, 1980.

______, 김열규・신동욱 편, 『염상섭 연구』, 새문사, 1982.

『문예공론』 창간호, 1929.5.

『창조』 4호, 1920.2.

『창조』 5호, 1920.3.

『창조』 8호, 1921.1.

『폐허』 2호, 1921.1.

『폐허이후』, 1924.2.

관동대진재 체험과 그 문학적 재현

1. 기본자료

개벽사, 「社告」, 『개벽』 40, 1923.10.

권영민, 『한국근대문인대사전』, 아세아문화사, 1990.

琴秉洞 編・解說, 『朝鮮人虐殺に關する知識人の反應』 1・2, 關東大震災朝鮮人東虐殺問題關係資料Ⅲ, 東京：綠陰書房, 1996.

琴秉洞 編・解說, 『朝鮮人虐殺に關する植民地朝鮮の反應』(關東大震災朝鮮人東虐殺問題關係資料Ⅳ, 東京：綠陰書房, 1996.

김의경, 「잃어버린 역사를 찾아서」, 『길 떠나는 가족』, 현대미학사, 1998.

權逸松, 「관동대진재」의 3・4연, 『시문학』, 1973.10.

김동환, 「哭廢墟」, 『國境의 밤』, 한성도서주식회사, 1925.

김소월, 「車와 船」, 『동아일보』, 1924.11.24.

______, 『진달래꽃』, 매문사, 1925.

동아일보사, 「관계기사」, 『동아일보』, 1923.9.1~12.31.
문덕수 편, 『세계문예대사전』, 성문각, 1985.
B生, 「東京에서」, 『개벽』 제44호, 1924.2.
薛貞植, 「鎭魂曲-東京震災에虐殺當한怨魂들에게」, 『諸神의憤怒』(설정식 제3시집), 新學社, 1948.
쓰보이 한지(壺井繁治), 「十五円五十錢」(『戰旗』, 1928.9), 홍진희, 『관동보고서』, 나무와숲, 1998.
양주동, 「근대불란서시초」, 『금성』 1~3, 1923.11~1924.5.
______, 「惡禱(Le Litanies de Satan)」, 『개벽』 52, 1924.10.
______, 「무덤」, 『조선문단』 13, 1925.11.
______, 「惡禱」, 『조선의 맥박』, 문예공론사, 1932.2.
유주현, 『조선총독부』, 신태양사, 1967.
이기영, <가난한 사람들>, 『개벽』, 1925.5.
______, 「출가소년의 최초경난」, 『개벽』 70, 1926.6.
______, 「인상깊은 가을의 몇가지」, 『사해공론』 2~9, 1936.9.
______, 『두만강』, 풀빛, 1989.
이상화, 「獨白」, 『동아일보』, 1923. 음9.17(양10.26).
이어령 편, 『한국작가전기연구(상/하)』, 동화출판사, 1975/1980.
작자 미상, 「追悼歌(感動歌曲調로)」, 『개벽』 제44호, 1924.2.
조선일보사, 「관계기사」, 『조선일보사』, 1923.9.1~12.31.
朝鮮總督府 警務局 「1923年 治安狀況」
HY生, 「1년이 되어온 震災통-일기와 그때의 회상」, 『개벽』 51, 1924.9.

2. 단행본

강덕상, 『학살의 기억, 관동대지진』, 김동수·박수철 옮김, 역사비평사, 2005.
계희영, 『약산의 진달래는 우련 붉어라』, 문학세계사, 1982.
노명식, 『함석헌 다시 읽기』, 인간과 자연사, 2002.3.
백기만, 『상화와 고월』, 청구출판사, 1951.
윤치호, 『윤치호일기』, 김상태 편역, 역사비평사, 2001.
이석태 편, 『사회과학대사전』, 문우인서관, 1948.
최승만, 「日本 關東大震災時 우리 同胞의 受難」, 극웅최승만문집출판동지회, 『極熊筆耕』 1970.
한승인, 『동경이 불탈때-關東大震災遭難記』, 대성문화사, 1973.
한승인, 『(동경진재한인대학살)탈출기』, 갈릴리문고, 1983.
홍진희, 『관동보고서』, 나무와숲, 1998.
님 웨일즈, 조우화 옮김, 『아리랑』, 동녘, 1984.

야마다 쇼지(山田昭次), 이진희 옮김, 『관동대지진 조선인 학살에 대한 일본 국가와 민중의 책임』, 논형, 2008.
島海靖・松尾正人・小風秀雄 編, 『日本近現代史研究事典』, 東京 : 東京堂出版, 1999.
長谷川泉 編, 『日本文學新史』 6 <現代>, 東京 : 至文堂, 1991.
渡邊一民, 『<他者>としての朝鮮, 文學的 考察』, 東京 : 岩波書店, 2003.

3. 논문 · 기타

김안서, 「소월의 생애」, 『여성』 39호, 1939.6.
김홍식, 「이기영의 문학과 아나키즘 체험」, 『한국현대문학연구』 제17집, 2005.6.
이기영, 「실패한 처녀장편」, 『조광』, 1939.12.
이기영, 「처녀작을 어떻게 썼는가」, 『청년문학』, 1964.12.
정지용, 「동경대진재여록」, 『산문』, 동지사, 1949.
崔承萬, 「關東大震災の思い出(上, 中, 下1, 下2)」, 『コリア評論』, 1970.
최승만, 「재일 한국인과 동경대진재」, 국사편찬위원회, 『한국사』 21, 1978.
內村鑑三, 「日記 九月 二十二日」, 琴秉洞 編・解說, 『朝鮮人虐殺に關する知識人の反應』 1, 關東大震災朝鮮人東虐殺問題關係資料Ⅲ, 東京 : 綠陰書房, 1996.
齋藤秀夫, 「關東大震災と朝鮮人さわぎ-35周年によせて」, 『歷史評論』 99, 民主主義科學者協會 歷史部會, 1958.
吉見俊哉, 「<總說>帝都東京とモダニテイの文化政治」, 小森陽一 外五人 編, 『擴大するモダニテイ 1920~30年代』, 岩波講座 6 近代日本の文化史, 東京 : 岩波書店, 2002.
Hart, Francis R., "Notes for an Anatomy of Autobiography," Ralph Cohen ed., *New Directions in Literary History*, London : Routledge & Kegan Paul, 1974.

프로작가 조명희의 생애와 문학

1. 기본자료

조명희, 『봄잔듸밧위에』, 춘추각, 1924.
조명희문학유산위원회, 『포석 조명희 선집』, 소련과학원 동방도서출판사, 1959.
조명희, 『조명희선집 낙동강』, 풀빛, 1988.
조공희, 『槐堂詩稿 抄』, 1929.
양주 조씨 종친회, 『양주 조씨 족보』 하권, 회상사, 1980.
김우진, 『김우진 전집』 Ⅱ, 전예원, 1983.
기타 『개벽』, 『조선지광』, 『중앙』, 『폐허』, 『동아일보』, 『시대일보』 등.

2. 단행본

강재언, 『(신편) 한국근대사연구』, 재판 : 한울, 1983.

강재언, 정창렬 역, 『한국의 개화사상』, 비봉출판사, 1981.
김용섭, 『한국근대농업사연구』, 일조각, 1975.
김윤식, 『근대한국문학연구』(3판), 일지사, 1975.
스칼라피노・이정식, 한홍구 역, 『한국공산주의운동사』 1, 돌베게, 1986.
三好行雄, 『近代日本文學史』, 有斐閣双書, 1981.
三好行雄・竹盛天雄 편, 『近代文學』 3, 有斐閣双書, 1979.

3. 논문
김종철, 「「산돼지」연구」, 『인문학보』 제3집, 강릉대학 인문과학연구소, 1987.
김형수, 「포석 조명희 문학 연구」, 서울대 석사, 1989.
이강옥, 「조명희의 작품세계와 그 변모과정」, 김윤식・정호웅 편, 『한국 근대 리얼리즘 작가 연구』, 문학과지성사, 1988.
이두현, 「신극의 선구자들」, 한국연극협회 편, 『한국희곡문학대계』 1, 한국연극사. 1976.
임헌영, 「조명희론」, 『조명희선집 낙동강』, 풀빛, 1988.

세계관의 기원과 문학적 사유의 논리 구조

1. 기본자료
양주 조씨 종친회, 『양주 조씨 족보』 하권, 회상사, 1980.
조공희, 『槐堂詩稿』, 서울 : 1929.
조명희문학유산위원회. 『포석 조명희 선집』, 소련과학원 동방도서출판사, 1959.
『진천군지』, 상당출판사, 1974.
기타 관련 잡지, 신문, 호적부.

2. 단행본
도울리, P. M., 김성수 역, 『교회의 역사』, 한국양서, 1985.
손인수, 『한국개화교육연구』, 일지사, 1980.
스칼라피노・이정식, 한홍구 역, 『한국 공산주의 운동사』 1, 돌베개, 1986.
이만열, 『한말 기독교와 민족운동』, 평민사, 1980.
이재정, 『대한성공회 백년사』, 대한성공회 출판부, 1990.
Maren-Griesebach, M.. Methoden der Literaturwissenschaft. Franke Verlag, 1970.

3. 논문
김성수, 「소련에서의 조명희」, 『창작과 비평』, 1989. 여름.
김홍식, 「포석 조명희의 생애와 문학」, 『덕성어문학』 제6집, 1989.
______, 「이기영 소설 연구」, 서울대 대학원, 1991.

김재홍, 「프로문학의 선구, 실종문인 조명희」, 『한국문학』, 1989.1.
김형수, 「포석 조명희 문학 연구」, 서울대 대학원, 1989.
민형기, 「망명작가 조명희론」, 『비평문학』 3호, 1989.
이강옥, 「조명희의 작품 세계와 그 변모 과정」, 김윤식·정호웅 편, 『한국근대 리얼리즘 작가 연구』, 문학과지성사, 1988.
임헌영, 「조명희론」, 『낙동강』, 풀빛, 1988.

성공회 체험과 문학 세계의 대응 양상

1. 기본자료

김기진, 「카프문학-측면으로 본 신문학 60년·1」, 홍정선 편, 『김기진문학전집』 II, 문학과지성사, 1988.
박영희, 「초창기의 문단측면사(4)」, 『현대문학』, 1959.12.
楊州 趙氏 宗親會, 『楊州 趙氏 族譜』 하권, 회상사, 1980.
이기영, 「추억의 몇마디」, 『문학신문』, 1966.2.18.
______, 「포석 조명희에 대하여」, 『포석 조명희 선집』, 소련과학원 동방도서출판사, 1959.
趙公熙, 『槐堂詩稿』, 서울;1929.
조명희, 「발표된 습작작품」, 『동아일보』, 1928.6.13.
______, 「서푼짜리 원고상 폐업」, 『동아일보』, 1928.6.10.
조명희문학유산위원회 편. 『포석 조명희 선집』, 소련 과학원 동방도서출판사, 1959.
조벽암, 「나의 수업시절」(상·하), 『동아일보』, 1937.8.19~20.
조중숙, 「우리 아버지 포석 : 포석 맏딸의 회상」(기록 조성호), 뒷목문학회, 『뒷목』 제19집, 1990.4.30.
진천군, 『진천군지』, 상당출판사, 1974.
차상찬, 「충북답사기」, 『개벽』 58호, 1925.4.
조명희 호적부(충남 연기군 전의면).
조벽암 호적부(충북 진천군 진천읍).
조벽암 학적부(경성제2고보, 경성제대).
Encyclopaedia Britanica, 1997.
기타 관련 잡지, 신문 등.

2. 단행본

姜東鎮, 『日本の朝鮮支配政策史研究』, 東京大學出版會, 1979.
김병철, 『한국근대번역문학사연구』, 을유문화사, 1975.
김윤식, 『한국근대문학사상비판』, 일지사, 1978.

______, 『염상섭연구』, 서울대 출판부, 1987.
김준엽 · 김창순, 『한국공산주의운동사』 2. 청계연구소, 1986.
도울리, P. M., 김성수 역. 『교회의 역사』, 한국양서, 1985.
레드야르, G., 박윤희 역. 『하멜표류기』, 삼중당문고, 1975.
무정부주의운동사 편찬위원회 편, 『한국아나키즘운동사』, 형설출판사, 1978.
손인수, 『한국개화교육연구』, 일지사, 1980.
스칼라피노 · 이정식, 한홍구 역, 『한국공산주의운동사』 1. 돌베개, 1986.
이만열, 『한말 기독교와 민족운동』, 평민사, 1980.
이재정, 『대한성공회 백년사』, 대한성공회 출판부, 1990.
전택부, 『한국교회발달사』, 대한기독교출판사, 1987.
정한모, 『한국현대시문학사』, 일지사, 1974.
紅野敏郎 外 三人 編, 『大正の文學』, 有斐閣選書, 1972.
Lehning, A.. "Anarchism," *Dictionary of History of Ideas* Ⅰ. Charles Scribner's Sons, Publishers, New York, 1978.

3. 논문

김형수, 「포석 조명희 문학 연구」, 서울대 대학원, 1989.
김흥식, 「포석 조명희의 생애와 문학」, 『덕성어문학』 제6집, 1989.
______, 「이기영소설연구」, 서울대 대학원, 1991.
______, 「조명희의 문학과 아나키즘 체험」, 『어문논집』 26, 1998.12.
리상태, 「조명희의 창작과정과 그 특성에 대하여」, 조선작가동맹, 『현대작가론』 1. 조선작가동맹출판사, 1961.
황동민, 「작가 조명희」, 『포석 조명희 선집』, 소련과학원 동방도서출판사, 1959.
大杉榮, 「征服の事實」(『近代思想』, 1913.6), 稻垣達郎 · 紅野敏郎 編, 『近代文學評論大系』 4, 角川書店, 1982.
大杉榮, 「新しき世界の爲めの新しき藝術」(『早稻田文學』, 1917.10), 遠藤祐 · 祖父江昭二 編, 『近代文學評論大系』 5, 角川書店, 1982.
中野重治, 「詩に關する二三の斷片」(『驢馬』, 1926.6), 安田保雄 · 本林勝夫 · 松田利彦 編, 『近代文學評論大系』 8, 角川書店, 1982.

아나키즘 체험 또는 삶과 문학의 합치

1. 기본자료

김기진, 「나의 회고록」, 홍정선 편, 『김팔봉전집』 Ⅱ, 문학과지성사, 1988.
______, 「카프문학-측면으로 본 신문학 60년 · 1」, 홍정선 편, 『김기진문학전집』Ⅱ, 문학과지성사, 1988.

______, 「편편야화」, 홍정선 편, 『김팔봉전집』II, 문학과지성사, 1988.
金正明, 『朝鮮獨立運動 : 共產主義運動 編』 5, 國學資料院, 1995.
김소운, 「남기고 싶은 이야기들」, 『중앙일보』, 1981.1.30~2.2.
김우진, 「구미 현대극작가론」(『시대일보』, 1926.1~5), 『김우진전집』 II, 전예원, 1983.
김화산, 「계급문예의 신전개」, 『조선문단』, 1927.3.
______, 「惡魔道」, 『조선문단』, 1927.2.
박영희, 「무산예술운동의 집단적 의의-조선프롤레타리아예술동맹에 대하여」, 『조선지광』, 1927.3.
______, 「초창기의 문단측면사 (4)」, 『현대문학』, 1959.12.
이기영, 「포석 조명희에 대하여」, 황동민 편, 『포석 조명희 선집』, 쏘련과학원 동방도서 출판사, 1959.
______, 「추억의 몇마디」, 『문학신문』, 1965.2.18.
이 향, 「금후의 예술운동」(카프 성명서), 『동아일보』, 1928.3.11.
______, 「예술의 一翼的 임무를 위하야-일부 예술운동을 평함」, 『조선일보』, 1928.2.10~28.
임 화, 「분화와 전개-목적의식문학론의 서론적 도입」, 『조선일보』, 1927.5.16~21.
정순정, 「소위 예술의 一翼的 임무란 어떤 것인가?」, 『조선일보』, 1928.3.23~31.
______, 「현단계에 있어 조선무산계급예술운동의 실천적 임무는 무엇이냐?」, 『중외일보』, 1928.5.23~6.2.
조명희, 「김수산 군을 회(懷)함」, 『조선지광』, 1927.9.
______, 「늣겨본 일 몃가지」, 『개벽』 70호, 1926.6.
______, 「발표된 습작작품」, 『동아일보』, 1928.6.13.
______, 「생활기록의 단편」, 『조선지광』, 1927.3.
______, 「서문(序文)」, 『봄잔듸밧위에서』, 춘추각, 1924.6.15.
______, 「서푼짜리 원고상 폐업」, 『동아일보』, 1928.6.10.
조중흡, 「나의 수업시절」, 『동아일보』, 1937.8.19~21.
차상찬, 「충북답사기 : 空殼만 남은 鎭川郡」, 『개벽』 58호, 1925.4.
吉浦大藏, 『朝鮮人の共產主義運動』, 司法省 刑事局, 『思想硏究資料特輯』 제71호, 1940.
大杉榮, 「新しき世界の爲めの新しき藝術」(『早稲田文學』, 1917.10), 遠藤祐・祖父江昭二 編, 『近代文學評論大系』 5, 角川書店, 1982.
______, 「征服の事實」(『近代思想』, 1913.6), 稻垣達郎・紅野敏郎 編, 『近代文學評論大系』 4, 角川書店, 1982.
石丸晶子, 「大杉榮の位置)」, 三好行雄・竹盛天雄 編, 『근대문학(近代文學)』 4, 有斐閣双書, 1977.
中野重治, 「詩に關する二三の斷片」(『驢馬』, 1926.6), 安田保雄・本林勝夫・松田利彦 編, 『近代文學評論大系』 8, 角川書店, 1982.
『경성제대 법문학부 법학과 학적부』

「재일본유학생계의 소식」, 『학지광』 20호, 특별대부록, 1920.7.
『진천군지』, 청주 : 상당출판사, 1974.
「편집여언」, 『문예운동』 제2호, 1926.5.

2. 저서

김윤식, 『한국근대문예비평사연구』, 일지사, 1976.
김준엽 · 김창순, 『한국공산주의운동사』 2, 청계연구소, 1986.
김흥식, 『이기영 소설 연구』, 서울대 대학원, 1991.
무정부주의운동사 편찬위원회, 『한국아나키즘운동사』, 형설출판사, 1978.
박인기, 「1920년대 한국문학의 아나키즘 수용 양상」, 『국어국문학』 제20호, 1983.12.
스칼라피노 · 이정식, 『한국공산주의운동사 1』, 돌베개, 1986.
신채호, 『(개정판) 단재 신채호 전집』 하, 단재신채호선생기념사회업, 1982.
三好行雄 · 竹盛天雄, 『近代文學9 : 現代の詩歌』, 有斐閣双書, 1977.
分銅惇作, 「初期プロレタリア文學」, 紅野敏郎 외 3인 編, 『大正の文學』, 近代文學史2, 有斐閣双書, 1972.
A. Lehning, "Anarchism," *Dictionary of History of idea* I, Charles Scribner's Sons, Publishers, New York, 1978.

3. 논문

김윤식, 「아나키즘문학론」, 『한국근대문학사상사』, 한길사, 1984.
김흥식, 「조명희 연구」 Ⅰ, 『인문학연구』 제20집, 중앙대 인문과학연구소, 1994.2.
조남현, 「한국현대문학의 아나키즘 체험」, 『한국현대문학사상사 연구』, 서울대출판부, 1994.
황동민, 「작가 조명희」, 『포석 조명희 선집』, 쏘련과학원 동방도서출판사, 1959.

고현학 수용과 박태원 소설의 정립

1. 기본자료

박태원, 「병상잡설」, 『조선문단』, 1927.1.
______, 「기호품 일람표」, 『동아일보』, 1930.3.18~25.
______, 「편신」, 『동아일보』, 1930.9.26.
______, 「반년간」, 『동아일보』, 1933.7.27.
______, 「3월창작평」, 『조선중앙일보』, 1934.3.28.
______, 「6월의 우울」, 『중앙』 1934.6.
______, 「애욕」, 『조선중앙일보』, 1934.10.13.
______, 「표현 · 묘사 · 기법」, 『조선중앙일보』, 1934.12.17~20.

______, 「구보가 아즉 박태원일 때-문학소년의 일기」, 『중앙』, 1936.4.
______, 「문인 멘탈 테스트」, 『백광』, 1937.4.
______, 「이상의 편모」, 『조광』, 1937.6.
______, 「순정을 짓밟은 춘자」, 『조광』, 1937.10.
______, 「내 예술에 대한 항변-작품과 비평가의 책임」, 『조선일보』, 1937.10.23.
______, 「옹로만어」, 『조선일보』, 1938.1.26.
______, 『소설가 구보 씨의 일일』, 문장사, 1938.
______, 「이상의 비련」, 『여성』, 1939.
______, 「「춘향전」 탐독은 이미 취학 이전」, 『문장』, 1940.2.
박종화, 「『천변풍경』을 읽고」, 『박문』 6호, 1939.3.
조용만, 「이상과 박태원」, 『이상의 비련』, 깊은샘, 1991.

2. 단행본

김윤식, 『한국현대문학사론』, 한샘, 1988.
반성환, 『발터 벤야민의 문예이론』, 민음사, 1983.
백 철, 『조선신문예사조사 현대편』, 백양당, 1949.
이재선, 『한국현대소설사』, 홍성사, 1979.
마이어, R. N., 장남준 역, 『세계상실의 문학』, 홍성사, 1981.
이이다 신 · 나까이 히사오, 『천재들의 정신병리』, 현대과학신서 32, 전파과학사, 1974.
今和次郎 · 吉田謙吉, 『モデルノロヂオ』, 春陽堂, 1930.
Edel, Leon, 「Literature and Biography」, James Thorpe ed., *Relations of Literary Study;Essays On Interdisciplinary Contributions.*
Piggioli, Renato, "The Concept of the Avante-Garde"(1968), Elizabeth and Tom Burns ed., *Sociology of Literature & Drama,* Penguin Books, 1973.
Sanguineti, Eduardo "The Sociology of the Avante-Garde"(1973), Elizabeth and Tom Burns ed., *Sociology of Literature & Drama,* Penguin Books, 1973.
M. K. Spears, *Dionysus and the City*, Oxford Univ. Press, 1970.

3. 논문 · 기타

김홍식, 「안회남 소설 연구」, 『한국 현대문학의 근대성 탐구』, 문학사와 비평 7집, 새미, 2000.
최혜실, 「산책자의 타락과 통속성」, 『한국문학의 몇 가지 주제』, 소명출판, 2002.
今和次郎, 「考現學とは何か」, 『考現學入門』, 筑摩書房, 1987.
______, 「考現學總論」, 『考現學入門』, 筑摩書房, 1987.
佐藤健二, 「民俗學と鄕士の思想」, 小森陽一 外 5人 編, 『編成されるナショナリズム』, 岩波講座 近代日本の文化史 5, 東京 : 岩波書店, 2002.

長谷川 泉, 「「考現學」的志向や地域文化誌」, 長谷川 泉 編, 『日本文學新史<現代>』 6, 至文堂, 1991.
吉見俊哉, 「[總說] 帝都東京とモダニティの文化政治-1920, 30年代への視座」, 小森陽一 外 5人 編, 『擴大するモダニティ』, 岩波講座 近代日本の文化史 6, 東京 : 岩波書店, 2002.
森 洋介, 「黑つぽい話-『『モデルノロヂオ』 抄」
(URL=[http://www.geocities.co.jp/CollegeLife-Library/1959/GS/modernologio.htm])

안회남 신변소설의 내적 논리

1. 기본 자료

김동인, 「문단 30년사」, 『김동인전집』 6, 삼중당, 1976.
안보승, 『잊혀지지 않는 일들』, 자비출판, 1989.
안회남, 「나의 어머니」, 『조광』, 1940.6.
_____, 「농민의 비애」, 『문학』, 1948.4.
_____, 「명상」, 『조광』, 1937.1.
_____, 「문단시야비야론-신인이 본 기성문단」, 『제일선』, 1932.10.
_____, 「문예평론의 계급적 입장」, 『제일선』, 1933.3.
_____, 「髮」, 『조선일보』, 1931.1.4~10.
_____, 「본격소설론」, 『조선일보』, 1937.2.16~20.
_____, 『불』, 을유문화사, 1947.
_____, 『사선을 넘어서(제3회)』, 『협동』 5, 1947.6.
_____, 「선고유사」, 『박문』, 1940.5.
_____, 「연애와 결혼과 문학-작가의 최고 감정의 문제」, 『조선일보』, 1938.9.20.
_____, 「오욕의 거리(제3회)」, 『주보 건설』 5, 1945.12.22.
_____, 「일본문예 신흥예술파의 대표적 이론」, 『신동아』, 1933.1.
_____, 「자기응시의 십년」, 『문장』, 1940.2.
_____, 『전원』, 고려문화사, 1946.
_____, 「절망하던 시절의 추억」, 『조광』, 1937.10.
_____, 「폭풍의 역사」, 『문학평론』, 1947.4.
안회남 外, 「제1회 소설가 좌담회」, 『민성』 6호, 1946.4.
염상섭, 「현상작품 선후감」, 『조선일보』, 1930.1.4.
윤효정, 『풍운한말비사』, 수문사, 1984.
이규태, 「100년의 뒤안길에서… : 한말 NGO 이야기」, 『조선일보』, 1999.5.7.
이원조, 「문인 폴트레 : 소설가 안회남의 인상」, 『인문평론』 제3권 제1호, 1941.1.
『죽산 안씨 동지공파보』
『죽산 안씨 족보』(대동보)

『한국민족문화대백과사전』, 정신문화원
『호적부』(경기도 안성군 고삼면)
『휘문고보 학적부』

2. 단행본

손인수, 『한국개화교육연구』, 일지사, 1985.
신용하, 『독립협회연구』, 일조각, 1976.
三好行雄・竹盛天雄, 『近代文學』 4, 有斐閣, 1977.
長谷川 泉, 『近代日本文學評論史』, 有精堂, 1977.
紅野敏郎・三好行雄・竹盛天雄・平岡敏夫 편, 『大正の文學』, 有斐閣, 1981.
Alan Shelston, 『전기문학(Biography)』, 이경식 역, 서울대출판부, 1984.
R. Girard, *Deceit, Desire, and the Novel*, tr. by Y. Freccero, The Johns Hopkins Univ. Press, 1976.
필립 르죈, 윤진 옮김, 『자서전의 규약』, 문학과지성사, 1998.

3. 논문

권영민, 「안국선의 생애와 작품세계」, 『관악어문연구』, 1977.
김경수, 「한 신변소설가의 문학과 삶」, 『한국문학과 계몽담론』(문학사와 비평 6집), 새미, 1999.2.
김남천, 「창작적 사업의 전진을 위하여-해방 후의 창작계」, 『문학』창간호, 1946.7.
김동석, 「부계의 문학-안회남론」, 『뿌르조아의 인간상』, 탐구당서점, 1949.2.
______, 「비약하는 작가-속 안회남론」, 『뿌르조아의 인간상』, 탐구당서점, 1949.2.
김동인, 「5월 창작평」, 『매일신보』, 1935.5.22.
김윤식, 「사이비진보주의로서의 논리-안회남」, 『한국현대문학사』, 일지사, 1981.
윤규섭, 「현실과 작가적 세계」, 『인문평론』, 1939.11.
이원조, 「2, 3월 창작평」, 『인문평론』 제3권 제3호, 1941.4.
임 화, 「창작계의 일년」, 『조광』, 1939.12.

김남천의 고발문학론과 소설의 개조

1. 기본자료

김남천, 「창작과정에 대한 감상」, 『조선일보』, 1935.5.16~22.
______, 「지식계급 전형의 창조와 『고향』 주인공에 대한 감상」, 『조선중앙일보』, 1935.6.28~7.4.
______, 「건전한 사실주의의 길」, 『조선문단』 제26호, 1936.1.
______, 「고발정신과 작가」, 『조선일보』, 1937.5.30~6.5.

______, 「창작방법의 신국면」, 『조선일보』, 1937.7.10~14.
______, 「조선적 장편소설의 일 고찰」, 『조선일보』, 1937.10.19~23.
김윤식, 『한국근대문예비평사연구』, 개정신판; 일지사, 1976.
______, 『한국근대문학사상사』, 한길사, 1984.
윤규섭, 「문단시어」, 『비판』 제41호, 1937.9.
임 화, 「조선신문학사론서설」, 『조선중앙일보』, 1935.10.9~11.13.
______, 「조선문학의 신정세와 현대적 제상」, 『조선중앙일보』, 1936.1.26~2.13.
한 효, 「신창작방법의 재인식을 위하여」, 『조선일보』, 1935.7.23~27.
______, 「창작방법론의 신방향」(2), 『동아일보』, 1937.9.19~25.

2. 단행본

K. 마르크스/F. 엥겔스 지음, L. 박산달/S. 모라브스키 엮음, 『마르크스・엥겔스 문학예술론』, 한울총서 74, 한울, 1988.
キルポーチン、ルナチヤルスキー、ゴーリキイ、ファヂェーエフ、キルシヨン、ラーヂン、ワシリコフスキー、グロンスキー, 『社會主義的レアリズムの問題 ソヴエート同盟に於ける創作方法の再討議』, 外村史郎 譯, 文化集團社, 1933.
キルポーチン、ルナチヤルスキー、ゴーリキイ、ファヂェーエフ、キルシヨン、ラーヂン、ワシリコフスキー、グロンスキー, 『文學は如何なる道に進むべきか ソヴエート作家大會に於ける報告及討論』, 外村史郎・田村三造 共譯, 橘書店, 1934.
莊原惟人, 『중국고대철학의 세계』, 죽산신서 12, 김교빈 외 옮김, 죽산, 1991.
コム・アカデミ 文學部 編, 『小說の本質-ロマンの理論』, 熊澤復六 譯, 東京：淸和書店, 1936.
コム・アカデミ 文學部 編, 『短篇・長篇小說』, 熊澤復六 譯, 東京：淸和書店, 1937.
G. Lukács, The Theory of the Novel, tr. by A. Bostock, Cambridge, Massachusetts：The MIT Press, 1971.

3. 논문・기타

龜井勝一郎, 「ありとあらゆる假面の剝奪」(『文學評論』, 1934.5), 高橋春雄・保昌正夫 編集, 『近代文學評論大系』 7, 昭和期 Ⅱ, 東京：角川書店, 1972.

국책문학으로서의 안회남의 징용소설

1. 기본자료

안회남, 「농촌현지보고」, 『반도지광』, 1941.7.
______, 「세계사의 신무대」, 『매일신보』, 1942.1.8.
______, 「징병제 실시 만세」, 『매일신보』, 1943.8.7.
______, 「응징사의 편지」, 『조광』, 1944.11.

______, 「북구주왕래」, 『조선주보』, 1945.11.19.
______, 『전원』, 고려문화사, 1946.
______, 「문학운동의 과거 1년」, 『백제』, 1947.2.
______, 『사선을 넘어서』 1, 2, 3, 『협동』 3, 4, 5, 1947.1, 3, 6.
______, 『불』, 을유문화사, 1947.
김남천, 「산업전사에 부치는 말 : 懷南公!」, 『조광』, 1944.11.
이봉구, 「속 「도정」」, 『문예』, 1949.12.
岩本與治(李時雨), 「應徵士よりの手紙」, 『조광』, 1944.11.
이태준, 「해방전후」, 『문학』 창간호, 1946.7.
塚田一甫, 『國家總動員法の解說』, 東京 : 秋豊園出版部, 1938.
厚生省研究會, 『國民徵用讀本』, 東京 : 新紀元社, 1944.8.30.
宮榮一, 『朝鮮徵用問答 附 國民徵用令 關係法令』, 上田韶男 譯, 매일신보사, 1944.(일어·조선어판)
「징용문답」 1~3, 『매일신보』, 1944.8.30~31, 9.1.
「國民徵用について(對談)-日笠 本府 勞務課長に訊く」, 『국민문학』, 1944.9.1.
「국민등록범위확대」, 『매일신보』, 1944.9.27.
「작가 안회남 씨 응징사로 출진」, 『매일신보』, 1944.9.27.

2. 단행본

백 철, 『신문학사조사』, 신구문화사, 1980.
조용만, 『30년대의 문화예술인들』, 범양사, 1978.
淨土卓也, 『朝鮮人の强制連行と徵用』, 東京 : 社會評論社, 1992.
長谷川泉, 『近代日本文學評論史』, 改訂4版; 東京 : 有精堂, 1977.

3. 논문

김윤식, 「사이비진보주의자로서의 논리」, 『한국현대문학사』, 일지사, 1981.
김홍식, 「안회남 소설 연구-신변소설을 중심으로」, 문학사와 비평연구회, 『한국 현대문학의 근대성 탐구』, 문학사와 비평 7집, 새미, 2000.
______, 「「해방전후」 연구」, 한국현대문학회, 『한국현대문학연구』 38, 2012.12.
海野福壽, 「朝鮮の勞務動員」, 大江志乃夫 外 7人 編, 『膨脹する帝國の人流』, 岩波講座 近代日本と植民地 5, 東京 : 岩波書店, 1993.
都築久義, 「從軍作家の言說」, 編集委員會, 『時代別日本文學事典』 現代編, 東京 : 東京堂出版, 1997.

4. 평론

김남천, 「창조적 사업의 진전을 위하여-해방 후의 창작계」, 『문학』 창간호, 1946.7.

김동석, 「비약하는 작가-속 안회남론」, 『부르조아의 인간상』, 탐구당서점, 1949.
김동인, 「문단30년사」, 『김동인전집』 6, 삼중당, 1976.
______, 「망국인기」, 『김동인전집』 6, 1976.
송영 외 6인, 「창작합평회」, 『신문학』, 1946.6.
안회남, 「문단교우록」, 『조선일보』, 1940.8.5.
용 천, 「문학자대회 인상기」, 『신천지』, 1946.4.
이원조, 「문인 폴트레 : 안회남의 인상」, 『인문평론』, 1941.1.
임 화, 「창작계의 일년」, 『조광』, 1939.12.
최재서, 「생산문학 : 모던문예사전」, 『인문평론』, 1939.10.

일제 말기 '내부망명문학'과 봉황각좌담회의 담론

1. 기본자료

김남천, 「회남공!」, 『조광』, 1944.11.
문장사편집부 편찬, 「조선문예가 총람」, 『문장』, 1940.1.
「문학의 제 문제」, 『문장』, 1941.1.
「문화전선의 총공세-17일, 적국항복대강연」, 『매일신보』, 1944.8.13.
송기한·김외곤 편, 『해방기의 비평문학』 2·3, 태학사, 1991.
이태준, 『돌다리』, 이태준문학전집 2, 깊은샘, 1995.
이태준, 「해방전후」, 『문학』 창간호, 1946.7.
임종국, 『친일문학론』, 증판; 평화출판사, 1979.
조선문학가동맹 중앙집행위원회서기국, 「제1회 전국문학자대회 회의록」, 『건설기의 조선문학』, 백양당, 1946.
조선문학가동맹 중앙집행위원회서기국, 「조선문학가동맹위원명부」, 『문학』 창간호, 1946.7.
조선문학가동맹46년도문학상심사위원회, 「1946년도 문학상심사급결정이유」, 『문학』 제3호, 1947.4.
「조선문학의 지향 : 문인좌담회 속기」, 『예술』 제3호, 1946.1.1.
친일반민족행위진상규명위원회, 『친일반민족행위관계사료집 XV-일제강점기 문예계의 친일협력』, 도서출판 선인, 2009.

2. 단행본

김윤식, 『해방공간 한국작가의 민족문학 글쓰기론』, 서울대학교출판부, 2006.
로만 카스트로, 원당희 역, 『토마스 만 : 지성과 신비의 아리러니스트』, 책세상, 1997.
백 철, 『속·진리와 현실』, 박영사, 1976.
지명렬 편, 『독일문학사조사』, 개정·증보판; 서울대학교출판부, 2002.

Brekle, Wolfgang, "Die antifaschistische Literatur in Deutschland(1933-1945)", Probleme der inneren Emigration am Beispiel deutscher Erzähler, *Weimarer Beiträge* 11, 1970.

Grim, Reinhold, "Innere Emigration als Lebensform", Reinhold Grim und Jost Herman hrsg., *Exil und Innere Emigration*, Frankfurt am Mein, 1972.

Loewy, Ernst, *Literatur unterm Hakenkreuz : Das Dritte Reich und seine Dichtung. Eine Dokumentation,* Frankfurt am Main : Europäische Verlagsanstalt, 1966.

Schnell, Ralf, Literarische Innere Emigration 1933-1945, Stuttgart : J. B. Metzlersche Verlagsbuchhandlung, 1976.

Schonauer, Franz, *Deutsche Literatur im Dritten Reich - Versuch einer Darstellung in polemisch-didaktischer Absicht,* Ölten und Freiburg i Br. : Walter Verlag, 1961.

3. 논문 · 기타

김흥식, 「『사상의 월야』 연구 : 개작 문제를 중심으로」, 『현대문학연구』 35, 2001.12.

______, 「『해방전후』 연구」, 『한국현대문학연구』 38, 2012.12.

Innere Emigration : Begriff; 토마스 만의 『일기』(1933년 11월 7일).
(http://de.wikipedia.org/wiki/Innere_Emigration)

장편소설 『사상의 월야』의 진정성 문제

1. 기본자료

이태준, 「사상의 월야」, 『매일신보』, 1941.3.4~7.5.

______, 『사상의 월야』, 증보판; 깊은샘, 1996.

______, 「신연재소설 사상의 월야」, 『매일신보』, 1941.2.20, 27.

______, 『달밤』, 깊은샘, 1995.

______, 『돌다리』, 깊은샘, 1995.

2. 단행본

김용준, 『새 근원수필』, 열화당, 2001.

마에다 아이(前田 愛), 유은경 역, 『일본 근대독자의 성립』, 이룸, 2003.

장영우, 『이태준 소설 연구』, 태학사, 1996.

정진석, 『언론조선총독부』, 커뮤니케이션북스, 2005.

필립 르죈, 『자서전의 규약』, 윤진 옮김, 문학과지성사, 1998.

成田龍一・吉見俊哉 編, 『20世紀日本の思想』, 東京 : 株式會社作品社, 2002.

Francis R. Hart, "Notes for an Anatomy of Modern Autography," Ralph Cohen ed., *NEW DIRECTIONS IN LITERARY HISTORY*, London : Routledge & Kegan Paul, 1974.

3. 논문
구마키 쓰토무(熊本 勉), 「『사상의 월야』와 일본-이태준의 일본 체험」, 한국현대문학회, 『한국현대문학연구의 현황』, 2009.3.20~21.
민충환, 「이태준 소설의 선본 문제-『사상의 월야』를 중심으로」, 상허학회 편, 『근대문학과 이태준』, 2000.
박진숙, 「작가연보」, 이태준, 『신문장강화』, 현대문학, 2009.
이상갑, 「『사상의 월야』 연구」, 상허학회 편, 『이태준 문학연구』, 1993.
정종현, 「제국/민족 담론의 경계와 식민지적 주체-1940년대 이태준의 문학에 나타난 혼종성」, 상허학회 편, 『이태준과 현대소설사』, 2004.
허병식, 「이태준과 교양의 형성-『사상의 월야』를 중심으로」, 상허학회 편, 『이태준과 현대소설사』, 2004.

4. 기타 자료
삼천리사, 「기밀실, 매일신보의 신체제」, 『삼천리』, 1940.10.
『청양신문』, 2001.3.26.
『강원도민일보』, 2004.6.30.
『강원일보』, 2006.3.6.
(http://www.city-yanai.jp/siyakusyo/syougaigakusyu/gesshou.html)
(http://www.kanto-gakuin.ac.jp/info/gakuhou30.pdf)

「해방 전후」의 담론 구조와 문학가동맹 노선

1. 기본자료
이태준, 『가마귀』, 한성도서, 1937.
______, 「해방전후」, 『문학』 창간호, 1946.7.
______, 『돌다리』, 이태준문학전집 2, 깊은샘, 1995.
______, 『무서록』, 서음문화사, 1988.
조선문학가동맹, 『문학』 창간호, 1946.7.
____________, 『문학』 제2호, 1946.11.
____________, 『문학』 제3호, 1947.4.
____________, 『건설기의 조선문학』, 백양당, 1946.
「조선문학의 지향 : 문인좌담회 속기」, 『예술』 제3호, 1946.1.
「문학자의 자기비판-좌담회」, 『인민예술』 제2호, 1946.10.
민족문화추진회 편, 『광해군일기』 19, 민족문화추진회, 1993.

2. 단행본·논문

김남식·심지연 편저, 『박헌영노선 비판』, 세계, 1986.

김윤식, 『해방공간 한국 작가의 민족문학 글쓰기론』, 서울대학교 출판부, 2006.

필립 르죈, 『자서전의 규약』, 윤진 옮김, 문학과지성사, 1998.

小笠原克, 「私小說(心境小說)の評價」, 三好行雄·竹盛天雄, 『近代文學』 4, 有斐閣, 1977.

稻葉岩吉, 『光海君時代の滿鮮關係』, 大阪屋號書店, 1933, 아세아문화사 영인, 1981.

Hart, F. R., "Notes for an Anatomy of Modern Autography," Ralph Cohen ed., *NEW DIRECTIONS IN LITERARY HISTORY*, London : Routledge & Kegan Paul, 1974.

Pucci, J., *The Full-Knowing Reader : Allusion and the Power of the Reader in the Western Literary Tradition*, New Haven and London : Yale University Press, 1998.

3. 논문

강진호, 「1930년대 후반기 소설의 전통지향성 연구-이태준의 경우를 중심으로」, 상허학회, 『근대문학과 이태준』, 깊은 샘, 2000.

김윤식, 「인공적 글쓰기와 현실적 글쓰기-이태준의 경우」, 『작가론의 새 영역』, 강, 2006.

김진기, 「인정투쟁의 방법」, 상허학회, 『이태준과 현대소설사』, 깊은샘, 2004.

김흥식, 「안회남 소설 연구」, 문학사와 비평연구회, 『한국 현대문학의 근대성 탐구』, 문학사와 비평 7집, 새미, 2000.

김흥식, 「『사상의 월야』 연구 : 개작 문제를 중심으로」, 『한국현대문학연구』 35, 2011.12.

장영우, 「이태준 소설의 특질과 의의」, 상허학회, 『이태준과 현대소설사』, 깊은샘, 2004.

정종현, 「제국/민족 담론의 경계와 식민지적 주체-1940년대 이태준 '문학'에 나타난 혼종성」, 상허학회, 『이태준과 현대소설사』, 깊은샘, 2004.

하정일, 「1930년대 후반 이태준 문학과 내부 식민주의 성찰」, 문학과사상연구회, 『이태준문학의 재인식』, 소명출판, 2004.

찾아보기

저자 김홍식

1954년 부산 출생

서울대학교 국어국문학과 학부·대학원 졸업

박사학위논문 「이기영 소설 연구」

호서대학교 국어국문학과 교수 역임

현 중앙대학교 국어국문학과 교수 재직 중

한국근대문학과 사상의 논리

초판 1쇄 인쇄 2019년 6월 10일
초판 1쇄 발행 2019년 6월 17일
지은이 김홍식
펴낸이 이대현
편 집 권분옥
디자인 최선주
펴낸곳 도서출판 역락
서울시 서초구 동광로 46길 6-6 문창빌딩 2층
전화 02-3409-2058(영업부), 2060(편집부)
팩시밀리 02-3409-2059
이메일 youkrack@hanmail.net
홈페이지 http://www.youkrackbooks.com
등록 1999년 4월 19일 제303-2002-000014호
ISBN 979-11-6244-394-1 93810

* 책값은 표지에 있습니다.
* 파본은 교환해 드립니다.